中國学術思想
研究輯刊

四 編
林 慶 彰 主編

第14冊

晚明《詩經》評點之學研究

侯美珍 著

花木蘭文化出版社

國家圖書館出版品預行編目資料

晚明《詩經》評點之學研究／侯美珍 著 — 初版 — 台北縣永
和市：花木蘭文化出版社，2009〔民98〕

序 2+ 目 2+318 面：19×26 公分
（中國學術思想研究輯刊 四編：第 14 冊）
ISBN：978-986-6449-13-0（精裝）
1. 詩經 2. 研究考訂
831.18   98001908

中國學術思想研究輯刊
四 編 第十四冊   ISBN：978-986-6449-13-0

晚明《詩經》評點之學研究

作　　者　侯美珍
主　　編　林慶彰
總 編 輯　杜潔祥
出　　版　花木蘭文化出版社
發 行 所　花木蘭文化出版社
發 行 人　高小娟
聯絡地址　台北縣永和市中正路五九五號七樓之三
　　　　　電話：02-2923-1455 ／傳真：02-2923-1452
網　　址　http://www.huamulan.tw 信箱 sut81518@ms59.hinet.net
印　　刷　普羅文化出版廣告事業
封面設計　劉開工作室
初　　版　2009 年 3 月
定　　價　四編 28 冊（精裝）新台幣 46,000 元
　　　　　　　　　　　　　　　　　　版權所有・請勿翻印

晚明《詩經》評點之學研究

侯美珍　著

作者簡介

侯美珍，政治大學中國文學研究所博士，現任臺南科技大學通識教育中心副教授。研究領域：詩經學、明清科舉、八股文研究。代表作有：《聞一多詩經學研究》、《晚明詩經評點之學研究》、〈毛奇齡《季跪小品制文引》析論——兼談「稗官野乘，悉為制義新編」的意涵〉、〈明清科舉取士「重首場」現象的探討〉、〈明清科舉八股小題文研究〉、〈談八股文的研究與文獻〉、〈明清八股取士與經書評點的興起〉、〈《儒林外史》周進閱范進時文卷的敘述意涵〉等。

提　　要

本論文主要採歷史文獻分析法，藉由歷史文獻的考察，知人論世。並佐以統計法、闡釋學、接受美學、語境說等理論，以作為論證的輔助。共計正文八章、附錄三篇。

第一章〈導論〉：澄清前人對明代經學的負面評價及因襲的成見，檢討明代《詩經》學及晚明《詩經》評點之學的研究概況，並說明本論文主題的研究價值。

第二章〈評點概說〉：介紹評點的起源、發展、特色、與科舉密切結合的情形，及明清士人對評點的評價等。對「評點」的性質及明清士人對「評點」的評價有正確認識後，可作為吾人了解評經的表現方式、認識評經性質的基礎及正確地解讀前人對評經的種種論說。

第三章〈經書評點風氣興起的背景〉：何以晚明會有大量的評經著作產生，並受到時人的歡迎？筆者考察當時的學術風氣，解經態度，歸納明人文集、書序中的種種論說，加以說明。以為復古風氣的瀰漫、對經義紛紜的反動、明人慣以文學眼光詮釋古籍，以及王學流風遺韻的影響，使明人對經解抱持開放的態度、讚賞獨抒心得的別解，都是造成評經興起的原因。

第四章至第六章，分別析論孫鑛、鍾惺、戴君恩三部《詩經》評點，由介紹其人之生平、文學主張入手，結合其文學主張及相關著作中的資料，說明其評《詩》動機、版本問題、評《詩》的態度、對《詩序》、《毛傳》、《鄭箋》、《朱傳》等舊說的取捨、《詩》評所透露出的好尚，並論其影響與評價。

第七章〈晚明《詩經》評點的性質辨證〉：先前研究者或主張鍾評之類的《詩》評，其性質為科舉講章之屬，故招來錢謙益、顧炎武等指斥，故筆者設此章予以回應，除證鍾評等書其性質非科舉講章、屬文學評賞之外，並詳細析論錢、顧、四庫館臣等抨擊評經的深層心理。

第八章〈晚明《詩經》評點之學餘論〉：用闡釋學到接受美學的轉變，來對照、解釋晚明將孟子「以意逆志」轉為「以臆逆志」的閱讀現象。並指出在尊經的思維下，「聖經」與「至文」間存在著衝突，故評經者常將論文的本質，用求經義、明道的外衣來包裹，今人不明其所處的語境，常為其飾辭所惑的。本章並通論民初對晚明《詩》評的肯定，及指出諸評刊落訓詁，用語模糊、簡略，造成今人解讀的困難，是其不足之處。文末結語，回顧本論文的寫作，筆者自省得失，並前瞻未來可繼續努力的方向。

附錄三篇，為正文的補充，分別為：

附錄一〈明清士人對「評點」的批評〉：探討明清士人支持評點、反對評點之故。

附錄二〈鍾惺《詩經》評點的版本問題〉：介紹鍾評三本初評本間的異同，比較初、再評本的出入，並澄清過去對於鍾評版本錯誤的論述。

附錄三〈陳繼揆《讀風臆補》引戴君恩《讀風臆評》原文的校勘〉：陳繼揆作《臆補》，雖自言全錄戴評，經筆者校勘，陳氏所錄與戴評頗有出入，未能如實呈現。

目

次

自　序

　　本論文的完成，首先要感謝的是指導教授林慶彰老師。從大學時代修讀老師的《詩經》課程開始，到碩士班以《聞一多詩經學研究》為題寫作碩士論文，至今日完成博士論文《晚明詩經評點之學研究》，一路走來，有賴老師的領航。老師對提升經學研究的不遺餘力，對學術的熱忱和奉獻，是學生始終佩服而望塵莫及的。

　　洪國樑老師、董金裕老師、傅錫壬老師、王金凌老師，在論文口試時分別提出了寶貴的意見，由於他們的指正，讓學生可以藉此修正論文的闕漏，在此也要致上深深的謝意。

　　為研究之需，曾於一九九九年八月赴上海查閱古籍，感謝復旦大學中文系王水照教授及復旦大學圖書館吳格教授、王秀蘭小姐給予我許多的協助，方能突破論文研究上的疑難、困境。

　　寫作這本近三十萬字的博士論文，是段長途跋涉的過程，師長、朋友的鼓勵，是得以繼續堅持下去的動力。這幾年來，程元敏老師、簡恩定老師，始終關心我的生活和論文的進度；郭麗娟、陳芳汶、徐慧鈺、王志楣、蔡妙真、鄭潔貞、潘珮芳諸位學姊，對論文的延宕比我自己還憂心；同事徐玉梅、陳素萍，同學游均晶、謝惠敏、徐彬、柯雅芬……不斷地為我打氣，沒有以上陣容堅強的啦啦隊，寫作論文的過程必定倍感孤寂和艱辛。

　　論文的完成，還要感謝先前研究者的奠基，以及家人的支持。

　　由於學力的局限，本論文定有不少疏漏之處，尚祈大雅君子，不吝指正。

侯美珍誌於台南永康

二〇〇四年春

第一章　導　論

第一節　對明代經學負面評價的澄清

錢謙益（1582～1664）曾痛批明代經學之繆有三：

> 一曰解經之繆，以臆見考《詩》、《書》，以杜撰竄《三傳》，鑿空瞽說，則會稽季氏本爲之魁；二曰亂經之繆，石經託之賈逵，《詩傳》儗諸子貢，矯誣亂眞，則四明豐氏坊爲之魁；三曰侮經之繆，訶《虞書》爲俳偶，摘《雅》、《頌》爲重複，非聖無法，則餘姚孫氏鑛爲之魁。〔註1〕

指責明人解經憑臆見，甚至僞造經書、評騭經書，非聖無法。顧炎武（1613～1682）在《日知錄》中曾再三言及明朝以八股文取士造成經學衰落，由於出題的範圍有限，士子都由擬題下手，便可僥倖中式，「而本經之全文有不讀者矣。……學問由此而衰，心術由此而壞」，慨然嘆道「八股行而古學棄」，「秦以焚書而《五經》亡，本朝以取士而《五經》亡」。〔註2〕

《四庫全書總目》對明代經學的批判也不遺餘力，對明成祖所下詔敕編的《大全》，尤極力詆斥，言：「明代《大全》抱殘守匱，執一鄉塾課冊，以錮天下之耳目者。」〔註3〕又云：「馬、鄭、孔、賈之學，至明殆絕，研思古

〔註1〕　〔清〕錢謙益：〈賴古堂文選序〉，《有學集》（上海：上海古籍出版社，1996年9月），卷17。

〔註2〕　以上三則，分見於〔清〕顧炎武：《原抄本日知錄》（臺北：明倫出版社，1970年10月），卷19〈三場〉，卷20〈書傳會選〉、卷1〈朱子周易本義〉。

〔註3〕　《四庫全書總目》（臺北：藝文印書館，1989年1月），卷21，〈禮類三〉，〈雲

義者，二百七十年內，稀若晨星。迨其中葉，狂禪瀾倒，異說飆騰，乃併宋儒義理之學亦失其本旨。」〔註4〕對有明二百七十年的經學，幾近全盤否定，對明中期以後的經學評價更差，尤其對晚明的經學，排擊最力，云：「自明正德、嘉靖以後，其學各抒心得，及其弊也肆。」所指為王學末流以狂禪解經之類。〔註5〕又云「嘉隆之間，心學盛而經學衰」，〔註6〕「明至萬歷（曆）以後，經學彌荒，篤實者局於文句，無所發明；高明者騖於元（玄）虛，流為恣肆。」〔註7〕至於四庫館臣對明人著作的個別指摘，常見於《總目》各類存目中，可說是不勝枚舉。

　　錢、顧都是影響清代學風甚深的知識份子，《四庫全書總目》又是敕撰之書、流傳廣泛的古籍入門津梁，所論影響之巨，毋庸贅言，以上這些批評逐漸塑造了明人不學、空疏，明代經學衰落不振的成見。林慶彰先生曾指出清初以來，學者對明代經學評價的偏頗，引述了《明史‧儒林傳》、《四庫全書總目》、及皮錫瑞（1850～1908）《經學歷史》、陳登原（1900～1974）《國史舊聞》等對明代經學的貶抑之辭為證，言：「傳統觀念裏，明代是經學最衰落的時代。各種著作中，貶抑明代經學的言論可說俯拾即是。」〔註8〕

　　楊晉龍先生更在林先生論證的基礎上，引述了清初談遷（1594～1657）、顧炎武（1613～1682）以下，至民國初年羅振玉（1866～1940）、王國維（1877～1927）、梁啓超（1873～1929）、魯迅（188～1936）、顧頡剛（1893～1980）、呂思勉（1884～1957）、周予同（1898～1981）、張舜徽（1911～1992）等近三十來位知名學者對明代學術負面的批評，說明了從清初以來，至一九八〇年以前的著作中，學者常常不假思索地沿襲前人對明代經學既有的成見、對明代經學無法客觀評價的現象。雖然這段時期，亦偶有微弱的聲音，對明代學術予以局部的肯定，但這些正面的評價，常常被負面批評的喧譁所掩蓋。至於為何形成這些負面的評價，以及近四百年來，學者何以常常未加詳審的分析，即接受了對明人「束書不觀」、「空疏」的論斷，楊晉龍先生也有深入的分析，將其原

　　　　莊禮記集說〉條。下文中凡引《四庫全書總目》簡稱《總目》。
〔註4〕　《總目》，卷33，〈五經總義類〉，〈簡端錄〉條。
〔註5〕　《總目》，卷1，〈經部總敘〉。
〔註6〕　《總目》，卷33，〈五經總義類〉，〈經典稽疑〉條。
〔註7〕　《總目》，卷5，〈易類五〉，〈易義古象通〉條。
〔註8〕　林慶彰先生：〈晚明經學的復興運動〉，《明代經學研究論集》（臺北：文史哲出版社，1994年5月），頁79～145。

因歸類爲：一、遺民的歸獄；〔註9〕二、政治的因素；三、學術的差異；四、反傳統者的歸罪；五、過信權威的影響等五個原因所造成。〔註10〕

　　崇禎末年至清初，知識份子常反省明末衰敗、亡國之因，以爲學術文化影響人心，人心又影響社會治亂、影響國運，所以對明代、尤其是對中晚明的學術文化批判尤其強烈，也造成學風的轉變。考據學風影響下，清代學者之博學、治經之嚴謹，自非明人所及，執清人的嚴謹、博學與明人比較，故覺明人空疏不學。然而，客觀來看，用清人之長以攻明人之短，因而否定明代的學術文化亦不夠客觀。且許多相襲的成見、評論確實是太以偏概全、太片面了。譬如梁啓超言：「明朝以八股取士，一般士子，除了永樂皇帝欽定的《性理大全》外，幾乎一書不讀，學術界本身，本來就像貧血症的人衰弱得可憐。」〔註11〕用「束書不觀」、「一書不讀」指責明人，絲毫禁不起驗證，只要想到明代出版業如此發達，〔註12〕各家書目所錄書籍、著作之多，即可知明人不讀書之說實失之偏頗，此種批評肇因於明、清兩代學風的差異，及清人對明人所讀書籍和讀書態度的不滿，如黃宗羲（1610～1695）認爲「讀書當從《六經》，而後《史》《漢》，而後韓、歐諸大家」，方爲正路，〔註13〕此爲重實學、重考據的學風所認同的閱讀路徑；譚元春（1586～1637）卻自言其閱讀經驗是「不讀《五經》而先之以子史」，〔註14〕袁宏道（1568～1610）

〔註9〕　「歸獄」即歸罪之意，語見《公羊傳》閔公元年：「使弒子般，然後誅鄧扈樂而歸獄焉。」

〔註10〕　楊晉龍：《明代詩經學研究》（臺北：臺灣大學中國文學研究所博士論文，1997年6月），頁1～38。此論文在這部份用力甚深，對於廓清吾人對明代學術負面的成見，良有助益。

〔註11〕　梁啓超：《中國近三百年學術史》（臺北：臺灣中華書局，1987年2月臺11版），頁3。

〔註12〕　參周心慧：〈明代版刻述略〉，周心慧主編：《明代版刻圖釋》（一）（北京：學苑出版社，1998年12月），卷首，頁1～38。文中指出，印刷術經歷代發展，「至明而達於極盛」，並分析明代版刻發展的歷史背景和社會原因爲：（一）明王朝文治政策的需要。（二）學術發達著述豐富，出版政策相對寬鬆。（三）經濟發達，圖書消費市場活躍。（四）製書材料生產進步，爲書業提供了良好的物質基礎。由周文以上所述，可見出版業之蓬勃。又可參繆咏禾：《明代出版史稿》（南京：江蘇人民出版社，2000年10月），第二章〈明代出書種數〉的統計與論述。

〔註13〕　〔清〕黃宗羲：〈高旦中墓誌銘〉，《南雷文案》（臺北：臺灣商務印書，《四部叢刊》本），卷7，頁1。

〔註14〕　〔明〕譚元春：〈自序遊首集〉，陳杏珍標校：《譚元春集》（上海：上海古籍出版社，1998年12月），卷30，頁810。

更推重《水滸》之類的通俗文學，不以經史為重，言相較於《水滸》，「《六經》非至文，馬遷失組練」。〔註15〕且曾引里人云：「予每撿《十三經》或《二十一史》，一展卷即忽忽欲睡去，未有若《水滸》之明白曉暢，語語家常，使我捧玩不能釋手者也。」〔註16〕皆可見明人重趣，不重經史的閱讀傾向。即偶或讀經史，其讀法、眼光亦非清人所認同。〔註17〕

可見明人並非不讀書，只是因學風之異，明人的閱讀傾向和讀書態度不被清人認同。嵇文甫曾云：

> 晚明是一個心宗盛行的時代。無論王學或禪學，都是直指本心，以不讀書著名。然而實際上不是那樣簡單，每一個時代，思想界，甚至每一派思想的內部，常都是五光十色，錯綜變化的。在不讀書的環境中，也潛藏著讀書的種子：在師心蔑古的空氣中，卻透露出古學復興的曙光。世人但知清代古學昌明是明儒空腹高心的反動，而不知晚明學者已經為清儒做了些準備工作，而向新時代逐步推移了。〔註18〕

明人不僅嗜讀小品、有趣的通俗小說，嵇氏指出，即便是清人所重的漢學、考據，在晚明亦已萌牙，所論客觀公允。故吾人對於既往對明代空疏不學、束書不觀的評價，宜有所保留。

第二節　明代《詩經》學研究的概況

長久以來對明代經學的負面批評，加上明、清兩代經學研究趨向的差異等種種原因，致使清人對明代經學或斷然否定、或予以冷落。這種態度也影響到民國以來的經學研究，由於對明代經學負面評價的印象猶存，相對於其它朝代的經學著作所受到的關注，明代經學可說是處於被忽視的狀態。以《詩經》研

〔註15〕〔明〕袁宏道：〈聽朱先生說水滸傳〉，蔡景康編選：《明代文論選》（北京：人民文學出版社，1999年1月），頁332。

〔註16〕〔明〕袁宏道：〈東西漢通俗演義序〉，《明代文論選》，頁330〜331。

〔註17〕如明人以文學的眼光評經史，錢謙益、四庫館臣、張之洞等，都曾痛加責斥。參本論文第七章第二節〈評經遭到撻伐之故〉之論述。此種讀法在重考據的清人看來，讀了也等於未讀，所以馮班言：「今人讀《史記》，只是讀太史公文集耳，不曾讀史。」〔清〕馮班著，〔清〕何焯評：《鈍吟雜錄》（北京：中華書局，1985年，《叢書集成初編》本），卷6，頁87。

〔註18〕嵇文甫：〈古學復興的曙光〉，《晚明思想史論》（上海：上海書店，影印商務印書館1944年版，《民國叢書》第二編），頁98。

究爲例，翻閱林慶彰先生所主編的三部《經學研究論著目錄》〔註19〕其中〈《詩經》研究史〉部份的著錄，可略窺明代經學受到冷落的情形：

	先秦	兩漢	六朝	隋唐五代	宋代	元明	清代	總數
初編（1912～1987）	70	135	9	15	96	14	58	397
續編（1988～1992）	53	65	2	10	105	8	72	315
三編（1993～1997）	34	69	4	11	37	25	52	232

　　從上表，可以清楚地看出民國以來《詩經》研究史的偏重與忽略，相形之下，六朝、隋唐五代和元明的研究量偏少。六朝、隋唐五代研究數量較少，也許是因爲時代動亂之故，加上又有《毛詩正義》對經說的彙整、統一等因素，傳世的研經之作少，故今人研究的篇數也較有限。如以唐代而言，除廣爲後世所知的《毛詩釋文》、《毛詩正義》以外，可以考知的另有十餘種《詩經》的著作，但幸而完整留存的不過成伯璵《毛詩指說》一書而已。〔註20〕尚存的《詩經》典籍只有三本，故研究唐代《詩經》學的著作，也較難和研究漢、宋《詩經》學的量相比。然《毛詩釋文》、《毛詩正義》在經學史都有不可抹滅的地位，筆者所見資料中，從未有人指責唐代是經學衰落的時代。

　　反觀較近於民國的明代，國祚長達二百七十七年，而可以考知的《詩經》

〔註19〕　三部目錄如下：《經學研究論著目錄（1912～1987）》（臺北：漢學研究中心，1989年12月），學者慣稱此書爲「初編」；《經學研究論著目錄（1988～1992）》（臺北：漢學研究中心，1995年6月），學者慣稱此書爲「續編」；《經學研究論著目錄（1993～1997）》（臺北：漢學研究中心，2002年4月），學者慣稱此書爲「三編」。又按：下表《續編》「元明」部份著錄8條，其中一條所著錄的是陳第《毛詩古音考》北京中華書局1988年8月的版本，而非今人研究著作。

〔註20〕　根據日本學者江口尚純在〈唐代《詩經》學史考略〉一文中的考察，《毛詩釋文》、《毛詩正義》以外，另有：《毛詩注》、《詩說》、《毛詩指說》、《毛詩斷章》、《毛詩草木蟲魚圖》、《毛詩別錄》、《毛詩正數》、《毛詩釋題》、《毛詩音義》、《毛詩提綱》、《毛詩小疏》等十一種《詩經》著作。該文載於日本《中國古典研究》第35號（1990年12月），頁22～34。又，陸德明《毛詩釋文》一書雖成於入唐前，但學者都將之併入唐代經學來討論。劉毓慶：《歷代詩經著述考（先秦——元代）》（北京：中華書局，2002年5月）所考唐代《詩經》學著作稍多，然現存而可靠的唐代《詩經》學著作依然只有《毛詩釋文》、《毛詩正義》及成伯璵《毛詩指說》三部而已。劉著雖又列賈島《二南密旨》，亦存世，然陳振孫《直齋書錄解題》（臺北：臺灣商務印書館，1978年5月），卷22，〈二南密旨〉條已言該書「恐亦依託」，疑非賈島所著。且《二南密旨》並非經學著作，一般都視之爲詩話、詩文評之類。

學典籍，據楊晉龍先生從相關書目題跋等記載加以統計，明代《詩經》學專著，包括「五經總義類」所收《詩經》部分，共四百九十九部。至於存世的《詩經》學著作，包括收藏在台灣、大陸、日本等處的善本，則共有一百七十九部。〔註21〕劉毓慶先生在楊氏考得的成果上，輔以地方志藝文志的記載，言有明一代：「關於《詩經》研究的專著，竟多達六百餘種！比今所知的自漢至元一千五百多年間《詩經》專著的總和還要多！《四庫全書總目》與《續修四庫全書總目提要》著錄清代到民國的《詩經》學專著，總計也不到五百種。」〔註22〕姑不論六百之數，單就楊氏所言存世的明代《詩經》專著即有一百七十九部，就是一個可觀的數字，比起唐代的三本，真是天淵之別。而民國以來，關於明代《詩經》學的討論，竟如此稀少，民國以來對明代《詩經》學研究的不足，已顯然可見了。

可喜的是，近十餘年來，林慶彰先生、日本村山吉廣先生都曾致力於此，臺灣中央研究院的蔣秋華先生、楊晉龍先生，也先後寫過多篇明代《詩經》學的論文，楊晉龍先生的《明代詩經學研究》及劉毓慶先生的《從經學到文學——明代詩經學史論》，尤其是研究明代《詩經》學的力作，為後續的研究，打下了很好的基礎。而從《經學研究論著目錄》的著錄看來，由《初編》於七十五年中才僅得十四條、《續編》五年中有八條，至《三編》五年中已有二十五條，量的成長雖部份為研究人口增加的原因所致，而由《三編》（1993～1997）研究明代《詩經》學的量，在整個《詩經》學史研究的比重大幅提升，〔註23〕亦能

〔註21〕《明代詩經學研究》，頁67。楊氏有特加註明，書目題跋「不包括地方志書的藝文志等記錄」。

〔註22〕劉毓慶：《從經學到文學——明代詩經學史論》（北京：北京大學中文研究所博士論文，1999年4月），頁1，〈序〉。又參論文頁255～270所附的〈明代《詩經》著述考目〉，自云乃集楊晉龍之力，加上「查閱數十種書目著作及地方志」而得。能考得六百多本，可見作者用力之深，令人佩服。雖其中有些可能只是稿本、手抄本，未曾真正版行，但仍可據此而認識到明代《詩經》學著作之多。然正文中引文有可商榷之處，據此書目以證明代《詩經》著作之多則可，而持之與《四庫全書總目》與《續修四庫全書總目提要》所著錄清代到民國的著作不及五百之數相比，似不客觀。若有學者勤奮如楊、劉，能如法炮製，從各種書目題跋、地方志藝文志中尋尋覓覓，因清代年代較近，見存文獻較豐富，可以想見的是清代可以考知的《詩經》著作，當不下於明代六百之數。

〔註23〕《經學研究論著目錄》所著錄，雖元、明兩代併計，但其中大都為明代《詩經》學研究的成果。「元明」在整個《詩經》學史研究的比重，《初編》、《續編》、《三編》，分別為：3%、2.5%、10%。可見在1993～1997五年中，學界對明代《詩經》學較從前有更多的矚目。

反映出明代《詩經》學研究的領域，已較以往更受到學者的關注。

第三節　晚明《詩經》評點之學研究現況之檢討

　　評點常見施之於詩文、小說、戲曲上，事實上，在晚明評點興盛之際，評點曾遍施於經史子集四部。民國以來，相較於集部、特別是小說評點研究的蓬勃，〔註24〕評經、評史、評子的問題較少受到注意。

　　在前面兩節中，筆者已經交代了明代經學在清朝、民國所遭受的負面評價，以及明代《詩經》學典籍被漠視的現象。比起明代其它的經學著作，評經之作遭到的詆斥尤其強烈，被衛道的正統學者視為晚明經學之最不入流者，在清初受到學者嚴重的指責。既被貼上負面的標籤，評經之作，又與清朝重實學、考據的學風大相逕庭，書坊不再熱衷刊印相關典籍，晚明評經相關的典籍被排斥在主流外，漸成被冷落的歷史陳跡。〔註25〕

　　進入民國，經書不再扛起傳道的重責，大部分的研究者漸能擺脫衛道的使命，把經書當作史料、當作文學來看待，也能賞析《詩經》、《左傳》等經書的文辭，雖然多數研究者不像清初諸儒對晚明評經抱著既定的偏見和強烈的反感，〔註26〕但這些評經之作由明末至民國初年，流傳有限，傳世的《詩

〔註24〕 譚帆：《中國小說評點研究》（上海：華東師範大學出版社，2001年4月），頁348～381，附錄了〈20世紀中國小說評點研究總目〉，共524條。根據頁381的說明，此份目錄主要是據于曼玲編《中國古典戲曲小說研究索引（下）》和1992年以來的人民大學《複印報刊資料（中國古代、近代學文學研究）》整理而成，坦言「一些收於論集中的有關論文限於資料大多未及輯錄」。可見小說評點研究的總數應遠逾五百之數才是。然據此份目錄，亦已足證小說評點研究盛況之一斑。

〔註25〕 此言評經之作被忽視，是指清儒在學術上對這類著作的態度而言。如以評經著作本身的市場價值而論，鍾惺、戴君恩之評本，都是精美的套印本，儘管不認同其著作的內容，得其書必視如珍寶。大陸學者沈津在討論明代中葉後的書價問題時，以當時的俸祿來作比較，認為當時的書價是昂貴的，「一位七品芝麻官的每月薪俸，僅能買幾部平常之書而已」。參沈津：〈明代坊刻圖書之流通與價格〉，《國家圖書館館刊》1996年第1期（1996年6月），頁101～118。而套印本刻印費工，書價定為一般書籍的數倍，恐怕一部套印本，就足以耗盡七品官一個月的月薪。也多虧套印精美，否則這類與清儒學術主流殊異的評經之作，可能更不易傳世了。

〔註26〕 比較民初學者所撰的評經相關諸書的提要，多有肯定，與四庫館臣一味的指責相差很多，即可明其態度之異。如鍾惺《詩經》評點之作，張壽林評云：「然其間品題玩味，多出新意，不肯剿襲前人，揆之性情，參之義理，頗能平心

經》評點，如鍾惺所評，或為朱墨本，或為三色印本；戴君恩《讀風臆評》亦為朱墨本，耗資皆為一般書籍的數倍。此種精美的套印本、賞心悅目的書籍，喬衍琯先生譽之為「圖書中的藝術品」，〔註27〕已成為圖書館或收藏家秘藏的珍寶，不輕易示人，不容易流通。〔註28〕書籍取得的困難，加上被漠視太久了，遂淹沒在浩瀚的古籍中，因此很長的一段時期中，未獲得學界的注意。將晚明的《詩經》評點之作，持以和清初姚際恆（1647～？）《詩經通論》從民初以來所受到的重視相比，晚明評經之作，所受到的冷落就愈發可見了。

　　姚氏《詩經通論》，除訓詁、考據、辨證經義外，亦採評點手法賞其文辭。依其自序此書成書於康熙四十四年（1705），然當時未刊行，道光年間韓城人王篤才將家藏的《詩經通論》抄本付梓，於道光十七年（1837）刊刻於四川督學署。〔註29〕由於同治年間方玉潤（1811～1883）得到姚際恆《詩經通論》，並將此書部份觀點引入《詩經原始》中，至民國初年，胡適藉由《詩經原始》得知有《詩經通論》，動員人力尋找。《詩經通論》因得到胡適、顧頡剛諸人的眷顧，聲名大噪，民國十六年，有鄭壁成覆刻韓城王氏刊本；民國三十三年，有《北泉圖書館》叢書本；顧頡剛的點校本也在一九五八年出版，至今共有《詩經通論》的古籍及點校本共十種。〔註30〕關於《詩經通

靜氣，以玩索詩人之旨。……凡若此類，大抵著語無多，而領會要歸，表章性情，深得詩人之本意。……必謂批點之法，非詁經之體，遂併其書而廢之，是則未免門戶之見，非天下之公議矣。」倫明評云：「是書廢棄一切傳箋註，止就三百篇正文，略拈數語，……語簡而彌雋永，大抵本其所撰《詩歸》之旨，亦說《詩》者別一法門也。」但江瀚評清代牛運震的《詩志》，顯然就受到四庫館臣很大的影響，對以評點之法說經，尤其不以為然：「此編於詩之章句間，會其語妙，著其聲情，因而識其旨歸。……實則仍不脫明人孫鑛、鍾惺陋習，何嘗能得詩人之志邪？其於經文每加旁圈，尤乖說經之體，篇中如謂悠哉悠哉二句，筆勢一颺一頓，一曲一直，唱歎深長，令人黯然消魂。……無非學究評詩文伎倆。」分見《續修四庫全書總目提要‧經部》（北京：中華書局，1993 年 7 月），頁 321、338。

〔註27〕喬衍琯：〈套色印本〉，《古籍鑑定與維護研習會專集》編輯委員會編：《古籍鑑定與維護研習會專集》（臺北：中國圖館學會，1985 年 6 月），頁 224～241。

〔註28〕周作人曾云：「好幾年前在友人手頭看見一部戴忠甫的《讀風臆評》，明萬曆時閔氏朱墨套印，心甚愛好，但求諸市場則書既不多，價又頗貴，終未能獲得。」《知堂書話》（下）（臺北：百川書局，1989 年 12 月），頁 1～4，〈讀風臆補〉條。

〔註29〕〔清〕王篤：〈詩經通論‧序〉，《姚際恆著作集‧詩經通論》（臺北：中央研究院中國文哲研究所，1994 年 6 月），卷首。

〔註30〕參林慶彰先生：〈詩經通論‧校印說明〉，《詩經通論》，卷首。

論》的研究著作更可觀，不提單篇論文，僅專書和學位論文筆者所知就有四本之多。〔註31〕學者的研究著作中，大都讚許姚氏以文學觀點說《詩》的創舉，和另一部《詩經》評點——方玉潤的《詩經原始》，從胡適、顧頡剛以來，都深受矚目，學者津津樂道其反傳統、反主流、能以文學觀點就詩論《詩》，這些特質都和民初以來讀《詩經》的脾胃相合。但比姚、方二書，更早以文學觀點說《詩》，特立獨行的風格不遜於姚、方的晚明孫鑛（1543～1613）、鍾惺（1574～1625）、戴君恩（…1618…）〔註32〕等之《詩經》評點，在姚、方受到推重之際，依舊罕有人問津。

　　民初，除《續修四庫全書總目提要》對孫、鍾、戴諸人之評有幾篇簡短的提要加以介紹外，朱自清曾在《詩名著箋》引錄戴君恩對〈國風〉詩歌的一些批評，〔註33〕最難能可貴的是周作人，在古史辨派諸家忙著辨偽、疑經、攻擊《詩序》、毛鄭時，周作人卻留心到《詩經》學史上以文學說《詩》之類的「旁門外道」，並以書評形式作短文，推重明、清以文學說《詩》的諸家，鍾惺、戴君恩、賀貽孫、萬時華、姚際恆、郝懿行與王照圓、陳繼揆都曾提及，〔註34〕可說是慧眼獨具。但周作人並沒有喚起後來的研究者對以上諸書

〔註31〕關於《詩經通論》的專著及碩博士論文，就筆者所知，就有以下幾本：
　　1. 詹尊權：《姚際恆的詩經學》（新加坡：新加坡南洋大學碩士論文，1979年）。
　　2. 簡啟楨：《姚際恆及其詩經通論研究》（臺北：全賢圖書公司，1992年3月）。
　　3. 文鈴蘭：《姚際恆詩經通論之研究》（臺北：政治大學中國文學研究所博士論文，1994年6月）。
　　4. 趙明媛：《姚際恆詩經通論研究》（桃園：中央大學中國文學研究所博士論文，2000年12月）。
〔註32〕戴君恩生卒年不詳，考鍾惺《詩經》初評本約完成於萬曆四十一（1613）～四十四年（1616）之間，參筆者撰：〈鍾惺《詩經》評點成書時間考——辨證《鍾惺年譜》一誤〉，《經學研究論叢》第十輯（臺北：臺灣學生書局，2002年3月），頁75～84。而戴君恩《讀風臆評》序署萬曆戊午年（46年，1618），故文中以「孫、鍾、戴」為次序。
〔註33〕《詩名著箋》，《朱自清古典文學專集·續編》（臺北：源流文化事業公司，1982年9月），頁67～214。據朱喬孫編：《朱自清全集》第7卷《古詩歌箋釋三種》（杭州：江蘇教育出版社，1992年6月），頁586～587〈編後記〉言，《詩名著箋》是朱自清教授「古今詩選」這門課程的講義。朱氏生前並未發表過，由後人據其遺稿整理而成。
〔註34〕參《知堂書話》（上），頁347～351，〈郝氏說詩〉條；《知堂書話》（下），頁1～4，〈讀風臆補〉條及頁289～296，〈賀貽孫論《詩》〉條。「旁門外道」為周作人語，見〈賀貽孫論《詩》〉條。考《知堂書話》目錄並觀內容所述，可知周作人對《詩經》的興趣，主要是草木鳥獸之類的博物學，及以文學觀點

的重視，除姚際恆《詩經通論》本就為古史辨派學者所推重外，其他諸家的作品，在之後的幾十年間仍罕有人提起。

如夏傳才先生《詩經研究史概要》、林葉連先生《中國歷代詩經學》，都對清代姚、方二人評點之作略有著墨，但皆未言及孫、鍾、戴三人的《詩》評。〔註35〕一方面固然是因為歷代《詩經》學典籍浩瀚，難以遍及；一方面，豈非反映了當時學界對晚明《詩經》評點仍未有足夠的注意和認識之故？

二十年前左右，日本村山吉廣先生才開始對明、清之際《詩經》評點之作，陸陸續續的展開研究，發表多篇相關的論文。〔註36〕近幾年臺灣、大陸的學者，也開始跨入這個研究領域，僅將筆者所知研究孫、鍾、戴三人《詩經》評點之學的相關論著稍作簡介。

關於孫鑛《詩經》評點的研究，目前僅見兩篇：

一、劉毓慶：〈孫鑛的「格調」論與《批評詩經》〉

　　《從經學到文學──明代詩經學史論》（北京：北京大學中文研究所博士論文，1999 年 4 月），頁 156～165。

二、龍向洋：〈簡論孫鑛的《詩經》評點〉

　　《江西社會科學》2002 年第 2 期，頁 11～13。

關於戴君恩《詩經》評點的研究有以下諸篇：

一、村山吉廣著，林慶彰譯：〈崔述《讀風偶識》的側面──和戴君恩《讀風臆評》的關係〉

　　原載：《中國哲學》（北海道中國哲學會）第 21 號（1992 年 10 月），頁 1～19。

　　《中國文哲研究通訊》第 5 卷第 2 期（1995 年 6 月），頁 134～144。

二、村山吉廣：〈戴君恩《讀風臆評》與陳繼揆《讀風臆補》比較研究〉

　　　說《詩》之類的著作。

〔註35〕夏傳才先生：《詩經研究史概要》（臺北：萬卷樓圖書有限公司，1993 年 7 月），頁 228～233，讚許姚際恆、崔述、方玉潤三人為「超出各派的獨立思考派」。林葉連：《中國歷代詩經學》（臺北：臺灣學生書局，1993 年 3 月），頁 408～415，有二小節分論姚、方。但二書皆未言及晚明三家之《詩經》評點。

〔註36〕村山吉廣先生對明代的鍾惺、戴君恩，清朝的姚際恆、方玉潤、陳繼揆等以文學觀點說《詩》的著作，都曾為文研究、介紹。研究鍾、戴、陳三人著作的論文，參筆者以下正文所引，對姚、方的研究，參林慶彰先生主編：《日本研究經學論著目錄（1900～1992）》（臺北：中央研究院中國文哲研究所，1993 年 10 月），頁 259～261 所著錄。

《明代經學國際研討會論文集》（臺北：中央研究院中國文哲研究所籌備處，1996 年 6 月），頁 347～372。

三、村山吉廣：〈戴君恩《讀風臆評》初探〉

《第二屆詩經國際學術研討會論文集》（北京：語文出版社，1996 年 8 月），頁 469～483。

四、劉毓慶：〈戴君恩的「格法」說與《讀風臆評》〉

《從經學到文學——明代詩經學史論》，頁 176～183。

《中國典籍與文化》2000 年第 2 期，頁 74～78。

比起孫、戴，學者對鍾惺《詩經》評點更為關注，有關鍾惺《詩經》評點的研究者之眾、相關論文之多，非但孫、戴之作瞠乎其後，也是明代其他《詩經》學著作罕見的。研究鍾惺《詩經》評點的相關論文，有以下諸篇：

一、村山吉廣著，林慶彰譯：〈鍾伯敬《詩經鍾評》及其相關問題〉

原載：《詩經研究》第 6 號（1981 年 6 月），頁 1～7。

《中國文哲研究通訊》第 6 卷第 1 期（1996 年 3 月），頁 127～134。

二、村山吉廣著，林慶彰譯：〈竟陵派的詩經學——以鍾惺的評價為中心〉

原載：《東洋の思想と宗教》第 10 號（1993 年 6 月），頁 1～4。

《中國文哲研究通訊》第 5 卷第 1 期（1995 年 3 月），頁 79～92。

三、游適宏：〈就「詩」論《詩》：晚明《詩經》評點的興起及其性質〉

《道南文學》第十二輯（臺北：國立政治大學中文系，1993 年 12 月），頁 321～347。

四、傅麗英：〈鍾惺的《詩經》研究論〉

《第二屆詩經國際學術研討會論文集》（北京：語文出版社，1996 年 8 月），頁 484～492。

《明代詩經學》（北京：語文出版社，1996 年 8 月），頁 60～67。

《經學研究論叢》第四輯（臺北：聖環圖書公司，1997 年 4 月），頁 83～90。

五、李先耕：〈鍾惺《詩》學著書考〉

《詩經研究》第 21 號（1997 年 2 月），頁 1～4。

六、楊晉龍：〈鍾惺及評點式參考書〉

《明代詩經學研究》（臺北：臺灣大學中國文學研究所博士論文，1997 年 6 月），頁 289～301。

七、陳文采：〈鍾惺《批點詩經》析論〉

　　《臺南女子技術學院學報》第 17 期（1998 年 6 月），頁 15～25。

八、劉毓慶：〈鍾惺的「詩活物」說與《詩經》評點〉

　　《從經學到文學——明代詩經學史論》，頁 183～191。

九、張淑惠：《鍾惺的詩經學》

　　臺北：東吳大學中國文學研究所碩士論文，2000 年 6 月。

十、劉毓慶：〈鍾惺《詩》學略論〉

　　《山西大學學報》2001 年第 5 期，頁 43～48。

綜觀以上所述，對孫、戴之評的研究，只有寥寥幾篇，明顯的不足。而鍾評由於多位學者的努力，披荊斬棘，為後續的研究奠定了基礎，也喚起學界重視晚明《詩經》評點。〔註37〕然而，鍾惺《詩》評研究的量雖看似不少，但卻存在著以下的不足：

　　一、由於多為單篇論文，所論無法深入。看似研究數量多，但有些論文，創發有限。

　　二、鍾評有初、再評本，再評本的評語比初評本豐富許多，但多數研究者常常僅據初評本立論，不夠全面。

　　三、鍾評為明代珍貴套印本，研究者觀閱原本不易，而《四庫全書存目叢書》、《續修四庫全書》中都未影印鍾評，對於初評本成於何時，以及初、再評本間的差異、鍾評各種版刻的情形，以往的論文中大都未曾交代，或交代有誤。

　　四、由於對鍾評的研究，為時未久，許多具創發性的說法，亦值得商榷。譬如：或將鍾惺的《詩》評，視為科舉用書。到底鍾評的性質為何？與科舉有何關係？應再釐清。

　　五、晚明鍾、譚評點《詩歸》，竟陵派盛極一時，到底鍾評《詩經》是否反映了竟陵派的文學觀？與《詩歸》之評有何異同？亦未見深入探討。

除上述五點之外，孫、鍾、戴三書之異同、晚明評經風氣興起的背景、晚明和清初對待評經不同的態度、清人指責評經的深層心理，……這些都是前人

〔註37〕譬如近幾年出版的二部綜論《詩經》學史的著作——戴維：《詩經研究史》（長沙：湖南教育出版社，2001 年 9 月）及洪湛侯：《詩經學史》（北京：中華書局，2002 年 5 月），就一改先前夏傳才、林葉連書一字未提的情形，而對晚明《詩經》評點略有著墨。筆者以為，這正是近年來學者發表的相關研究論文，所喚起的重視和影響。

或未論及、或簡單交代未曾深究的。

　　筆者以爲，晚明經書的評點之學，在經學史上是一個特殊現象，與傳統採箋注的解經方式，不論是形式或內容上都大異其趣，以往的經學研究者，常不屑或不遑顧及。〔註38〕而研究文學、研究評點的學者，經書非其專攻，又或視評經爲經學範疇，故亦甚少留意，如筆者所見研究竟陵派文學、詩論者，大都僅從鍾、譚的詩文集、《詩歸》中取材，常不知或無視於鍾惺《詩》評的存在。

　　不管從經學、文學、文學批評等角度來看，晚明的評經都足堪深思、玩味。惟限於學力及時間，僅以《詩經》評點爲研究對象。由於以往的學者雖曾寫過相關論文，引發學界的注意，但尚待解決的問題仍不少，故選擇「晚明《詩經》評點之學研究」作爲本論文的主題，盼能對這個課題有更深入的探討與創發。

第四節　研究範圍的界定與主題的說明

一、範圍的界定

　　關於「晚明」，學者大都將其界定在萬曆元年（1573）迄於崇禎十七年（1644）間，如曹淑娟教授云：「起自神宗萬曆元年（癸酉、西元1573年），迄於思宗崇禎十七年（甲申、西元1644年），前後凡七十二年，即所謂晚明時期。」〔註39〕周志文教授云：「晚明大致是指萬曆元年（1573）到明亡（1644）這七十餘年事。」〔註40〕大陸學者吳承學云：「所謂晚明，傳統是指明代萬曆年間至明朝滅亡（1573～1644）這段70餘年的歷史。」〔註41〕將「晚明」界定在「萬曆元年至明亡」，這似乎已是共識。較早的學者嵇文甫作《晚明思想史論》，亦將所謂的「晚明」界定在「大體上斷自隆萬以後，約略相當於西曆十六世紀的下半期以及十七世紀的上半期」，〔註42〕所言雖較模糊，但和「萬曆元年至明亡」的界定是一致的。

〔註38〕袁枚〈虞東先生文集序〉曾指出：「說經者，又曰：『吾以明道云爾，文則吾何屑焉？』」《小倉山房詩文集》（上海：上海古籍出版社，1988年8月），《文集》，卷10。點出傳統經學研究者的心態，以義理爲重，不屑論文。

〔註39〕曹淑娟：《晚明性靈小品研究》（臺北：文津出版社，1988年7月），頁259。

〔註40〕周志文：〈自序〉，《晚明學術與知識份子論叢》（臺北：大安出版社，1999年3月），頁6。

〔註41〕吳承學：《晚明小品研究》（南京：江蘇古籍出版社，1998年7月），〈緒論〉，頁4。

〔註42〕嵇文甫：〈從王陽明說起〉，《晚明思想史論》，頁1。

　　界定了「晚明」以後，關於「《詩經》評點」，要稍作說明的是，在晚明評點興盛的時代，「評點」最常施之於科舉講章、兔園策、幼學啓蒙教材等。可以想見的是，當時選考《詩經》的士子，一定抱著若干本《詩經》應考的參考書，內容不外集錄《詩集傳》、《大全》等權威注解，編選者或點或評，或標示重點，或以蠅頭小字敷衍經義，指導學子臨場寫作八股文的秘訣。或者迻錄若干篇《詩》義，集結成八股文選本，評選者還是免不了細點密圈評批。這類參考書，旋生旋滅，雖如今傳世不多，而當時汗牛充棟是可想而知的。《詩經》科舉用書的研究，是另一個大課題，觀《四庫全書總目》對此類科舉用書的批評，與對筆者所要討論較偏文學性質評點的著作，雖同爲指斥，但並未將二者視爲同類。且二者不論其形貌，或是性質、用途都大相逕庭，自然不宜混爲一談。所以有些鄉塾教材、科舉用書，雖亦施以圈評，雖偶或受到當時風氣的影響，也會以文學眼光說《詩》，但這類書並非本論文主要討論的範疇。本論文對晚明《詩經》評點之學的研究，將以孫鑛《孫月峰批評詩經》、鍾惺《詩經》評點、戴君恩《讀風臆評》等三人的評點之作爲主要探討的對象。

　　黃永武先生曾論箋註與評詩的差異，云：「註詩與評詩不同，評詩可以與作者爲敵，箋註則須尊題；評詩乃自出心裁，箋註則須言之有據。評詩可選擇某一部分，箋註則務求完整。」此雖是針對一般的詩集、詩選箋評現象而言，而用來說明箋註經書與評點經書之差異，亦十分貼切。黃先生又進一步詳細說明：

> 圈點批評與箋註是有所不同的：圈點批評是較爲主觀的，而箋註則較爲客觀；圈點批評可與作者爲敵，指摘詩中的缺點；而箋則不得矜伐非毀，〔註43〕宜守「尊題」的原則；圈點批評可以全出個人的愛憎，而箋註則在考訂翔實，須有證據。又評詩者可以就全集中選評若干首，全首中選評若干句若干字，作爲批評對象，而箋註則務求詳備完整。〔註44〕

文中所說的評詩特色，我們都可以在孫、鍾、戴的評經著作中發現，他們所施加的評語或有或無，或長或短，在書中評「妙」、評「峻切」、評「有味」……只是直覺的感受，常未加說明，愛憎、是非大都出自個人主觀、不講究證據，

〔註43〕依前後行文之例，此句「箋」字後似漏一「註」字，應作：「箋註則不得矜伐非毀。」

〔註44〕以上所述參黃永武：《中國詩學——考據篇》（臺北：巨流圖書公司，1977年4月），頁 75～76。

甚至可以與作者——編述的孔子為敵，指責《詩經》的詩句不佳。

　　本論文選擇以孫鑛《孫月峰批評詩經》、鍾惺《詩經》評點、戴君恩《讀風臆評》作為主要探討的對象，蓋因三部書是晚明《詩經》學典籍中，最典型、最純粹的評點著作，有著黃永武先生所形容的那些評點特色。刊落箋注訓詁，不以論詩旨、經義為重，有別於亦施用評點的科舉講章，也不同於作為啟蒙的教材，巨細靡遺。與一般經解殊異的性質與面貌，正是其殊堪玩味、值得一探究竟之故。

二、各章主題的說明

　　本論文主要採歷史文獻分析法，藉由歷史文獻的考察，知人論世。並佐以統計法，闡釋學、接受美學、語境說等理論，以作為論證的輔助。以下說明筆者對本論文各章的安排、取捨之故。

　　第一章〈導論〉：澄清前人對明代經學的負面評價及因襲的成見，檢討明代《詩經》學及晚明《詩經》評點之學的研究概況，並說明本論文主題的研究價值。

　　第二章〈評點概說〉：介紹評點的起源、發展、特色、與科舉密切結合的情形，及明清士人對評點的評價等。對「評點」的性質及明、清士人對「評點」的評價有正確認識後，可作為吾人了解評經的表現方式、認識評經性質的基礎，及幫助吾人正確地解讀前人對評經的種種論說。

　　第三章〈經書評點風氣興起的背景〉：何以晚明會有大量的評經著作產生，並受到時人的歡迎，之前的研究者未能詳言，筆者考察當時的學術風氣，解經態度，歸納明人文集、書序中的敘述，加以說明。

　　第四章至第六章，分別析論孫、鍾、戴三評，由介紹其人之生平、文學主張入手，結合其文學主張及相關著作中的資料，說明其評《詩》之動機、版本問題、評《詩》的態度、對《詩序》、《毛傳》、《鄭箋》、《朱傳》等舊說的取捨、《詩》評所透露出的好尚，並說明其影響及評價。章節的安排有時受到資料的侷限，難以一律。如孫、鍾二人，筆者都曾設章節說明其文學主張，然戴君恩本不是活躍於文壇的文人，也非聲名顯赫之輩，加上未見其文集傳世，筆者尚未看到相關詩文往來的線索或文友、後輩對他的評論，僅能據《剩言》中幾條的資料稍作說明，實很難以章節的形式呈現其文學主張。又如版本問題，鍾、戴之評較可發揮，孫評僅一種刻本傳世，無從比較。三人的生

平，戴君恩因資料零星無法多談，鍾惺因較廣爲人知，且陳廣宏先生已撰就《鍾惺年譜》一書詳細論述，筆者自毋需再瑣碎贅言。孫鑛一人，言之獨詳，主要是因今人對孫鑛較陌生，且既有的研究論文對其人的介紹過簡，而筆者也掌握到可以發揮的資料之故。以上的取捨，無非是希望能儘可能地「詳人所略，異人所同」而已。

第七章〈晚明《詩經》評點的性質辨證〉：先前研究者或言鍾評之類的評點之作，其性質爲科舉講章之屬，故招來錢謙益、顧炎武等指斥。筆者設此章予以回應，除證鍾評等書其性質與科舉無關、是文學評賞之外，並詳細析論錢、顧、四庫館臣等抨擊評經的深層心理。〔註45〕

第八章〈晚明《詩經》評點之學餘論〉：用闡釋學到接受美學的轉變，來對照、解釋晚明將孟子「以意逆志」轉爲「以臆逆志」的閱讀現象。並指出在尊經的思維下，「聖經」與「至文」間存在著衝突，故評經者常將論文的本質，用求經義、明道的外衣來包裹，今人不明其所處的語境，常爲其飾辭所惑。本章並通論民初對晚明《詩》評的肯定，及指出諸評刊落訓詁，用語模糊、簡略，造成今人解讀的困難，是其不足之處。文末結語，回顧本論文的寫作，筆者自省得失，並前瞻未來可繼續努力的方向。

〔註45〕關於評點諸書「性質」的探討，原應置於析論孫、鍾、戴三評之前。筆者置於析論三評之後，一方面，對三評的介紹可作爲認識其性質的基礎；又因此章所述，牽涉到晚明以後對評經的評價、影響等問題，與接續第八章所論有關連，故置於此。

第二章　評點概說

第一節　評點的興起

　　評點，或云「批點」、「圈評」，原爲一種個人讀書時，隨手於書上筆記，或旁批、或眉批，或抹、或圈、或點，以標示書中精義、心得的讀書習慣。在《朱子語類》中，朱熹（1130～1200）曾自述閱讀時用各色筆抹，以探得書中的精要。〔註1〕然或將評點起源上溯至唐代、甚至漢代。

　　韓愈（768～824）元和元年所作〈秋懷詩〉十一首之七：「不如覷文字，丹鉛事點勘。」羅根澤云：「宋以後所謂點勘率指點畫，則韓愈所謂點勘也大概指點畫。」又云：「朱子所謂『先以某色筆抹出，再以某色筆抹出』，正是韓愈所謂『丹鉛事點勘』。」〔註2〕由於並無傳世之書可以爲證，很難區別韓、朱之異同。章學誠（1738～1801）又辨正程大中《考古叢編》所論評點的起源：

〔註1〕　參見〔宋〕黎靖德編，王星賢點校：《朱子語類》（北京：中華書局，1994年3月），卷104，頁2616，〈朱子一·自論爲學工夫〉：「某二十年前得《上蔡語錄》觀之，初用銀朱畫出合處；及再觀，則不同矣，乃用粉筆；三觀，則又用墨筆。數過之後，則全與元看時不同矣。」卷115，頁2783，〈朱子十二·訓門人三〉：「後得謝顯道《論語》，甚喜，乃熟讀。先將朱筆抹出語意好處；又熟讀得趣，覺見朱抹處太煩，再用墨抹出；又熟讀得趣，別用青筆抹出；又熟讀得其要領，乃用黃筆抹出。」卷120，頁2887，〈朱子十七·訓門人八〉：「某自二十時看道理，便要看那裏面。嘗看上蔡《論語》，其初將紅筆抹出，後又用青筆抹出，又用黃筆抹出，三四番後，又用墨筆抹出，是要尋那精底。」

〔註2〕　羅根澤：〈詩文評點〉，《中國文學批評史》（臺北：學海出版社，1990年2月），頁857～880。

－17－

程云：「書以朱墨評點，明時盛行，《隋經籍志》有賈逵《春秋左氏
經傳朱墨列》，蓋自漢有之矣。」按：《隋志》所著，似朱墨異書以
分經傳，非評點之類，且賈逵原本未必隋時尚存，則朱墨或後人傳
鈔之本，不得遽指爲漢人已然。劉知幾《史通·斥繁》之篇，則實
以朱墨點抹古史，原文似可援以爲例。〔註3〕

劉知幾（661～721）所作《史通》，認爲：「國史之美者，以敘事爲工，而敘
事之工者，以簡要爲主。」「自兩漢迄乎三國，國史之文，日傷煩富，逮晉已
降，流宕逾遠，尋其冗句，摘其煩詞，一行之間，必謬增數字，尺紙之內，
恆虛費數行。」〔註4〕故又作〈點煩〉篇：

今輒擬其事，鈔自古史傳，文有煩者，皆以筆點其煩上（原注：其
點用朱粉雌黃並得）。凡字經點者，盡宜去之。如其間有文句虧缺者，
細書側注於其右。（原注：其側書亦用朱粉雌黃等，如正行用粉，則
側注者用朱黃，以此爲別。）或回易數字，或加足片言，俾分布得
所，彌縫無闕。庶觀者易悟，其失自彰。〔註5〕

其原本之筆點、用色，在流傳過程中漸模糊、失落，今僅能據註來窺見一二，
如《孔子家語·三恕篇》：「魯公索氏將祭而忘其牲，……夫子何以知然？」
一段，註：「右除二十四字。」即以筆點去二十四字之意。劉知幾以朱粉雌黃
點煩之說，只如今日教師批閱學生作文，以紅筆增刪，以醒眼目，與南宋之
後的評點的意義和實質作用差很多。

筆者以爲，自漢代賈逵《春秋左氏經傳朱墨列》、至唐代劉知幾《史通》的
點煩，及韓愈的「丹鉛事點勘」，只可藉以得知古人閱讀時，已有用色筆作記以
便與正文區別的現象，不宜等同於後代的評點。評點逐漸興盛、成形，就現有
的資料看來，似南宋朱熹、呂祖謙（1137～1181）以及其影響下的學者、文人，
較經常地將評點運用在閱讀、教學、批評上，不僅傳下了評點本，也留下了顯
著的成績，爲評點日後的興盛做了準備，四庫館臣認爲評點「盛於南宋末」，殆

〔註3〕　〔清〕章學誠：《章氏遺書·外編》（臺北：漢聲出版社，1973 年 1 月影印吳
興劉承幹嘉業堂刊本），卷 1，〈信摭〉，頁 3。進士程大中《考古叢編》，未及
刊行。《隋書》（臺北：鼎文書局，1983 年 12 月），卷 32，〈經籍志〉，著錄賈
逵撰《春秋左氏經傳朱墨列》一卷。

〔註4〕　〔唐〕劉知幾著，〔清〕浦起龍釋：《史通通釋》（臺北：文海出版社，1964
年 11 月），卷 6，〈敘事〉篇。

〔註5〕　《史通》，卷 15，〈點煩〉。浦起龍注：「煩，或作繁，文內並同。」

有以也。〔註6〕而朱熹及呂祖謙即是評點邁向成熟過程中重要的推手。

　　呂祖謙《古文關鍵》是第一本評點本，陳振孫謂此書「標抹注釋，以教初學」，〔註7〕評點的便利性，使得接連的幾部古文選本，都同樣採用了評點手法指導學子習文。樓昉作《迂齋古文標注》，書名或題作《崇古文訣》，陳振孫言此書「大略如呂氏《關鍵》」，〔註8〕《總目》盛讚此書後出轉精：「篇目較備，繁簡得中，尤有裨於學者。蓋昉受業於呂祖謙，故因其師說，推闡加密。」〔註9〕由此可看出《古文關鍵》與樓昉之作的關係。當時又有眞德秀之《文章正宗》，續有舊題廬陵王霆震所編《古文集成》，謝枋得《文章軌範》等文章選集問世，提供士子學文之用。以上這些文選的閱讀，可說是士子養成教育中不可或缺的訓練，尤其所選又與科舉、應考有關，廣泛傳播的需要，使逐利的書商，樂於刊刻評點本，也使評點本漸成書籍刊刻的一種常見形式，更爲評點的茁壯，奠定了基礎。至明朝才開展了更蓬勃的局面，致有茅坤（1512～1594）所編《唐宋八大家文鈔》，在明清之際「一二百年以來，家弦戶誦」的盛況。〔註10〕

　　回顧南宋這一段文選與評點攜手合作的過程，及呂祖謙對樓昉、王霆震諸書的啓發、影響，說呂祖謙是評點發展初期的重要推手，應是名符其實的。

　　而與呂祖謙交情甚篤的朱熹，除在《朱子語類》中，再三言及其閱讀時筆抹的情形外，但並未有評點本傳世。也許受到朱子身體力行用點抹來閱讀的影響，朱子的後學也是灌漑評點茁壯的功臣。何基爲朱熹門人黃榦（1152～1221）的弟子，《宋史》說何基：「凡所讀無不加標點，義顯意明，有不待論說而自見者。」〔註11〕這裡的「標點」，能達到「義顯意明，有不待論說而

〔註6〕　《總目》，卷37，〈四書類存目〉，〈蘇評孟子〉條云：「宋人讀書，於切要處率以筆抹。……呂祖謙《古文關鍵》、樓昉《迂齋評註古文》，亦皆用抹，其明例也。謝枋得《文章軌範》、方回《瀛奎律髓》、羅椅《放翁詩選》始稍稍具圈點，是盛於南宋末矣。」此處言「盛於南宋末矣」，是和「南宋末」以前比較而言，此「盛」有興起之意。南宋雖有一些刊行的著作採用評點，然比起明、清書籍更普遍採用評點而言，當然談不上「盛」了。

〔註7〕　〔宋〕陳振孫：《直齋書錄解題》（臺北：臺灣商務印書館，1978 年 5 月），卷15，〈總集類〉。

〔註8〕　同前註。

〔註9〕　《總目》，卷187，〈總集類二〉，〈崇古文訣〉條。

〔註10〕　《總目》，卷189，〈總集類四〉，〈唐宋八大家文鈔〉條。

〔註11〕　見《宋史》（臺北：鼎文書局，1983 年 11 月），卷438，〈何基傳〉。〔清〕黃宗羲：《宋元學案》（臺北：華世出版社，1987 年 9 月），卷82，〈北山四先生

自見」的效果，可見應不只是一般的句讀標點符號。而何基的弟子王柏（1197〜1274）亦有關於批點的一套方法，程端禮（1271〜1345）《程氏家塾讀書分年日程》卷一談到王柏有點抹《四書》凡例，卷二所引的〈勉齋批點四書例〉，〔註12〕吳師道（1283〜1344）言此批點《四書》例為王柏所定，題為「勉齋」是惑於傳聞，誤以為黃榦（字直卿，號勉齋）所定。吳師道並言何基與王柏所批點「不止於《四書》，而《四書》為顯」。〔註13〕明初趙撝謙《學范》中引了〈魯齋批點綱目凡例大略〉，〔註14〕清錢泰吉（1791〜1863）《曝書雜記》又載王柏《尚書》標注凡例：「朱抹者，綱領、大旨；朱點者，要語、警語也；墨抹者，考訂、制度；墨點者，事之始末及言外意也。大略與《四書》標點例同。」〔註15〕凡此皆可見王柏在這方面的致力與影響。〔註16〕

由朱熹的後學何基、王柏一路而下的線索，可見在南宋，閱讀施用圈點的普遍。從危積（…1187…）有〈借詩話于應祥弟，有不許點抹之約，作詩戲之〉一詩，更可看出閱讀時圈評已成為某些人的「讀書癖」了：

> 我有讀書癖，每喜以筆界。抹黃飾句眼，施朱表事派。
>
> 此手定權衡，眾理析畎澮。歷歷粲可觀，開卷如畫繪。
>
> 知君篤友于，因從借詩話。過手有約言，不許一筆壞。
>
> 自語落我耳，便覺意生械。明朝試靜觀，議論頗澎湃。
>
> 讀到會意處，時時欲犯戒。將舉手復止，火側禁搔疥。
>
> 技癢無所施，悶懷時一噫。只可捲還君，如此讀不快。
>
> 千駟容可輕，君抱亦不隘。昨問雞林人，尚有此編賣。

學案〉說何基「凡所讀書，朱墨標點，義顯意明，有不待論說而自見者」。

〔註12〕 參《程氏家塾讀書分年日程》（臺北：新文豐出版公司，《叢書集成新編》第三冊影印《正誼堂全書》本），卷2。分論句、讀、紅中抹、紅旁抹、紅點、黑抹、黑點等符號的使用。下文論及《程氏家塾讀書分年日程》，簡稱《分年日程》。

〔註13〕 〔元〕吳師道：〈題程敬叔讀書日程後〉，《禮部集》（《景印文淵閣四庫全書》本），卷17。

〔註14〕 〔明〕趙撝謙：《學范》（《四庫全書存目叢書》子部第121冊，影印明嘉靖二十五年〔1546〕陳塏重刻本），卷上，頁21〜22。此書卷首有鄭真序署洪武二十二年（1389），應是初刻本的時間。

〔註15〕 〔清〕錢泰吉：《曝書雜記》（臺北：臺灣商務印書館，1966年3月，據《式訓堂叢書》本排印），卷中，頁56。

〔註16〕 可參程元敏先生：〈王柏治《四書》之方法二——標抹點註法〉，《王柏之生平與學術》（自印本，1975年12月），頁583〜598。對王柏標抹點註法的淵源及影響都有詳細的說明。

　　典衣須一收，吾炙當痛噇。〔註17〕

抹黃、施朱，都是圈評、點抹之法，「開卷如畫繪」更說明了書籍經圈評後，行幅間色彩燦然之狀。此詩也很生動地寫出文人閱讀時，「抹黃飾句眼，施朱表事派」的快意，及議論澎湃、有所會意，而又被禁止批點的苦惱，所以那怕節衣縮食，也要自買一部來邊讀邊圈評。

　　像危稹這種閱讀時「手癢」，隨手批點的習慣，可想而知，在南宋以前就存在了，南宋之後評點書籍的印行，及較多的文獻記載，印證了評點在南宋更爲普遍的事實。當評點本益多、評點風氣益盛，閱讀時施用評點也更普遍了。

　　或將評點的起源上推至經書注釋，孫琴安、吳承學、于立君、王安節等皆曾如此主張。〔註18〕如吳承學云：

> 經學在釋讀形式上直接影響了評點之學。……後來傳注分別被附在各篇、章之後，經傳合而爲一。以後，又句句相附，傳注一律放在相應的各句之後，……這種附注於經的闡釋方式，的確便於讀者的閱讀理解。經注相連，爲了避免相混，經用大字，注用小字，並把注文改爲雙行，夾注於經下。文學評點中的總評、評注、行批、眉批、夾批等方式，就是在經學的評注格式基礎上發展起來的。〔註19〕

又如于立君、王安節所撰〈詩文評點源流初探〉一文云：「古書的注釋無論從內容或形式上，都是古文評點形成的要素之一。」「從形式上看，古書注釋的文前介紹、文中夾注、文末總說同古詩文評點的文前總評、文中夾批、文末總批是完全相同的，評點的形式完全是承襲注釋的形式。」「至於在內容方面，不少注釋并非純粹的詞語注釋，一些解釋、說明甚至分析都超出了純注釋的範疇。」〔註20〕

〔註17〕〔清〕厲鶚輯：《宋詩紀事》（臺北：臺灣中華書局，1971 年 4 月），卷 56，頁 1。《全宋詩》（北京：北京大學出版社，1998 年 12 月），第 51 冊，卷 2733，頁 32191，「君抱亦不隘」作「君抱亦少隘」。危稹，字逢吉，號巽齋，撫州臨川人，孝宗淳熙十四（1187）年進士。

〔註18〕吳承學、于立君、王安節之說，見後文引述。孫琴安〈試論中國評點文學的兩個來源〉（《遼寧大學學報》1998 年第 5 期，頁 67～71），文中言評點文學的來源，其一爲「訓詁學」——指經書等古籍之注釋：一爲「歷史學」——指「贊曰」、「太史公曰」等史評。筆者以爲，不論是訓詁注釋或史評，全面來看，與後代的文學評點性質、作用皆相去甚遠。

〔註19〕吳承學：〈儒學與評點之學〉，《華學》第 1 期（1995 年 8 月），頁 41～49。

〔註20〕于立君、王安節：〈詩文評點源流初探〉，《松遼學刊》1998 年第 1 期，頁 50～55。

　　然而，論評點之學的起源，宜就評點發展的情形、就其內容、形式等全貌通觀、比較，不能只執其一端，或僅據一些注釋偶涉藝術分析、批評的部份來牽附、推論，否則一切均可推諸上古，就失去溯源的意義了。如昔人論詩話源起，何文煥以爲昉於三代：「詩話於何昉乎？虞歌紀於《虞書》，六義詳于古《序》，孔孟論言，別申遠旨，《春秋》賦答，都屬斷章。三代尚已。」〔註21〕章學誠則以爲本於鍾嶸《詩品》，也上推至經傳：

> 詩話之源，本於鍾嶸《詩品》，然考之經傳，如云：「爲此詩者，其知道乎？」又云：「未之思也，何遠之有？」此論詩而及事也。又如「吉甫作誦，穆如清風」，「其詩孔碩，其風肆好」，此論詩而及辭也。〔註22〕

章氏所引的經文，依序分見《孟子》、《論語》、《詩經》中。〔註23〕雖何文煥、章學誠指證歷歷，然嚴謹地觀其全貌，《論語》、《孟子》、《詩經》所述，及《詩品》所論，其樣貌、精神，畢竟與後代的詩話殊異，不能執其一端以概其餘，故論詩話的起源，今之學者仍以歐陽修《六一詩話》爲第一部詩話之作。如羅根澤云：「三代的說法墜於玄渺，《詩品》確是勒成專書的論詩初祖，但不即是宋人詩話本源。」認定歐陽修《六一詩話》是最早的一部詩話。〔註24〕郭紹虞看法相同：「詩話之稱，當始於歐陽修；詩話之體，也創自歐陽修。」〔註25〕

　　同理，在討論評點之學的源起時，若將其上溯到兩漢，以爲諸經、古籍評注的樣式是其源頭，亦是執一端以概其餘，所論過於悠遠，也無法解釋爲何要到南宋才有公認的第一部評點著作──呂祖謙的《古文關鍵》產生。從漢到南宋這段長久的空白，正是將評點之學的源頭上推至漢、唐古籍注釋最好的反駁。

〔註21〕〔清〕何文煥：〈序〉，《歷代詩話》（北京：中華書局，1992 年 5 月），頁 3。

〔註22〕〔清〕章學誠撰，葉瑛校注：《文史通義校注》（臺北：漢京文化事業公司，1986 年 9 月），卷 5，〈內篇五〉，頁 559～570，〈詩話〉。

〔註23〕《孟子・公孫丑上》：「《詩》云：『迨天之未陰雨，徹彼桑土雨，綢繆牖戶，今此下民，或敢侮予？』孔子曰：『爲此詩者，其知道乎？能治其國家，誰敢侮之？』」又《論語・子罕》：「『唐棣之華，偏其反而。豈不爾思？室是遠而。』子曰：『未之思也，夫何遠之有？』」「吉甫作誦，穆如清風」，「其詩孔碩，其風肆好」詩句，則見於《詩經・大雅》之中。〈大雅・烝民〉：「吉甫作誦，穆如清風。仲山甫永懷，以慰其心。」〈大雅・崧高〉：「吉甫作誦，其詩孔碩；其風肆好，以贈申伯。」

〔註24〕羅根澤：《中國文學批評史》（臺北：學海出版社，1990 年 2 月），頁 831。

〔註25〕郭紹虞：〈序〉，《宋詩話輯佚》（臺北：華正書局，1981 年 12 月），頁 2。

第二節 評點是學習的有效步驟

　　陳第（1541～1617）自述讀《尚書》的專注、投入：「無不句字磨滅，且圈點批贊，以寓鼓舞擊節之意。」〔註26〕讀經如此，讀詩集亦然，清代葉矯然云：「予最喜讀昌黎、長吉、義山、子瞻四公詩，間有所得，輒標識數語於上。」〔註27〕延君壽云：「余向日有讀太白歌行詩數首，與各家選本稍別，每以己意妄著評語。」〔註28〕間有所得，標識其上，以己意著評語，這固然是由來已久的閱讀習慣，也是因其為有效率的學習方式。所以不管是自修，或用以督課子弟；不管是學子養成教育過程的基礎學習，或以科舉為目標的備考；不管是對經書經義的理解，或閱讀文章揣摩作文技巧，採用「評點」的方式都大有助益。

　　孫鑛勉其甥：「看必動筆，如此不惟心細所得深，且異日足有所考也。聞之昔人云：再看時，別換一色筆。如此，亦自一法。」〔註29〕言評點使自己能更細讀、所得更深入，清初唐彪把「評點」在學習──特別是在學文方面的助益說得尤其清楚：

> 凡書文有圈點，則讀者易于領會而句讀無訛，不然，遇古奧之句，
> 不免上字下讀而下字上讀矣。又，文有奇思妙論，非用密圈，則美
> 境不能顯；有界限段落，非畫斷，則章法與命意之妙，不易知；有
> 年號、國號、地名、官名，非加標記，則披閱者苦于檢點，不能一
> 目了然矣。〔註30〕

此所言之圈點，除具有今日標點符號的作用外，兼用密圈標示奇思妙論所在，以「截」區分段落，亦便於掌握章法命意之妙。關於評注，唐彪云：

> 讀文而無評注，即偶能窺其微妙，日後終至茫然，故評注不可已也。
> 如闡發題前，映帶題後，發揮某節，發揮某句，發揮某字，及賓主

〔註26〕 〔明〕陳第：〈尚書疏衍自序〉，《尚書疏衍》（《景印文淵閣四庫全書》本），
　　　　卷首。按：陳序作於萬曆四十年（1612）。
〔註27〕 〔清〕葉矯然：《龍性堂詩話初集》，郭紹虞編選，富壽蓀校點：《清詩話續編》
　　　　（上海：上海古籍出版社，1999年6月），頁939。
〔註28〕 〔清〕延君壽：《老生常談》，《清詩話續編》，頁1813。
〔註29〕 〔明〕孫鑛：〈與呂甥玉繩論詩文書〉，《月峰先生居業次編》（《四庫禁燬書叢
　　　　刊》集部126冊影印明萬曆四十年〔1612〕呂胤筠刻本），卷3，頁51。
〔註30〕 見〔清〕唐彪輯撰，趙伯英、萬恆德選注：《家塾教學法》（上海：華東師範
　　　　大學出版社，1992年6月），頁63，〈圈點〉。

淺深開闔順逆之類，凡合法處皆宜注明，再閱時，可以不煩思索而
得其中詳悉。讀文之時，實有所得，則作文之時，自然有憑藉矣。
〔註31〕

指出閱讀時，窺探文章法度所在，加以注明，可使閱讀事半功倍，作文時有
所憑藉。

評點對學子學習上的助益，也可由程端禮《分年日程》一書窺知。卷一
中，提到學子讀經時，要博觀諸註本，加以比較，「異者，以異色筆批抹」或
「其未合者，以異色筆批抹」；卷二則有〈批點經書凡例〉、〈批點韓文凡例〉，
論述閱讀時如何句讀、點抹、畫截、施色，介紹甚為詳細。以〈批點韓文凡
例〉一節中的〈議論體〉所述為例：

一句讀，並依點經法
一大段意盡　墨畫截　於此玩篇法
一大段內小段　紅畫截　於此玩章法
一小段內細節目，及換易句法　黃半畫截　於此玩句法
一論所舉所行事實，及來書之目，及所以作此篇之故，每篇首末常
　　式　黑側抹
一所論援引他書，及考證，及舉制度，及舉前代國名　青側抹
一所論綱要及再舉綱要，及或問體、問目及提問之語，及斷制之策
　　黃側抹
一義理精微之論　黃中抹
一凡人姓名初見者　紅中抹
一繳上文、結上文、緊切全句，或發明於事實之下，或先發明事之
　　所以然於事實之上者　紅側圈
一轉換呼應字、及用力字、及繳結句，內雖已用紅側圈，而字合此
　　例者，每字　黃側圈　於此玩字法
一假借字，先考始音，隨四聲　紅圈
一有韻之韻　黑側圈
一造句奇妙者　紅側點
一補文義不足、反覆提論德行，及推說虛敘、總述其所以然　黑側點
一譬喻　青側點

〔註31〕同前註，頁97，〈評注〉。

　　一要字爲骨，初見者　　黃正大圈
　　一要字爲骨，再見者　　黃正大圈

由上述引文，可見其瑣碎，〔註32〕然而，凡讀一文所必須要深究，不論就內容義理或文章的結構修辭而言都兼顧到了。「評點」本來就便於學習，加上發展了一套圈點的凡例、法則，學子依此自修，師長據此督促、考核，更有了可依循的步驟。

　　《分年日程》卷一談到兒童八歲入學之後要用「黃勉齋、何北山、王魯齋、張導江及諸先生所點抹四書例」讀書。卷二爲學子所設的以六日爲一周期的〈讀看文日程〉中，有三日的功課含「夜鈔點抹截文」。十日一周期的〈讀作舉業日程〉中有「以九日之夜，隨三場四類編鈔格科批點抹截」。可見對於經書、文章、科舉用書的「批點抹截」，是基礎學習和科舉備考過程中的重要一環。在《分年日程》中，還教人如何使用材料製作圈點用的「點子」。〔註33〕

　　這些線索，在在告訴我們，在南宋、元代時，眾多士子的學習——不論是基礎養成教育或指向科舉的學文、備考，已與評點緊密的結合在一起了。耳濡目染，士子習慣了評點的形式，熟悉了評點的術語，皆爲評點本大量的問世、風行做了準備。

　　宋朝論詩而有詩話之興，這已廣爲學界所知，而爲了應考、學文，何以未促成「文話」之興，而是《古文關鍵》、《崇古文訣》、《文章正宗》、《古文集成》、《文章軌範》等文章評點本大行其道呢？

　　其實文章評點本與詩話都具有指示後學的作用，但宋朝論詩而有詩話之盛行，有論文之需卻未導致「文話」的產生，關鍵在於詩的體制規模較短小，讀者或已琅琅成誦，評者在品評時可視需要引用詩句。然而文章多半長篇大論，其中脈絡相承、頭尾呼應等種種技法，是無法藉由引用來說清楚的，需要通觀全文，所以論文必須依恃文本，才可以充份地表達出評者的看法，有文本互參的評點本，就成了論文最爲方便的選擇。以牛運震（1706～1758）

〔註32〕程氏之凡例，不但今人看來覺其瑣碎，明初趙撝謙《學范》，卷上，頁25，引〈程氏廣疊山批點韓文凡例〉〈議論體〉、〈敘述體〉的凡例後，亦云：「雖云精緻，然恐太繁，學者隨宜損益無害也。」

〔註33〕《分年日程》，卷2，〈所用點子〉一節云：「以果齋史先生法，取黑角牙刷柄，一頭作點，一頭作圈，至妙。凡金竹木及白角，並剛燥不受朱，不可用也。（原註：造法先削成光圈，如所欲點大小，磨平圈子，先以錐子鑽之，而後刮之，如所欲。）」史先生指史蒙卿，史彌鞏孫，號果齋。

《史記評注》〔註34〕為例，可能是為了節省篇幅、降低成本，故此書但錄評語，無原來的《史記》原文可參看，其評〈項羽本紀〉云：「四面皆楚歌，點綴幽細。」「漢皆已得楚乎？是何楚人之多也。語亂想奇，淒婉悲涼。」「項王夜飲悲歌一段，於兵戈搶攘中，寫出風騷哀怨之致，真神筆。」「項王泣數行下，左右皆泣，莫能仰視。寫英雄氣盡，亦復可憐。」

　　如僅是針對字法、句法，或針對原文的一小段議論，就算是評文，亦可透過引用，並無大礙。而當要針對較大的段落或全篇的結構布局呼應下評語，則無文本互參的不便立見。《史記》是古籍中的名著，〈項羽本紀〉又是《史記》中最膾炙人口的一篇，而讀者看到「項王夜飲悲歌一段，於兵戈搶攘中，寫出風騷哀怨之致，真神筆」之評，仍不免覺得沒有著落，期待有〈項羽本紀〉的原文可以與評語參看。

　　雖評點盛行後，詩集、詩歌選本採評點方式者亦屢見，然而始終無法取代詩話，豈非如筆者所言，詩歌較能琅琅上口，且篇幅較小，詩話論詩可視需要引用詩句，也是甚為便利、靈活的批評體裁之故，所以詩歌評點與詩話可以並存。而文章評點至呂祖謙《古文關鍵》而下，長久不廢，雖偶有「文話」之類的著作，然而終非主流，只是零星出現，〔註35〕文話終因無文本互參的便利，較少被採用，無法如詩話般盛行不衰，更無法取代文章評點的批評形式。

第三節　評點與科舉

　　前述論及評點的起源，已言今所流傳的文獻中，較早的評點代表作是南宋呂祖謙《古文關鍵》，樓昉《迂齋評註古文》及謝枋得《文章軌範》等，這些古文選本，是為學習文章寫作而編，也可以說是一種廣義的科舉教材。甚至到明朝茅坤所選評的《唐宋八大家文鈔》、清初儲欣（1631～1706）的《唐宋十大家全集錄》，這些古文評選本，也與科舉脫離不了關係。而評點與科舉更直接的關係、更密切的結合，則見於大量的時文評選本上。

〔註34〕〔清〕牛運震：《史記評注》（《空山堂全集》第 19～24 冊，清嘉慶間空山堂刊本），下文所引見卷 2。

〔註35〕李四珍：《明清文話敘錄》（臺北：文化大學中國文學研究所碩士論文，1983年 6 月），此本論文對「文話」的定義寬泛，如茅坤《唐宋八大家文鈔》、曾國藩《經史百家雜鈔》等古文評點本都一併收入了，才共計收錄五十二筆，雖明、清文話的數量應不僅止於此，定有遺珠之憾，但觀其論文中所錄的文話，大都名聲不顯，與茅、曾評點本之膾炙人口、流傳廣遠相較，相差懸殊。

八股文，又稱「時文」，又有「八比」、「制藝」、「時藝」、「時義」、「經義」、「舉業」、「舉子業」、「四書文」諸名稱，是以經書爲出題範圍，解釋、闡述經書義理的論說文字。自明初，科舉定以八股文取士後，士子備考，往往得背誦許多的八股文，時文選本盛行，〔註36〕乃源於應考士子的大量需求。閱讀這些選本，一方面可藉此習得寫作八股文技巧，一方面掌握時下文風趨向。而後者——掌握文風趨向，更是時文選本旋生旋滅，不斷推陳出新的原因，清初田雯（1635～1704）云：

> 自揣摩之術興，而士無實學，於是循有司之尺度，貿貿然句摹而字擬之，一科之房書甫出，而前科之文已束高閣；一學使之試卷初頒，而前使者之文等諸唾涕，卷舌同聲，擬足並跡，蘇子瞻所謂彌望皆黃茅白葦，眞堪發一慨也。〔註37〕

對應考的士子而言，腦中背誦了許多現成的篇章，在考場上也較能無往不利，因爲臨場結構，要在限期內完成七篇，難免文思困窘、捉襟見肘，來不及推敲潤色，而運用已背熟的範文稍加剪裁，反較能獲得主司青睞。〔註38〕等而下之的，有些士子不願寒窗苦讀，不肯踏實的學習，專背誦時文，以求僥倖中試，顧炎武對此種弊端，有強烈的抨擊：

> 今則務於捷得，不過於《四書》一經之中擬題一二百道，竊取他人之文記之。入場之日，抄謄一過，便可僥倖中式。而本經之全文有不讀者矣。率天下而爲欲速成之童子，學問由此而衰，心術由此而壞。
>
> 初場試所習本經義四道，而本經之中場屋可出之題不過數十。富家巨族延請名士，館於家塾，將此數十題各撰一篇。計篇酬價，令其子弟及僮奴之俊慧者記誦熟習。入場命題，十符八九。即以所記之文抄謄上卷，較之風簷結搆，難易迥殊。《四書》亦然。發榜之後，此曹便爲貴人，年少美貌者多得館選，天下之士靡然從風，而本經

〔註36〕 時文選本盛行之狀況，可參劉祥光：〈時文稿：科舉時代的考生必讀〉，《近代中國史研究通訊》第 22 期（1996 年 9 月），頁 49～68。

〔註37〕 〔清〕田雯：〈學政條約序〉第七則，《古歡堂集》（《景印文淵閣四庫全書》本），卷 27。

〔註38〕 唐彪云：「凡人應試，風檐寸晷，刻期七藝，自做者勞苦而或有出入，反不如善用者暢滿停勻，無參差枯竭之病，足以悅主司之目而得功名也。」見《家塾教學法》，頁 104。造成臨場結構之不易，與八股文在形式、內容上的限制較多頗有關係，可參啓功：《說八股》（北京：中華書局，1994 年 7 月），〈八股形式的解剖〉、〈八股文的基本技巧和苛刻的條件〉二節。

亦可不讀矣！〔註39〕

由於出題的範圍有限，許多讀書人棄經書不讀，多由擬題下手，只背誦範文以應考，往往僥倖中式。故顧炎武慨然嘆道「八股行而古學棄」，「秦以焚書而《五經》亡，本朝以取士而《五經》亡」，「八股之害等於焚書，而敗壞人材，有甚於咸陽之郊，所坑者但四百六十餘人也」。〔註40〕雖略嫌言過其實，但卻是對此制度的沈痛反省。

由上所述，一則反映了時文選本盛行之故，一則可知許多有識之士，對時文選本提供士子揣摩、捷得之道的反感。而這些廣為流傳的時文選本，通常都附加評點，引領讀者閱讀。明張鼐（…1604…）對於如何看先輩的時文佳作，曾說：

> 先輩文惟制科中程者，字無虛設，如高曾規矩，的確不移，其詳略偏正，開闔呼應，有上句自然有下句，有前股自應有後股，非特法度固然，即作者亦不知其然，所謂靈心化工也。文章家每於神清氣定時，將先輩程墨細批細玩，何處是起，何處是伏，何處是實，何處是虛，何處是轉摺，何處是關鎖，何處是提挈，何處是詠嘆，看其一篇是何成局，伏習眾神，後來自然脈脈相接也。〔註41〕

時文中的詳略、偏正、開闔、呼應，起伏、實虛、轉摺、關鎖等等，這些作文法度、技巧，並非一般的士子皆有識見，可看出這些行文的奧妙，並加以學習、模仿。於是評選者藉評點為手段，將文章的優劣、可取法處，詳細指點出來，使士子在讀這些時文選本時，不致泛泛、不明究裡地輕易讀過。所以，時文選本必與評點手法緊密結合。如清初呂留良（1629～1683）所評《艾千子先生全稿》，行間有點、圈、抹、旁批，段落處畫截，而文末附以尾評，〔註42〕即是一例。這些名家所評選的時文選本，大受歡迎，王應奎（1684～？）

〔註39〕 以上兩則，分見於《原抄本日知錄》（臺北：明倫出版社，1970 年 10 月），卷 19〈三場〉、卷 19〈擬題〉。

〔註40〕 以上三則，分見於《原抄本日知錄》，卷 20〈書傳會選〉、卷 1〈朱子周易本義〉、卷 19〈擬題〉。

〔註41〕 〔明〕張鼐：〈論文三則〉，葉慶炳、邵紅輯：《明代文學批評資料彙編》（臺北：成文出版社，1981 年 3 月），頁 277。

〔註42〕 參〔明〕艾南英撰，〔清〕呂留良輯評：《艾千子先生全稿》（臺北：偉文圖書公司，1977 年 9 月影印）。因時文選本旋生旋滅的特色，加上清末廢除以八股文取士，時文選本也失去了價值，故昔日充棟的時文選本，傳世並不多。唯呂留良因名氣頗大，傳世時文的評選本亦較可觀，收入於《四庫禁燬書叢

說：「本朝時文選家惟天蓋樓（呂留良）本子風行海內，遠而且久。嘗以發賣坊間，其價一兌至四千兩，可云不脛而走矣。」〔註43〕可見時文選本之暢銷、流傳之廣泛。

　　清末廢除八股文取士的制度後，與科舉相關的評論，為當時人所共知的，對今人而言卻轉為陌生，致使我們在研究評點之作時，對《四庫全書總目》、《續修四庫全書總目提要》用「不脫時文之習」、「批點時文之法」之類的評語，一時摸不著頭緒，甚至誤判其性質為科舉用書。而由以上的介紹，我們可推測，其所指稱的大概是用「評點」的方式來論文的現象。〔註44〕

第四節　評點的兩種角度

　　龔鵬程先生〈細部批評導論〉一文指出：

> 評點，不能視為一個批評方法的「類」，因為評點一詞，只指出了它的批評形式，但同樣運用這種形式的批評流派很多，其方法與批評理念互不相同。如明之孫月峰歸熙甫，即與清之桐城派不同，桐城派又與公羊常州之學不同，可是他們都可能使用評點的方式來評論詩文。〔註45〕

正是因為評點者之異、評點者的文學主張不同、評點風格有別，評點目的殊異，致使評點呈現出不同的樣貌，很難一概而論，必須分別看待，否則所做的評論施之於另一類的評點，即顯扞格。

　　如〈細部批評導論〉文中所論，有鑑於「評點亦不一定就是針對作品的詳細分析」，所以改採「細部批評」一詞，「把評點中屬於細部批評的包括進去，也把不用評點方式，但確是細部批評的包括在內，而將評點中不詳釋文義者排

　　刊》（北京：北京出版社，2000年1月）經部第7冊的有《楊維節先生稿》、《錢吉士先生全稿》、《艾千子先生全稿》、《章大力先生稿》等。傅斯年圖書館又藏有呂氏所評選的《陳大士先生稿》、《章大力先生稿》、《羅文止先生稿》、《十二科程墨觀略》等，皆為清初天蓋樓刊本，亦皆為結合評點的時文讀本。

〔註43〕〔清〕王應奎：《柳南續筆》（石家莊：河北教育出版社，1996年，《歷代筆記小說集成》第35冊），卷2，〈時文選家〉條。

〔註44〕關於《總目》等，常以「時文之習」、「時文之法」等措辭評論評點本，其意涵留待本論文第七章再深入討論。

〔註45〕龔鵬程：〈細部批評導論〉，《文學批評的視野》（臺北：大安出版社，1990年1月），頁395，註8。

除在外。」〔註46〕評點本中對文本詳加分析的一類，方被納入「細部批評」的範疇，所以，龔文所論的評點文本，大都是歷來的村塾課蒙教材、各種流傳廣泛的古文、時文評選本。故將此類評本與詩話、詞話相較時，即大相逕庭。文中又言：通常詩話均採隨筆形式，記錄有關詩的本事、相關掌故並摘佳句，略做評騭，所謂「集以資閑談」，屬於文人之間的對話交談。「因為是談話言說性質，通常詩話都以簡短零散的一小則文字，表達交談過程的機鋒與趣味，我方宣旨，彼已會心，片言抉要，說詩解頤。這些細部批評則不然，它不是文人間的對話交談，而是執定書本，逐句分剖。不談掌故，不論本事、不述聞見，只探討文章之美。所以態度上較為專注，語不旁涉，是一種文學上的講說經義，而不是語錄對談」。又言細部批評「致力於挖掘一篇文章的美感要素，用圈、點、批、注、劃線等方法，詳論文章的各種優缺點；詩話則通常無此耐心，只以寥寥數語總結全文大旨及整體審美判斷便罷。」〔註47〕

以上大概指出詩話隨性、簡短、龐雜；而細部批評則專注、詳細、專力論文。在具體的批評情況上，又言細部批評最重細節，最關切的是「法」的問題：

> 細部批評無論是否出之以評點的方式，都會注意一篇文章的命名，努力地去釋題；都會注意到文章的段落區分，各段大旨；都要討論全篇的結構關係及每處字辭的使用；並用主客、本末、明暗、虛實、開合等概念進行評析，對文章之布局與創作手法，也常以「草蛇灰線」「烘雲托月」之類喻況來描述……等等。詩詞話的作者一般不僅不如此討論，且常對這種批評法頗有微詞。或目之為庸陋，只會注意細節，無當大體，無高情遠韻；或謂其過於注重「法」的機械性；或詆之為兔園冊子、時文講章。〔註48〕

若執諸時文、古文評選本，或以學文為目的的各種教材，如馮李驊（？～1720？）《左繡》等，與上引龔文對照，可證其說不誤。這類教材，較為專注，語不旁涉，用圈評點抹揭示出文章的結構、修辭，詳細是一大特徵，莫怪乎龔文名之為「細部批評」。也因其詳細，而顯得煩瑣、支離，或不免扞

〔註46〕同前註。然而，向來被視作評點本、被視為典型評點代表作的，還包括那些缺乏分析、「不詳釋文義」之類者，如劉辰翁的評點諸作。詳釋文義者，常被視為兔園冊、村塾陋書，反非後來討論評點的學者所重。所以龔文「細部批評」的界定，反而將評點本中，頗具特色、代表性的一類給排除掉了。

〔註47〕同前註，頁408。

〔註48〕同前註，頁409。

殺了閱讀過程中的趣味及審美感受，因此王世貞才會對王維楨評解杜詩感到不滿：

> 王允寧生平所推伏者，獨杜少陵。其所好談說，以爲獨解者，七言
> 律耳。大要貴有照應，有開闔，有關鍵，有頓挫，其意主興主比，
> 其法有正插，有倒插。要之杜詩亦一二有之耳，不必盡然。予謂允
> 寧釋杜詩法如朱子註《中庸》一經，支離聖賢言，束縛小乘律，都
> 無禪解。〔註49〕

王世貞不否認杜詩中亦或有王維楨所點出的技法，然經如此切割、分解之後，未必更能傳達詩作的精神和感動，但將讀者的眼目鎖死在這些評語之下，無法以心會心，直接去感受詩歌的情感。

龔文所論可歸入「細部批評」的一類評點本，採取的是「寫作學」的眼光，是從南宋呂祖謙等古文評點一路而下的。研究小說評點學的大陸學者林崗指出，宋代古文評點的特徵有二：「一是文本解讀、品評的精細化，⋯⋯二是文本精細分析的根本用意在於揣摩古人作文之法，⋯⋯看懂古人文法精妙的目的是能在日後師其法作文。」〔註50〕所以，這類的評點對字法、句法、章法等，無不詳加關注。此類的評點本，存在著很實用的目的，非教材即科舉用書。導致讀詩話我們常覺得閒雅，而「讀宋代的文章評點則感受不到士大夫的閑雅高致，更多的是書匠教訓之氣。」〔註51〕

不同於以上專力於細部批評的評點本，另有一類的評點風格是較遠於實用、近於欣賞，風格更類似詩話的。林崗將「寫作學」的眼光與「文學欣賞」的眼光，加以區分：

> 文學欣賞亦需要有文本細緻品評做基礎，但文學欣賞不停止於文本
> 的細緻品評，由此還涉及人生體驗、審美趣味等更深層次的問題。
> 寫作學則不同，它的根本使命是指示後學以門徑。〔註52〕

〔註49〕 〔明〕王世貞：《藝苑卮言》卷7，丁福保輯：《歷代詩話續編》（中）（臺北：木鐸出版社，1988年7月），頁1066。按：王維楨，字允寧，《明史》，卷286，〈文苑二〉言王維楨「於文好司馬遷，於詩好杜甫」。有《杜律頗解》（臺北：大通書局影印明嘉靖三十七年〔1558〕江陽朱茹刊本），王世貞所評疑指此。

〔註50〕 林崗：《明清之際小說評點學之研究》（北京：北京大學出版社，1999年11月），頁56。

〔註51〕 同前註，頁53。

〔註52〕 同前註，頁56。

採寫作學眼光者，專力於分析寫作手法，比較之下，詩話、詞話等當然較能旁涉人生體驗、審美趣味等等。然而評點本中亦有較遠離實用、非專力於寫作分析，而較能採取文學欣賞眼光對待文本者，較早且最具代表性的是劉辰翁（1232～1297）的評點。〔註53〕

與南宋爲科舉、學文而編的古文評點本比較，孫琴安言劉辰翁的散文評點：「完全根據自己的閱讀興趣和體會隨意批下的，顯得十分自由，又無任何框架，想說就說，不說則罷，有話則長，無話則短，因此，相比較而言，劉辰翁的散文評點如同他的詩歌評點，似乎是一種更爲純粹的文學評點。」〔註54〕蔡鎮楚亦言劉辰翁「改變了前人專從篇章作法著眼的舊習」，「眞正從文學批評與審美鑒賞角度從事文學評點」。〔註55〕林崗則指出劉辰翁《世說新語》的批點「比較簡略，文本分析的成分較少，對故事中人物、語言發感慨、說心得、下針砭的取向明顯。其形式雖是批點，但其品味、用語則大似詩話。」許之爲「批點中雅士風格一類」。〔註56〕

「寫作學／文學欣賞」、「書匠風格／雅士風格」之區隔，本就難以絕對，多數的評點本都在兩端之間擺盪。以竟陵所評《詩歸》爲例，此書與科舉無關，所以不那麼學究氣、書匠氣，加上詩和文體裁不同，在評詩的時候也較富情韻、較感性。但《詩歸》終究是爲了示學詩者以門徑而作，其指導人學詩、指點作法的動機鮮明的，所以它也是以文本爲中心，專力論其寫作技巧、語罕旁涉的。故《詩歸》雖不具有應付科舉、備考的那種實用價值，但就學習作詩來說，也是實用之作。

豈是評文就必定是寫作學眼光、是具書匠氣的？倒也未必。以陸雲龍所評爲例，其評鍾惺〈詩歸序〉云：

> 牧夫遊女之詩傳，只是其精神不可磨滅也。晦于狃習而明于偶拈，是在選者之善遇之。若只以字句爲工，那可遇之。合友夏序讀，可見兩人之苦，而《詩歸》眞可爲準矣。

〔註53〕關於劉辰翁評點的著作、貢獻和地位，可參中村加代子：《劉辰翁文學批評研究》（臺北：臺灣大學中國文學研究所碩士論文，1983年6月），以及孫琴安：《評點文學史》（上海：上海社會科學院出版社，1999年6月），頁55～70。

〔註54〕孫琴安：《評點文學史》，頁65。

〔註55〕蔡鎮楚：〈劉辰翁與評點之學〉，《中國古代文學批評史》（長沙：嶽麓書社，1999年4月），頁283～289。

〔註56〕《明清之際小說評點學之研究》，頁57。

　　吾更願讀《詩歸》者，更有得於鍾、譚之外，方爲《詩歸》之功臣。
〔註57〕

可看出所評非關寫作技巧，陸雲龍不過本鍾惺所論，進一步發揮，提出自己
的看法與讀者分享。又如：

　　評〈善權和尚詩序〉：「奕奕有清氣，竹聲梅韻拂拂撩人。」

　　評〈與譚素臣兄弟〉：「憤激中具奇幻想。」

　　評〈與徐惟得憲長〉：「尺幅中多少轉折，熱挑冷撥，極是動人。」

　　評〈與陳眉公〉：「可爲貌交徒慕者針砭。」〔註58〕

不過就是談自己主觀的閱讀感受，或者是針對文采而論，或者是針對文本所
述內容而言，沒有傳授寫作技巧的企圖，讀者閱讀此種文章評點，也非爲學
文之需。所以陸雲龍之評，雖是評文，但還是屬於「文學欣賞」的角度，而
非「寫作學」的。所評寥寥數語，或長或短，亦如詩話般雋永。晚明許多走
「閒賞」路線的小品、詩文評點，都屬劉辰翁而下的評點系統。

　　其實除前面龔文所論的「細部批評」類的評點本外，詩話和評點的性質、
風格非常趨近，尤其近於「文學欣賞」角度的詩歌評點，更是如此。方回（1227
～1306）評選了《瀛奎律髓》，在所作〈瀛奎律髓序〉中云：「文之精者爲詩，
詩之精者爲律。所選，詩格也；所註，詩話也。學者求之，髓由是可得也。」
〔註59〕由「所註，詩話也」一句，自言其施之於《瀛奎律髓》的評語，就如
詩話，由此可略窺詩話與評點的關係，故劉明今云《瀛奎律髓》一書是「通
過類選、圈點、評論，將詩選與詩話有機地合爲一體」。〔註60〕以爲《瀛奎律
髓》這部評點本，是詩話與詩歌選本結合。

　　郭紹虞贊同章學誠把詩話分爲「論詩及辭」與「論詩及事」二類，「僅僅
論詩及辭者，詩格詩法之屬也；僅僅論詩及事者，《詩序》《本事詩》之屬是

〔註57〕以上兩則引自〔明〕鍾惺著，〔明〕陸雲龍評：《翠娛閣評選鍾伯敬先生合集》
　　　　（《四庫禁燬書叢刊》集部第140～141冊，影印明崇禎刻本），卷1，頁15～
　　　　16。第一則中的「友夏序」是指譚元春所作的另一篇〈詩歸序〉。

〔註58〕所引分見〔明〕何偉然、丁允和選，〔明〕陸雲龍評：《皇明十六名家小品——
　　　　——翠娛閣評選鍾伯敬先生小品》（《四庫全書存目叢書》集部第378冊，影印
　　　　明崇禎六年〔1633〕陸雲龍刻本），卷1，頁19及卷2，頁15、17、19。

〔註59〕陶秋英編選：《宋金元文論選》（北京：人民文學出版社，1999年1月），頁
　　　　482。

〔註60〕劉明今：《中國古代文學理論體系：方法論》（上海：復旦大學出版社，2000
　　　　年2月），頁325。

也。」又云：

> 詩格詩法一類之事，其內容盡管如何荒唐，但其撰述宗旨，卻是嚴
> 肅的。《本事詩》一類之書，其內容盡管考核有據，然而僅備茶餘酒
> 後的消遣，其態度卻又是遊戲的。因此，由詩話之性質言，又界於
> 此二者之間。在輕鬆的筆調中間，不妨蘊藏著重要的理論；在嚴正
> 的批評之下，卻多少又帶些詼諧的成分。這是一般撰著詩話者所共
> 有的態度。〔註61〕

就郭紹虞所論看來，詩話也在「論詩及辭／論詩及事」、「嚴肅／遊戲」，兩端
之間擺盪，或偏重詩格、詩法，慎重其事的論辭，授人以法；或似《本事詩》
論詩及事，僅聊以資閒談、記異聞，抱著遊戲、輕鬆的心態。這和筆者前述
的評點本兩種角度之分，頗有相似之處。

　　龔氏所論的可納入「細部批評」範疇的評點本，以寫作學為訴求，亦都
是「論辭」——傳授寫作技巧的，態度是嚴肅的、慎重的，表現出來是巨細
靡遺、瑣碎的，讀者讀來是充滿書匠氣、教訓的。反觀「文學欣賞」一類的
評點，則是充滿了各種可能性，想寫什麼就寫什麼，可以記錄自己的閱讀感
受，亦可以論辭——談寫作技巧，但由於不必扛著教學解說的重任，往往點
到為止，也可以主觀、任意發揮。態度是輕鬆、隨意的。

　　詩話與詩歌評點的風格最相近，可以專談寫作，也可以旁及其它，隨心
所欲，隨處發議，都給人不假思索，隨手拈來的感覺，由於二者的性質如此
相近，所以，我們看到詩歌評點中引詩話之論，或詩話中引詩歌評點之言，
也就不足為奇了。

第五節　明清士人對評點的評價〔註62〕

　　在明清時，評點最常施用於時文、科舉講章及小說、戲曲上，然而，為
應考、寫作八股文而生的時文選本、科舉講章，在有識之士看來，不過是庸
陋的敲門磚，四庫開館徵書，乾隆聖諭特別言及舉業時文，無庸訪求。〔註63〕

〔註61〕　《宋詩話輯佚・序》。
〔註62〕　參筆者撰：〈明清士人對「評點」的批評〉（見本論文〈附錄一〉），二萬餘字，
　　　　　詳論明清士人贊成及反對評點之故，及綜論評點的得失，本節但錄此文的重點。
〔註63〕　乾隆三十七年正月聖諭：「坊肆所售舉業時文，及民間無用之族譜、尺牘、屏
　　　　　幛、壽言等類，……均無庸採取。」《總目》，卷首。

《總目》對科舉講章亦無好評：「蓋自高頭講章一行，非惟孔、曾、思、孟之本旨亡，併朱子之《四書》亦亡矣。」故對這類書「概從刪汰」。〔註64〕又云講章「其存不足取，其亡不足惜，其剽竊重複不足考辨，其庸陋鄙俚亦不足糾彈。……置之不問可矣。」〔註65〕

　　時文、科舉講章既然向來就爲有識之士所不齒，而小說、戲曲雖較以往獲得稍多的重視，但其地位仍難以和詩文相較，多數士人大都不認同小說戲曲之類的俗書，故這些書籍，雖然是施用評點的最大宗，但當時的大雅之士既已置之不問，故論其施用評點是否妥當，亦屬多餘。是以當時的爭議大都集中在時文、科舉講章、小說、戲曲以外的書籍，使用評點作爲著書的形式，是否得宜上。〔註66〕

　　贊成評點者，大都取其能抉發作者之意，可作爲讀者了解作者與文本的津筏，以及「便於初學」等理由。

　　如嘉靖時王鴻漸（…1523…）讚許樓昉《崇古文訣》「批抹發其關鍵，評點示其肯綮。誠初學之指南，纂文之楷範也」。〔註67〕又如鍾惺（1574～1625）言其與譚元春（1586～1637）共同評選的《詩歸》「拈出古人精神」，「一片老婆心，時下轉語，欲以此手口作聾瞽人燈燭輿杖」。〔註68〕清初洪若皐（…1674…）亦云：「圈點爲文章杖指。」〔註69〕皆以爲初學者目鈍，有如聾瞽之人，圈評有如燈燭輿杖，有助於其學習。姚鼐（1731～1815）認爲評點本對學文的啓發很大，云：「震川有《史記》閱本，於學文者最有益，圈點啓發人

〔註64〕　《總目》，卷36，〈四書類二〉，卷末總評。
〔註65〕　《總目》，卷37，〈四書類存目〉，四庫館臣案語。
〔註66〕　如章學誠〈清漳書院留別條訓〉斥評點之失，然特別強調此乃專就「詩古文辭」用評點的現象而言，「至於舉業成文，則自有明以來，圈點批評，固已襲用詩古文辭陋習。創始之初，先已如是，雖名門大家魁壘選本，亦從未聞出其範圍。」《章學誠遺書》（北京：文物出版社，1985年8月），頁673。可見時文選本用評點，已是見怪不怪，無庸爭議的課題。按：據《章學誠遺書》頁688編輯註，〈清漳書院留別條訓〉乃編者「據北京大學圖書館藏《章氏遺書》章華紱鈔本補」，劉承幹所刻《章氏遺書》（臺北：漢聲出版社，1973年1月影印吳興劉承幹嘉業堂刊本），未收。
〔註67〕　〔明〕王鴻漸：〈重刻後序〉，《國立中央圖書館善本序跋集錄·集部》（六）（臺北：國立中央圖書館編印，1994年4月），頁53，〈迂齋先生標註崇古文訣〉條。
〔註68〕　〔明〕鍾惺：〈再報蔡敬夫〉，《隱秀軒集》（上海：上海古籍出版社，1992年9月），卷28。
〔註69〕　〔清〕洪若皐：〈文選越裁凡例〉，《梁昭明文選越裁》（《四庫全書存目叢書》集部第287冊，影印清康熙名山聚刻本）。

意，有愈于解說者矣。」〔註70〕張之洞（1833～1909）認爲評點本，「簡絜豁目，初學諷誦，可以開發性靈，其評點處頗於學爲詞章者有益」。故《書目答問》附錄〈群書讀本〉，羅列二十餘種詩文集，皆經評點。〔註71〕

反對評點者，有些是源於對評點這特殊批評形式的不滿，有些則針對常見的一些評點流弊而發。相較於贊成評點的原因之單純，反對評點的理由顯得很多樣。筆者曾歸納反對評點之故如下：〔註72〕

（一）評點爲時文陋習。

（二）評點非古制。

（三）評點未能得作者之意。

（四）評點使作者無限之書，拘於評者有限之心手。

（五）文無定法，反對評點將法揭以示人。

（六）評點好論字句等末節。

（七）評點常是標榜的手段。

（八）評點者批書常流於率意、主觀。

（九）評點本常有改易、刪節之舉。

（十）評點將導致文本改變。

（十一）評者自居高明，蔑視作者。

章學誠曾批評詩話的撰著是「挾人盡可能之筆，著惟意所欲之言」，〔註73〕這批評亦可套用在評點上，如評點大家孫鑛，嘗云批詩「此實人人可爲」之事，邀其甥呂胤昌（1560～？）各草批一部《杜詩》相印證。〔註74〕雖然高品質的詩話或評點，亦需仰賴學力爲根基，然而「圈點批評可以全出個人的愛憎，而箋註則在考訂翔實，須有證據」，圈評「可以就全集中選評若干首，全首中選評若干句若干字，作爲批評對象，而箋註則務求詳備完整」。〔註75〕相較之下，學

〔註70〕〔清〕姚永樸：《文學研究法》（臺北：新文豐出版公司，1979 年 8 月），卷 4，頁 37 處引述姚鼐答徐季雅書。

〔註71〕〔清〕張之洞著，范希曾編，瞿鳳起校點：《書目答問補正》（上海：上海古籍出版社，1986 年 4 月），頁 338～339，附一〈別錄・群書讀本〉。

〔註72〕參筆者撰：〈明清士人對「評點」的批評〉（見本論文〈附錄一〉），文中〈反對評點之故〉一節，對以下所述反對評點的十一種原因，皆有詳細的引證及申論。

〔註73〕〔清〕章學誠：〈詩話〉，《文史通義校注》，卷 5，〈內篇五〉。

〔註74〕〈與呂甥玉繩論詩文書〉，《月峰先生居業次編》，卷 3，頁 55。

〔註75〕黃永武：《中國詩學——考據篇》（臺北：巨流圖書公司，1977 年 4 月），頁 76。

力不深、才智不逮的人，可能無力從事需徵引眾書、論述詳備的箋注工作，而從事詩話、評點的撰述，卻不難，可以取巧，但擇自己所欲言、所能言者來發揮，不必求詳備。

當評點可以「挾人盡可能之筆，著惟意所欲之言」，而評點又成為書坊出版獲利的利器時，為射利而作的評點書籍必然充斥市面，莫怪乎評點之作良莠不齊，常被拈出錯誤，被批評識見不高、率意主觀的情況，尤逾其它的批評形式，遂影響世人對評點本的總體評價，而遭到有識之士所鄙，所以反對評點的陣容，顯得那麼壯觀；批評的聲浪，那麼理直氣壯。

然而以上關於贊成、反對評點的討論，都取材於士人、知識份子之議論，一般文化水準不高的販夫走卒、略能識字讀書的市井小民，或在學習上剛起步的童蒙，對評點的態度，想必是支持、歡迎的居多，正是由於程度不高，才更需仰賴評點者領航，所以書坊評點的書籍與日俱增。清初朱觀（…1715…）指出：「前代詩選，大約無評點者多，近選俱尚評點。」所以他選《國朝詩正》時，只好「從眾」，使用評點。〔註76〕藉朱觀「近選俱尚評點」一語，可略窺明清之際，詩文評點逐漸盛行的狀況。

而由以上所述，知識份子中，似乎反對評點的聲音，遠比贊成的多。然而評點的出版市場卻不見萎縮，蓋因大雅之士在整個人口結構來說，畢竟是少數。廣大的市場需求，促使出版商以評點來招徠顧客，偽稱名家評本的書籍也充斥市面。評點流行的風潮，並不是大雅之士的反對所能扭轉的，更何況其所持的反對意見，亦有可商榷之處。

譬如以評點非古制為理由而反對評點，楊倫（1747～1803）就相當不以為然，他認為評點是「畫龍點睛，正使精神愈出，不必以前人所無而廢之」。〔註77〕方東樹（1772～1851）亦反對時人以為去掉圈評方為大雅之說，云：「吾以為宇宙亦日新之物也。後起之義，為古人所無而不可蔑棄者，亦多矣。」〔註78〕反駁有力，若因古所無故今不可有，則當廢者多矣。

至於所謂批點沿時文俗態、科場陋習，是受當時科舉用書普遍使用評點的株連，因此而否定這種批評方式，似乎也略欠妥當。又如未能掌握作者之意的指責，不獨使用評點方有此流弊。評點者學養之高下及領略文本能力之

〔註76〕〔清〕朱觀：《國朝詩正‧凡例》，《清初人選清初詩彙考》，頁287。
〔註77〕〔清〕楊倫：《杜詩鏡銓‧凡例》。
〔註78〕〔清〕方東樹：〈書歸震川史記圈點評例後〉。

優劣，讀者與評點者理念是否一致，在在都左右了評者是否掌握作者之意的評價。如《瀛奎律髓》一書的評點，紀昀曾致不滿，略有微辭。吳瑞草卻以為評者「其所圈識，如與作者面稽印可，能使其精神眉目，軒豁呈露於行墨之間。」〔註79〕「如與作者面稽印可」，即讚揚其能掌握、闡發作者原意。同一部書的評點，評價卻殊異，於此可見一斑。

而將法揭以示人，雖有拘忌之弊，「但初學文理，必使之有法可循」。〔註80〕反對評點者常倡言使讀者「自得之」，仁者見仁、智者見智云云，吳宏一先生認為這類的高論：「可與上智證道，難與下愚明言，初學者及鈍根的讀者仍然有待他人解說，才能了解這些作品的好處。」〔註81〕

而評點會改變文本、主觀、率意、好論字句之優劣，使作者的原意受到評者的侷限……，某個角度看來，這些也正是評點不同於其它批評形式的所在。就文圈評，有便於誦習的好處，就無法避免改變文本、印定後人耳目的流弊。評點本便於標舉文法、點出字句優劣，以迎合童蒙的需要，就難免招來通人捨本逐末之譏。章學誠讚賞摯虞〈文章流別論〉、鍾嶸《詩品》、劉勰《文心雕龍》，能離詩文，而別自成書，故能成一家言，反對眞德秀（1178～1235）、謝枋得，因文圈評的作法。〔註82〕而若眞德秀、謝枋得，將論文評語集結另成一書，即不再是評點本了，也失去了評點本既有的一些優勢，必定也會減少許多讀者。

陳允衡（1622～1672）編《國雅初集》，其〈凡例〉云：

> 古人選詩，原無圈點。然欲嘉惠來學，稍致點睛畫頰之意，亦不可廢。須溪閱杜，滄浪閱李，不無遺議。但當其相說，以解獨得肯綮處，亦可以益讀書之智。顧東橋《批點唐音》，不靳深切著明者，惟恐後學趨向悠謬，必矩于正，則圈點不爲無功。若近人滿紙皆圈，逐句作贊，究不知其風旨所在，反令目眩心駭，將爲蛇足乎。〔註83〕

對優劣的評點本分別評價，既點出有些評點本獨得肯綮，有益讀書之智，則「圈點不爲無功」；也抨擊「滿紙皆圈，逐句作贊」，不知風旨所在的評點爲「蛇足」，就不同的評點本給予評價，是對待評點本較客觀的態度。

〔註79〕〔清〕吳瑞草：〈重刻律髓記言〉。

〔註80〕〔清〕林傳甲：《中國文學史》（臺北：學海出版社，1999 年 2 月），頁 122。

〔註81〕吳宏一：《清代詩學初探》（臺北：學生書局，1986 年 1 月），頁 148。

〔註82〕〔清〕章學誠：〈宗劉〉、《校讎通義・外篇・朱子韓文考異原本書後》。

〔註83〕《清初人選清初詩彙考》，頁 90。

　　方東樹認爲：「古人箸書爲文，精神識議固在於語言文字，而其所以成文義用或在於語言文字之外，則又有識精者爲之圈點抹識批評，此所謂筌蹄也。能解於意表而得古人已亡不傳之心，所以可貴也。」強調要以評點的品質論定，不能全盤否定所有的評點本，「圈點抹識批評亦顧其是非得眞與否耳，豈可竝其眞解意表能得古人已亡不傳之妙者而去之哉！」〔註84〕

　　陳、方兩人所論，皆能就評點本品質的優劣分別論之，而非全盤否定評點的價值，這也是吾人今日對評點所應採取的客觀態度。

〔註84〕〔清〕方東樹：〈書歸震川史記圈點評例後〉。

第三章　經書評點風氣興起的背景

　　孫琴安《中國評點文學史》〔註 1〕將明代定位爲「中國評點文學的全盛期」，而明末清初則爲「評點文學的群星璀璨期」，可見晚明評點興盛之一斑。如李贄（1527～1602）、孫鑛（1543～1613）、湯顯祖（1550～1617）、陳繼儒（1558～1639）、鍾惺（1574～1625）、陳仁錫（1581～1636）、金聖嘆（1608～1661）等，都是晚明從事評點的大家。不但當時參與評點的名人多，且如劉辰翁（1232～1297）這位宋末元初的評點先驅，其著作在明代也大受歡迎。

　　楊愼（1488～1559）言劉辰翁《世說新語》諸書之評點：「世人服其賞鑒之精。」〔註2〕時人集劉辰翁所評點的著作九種刊行，陳繼儒爲序讚其所評之高明，曰：「須溪筆端有臨濟擇法眼，有陰長生返魂丹，又有麻姑搔背爪，藝林得此，重闢混沌乾坤。」〔註3〕韓敬（…1610…）云：「須溪先生倫鑒高絕，其所評騭，膾炙人口，……復不爲訓詁糾纏，不爲理學籠絡，點筆信腕，自以抒寫靈瀾，鼓吹風雅，極其魄力所至。」〔註4〕天啓年間錢謙益指出：「近代俗學盛行，劉辰翁、李卓吾之書，家傳戶誦。」〔註5〕由楊愼、陳繼儒、韓敬諸人之盛讚，及劉辰翁評點著作之彙整刊行及「家傳戶誦」之情形，皆可

〔註1〕　《中國評點文學史》（上海：上海社會科學出版社，1999 年 6 月）。

〔註2〕　〔明〕楊愼：〈劉須溪〉，《明詩話全編》（三）（南京：江蘇古籍出版社，1997年 12 月），頁 2707。原載《升庵集》，卷 49。

〔註3〕　〔明〕陳繼儒：〈劉須溪評點九種書序〉，《晚香堂集》（臺北：新文豐出版公司影印，《叢書集成三編》第 51 冊，影印明崇禎九年〔1636〕刊本），卷 1。

〔註4〕　〔明〕韓敬：〈劉須溪先生記鈔引〉，《四部要籍序跋大全》集部丁輯（臺北：華國出版社，1952 年 4 月），頁 864。

〔註5〕　《國立中央圖書館善本序跋集錄・集部》（六）（臺北：國立中央圖書館編印，1994 年 4 月），頁 19，《文選瀹注》，錢謙益序。

反映當時評點之盛行。

　　對經書文辭的賞析、議論，以往大都見諸書信、文章、詩話中，因晚明評點的發展、興盛，評點普遍用於教學及閱讀，並成爲常見的著書形式，時代風氣的影響，遂採用了評點來評論經書文辭。

　　在本章中，筆者從晚明的經學、文學、學術思潮等角度，以六點分論經書評點興起的背景，試圖解決三個重點，一、晚明提供了什麼條件，讓經書評點在此時有萌生的空間？二、當時王學的流行，又與評經的興起有何相關？三、時人評點經書的動機、原因何在？

第一節　復古風氣的瀰漫

　　傳統士人對經書的推崇由來已久，然而前人的推崇，多著重在取法經書之義理、精神。明代文壇在復古風氣的影響之下，更著重於探究經書的文辭、寫作技巧，作爲創作之準則。

　　如何喬新（1427～1502）以爲春秋之世，先王之澤未息，「凡發於辭命，見於應對者，皆燦然成章，其氣象雍容而不迫，其文詞溫雅而不纈」，因言「有志學古者，《左氏》不可廢」，曾輯、批《左傳》，名曰《左傳擷英》，序云：

> 予少讀昌黎、河東二家文，愛其敘事峻潔，摛詞豐潤，及讀《春秋左氏傳》，乃知二家之文皆宗《左氏》。……予因慨然曰：「有志學古者，《左氏》不可廢。」迺日取而讀之，挹之而愈深，追之而愈不可及。……假《左傳》於學宮，錄其尤可愛者百餘篇，釐爲三卷，題曰「左傳擷英」，加以批點，藏之巾笥以便觀覽。〔註6〕

由所輯之書名爲「擷英」，知所錄之「可愛者」當指文辭而言。

〔註6〕　〔明〕何喬新：〈春秋左傳擷英序〉，《何文肅公文集》（臺北：偉文圖書公司，1976年5月，《明代論著叢刊》），卷9，頁3～4。按：《何文肅公文集》封面及版權頁撰者誤題「何景明」，由卷首〈重刻何文肅公椒邱文集序〉諸序，知其作者當爲何喬新。何喬新，景泰五年進士，官至刑部尚書，諡「文肅」，著有《椒邱文集》。葉慶炳、邵紅編輯：《明代文學批評資料彙編》（臺北：成文出版社，1981年3月），頁311～312收有〈春秋左傳擷英序〉，註言取諸於《明代論著叢刊》本的《何文肅公文集》，故遂沿襲了錯誤，仍將作者題爲何景明。筆者覆查李淑毅等點校：《何大復集》（鄭州：中州古籍出版社，1989年7月），卷首〈點校說明〉中，言點校過程遍參明、清六種何景明詩文集互校而成，然《何大復集》中並未收〈春秋左傳擷英序〉。由此可確定，〈春秋左傳擷英序〉應爲何喬新所作。

後七子中領袖文壇的王世貞云：「今夫《尚書》、《莊》、《左氏》、〈檀弓〉、《考工》、司馬，其成言班如也，法則森如也。吾擴其華而裁其衷，琢字成辭，屬辭成篇，以求當於古之作者而已。」〔註7〕亦主張爲文可取法於《尚書》、《左傳》、〈檀弓〉、《考工記》等經書。

詩論受王世貞影響很大的胡應麟（1551～1602）云：「世謂三代無文人，《六經》無文法。吾以爲文人無出三代，文法無大《六經》」，「《詩》三百五篇，有一字不文者乎，有一字無法者乎？」〔註8〕另一位復古派的汪道昆（1525～1593），因賞《左傳》「比事屬辭燦然」，「乃撮居常所膾炙者，省爲節文」，作《左傳節文》。〔註9〕又云：「近來超乘之士，厭左馬而好小部子書，其學識漸下，不如仍進而求之古，《五經》而外，《周禮》爲最，惟《周禮》可以凌《莊》敵《左》，掩班馬而弟之。」欲刻《批評周禮》以爲學者之的，以《周禮》古註太繁，欲刪之，故將此書命名曰：「批評周禮註約」〔註10〕

因復古而向經書取法的最典型代表人物是孫鑛，孫鑛可謂是極端復古主張者，〔註11〕曾言：「世人皆談漢文、唐詩，王元美亦自謂詩知大歷以前，文知西京而上。愚今更欲進之，古詩則建安以前，文則七雄而上，文則以《易》、《書》、《周禮》、《禮記》、三《春秋》、《論語》爲主，……詩則《三百篇》爲主。」〔註12〕對「漢文唐詩」，或詩法大歷以前、文法西漢以上的復古主張，都覺得有所不足，言「古詩則建安以前，文則七雄而上」，提倡「周文漢詩」。

〔註7〕〈李于鱗先生傳〉，《明代文學批評資料彙編》，頁437。

〔註8〕〔明〕胡應麟：《詩藪內編》，卷1，《明詩話全編》（五）（南京：江蘇古籍出版社，1997年12月），頁5436～5437。《明史・文苑傳》云：「所著《詩藪》十八卷，大抵奉世貞《巵言》爲律令，而敷衍其說。謂詩家之有世貞，集大成之尼父也。」《總目》，卷172，〈別集類二五〉，〈少室山房類稿〉條云：「所作《詩藪》類皆附合世貞《藝苑巵言》，後之詆七子者，遂并應麟而斥之。」

〔註9〕〔明〕汪道昆：〈春秋左傳節文引〉，《太函集》（《續修四庫全書》集部第1346～1348冊，影印明萬曆刻本），卷23，頁7。

〔註10〕轉引自〔明〕呂胤昌：〈玉繩答論詩文書〉引述汪司馬（汪道昆）語，文見孫鑛：《月峰先生居業次編》（《四庫禁燬書叢刊》集部第126冊，影印明萬曆四十年〔1612〕呂胤筠刻本），卷3，頁61。因爲信中論詩文、論評點，又有古註太繁欲刪去云云，故汪道昆《批評周禮註約》，應不同於一般經注或科舉講章，而是近於孫鑛評經的風格，以論其文辭、寫作技巧爲主。

〔註11〕關於孫鑛的復古主張，爲避免重複，本節中僅略述，詳見本論文第四章中〈孫鑛的文學觀〉一節。

〔註12〕〈與呂甥玉繩論詩文書〉，《月峰先生居業次編》，卷3。

〔註 13〕又說經書精腴簡奧、千錘百鍊，「文章之法，盡於經矣」。〔註 14〕正是
為了向經書取法之故，孫鑛成了晚明評經大將之一。

第二節　對經義紛紜的反動

　　以往解說經書、箋疏之作，多重在訓詁、考證、闡其義理，評點則主在
賞析文辭，所重不同，之所以如此轉變，原因之一是對經義紛紜的反感。

　　劉辰翁之子劉將孫描述了劉辰翁對宋人穿鑿解杜的不滿：

> 或者謂少陵「詩史」，謂少陵「一飯不忘君」，於是注者深求而強附，
> 句句字字必附會時事曲折，不知其所謂史，所謂不忘者，公之天下，
> 寓意深婉，初不在此。第知膚引，以為忠愛，而不知陷於險薄，而
> 杜集為甚。〔註 15〕

劉辰翁之評杜詩，乃出於注杜者深求強附，「浩嘆學詩各自為宗，無能讀杜詩
者」。宋濂（1310～1381）亦言為劉辰翁評杜詩，是對以往註杜者穿鑿附會的
反動，云：「務穿鑿者，謂一字皆有所出，泛引經史，巧為傅會，榏釀而叢脞；
騁新奇者，稱其一飯不忘君，發為言辭，無非忠國愛君之意。至於率爾詠懷
之作，亦必遷就而為之說。」凡此種種，皆使「子美之詩不白於世」，故辰翁
解杜，採評點而不用箋疏，以避「繳繞猥雜之病」。〔註 16〕

〔註 13〕孫鑛與李化龍、趙南星、余寅、呂胤昌論詩文的信中，屢次言及「周文漢詩」
　　　　的主張。見《月峰先生居業次編》，卷 3，頁 3、4、7、57。
〔註 14〕〈與余君房論文書〉，《月峰先生居業次編》，卷 3。
〔註 15〕所引為劉將孫為《集千家注批點杜詩》所作的序言，《集千家注批點杜詩》為
　　　　劉將孫之門人高崇蘭所編，大量刪削舊注，並加入劉辰翁的評點而成。此書
　　　　有多種版本，書名亦略有出入，參鄭慶篤：《杜集書目提要》（濟南：齊魯書
　　　　社，1986 年 9 月），頁 42～49。眾多版本中，或無劉將孫之序，如筆者所見
　　　　《集千家注批點杜工部詩集》（臺北：大通書局，1974 年 10 月影印明嘉靖八
　　　　年〔1529〕靖江王府刊本）及《文淵閣四庫全書》本，卷首皆無劉將孫序，
　　　　國家圖書館所藏高崇蘭編《集千家註批點杜工部詩集》二十卷，明末葉刊本，
　　　　題為「杜子美詩集」者，卷首皆有劉將孫序，然前闕，僅存：「以使讀者得於神，
　　　　而批評標撥足使靈悟，固草堂集之郭象本矣！……大德癸卯冬，廬陵劉將孫
　　　　尚友書。」等七十餘字，李修生主編：《全元文》（南京：江蘇古籍出版社，
　　　　2000 年 12 月）第 20 冊，收劉將孫文，但未收劉將孫此序。筆者正文所述，
　　　　轉引自周興陸：〈劉辰翁詩歌評點的理論和實踐〉，《華中師範大學學報》（哲
　　　　學社會科學版）1996 年第 2 期，頁 110～113。
〔註 16〕〔明〕宋濂：〈杜詩舉隅序〉，蔡景康編選：《明代文論選》（北京：人民文學
　　　　出版社，1999 年 1 月），頁 21～22。

歷代解《詩》之穿鑿、經說的紛紜，更勝解杜者。回顧經學的發展，漢唐經學到了宋代遭到批判，宋代學者對經典重新詮釋，是爲「宋學」。新經說爲元、明所尊，而到明中葉逐漸又有異議產生，質疑宋學的正確性。解說《詩經》者，開始商榷朱熹「淫詩說」及抨擊《詩序》的言論，重新肯定《詩序》的價值及漢學的主張。這反反覆覆的紛擾，頗使人不耐，因而有厭棄經義的泥淖，轉而求其文采者，如陳繼儒主張求《左氏》之文章，即出於對經義紛紜的反動：

> 夫左氏躬覽載籍，凡諸國卿佐家傳，並夢卜縱橫家書，總爲三十篇。括囊二百四十二年之事。大約如夏殷《春秋》，晏呂虞陸之《春秋》而已，未必有意于解經，而后人強附之於經；未必有意於創史，而後人強附之於史，不知《左氏》特以文章妙天下，爲秦漢文之祖。……夫《左氏》既非晚出，則似與《春秋》之經義較近，史例較合，況文章典艷，又有特出於秦漢諸儒之上者。……今天下之《春秋》，廢《左》而尊《胡》，《胡傳》既以復讎論聖經，而經生復以帖括求《胡傳》，支離破碎，去經彌遠，則不若反而求諸《左氏》之文章爲可喜也。〔註17〕

以爲《左傳》未必有意於解經，後人著眼於其經義，反而「支離破碎，去經彌遠」，既然《左傳》文章妙天下、典艷，「不若反而求諸《左氏》之文章爲可喜也」。因著這種心態，晚明更看重經書的文學性，遂以評經的方式，賞經書之文章，求經書之文法。

第三節　慣以文學的眼光詮釋古籍

明代文學鑑賞的風氣盛行，亦是促成評經發展的催化劑。郭紹虞言：「明人於文，確是專攻。任何書籍，都用文學眼光讀之。」〔註18〕凌稚隆《史記評林》的出版，是晚明一大盛事，諸如《史記評林》之類，以文的眼光讀史籍的，在晚明很多，而清人看來，這不是讀史，馮班（1602～1671）《鈍吟雜錄》即批評：「今人讀《史記》，只是讀太史公文集耳，不曾讀史。」〔註19〕

〔註17〕〈左氏春秋序〉，《晚香堂集》，卷1。
〔註18〕郭紹虞：《中國文學批評史》（臺北：文史哲出版社，1990年7月），頁729。
〔註19〕〔清〕馮班著，〔清〕何焯評：《鈍吟雜錄》（北京：中華書局，1985年，《叢書集成初編》本），卷6，頁87。又該書卷6，頁61：「今人看《史記》，只看

「只是讀太史公文集耳」一句，正說明馮班對以文學觀點讀《史記》的不滿。

對於子書，亦賞其文辭，如陳深萬曆六年（1578）冬爲署名門無子所撰的《韓子迂評》作序曰：「唐宋以來，病其術之不中，黜不講，……近世之學者，迺始艷其文詞，家習而戶尊之，以爲希世之珍。」〔註20〕唐宋病其法家之術與儒家義理或相悖，故黜而不講，此乃就《韓非子》一書的義理而論，而明代卻拋開內容，因豔其文辭而加以珍重，可見詮釋古籍著眼之不同。

又如朱長春讀《管子》一書，忍不住要施加圈點，以賞其文辭，其《管子榷‧凡例》云：「古書不應加圈點，爲采山探淵者發其奇，爲賞識焉。此中理詞俱妙用。，意字瑰奇用、，條暢雋爽用、。」〔註21〕至於有明一朝，以文學眼光詮釋經書的評論，亦遠較以前爲多。如宋濂云：

> 文學之事，自古及今，以之自任者眾矣，然當以聖人之文爲宗。文之立言，簡奇莫如《易》，又莫如《春秋》。序事精嚴莫如《儀禮》，又莫如〈檀弓〉，又莫如《書》。《書》之中又莫如〈禹貢〉，又莫如〈顧命〉。論議浩浩，不見其涯，又莫如《易》之〈大傳〉。陳情託物莫如《詩》，《詩》之中反復詠嘆又莫如《國風》，鋪張王政又莫如《二雅》，推美盛德又莫如《三頌》。有開有闔，有變有化，脈絡之流通，首尾之相應，莫如《中庸》，又莫如《孟子》。《孟子》之中又莫如「養氣」、「好辨」等章。〔註22〕

如王鏊（1450～1524）云「萬古文字皆從經出也」：

> 如〈七月〉一篇，敍農桑稼圖，〈內則〉敍家人寢興烹飪之細，〈禹貢〉敍山水脈絡原委，如在目前，後世有此文字乎？《論語》記夫子在鄉、在朝、使擯等容，宛然畫出一箇聖人，非文能之乎？

又言韓愈（768～824）文章或學《書》或學《詩》或學《孟子》，故能鶴立於後世文章家之中。〔註23〕屠隆（1542～1605）亦云：

> 夫《六經》之所貴者道術，固也，吾知之，即其文字奚不盛哉！《易》

得太史公文集，不曾看史。」措辭近似。

〔註20〕 《韓子迂評》（《四庫全書存目叢書》子部第 36 冊，影印明萬曆六年〔1578〕自刻十一年〔1583〕重修本），卷首。

〔註21〕 《管子榷》（《四庫全書存目叢書》子部第 36 冊，影印明萬曆四十年〔1612〕張維樞刻本），卷首。

〔註22〕 〈浦陽人物紀‧文學篇序〉，《明代文論選》，頁 23。

〔註23〕 以上所引皆見〔明〕王鏊：〈文章〉，《震澤長語》（《景印文淵閣四庫全書》本），卷下，頁 1。

之沖玄，《詩》之和婉，《書》之莊雅，《春秋》之簡嚴，絕無後世文
人學士纖穠佻巧之態，而風骨格力，高視千古，若《禮·檀弓》、《周
禮·考工記》等篇，則又峰巒峭拔，波濤層起，而姿態橫出，信文
章之大觀也。〔註24〕

歷數各部經書的風格，盛讚其敘事精嚴，有開闔變化、姿態橫出，文采高視
千古云云，都表現了明人慣用文學眼光詮釋古籍的趨向，雖知《六經》所貴
在道術，而仍不禁要賞其文辭，讚嘆其爲「文章之大觀」。

　　而考證古音很有創獲的陳第（1541～1617），可謂清朝考據學派的先驅，所
著《尚書疏衍》卷一〈尚書評〉中，對《尚書》文辭的賞析，有不少的著墨。
如云：「《尚書》之文，簡短而深閎，明雅而窈奧，玩之愈淵，行之愈切，測之
不可以爲象，卒然而置于前，則令人驚怪不知何從而得之也。誠宇宙間至文哉！」
續論太史公之文學成就，文章之奇，後人拱手推服，而以太史公之奇，當其著
述《史記》時，遇《尚書》之文，「眴然而目眩，怳然而手拙，故于堯舜禹湯武
謨誓誥，皆兢兢錄焉，即有句字之改，亦猶班固之于太史公也。」以爲《史記》
之文固高妙，然亦需稱臣於《尚書》，對《尚書》之文可謂推崇備至。又云：

詩莫妙于《毛詩》，文莫妙于《尚書》，……《尚書》之妙，豈惟其
政事、道德之宗，抑亦具典要體裁之雅，後世莫窺其涯涘也。……
惟唐韓退之獨知五十八篇爲文字之祖，故〈淮西碑〉法〈舜典〉也，
〈佛骨疏〉法〈無逸〉也，〈畫記〉法〈顧命〉也，詞意並佳，遂成
絕筆。柳子厚曰：「本之《書》之以求其質」，夫《書》豈獨質而已
哉！〔註25〕

類似以上所引讚賞經書文辭的文字，在明代的文集、詩話中相當常見。正是
因爲用文學眼光來看待經書，才會從經書中看出許多的文學趣味來，也才會
用評點的方式來賞析其文辭。

第四節　王學流風遺韻的影響

　　明代中後期心學的流行，造成思想、學風很大的轉變，而這也是評經之

〔註24〕〔明〕屠隆：〈文論〉，《明代文論選》，頁254。
〔註25〕以上所引陳第說，皆見〔明〕陳第：《尚書疏衍》（《景印文淵閣四庫全書》本），
　　　　卷1，〈尚書評〉。

作盛行之際。郭紹虞先生以為明代學風受著宋代的影響，但宋、明兩代仍大有不同：

> 明代學風依舊是道學的，但又不像宋代這般嚴肅和拘謹，因為宋代
> 重理學而明代重心學。重理學，以為理有客觀的標準，所以是傳統
> 的。重心學，以為心即是理，所以又是反抗傳統的。當時像李贄這
> 樣，甚至以為「六經、《語》、《孟》，乃道學之口實，假人之淵藪」
> （《焚書》卷三〈童心說〉），所以宋代的風氣可以蹈常習故，而明代
> 的風氣正須有不顧一切的自由解放的大膽精神。〔註26〕

尊性、內求的心學本就含有「自由解放的大膽精神」、含有反傳統因子。特別是泰州學派普及草莽魚鹽，倡言百姓日用之道，力圖以愚夫俗子的日用之學取代經生文士傳統的儒學，拉低傳統、肯定世俗。李贄等甚至指斥《六經》、嘲弄孔孟。既有嘲孔孟、斥《六經》的李贄，評經在當時並不是那麼的異端也可想知了。心學的興起，讓經書凝重的面孔在此時解凍，從「我注《六經》」奉經書為圭臬，士人自居為聖人的傳聲筒；到「《六經》注我」經書成為個體本心的代言，心學是整個演變過程中重要的催化劑。不去理會聖人是怎麼說的，不去窮究經書的本義，讓自我的賞鑑、文學趣味藉著評點經書一一展露，這何嘗不也是「《六經》注我」的現象？主客易位之下，評點經書自然可在這樣的思潮下盛行。

　　王學的盛行，更造成了解經態度的開放，王守仁（1472～1528）〈答羅整菴少宰書〉曾說道：

> 夫學貴得之心，求之於心而非也，雖其言之出於孔子，不敢以為是
> 也，而況其未及孔子者乎？求之於心而是也，雖其言之出於庸常，
> 不敢以為非也，而況其出於孔子者乎？〔註27〕

以心為是非的標準，而不以孔子為標準，更何況是不及孔子的諸儒，這種態度影響了王畿（1497～1582），王畿曾云：

> 夫道，天下之公道也；學，天下之公學也，非區區可得而私也，非
> 先儒可得而私也，非孔子可而私也，亦非義周所得而私也，要在發
> 明所學，足以信今而傳後，公言之可也。〔註28〕

〔註26〕郭紹虞：《照隅室古典文學論集》（上）（上海：上海古籍出版社，1983 年 9月），頁 515。

〔註27〕〔明〕王守仁：〈答羅整菴少宰書〉，《傳習錄》（臺北：金楓出版公司，1987年 3 月），卷中，頁 138。

〔註28〕《國立中央圖書館善本序跋集錄‧經部》，頁 43～44，〈大象義述〉條，王畿

非先儒可得而私，非孔子可得而私，「道」與「學」是天下之「公道」、「公學」，是向所有的人開放的，每個人可以有獨到的體會，與先儒、與孔子抗衡。所以解經不必囿於前人舊說，有了更廣闊的解釋空間。陳第提及幼年讀經，一反從前，不取徑於傳註：

> 余少受《尚書》家庭，讀經不讀傳註，家大人責之曰：「傳註適經門戶也，不由門戶，安入堂室？」余時俯首對曰：「竊聞經者，徑也，門戶、堂室自具，兒不肖，欲思而得之，不敢以先入之說錮靈府耳。」〔註29〕

不取徑於傳註，則不致受傳註解釋的影響，可潛心體會、自得之。這種不受舊說牢籠的態度，正是王畿所主張的。還可從當時找到不少類似的例證，如陳繼儒引友人陶逸則之言曰：「《詩》非朱紫陽之《詩》，亦非毛公之《詩》，而古今人之《詩》也。」又言：「以一人言《詩》，不若以眾人言《詩》。」〔註30〕陶氏這段話，除了可用來印證解經態度的開放外，也可看出陽明心學的影響，和前面所引述的王畿之言，口吻極為神似，精神則一脈相承。

　　王學的主張和影響，讓無奇不有的異說，皆有立足之地，將晚明醞釀成為評經發展的沃土。

第五節　對解經抱持開放的態度

　　明人較能不執定一說，以較開放的態度接納別解，這種態度，一方面和前述陽明心學自信本心，不以孔子為是非的思潮相關，人人可以各抒見解，各是其是；一方面也是有鑑於歷代以來經義的紛擾所致。以《詩經》而言，漢有今古文之爭，朱熹等又批判了漢學，明中葉後質疑宋學的聲音紛起。晚明之際，當舊的信仰——宋學搖搖欲墜，而新的信仰又尚未確立的過渡階段，解經宛如進入春秋戰國時代，人人各自立說，顯得包羅萬象。

　　鑑於歷代解經的紛歧，回顧漢、宋學的起落，讓明人在詮釋經典時，不

題辭。
〔註29〕〔明〕陳第：〈尚書疏衍自序〉，《尚書疏衍》，卷首。按：陳序作於萬曆四十年（1612）。
〔註30〕〈詩經註疏大全序〉，《晚香堂集》，卷1。按：沈守正：《詩經說通》（《四庫全書存目叢書》經部第64冊，影印明萬曆四十三年〔1615〕刻本），卷首有〈詩經說通引用書目〉，其中〈正引〉部份列「陶逸則《註疏纂》」，下註其名為「其情」。

再自信滿滿認定何者爲確論，承認辯解之徒勞。如韋調鼎（…1641…）云：「聖人既往，雜學蠭興，譊譊之徒各是其師，予欲于千載之後，持百家之衡，譬以一人而平一市之鬩，則亦愚矣。」〔註31〕又云：「漢重經術，師尚專門，言《詩》家如申、如韓、如毛，學有根據，互爲闡宣，若老農談稼，山人談樵，澤人談漁，自寫其胸中獨得之妙，不必一也。」「詩固人之心聲，無文無聲之始，豈私智短識所能窺測哉！予之考定，故未嘗定也。」〔註32〕認爲各家之說《詩》，各有其根據，「自寫其胸中獨得之妙，不必一也」。諸家之眾說紛紜，韋氏形容其爲「一市之鬩」，不敢持百家之衡，以一人平一市之鬩，是以所著《詩經備考》，亦是抒己之獨見，不敢定爲確論，故云：「予之考定，故未嘗定也。」

又如何萬化（…1631…）指《詩》與《易》同，都是隱約變幻，橫看成嶺側成峰，所以認爲詮釋時，不宜太拘執，要抱持開放的態度：

> 夫《詩》之道，與《易》同體，《易》變幻無盡，《詩》隱約無方，卦《易》者，不知何指，而事候物象，各應所占，作《詩》者，不知何心，而引賦絃歌，借抒所抱，正如牟尼之珠，隨方五色，匡廬面目，橫看成嶺側成峰。解《易》而二五定屬君臣，解《詩》而國風半歸男女，此宋儒所以拘也，然則讀《詩》者，以正解解可以，傍解解可以，不解解亦可，兩是而俱存之亦可。〔註33〕

可以接受「正解」、「傍解」、「不解」，兩說都有理亦可俱存之，這種無所不可的包容、開放態度，爲明代的解經特色之一。以往的儒者總想在經書中窮究聖人、聖經之大義，以此自任，而明代倡言不必解、不可解者還不少，如趙南星（1550～1627）云：

> 今夫《三百篇》固不可解也，而儒者以選舉升第之故，不得已而解之，其所謂道學家者又多迂闊強解之，夫惟以「不解」解之者，則可與言《詩》矣。夫孔子嘗以言《詩》許子貢子夏矣，其所解者非後儒之所謂解也，猶「不解」也。〔註34〕

〔註31〕〔明〕韋調鼎：〈自序〉，《詩經備考》（《四庫全書存目叢書》經部第67冊，影印明崇禎十四年〔1641〕刻本），卷首。

〔註32〕〔明〕韋調鼎：〈詩經備考答語〉，《詩經備考》，卷首。

〔註33〕《國立中央圖書館善本序跋集錄・經部》（臺北：國立中央圖書館編印，1992年6月），頁189～190，《聖門傳詩嫡冢》，何萬化〈序〉。

〔註34〕〔明〕趙南星：〈孔諫甫詩序〉，《明代文學批評資料彙編》，頁600。

趙氏言以「不解」的態度，方可言《詩》，此乃因為《三百篇》年代久遠，詩篇所能提供的線索又有限，以往的經學家往往附會史事，據《序》言詩，以道學觀說《詩》，「強解之」反而是對經書的戕害。

再將之與清代李光地（1642～1718）說經的態度做比較，更可顯出趙南星諸人主張的特別，李光地云：

> 《詩經》道理不出齊家、治國平天下。〈二南〉從齊家起，〈雅〉則治國平天下，〈頌〉則天地位，萬物育，郊焉而天神格，廟焉而人鬼享。然其道理不外於修身、齊家，大指如此。至從來說《詩》的藩籬，有說不通處，須與破除，不然都成挂礙。〔註35〕

李光地代表的是多數傳統經學家的風格，延續著向來儒者強調追求經書本義、聖人本義的要求，在未解《詩》前，已將詩旨界定了修齊的趨向，「說《詩》的藩籬，有說不通處，須與破除，不然都成挂礙」，更是與「不解」的態度大相徑庭。

因為持開放的態度，可以接受評點的形式施用在經書上，接受評經背離了傳統注疏解經，接受評經或三言兩語、或解或不解或天馬行空、旁及其他的不按章法。

第六節　讚賞獨抒心得的別解

胡應麟云：「余每謂千家注杜，猶五臣注選；辰翁解杜，猶郭象注莊，即與作者語意不盡符，而玄言玄理，往往角出，盡拔麗黃牝牡之外。」〔註36〕說劉辰翁解杜詩或與作者語意不盡符，考劉辰翁曾云：「觀詩各隨所得，別自有用，⋯⋯同是此語，本無交涉，而見聞各異，但覺聞者會意更佳。用此可見杜詩之妙，亦可為讀杜詩之法。從古斷章而賦皆然，又未可訾為錯會也。」〔註37〕可見辰翁解杜，本重讀者各有會心，不以斷章取義為錯會，「與作者語意不盡符」本為斷章取義所難免，而胡應麟不以為非，反賞之。

徐渭（1521～1593）云：

〔註35〕〔清〕李光地：《榕村語錄》（北京：中華書局，1995 年 6 月），卷 13。

〔註36〕〔明〕胡應麟：《詩藪雜編》，卷 5，《明詩話全編》（五）（南京：江蘇古籍出版社，1997 年 12 月），頁 5707。

〔註37〕〔宋〕劉辰翁：〈題劉玉田選杜詩〉，《須溪集》（《景印文淵閣四庫全書》本），卷 6，頁 49～50。

予嘗閱孟德所解《孫子》十三篇及李衛公與唐太宗之所談說解者，其言多非孫子本意。至論二人用兵，隨其平日之所而以施之於戰爭營守之間，其功反出孫子上。以知凡書之所載，有不可盡知者，不必正爲之解，其要在於取吾心之所通，以求適於用而已。用吾心之所通，以求書之所未通，雖未盡釋也，辟諸癢者，指摩以爲搔，未爲不濟也。用吾心之所未通，以必求書之通，雖爲盡釋也，辟諸痺者，指搔以爲搔，未爲濟也。夫詩多至三百篇，孔子約其旨，乃曰興而已矣，曰思無邪而已矣，此則未嘗解之也，而其所以寓勸戒，使人感善端而懲逸志者，自藹然溢於言外。

「取吾心之所通，以求適於用」，有不可知者，不必正爲之解，不必盡釋。言所見《論語》《孟子》之引《詩》、說《詩》：「若〈淇澳〉、〈蒸民〉，裁數語耳。他若〈棠棣〉志懷也，而以警遺，〈巧笑〉美質也，而以訂禮，〈雄雉〉思君子也，而以激門人之進善，是皆非正解者矣。」〔註38〕認爲孔、孟引《詩》非正解，但求適於用，後人又何必執著的求正解，又何能求得正解，云：「古詩人與吾相去數千載之上，諸家所註無慮數十百計，未可以必知其彼之盡非，而吾之盡是。」推崇季本（1485～1563）之作「取吾心之通以適於用，深有得於孔氏之遺」。〔註39〕

「注」之體，向來是依附於所注的對象存在，鍾惺云：「曾子之於《大學》，文王、周、孔之於《易》，以至《左氏》、《公》、《穀》之於《春秋》，皆注也。凡注之爲言，依於其所注者也。故離乎其所注者，而不能爲書。離乎其所注者而猶能爲書，蓋注者之精神，有能自立於所注者之中，而又遊乎其外者也。」鍾惺認爲裴松之《三國志注》、劉孝標《世說新語注》、酈道元《水經注》三注，能離乎所注，「注者之精神，有能自立於所注者之中，而又遊乎其外者」，故鍾惺特賞之，作《三注鈔》。

徐渭強調要以吾心之所通讀書，不必求正解，所得不必是本意。鍾惺則

〔註38〕 「〈淇澳〉、〈蒸民〉」，徐渭文本作如此，今常見大都作「〈淇奧〉、〈烝民〉」。「〈巧笑〉美質也，而以訂禮」，所論本《論語‧八佾篇》：「子夏問曰：『巧笑倩兮，美目盼兮，素以爲絢兮，何謂也？』子曰：『繪事後素。』曰：『禮後乎？』子曰：『起予者商也，始可與言《詩》已矣。』」子夏所引爲逸詩。

〔註39〕 以上所引徐渭說皆見〔明〕徐渭：〈詩說序〉，《徐渭集》（北京：中華書局，1983 年 4 月），頁 521～522。按：此序爲季本《詩說解頤》作。徐渭自言嘉靖二十六年（1541），年二十七、八歲，始師事季本，覺先前二十餘年空過，後悔無及。見《徐渭集》，頁 1332，〈紀師〉、〈師類〉。

賞裴松之三人，在注中都有其精神貫注於其中，而不是原著的影子而已。凌
濛初亦賞裴松之等三注，許其「博洽」，又以為注解以「發揮己意，以意逆志」
為上，云：

> 傳注之家有二派焉，一曰博洽，旁蒐廣列，引客證主，裴松之之注
> 《三國志》，劉孝標之注《世說》，酈道元之注《水經》也；一曰聰
> 明，發揮己見，以意逆志，韓非之〈解老〉〈喻老〉、向秀之注《莊》、
> 王冰之解《素問》、張商英之注《素書》也。訓詁而餖飣之，下矣；
> 釋義而經生之，下之下矣。〔註40〕

博洽、聰明二派，都是凌氏所認可的，嘉許能「發揮己意，以意逆志」的傳
注，所舉的韓非、向秀之作，都是能獨具創見，不為前人牢籠，不為原書所
局限的著作，相較之下「訓詁而餖飣之」，「釋義而經生之」，正是徐渭所說的
「俗儒析經，言語支離」，〔註41〕反對在訓詁的瑣碎處下功夫，拘守舊說，溺
於舊聞的作法。

　　這種特許「獨抒心得」的解經態度，可說是孕育評經的溫床，因為評經
之舉挑戰了傳統解經的模式，評點這種批評形式，不重在訓詁釋義，而重在
獨抒心得，故必須以這種開放的態度為前提。

〔註40〕　〔明〕凌濛初：〈東坡書傳序〉，《國立中央圖書館善本序跋集錄・經部》，頁
　　　　　132。
〔註41〕　〔明〕徐渭：〈奉贈師季先生序〉，《徐渭集》，頁515。

第四章　孫鑛《批評詩經》析論

第一節　孫鑛的生平與著作

一、生　平

　　孫鑛（1543～1613），〔註1〕字文融，號月峰，餘姚人。萬曆二年（1574）會試第一，歷官太子太保、南京兵部尚書。祖父孫燧，父孫陞，母楊文儷（？～1584）。邵廷采（1648～1711）〈姚江孫氏世傳〉述孫鑛家族始末頗詳，云：「孫氏自燧及嘉績六世，世以文章忠孝嗣其家緒，蔑有廢墜。海內高仰之，為當代宗臣。」〔註2〕孫燧死於寧王宸濠之亂，世宗即位，贈禮部尚書，諡「忠烈」，子堪、墀、陞，俱有時名。〔註3〕

〔註1〕　《明人傳記資料索引》（臺北：國立中央圖書館編印，1965年1月），頁446，將孫鑛生卒年定作「1542～1613」。考〔明〕呂胤昌：〈大司馬月峰孫公行狀〉所述，月峰生於嘉靖癸卯——二十二年（1543）三月八日寅時，薨於萬曆癸丑——四十一年（1613）四月八日卯時，享年七十有一。故筆者定其生卒年為「1543～1613」。呂文收入於〔清〕孫兆熙、孫茂孚等編纂：《姚江孫氏世乘》（清嘉慶間靜遠軒刊本），卷下。

〔註2〕　〔清〕邵廷采：〈姚江孫氏世傳〉，《思復堂文集》（臺北：華世出版社，1977年6月影印清光緒十九年〔1893〕會稽徐友蘭鑄學齋刊本），卷3，頁1～8。以下引邵說，皆見此文。又按：孫嘉績（1604～1646）為孫鑛之曾孫，生平可參〔清〕全祖望：〈明兵部尚書兼東閣大學士贈太保諡忠襄孫公神道碑銘〉，《鮚埼集外編》，卷4，《鮚埼亭集》（上）（臺北：華世出版社，1977年3月），頁681～685。

〔註3〕　《明史》，卷289，〈孫燧傳〉云燧死，「兄弟盧墓蔬食三年」，「服除，以父死難，更墨衰三年，世稱三孝子。」

孫鑛父孫陞，爲孫燧三子，嘉靖十四年（1535）進士，終南京禮部尚書，贈太子太保，諡文恪。邵廷采言孫陞孝友純篤：

> 爲人孝友純篤，痛父死國，終身勿治家慶，手不書「寧」字，不爲人作壽父文。母楊夫人年九十，陞爲侍郎，或偶不怡，輒伏跪不起。
>
> 事伯兄如父，事無巨細，咨稟而行，坐必侍側，沒身不衰。

據雷禮〈大宗伯文恪孫公傳〉、徐階〈大宗伯文恪孫公墓誌銘〉、呂本（1504～1586）〈大宗伯文恪孫公行述〉所言，孫陞共有五子一女，元配韓夫人，生子鑨（1525～1594）、鋌，逝世早；娶繼室楊夫人，生二子鍟、鑛，一女鑲；側室馬氏生鑲。〔註4〕

母楊文儷爲工部員外應獬之女，朱彝尊云：「子登進士榜者四人，太保吏部尚書清簡公鑨文中，禮部尚書鋌文和，太僕卿鍟文秉，兵部尚書鑛文融，皆楊夫人教之。示文融詩云：『何待三遷教，傳經有父兄。』蓋謙辭也。」又說楊夫人精帖括。〔註5〕《總目》亦云：「諸子成進士者四人，鑨、鋌、鑛皆至尚書，鍟至太僕寺卿，皆文儷教之。蓋有明一代，以女子而工科舉之文者，文儷一人而已。」〔註6〕兩條資料皆以爲楊夫人工於制義，四子所以能獲進士，賴其教導有方。呂胤昌（1560～？）又交代孫鑛號「月峰」的緣由，云萬曆十二年（1584），「丁母楊夫人憂，哀毀茹素，樓息於月山舊廬者七年，海內稱公爲月峰先生，蓋以此也。」〔註7〕

呂本言孫陞：「爲文典實有體，法兩漢；詩宗漢魏，其爲近體法盛唐，尤宗杜氏。」〔註8〕邵廷采亦言孫陞「爲文宗兩漢，詩宗工部」，處在後七子復古派方盛之際，孫陞其文學主張亦有復古的傾向。由所作〈與王太史論文書〉云：「君所爲詩文率類李空同氏，李步武古人，而君步李，譬則燕途入秦，車

〔註4〕 雷、徐、呂三文，俱見《姚江孫氏世乘》，卷上。按：《明史》孫陞、孫鑛無傳，卷224〈孫鑨傳〉云孫陞有「四子，鑨、鋌、鍟、鑛」，誤。邵廷采云陞有五子：「鑨、鋌、鍟、鑛，惟少者爲貢士，逸其名。」據《姚江孫氏世乘》可知此佚其名、最少的五子，爲側室馬氏所生的孫鑲。

〔註5〕 〔清〕朱彝尊：《靜志居詩話》（北京：人民文學出版社，1998年2月），卷23，頁723。所引詩句，見楊文儷〈示鑛兒〉：「汝年亦漸長，學業可圖成。莫效頑愚子，須齊賢俊名。青萍方在匣，綠綺未聞聲。何待三遷教，傳經有父兄。」見《孫文恪公集》（《四庫全書存目叢書》集部第99冊，影印明嘉靖袁洪愈徐杖刻本），附錄《楊夫人詩稿》，頁7。

〔註6〕 《總目》，卷177，〈別集類存目四〉，〈孫文恪集〉條。

〔註7〕 〔明〕呂胤昌：〈大司馬月峰孫公行狀〉，《姚江孫氏世乘》，卷下。

〔註8〕 〔明〕呂本：〈大宗伯文恪孫公行述〉，《姚江孫氏世乘》，卷上。

轍所歷，可循而至。……文舍西京，詞舍漢魏，近體舍盛唐諸家，則必落他代凡作。」〔註9〕〈與陳山人論詩書〉又讚李夢陽（1472～1530）：「李氏詩穠厚而不重濁，蒼老而不枯寂，含蓄而不窒晦。」許之爲「振古雄才，今之老杜」。〔註10〕凡此皆可見其文學主張的趨向，以及對李夢陽的傾心。於時人則頗賞服膺於李夢陽的王維楨（1507～1555），〔註11〕據呂本所述，孫陞「與華州王君友善，王君以地震卒，聞之大慟。亟收其遺文，敘以傳，王稿多訛失，惟公得其眞，能辨之」。〔註12〕黃宗羲《姚江逸詩》亦言孫陞對王維楨「推許不遺餘力」。〔註13〕孫陞復古的文學主張，對李夢陽、王維楨的推崇，皆對孫鑛造成一些影響（詳後）。

關於孫鑛爲官之經歷，參考呂胤昌〈大司馬月峰孫公行狀〉、邵廷采〈姚江孫氏世傳〉，及《明史稿》、《欽定大清一統志》〔註14〕所言，簡述如下。萬曆十年（1582）孫鑛任考功文選郎，名籍甚。十二年，陞太常少卿，累遷左僉都御史，二十年陞右副都御史，出撫山東，後陞刑部侍郎。二十二年，改兵部侍郎，總督薊遼軍務，經略朝鮮。時東北倭亂，賊寇關白破朝鮮，大軍援朝鮮，鏖戰海外，關白冀緩明師，自請封貢。孫鑛主戰不主合，而本兵尚書石星主封貢，責孫鑛不宜遣人入倭，阻壞封事。孫鑛力排星議，上疏言倭情多詐，不可不備，作〈封貢議〉以諷石星，星不聽，因與星忤，事多掣肘而回籍。〔註15〕萬曆三十三年（1605）起用，任南京兵部尚書，時妖人李王、

〔註9〕　〔明〕孫陞：〈與王太史論文書〉，《孫文恪公集》，卷14，頁1。

〔註10〕　同前註，卷14，頁3～4。

〔註11〕　王世貞言王維楨：「於文，遠則祖述司馬少陵，近則師稱北地而已。……其所最善者，孫尚書陞。」見《藝苑卮言》卷7，丁福保輯：《歷代詩話續編》（臺北：木鐸出版社，1988年7月），頁1065。又，《明史》，卷286，〈王維楨傳〉云其人「於文好司馬遷，於詩好杜甫，而其意以夢陽兼此二人。終身所服膺效法者，夢陽也。」

〔註12〕　〔明〕呂本：〈大宗伯文恪孫公行述〉。邵廷采〈姚江孫氏世傳〉亦述及王維楨死於地震後，孫陞「收其文序而鑴之」之事。

〔註13〕　〔清〕黃宗羲：《姚江逸詩》（《四庫全書存目叢書》集部第400冊，影印清康熙南雷懷謝堂刻五十年〔1711〕倪繼宗重修本），卷10，頁7。

〔註14〕　參〔清〕王鴻緒等纂：《明史稿》（臺北：明文書局，1991年，《明代傳記叢刊》本），卷212，頁10～12〈石星傳〉附〈孫鑛傳〉。〔清〕和珅等奉敕撰：《欽定大清一統志》（《景印文淵閣四庫全書》本），卷227，〈孫鑛〉條。

〔註15〕　其後，倭起兵，封貢議絕，石星下獄。《明史稿》，卷212，頁8，〈石星傳〉言石星「直節震天下，沈毅篤實，居官有重望，然本文士，不長於兵力，主沈惟敬封貢議，竟以此敗。」又，關白之事，見〔清〕谷應泰編：《明史紀事

劉天緒等，潛聚謀逆，噪眾爲亂，鑛以重典治之，搗倭巢、戮叛卒。或疑其嫉惡過嚴，鋤姦太猛，被劾，乃屢上疏稱病求去。萬曆三十六年（1608）秋，始得旨回籍。然鑛去，妖黨竟蔓延十餘年。

清初對晚明的文人，常持有偏見。自錢謙益率先指責孫鑛評經之妄後，〔註16〕孫鑛也成爲清初學者攻擊的箭靶，如朱彝尊《靜志居詩話》評孫鑛：

> 月峰勤學過於士安，慧業不如靈運。觀其論詩有云：「韓退之於詩，本無所解，宋人目爲大家，直是勢利他爾。」是何言與？尸佼所云「松柏之鼠，不知堂密之有美樅」者也。〔註17〕

責孫鑛輕批韓詩，如井蛙觀天、蚍蜉撼樹。然朱彝尊所引，並非孫鑛之言，語見王世貞（1526～1590）《藝苑巵言》：「韓退之於詩本無所解，宋人呼爲大家，直是勢利他語。」〔註18〕孫鑛倡「周文漢詩」（詳下節），本就不甚推重唐、宋詩，連對韓、蘇等大家，亦有微辭，〔註19〕然而，關於王世貞《藝苑巵言》對韓詩的評語，孫鑛雖乍見認同，但是尋思之後，卻不以王世貞所評爲然：

> 元美云：「昌黎於詩無所解。」即鄙見亦謂然。昨偶看古詩一二篇，弇州如何能到？歐五言詩亦儘有佳者，今人置之不看，固不差，但全謂宋詩絕無可取，則似太逐聲耳。〔註20〕

本末》（《景印文淵閣四庫全書》本），卷62，〈援朝鮮〉。

〔註16〕 〔清〕錢謙益：〈萬端調編次諸家文集序〉，《初學集》（上海：上海古籍出版社，1985年9月），卷29。

〔註17〕 〔清〕朱彝尊：《靜志居詩話》，卷15，頁443，〈孫鑛〉條。按：《爾雅注疏》，卷7，〈釋丘〉「山如堂者，密」及卷9，〈釋木〉「樅，松葉柏身」經文下，郭璞注皆引尸子「松柏之鼠，不知堂密之有美樅」語以釋，據邢昺《疏》言，語見《尸子·綽子篇》。

〔註18〕 〔明〕王世貞：《藝苑巵言》，卷4，《歷代詩話續編》，頁1011。

〔註19〕 參〔明〕孫鑛：〈與呂甥玉繩論詩文書〉，《月峰先生居業次編》（《四庫禁燬書叢刊》集部第126冊，影印明萬曆四十年〔1612〕呂胤筠刻本），卷3，頁57。《月峰先生居業次編》，文中簡稱《居業次編》。呂胤昌，字玉繩，孫鑛同母姊孫鑲嫁呂本之子呂兌，長子即爲胤昌。又參孫鑛：〈壽伯姊呂太恭人七十序〉，有「鑛少伯姊三歲」、「長甥胤昌」等語，文見《居業次編》，卷2，頁77～79。胤昌子天成，作《曲品》。《曲品》卷下有引述月峰論戲曲之「十要」，可見呂天成受月峰影響之一斑。

〔註20〕 〈與余君房論文書〉，《居業次編》，卷3，頁21。余君房即余寅，鄞縣人，本字君房，晚年改字僧杲，萬曆八年（1580）進士。〔清〕嵇曾筠監修：雍正《浙江通志》（《景印文淵閣四庫全書》本），卷180有傳。

責王世貞詩藝不如韓愈而似批評又太過了，且肯定不論韓、歐詩，或復古派所鄙薄的宋詩都有可採者。孫鑛是個極端的復古主義者，此段所言，實爲難得的通達之論，然朱彝尊卻以此來誤責孫鑛。況孫鑛也未自鳴詩藝之高，所作〈齋中偶成〉詩云：「吟詩遠遜歷城李，作字猶慚鄞縣豐。」言己不如後七子的李攀龍（1514～1570）。〔註21〕又，和李化龍（1544～1611）論詩文信中，謙遜地說：「弟於詩道亦稍有窺，然尙未透。兄前自謂有所得，可舉其大概以教乎？」〔註22〕可謂不恥下問。豈但是詩，文亦是，「弟今豈但不敢謂能追古人，亦自知必不能出於近日李、汪、王之上」。〔註23〕雖對前人、今人作品風格，評論時或曾略致不滿，但心知自己遑論比肩古人，連李攀龍、汪道昆（1525～1593）、王世貞等他所仰望的今人，都無法並駕。甚爲謙虛，也頗有自知之明，觀此，知朱彝尊所言實不客觀，背離了事實的眞相。朱氏引「松柏之鼠，不知堂密之有美樅」責孫鑛，實爲太過。

李塨（1659～1733）亦曾責孫鑛：

> 沿至宋明，虛文日多，實學日衰，以誦讀爲高致，以政事爲粗庸。丘濬爲大學士，著《大學衍義補》，不期實行，但期立言。孫鑛坐大司馬堂上，手持書卷，時邊事孔棘，爲侯執蒲所劾。此風一成，朝廷將相競以讀書著述爲名。至于明末，萬卷經史，滿腹文詞，不能發一策，彎一矢，甘心敗北，肝腦塗地，而宗社墟、生民燼矣。禍尙忍言哉！〔註24〕

〔註21〕 《居業次編》，卷1，頁48。按：李攀龍，歷城人，月峰甚爲推重。

〔註22〕 〔明〕孫鑛：〈與李于田論文書〉，《居業次編》，卷3，頁3。李化龍，字于田，萬曆二年（1574）登進士第，且遼東關白倭亂時，亦曾巡撫遼東。趙南星與月峰相善，而李化龍著《李于田詩集》（《四庫全書存目叢書》集部第163冊，影印明萬曆刻本），卷首有趙南星作〈李于田詩集序〉，集中亦收有李化龍贈趙南星詩。且趙南星：《味檗齋文集》（臺北：新文豐出版公司，《叢書集成新編》第75冊，據《畿輔叢書》排印），集中有致「孫文融」、「李于田」書信數封，卷4〈與李于田〉有「是以於兄詩序，尙未下筆」語，殆指爲《李于田詩集》作序之事。同文中又云：「孫月峰數有書，絕未言及《今文選》，弟亦未之見也，安得與兄促膝數月，細言此事乎？」凡此皆爲三人交遊之線索，故筆者據此認爲李于田應是與月峰同年登進士第的李化龍。嘉靖三十二年（1553）登進士第的李萇（1531～1608），字亦或作「于田」，然其人較長，且筆者遍查諸書，李萇之字或作「于田」，然大都作「子田」，疑作「于田」之「于」字，爲「子」字之誤。

〔註23〕 〔明〕孫鑛：〈與趙夢白論文書〉，《居業次編》，卷3，頁4。

〔註24〕 〔清〕李塨：《平書訂》（北京：中華書局，1985年，《叢書集成初編》本），

措辭十分強烈，責孫鑛以讀書爲高致，不以國事爲念。接著說士大夫滿腹經史文詞，於國於家無用，致使宗社化爲丘墟云云。似要將明代亡國之責，都讓這些愛讀書的官員來扛。

　　侯執蒲（…1598…）〔註25〕所劾眞相如何，待考。邵廷采〈姚江孫氏世傳〉對孫鑛因讀書而致政事荒弛，有不同的看法：「侯執蒲譏月峰手持書卷，坐大司馬堂。余觀月峰督遼疏稿，籌邊計事後當成敗皆驗，好事之論，盡可憑哉！」以孫鑛的疏稿，證其應非如侯執蒲所劾荒廢國事之人。〔註26〕

二、著　作

　　孫鑛的知名度，並非來自仕途上的表現，除會試第一的光環外，主要是因所選評的書籍眾多，而使其成爲廣爲人知的明代評點大家。呂胤筠云：

> 先生闢文運於南宮，樹清標於卿寺，讋倭虜於遼海，弭奸宄於留都，海內莫不想望丰采。……又聞讀書嗜古篤於天性，……即戎馬倥傯之候，抽思握管，矻矻不少置也。暇則評閱群書，必手自丹鉛之蠅頭小楷，歷歷簡端如燦錦，迄今不少衰。〔註27〕

呂胤筠作此跋語，時爲萬曆四十年（1612），而孫鑛於萬曆四十一年去世，由「迄今不少衰」一語，可見孫鑛評點之業，到晚年仍孜孜矻矻，至死方休。黃宗義亦云：「司馬喜讀書，六經子史，字櫛句比，丹鉛數遍，莫不各出新意。」〔註28〕

　　呂胤昌〈大司馬月峰孫公行狀〉除言孫鑛曾與張元忭「同修越志」，文末又述及孫鑛所著、所纂諸作及評點諸書的情形：

　　　　卷3。按：此本「孫鑛」，本誤作「孫爌」。

〔註25〕侯執蒲，萬曆二十六年（1598）進士，抗疏論三相——李廷璣、朱賡、方從哲，不副平章望。論僧達觀假佛法，搆煽禁掖。論邊事方棘，用大臣宜其材，孫鑛非無文學，不可，手持書卷，坐大司馬堂。參〔明〕孫奇逢：《中州人物考》（《景印文淵閣四庫全書》本），卷5，〈侯太常執蒲〉條及〔清〕王志俊等撰：雍正《河南通志》（《景印文淵閣四庫全書》本），卷58，〈侯執蒲傳〉。

〔註26〕呂胤昌〈大司馬月峰孫公行狀〉云月峰「詮曹東省、經略南樞，俱有奏議，共二十卷」，所謂「督遼疏稿」云云應指此。又〈姚江孫氏世傳〉中有「采大母，孫諸生惟舟君女，述孫氏家世大小畢詳」語。據邵氏所述以考，孫惟舟是孫鋌之孫，亦即：邵廷采之祖母，爲月峰兄——孫鋌之曾孫女。或許因這一層的關係，在慣於批評明人的氛圍中，邵廷采對於孫鑛反多加迴護。

〔註27〕〔明〕呂胤筠：〈居業次編跋〉，《居業次編》，卷末。

〔註28〕〔清〕黃宗義：《姚江逸詩》，卷12，頁7。

公所著有《名世述》三卷、《人傑編》三卷，《後越絕》十卷，《書畫跋跋》四卷，《居業初編》、《次編》、《餘編》十二卷，《會心案》、《晶盤雪》、《里居樂事》共三卷。詮曹東省、經略南樞，俱有奏議，共二十卷。公所纂有《馬班同異》、《太史直筆》、《周人興》、《古文四體》、《廣古文短篇》、《今文選》、《唐詩品》、《排律辯體》、《坡翁食飲錄》等書。公所評經子及諸史、名家諸集，俱首尾詳批、工書媚點，尤古來文士所未有也。

呂胤昌所述，應是最為可靠的，惜乎行狀中未詳細介紹所評點的著作。

《孫月峰先生批評禮記》〔註29〕卷首載有〈孫月峰先生評書〉，錄孫鑛所評書目，遍及四部，內容如下：《書經》、《詩經》、《禮記》、《周禮》、《左傳》、《國語》、《國策》、《劉向較定戰國策》、《六子老莊列王荀楊》、《韓非子》、《管韓合刻》、《呂覽》、《淮南子》、《史記評林》、《漢書》、《後漢書》、《史漢異同》、《三國志》、《晉書》、《宋元綱鑑》、《文選》、《古文四體》、《選詩》、《李太白詩》、《杜拾遺詩》、《李杜絕句》、《五言絕律》、《七言絕律》、《排律辯體》、《杜律單註》、《杜律虞趙註》、《手錄杜律五七言》、《高岑王孟詩》、《韓昌黎集》、《柳河東集》、《六一集》、《蘇東坡詩集》、《東坡絕句》、《今文選》、《周人興》、《食飲琢》〔註30〕、《漱瓊瑤》、《會心案》，共四十三種之多。

《四庫全書總目》所載孫鑛之著作如下：《孫月峰評經》十六卷、《紹興府志》五十卷、《書畫跋跋》三卷、《今文選》十二卷。〔註31〕《餘姚縣志》所載孫鑛之著作，除《總目》所述四部書外，尚有：評《史記》百三十卷、評《漢書》七十卷、《韓非子節鈔》二卷、《翰苑瓊琚》十二卷、《坡公食飲錄》二卷、《居業編》四卷、《居業次編》五卷、《排律辨體》十卷。〔註32〕

各種書目題為孫鑛所選評者不少，如譚家健〈先秦散文評點書目舉要〉文中，所列書目題為孫鑛評點者，即有：《列子》、《鄧子》、《孫月峰批點合刻

〔註29〕《孫月峰先生批評禮記》（《四庫全書存目叢書》經部第 150 冊，影印明末天益山刻本）。
〔註30〕此作「食飲琢」，前引呂胤昌〈行狀〉中作「坡翁食飲錄」，考〔清〕邵友濂、孫德祖纂：《餘姚縣志》（臺北：成文出版社，1983 年影印光緒二十五年〔1899〕重修本），卷17，頁32，〈藝文・上〉，作「坡公食飲錄」。兩者應為同一書，「琢」疑應作「錄」。
〔註31〕分見《總目》，卷34〈五經總義類存目〉，卷74〈地理類存目三〉，卷113〈藝術類二〉，卷193〈總集類存目三〉。
〔註32〕《餘姚縣志》，卷17，頁32，〈藝文・上〉。

九種全書》、《孫鍾二先生評六子全書》、《孫月峰三子評》、《莊子南華經評》、《商子》、《評點荀子》、《荀子評注》、《韓非子批點》、《書經評點》、《春秋左傳批點》、《春秋左傳》、《重訂批點春秋左傳詳節句解》、《合諸名家評注左傳文定》、《左傳評苑》等。〔註33〕僅以「先秦散文」爲範疇，即有如許之多，出此範疇之外的評點諸作，尚不知有多少。然其中頗雜僞作，如大陸學者蔣星煜言及有一全名爲《朱訂西廂記》的著作，卷端題署作：「東海月峰先生孫鑛批點，後學諸臣校閱」。蔣氏曾加辨證，以爲《朱訂西廂記》的批點非出於孫鑛之手，云：「書刊於天啓、崇禎間，確切的年代則無從得知，我懷疑當時孫鑛已亡故，是『後學諸臣』借孫鑛之名以達其附驥尾而揚名於後世的目的，也未可知。」〔註34〕

　　晚明書坊爲了招徠顧客，常僞稱其出版品經名家評點，藉以達到促銷的目的，故各種書目所錄，如《朱訂西廂記》之類，題爲孫鑛所評、所選者甚多，不煩一一列舉，其中僞作不少，有待斟別。

　　以下針對本論文所要探討的孫鑛《詩經》評點之作，再進一步詳細的介紹。

　　孫鑛的《詩經》評點之作，全名爲《孫月峰先生批評詩經》，〔註35〕明末馮元仲（1579～1660）將孫鑛的《批評詩經》四卷、《批評書經》六卷、《批評禮記》六卷合刻，《四庫全書存目叢書》即據馮氏天益山刻本影印。《四庫全書總目》將三本合稱爲《孫月峰評經》，置之於存目，云：

　　　是編《詩經》四卷，《書經》六卷，《禮記》六卷，每經皆加圈點評語。

　　　《禮記》卷首載其所評書目，自經史以及詩集，凡四十三種，而此止

　　　三種，非其全書。然《詩經》前有慈谿馮元仲序，稱其舉《詩》、《書》、

　　　《禮》鼎足高峙。蓋元仲所別刻者，以三經自爲一類也。〔註36〕

《總目》所述與天益山刻本吻合，疑四庫館徵書所得殆亦爲天益山刻本。朱

〔註33〕譚家健：《先秦散文藝術新探》（北京：首都師範大學出版社，1995 年 10 月），頁 483～512。

〔註34〕蔣星煜：〈明容與堂刊本李卓吾《西廂記》對孫月峰本、魏仲雪本之影響〉，《西廂記的文獻學研究》（上海：上海古籍出版社，1997 年 11 月），頁 101～113。

〔註35〕見《四庫全書存目叢書》經部第 150 冊（臺南：莊嚴文化事業公司，1997 年 2 月影印明末天益山刻本）。卷端題作：「孫月峰先生批評詩經」，以下行文簡稱爲《批評詩經》或「孫評」。

〔註36〕《總目》，卷 34，〈五經總義類存目〉，〈孫月峰評經〉條。

彝尊《經義考》未著錄，《中國古籍善本書目・經部》著錄的亦僅有明末天益山刻本。〔註37〕

　　據《批評詩經》卷首孫鑛〈詩經小序〉所署，時爲「萬曆壬寅四月」——即萬曆三十年（1602），此應爲評點的成書時間。卷首馮元仲〈詩經敍文〉有云：

> 公（孫鑛）元本具五色筆，存瑯琊宛委纂輯及諸複句異韻，余志刪去，而取公自注手筆，下上其間，使讀《詩》者，得窺見三百五篇奇韻，且讀公評，如見公爾。

據馮氏所述看來，似馮元仲天益山刻本問世之前，《批評詩經》僅以抄本方式流傳，至馮元仲方將具五色筆的原本，加以刪修、付梓。

　　馮元仲，字爾禮，又字次牧，隱居東城外之湯山，依山而屋，改名天益，鑿山爲洞，疏池植竹，臺榭樹石，勝景爲郡中冠。負奇節，好直言，一時東南諸名士，欽其高行，皆慕與之交。以刻書自娛，所刊印皆精良。〔註38〕雍正《浙江通志》云馮氏「取前人未刻書，及米、趙諸家墨蹟，雕鏤精好。又按古名墨法更製之，一時天益山書墨，遂名天下，其後家日落，蔽衣箬笠行道中，與人評論詩文及談黃道周、倪元璐諸遺事，往往移晷始別去。詩法杜而體兼北宋，然未嘗留稿」。〔註39〕

　　天益山刊本《批評詩經》，版框高23公分，寬14.5公分，半頁9行，行21字，白口，無魚尾，左右單欄，行間有界欄，卷首題「孫月峰先生批評詩經」。卷首依序有馮元仲〈詩經敍文〉、〈詩經識較讎名姓〉以及孫鑛〈詩經小序〉。〈詩經識較讎名姓〉，羅列陳繼儒、王思任、黃道周、馮元颺、倪元璐、陳仁錫……等共十九人姓名。共分四卷：卷一〈國風〉，卷二〈小雅〉，卷三〈大雅〉，卷四〈頌〉。

〔註37〕《中國古籍善本書目・經部》（上海：上海古籍出版社，1985年10月），頁140。僅有北京師範大學圖書館、復旦大學圖書館二處有收藏《批評詩經》。筆者曾赴復旦大學圖書館親見原本，復旦藏本，自卷一第三十頁始，前面部份散佚。故《四庫全書存目叢書》乃據北京師範大學藏本影印而成。

〔註38〕以上所述參〔清〕李桓輯：《國朝耆獻類徵初編》（臺北：明文書局，1985年，《清代傳記叢刊》第189冊），卷476，頁32，〈鄭溱傳〉附〈馮元仲傳〉及瞿冕良主編：《中國古籍版刻辭典》（濟南：齊魯出版社，1999年2月），頁30。

〔註39〕〔清〕嵇曾筠等監修：雍正《浙江通志》（《景印文淵閣四庫全書》本），卷180，〈馮元仲傳〉。

第二節　孫鑛的文學觀

孫鑛〈與余君房論文書〉、〈與呂甥玉繩論詩文書〉、〈與李于田論文書〉中，〔註40〕關於其詩文學習的主張，對於今人的推重、對於古書的好尚，都有豐富的論述，整理歸納如下：

一、對明代復古諸家的推重

在論詩文的書信之中，孫鑛常道及明代復古諸家，似只著意於此，歷代卓越的作者，如唐宋八大家之流，鮮在孫鑛筆下出現。當時已有復古派多失之模擬之論，孫鑛不以為如此，回復余寅的信中云：「足下謂北地失之模擬，世人論亦如此，第以鑛素所熟觀者言之，惟一二篇稍有痕，其餘亦多係自撰。」（〈與余君房論文書〉）

〈與余君房論文書〉中又有言：

> 鑛於今文，獨深服王允寧，顧時好不然。

> 昨偶再檢今諸公集，惟空同、槐野真不可及，若滄溟、鳳洲、南溟，以全部論自難可並，若一二篇，或猶可勉而至耳。

> 曩日妄謂我朝大家五人空同、槐野、滄溟、鳳洲、南溟，⋯⋯近日熟觀之，則似乎空同才第一，鳳洲第二，若單論文，則槐野第一，空同第二。

> 宋雖有五人，然舉世以配韓柳者亦止二人，我朝空同當其一，不待言矣，其一人當在兩王，在鑛必以屬之槐野，在先生必以屬之鳳洲。

> 王之風神殊雄俊，大有不可及處，要之，汪終須讓王耳。

在孫鑛心中，空同——李夢陽排名第一似無可疑，前引邵廷采亦言孫鑛「祖北地李夢陽」。汪道昆似乎墊後，其餘諸子——王維楨、李攀龍、王世貞，或以全集統觀，或以才論，或以文論，有不同排名。但由其五人共列「五大家」，可知在孫鑛心目中，都是明代一時之翹楚，堪為時人從事詩文創作所取法者。〔註41〕

〔註40〕三文皆見於《居業次編》卷3中。又此皆為往來論詩文的書信彙編，非僅一、二封而已，由於下文中將多次徵引此三文，為清耳目，但於引述時交代篇名，不另作註。

〔註41〕其中王維楨，在後代看來，似難以與李夢陽、王世貞等其它大家的聲名比並，月峰言其於今文，深服王維楨，「顧時好不然」，亦透露出時人並不似月峰如此看重王維楨。然本章前已言王氏見賞於孫陞，兩人頗有交情。月峰〈與呂美箭論詩文書〉又云：「書來詢作文之法，昔王槐野先生嘗告人云：『吾為文

　　李攀龍是後七子之魁首，今人以爲其「文學創作及批評均有嚴重的擬古傾向」，〔註42〕《列朝詩集小傳》稱李攀龍「自秦中掛冠，構白雪樓於鮑山、華不注之間，杜門高枕，聞望茂著，自時厥後，操海內文章之柄垂二十年」。又云：「于鱗既歿，元美著作日益繁富，而其地望之高、遊道之廣，聲力氣義，足以翕張賢豪、吹噓才俊，於是天下咸望走其門，若玉帛職貢之會，莫敢後至。操文章之柄，登壇設壝，近古未有。」〔註43〕在李攀龍卒於隆慶四年（1570）後，王世貞始操文章之柄，至萬曆十八年（1590）去世止。而王世貞晚年應時而變，修正了自己的復古理論，對自己早年過份是古非今、輕薄今人的看法有所調整。〔註44〕這些修正的見解，是李、王不同的地方。

　　考孫鑛自萬曆二年（1574）於會試得魁、活躍於文壇時，此正值王世貞執掌文壇之際。也因此孫鑛對於王世貞的相關評議特別多，前雖言及其對王世貞的肯定，許爲五大家之一，但亦曾略致微辭：

> 汪、王非但時套，兼有偏敝，一以今事傳古語，二持論乖僻，三好詼，四纖巧，五零碎，而總之則有二，曰：不正大，曰：不眞。然二公皆高才，欲不犯此七者亦不難，所以不能者，欲篇篇佳語，語語奇耳。今其集中所具，但犯此少者即佳。（〈與余君房論文書〉）

此論汪道昆、王世貞兼有的五弊。又曾比較李攀龍、王世貞二者，云：「李、王二公絕相厚，然李極高，王極卑，正絕不同。」（〈與余君房論文書〉）何以李高、王卑？孫鑛欣賞李攀龍者何在？不滿王世貞者爲何？

置五簿，必五易簿稿始定。』其作先忠烈公傳時，先將事宜細簡過，將堪用者標出，……」（《居業次編》，卷3，頁66），詳細的敘述作傳的過程。忠烈公，即爲月峰祖父孫燧，考王維楨所撰〈孫忠烈公傳〉，收入於《槐野先生存笥稿》（臺北：文海出版社影印明萬曆三十四年〔1606〕渭南王氏刊本），卷11。孫鑛編：《今文選》（《四庫全書存目叢書》集部第322冊，影印明萬曆三十一年〔1603〕刻本），卷6，頁5～10，亦收王維楨之〈孫忠烈公傳〉。或許因王氏與孫家的特殊交情，讓月峰對王維楨也有較多的了解、較高的評價。

〔註42〕袁震宇、劉明今：《中國文學批評通史——明代卷》（上海：上海古籍出版社，1996年12月），頁237。

〔註43〕〔清〕錢謙益：《列朝詩集小傳》（臺北：世界書局，1961年2月），丁集上，頁426〈李按察攀龍〉、頁436〈王尚書世貞〉。

〔註44〕參《中國文學批評通史——明代卷》，頁250～271，〈王世貞〉一節。頁253言及王世貞能有所調整、改變的原因，一爲復古運動的弊端已明顯暴露，身爲文壇盟主，能應時調整，方能服眾而聲望日隆。一爲在初始，其文學觀即與李攀龍有異，注意到將各種相對的概念加以融通，避免偏執。又倡「捃拾宜博」，學富才贍，自能形成會通眾說的氣象。

　　創作與批評均有嚴重的擬古傾向的李攀龍，是孫鑛所推重的。〈與余君房論文書〉中言及自己初見李攀龍《白雪樓集》時的傾慕心情：

> 記往日《白雪樓集》初出時，鑛於先宗伯兄案上見之，讀一二首覺其佳甚，讀至數十首，更覺奇古高妙，反覆諷詠，手不能釋，因檢其名氏，則標曰「于鱗」，以為豈唐人耶？何不見列於十二家。細觀其所贈送諸公，類皆今人也，今時有如此詩人，而奈何不聞談及乎？比先兄自外來，問之，乃知班孟堅即班固也。蓋鑛是時止曉滄溟名攀龍，不識其字耳。

讚李攀龍之作「奇古高妙」，宛似唐詩，令人手不能釋，傾慕之情，溢於言表。

　　孫鑛亦是一個嚴格復古思想的提倡者（詳後），故對於簡奧、高古之作傾心嚮往，而對於「近今」的風格則不喜。如評韓愈：「昌黎法古而脈今，雖其自謂『笑之則喜，譽之則憂』，然要之未能外毀譽，所以今也。」（〈與余君房論文書〉）「韓古詩猶有雅旨，律詩似未脫中晚氣習，常怪此老為文，即東京以下不論，而詩卻不能超脫，殆不可解。」言蘇詩「格調卑淺」，「於雅道亦違」〈（與呂甥玉繩論詩文書）〉以為韓愈在意時人之毀譽，未能純粹學古而致未臻極至、有所不足，又以韓、蘇詩未能法古而言其非詩學之「正派」。

　　由以上論蘇、韓看來，孫鑛是以近古為高、為雅；以近今為卑、為俗，以古、今之分作為評文優劣的重要標準了。所以指責「弇山、太函語，今庸夫豎子皆能道之」，不甚避時套為非（〈與余君房論文書〉），以為避時套、陳言之法，即法古，不用今語。故又指責王世貞：

> 鳳洲等常用「大鐺」字，不知出何書，不敢以其不雅，近唐詩小說家語，不喜用之，今遵教易以「闍尹」字，不知妥否？（〈與余君房論文書〉）

責王世貞用「大鐺」字，為後代唐詩小說語，不古且不雅，故改以「闍尹」代之。此觀念正與李攀龍「無一語作漢以後，亦無一字不出漢以前」〔註45〕的創作觀相似。

　　王世貞晚年嘗批評李攀龍用古語的作法，所作〈書李于鱗集後〉指出李攀龍之病，其一即在於「或以古語而傳新事，使不可識」。〔註46〕然而能以古

〔註45〕〔明〕王世貞：《藝苑巵言》卷7，《歷代詩話續編》，頁1063。

〔註46〕〔明〕王世貞：〈書李于鱗集後〉，《讀書後》（《景印文淵閣四庫全書》本），

語傳今事，這卻正是孫鑛所欣賞者，孫鑛曾讚汪道昆之用古語，有用今語所不及之妙：

> 汪字句眞工，可謂一時絕調，其以古語傳今事，無不渾帖，更有今語不能盡，而渠用古語卻盡之者，不可謂不妙。（〈與余君房論文書〉）

再回顧孫鑛以爲李攀龍極高，而王世貞極卑的言辭，可知孫鑛對王世貞的不滿，正是因爲王世貞晚年未嚴守復古思想之故。孫鑛又云：

> 自空同倡爲盛唐漢魏之説，大曆以下悉捐棄，天下靡然從之，此最是正路，無可議者。然天下事但入正路即難，即作人亦如此，久之，覺束縛不堪，則逃而之初唐，已又進之六朝，……近十餘年以來遂開亂道一派。昨某某皆此派也，然此派亦有二支，一長吉、玉川，一子瞻、魯直。某近李、盧，某近蘇、黃，然某猶有可喜，以其近於自然，某則太矯揉耳。文派至亂道則極不可返，邇來作人亦多此派，此實關係世道，良足歎慨。然弇州晚年諸作，實已透漏亂道端倪。（〈與余君房論文書〉）

所謂「亂道」一派的二支，分別指反對復古派的公安與竟陵。「然弇州晚年諸作，實已透漏亂道端倪」，由此可更明白確知，孫鑛對於王世貞的批評，主要乃針對王世貞追隨新變的潮流、未嚴守李夢陽、李攀龍的復古主張而發。

袁宗道（1560～1600）曾云王世貞晚年：「自家本色，時時露出，畢竟不是歷下一流人。聞其晚年撰造，頗不爲諸詞客所賞。詞客不賞，安知不是我輩所深賞者乎！」〔註 47〕認同王世貞晚年的轉變，「頗不爲諸詞客所賞」，殆指孫鑛一類嚴格復古主張者，對王世貞轉變的不滿而言。

二、「周文漢詩」的復古主張

自嚴羽言學詩「入門須正，立志須高」，倡「以漢魏晉盛唐爲師，不作開元天寶以下人物」〔註 48〕後，影響了明代復古派的主張，廖可斌歸納前七子的言論，指出：

> 對於學古應取法的榜樣，前七子的看法基本一致，即古詩以漢魏爲師，旁及六朝；近體詩以盛唐爲師，旁及初唐，中唐特別是宋元以

卷 4，頁 17。

〔註 47〕　〔明〕袁宗道：〈答陶石簣〉，《明代文論選》，頁 309。

〔註 48〕　《滄浪詩話・詩辯》，〔清〕何文煥輯：《歷代詩話》（北京：中華書局，1992年 5 月），頁 687。

下則不足法。如要對此加以概括，那麼比較準確的說法應是「詩必
漢魏盛唐」，或「詩必盛唐以上」。〔註49〕

「詩必漢魏盛唐」、「詩必盛唐以上」的主張，不過都是嚴羽「以漢魏晉盛唐
爲師，不作開元天寶以下人物」的註腳而已。後七子的學古主張，也與前七
子類似，李攀龍論文則曰：「秦、漢以後無文矣。」論詩則認同「漢、魏以逮
六朝，皆不可廢。惟唐中葉不堪復入耳」之論，〔註50〕所選的《古今詩刪》，
強調爲學詩者立楷模，唐以後繼之以明詩，宋元詩一首不選。王世貞亦云：「李
獻吉勸人勿讀唐以後文，吾始甚狹之，今乃信其然耳。」〔註51〕

孫鑛認同李夢陽取法「盛唐漢魏」之說，認爲「此最是正路，無可議者」。
然猶以爲不足：

> 世人皆談漢文、唐詩，王元美亦自謂詩知大歷以前，文知西京而上。
> 愚今更欲進之，古詩則建安以前，文則七雄而上，文則以《易》、《書》、
> 《周禮》、《禮記》、三《春秋》、《論語》爲主，兩之《語》《策》，參
> 之《老》《莊》《管》，詩則《三百篇》爲主，兼之楚騷風雅，……自
> 前所列書外，可一切置勿觀。（〈與呂甥玉繩論詩文書〉）

可見其復古主張是站在當時復古派慣言「漢文唐詩」、站在王世貞所言詩法大
歷以前，文法西京以上的基礎上，更向上溯源、更進一步的復古主張，強調
「古詩則建安以前」，取法乎《三百篇》等，「文則七雄而上」，取法乎諸經等。
孫鑛之學古，簡單的概括，即是以「周文漢詩」爲尚。

關於「周文漢詩」的宣言，孫鑛在與李化龍、趙南星（1550～1627）、余
寅、呂胤昌論詩文的信中，屢次言及。〔註52〕孫鑛處在後七子活躍的氛圍中，
文學觀也受其影響。比起文必秦漢、詩必盛唐的主張，「周文漢詩」使學古的
範圍顯得更狹隘、更嚴格。

孫鑛〈與余君房論文書〉中，曾敘述其自少至中年，歷來之讀書經驗，
至四十六歲「始讀《國語》，又進之《十三經》，乃大有悟，蓋文章之法，盡
於經矣。皆千錘百鍊而出者。……於時志甚銳，力甚猛，必欲爲周文漢詩，
以振終古之業。……今所最愛者，《詩》《書》《公》《穀》二傳，次則《周禮》，

〔註49〕廖可斌：《明代文學復古運動研究》（上海：上海古籍出版社，1994 年 12 月），
　　　　頁 118。

〔註50〕分見〔明〕李攀龍：〈答馮通府〉、〈報劉子威〉，《明代文論選》，頁 192、193。

〔註51〕〔明〕王世貞：《藝苑卮言》卷 1，《歷代詩話續編》，頁 964。

〔註52〕《居業次編》卷 3，頁 3、4、7、57。

又則《禮記》，真日十數過不厭。」孫鑛四十六歲，正值萬曆二十年（1592）。
〈與李于田論文書〉中又云：

> 弟四十以前，大約惟枕籍班馬二史，以雄肆質陗爲工。丁亥以後，
> 玩味諸經，乃知文章要領惟在法，精腴簡奧乃文之上品，古人無紙，
> 汗青刻簡爲力不易，非千錘百鍊，度必可不朽，豈輕以災竹木。宋
> 人云：「三代無文人，《六經》無文法。」弟則謂惟三代乃有文人，
> 惟《六經》乃有文法。周尚文，周末文勝，萬古文章，總之無過周
> 者。《論語》《左氏》《公》《穀》《禮記》最有法。

丁亥年爲萬曆十五年（1587），兩條資料所述時間雖有出入，但相去不遠。大
約在孫鑛四十一至四十五歲，萬曆十五至二十年時，是孫鑛「周文漢詩」嚴
格復古觀念成型的階段。這段時間裡，王世貞在萬曆十八年去世，公安派也
正蓄勢待發。在萬曆十九、二十一年間，袁宏道曾數度拜訪李贄，受到李贄
的啓發，使文學思想擺脫了七子派復古的束縛，倡爲性靈之說，故學者以爲，
這段時期至萬曆二十七年（1599）止，是公安派形成並發展的階段。孫鑛提
出「周文漢詩」的主張，和公安派的醞釀形成，二者在時間上是同步的，「他
們都出於對七子派末流的某種程度的揚棄或否定，然而立論與取徑則大不相
同，公安派本性靈立說，以文學不斷發展、新變的觀點去否定七子派的復古
及其擬襲的流弊；孫鑛則是站在嚴格的復古立場，去矯正七子派後期種種『蛻
變』的現象，……從文學觀念的發展看來，卻顯得保守甚至倒退，比之七子
派更爲泥古而不化了。」〔註53〕

　　從孫鑛屢將批評的矛頭指向王世貞來看，可見矯正七子末流背離復古主
張的說法，頗有根據。除此之外，孫鑛是從學習的成效來提倡周文，如世稱
韓、柳文佳，可爲學文之典範，但孫鑛卻不以爲學文當直接從韓、柳文入手，
而應取法韓、柳學文經驗、讀其所讀之書：

> 韓、柳文雖佳，然非讀韓、柳文而作者。韓所讀書具在〈進學解〉，
> 柳所讀書，具在〈與韋中立書〉，須讀其所讀，乃能作其文耳。（〈與
> 李于田論文書〉）

韓愈〈進學解〉云：

> 沈浸醲郁，含英咀華；作爲文章，其書滿家；上規姚、姒，渾渾無
> 涯，周〈誥〉殷〈盤〉，佶屈聱牙；《春秋》謹嚴，《左氏》浮誇；《易》

〔註53〕參《中國文學批評通史——明代卷》，頁442、443、502。

奇而法，《詩》正而葩；下逮《莊》《騷》，太史所錄，子雲、相如，
同工異曲；先生之於文，可謂閎其中而肆其外矣！

柳宗元〈答韋中立論師道書〉：

本之《書》以求其質，本之《詩》以求其恆，本之《禮》以求其宜，
本之《春秋》以求其斷，本之《易》以求其動：此吾所以取道之原也。
參之《穀梁氏》以屬其氣，參之《孟》、《荀》以暢其支，參之《莊》
《老》以肆其端，參之《國語》以博其趣，參之《離騷》以致其幽，
參之太史公以著其潔：此吾所以旁推交通，而以為之文也。

據兩人所述看來，是韓、柳所讀書，除太史公、司馬相如、揚雄外，其餘皆
為先秦之作，不出孫鑛所主張的「周文」範圍。

孫鑛並不強調博覽，在〈與呂甥玉繩論詩文書〉中，孫鑛常羅列一批認
為可取法的閱讀建議書目，強調：「自前所列書外，可一切置勿觀」，「學文者
讀此足矣，即不讀《穆天子傳》等，不記〈祈招〉之詩，無傷也」，「餘皆可
不觀矣」。再三叮嚀：「雜看最宜戒」，「戒雜看」。此即嚴羽《滄浪詩話·詩辯》
勿讓「下劣詩魔入其肺腑之間」的意思，王世貞亦嘗云：

李獻吉勸人勿讀唐以後文，吾始甚狹之，今乃信其然耳。記聞既雜，
下筆之際，自然於筆端攪擾，驅斥為難。若模擬一篇，則易於驅斥，
又覺局促，痕跡宛露，非斷輪手。自今而後，擬以純灰三斛，細滌
其腸，日取《六經》《周禮》《孟子》《老》《莊》《列》《荀》《國語》
《左傳》《戰國策》《韓非子》《離騷》《呂氏春秋》《淮南子》《史記》
班氏《漢書》，西京以還至六朝及韓柳，便須詮擇佳者，熟讀涵泳之，
令其漸漬汪洋。遇有操觚，一師心匠，氣從意暢，神與境合，分途
策馭，默受指揮，臺閣山林，絕跡大漠，豈不快哉！世亦有知是古
非今者，然使招之而後來，麾之而後卻，已落第二義矣。〔註54〕

「記聞既雜，下筆之際，自然於筆端攪擾，驅斥為難」，創作往往會受所讀書
的干擾，讀了唐以後的文，文章將染上唐以後的色彩，孫鑛有親身經歷可以
為證：

雷君素為相知年友，其誌文已藏之胸中數年，昨屬稿時，意欲不襲
前人，直寫胸臆，亦一揮而成，改竄不數字者。成後觀之，不似班，
卻微似范史，緣是時亦偶觀范史也。（〈與余君房論文書〉）

〔註54〕〔明〕王世貞：《藝苑卮言》，卷1，《歷代詩話續編》，頁964。

筆下自然流露，難以驅斥，故再三言及戒雜看，除所列書以外皆勿觀，以求學古能純粹。然相較之下，七子復古派，對西漢以下至六朝及韓柳，尚擇其佳者，熟讀涵泳之，孫鑛的學古，顯然是鑽進更小的胡同，益發顯得狹隘了。

三、崇尚經書文辭之精腴簡奧、千錘百鍊

孫鑛崇尚周文，所謂「萬古文章，總之無過周者」。而「周文」的主要部份即是經。孫鑛崇尚經書的原因，在前引文字中，已露出端倪，言大悟「文章之法，盡於經矣，皆千錘百鍊而出者」，「玩味諸經，乃知文章要領惟在法，精腴簡奧乃文之上品」。宋人云：「三代無文人，《六經》無文法。」〔註55〕孫鑛則謂：「惟三代乃有文人，惟《六經》乃有文法。」又云：「《論語》《左氏》《公》《穀》《禮記》最有法。」

除以上所述之外，孫鑛對經書文辭的頌讚，於其著作中俯拾即是，如〈與呂甥玉繩論詩文書〉中云：

> 嘗妄謂商以前止《尚書》上卷二十餘篇，此先秦也，渾而雅。《周易》、《周書》、《周儀禮》，其周之舊乎！奧而則。《戴記》、《老子》、《春秋經》、《管子》、《三傳》、《國語》，美哉，周之盛也，其若此乎！文而巧，新而無窮，皆西京也。

> 《語》、《孟》精奧語，更奧而奇，若洗眼靜坐以觀，妙處自見，人但以其太熟忽略之耳。

> 吾甚喜《公》、《穀》二傳，……其文甚精簡而妙，真一種奇雋也。

> 《周禮》是古佳書，其語有絕精鍊者，後世文人莫能及。

歸納上述所言，孫鑛崇經，乃因經書文辭「千錘百鍊」、「精腴簡奧」、「奧而則」、「奧而奇」、「精簡而妙」、「絕精鍊」、「渾而雅」……由這些評語，可看出孫鑛的好尚，欣賞古奧、精鍊、渾樸而雅的風格。經書本身具有這些風格，而其行

〔註55〕本段所引俱見〈與李于田論文書〉。月峰所引「宋人云：『三代無文人，《六經》無文法。』」其所指之「宋人」，據筆者考察，疑為南宋初年的陳傅良（1137～1203）。陳氏〈文章策〉云：「三代無文人，《六經》無文法。非無文人也，不以文論人也；非無文法也，不以文為法也。是故文非古人所急。」《止齋集》（《景印文淵閣四庫全書》本），卷52，頁6。〔宋〕魏天應編，〔宋〕林子長注：《論學繩尺》（《景印文淵閣四庫全書》本），卷7，頁79，於方澄孫〈莊騷太史所錄〉文中「夫《六經》無文法」句下注：「陳止齋文：『三代無文人，《六經》無文法。』」可以為證。

文有法，故孫鑛以為經書是學文、學古最好的對象。又勉其甥孫呂天成：「《左傳》文絕精巧，字無輕下，文法變態極多，甥孫才甚高，為文閎暢有餘，然微未切實，亦不甚工鍊，若以《左傳》濟之，亦正是對證藥也。」〔註56〕

孫鑛嘗告誡呂胤昌：「《詩》《書》非熟讀不可。」（〈與呂甥玉繩論詩文書〉）可見其對這二部經書的看重。在《孫月峰先生批評書經》中，對《書經》的文字稱許不已，如評〈堯典〉：「前此無文字，有之自此篇始。然篇章句字法，皆備，平正奇陷，靡不有。」評〈禹貢〉：「就本色鍛鍊，無浮語。中間山川原野土田草木貢賦等，錯見雜出，不拘板。又間插以奇字陷句，總讀之遂覺勢態橫溢，以其實也。故愈玩愈有味，真是無上神品。」評〈盤庚〉：「文字最艱深，然讀數過後，乃更覺意味婉妙。愈玩，趣愈出，後代人雖掐心嘔肺，其艱深卒不能出此上。即艱深矣，然一解即徹，亦不能如此耐咀嚼，可見古人種種造極，允為方員之至。」〔註57〕

古奧、艱澀的《尚書》，孫鑛卻以為是「無上神品」，讀來覺得「勢態橫溢」、「意味婉妙」，認為其中「篇章句字法，皆備」，「奇字陷句」層出，又說後世一解即徹的文字，不能如艱深的經文耐咀嚼，古人種種造極，皆可為法。

既賞經書之文辭，本身又操評點之業，於是假評點為手段，揭示出經書的文法，以為士子學文之途徑，這正是孫鑛評經的動機。

第三節　孫鑛評《詩》的態度

一、視《詩》為一部文選

孫鑛嘗言：「《詩》《書》二經，即吾夫子一部文選。」（〈與余君房論文書〉）既視《詩》《書》為文選，又以為經書精腴簡奧而有法，萬古文章無過周者，就如呂祖謙評古文、方回評律詩，孫鑛假評點為手段，揭示經書的篇法、章法、句法、字法：

> 今擬欲祖篇法於《尚書》，間及章字句。祖章法於《戴記》、《老子》、《三傳》、《國語》，間篇字句。祖意字於《易》、《周禮》、《春秋經》，間章句。（〈與呂甥玉繩論詩文書〉）

〔註56〕〈與呂甥孫天成書牘〉，《居業次編》，卷3。
〔註57〕所引分見《孫月峰先生批評書經》（《四庫全書存目叢書》經部第150冊，影印明末天益山刻本），卷1、卷2、卷3，各篇的題後批。

在本論文第二章〈評點概說〉中，筆者曾論及評點的兩種角度，或採「寫作學」或採「文學欣賞」眼光，或嚴肅，或輕鬆。從孫鑛評經的動機，及觀其所評，較集中於揭示《詩經》之法、寫作技巧，罕少旁涉看來，《批評詩經》亦是趨向「寫作學」眼光的。其性質和方回評《瀛奎律髓》、鍾譚評《詩歸》沒有兩樣，只是批評對象是《三百篇》、是律詩、是古詩唐詩之差異而已。

　　馮元仲爲《批評詩經》所作的序——〈詩經敘文〉云「《詩》奇而麗」，然遺憾「古今博士家言，徒向註腳中研討，而於經章法、句法、字法，割裂倒顛，沈埋蒙障，如盲昏夜循牆，而走乎不旦之塗，置趾與顛，移眸在鼻，無處識其本來面目，則宋人以訓故解《詩》而《詩》晦，今人以時文說《詩》而《詩》亡也。」馮序點出孫評的特殊及可貴之處，正因以往的經學家「徒向註腳中研討」，沈溺於章句訓詁中，不識《詩》之章法、句法、字法，產生了誤解，致蒙蔽了《三百篇》的本來面目。經生解《詩》之失，項安世（？～1208）亦有言：

> 作詩者多用舊題而自述己意，如樂府家「飲馬長城窟」、「日出東南隅」之類，非眞有取于馬與日也，特取其章句音節而爲詩耳。〈楊柳枝曲〉每句皆足以柳枝，〈竹枝詞〉每句皆和以竹枝，初不于柳與竹取興也。〈王〉國風以「揚之水，不流束薪」賦戍申之勞；〈鄭〉國風以「揚之水，不流束薪」賦兄弟之鮮。作者本用此二句以爲逐章之引，而說詩者乃欲即二句之文，以釋戍役之情，見兄弟之義，不亦陋乎！大抵說文者皆經生，作詩者乃詞人，彼初未嘗作詩，故多不能得作者之意也。〔註58〕

項氏指出經生說詩，不明作詩之理，常對興句附會曲解，因此慨言經生未嘗作詩，不能得詩人之意。作爲一個文人，孫鑛以文學的觀點說《詩》，揭示其文法，不同的視野，能補經學家說《詩》之不足。馮氏〈詩經敘文〉又推許孫鑛之評，能點出詩人「神情骨髓」、「須臾眼目」。

　　孫鑛無意陷溺在訓詁的紛擾，故此書不同於一般經解，未對字句做箋釋訓解；也無心糾纏於漢、宋學之間，孫評雖錄每首詩的〈小序〉首句，但並未盲從（詳後）。比起一般經學家解經，孫評加入了文學觀點的詮解，泯除了學派的堅持，也放下了藉解經闡揚綱常倫理的包袱。與稍早些的李先芳（1511

〔註58〕〔宋〕項安世：《項氏家說》（北京：中華書局，1985年，《叢書集成初編》本），卷4，頁47，〈詩中借辭引起〉條。

～1594）比較，即可知經學觀點說《詩》與文學觀點解《詩》心態之異，李
先芳〈讀詩總論〉云：

> 十五〈國風〉，凡言婦德邪正八十餘篇，殆居全經之半，而〈二雅〉
> 極贊太任、太姒之賢，備道哲婦傾城之戒，及〈頌〉亦右文母之典，
> 無非發〈二南〉之所藏，表全經之大旨也。故〈小雅‧天保〉以上
> 治內，以馭朝廷，以和兄弟朋友；〈采薇〉以下治外，以勞王事，以
> 燕大小臣工。文、武、周公，〈關雎〉、〈麟趾〉之意，綱紀法度之施，
> 盡於此矣。〔註59〕

強調《三百篇》裡蘊含的婦德、倫理綱常，強調《詩》治內、治外之用。這
都是儒者強調通經致用的表現。

自漢儒「以〈禹貢〉治河，以〈洪範〉察變，以《春秋》決獄，以三百
五篇當諫書」，〔註60〕「通經致用」已成為歷代解經者無法放下的使命。其它
諸經和《詩經》相較，實用性本較高，要談「通經致用」是比較沒有困難的。
漢儒既以為孔子為漢制法，則孔子是不可能傳下一部詩歌選集而已，而《詩
經》中大都是言志、言情的詩篇，如何能致用呢？故說經的儒者將詩牽附政
治、史事，在詩裡尋求美刺大義，如此《詩經》方有致用之道，可為今鑑。《漢
書》載昌邑王無道，龔遂諫云：「大王誦《詩》三百五篇，人事浹，王道備。
王之所行中《詩》一篇何等也？」〔註61〕既可看出漢儒用《詩》之道，亦可
知《三百篇》在漢人眼中的定位。〈六月〉詩〈小序〉云：

> 〈鹿鳴〉廢，則和樂缺矣；〈四牡〉廢，則君臣缺矣；〈皇皇者華〉
> 廢，則忠信缺矣；〈魚麗〉廢，則法度缺矣；〈南陔〉廢，則孝友缺
> 矣；〈白華〉廢，則廉恥缺矣；〈華黍〉廢，則蓄積缺矣；……〈小
> 雅〉盡廢，則四夷交侵，中國微矣。

漢儒、《詩序》在闡釋《三百篇》與國政之關係，強調其重要性之餘，也斷然
的把《三百篇》與一般的詩歌畫清界線，這也是歷來衛道之士、經學家恪遵
的解經態度。而晚明孫鑛、鍾惺、戴君恩、萬時華諸人，或將《詩經》視為
一部詩選，如同方回評《瀛奎律髓》、鍾譚評《詩歸》般，論其修辭、字句，

〔註59〕〔明〕李先芳：〈讀詩總論〉，《讀詩私記》（《景印文淵閣四庫全書》本），卷1，
　　　　頁11～12。
〔註60〕〔清〕皮錫瑞：《經學歷史》（臺北：藝文印書館，1987年10月），頁85，〈經
　　　　學昌明時代〉。
〔註61〕《漢書》（臺北：鼎文書局，1986年10月），卷63，〈武五子傳〉。

《總目》才會批評：迂儒解《詩》，「患其視與後世之詩太遠」；而賀貽孫等人就詩論《詩》，「往往以後人詩法，詁先聖之經」，其解《詩》「又患其視與後世之詩太近耳」。〔註62〕

二、肯定《詩》的多義性

在本論文第三章〈經書評點風氣興起的背景〉中，筆者已言明中葉以後，由於處在漢、宋學興替的過渡時期，再加上受王學的影響，時人對經解抱持開放的態度，讚賞獨抒心得的別解。況且孫鑛並不是經學家，所以更無庸陷入漢、宋學的紛爭裡，也不必堅持從詩篇中找出聖人本意來，因此減少了些曉曉不休的爭辯，也多了些兼納的寬容。孫鑛他肯定詩具有多義性，認為：「大凡詩多有三項意，如〈冉冉孤生竹〉，傅毅作也，其辭則女子語也，意所託，則君臣也。讀詩，須兼此三種意，方盡詩人比興之旨。」〔註63〕認為一詩兼具作者之本意、詩面字句所呈現之意，以及別有寄託的寓意、言外之意。所以偶或論及詩旨時，常不會過於堅持必須採取何種詮解，如〈鄭風・將仲子〉一詩，〈小序〉云：「刺莊公也。」孫鑛評云：「即是淫女辭，然作刺莊公解，固無不可。」認為〈將仲子〉一詩，就其字面所述，委實為「淫奔者之辭」，〔註64〕而就其言外之意而言，焉知其非如〈小序〉所說，有刺莊公之意？故二義兼存。

解〈四牡〉，評云：「此自使臣在途自詠之詩，采詩者，以其義盡公私，故取為勞使臣之歌。今以歌娛客者，亦多此意。前後諸篇，凡言遣勞燕答者，皆然，皆是用舊詩為樂章。」此即將作詩與用詩之意加以區分，〈四牡〉詩云：

> 四牡騑騑，周道倭遲。豈不懷歸？王事靡盬，我心傷悲。
>
> 翩翩者鵻，載飛載下，集于苞栩。王事靡盬，不遑將父。
>
> 翩翩者鵻，載飛載止，集于苞杞。王事靡盬，不遑將母。

〔註62〕《總目》，卷17，〈詩類存目一〉，〈詩觸〉條。

〔註63〕《批評詩經》，卷1，〈將仲子〉題後評。〈古詩十九首〉中的〈冉冉孤生竹〉：「冉冉孤生竹，結根泰山阿。與君為新婚，兔絲附女蘿。兔絲生有時，夫婦會有宜。千里遠結婚，悠悠隔山陂。思君令人老，軒車何來遲！傷彼蕙蘭花，含英揚光輝；過時而不采，將隨秋草萎。君亮執高節，賤妾亦何為？」此詩作者，舊說為傅毅作，如《文心雕龍・明詩》云：「〈古詩〉佳麗，或稱枚叔；其〈孤竹〉一篇，則傅毅之詞。」

〔註64〕《詩集傳》（臺北：臺灣中華書局，1991年3月），〈將仲子〉。下引朱子說，皆見《詩集傳》，簡稱《朱傳》，以與蘇轍《詩集傳》有所區隔。

駕彼四駱，載驟駸駸。豈不懷歸？是用作歌，將母來諗。

以〈四牡〉詩的字面所述，孫鑛以為是使臣途中辛苦的自咏，此為作詩之意，然〈小序〉云：「勞使臣之來也。」亦不誤，因詩之內容乃詠使臣之辛苦，故經采詩官收集後，遂取之以作為勞使臣之樂章，此為用詩之意。以為如〈四牡〉詩前後的〈鹿鳴〉、〈皇皇者華〉、〈常棣〉、〈伐木〉、〈采薇〉、〈出車〉、〈杕杜〉諸，〈小序〉定其詩旨有「遣」、「勞」、「燕」等字眼的，都當如是觀，作詩之意是一層，用詩之意是另一層。

晚清魏源（1794～1857）、龔橙（1817～1878）的某些說法，雖不見得是受到孫鑛的啓發，但所論不謀而合。魏源為了要解釋說《詩》歧義之現象，主張：「夫《詩》有作《詩》者之心，而又有采《詩》、編《詩》者之心焉；有說《詩》者之義，而又有賦《詩》、引《詩》者之義焉。」〔註65〕龔橙在魏說的基礎上，提出「八誼」：「有作《詩》之誼，有談《詩》之誼，有太師采《詩》、瞽矇諷誦之誼，有周公用為樂章之誼，有孔子定《詩》建始之誼，有賦《詩》、引《詩》節取章句之誼，有賦《詩》寄託之誼，有引《詩》以就己說之誼。」〔註66〕魏、龔兩人所論，除「作《詩》者之心」、「作《詩》之誼」乃專就作者而言外，其餘皆是對讀者的接受而言。不論是孫鑛或魏、龔所說，皆反映出對讀者一方各種詮釋的寬容和接受，而不再獨尊作者之意。如此一來，《詩》在諸多讀者所讀、所賦、所用……之下，必然具有多義性了。

孫鑛又指出，詩之多義，又因其表現多用比興，以醞藉為貴，忌說得太直、太明白，因此多有言外之意。故如〈山有扶蘇〉一詩：

山有扶蘇，隰有荷華。不見子都，乃見狂且！

山有橋松，隰有游龍。不見子充，乃見狡童！

〈小序〉：「刺忽也。」朱子言：「此淫女之詞。」孫鑛評云：「作淫詩解，于情近，然亦詎不為刺忽。」如〈有杕之杜〉：

有杕之杜，生于道左。彼君子兮，噬肯適我。中心好之，曷飲食之？

有杕之杜，生于道周。彼君子兮，噬肯來遊。中心好之，曷飲食之？

〈小序〉：「刺晉武也，武公寡特，兼其宗族，而不求賢以自輔焉。」朱子言：

〔註65〕〔清〕魏源：〈魯齊韓毛異同論中〉，〔清〕魏源著，何慎怡點校：《詩古微》（長沙：嶽麓書社，1989 年 12 月），頁 166。

〔註66〕〔清〕龔橙：《詩本誼·序》（臺北：新文豐出版公司，《叢書集成續編》第 108 冊，1989 年影印《半廠叢書》本）。

「此人好賢而恐不足以致之，故言此枕然之杜生于道左，其蔭不足以休息，如己之寡弱不足恃賴，則彼君子者亦安肯顧而適我哉！然其中心好之，則不已也。但無自而得飲食之耳。夫以好賢之心如此，則賢者安有不至，而何寡弱之足思哉！」朱子就詩的字面來看，以為是寫一個執政者好賢之殷切；而〈小序〉則求其言外之意，以為此詩刻意以求賢之字面，以諷刺晉武公不求賢之事實。孫鑛評云：「如《注》解，甚得詩意。然作刺不求賢，亦只須如此說。」本諸字面所述，《朱傳》為是，但詩歌亦常見用反言的手法，以字面求賢之詩，來諷刺人之不求賢者。故一解為求賢之詩，一解為刺不求賢之詩，乍看是背道而馳的解說，但孫鑛以為皆可通。

如〈小宛〉詩，〈小序〉：「大夫刺幽王也。」孫鑛題後批云：「此詩意頗錯雜，今作自相戒解，果順。然亦孰非刺王，凡言刺王者，固不必句句著王身上說。」「今作自相戒解」，指朱子之解：「此大夫夫遭時之亂，而兄弟相戒以免禍之詩。」孫鑛意為：就字面看為相戒，而在幽王之朝，大夫必須以「惴惴小心，如臨于谷，戰戰兢兢，如履薄冰」相戒，則朝政之亂可以想知，故說是刺幽王之作，亦可通。強調「凡言刺王者，固不必句句著王身上說」。

如〈抑〉，〈小序〉：「衛武公刺厲王，亦以自警也。」朱子主〈抑〉詩為衛武公用以自警之說，認為：「〈序〉說為刺厲王者誤矣。」孫鑛評：

> 謂「刺厲王」，未盡誤。大凡詩，刺者亦不是句句著所刺身上。如此章，「興迷亂于政」，斷非武公自謂。下章「遏蠻方」，亦似指王室，後章「謹侯度」則的係自警意。自警，亦或寓刺王意，又或借自警以規王，蓋時事難直斥，詩道亦忌拈皮帶骨，其用意微婉，多如此。

因詩道「忌拈皮帶骨，其用意微婉」，認為〈抑〉詩可兼存「刺厲王」、「自警」二意。

第四節 《批評詩經》對舊說的取捨

由於此書不同於一般的經解，更不在訓詁上下功夫，故引及經解舊說者很少，較常見的不過是〈小序〉、《毛傳》、《鄭箋》、《朱傳》而已。

一、〈小序〉

孫鑛〈詩經小序〉云：

> 說《詩》者率祖〈小序〉，至晦翁乃盡黜之，間有襲者，祇十一二耳。

楊用修目爲崛強，〔註67〕夫豈不然？然〈小序〉實亦有難通者。且今〈序〉乃毛公所傳耳，魯、齊、韓三家說固殊焉，泥毛序者，寧詎爲得哉！京都李翁謂：「〈序〉首一句，繫國史所記，的爲詩柄，無可疑，以下語，不無傅會。」其言近有理。余讀《朱傳》，因摘〈序〉首一句，標于各篇上，用以相證。惜彼三家學不傳，安得盡摘其要旨，作會通觀也。

唐代成伯璵《毛詩指說》首先質疑〈小序〉首句是子夏所作，首句以下爲大毛公所續；至蘇轍《詩集傳》一書，獨存〈小序〉之首句而已。宋以後至明、清，贊同這個見解者不少，〔註68〕孫鑛亦錄〈小序〉首句於篇題之下。因孫鑛此書主要是以文學觀點說《詩》，詩旨的辨析並非孫鑛凝視的焦點，百分之九十以上的評語，皆未針對詩旨來討論。從〈詩經小序〉所言，及錄存〈小序〉首句的作法，孫鑛大概是以爲〈小序〉首句得者爲多，故「標于各篇上，用以相證」。

孫評中，較顯然從首句之說者，如前〈肯定《詩》的多義性〉一節所引的〈將仲子〉、〈山有扶蘇〉詩，孫評兼存〈小序〉及朱子之說。又如〈芄蘭〉詩，〈小序〉：「刺惠公也。」孫評：「作刺惠公，義亦自順。」〈采葛〉詩，〈小序〉：「懼讒也。」孫評：「作懼讒解，盡有奧味。」〈庭燎〉詩，〈小序〉：「美宣王也，因以箴之。」孫評：「〈小序〉謂因以箴之，寂說得妙，箴即在美中，誦畢自見。」然這類對〈序〉說明顯肯定的評論，並不多見。

所評亦不乏與〈小序〉有所出入者，如：

1. 〈君子于役〉，〈小序〉：「刺平王也」
   孫評：「大旨只是及暮懷人意，爾時寂動離思。」
2. 〈褰裳〉，〈小序〉：「思見正士也。」

〔註67〕所指疑是針對楊慎以下的議論而發：
　　　　朱子作《詩傳》，盡去〈小序〉，蓋矯呂東萊之弊，一時氣信之偏，非公心也。馬端臨及姚牧安諸家辯之悉矣。有一條可發一笑，併記于此。〈小序〉云：「〈菁莪〉，樂育人才也。」「〈子衿〉，學校廢也。」《傳》皆以爲非。及作〈白鹿洞賦〉，有曰：「廣青衿之疑問。」又曰：「樂菁莪之長育。」或舉以爲問，先生曰：「舊說亦不可廢。」此何異俗諺所謂「王波去四點，依舊是王皮」乎？
　　　　引自〔明〕楊慎著，王仲鏞箋證：《升庵詩話箋證》（上海：上海古籍出版社，1987年12月），頁560。又，王仲鏞原按：「『氣信』當是『氣性』之誤。」
〔註68〕關於成伯璵、蘇轍的詳細主張，及存〈小序〉首句的影響，可參筆者撰：〈成伯璵《毛詩指說》研究〉，《經學研究論叢》第一輯（桃園：聖環圖書公司，1994年4月），頁43～66。

孫評：「作冀望所私者說，于義較順，觀後篇『子不我即』語，可例。」
〔註69〕

3. 〈丰〉，〈小序〉：「刺亂也。」

孫評：「總是悔失前人意，女蓋意在擇好而不能定耳，後兩章，則既適人而姑自慰之詞，當是妝飾將登車時賦。絕得情態。」

4. 〈著〉，〈小序〉：「刺時也。」

孫評：「婦渴欲見婿，至門屏間，望見服飾之美，知其為婿而喜，又進而庭而堂，到處細認一遍，乍見時情況，果是如此，真寫得入神。」

5. 〈小雅・杕杜〉，〈小序〉：「勞還役也。」

孫評：「只是婦女思征夫一意，然卻俱是郎歸意。」

6. 〈白駒〉，〈小序〉：「大夫刺宣王也。」

孫評：「寫依依不捨之意，溫然可念，風致宬有餘。」

7. 〈十月之交〉，〈小序〉：「大夫刺幽王也。」

孫評：「此詩似專為刺皇父而作。」

8. 〈大明〉，〈小序〉：「文王有明德，故天復命武王也。」

孫評：「此詩似專為頌兩母而作，故敘其來歷特詳。其文之德，武之功，無非見兩母貽福之隆耳。」

以上所評，與〈小序〉所言有不同程度的差異，但孫鑛都只是雲淡風輕的陳述，未交代為何〈序〉說不可從、不確，在詩旨上嘵嘵不休的爭辯，本非此書所重。如此書卷二，頁三十六至四十一〈小雅〉的〈鼓鐘〉、〈楚茨〉、〈信南山〉、〈甫田〉、〈大田〉、〈瞻彼洛矣〉、〈桑扈〉、〈鴛鴦〉諸詩，〈小序〉首句皆作：「刺幽王也。」而評語皆未就此發揮。孫鑛既肯定《詩》有多義，引首句只是「用以相證」，代表著一種聲音、主張，可以與《朱傳》相證，孫鑛當然也可以提出自己的看法與〈序〉說商榷，故〈小序〉說〈十月之交〉是「大夫刺幽王」之作，孫評則以為「此詩似專為刺皇父而作」。

二、《毛傳》、《鄭箋》

孫評引述毛、鄭者，亦罕少，舉數例如下，以略窺其貌。

〔註69〕「子不我即」，〈東門之墠〉語。《朱傳》云：「淫女語其所私者曰：子惠然而私我，則將褰裳涉溱以從子，子不我思，則豈無他人之可從，而必於子哉！」孫評此詩似從《朱傳》之說。

1. 〈關雎〉，孫評：「《鄭箋》謂后妃求賢女與共職，固大裨陰教，第恐於性情不近。」

2. 〈草蟲〉，孫評：「從毛鄭，作適大夫在塗語，于意趣爲近。」

3. 〈秦風・黃鳥〉：「臨其穴，惴惴其慄。」
   孫評：「臨穴惴慄，從《鄭箋》作秦人哀傷意爲長，若三良畏死如此，安足稱百夫雄耶？」
   按：此駁《朱傳》：「惴惴，懼貌。……秦穆公卒，以子車氏之三子爲殉，……臨穴而惴慄，蓋生納之壙中也。」

4. 〈大東〉：「或以其酒，不以其漿。鞙鞙佩璲，不以其長。」
   孫評：「《鄭箋》解『鞙鞙佩璲』二句，謂『徒美其佩而無其德』，似覺有致。」

5. 〈桑扈〉：「兕觥其觩，旨酒思柔。彼交匪敖，萬福來求。」
   孫評：「兩語有婉致，《鄭箋》作罰爵不用解，尤覺味長。」
   按：《箋》云：「兕觥，罰爵也。古之王者與群臣燕飲，上下無失禮者，其罰爵徒觩然陳設而已。」

6. 〈鴛鴦〉：「鴛鴦于飛，畢之羅之。君子萬年，福祿宜之。」
   孫評：「毛鄭謂于其飛，乃畢掩而羅之，休息于梁，人不驚駭，自若無怨懼，固自有意致。」〔註70〕

7. 〈大明〉：「殷商之旅，其會如林。矢于牧野，維予侯興。」
   孫評：「『侯興』，從舊說作自諸侯起，固自有色。」
   按：《毛傳》：「興，起也。言天下之望周也。」《箋》：「天乃予諸侯有德者，當起爲天子。」故此「從舊說」，指從毛、鄭言。

8. 〈抑〉：「視爾友君子，輯柔爾顏，不遐有愆。」
   孫評：「《鄭箋》：『今視女諸侯及卿大夫，皆脅肩諂笑，以和安女顏色，是于正道不遠有罪過乎。』亦似有婉致。」〔註71〕

9. 〈訪落〉，孫評：「曾氏謂是歎美武王能紹文王之道，以陟降厥家，保明其身，亦指武王，雖不言繼序思不忘，然意在其中。《鄭箋》亦大

〔註70〕《毛傳》：「太平之時，交於萬物有道，取之以時。於其飛，乃畢掩而羅之。」「明王之時，人不驚駭，斂其左翼，以右翼掩之，自若無恐懼。」孫引作「怨懼」，此作「恐懼」，字異。

〔註71〕「今視女諸侯及卿大夫」句，阮元《毛詩注疏校勘記》言，諸本「女」下有「之」字，有者是也。

略同如此解，覺意趣長。」

觀以上諸例，大概都是以毛鄭和《朱傳》相參來斟酌取捨的，其取捨標準為何？主要是本諸人之性情及詩之意趣。如〈關雎〉詩，孫評即批評《鄭箋》求賢女共職之說，「於性情不近」。評〈黃鳥〉則以為「臨其穴，惴惴其慄」語，若從《朱傳》作三良臨穴惴慄解，似破壞了三良在詩中的英雄形象，故以《鄭箋》之說為長。其它諸例，孫評都是以「于意趣為近」、「覺有致」、「覺味長」、「有意致」、「有色」、「有婉致」、「意趣長」為取捨的理由。這也是文人解《詩》，不同於經學家解《詩》之處，經學家常遍考經史、字書，考量聖人教化之意，來作定奪，而孫氏主要是憑藉自己的直觀感受、以讀詩的趣味為主。

三、朱熹《詩集傳》

《批評詩經》之評語，明白道及《朱傳》者，較道及毛鄭者少。茲舉數例如下：

1. 〈風雨〉，孫評：「此不作淫詩解，似亦可。」
   按：此駁《朱傳》：「淫奔之女言當此之時，見其所期之人而心悅也。」
2. 〈鄭風・揚之水〉，孫評：「此不見男女相悅處，若從《鄭箋》，作刺昭公兄弟爭國解，固亦是理順。」
   按：《朱傳》就男女間立論。孫評從《鄭箋》：「忽兄弟爭國，親戚相疑，後竟寡於兄弟之恩。」
3. 〈溱洧〉，《朱傳》云：「此淫奔者自敘之詞。」
   孫評修正朱說：「此則太侈，蓋蕩然無復拘檢矣，然固是傍觀者作，其侈談，正是極刺，諷咏自見。」
4. 〈緜〉，《朱傳》：「此亦周公戒成王之詩。」
   孫鑛以詩句有「古公亶父，來朝走馬」，不但稱古公，且出其名，加上末章「虞芮質厥成，文王蹶厥生。予曰有疏附，予曰有先後，予曰有奔奏，予曰有禦侮。」的句意研判：「此詩如此收束，當是未克商時作。然則文王應實有受命稱王之事矣。〈武成〉已稱太王，若周公戒成王詩，豈應復稱古公耶！」駁朱說。

《批評詩經》道及《朱傳》者罕少，間或提及又都是批駁語，似從毛鄭者多，從朱子者少。然而，由孫鑛〈詩經小序〉云：「余讀《朱傳》，因摘〈序〉首一句，標于各篇上，用以相證。」知孫鑛正是取《朱傳》作為認識基礎來批

評《詩經》的,《朱傳》之解,乃孫鑛批評的出發點,若不參看《朱傳》,某些評語根本沒有著落。

如〈蟋蟀〉第二章:「蟋蟀在堂,歲聿其逝。今我不樂,日月其邁。無已大康,職思其外。好樂無荒,良士蹶蹶。」孫鑛眉批:「『其外』字大妙。」「職思其外」,《毛傳》:「外,禮樂之外。」《鄭箋》:「外,謂國外至四境。」《朱傳》:「外,餘也。其所治之事,固當思之,而所治之餘,亦不敢忽。蓋以事變或出於平常思慮之所不及,故當過而備之也。」將毛、鄭、朱三解參照,乃知孫鑛云「其外」字大妙,乃本《朱傳》之釋立論,言詩中之「良士」,不僅能「職思其居」,更能未雨綢繆,有備無患,能「職思其外」,故孫鑛讚「其外」用字妙,兩字道盡唐俗憂深思遠之風。

綜上所述,孫鑛雖非經學家,但處在晚明朱子學受到質疑、漢學逐漸復興之際,孫鑛難免會受到時代氛圍的影響,一反先前此一述朱、彼一述朱恪守《詩集傳》的現象,孫鑛以追求詩的意趣為尚,較敢憑自己的體會,用〈序〉說、用毛鄭說駁正《朱傳》之言。然雖有駁正,但孫評之倚重《朱傳》固無庸置疑。

第五節　孫鑛《詩》評之好尚

一、重〈雅〉〈頌〉、尚奇峭

在前面〈孫鑛的文學觀〉一節中,已說明孫鑛復古崇經,對經文有「千錘百鍊」、「精腴簡奧」、「奧而法」、「奧而則」、「奧而奇」、「精簡而妙」、「絕精鍊」、「渾而雅」……等讚許,由此可看出孫鑛欣賞古奧、精鍊、渾樸的風格。這種好尚的趨向,亦可在《批評詩經》中得到印證。

今人以為雋永、平易感人的〈國風〉,似乎未能贏得孫鑛太多的青睞。經筆者統計,三百篇中,孫鑛未下評語的詩篇如下:

〈國風〉:〈麟之趾〉、〈鵲巢〉、〈羔羊〉、〈殷其雷〉、〈摽有梅〉、〈小星〉、〈江有汜〉、〈何彼襛矣〉、〈騶虞〉、〈日月〉、〈終風〉、〈式微〉、〈北門〉、〈牆有茨〉、〈相鼠〉、〈干旄〉、〈淇奧〉、〈黍離〉、〈中谷有蓷〉、〈兔爰〉、〈丘中有麻〉、〈鄭風·羔裘〉、〈遵大路〉、〈蘀兮〉、〈狡童〉、〈子衿〉、〈出其東門〉、〈東方之日〉、〈南山〉、〈汾沮洳〉、〈碩鼠〉、〈椒聊〉、〈唐風·杕杜〉、〈鴇羽〉、〈采苓〉、〈終南〉、〈無衣〉、〈權輿〉、〈東門之楊〉、〈墓門〉、〈防有鵲巢〉、〈月出〉。共四十二首。

　　〈小雅〉:〈彤弓〉、〈菁菁者莪〉、〈鴻雁〉、〈沔水〉、〈祈父〉、〈我行其野〉、〈裳裳者華〉、〈青蠅〉。共八首。

　　〈周頌〉:〈維清〉、〈豐年〉、〈武〉。共三首。

　　觀以上統計,〈國風〉未下評語者多達四十二首,至於〈大雅〉則皆有評語,〈頌〉詩亦不過三首無評。當然,重不重視、欣不欣賞,不獨就有無評語一端觀察而已,孫鑛對於〈雅〉〈頌〉除著墨甚多,評語較詳,亦推許不已,如評〈大雅・文王〉詩:

> 全只述事談理,更不用景物點注,絕去風雲月露之態,然詞旨高妙,
> 機軸渾化,中間轉折變換,略無痕跡,讀之覺神采飛動,骨勁而色
> 蒼,眞是無上神品。

神品,指出神入化之作,詩文之高,無以名之,常以「神」字許之。如楊愼(1488～1559)曰:

> 莊周、李白,神於文者也,非工於文者所及也。文非至工,則不可
> 爲神,然神非工之所可至也。〔註72〕

孫鑛《唐詩品》分論神品、妙品、能品、具品、逸品、奇品,以「神品」居首,云:「不知所自來者,神品也。」〔註73〕當是以「神品」爲諸品中最佳者,〈與余君房論《今文選》書〉云:「一本內有四品,甄別并稍商確語,其有神、妙、能、具四等品標列者,不敏所收也。」〔註74〕亦是以「神品」列在諸品之前。可見孫鑛對〈文王〉詩實爲推崇至極,故以「無上神品」譽之。

　　在《批評詩經》中,被譽爲「神品」者只有二首,可見孫鑛亦不濫用「神品」的冠冕。除〈文王〉詩外,另一首爲〈豳風・七月〉,孫評:

> 衣食爲經,月令爲緯,草木禽蟲爲色,橫來豎去,無不如意,固是
> 敘述憂勤,然即事感物,興趣更自有餘,體被文質,調兼〈雅〉〈頌〉,
> 眞是無上神品。

〈七月〉雖爲風詩,但格調與多數風詩不似,孫評言其「體被文質,調兼〈雅〉〈頌〉」,近乎實情。所以〈文王〉、〈七月〉二例,都可作爲孫評讚賞〈雅〉〈頌〉風格之證。

〔註72〕轉引自〔清〕潘德輿:《養一齋李杜詩話》,卷1,郭紹虞編選,富壽蓀校點:
　　　　《清詩話續編》(上海:上海古籍出版社,1999年6月),頁2170。
〔註73〕《明詩話全編》(五)(南京:江蘇古籍出版社,1997年12月),頁4700。
〔註74〕〈與余君房論《今文選》書〉,《居業次編》,卷3,頁30。按:本用「確」字。

　　讀歷代詩，以先秦最古的《詩經》為重；讀《詩經》，又以其中古奧、精鍊的〈雅〉〈頌〉為貴，這在明代復古風氣瀰漫之際，並非異數。王世貞在《藝苑卮言》摘錄了許多《詩經》的佳句，〈雅〉〈頌〉所摘詩句的量合計，近乎〈國風〉的二倍。〔註75〕王世貞又言：

　　　詩旨有極含蓄者、隱惻者、緊切者，法有極婉曲者、清暢者、峻潔者、奇詭者、玄妙者。《騷》賦古選樂府歌行，千變萬化，不能出其境界。吾故摘其章語，以見法之所自。其〈鹿鳴〉〈甫田〉〈七月〉〈文王〉〈大明〉〈緜〉〈棫樸〉〈旱麓〉〈思齊〉〈皇矣〉〈靈臺〉〈下武〉〈文王〉〈生民〉〈既醉〉〈鳬鷖〉〈假樂〉〈公劉〉〈卷阿〉〈烝民〉〈韓奕〉〈江漢〉〈常武〉〈清廟〉〈維天〉〈烈文〉〈昊天〉〈我將〉〈時邁〉〈執競〉〈思文〉，無一字不可法，當全讀之，不復載。〔註76〕

前言摘錄《詩》之佳句，乃為見後來文學作品其法之所自。後錄《詩》三十一首的篇名，以為無一字不可為法，當全篇熟讀，則此三十一篇當是王世貞心目中認為三百篇中最頂尖者。考其所錄，除〈七月〉為〈豳風〉詩外，餘皆見諸〈雅〉〈頌〉。而王世貞所獨賞的〈七月〉，正是孫鑛所評「調兼〈雅〉〈頌〉」、最不類〈國風〉者。王世貞還曾拈出《詩》之疵句：

　　　詩不能無疵，雖《三百篇》亦有之，人自不敢摘耳。其句法有太拙者，「載獫歇驕」；三名皆田犬也。有太直者，「昔也每食四簋，今也每食不飽」；有太促者，「抑罄控忌」、「既亟只且」；有太累者，「不稼不穡，胡取禾三百廛」；有太庸者，「乃如之人也，懷昏姻也，大無信也，不知命也」；其用意有太鄙者，如前「每食四簋」之類也；有太迫者，「宛其死矣，他人入室」；有太粗者，「人而無儀，不死何為」之類也。〔註77〕

所引詩句，分別見諸〈秦風‧駟驖〉、〈秦風‧權輿〉、〈鄭風‧大叔于田〉、〈邶風‧北風〉、〈魏風‧伐檀〉、〈鄘風‧蝃蝀〉、〈唐風‧山有樞〉、〈鄘風‧相鼠〉。疵句清一色的都出於〈國風〉，可見，王世貞欣賞典雅、古奧的〈雅〉〈頌〉詩。

　　除稍早的王世貞對《三百篇》的好尚與孫鑛一致外，稍晚馮復京（1573～1622）亦云：

〔註75〕《藝苑卮言》，卷2，《歷代詩話續編》，頁968～972。
〔註76〕同前註，頁972。
〔註77〕《藝苑卮言》，卷1，《歷代詩話續編》，頁964～965。

〈國風〉出於閭里，故瑕瑜猶有雜廁。〈雅〉〈頌〉構自宗匠，故追
琢並極其工。凡王之美所摘疵句皆〈風〉也。〈雅〉〈頌〉則不然。
〔註78〕

認為〈雅〉〈頌〉極工，不似〈國風〉有疵句。再如，竟陵派的譚元春云：「若
不看得〈雅〉〈頌〉與〈國風〉一樣有趣，又看得〈雅〉〈頌〉與〈國風〉更
為有味，則亦是易入處便入，難入處便怯，固學者讀書之病也。」〔註79〕認
為不能只賞「易入」的〈風〉詩，亦強調〈雅〉〈頌〉的趣味。

　　孫鑛重〈雅〉〈頌〉和其欣賞古奧、簡鍊的字句是一體兩面的，由於〈國
風〉較平易、多複沓，其格調較近後代詩作，自是較不為唯古是尚的孫鑛所
重。見諸全書之批評，孫鑛最常用的評語是「陗」，其次是「奇」、「新」、「古」、
「質」等字眼，或獨用，或混用，尤其是在孫鑛特賞的〈雅〉〈頌〉部份，最
經常出現這些評語。如評〈大雅‧瞻卬〉：「篇中語，特多新陗。」〈大雅‧蕩〉：
「此詩句句新陗。」〈魯頌‧長發〉：「語氣勁陗甚，下字下句，皆陗且響。」

　　「陗」或作「峭」，《批評詩經》中慣用「陗」字。原指山丘聳立而高，
有峻峭、險峻、峭拔、高聳之意，與庸、常、平、緩、弱等相反，指文勢突
然振起、增強、陡變、突出的表現手法或風格。如〈采蘋〉詩：

　　于以采蘋？南澗之濱。于以采藻？于彼行潦。
　　于以盛之？維筐及筥。于以湘之？維錡及釜。
　　于以奠之？宗室牖下。誰其尸之？有齊季女。

前面談祭品及器皿，都是用「于以」的句型，至末二句「誰其尸之？有齊季
女」一出，一來大變前面用「于以」的句型，再者，至文末方突然點出祭者
為「季女」，又戛然而止，故孫評云：「末點出季女，結法陡陗。」又如〈訪
落〉：「訪予落止，率時昭考。」孫評：「『予訪』，作『訪予』，固自陗。」此
言其字法，謝枋得曾謂「語倒則峭」，〔註80〕洪亮吉亦云：「詩家例用倒句法，
方覺奇陗生動。」〔註81〕指故意顛倒字、句一般的順序，以反平率，收到突

〔註78〕〔明〕馮復京：《說詩補遺》，卷2，《明詩話全編》（七），頁7187。頁7163
　　　　云：「《說詩補遺》八卷，……寫成於泰昌元年（1620）。」又，引文中「王之
　　　　美」疑為「王元美」之誤。
〔註79〕〔明〕譚元春：〈與舍弟五人書〉，《譚元春集》（上海：上海古籍出版社，1998
　　　　年12月），卷27，頁747。
〔註80〕〔清〕梁章鉅：《退庵隨筆》，〈學詩一〉，《清詩話續編》，頁1951：「唐、宋以
　　　　來，詩家多有倒用之句。謝疊山謂『語倒則峭』。其法亦起於《三百篇》。」
〔註81〕〔清〕洪亮吉：《北江詩話》（臺北：新文豐出版公司，《叢書集成新編》第79

出、令人耳目一新之效，故孫評特賞「訪予」兩字。

　　孫評又常用「陗」字來稱說特殊、罕見的句法。四字句為《詩》中常見，以下所引或三言、或五言、或七言的詩句，為《詩》中罕見句法，偶或出現，卻常贏得孫鑛的讚賞：

1. 〈山有樞〉：「子有酒食，何不日鼓瑟？」
   孫評：「『何不日鼓瑟』，句法絕妙。質而有態，陗而不失之生硬。」
2. 〈唐風‧羔裘〉：「羔裘豹袪，自我人居居。豈無他人？維子之故。」
   孫評：「『自我人』，新陗。」
3. 〈緜〉：「肆不殄厥慍，亦不隕厥問。」
   孫評：「『肆不殄』兩語，奇陗之甚。」
4. 〈我將〉：「我將我享，維羊維牛，維天其右之。儀式刑文王之典，日靖四方。」
   孫評：「『右』字，下得特險陗，『儀式刑』惟三字連下，亦質陗。」
5. 〈有駜〉：「有駜有駜，駜彼乘黃。夙夜在公，在公明明。振振鷺，鷺于下。鼓咽咽，醉言舞。于胥樂兮。」
   孫評：「亦近風，然卻含蒼色，內三言四句，尤古陗。」

以上例證中，或單用「陗」，或與「奇」、「新」、「古」、「質」等字連用，用「新陗」、「奇陗」、「質陗」、「古陗」等詞批評。孫鑛所常用的「陗」、「奇」、「新」、「古」、「質」等批評字眼亦有連帶關係。「古」、「質」是年代悠遠的經書所具的特色，古奧、簡潔的風格，表現在句型、結構上，或倒裝，或陡接，故名之為「陗」。這些文法、措辭不同於後世詩歌，以其罕見、奇特，故言其為「奇」、為「新」。不管就表現技法或詩作呈現的風格而言，「陗」、「奇」、「新」三者都有很大的交集，故孫鑛亦常用「新陗」、「奇陗」之評，評「新陗」者，舉數例如下：

1. 〈葛生〉：「角枕粲兮，錦衾爛兮。予美亡此，誰與？獨旦！」
   孫評：「『獨旦』字，特新陗。」
2. 〈節南山〉：「不弔昊天，亂靡有定；式月斯生，俾民不寧。憂心如醒，誰秉國成？不自為政，卒勞百姓。」
   孫評：「語意多新陗，章法頓挫，絕有致。」
3. 〈小宛〉：「人之齊聖，飲酒溫克，彼昏不知，壹醉日富。各敬爾儀，

冊，據咸豐《粵雅堂叢書》排印），卷 2。

天命不又。」

孫評：「『富』字深酷，『又』字新陗，皆蒨蒨有色。此便是後來響字所祖。」

評「奇陗」者，舉數例如下：

1. 〈伯兮〉：「其雨其雨？杲杲出日。願言思伯，甘心首疾。焉得諼草？言樹之背。願言思伯，使我心痗。」

   孫評：「兩章借喻奇陗，煞有濃色。」

2. 〈七月〉：「七月流火，九月授衣。一之日觱發，二之日栗烈；無衣無褐，何以卒歲？」

   孫評：「『一之日』句法，奇甚。『觱發』二字，更奇陗。」

3. 〈伐木〉：「有酒湑我，無酒酤我。坎坎鼓我，蹲蹲舞我。迨我暇矣，飲此湑矣。」

   孫評：「『湑我』等句法奇陗，連四『我』字句，尤有逸態。」

4. 〈北山〉：「大夫不均，我從事獨賢。」

   孫評：「『獨賢』二字，甚奇陗。」

5. 〈漸漸之石〉：「有豕白蹢，烝涉波矣。」

   孫評：「白蹢涉波，語奇陗。」

「新」、「奇」的語意、文法修辭，致生「陗」的風格，遂有「新陗」、「奇陗」之稱。有時「陗」是因「古」、因「質」所致，故又有「古陗」、「質陗」之說。在「古人無紙，汗青刻簡爲力不易」（〈與李于田論文書〉）的時代，行文均經鍛鍊，「陗」又或自「鍊」而得，故又「鍊陗」合用，如評〈雨無正〉「戎成不退，飢成不遂」云：「是鍊陗法。」

觀乎孫鑛之評，對於《三百篇》中獨特的字句、文法，爲後代少見、罕用的，總特別拈出，予以讚賞，除以上論罕見句法所引，及「湑我」諸句，「獨且」、「獨賢」、「觱發」、「天命不又」等外，再舉以數例爲證：

1. 〈蕩〉：「文王曰：咨！咨女殷商。女炰烋于中國，歛怨以爲德。」

   孫評：「『炰烋』字，特妙。」

   《朱傳》：「炰烋，氣健貌。」

2. 〈雲漢〉：「旱既太甚，滌滌山川。旱魃爲虐，如惔如焚。」

   孫評：「『滌滌』字，大妙。」

   《朱傳》：「滌滌，言山無木，川無水，如滌除之也。」

3. 〈有客〉：「有客有客，亦白其馬。有萋有且，敦琢其旅。有客宿宿，
有客信信。言授之縶，以縶其馬。」

孫評：「敦琢字，生陗。宿宿信信，故以拙見奇。」

《朱傳》：「敦琢，選擇也。……一宿曰宿，再宿曰信。」

「炰烋」、「滌滌」、「敦琢」、「宿宿」、「信信」這些措辭，都是後代詩文中罕
用的語詞，而孫鑛都特別拈出讚歎。重古奧、重新峭、奇峭的另一種表現就
是對「近今」風格、對「常語」的不滿，〈桑柔〉詩末評：「此詩妙矣，然卻
微近今。」指其措辭、句法較近於後代作品的風格，較乏古味，美中不足。
又如〈烝民〉詩：「仲山甫出祖，四牡業業，征夫捷捷，每懷靡及。四牡彭彭，
八鸞鏘鏘，王命仲山甫，城彼東方。四牡騤騤，八鸞喈喈，仲山甫徂齊，式
遄其歸。吉甫作誦，穆如清風。仲山甫永懷，以慰其心。」孫鑛評此二章：「乃
言適齊并及贈詩意，此卻只是經中常語。」指出二章意旨，並云其措辭是「經
中常語」，並無殊異、值得稱道之處。

二、欣賞含蓄蘊藉的表現

蘊藉，指含蓄不露。司空圖《詩品》論「含蓄」云：「不著一字，盡得風
流。」〔註 82〕「不著一字」並非真的一字不言，只是不直說，而是透過有限
字句的暗示，讓讀者尋思自得。詩文崇尚含蓄，利用婉曲、反語、雙關、比
興等修辭手法，使意藏篇中，讓讀者通過想像領會言外之意。詩歌常是短章，
更需強調含蓄的手法和風格，才能在短小的篇幅中，蘊藏豐富的意涵。《溫公
續詩話》指出：「古人為詩，貴于意在言外，使人思而得之。」〔註 83〕梅聖俞
亦言詩家「必能狀難寫之景，如在目前，含不盡之意，見於言外，然後為至
矣。」〔註 84〕又有詩「忌直貴曲」之說，〔註 85〕意謂：詩歌的語言不宜直接
表達，而以委婉曲折為上。趙凡夫云：「詩主含蓄不露，言盡則文也，非詩也。」
〔註 86〕這些言論，在在都指出詩歌比起文章，更強調含蓄、貴曲、忌露、忌
直的特質。

〔註 82〕 〔唐〕司空圖：《二十四詩品》，《歷代詩話》，頁 40。

〔註 83〕 〔宋〕司馬光：《溫公續詩話》，《歷代詩話》，頁 277。

〔註 84〕 〔宋〕歐陽修：《六一詩話》，《歷代詩話》，頁 267。

〔註 85〕 〔清〕施補華：《峴傭說詩》：「詩猶文也，忌直貴曲。」丁福保輯：《清詩話》
（臺北：木鐸出版社，1988 年 9 月），頁 973。

〔註 86〕 轉引自〔明〕許學夷著，杜維沫校點：《詩源辯體》（北京：人民文學出版社，
1998 年 2 月），卷 1，頁 5～6。

　　簡恩定先生指出，陳子昂提出「彩麗競繁而興寄都絕」一語，「實即爲陳子昂重『比興』而輕『賦』的正式宣言。自此而後，這種論點便成爲中國文學復古理論的重要內涵。」〔註87〕由於宋詩傾向於議論、說理，使得唐詩中含蓄蘊藉的韻味明顯減少。多議論、說理，即是多賦而少比興，在張戒《歲寒堂詩話》中，已對宋詩這種流弊表示不滿，而稱許詞婉意微的風格以矯之：

　　　　〈國風〉云：「愛而不見，搔首踟躕。」「瞻望弗及，佇立以泣。」其詞婉，其意微，不迫不露，此其所以可貴也。〈古詩〉云：「馨香盈懷袖，路遠莫致之。」李太白云：「皓齒終不發，芳心空自持。」皆無愧于〈國風〉矣。杜牧之云：「多情卻是總無情，惟覺尊前笑不成。」意非不佳，然而詞意淺露，略無餘蘊。元白張籍，其病正在此，只知道人心中事，而不知道盡則又淺露也。後來詩人能道得人心中事者少爾，尚何無餘蘊之責哉。〔註88〕

張戒主張委婉，反對淺露無餘蘊。嚴羽的《滄浪詩話》也強調「盛唐諸人，惟在興趣，羚羊挂角，無跡可求。」主張詩歌必須要有韻外之致。至明代大倡復古，重比興既是復古理論的重要內涵，含蓄蘊藉的風格，在明代也更受到普遍的強調。〔註89〕

　　比、興爲六義之一，漢儒說《詩》，本就常假比興來附會政治、史事，以達到「詩教」的目的。所以，《詩經》蘊含豐富比興的手法，廣爲後人所知。〔註90〕加上明代又重比興、重含蓄蘊藉，是以相關的言論，每以《三百篇》蘊藉的表現作爲詩貴含蓄的例證，以之作爲取法的對象，如楊愼云：

　　　　《詩》以道性情，……若《詩》者，其體其旨，與《易》《書》《春秋》判然矣。《三百篇》皆約情合性而歸之道德也，然未嘗有道德字也，未嘗有道德性情句也。〈二南〉者，修身齊家其旨也，然其言琴瑟鐘鼓，荇菜荼苢，夭桃穠李，雀角鼠牙，何嘗有修身齊家字耶？

〔註87〕簡恩定先生：《中國文學復古風氣探究》（臺北：文史哲出版社，1992 年 3 月），頁 146。

〔註88〕〔宋〕張戒：《歲寒堂詩話》，《歷代詩話續編》，頁 454。

〔註89〕參簡恩定先生：〈明代文學何以走上復古之論〉，《古典文學》第十集（臺北：學生書局，1988 年 12 月），頁 169～189。該文強調：「明代文學之所以走向復古之路，和當時詩中比興觀念的再度重視有密切關係。」

〔註90〕如〔清〕施補華《峴傭說詩》云：「《三百篇》比興爲多，唐人猶得此意。」《詩清話》，頁 974。

皆意在言外，使人自悟。至於變風變雅，尤其含蓄，言之者無罪，
聞之者足以戒，如刺淫亂，則曰：「雝雝鳴雁，旭日始旦」，不必曰
「慎莫近前丞相嗔」也；憫流民，則曰：「鴻雁于飛，哀鳴嗷嗷」，
不必曰「千家今有百家存」也；傷暴斂，則曰「維南有箕，載翕其
舌」，不必曰「哀哀寡婦誅求盡」也；敘飢荒，則曰「牂羊墳首，三
星在罶」，不必曰「但有牙齒存，可堪皮骨乾」也。杜詩之含蓄蘊藉
者，蓋亦多矣，宋人不能學之。至於直陳時事，類於訕訐，乃其下
乘末腳，而宋人拾以爲己寶，又撰出「詩史」二字以誤後人。如詩
可兼史，則《尚書》《春秋》可以併省。〔註91〕

言《詩》皆意在言外，使人自悟，貴在含蓄，並引《詩經》句子，與杜甫詩
對照，指出杜詩「直陳時事，類於訕訐」之作，缺乏含蓄蘊藉，非可推重、
取法者。王鏊（1450～1524）云：

余讀《詩》至〈綠衣〉、〈燕燕〉、〈碩人〉、〈黍離〉等篇，有言外無窮
之感。後世惟唐人詩，或有此意。如「薛王沈醉壽王醒」，不涉譏刺，
而譏刺之意溢於言外；「君向瀟湘我向秦」，不言悵別，而悵別之意溢
於言外；「凝碧池邊奏管絃」，不言亡國，而亡國之痛溢於言外；「溪
水悠悠春自來」，不言懷友，而懷友之意溢於言外；「潮打空城寂寞
回」，不言興亡，而興亡之感溢於言外：得風人之旨矣。〔註92〕

言唐人詩句中不直言而令讀者體會言外之意的作品，深得《詩經》重比
興寄託的手法。許學夷云：

詩與文章不同，文顯而直，詩曲而隱。風人之詩，不落言筌，（原註：
意在言外。）曲而隱也。風人有寄意於詠歎之餘者，〈關雎〉、〈漢廣〉、
〈麟之趾〉、〈何彼穠矣〉、〈騶虞〉、〈簡兮〉、〈緇衣〉、〈蒹葭〉是也。
有意全隱而不露者，〈凱風〉、〈匏有苦葉〉、〈碩人〉、〈河廣〉、〈清人〉、
〈載驅〉、〈猗嗟〉、〈株林〉、〈隰有萇楚〉、〈蜉蝣〉是也。有反言以
見意者，〈陟岵〉是也。有似怨而實否者，〈載馳〉是也。有似疑而
實信者，〈二子乘舟〉是也。有似好而實惡者，〈狡童〉是也。有似

<hr>

〔註91〕〔明〕楊慎：《升庵詩話》，卷11，〈詩史〉條，《歷代詩話續編》，頁868。楊
慎之說，王世貞有駁：「《詩》固有賦，以述情切事爲快，不盡含蓄也。」參
《藝苑卮言》，卷4，《歷代詩話續編》，頁1010。

〔註92〕轉引自〔明〕徐師曾：〈文章綱領・論詩〉，《文體明辨序說》（北京：人民文
學出版社，1998年5月），頁90。

　　嘲而實譽者，〈簡兮〉是也。有似謔而實刺者，〈新臺〉是也。此皆
　　所謂不落言筌者也。〔註93〕

所謂「文顯而直，詩曲而隱」，「隱」者，乃含蓄不露之謂，列舉〈國風〉中諸篇用不同手法達到含蓄風格的詩篇爲例，認爲這些風人之詩，不落言筌，意在言外。

　　處在明代這種重比興的風氣之下，加上孫鑛本身亦是復古的提倡者，所以《批評詩經》中呈現的另一個明顯的好尚趨向，就是對蘊藉、含蓄風格的讚賞。

　　「蘊藉」，孫評慣用「醞藉」，《批評詩經》用此術語者凡八見，〔註94〕舉數例如下：

1. 〈匪風〉末章：「誰能亨魚，溉之釜鬵。誰將西歸，懷之好音。」
　　孫評：「有醞藉。」
　　按：《朱傳》：「誰能烹魚乎？有則我願爲之溉其釜鬵。誰將西歸乎？有則我願慰之以好音。以見思之之甚，但有西歸之人，即思有以厚之也。」孫鑛謂詩句只云烹魚、釜鬵、好音，而盼賢人之切、思賢人之殷，則見諸言外，故評「有醞藉」。

2. 評〈南有嘉魚〉：「格調與前篇同，但透出嘉賓字耳。然不透，固有醞藉。」
　　按：「前篇」指〈魚麗〉詩，此二詩，朱熹皆解爲燕饗通用之樂歌，詩旨同、主題同。〈南有嘉魚〉詩有「嘉賓式燕以樂」等語，點出「嘉賓」處凡四見；然〈魚麗〉詩只再三道佳餚之美且多，以見主人款待嘉賓之殷勤，故孫鑛評〈魚麗〉：「只道品物之豐，更不及他，然興趣固有餘。」又將二詩作比較，言〈魚麗〉不透出「嘉賓」字，較醞藉，二詩之高下由此已分出。

3. 〈生民〉：「誕寘之隘巷，牛羊腓字之。誕寘之平林，會伐平林；誕寘之寒冰，鳥覆翼之。鳥乃去矣，后稷呱矣。實覃實訏，厥聲載路。」
　　孫評：「不說人收，卻只說鳥去，固醞藉有致。」
　　按：《朱傳》云姜嫄「無人道生子，或者以爲不祥，故棄之。而有此異也，於是始收而養之。」詩句中只言覆翼之鳥去，而不點出人收，故評爲「醞藉有致」。

〔註93〕〔明〕許學夷：《詩源辯體》，卷1，頁4。
〔註94〕除下引三篇外，另見〈庭燎〉、〈棫樸〉、〈下武〉、〈泂酌〉、〈桑柔〉之評。

除用「醞藉」批評外，亦常見用「婉」字，如評「婉妙」、「微婉」、「深婉」，其意與「醞藉」近似，亦是委婉曲折、含蓄不露之意。舉數例如下：

1. 〈綠衣〉：「綠兮衣兮，綠衣黃裏。心之憂矣，曷維其已？」

   孫評：「寫意微婉，全以不露妙。」

   按：《朱傳》云：「莊公惑於嬖妾，夫人莊姜賢而失位，故作此詩。言綠衣黃裏，以比賤妾尊顯而正嫡幽微，使我憂之不能自已。」用「綠衣黃裏」——綠，色賤而爲衣；黃，色貴而以爲裏，來暗示自己失位的處境，故孫評此詩「寫意微婉」、「不露」。

2. 〈君子偕老〉：「君子偕老，副笄六珈。委委佗佗，如山如河。象服是宜。子之不淑，云如之何？」

   孫評：「刺其惡，卻乃從服飾上說來，搆體甚奇，寓意寂深婉。」

   按：〈鄘風〉如〈牆有茨〉、〈君子偕老〉、〈鶉之奔奔〉，舊說皆以爲刺衛宮闈亂倫之事，「宣公卒，惠公幼，其庶兄頑烝於宣姜」，〔註95〕故詩人作詩以刺。〈君子偕老〉從渲染宣姜服飾之盛下手，使宣姜德不稱服之諷意，見諸言外，故孫評云：「寓意寂深婉。」

3. 〈王風·揚之水〉：「揚之水，不流束薪。彼其之子，不與我戍申。懷哉懷哉！曷月予還歸哉？」

   孫評：「彼子，當是泛指他人。蓋苦不得代，若所云『獨賢』意耳。本怨戍申，卻以不戍申爲詞，何其婉妙。」

   按：此詩不直接說勞役之苦，而但言「彼其之子，不與我戍申」，故評「婉妙」。

爲使詩作呈現含蓄蘊藉、婉妙的風格，或「託物寓情」——假借某種事物來寄寓作者的情懷，比、興是常用的方法。明李東陽《麓堂詩話》：

> 詩有三義，賦只居一，而比興居其二。所謂比與興者，皆託物寓情
> 而爲之者也。蓋正言直述，則易于窮盡，而難於感發。惟有所寓託，
> 形容摹寫，反復諷詠，以俟人之自得。言有盡而意無窮，則神爽飛
> 動，手舞足蹈而不自覺，此詩之所以貴情思而輕事實也。〔註96〕

是以《詩經》中託物寓意之作，亦屬蘊藉風格。若「綠衣黃裏」不過一句，《詩經》中亦有全篇用託物寓意之法，如〈匏有苦葉〉：

〔註95〕〔宋〕朱熹：《詩集傳》，〈牆有茨〉注。

〔註96〕〔明〕李東陽：《麓堂詩話》，《歷代詩話續編》，頁1374～1375。

　　匏有苦葉，濟有深涉。深則厲，淺則揭。

　　有瀰濟盈，有鷕雉鳴。濟盈不濡軌，雉鳴求其牡。

　　雝雝鳴雁，旭日始旦，士如歸妻，迨冰未泮。

　　招招舟子，人涉卬否。人涉卬否，卬須我友。

孫評：「通篇皆寓物託意，意皆在言外，惟『歸妻』二字，點出男女，而求牡亦是切喻，意態員活，不可執，造語尤妙，絕耐玩味。」

　　另有一些詩篇之評，雖未有「醞藉」、「婉妙」之評語，然由孫鑛之評語，可知這些詩作都因其不直說、用反言、富言外之意，而獲得孫鑛之青睞，舉數例如下：

1. 〈載驅〉第二章：「四驪濟濟，垂轡濔濔。魯道有蕩，齊子豈弟。」

　　孫評：「以褒語寓刺，固有致。」

　　按：「齊子豈弟」四字旁用「○」標出，所評指此。《朱傳》言此詩為「齊人刺文姜乘此車來會襄公」之作，且云：「豈弟，樂易也。言無忌憚羞愧之意。」

2. 〈清人〉，孫評：「只貌其閒散無事，而刺意自見。」

　　按：《朱傳》言：「鄭文公惡高克，使將清邑之兵，禦狄于河上，久而不召，師散而歸，鄭人為之賦此詩。」言此詩只道兵士遊戲相樂狀，不直言潰，而軍潰已可知。

3. 〈九罭〉，孫評：「此詩寓意深妙，實是冀朝廷迎周公，而不明說出。」

　　〈九罭〉末章：「是以有袞衣兮，無以我公歸兮，無使我心悲兮。」

　　孫評：「本是望其歸，卻乃說無以歸，絕是妙旨，所謂正言若反。」

　　按：或云「不明說出」，或云「正言若反」，皆是含蓄的表現手法。

4. 〈采綠〉，孫評：「兼〈卷耳〉〈伯兮〉兩詩，不點出『懷人』及『伯東』，覺猶有奧致。」

　　按：〈采綠〉、〈卷耳〉、〈伯兮〉皆懷人之作，〈卷耳〉有「嗟我懷人」語，〈伯兮〉言「自伯之東」，將懷人之意點明，孫鑛以〈采綠〉不點出為佳。

此詩與上述孫鑛評〈魚麗〉以不透出「嘉賓」字較〈南有嘉魚〉蘊藉，意同。

　　孫鑛既重蘊藉，故亦或拈出部份太露、太直率、太明白者，以為不佳，如〈隰有萇楚〉：

　　隰有萇楚，猗儺其枝。夭之沃沃，樂子之無知。

　　隰有萇楚，猗儺其華。夭之沃沃，樂子之無家。

　　隰有萇楚，猗儺其實。夭之沃沃，樂子之無室。

孫評：「『無知』意絕妙，『無家』、『無室』，便微有迹。」《朱傳》云此詩乃政煩賦重，人不堪其苦，乃羨草木之無知、無家、無累也。孫鑛以爲「無家」、「無室」用語微有迹，似指此二語過於明確的指出詩中的主角在政煩賦重的環境中，深感家累負擔之沈重，不若「無知」含蓄蘊藉。〈擊鼓〉二章云：「從孫子仲，平陳與宋。不我以歸，憂心有忡。」孫評云：「如此直敍語，經中頗鮮有。」直言征役之勞、之憂，不似前引〈王風‧揚之水〉：「本怨戍申，卻以不戍申爲詞」來得婉妙。又如〈瞻卬〉二章：「人有土田，女反有之；人有民人，女覆奪之。此宜無罪，女反收之；彼宜有罪，覆說之。」孫評：「指四事，太明白，經中鮮如此直遂者。」指責之意更顯然了。

第六節　《批評詩經》的影響與評價

　　就筆者所見，受孫評影響、引錄其說的著作並不多。毛先舒（1620～1688）《詩辯坻》中引錄了數則，〔註97〕姚際恆算是較重視孫鑛的學者，《好古堂書目》中載其所收藏的孫鑛著作有：《分次春秋左傳》、《三經評》（《書經》、《詩經》、《禮記》）、《居業次編》、《四大家文選》幾種，〔註98〕但姚氏《詩經通論》中明引「孫文融曰」者，仍僅寥寥數則。〔註99〕姚炳《詩識名解》、顧鎮《虞東學詩》的引用亦甚少，〔註100〕都談不上受孫評多大的影響。

　　孫鑛在清代被提起，大都是作爲一個評點的負面例子出現。除因其評點之作較多，樹大招風外，錢謙益曾嚴厲指斥孫鑛、鍾惺評經僭越、「非聖無法」，也產生很大的影響。（詳後）

　　王夫之（1619～1692）論孫鑛評經：

　　　　（孫鑛）晚年論文，批點《考工》、〈檀弓〉、《公》、《穀》諸書，剔
　　　　出殊異語以爲奇陗，使學者目眩而心熒，則所損者大矣。萬曆中年

〔註97〕〔清〕毛先舒：《詩辯坻》，卷1，〈經〉，《清詩話續編》（上海：上海古籍出版社，1999年6月）頁13～17，孫、鍾、戴三人之評語皆有引錄。

〔註98〕〔清〕姚際恆：《好古堂書目》（臺北：中央研究院中國文哲研究所，1994年6月，收入於《姚際恆著作集》第六冊），頁22、36、154、169。

〔註99〕《詩經通論》頁331處一則、頁388處兩則。

〔註100〕參〔清〕姚炳：《詩識名解》（《景印文淵閣四庫全書》本），卷11，頁15；〔清〕顧鎮：《虞東學詩》（《景印文淵閣四庫全書》本），卷9，頁64及卷10，頁28。

　　杜撰嬌澀之惡習，未必不緣此而起。《考工記》乃制度式樣冊子，上
　　令士大夫習之，勾考工程，而下可令工匠解了，故刪去文詞，務求
　　精覈；其中奇字，乃三代時方言俗語，愚賤通知者，非此不足以定
　　物料規制之準，非故爲簡僻也。〈檀弓〉則摘取口中片語，如後世《世
　　説新語》之類，初非成章文字。《公》、《穀》二傳，先儒固以爲師弟
　　子問答之言，非如《左氏》勒爲成書，原自不成尺幅。以此思之，
　　三書者，亦何奇陋之有，而欲效法之邪？文字至琢字而陋甚；以古
　　人文其固陋，具眼人自和哄不得。〔註101〕

船山所評，雖非針對《批評詩經》而發，然「剔出殊異語以爲奇陋」，委實爲
孫鑛評經諸作共同特色，今所見《批評書經》、《批評禮記》亦莫不如此。

　　語益殊異者，愈能獲得其青睞。船山言「萬曆中年杜撰嬌澀之惡習，未
必不緣此而起」，恐怕高估了孫鑛的影響，在其《居業次編》中，孫鑛高呼「周
文漢詩」的口號，屢因得不到友朋的呼應而歎息，而由其交遊都非文壇中堅
份子看來，在當時的影響力恐不會太大。

　　至於船山論《考工記》一書乃制度式樣冊子，刪去文詞、務求精覈云云，
船山能溯源此書初始的性質、作用以論，頗具卓識。然其初始雖是制度式樣
冊子，卻不妨礙後人玩賞此書文辭、探求其文法，是以歷來論文而賞《考工
記》者，總不乏其人。如王夫之之類的通人、大雅之士，總以明道爲先，文
辭爲末。若要學文，亦要從讀書養氣、博古通經等處入手，而斤斤於詩文之
辭藻等形式，特別是一字一句之優劣，則被視爲論文之末節，王夫之說「文
字至琢字而陋甚」即是出於這樣的心理背景。然安章頓句是作文的基本工夫，
初學及鈍根者亦需有人導航，孫評之「琢字」雖通人不賞，但並非無助益，
否則也不會有那麼多好論字句、在琢字鍊句上用力的評點本源源不絕的問
世。〔註102〕

　　錢謙益作於崇禎九年（1636）的〈葛端調編次諸家文集序〉，曾嚴厲指責
孫鑛之評《書》、評《詩》：

　　孫之評《書》也，於〈大禹謨〉則譏其漸排矣；其評《詩》也，於
　　〈車攻〉則譏其「選徒囂囂」，背於「有聞無聲」矣。尼父之刪述，

〔註101〕〔清〕王夫之：《夕堂永日緒論外編》，第20則，《船山全書》（15）（長沙：
　　　　　嶽麓書社，1995年6月），頁851～852。
〔註102〕可參筆者：〈明清士人對「評點」的批評〉一文的論説，見本論文〈附錄一〉。

> 彼將操金椎以轂之。……是之謂非聖無法，是之謂侮聖人之言。而
> 世方奉爲金科玉條，遞相師述。學術日頗，而人心日壞，其禍有不
> 可勝言者，是可視爲細故乎？〔註103〕

其心理乃出自於宗經，不容評經之舉使聖經淪爲文選、詩選，而議論文字之
短長，也是對編述者孔子的侮蔑，故痛斥評經。〔註104〕

顧炎武《日知錄》在指責鍾惺「已而評《左傳》、評《史記》、評《毛詩》。
好行小慧，自立新說。天下之士，靡然從之」處，〔註105〕引錄錢謙益〈葛端
調編次諸家文集序〉痛斥孫、鍾評經的言論。今人馮書耕在引章學誠、《日知
錄》之說後評：

> 顧氏所舉鍾、孫二人評點經傳詩文，未能真有瞭解，妄加雌黃譏彈，
> 遺誤後人，敗壞風俗人心非淺。視章氏所言茅坤、歸有光、謝枋得、
> 蘇洵點識批評，使人舍本書不讀，不過易啓後人描繪淺陋之習，雖
> 失，亦未嘗無一二之得。鍾、孫二人，則有百害而無一利矣。〔註106〕

其說受到顧炎武、王夫之、章學誠三人對評點、對孫、鍾負面的批評影響太大，
「遺誤後人，敗壞風俗人心非淺」，「有百害而無一利」的批評，皆言過其實。

《批評詩經》當然有其「利」，有其值得稱道的地方，在《詩經》學史
上，《批評詩經》是目前所知第一部以文學觀點評《詩》之作，〔註107〕前人如
唐代成伯璵《毛詩指說》一書，雖其中〈文體〉一篇，論及了詩的字數、章
數、複沓、句數、助詞等無關訓詁、經義的主題。如朱熹身爲詩人，《詩集傳》
中亦偶涉文學性的分析，然都屬點綴性質，就兩人全書來看，其性質還是經
學的。而《批評詩經》相當獨特的地方就在於全書主力就是「論文」，偶爾論
及詩旨、經義等反屬點綴或用來輔助「論文」之用的。且回顧筆者前文的介
紹，孫鑛對〈小序〉、《毛傳》、《鄭箋》、《朱傳》無所偏執，較具包容性，常

〔註103〕〔清〕錢謙益：〈葛端調編次諸家文集序〉，《初學集》（上海：上海古籍出版
　　　　社，1985年9月），卷29。
〔註104〕關於錢謙益、顧炎武等對評經的反感，本論文第七章的第二節〈評經遭到撻
　　　　伐之故〉有詳細的析論。
〔註105〕《原抄本日知錄》（臺北：明倫出版社，1970年10月），卷20，〈鍾惺〉條。
〔註106〕馮書耕：《古文辭類纂研讀法》（增訂本）（自印本，1981年11月），頁143。
　　　　除引顧炎武、章學誠之說外，後又引王夫之批評月峰評《考工記》、《公》、《穀》
　　　　的文字。可見也受到王夫之批評的影響。
〔註107〕此以孫評撰著的時間——萬曆三十年（1602）論，由於刊刻的具體時間未詳，
　　　　與鍾惺初評本相比，不知孰先孰後。

認爲諸說可兼採、並存。又指出詩具多義性，就作者與讀者的角色而言，作詩者之意與用詩者之意不同；就一首詩的文本而言，作者的本意是一層，字面語句所呈現之意是一層，詩中的寓意、寄託又是另一層，這都是很精闢的見解，可與晚清魏源、龔橙之說遙相呼應。更何況孫鑛的批評，或能在簡短的評語中，議論精到，一語中的，給予讀者啓發。傳統的士人因尊經重道、因鄙棄評點好論字句等原因，而對孫鑛等之評經，持有負面的成見，時移世易，吾人應重新客觀的評價。

筆者以爲，孫鑛最大的問題應是其嚴格的復古觀念，讚許能以古語傳今事，開了時代的倒車，執此狹隘、偏頗的觀點評經，自然好稱經書之奇字，及奇峭、古奧的句法，這倒眞是好古之流弊。如《尚書‧盤庚》，王世貞不賞，不以爲可當作取法的對象，〔註108〕孫鑛偏偏以其艱深爲佳，觀其評〈盤庚〉「後代人雖掐心嘔肺，其艱深卒不能出此上」，〔註109〕大有以艱深爲貴、以艱深爲學習標竿之意，其失固毋需多言。

大約中、晚明以後對復古派的種種抨擊的言說，都可適用於批評孫鑛上。如袁宗道從語言的流變現象來剖析：「今人讀古書，不即通曉，輒謂古文奇奧，今人下筆不宜平易。夫時有古今，語言亦有古今，今人所詫謂奇字奧句，安知非古之街談語耶？」〔註110〕屠隆對復古派專取高峭、古奧作品，亦有抨擊：

> 李于麟選唐詩，止取其格峭調響類己者一家貨，何其狹也。如孟浩然「欲尋芳草去，惜與故人違。」幽致妙語，于麟深惡之，宜其不能選唐詩。詩道亦廣矣，有高華，有悲壯，有峭勁，有悽惋，有閑適，有流利，有理到，有情至，苟臻妙境，各自可采，而必居高峭一格，合則錄，不合則斥，何其自視大而視宇宙小乎！〔註111〕

強調詩有各種風格，苟能臻其至，皆有可採，侷限於高峭則太狹矣。詩是如此，文亦同。復古派或言文必取法於秦、漢以上，如孫鑛者，更倡言取法於「周文」，屠隆指出復古派偏好的奇險風格，不過周文偶一爲之的表現，周文

〔註108〕王世貞言：「《尚書》稱聖經，然而吾斷不敢以爲法而擬之者，〈盤庚〉諸篇是也。」「聖人之文，亦寧無差等乎哉？〈禹貢〉，千古敘事之祖。如〈盤庚〉，吾未之敢言也。」《藝苑卮言》卷1，《歷代詩話續編》，頁965。

〔註109〕《批評書經》，卷3，〈盤庚〉題後批。

〔註110〕〔明〕袁宗道：〈論文‧上〉，《明代文論選》，頁302。

〔註111〕〔明〕屠隆：〈論詩文〉，葉慶炳、邵紅編輯：《明代文學批評資料彙編》（臺北：成文出版社，1981年3月），頁504～510。

固不止奇崛一端而已，亦不乏平易者：

> 文章大觀，奇正離合，瑰麗爾雅，險壯溫夷，何所不有！嘗試取先
> 民鴻制大作讀之，《書》如〈盤庚〉，《禮》如〈檀弓〉，《周禮》如《考
> 工記》，亦云奇古近險矣。而不過偶一為之，其平曠瑩徹，揭日月而
> 臨大道者固多。他如《穆天子傳》、《左》《國》《莊》《騷》，秦碑《呂
> 覽》諸篇，雖云魁壘多奇，而其中平易者，亦往往不少。〔註112〕

以上諸人所言，都是孫鑛復古主張最好的修正意見，亦是治其評《詩》專尚
〈雅〉〈頌〉、專尚奇峭最好的藥石。

郭紹虞指出孫鑛想藉由法經一途來提升寫作能力、文章水準，在實際上
窒礙難行之處：「此種說法，儘管高，儘管正，卻不易使人入悟。七子之文，
正因標舉高格而無從悟入，所以走上剽竊掇拾一途，而孫鑛則於弇州之文，
猶且病其不能追蹤古先，則更上一層，以經文為標的，豈非更無著手之處！」
孫鑛〈與余君房論文書〉曾云：「自空同倡為盛唐漢魏之說，大曆以下悉捐棄，
天下靡然從之，此最是正路，無可議者。然天下事但入正路即難，即作人亦
如此。」郭紹虞針對孫鑛所言評曰：「則正路之難行，他也很明白，何況他所
謂正路，還是古人所走過而荒廢了的古道呢！」〔註113〕

孫鑛選擇走上極端復古主義的「古道」，在公安派、竟陵派相繼興起後，
「周文漢詩」的吶喊，註定聽不到回響。

〔註112〕〔明〕屠隆：〈與王元美先生〉，《明代文學批評資料彙編》，頁488。
〔註113〕參郭紹虞：《中國文學批評史》（臺北：文史哲出版社，1990年7月），頁729
　　　　～730。

第五章　鍾惺《詩經》評點析論

第一節　鍾惺的生平與文學主張

一、鍾惺的生平

　　鍾惺，字伯敬，號退谷、退庵，明湖廣承天府竟陵縣人。生父鍾一貫，以伯父鍾一理無子，故出嗣爲鍾一理之後。生於萬曆二年（1574）七月，卒於天啓五年（1625）六月。

　　關於其卒年，舊說多據鍾惺摯友譚元春（1586～1637）〈退谷先生墓誌銘〉所云：「生於萬曆甲戌七月二十七日，沒以天啓四年六月二十一日。」〔註1〕定其卒年爲天啓四年。在一九八六、八七年間，有多位學者針對卒年問題加以考證，〔註2〕以爲「天啓四年」誤，鍾惺當卒於「天啓五年」。其持論重要的證據如下：其一，譚作〈喪友詩三十首〉，詩前引言云：「予與鍾子交，庶爲近古。起萬曆乙巳，訖天啓乙丑，蓋二十有一年。」〔註3〕「訖天啓乙丑」點出鍾惺卒於天啓乙丑——即天啓五年。其二，譚作〈乙丑歲除夕感蔡敬夫鍾伯敬二公之亡賦十二韻示弟〉有「師友新亡愧獨存」語。〔註4〕因鍾惺卒於

〔註1〕　〔明〕譚元春：〈退谷先生墓誌銘〉，陳杏珍標校：《譚元春集》（上海：上海古籍出版社，1998 年 12 月），卷 25，頁 680～685。

〔註2〕　相關文章如：祝誠〈鍾惺生卒年考辨〉（《鎮江師專學報》1986 年第 3 期，頁 72～75），張業茂〈鍾惺生卒年及譚元春卒年考辨〉（《華中師範大學學報》1986 年第 5 期，頁 101～104），陳廣宏：《鍾惺年譜》（上海：復旦大學出版社，1993 年 12 月）在天啓五年處，亦有考證。

〔註3〕　《譚元春集》，卷 15，頁 425。

〔註4〕　同前註，卷 14，頁 413。

天啓五年六月，蔡復一卒於同年十月，故謂之「新亡」。其三，徐波〈鍾伯敬先生遺稿序〉明言鍾惺「乙丑六月捐館舍」。〔註5〕故學者們所考卒年爲天啓五年乙丑六月，當可信從。

譚元春〈退谷先生墓誌銘〉言：

> 退谷羸寢，力不能勝布褐。性深靖如一泓定水，披其帷，如含冰霜。
> 不與世俗人交接，或時對面同坐起若無睹者，仕宦邀飲，無酬酢主
> 賓，如不相屬，人以是多忌之。

沈春澤亦言其人「落落穆穆，涉世自深，出世自遠，意不可一世」，〔註6〕可見其性情嚴冷、落落寡合。

鍾惺於萬曆三十八年（1610）登進士第，授行人，官至福建按察司僉事提督學政。宦途並不得意，〈與蔡敬夫〉云：「每念致身既遲，而作官已五載，以閒冷爲固然，習成偷墮，每用讀書作詩文爲習苦銷閒之具。」〔註7〕譚元春云鍾惺先機早見，「是其人眞可以大用。會有忌其才高者厄之，使不至臺省，後遂偃抑郎署，衡文閩海，終不能大有所表見，僅以詩文爲當時師法，亦可惜也」（〈退谷先生墓誌銘〉）。

鍾惺於天啓元年（1621）陞福建按察司僉事提督學政，天啓三年因丁父憂去職，〔註8〕返竟陵途中，至武夷山作三日遊，並作有〈遊武夷山記〉等詩文。〔註9〕福建巡撫南居益（？～1644）因而於天啓四年初上疏彈劾鍾惺，指責鍾惺：「百度踰閑，《五經》掃地。化子衿爲錢樹，桃李堪羞；延駔儈於皋比，門墻成市。公然棄名教而不顧，甚至承親諱而冶遊。疑爲病狂喪心，詎止文人亡行！」〔註10〕

〔註5〕 〔明〕徐波：〈鍾伯敬先生遺稿序〉，李先耕、崔重慶標校：《隱秀軒集》（上海：上海古籍出版社，1992年9月），〈附錄一〉，頁603。

〔註6〕 〔明〕沈春澤：〈刻隱秀軒集序〉，《隱秀軒集》（《四庫禁燬書叢刊》集部第48冊，北京：北京出版社，2000年1月影印明天啓二年〔1622〕沈春澤刊本），卷首。又見標校本《隱秀軒集》，頁601～602。按：以上二書同名，下文但言「《隱秀軒集》」者，皆指標校本的《隱秀軒集》而言。

〔註7〕 《隱秀軒集》，卷28，頁468。

〔註8〕 生父鍾一貫於天啓二年九月去世，享壽七十有二，見〈家傳〉，《隱秀軒集》，卷22，頁380。

〔註9〕 〈遊武夷山記〉，收入於《隱秀軒集》，卷20，頁342～347。除此外，陳廣宏先生並考其遊山相關的詩作共十五首，見《鍾惺年譜》，頁223～224。

〔註10〕 〔明〕李長春撰：《明實錄附錄·明熹宗七年都察院實錄》（臺北：中央研究院歷史語言研究所，1967年3月），卷7所載，疏到時爲天啓四年二月十八日。

　　在南居益上疏後一年餘，鍾惺去世。以鍾惺之知名度，此事在當時可能沸沸揚揚的，所以譚元春在〈退谷先生墓誌銘〉中，特別提及鍾惺侍生父及繼母之事，以證鍾惺孝親，爲鍾惺辯解，云：

> 退谷內行過人。凡大父以下，先世貽家孝愛，爲生艱難，事皆迴環於心，未嘗一日忘生嗣父母，恩養教誨，言之哽咽，不能竟其詞。
>
> 弟姪相依，孤寡盈前，歡笑痛苦，一往無緒。然居喪作詩文，遊山水，不盡拘乎禮俗，哀樂奇到，非俗儒所能測也。

顯然譚元春的辯解，說服力並不夠，從閻若璩（1636～1704）的批評可知。閻若璩云蘇軾、蘇轍兄弟，號稱放曠，然居喪時「禁斷詩文」，頗怪鍾惺「素稱嚴冷，具至性，能讀書」，何以反而昧禮至此？又言：「予尤怪譚友夏撰墓銘不爲隱避、不爲微詞，反稱其『哀樂奇到，非俗儒所能測』。噫！三年之喪，天下之通喪也，豈不俗人之所能免與？」〔註11〕

　　南居益所劾，顧炎武在《日知錄》中又舊事重提，並對鍾惺大加批評，言鍾惺「任福建提學副使，大通關節，丁父憂去職，尚挾姬妾游武夷山而後即路」。在引述南居益疏文後，又言世人風靡鍾惺評點諸作，「而論者遂忘其不孝貪污之罪，且列之爲文人矣」，「余聞閩人言，學臣之饗諸生，自伯敬始。今之學臣其於伯敬固當如茶肆之陸鴻漸，奉爲利市之神，又何怪讀其所選之詩，以爲風騷再作者邪？其罪雖不及李贄，然亦敗壞天下之一人」。〔註12〕

　　指責的口吻強烈，以顧炎武的聲望、《日知錄》的影響力，此一批評無疑的是對鍾惺形象的一大重擊。特別是在清初經世思想興起，更強調知識份子的道德修持之際，〔註13〕鍾惺督學閩中貪污關節、居喪出遊違背禮俗之舉，經顧炎武等之大力放送，給清人的印象更差，無怪乎清人對鍾惺常無好評，《總目》每提起鍾惺、竟陵派也總抱持負面的評價，視之爲罪魁。

　　　　南居益，字思受，萬曆二十九年（1601）進士，天啓三年，擢右副都御史，巡撫福建。《明史》卷264有傳。

〔註11〕《潛邱箚記》（《景印文淵閣四庫全書》本），卷1，頁29。

〔註12〕〔清〕顧炎武：《原抄本日知錄》（臺北：文史哲出版社，1979年4月），卷20，〈鍾惺〉條。

〔註13〕林保淳先生強調：明末清初的知識分子，在「經世」思想的主導下，深深地感受到身爲一個知識分子的社會責任。「經世」文論的特色，即在於他們所要求的作者，在「經世致用」的前提下，較之其他理論，更偏重於作者個人的道德修持及學識經歷。以上所述，參林保淳：《經世思想與文學經世——明末清初經世文論研究》（臺北：文津出版社，1991年12月），頁145。

二、鍾惺的文學主張 [註14]

鍾、譚兩人雖詩風有差異，[註15] 其文學主張近似，又同爲竟陵派的代表人物，故常並稱。考鍾、譚萬曆三十二年（1604）結交，[註16] 所評《古詩歸》、《唐詩歸》，合稱《詩歸》，《詩歸》選定於萬曆四十二年左右，[註17] 初刻約刊於萬曆四十五年之際，[註18] 此時恰爲公安派的末期。

七子的復古派，經公安諸子的抨擊，其弊已顯然。鍾惺承繼了公安反七子擬古的主張，「惡近世一副擬古面目」，[註19]〈詩歸序〉言「今非無學古者，大要取古人之極膚、極狹、極熟，便于口手者，以爲古人在是」，抨擊七子派這種學古方式之非，矢志「求古人眞詩所在」。[註20] 其持論大都是針對七子擬古之失而發，在其文集及《詩歸》的評點中，屢屢強調反模擬、重獨創的重要。

鍾惺說周伯孔雖「每欲自爲伯孔」，「而口猶有袁石公，心猶有鍾子」，鍾惺勸他：「子喜石公詩，用鍾子言，則可。爲石公、鍾子者，則不可。聞石公亦勸人勿學己作詩。」[註21] 章晦叔嘗以「不盡睹近時所爲詩及交近時所名爲能詩之人」，而引以爲憾，鍾惺云：「不知晦叔所以得爲晦叔者，以不睹近時詩及交近時所名爲能詩之人也。」[註22] 以爲不睹時人之作，反能不受時人影響，而能自成一格。又云：「正恐口頭筆端，機鋒圓熟，漸有千篇一律之

〔註14〕 研究鍾惺、竟陵文學主張的專著、論文頗多，竟陵的文學主張亦非筆者一小節中所能說明白，本小節中所論，僅擇與本論文主題較相關者，簡要介紹而已。

〔註15〕 徐波〈鍾伯敬先生遺稿序〉云：「鍾則經營慘澹，譚則佻達顚狂。鍾如寒蟬抱葉，玄夜獨吟；譚如怒鵑解條，橫空盤硬。」

〔註16〕 譚元春〈喪友詩三十首〉詩前引言，自云二人相交「起萬曆乙巳」──萬曆三十三年，鍾惺〈書茂之所藏譚二元春五弟快札各一道紀事〉云：「記甲辰十月，譚友夏過予，……」（《隱秀軒集》，卷35，頁576）。是二人結交應始於萬曆三十二年甲辰十月。

〔註17〕《譚元春集》，卷25，〈退谷先生墓誌銘〉：「萬曆甲寅、乙卯間，取古人詩，與元春商定，分朱藍筆，各以意棄取，……世所傳《詩歸》是也。」同書，卷23，〈題西陵草〉：「甲寅之歲，予與鍾子選定《詩歸》。」故《詩歸》應選定於萬曆四十二年（1614）。

〔註18〕 本論文所引《詩歸》，爲《四庫全書存目叢書》集部第337、338冊所影印收錄的萬曆四十五年（1617）刻本，此爲較早的刻本，後又有閔氏三色套印本，刻成於泰昌元年之後。

〔註19〕〈寄叔弟恑〉，《隱秀軒集》，卷28，頁464。

〔註20〕〈詩歸序〉，《隱秀軒集》，卷16，頁235～237。

〔註21〕〈周伯孔詩序〉，《隱秀軒集》，卷17，頁254。

〔註22〕〈章晦叔詩序〉，《隱秀軒集》，卷17，頁257。

意。如子瞻所稱『斥鹵之地，彌望皆黃茅白葦』，此患最不易療。」〔註23〕〈問山亭詩序〉中，指出今人步趨李攀龍、袁宏道（1568～1610）之弊：

> 今稱詩不排擊李于鱗，則人爭異之，猶嘉、隆間不步趨于鱗者，人
> 爭異之也。……夫于鱗前無爲于鱗者，則人宜步趨之。後于鱗者，
> 人人于鱗也，世豈復有于鱗哉？勢有窮而必變，物有孤而爲奇。……
> 今稱詩者，遍滿世界，化而爲石公矣，是豈石公意哉？〔註24〕

「物有孤而爲奇」，所以特賞王季木，奇情孤詣，「自成其爲季木而已」、「不肯如近世效石公一語」的表現。〔註25〕

上述這些反模擬的主張，也讓人看到公安、竟陵間承繼的關係。袁宏道〈敘小修詩〉云：「秦、漢人曷嘗字字學《六經》歟？……盛唐人曷嘗字字學漢、魏歟？秦、漢而學《六經》，豈復有秦、漢之文？盛唐而學漢、魏，豈復有盛唐之詩？唯夫代有升降，而法不相沿，各極其變，各窮其趣，所以可貴，原不可優劣論也。且夫天下之物，孤行則必不可無，……雷同則可以不有。」〔註26〕強調要各極其變、各窮其趣，強調要孤行、反雷同，鍾、譚在這些基礎上，都續有發揮。

正是由於反模擬、重獨創，使得鍾、譚的文學主張中，常出現「孤」的字眼，如「孤迥」、「孤衷峭性」、「孤行」、「孤懷」、「孤詣」等等，強調的無非是一種個體的靈心、個性的保有，發而爲詩文不與人同的獨創風格。如譚元春所說：「夫眞有性靈之言，常浮出紙上，決不與眾言伍。」〔註27〕性靈之言，都是表現個體精神的眞詩，絕不是模仿、步趨之作。反對模仿、因襲，正是因爲那將喪失作者原本的個性，失去靈心，而「詩，道性情者也」，〔註28〕「從古未有無靈心而能爲詩者」。〔註29〕

綜上所論，鍾惺正是要以主張讀古人詩要得古人精神而非襲其面貌，創作要表現個體不與人同的性靈，而非步趨前人等，以修正七子派的偏頗。鍾惺見時人學公安袁宏道、江盈科，云：「學袁、江二公，與學濟南諸君子何異？恐學

〔註23〕　〈譚友夏〉，《隱秀軒集》，卷28，頁461。
〔註24〕　〈問山亭詩序〉，《隱秀軒集》，卷17，頁254～255。
〔註25〕　〈問山亭詩序〉，《隱秀軒集》，卷17，頁255。
〔註26〕　〈敘小修詩〉，《明代文論選》，頁316。
〔註27〕　〈詩歸序〉，《譚元春集》，卷22，頁594。
〔註28〕　〈陪郎草序〉，《隱秀軒集》，卷17，頁275～276。
〔註29〕　〈與高孩之觀察〉，《隱秀軒集》，卷28，頁474。

袁、江二公，其弊反月甚於學濟南諸君子也。眼見今日牛鬼蛇神，打油定鉸，遍滿世界，何待異日？」〔註30〕重申反因襲的主張，再者也指出公安末流之弊。針對公安末流「戲謔嘲笑，間雜俚語，空疏者便之」的現象，〔註31〕鍾惺所開出的藥方是要以「學古」來救公安之失。郭紹虞云：

> 公安矯七子之膚熟，膚熟誠有弊，然而學古不能為七子之罪。竟陵
> 又矯公安之俚僻，俚僻誠有弊，然而性靈又不能為公安之非。竟陵
> 正因要學古而不欲墮於膚熟，所以以性靈救之，竟陵又因主性靈而
> 不欲陷於俚僻，所以又欲以學古矯之。〔註32〕

郭紹虞頗賞鍾、譚能於當時懲前之弊，折衷兩家，提出這樣的主張，讚云：「論詩到此，豈復更有賸義！」〔註33〕

不過，如前所說，鍾、譚的「學古」方法不同於七子，鍾、譚的「性靈」亦與公安有所不同，學者指出：公安派的性靈說帶有一定的市民色彩，且包融較廣，並不局限於一格，是一種開放的、積極入世的，反映了晚明時期士人的世俗情趣；鍾、譚的性靈說則是內向的、避世的、一種靜觀默照式的孤懷幽詣，惟以一己的偏好為性靈，專以深幽孤峭為宗，表現了士夫夫一種孤芳自賞的心境。〔註34〕

鍾惺的個性落落寡合，加上仕途的失意，使鍾惺「志節不舒，故文氣多幽抑處」，〔註35〕又由於要矯七子、公安之弊，「思別出手眼，另立深幽孤峭之宗，以驅駕古人之上」。〔註36〕種種的原因，使其文學主張、創作、批評都不能包羅萬象，而流於偏狹。

詩作在各種風格之中，原不妨有「深幽孤峭」一類，如鍾惺所主張，以「清」、「逸」、「淨」、「幽」、「澹」、「曠」為尚。〔註37〕鍾、譚的主張風靡一

〔註30〕〈與王穉恭兄弟〉，《隱秀軒集》，卷28，頁463。
〔註31〕《明史》，卷288，〈文苑四〉。
〔註32〕郭紹虞：《中國文學批評史》（臺北：文史哲出版社，1990年7月），頁714。
〔註33〕同前註，頁715。
〔註34〕袁震宇、劉明今：《中國文學批評通史——明代卷》（上海：上海古籍出版社，1996年12月），頁523～525。
〔註35〕〔明〕陳允衡：〈復愚山先生〉，〔清〕周亮工評選：《賴古堂名賢尺牘新鈔二選》（《四庫禁燬書叢刊》集部第36冊，影印清康熙賴古堂刻本），卷16，頁6～7。
〔註36〕《列朝詩集小傳》（臺北：世界書局，1981年），丁集，頁570～571，〈鍾提學惺〉條。
〔註37〕〈簡遠堂近詩序〉云：「詩，清物也，其體好逸，勞則否；其地喜淨，穢則否；

時，《詩歸》示人以法，有入手處，在當時的影響也很大，錢謙益云：「海內稱詩者靡然從之，謂之鍾譚體。」且言鍾、譚所編選的《詩歸》「盛行於世，承學之士，家置一編，奉之如尼丘之刪定」。〔註38〕錢鍾書曾引證諸家所言以證鍾、譚之主張風靡當時，非公安所能及，言：「七子、鍾譚兩派中分詩壇，對壘樹幟，當時作者如不歸楊則歸墨然。公安家言尚不足擬於鄭之小國處兩大間，直曹鄶之陋不成邦而已。」〔註39〕

　　由於風靡一時，鍾惺在世時，就有人作「擬鍾伯敬體」。〔註40〕鍾惺從七子、公安興廢的前車之鑑，已看清步趨之非，言「物之有跡者必敝，有名者必窮」，〔註41〕後果如鍾惺所預言，模擬之風造成詩壇不少壞的影響，從沈春澤在天啓二年所作的〈刻隱秀軒集序〉中可知：

> 蓋自先生以詩若文名世也，後進多有學鍾先生語者，大江以南更甚。
> 然而得其形貌，遺其神情。以寂寥言精練，以寡約言清遠，以俚淺
> 言沖澹，以生澀言新裁。篇章字句之間，每多重複，稍下一二助語，
> 輒以號於人曰：「吾詩空靈已極！」余以爲空則有之，靈則未也。

沈春澤雖將其流弊歸諸於後進誤學之非，而非創始者之過，然鍾、譚持論矯枉過正，實爲後進誤學的源頭。在鍾惺歿後，論者或極力交攻，至錢謙益甚至以「鬼趣」、「兵象」、「詩妖」喻之，以爲是亡國之音，〔註42〕放眼明末至清朝的詩話、詩論中，關於竟陵派的批評、討論，始終是熱門的話題，可見其影響深遠。

第二節　「鍾評《詩經》」的作者辨證

　　對於鍾惺《詩經》評點之作，後人有不同稱謂，姚際恆《好古堂書目》題

　　　其境取幽，雜則否；其味宜澹，濃則否；其遊止貴曠，拘則否。」《隱秀軒集》，
　　　卷17，頁249。
〔註38〕《列朝詩集小傳》，丁集，頁570～571，〈鍾提學惺〉條。
〔註39〕錢鍾書：《談藝錄》（增訂本）（臺北：書林出版公司，1999年2月），
　　　頁420。
〔註40〕陳廣宏先生指出，所謂的「鍾伯敬體」，其風格可以錢謙益所評的「深幽孤峭」
　　　來概括，此體正式形成於萬曆三十八年至四十二年這段時期。參陳氏：〈論「鍾
　　　伯敬體」的形成〉，《中國文學研究》1999年第4期，頁56～62。
〔註41〕〈潘穉恭詩序〉，《隱秀軒集》，卷17，頁267。
〔註42〕《列朝詩集小傳》，丁集，頁570～571，〈鍾提學惺〉條。

作「批評詩經」；〔註43〕《續修四庫全書總目提要・經部》中，張壽林題作「批點詩經」，倫明題作「詩經評」；〔註44〕日本《內閣文庫漢籍分類目錄》其一題作「鍾伯敬先生評點詩經」，其一題作「詩經」又註「詩經鍾評」。〔註45〕以上稱謂的紛歧，或出於版本上的差異，〔註46〕然因筆者所見的三部初評本和一部再評本，卷一大題處皆僅作「詩經」，所以筆者在行文時，皆以「鍾評《詩經》」，「鍾惺《詩經》評點」來稱謂，或簡稱作「鍾評」。

　　日本學者村山吉廣先生，是較早關注鍾惺《詩經》評點的研究者，所作〈鍾伯敬《詩經鍾評》及其相關問題〉云：「鍾惺之書偽撰的很多，關於《詩歸》，《明詩綜》也加以懷疑，《詩經鍾評》的來歷，是否確實，很難遽下判斷。」〔註47〕明人喜作偽書，鍾惺因名氣大，尤其容易被偽託，明末題為鍾惺所選、所評的書，相當多，崇禎六年（1633）陶珽〈鍾伯敬評王文成公文選敘〉曾云：

> 古文人之宦遊其地也，風波所不免，而往往留一段風雅之事，令人思慕焉。予官武昌，九閱月而勞人被逐，宜矣。第念君臣政事之外，無一風雅事可述，幾為黃鶴白雲所笑。獨於竟陵得吾友鍾伯敬所評《公》、《穀》、《國策》、《國語》、《前後漢》、《三國史》，暨《通鑑纂》、《衍義纂》、《昌黎選》、《東坡選》、《宋名家選》、《明文選》，與夫《王文成選》諸遺書一十八種，歸途展玩，差為快耳。〔註48〕

所列書目不及十八種，崇禎九年（1636）陶珽刻本《鍾伯敬評公羊穀梁二傳》卷首的陶珽序，亦言獲鍾惺遺書十八種，所舉書目與〈鍾伯敬評王文成公文

〔註43〕《好古堂書目》，《姚際恆著作集》（六）（臺北：中央研究院文哲研究所，1994年6月），頁23。

〔註44〕《續修四庫全書總目提要・經部》（北京：中華書局，1993年7月）頁321、322。

〔註45〕《內閣文庫漢籍分類目錄》（東京：內閣文庫，1956年3月），頁211。

〔註46〕如內閣文庫所藏題作「鍾伯敬先生評點詩經」者，筆者未能寓目，疑此本的大題原題作如此。而其他稱謂上的差異，疑因著錄者唯恐但題「詩經」二字，未能與白文本《詩經》有所區隔，亦不能點出其評點的性質，故附加上「批評」、「批點」、「鍾評」、「評」等字眼。

〔註47〕該文原載：《詩經研究》第6號（1981年6月），頁1～7。以下所引參林慶彰先生譯文，載：《中國文哲研究通訊》第6卷第1期（1996年3月），頁127～134。

〔註48〕原載〔明〕王畿選，〔明〕鍾惺評點：《王文成公文選》（明末金閭溪香館刊本），卷首。轉引自吳光等編校：《王陽明全集》（上海：上海古籍出版社，1992年12月），卷41，頁1579，〈序說・序跋〉。此序末署「崇禎癸酉春二月黃巖陶珽穉圭父題」，編者誤以「珽穉」為名，「圭父」為字，故題為「陶珽穉」。

選敘〉中所述，稍有出入。〔註49〕陶珽作兩序的時間，距鍾惺卒年已相隔八年、十一年之久，遺書十八種是否可信，亦需存疑。因盛名之故，偽託鍾惺之作特別多，《總目》云：「鍾惺、譚元春之書盛行於天啓、崇禎閒，至眞贋竝出，無由辨別。今鄉曲陋儒尙奉其緒論，繆種流傳，知爲依託者蓋少。」〔註50〕《總目》並指出《五經纂註》（舊題鍾惺纂註）、《明詩歸》（舊題鍾惺、譚元春編）、《名媛詩歸》（舊題鍾惺編）皆爲僞託。〔註51〕今人也指出如《詮次四書翼考》、《明紀編年》、《新刻明朝通紀會纂》、《皇明八大家》、《鍾伯敬先生硃評詞府靈蛇》、續集《鍾伯敬先生硃評詞府靈蛇二集》等署爲「鍾惺」編撰的著作，俱爲託名之僞書。〔註52〕

在了解題爲鍾惺的偽託之作如是之多後，更覺得有必要深入探討、辨析今所見署爲鍾惺批點的《詩經》評本，作者是否爲鍾惺，亦或爲他人所僞作。

村山先生論定鍾惺是否爲鍾評的作者時，態度相當謹慎，說「《詩經鍾評》的來歷，是否確實，很難遽下判斷」云云。筆者以爲此書——不管是初評、再評本，都應該是鍾惺所作，最重要的證據是鍾惺所作的〈詩論〉。〈詩論〉云：

> 予家世受《詩》，暇日，取《三百篇》正文流覽之。意有所得，間拈數語，大抵依考亭所注。稍爲之導其滯，醒其瘢，補其疎，省其累，奧其膚，徑其迂。業已刻之吳興。再取披一過，而趣以境生，情由日徙，已覺有異於前者。

筆者所見復旦大學藏鍾惺《詩經》評點三色套印本，卷首附有這篇〈詩論〉，後署「明泰昌紀元歲庚申冬十一月竟陵鍾惺書」，「庚申」爲泰昌元年（1620）。

〔註49〕 陶珽〈鍾伯敬評公羊穀梁二傳敘〉云：「予官武昌，九閱月而勞人被逐，宜矣，第念君臣政事之外，無一風雅事可述，幾爲黃鶴白雲所笑矣。獨於竟陵得吾友鍾伯敬所評《公》、《穀》、《國策》、《國語》、《前後漢》、《三國史》暨《通鑑纂》、《昌黎選》、《東坡選》、《古今文選》，與夫《朱子綱目傳》、《五經》文字觀，諸遺書一十八種，歸途展玩，差爲快耳。」文見《鍾伯敬評公羊穀梁二傳》（明崇禎九年〔1636〕陶珽刻本），卷首。按：陶〈敘〉作於崇禎九年。

〔註50〕 《總目》，卷119，〈雜家類三〉，〈卮林〉條。

〔註51〕 分別見《總目》，卷34，〈五經總義類存目〉，〈五經纂註〉條及卷193，〈總集類存目三〉，〈明詩歸〉、〈名媛詩歸〉條的辨正。

〔註52〕 王重民《中國善本書提要》辨正了《詮次四書翼考》、《明紀編年》、《新刻明朝通紀會纂》、《皇明八大家》等署爲鍾惺編撰的著作，俱爲託名之僞書。參該書，頁44、109、110、478。大陸學者張健指出《鍾伯敬先生硃評詞府靈蛇》四卷、續集《鍾伯敬先生硃評詞府靈蛇二集》同爲刊者唐建元偽託，非鍾惺所作。參張健：《元代詩法校考》（北京：北京大學出版社，2001年9月），頁491。

文中所云：「業已刻之吳興」的，即是初評本，而「再取披一過」的即是泰昌元年之際完成的再評本。

至於〈詩論〉的眞實性如何呢？晚明沈春澤所刻《隱秀軒集》三十三卷本亦收有〈詩論〉一文，《隱秀軒集》卷首沈春澤〈刻隱秀軒集序〉言及此書成書之始末，乃鍾惺天啓二年（1622）赴閩視學政之際，集其新舊所撰詩文若干卷，經鍾惺親自去取，「自定其集」，手授沈春澤之書。〔註53〕據沈序所署年月，此〈序〉作於天啓二年六月。然徐波〈鍾伯敬先生遺稿序〉云：「先生全集歲癸亥刻於白下。」〔註54〕學者考證，沈氏所刻《隱秀軒集》可能在癸亥——天啓三年（1623）刻成。〔註55〕

一來是沈刻《隱秀軒集》爲鍾惺手定；再來沈春澤與鍾惺稔熟，〔註56〕且鍾惺卒於天啓五年六月，尚得見此書刻成，種種的條件，皆顯示〈詩論〉無他人僞作摻入之可能，是以〈詩論〉所言，是最有力的證據。且，《詩經》評本於〈駟驖〉詩朱色眉批：「校獵賦。」鍾惺所作〈文天瑞詩義序〉云：「秦詩〈駟驖〉、〈小戎〉數篇，典而核，曲而精，有〈長楊〉、〈校獵〉諸賦所不能贊一辭者。」〔註57〕〈小雅·賓之初筵〉朱色眉批：「既醉而出，非惟飲之有節，飲酒之趣亦自如此，所謂『飲酒無量，不及亂』，飲之聖也。」鍾惺〈題酒則後四條〉分論「神」、「氣」、「趣」、「節」，第四條論飲酒之節，云：「『飲酒無量，不及亂。』從心所欲，從容中道，聖之時乎？」〔註58〕〈衛風·定之方中〉，朱色眉批云：「靈雨，雨有灵，杜詩所謂好雨知時節也。」《唐詩歸》

〔註53〕沈序收入於《隱秀軒集》，〈附錄一〉，頁601～602。

〔註54〕徐序收入於《隱秀軒集》，〈附錄一〉，頁602～604。

〔註55〕《隱秀軒集》，附錄三，頁623～627，李先耕、崔重慶：〈鍾惺詩文集考〉文中提到，沈刻本收有鍾惺寫於天啓三年的〈遊武夷山記〉，爲他本未收，可證沈刻本絕對不是刻成於天啓二年。又，鍾惺丁父憂卻於天啓三年二月攜妻妾遊武夷事，曾遭福建巡撫南居益疏劾，南居益之疏是天啓四年二月到京，可見前此，此文已因《隱秀軒集》的刊刻而流傳，是以〈鍾惺詩文集考〉定沈刻本的《隱秀軒集》當刊印於天啓三年夏到四年初這一年當中。再參正文所引徐波「癸亥刻於白下」語，沈刻本似應刻成於天啓三年。

〔註56〕沈春澤，字雨若。《隱秀軒集》中收錄有〈沈雨若以朱白民竹卷贊予畫戲作此歌〉（卷5）、〈沈雨若自常熟過訪九月七日要集敝止有虞山看紅葉之約〉（卷8）、〈春日過沈雨若問病並訪唐宜之〉二首（卷9）、〈寄懷沈雨若病〉（卷9）諸詩，又作〈沈雨若時義序〉，讚云：「吾友沈雨若，高才博學，奇趣深心，善詩而工時義。」（卷18）

〔註57〕〈文天瑞詩義序〉，《隱秀軒集》，卷18。文天瑞即文翔鳳，與鍾惺爲同年進士。

〔註58〕〈題酒則後四條〉，《隱秀軒集》，卷35，頁586。

評杜詩〈春夜喜雨〉「好雨知時節」句，鍾云：「五字可作〈衛風〉『靈雨』注腳。」〔註59〕這些《詩經》評點的評語，與鍾惺其它文章或《詩歸》中的評語措辭或近似或彼此呼應，可證《詩經》評是出自鍾惺之手。

又譚元春〈與舍弟五人書〉中，言及其評點《詩經》已完成〈商頌〉、〈魯頌〉最後的批點，增減修改之後，「將同蔡、鍾二評刻之，題曰《詩觸》，觸於師友也」。〔註60〕所謂「蔡、鍾二評」，即指蔡復一（1576～1625）〔註61〕與鍾惺的《詩經》評點之作，自言所作《詩觸》得之於兩人作品的影響、啟發。

且凌義渠（1593～1644）為譚元春所作〈詩觸序〉云：

> 猶憶昔時，頹首硯北，讀竟陵鍾伯子所評三百六篇，每每挺其惠思絲繹往作，理絕於中古之上者，意求於千載之下，陳其細趣，表其鴻歸，巖巖山高，淵淵水深，於茲籍徵云。……蓋詩活物也，不可一端求也，一端以求，得半之道也。譚子所為集鍾、蔡兩評，而通其活趣，集其遙思，如雲垂煙接，望衡轉湘，令遊目者不能自絕於其際。〔註62〕

盛讚鍾惺評點《詩經》之作，其中所云「詩活物也」，乃襲取鍾惺〈詩論〉所言。此皆可證明鍾惺批點的《詩經》評本，在晚明的流傳。另一有力的證據，則是譚元春的好友——萬時華所作的《詩經偶箋》。

萬時華，字茂先，《譚元春集》中收有與萬時華相關的詩作多首，〔註63〕往來書信亦不少，〔註64〕除了有十年以上的情誼外，在《詩經》研究方面也互

〔註59〕 《唐詩歸》，卷21，〈盛唐十六〉。鍾、譚所評《古詩歸》、《唐詩歸》，合稱《詩歸》（《四庫全書存目叢書》集部第337、338冊，影印明萬曆四十五年〔1617〕刻本）。

〔註60〕 此文見《譚元春集》，卷27。據卷25〈先府君志銘〉所述，譚父生子六人，長即元春，弟五人，依次為：元暉、元聲、元方、元禮、元亮。

〔註61〕 蔡復一，字敬夫。其生年據《隱秀軒集》，卷22，〈蔡先生傳〉云「伯子少惺二歲，才德命世」推得；卒年則據譚元春：〈送少司馬蔡師閫襯文〉（《譚元春集》，卷26）所云。

〔註62〕 《凌忠介集》（《景印文淵閣四庫全書》本），卷5。凌義渠，字駿甫，萬曆二十一年（1593）生，崇禎十七年（1644）卒。

〔註63〕 參《譚元春集》，卷16〈三洲疏圃同陳大士萬茂先起先徐巨源集喻仲延京孟父子齋中賦〉，卷17〈朱禹卿深柳居同彭汝嘉萬茂先陳士業〉、〈夜靜閱茂先詩〉、〈龍沙寺同陳大士萬茂先朱子強劉士雲陳士業萬起先〉，卷18〈萬茂先見懷詩是十年前作感和之〉，卷19〈夕佳樓茂先起先邀士雲武子同坐〉。

〔註64〕 《譚元春集》卷32有〈與萬茂先〉，譚元春贈其所作《遇莊》一冊。卷32有〈與茂先起先〉書信三封，言南昌之游，因病得萬時華等之照顧，感激溢於

相切磋。其證有二，其一，為孟登所作的〈匡說序〉云：「《詩》自性情外無餘物。……予昔與退谷、元履尋味既久，中間海鹽馮宗之、南昌萬茂先往復咨嗟。」〔註65〕再者，萬時華曾寄《詩經》著作請譚元春指正，譚讚云：「《詩經》疏義妙書也，時置枕中，以當傳經。」〔註66〕疑所云「《詩經》疏義」即《詩經偶箋》，或《偶箋》的前身。譚元春與鍾惺、萬時華兩人相善，以萬時華和譚元春的交情、兩人又曾相互切磋、交換研究《詩經》的心得，倘署為鍾惺批點的《詩經》評點為偽作，當難逃萬時華之眼。今細按《詩經偶箋》所引鍾惺諸條，大都見於今所流傳鍾惺《詩經》評本中，此亦可證傳本不當為偽作。

另外，顧炎武與鍾惺的年代相去不到半世紀，《日知錄》指責鍾惺：「乃選歷代之詩，名曰《詩歸》。其書盛行於世。已而評《左傳》、評《史記》、評《毛詩》，好行小慧，自立新說。天下之士，靡然從之。……其罪雖不及李贄，然亦敗壞天下之一人。」〔註67〕此亦可以為證。

基於以上理由，筆者認為今所流傳題為「鍾惺」所評的凌氏朱墨本及三色本《詩經》評點，不太可能是偽作，作者當是鍾惺無疑。

第三節　鍾評《詩經》的成書時間考〔註68〕

由於再評的三色套印本卷首附有鍾惺所作〈詩論〉，後署「明泰昌紀元歲庚申冬十一月竟陵鍾惺書」，所以再評本成書時間較無疑義，可據〈序〉而定為庚申——泰昌元年（1620）左右成書。較模糊的是鍾惺《詩經》初評本的成書時間。

以往的研究著作中，罕少涉成書時間的問題，劉毓慶先生云：「鍾氏的《詩

言表，云：「南昌一游，不得於師而得於友，知之於放浪之中，生之於病危之際，教我誨我，飲我楬我。」又云：「章門吾師友地，然茂先、起先尤魂夢眷眷人也。」卷23有〈萬茂先詩序〉，云：「聞茂先之名者十年矣。人稱其至性深淳，篤實而有光，深思好學，不知倦息，古今高深之文，聚為一區，而性靈淵然以潔，浩然以頤，且為吾輩同調。」

〔註65〕《譚元春集》，卷23。孟登，字誕先，點校者原注：「本篇篇名，前題作『匡說序』，目錄作『孟誕先詩經匡說序』。」

〔註66〕《譚元春集》，卷32，〈與茂先起先〉其三。

〔註67〕參〔清〕顧炎武：《原抄本日知錄》，卷20，〈鍾惺〉條。

〔註68〕詳參筆者撰〈鍾惺《詩經》評點成書時間考——辨證《鍾惺年譜》一誤〉，收入於林慶彰先生主編：《經學研究論叢》第十輯（臺北：臺灣學生書局，2002年3月），頁75～84。本節所言，約括此篇論文的重點而成。

經》評點，到底成於何年，今不大清楚。」〔註69〕陳廣宏先生所作《鍾惺年譜》將《詩經》初評本完成的下限繫於「萬曆四十四年」，云「評點《詩經》已成」、「至遲是年春之前，伯敬已有《詩經》評本」，〔註70〕之後，張淑惠即從此說。〔註71〕然而，陳廣宏所訂的時間是否正確呢？

　　陳廣宏論定的依據，參其後附的兩條資料。其一爲凌濛初（1580～1644）〈鍾伯敬批點《詩經》序〉，凌〈序〉云：「吾友鍾伯敬，以《詩》起家，在長安邸中，示余以所評本。……」凌〈序〉未署時間，文中亦未言及鍾惺「示余以所評本」的時間，無法用來直接證成初評本作於「萬曆四十四年」。另一條爲譚元春的〈與舍弟五人書〉，信中言及了譚元春與蔡復一的郎陽之會，以及其評點《詩經》的近作，近日已完成〈商頌〉、〈魯頌〉最後的批點，增減修改之後，「將同蔡鍾二評刻之」，名之曰《詩觸》。由於道及了鍾惺《詩經》評本，是故，此信成爲考察的重要對象。

　　陳廣宏將譚元春〈與舍弟五人書〉的作時定爲萬曆四十四年（1616），據信中所述，言「元春與蔡復一晤在今年春」。既然〈與舍弟五人書〉已言及鍾惺《詩經》評本，故定萬曆四十四年爲初評本完成的下限。然而，譚元春與蔡復一的會晤及〈與舍弟五人書〉的寫成，是否眞爲萬曆四十四年呢？

　　〈與舍弟五人書〉一開頭即與諸弟分享與蔡復一相會的心得，言：「每會蔡公一番，即骨爲之重，識爲之高，……蔡公以黔事大壞，奉命速征，軍書如山，思手不停，偷閒節勞，與我作兩夕靜談。」據此知郎陽之會是在蔡復一因「黔事大壞」，赴黔之際，忙中偷閒與譚元春會面。而蔡復一是何時入黔的？

　　據譚元春〈少司馬蔡公撫黔文〉云：「當萬曆乙卯、丙辰間，公在辰陽。辰與黔，兵食相及，有欲用民力於苗者，公執不可，因自解歸去。」〔註72〕知「萬曆乙卯、丙辰」——即萬曆四十三（1615）、四十四年蔡復一仍在湖廣參政任上，而後，因意見不合免官歸去。〔註73〕可見蔡復一在萬曆四十四年

〔註69〕劉毓慶：《從經學到文學——明代詩經學史論》，頁183。

〔註70〕《鍾惺年譜》，頁148、149。

〔註71〕參張淑惠：《鍾惺的詩經學》，頁110。按：除張淑惠之作外，其他研究鍾惺《詩經》學的著作，皆未言及初評本的完成的時間。

〔註72〕〔明〕譚元春：〈少司馬蔡公撫黔文〉，見《譚元春集》，卷24，頁648～649。此文中亦言及蔡復一「初下黔，命春適見於郎中」。

〔註73〕〔明〕譚元春：〈送少司馬蔡師閫梲文〉云：「憶公萬曆己庚間，公已拂衣歸鄉，自號遯士。」《譚元春集》，卷26，頁722～723。「萬曆己庚」，指萬曆四

時，應無入黔之事。考《明熹宗實錄》天啓四年（1624）二月處載云：「蔡復一爲兵部右侍郎兼右僉都御史巡撫貴州。」〔註74〕據此得知蔡復一入黔應在天啓四年二月，譚、蔡之會當不在萬曆四十四年，而在天啓四年二月之際。而由於〈與舍弟五人書〉中又有「久旱早熱，晚春便如仲夏」語，故這封信的寫作時間當在「天啓四年晚春」。

除了以蔡復一的政治生涯爲證外，尚可由以下兩端，進一步推翻《年譜》「萬曆四十四年」之說，而強化筆者「天啓四年」的推論。

其一，〈與舍弟五人書〉云在舟中批完商、魯二〈頌〉，「到京當再細增減一過，將同蔡鍾二評刻之」。〈送少司馬蔡師闇櫬文〉又云：「公來黔，方予過京師，鄖署執別。」「到京」、「過京師」的記載，皆指出譚元春鄖陽之會後，將趕赴北京的事實，其故爲何？乃因譚元春久困諸生，屢試不中，適逢恩選入太學，天啓四年以恩貢上京應試。〔註75〕若爲萬曆四十四年丙辰，則據譚元春〈游南嶽記〉云：「丙辰三月，譚子自念其爲楚人，忽與蔡先生言：『我且欲之嶽。』於是遂之嶽。」〔註76〕湖南之遊，顯然與前所言的鄖陽之會、趕赴京師應考諸事有所衝突。

其二，〈送少司馬蔡師闇櫬文〉云蔡復一天啓五年十月四日「以病終於平越」。文中又言及兩人：「鄖署執別，殷勤相訂，但謂公明年凱旋，則相迎於武陵之邸。曾未兩年，而功未成而遽歸，身未歸而遽死。」以蔡復一死於天啓五年十月往前推算，「未兩年」，與筆者所論定的「天啓四年晚春」符合，二者相距一年半左右，未滿兩年。

透過以上對蔡復一萬曆末年宦途的梳理，以及譚元春其他相關文章的佐證，筆者推翻了《年譜》的論定，考得譚、蔡的鄖陽之會，不在萬曆四十四年，而在天啓四年（1624）春，〈與舍弟五人書〉當寫於天啓四年晚春，已晚於刻成於泰昌元年（1620）的再評本，是以無法藉此信以證《詩經》初評本的作時，必須另覓線索。

考凌濛初〈鍾伯敬批點《詩經》序〉云：「吾友鍾伯敬，以《詩》起家，在長安邸中，示余以所評本。……」此〈序〉後雖未署時間，但「長安邸」

十七年己未（1619）、萬曆四十八年庚辛，此時蔡復一已去職，拂衣歸鄉。

〔註74〕《明熹宗實錄》（臺北：中央研究院歷史語言研究所校印，1966年4月），卷39，頁11。

〔註75〕參陳杏珍：《譚元春集・前言》。

〔註76〕〔明〕譚元春：〈游南嶽記〉，《譚元春集》，卷20，頁552。

是一線索。在以往的詩文中，就有以「長安」來泛稱京師的現象，如李白〈金陵詩〉云「晉家南渡日，此地舊長安」，而在鍾惺的詩文中亦不乏其證，《隱秀軒集》卷六有〈十七夜到京看月所寓因題其軒曰儆月〉一詩：

> 不見長安月，那知近二年。卜居惟問此，對影已欣然。
>
> 光在更深後，圓當我到先。清寒眞可儆，絕勝買鄰錢。

據鍾惺生平考察，此「長安月」指的是北京的月色，依此類推，凌〈序〉所云的「長安邸」，指的當是鍾惺在北京的住所，以長安舊爲京師，故在此詩及凌濛初的〈序〉中用來代指北京。這個推論又可從凌杜若的識語中得到印證：

> 仲父初成自燕中歸，示余以鍾伯敬先生所評點《詩經》本，受而卒
>
> 業，玩其微言精義，皆于文字外別闡玄機，足爲詞壇示法門，非僅
>
> 僅有禪經生家已也。因壽諸梨棗，以公之知《詩》者。〔註77〕

「燕」爲河北一帶之簡稱，明清或稱北京爲燕京，是「燕」又可以狹義的指北京一地，如鍾惺〈舟獄集自序〉云：「丙辰，鍾子自燕請假而南，暫憩金陵。」（《隱秀軒集》，卷 17）〈題魯文恪詩選後二則〉云：「予喜誦鄉先達魯文恪詩文，庚戌官燕，曾從其孫睢寧令乞一部，欲選之。」（同上，卷 35）皆是以「燕」代指北京之例。又如鍾惺作於萬曆四十一年六月的〈題胡彭舉畫贈張金銘〉云：「金銘索予畫在燕，爲癸丑春。予之題成而寄金銘也，予在燕邸，金銘在濟陰官邸。」（同上，卷 35）以「燕邸」稱呼其在北京的住宅，又是一例。

　　由以上所述，可勾勒出初評本印行的經過：鍾之初評本成書後，在北京親授凌濛初，凌濛初「自燕中歸」——從北京帶回了《詩經》評本，凌杜若因而壽諸梨棗。既然「長安邸」乃指鍾惺在北京的住所而言，於是，鍾惺在北京逗留的情形，就成了破解初評本完成之時的關鍵了。

　　考鍾惺有三個時段流連於北京：

1. 自萬曆三十八年初〔註78〕至三十九年四月，因奉使四川而離京。

〔註77〕凌杜若識語，見初評本卷首，再評本無。

〔註78〕以下時段之歸納，多本自《鍾惺年譜》的梳理。考《年譜》所載，鍾惺三十七年八月猶與友朋相聚於南京後，回到竟陵，而後再赴京，〈秋日舟中題胡彭舉秋江卷〉詩其序云：「己酉秋，予將由金陵還楚。」（《隱秀軒集》，卷 2）可以爲證。又，〈題焦太史書卷〉云：「惺生平不喜無故而求見海內名人，……至秣陵焦弱侯太史，猶欲一見其人。己酉惺以計偕過秣陵，適先生謝客，未遑求見而去。」（同上，卷 35）舉人入京參加會試稱「計偕」，此記鍾惺己酉赴北京應考路過南京拜訪焦竑不遇之事，隔年三月鍾惺中進士，未能精確斷定鍾惺抵達北京的時間，姑定爲「三十八年初」。

2. 自萬曆四十年十二月至四十一年九月，因奉使山東而離京。

3. 自萬曆四十三年二月初還京，至此年六月因出典黔試而離京。試畢還京，〔註79〕至萬曆四十四年八月離京。從此，未嘗再至北京。

鍾惺將初評本交付凌濛初是在那個時段呢？筆者以爲在第一個時段中，鍾惺剛於萬曆三十八年三月考中進士，觀政於京，且未有設邸的相關詩文記載，其聲名是否大到足以讓凌濛初造訪、讚揚、爲之傳刻此書亦值得懷疑。故筆者以爲此時段似較不可能。直至萬曆四十年十二月第二次赴京，始有〈十七夜到京看月所寓因題其軒曰儌月〉一詩，言及其卜居於京，名其軒爲「儌月」之事，〔註80〕此時交遊較先前爲廣、聲名益顯，所以揣測交付凌濛初《詩經》初評本約在此之後，至於是萬曆四十一年？四十三年？四十四年？因未見足以爲據的文獻，目前無法判斷。

第四節　鍾惺《詩經》評點的版本問題〔註81〕

鍾惺評點《詩經》，據其〈詩論〉自述，初評本刊於吳興凌氏後，續有所得，又再重新批閱一過，〈詩論〉所謂「再取披一過，而趣以境生，情由日徙，已覺有異於前者」，所言爲再評本於泰昌元年成書的背景。而到底「異於前者」何在？先前的研究者由於未能目睹再評本，或未刻意做比較，是以對此問題未曾探究。筆者將在本章中，就所見的鍾惺初、再評本，佐以書目文獻上的資料，考證初評本各本之間的異同，及初、再評本的差異。

〔註79〕　鍾惺八月在貴州典試，試畢還京途中與譚元春會於安陸，譚作〈伯敬典黔試過家還京與予遇於安陸以詩三首〉，其一有「以家爲道路，驅車仍上京。霜雪我無緣，寒香村氣生」語（《譚元春集》，卷3），可見鍾惺在霜雪中還京，未明何時抵達，然四十四年春鍾惺已在北京。

〔註80〕　鍾惺友人亦有相關詩文提到「儌月軒」之事，如王象春在萬曆四十四年作〈伯敬至京有軒以儌月名者因同仲良顏之〉，有「有居不得月，何以休瘦骨。儌軒貯床席，儌月爲詩窟。月是軒主人，儌軒先儌月」等語（《問山亭詩集選》「壬子」）。四十一年鍾惺自作〈儌月軒後竹〉詩（《隱秀軒集》，卷6），陸夢龍則有〈和伯敬儌月軒後竹〉詩，有「促膝長安地，高軒似爾稀，幾時兼種竹，對月倍清暉」語（《憨生集》「五言律」）。以上參《鍾惺年譜》，頁101、114、115。

〔註81〕　筆者曾撰：〈鍾惺《詩經》評點的版本問題〉，《經學研究論叢》第十一輯（臺北：臺灣學生書局，2003年6月），頁173～194。一萬六千餘言，本節所論，約括此文重點而成。

一、三本初評本簡介

以下就筆者目前所見的三種初評本，簡介如下。

（一）日本九州大學藏本（以下簡稱「九大本」）

周彥文先生《日本九州大學文學部書庫明版圖錄》一書著錄九大本不分卷，「20.9×14.8，半葉 8 行，行 18 字。左右雙欄，白口，無魚尾。」卷首題「竟陵鍾惺伯敬父批點」；〔註82〕筆者要補充的是：此書的經文爲宋體字（硬體）墨色，而眉批、旁批爲楷體（軟體）朱色，且無界欄。卷首有凌濛初〈鍾伯敬批點詩經序〉、凌杜若識語、〈詩大序〉，並經文共四冊；而〈小序〉單獨二冊，但錄序文，並無鍾惺批語。

（二）臺北國家圖書館藏本（以下簡稱「國圖本」）

據《國家圖書館善本書志初稿》著錄，國圖本分成四卷六冊，版框高 20.8 公分，寬 14.5 公分，左右雙邊，每半葉 8 行，行 18 字。左右雙欄，白口，卷首題「竟陵鍾惺伯敬父批點」。〔註83〕

又國圖本的經文亦爲宋體字墨色，而眉批、旁批爲楷體朱色，且無界欄。卷首有凌濛初〈鍾伯敬批點詩經序〉、凌杜若識語、〈詩大序〉，皆與九大本同。經筆者仔細核對，兩書之字體、批語位置、圈點情況皆極近似。

（三）上海復旦大學藏本（以下簡稱「盧本」）

復旦大學所藏鍾惺《詩經》評點共有二本，一爲再評的三色本（詳後），一爲初評本。雖同爲初評本，但復旦所藏初評本，與前二本在版刻上差異較大，此書分成上、中、下三卷，上卷爲〈國風〉，中卷爲〈小雅〉，下卷爲〈大雅〉、〈三頌〉，版框高 22 公分，寬 14.5 公分，半葉 9 行，行 20 字，白口，有單魚尾。卷首題「竟陵鍾惺伯敬評點　錢塘盧之頤訂正」，經文、序、批語皆爲墨色宋體字，且有烏絲欄。卷首有凌濛初〈鍾伯敬批點詩經序〉、〈詩大序〉，此本未附〈小序〉，不同於前二本初評本的還有此本無凌杜若識語。

二、三本初評本的比較

在字體方面，三本之間常有簡俗字等用字的差異。如：「個」用「箇」、「个」；

〔註82〕周彥文：《日本九州大學文學部書庫明版圖錄》（臺北：文史哲出版社，1996年 6 月），頁 12。

〔註83〕國家圖書館特藏組編：《國家圖書館善本書志初稿・經部》（臺北：國家圖書館，1996 年 4 月），頁 83。

「體」用「体」、「骵」;「懼」用「惧」;「靈」用「灵」;「聽」用「听」;「辭」用「辞」;「妙」用「玅」;「憐」用「怜」;「厲」用「厉」;「禍」用「衬」;「幾」用「几」;「婦」用「媍」;「機」用「机」;「邇」用「迩」;「觀」用「观」;「難」用「难」等。雖字形不同,而於文義無礙。

相較之下,九大本、國圖本批語為手寫軟體字,書寫較隨意,多用簡俗字,其中尤以國圖本所用簡俗字較多。字形而言,九大本較流動,趨於行草,國圖本反顯得較工整,但差別甚微;至於用簡俗字方面,國圖本雖稍多,但兩本相去不遠。而盧本批語用宋體(硬體字),較少用簡俗字的特徵則十分顯然。茲舉以下數例以明之。

九　大　本	國　圖　本	盧　　本
〈碩人〉眉批「不在形骵」	「不在形体」	「不在形體」
〈緇衣〉眉批「只是个眞」	同左	「只是個眞」
〈無羊〉眉批「几於相忘矣」	同左	「幾於相忘矣」
〈魯頌〉題下批「盡脫風体」	同左	「盡脫風體」
〈那〉眉批「先祖是听」	同左	「先祖是聽」

除版式、墨色、簡俗字、字形之差異外,在批語的內容上,因三本皆為初評本,差異並不大。三本之間,或批語安放的位置稍有出入,如〈小星〉第一章批語「寔命句,非婦人語」,九大本、國圖本置於第一章末;盧本則置於書眉。

或刻本校對疏忽而有錯字,遂與他本相異,如九大本〈碩人〉眉批,「洛神賦」,誤作「洛神試」。或因疏忽而漏刻,如〈大東〉眉批:「糾糾二語,似亦古語,凡詩中重用者,類皆古語。如『立我蒸民』、『不識不知』、『毋逝我梁』等句是也。」九大本漏刻「糾糾二語,似亦古語,凡詩」兩行眉批,遂使語意不明。但綜合來看,三種版本雖出自不同的版刻,但皆以初評本為藍本,故無太大的差異。或有小異,大都是校對的疏忽,較無關宏旨。

三、初、再評本的異同

筆者所見的再評本乃復旦大學所藏三色套印本(以下簡稱「三色本」或「再評本」),「三色」指朱、黛、墨三色,經文用墨,以朱、黛二色施之於圈評上。以九州大學所藏朱墨套印初評本與此三色本比對,發現三色本乃據九大本加以剜刻、補充而成。

　　三色本的版式，如：版框高 20.9 公分，寬 14.8 公分，半葉 8 行，行 18
字。左右雙欄，白口，無魚尾、無界欄、卷首題「竟陵鍾惺伯敬父批點」等，
全與九大本同。墨色經文、朱色批語和圈點，不論就字體、批語位置來看，
大致是完全一樣的，可看出乃源於相同的刻版所印，朱評不同處多爲再評增
補時所作的取捨。其大致情況如下：

（一）裁換書前的序

　　九大本等初評本卷首原有的凌濛初序、凌杜若識，乃針對初評本而發，
三色本爲再評本，刪去不適用的舊序，改冠以鍾惺自作署爲泰昌元年的〈詩
論〉，觀此論之內容，應是以論代序，乃針對此次再評本刊行而作。序的不同，
是辨別初、再評本的重要依據。

（二）評語的修正

　　所謂「再取披一過，而趣以境生，情由日徙，已覺有異於前者」（〈詩論〉），
「異於前者」的心得，反映在再評本評語的修正、補充、新增上。茲將初評
本、再評本評語異同比較、介紹如下。

　　在對初評本原有評點的處置方面，再評本大多將初評本原有的評語原式
保留。其例頗多，所見三色本中，凡作朱色的評語、圈點者，皆爲初評本所
有，三色本襲用。

　　或有刪去朱色評語的情形，但大都不是出於對初評的否定，而是再評時
因有新意要補入，覺原評意有未盡，而以黛色新評加以修正、補充。修正幅
度之大小，補充字數之多寡，則各有不同。比較之下，再評常較初評詳細、
具體些。如〈芣苢〉朱色題下批：「不添一語。」再評本刪去，改黛色題下批：
「此篇作者不添一事，讀者亦不添一言，斯得之矣。」〈大雅・板〉「老夫灌
灌，小子蹻蹻」，朱色行批「千古通患」，再評本刪去，改成黛色眉批：「二語
古今進言、聽言通患。」〈氓〉詩「匪我愆期，子無良媒，將子無怒，秋以爲
期」句下，朱色初評：「子無良媒，譴之也。」評語簡略，再評本刪去，依然
在句下以黛色再評：

> 奔豈有媒乎？「子無良媒」，譴之也。非惟此句，并「將子無怒，秋
> 以爲期」，亦是譴之之詞。蓋「抱布貿絲」此春時事也，此時已身許
> 之矣，故又以此戲之，古今男女狎昵情詞，不甚相遠，但口齒醞藉，
> 後人不解，遂認眞耳。

（三）圈評的新增

有時候對於初評的補充，並不以刪去舊評為手段，而是另立一條黛色新評，仍保留原有的朱色評語，以新評來為原評作註解、補充。如：〈凱風〉朱色題下批「立言最難，用心獨苦」。再評本另補黛色眉批以明何以「立言最難，用心獨苦」，云：「〈小弁〉，親之過大者也，然說得出；〈凱風〉，親之過小者，然說不出，所以立言蓋苦。」〔註84〕

又有一種情形是，原評只有朱色圈點符號，而無評語，讀者但知圈點之處常意味著此詩之關鍵、主旨所在，或是意涵佳，或是描寫出色、句法字法可取……，如〈日月〉「畜我不卒」句旁原只有朱色圈。再評本加上黛色評語：「語痴得妙，婦人口角。」可明其畫圈之因，乃因此句詩的口吻，和詩中婦人角色、情感契合無間。

以上所引的再評，皆與初評略有相關，或修正、或加以補充，或予以點明，將初、再評語對照，有助於對鍾惺批評原意的理解，對於詩篇的賞析也大有裨益。另外，再評本中有許多新增的評語，數量相當可觀，不亞於原評。

新增的評語，或短至一、二字，如〈出車〉「僕夫況瘁」句，黛色旁批「妙」，〈伐木〉「神之聽之」句，黛色旁批「怕人」。亦有長篇大論者，如〈皇矣〉詩，再評不管是眉批、行批，皆增加了許多的評語，其中一條黛色眉批云：

> 古公傳季歷以及文王，經史中無如此詩說得明備婉至，而立言甚妙，
> 不露嫌疑形迹，大要歸之天意，開口便言上帝、求民莫，作一篇主
> 意。〔中略〕……「帝謂文王」以後四章，詳言文王，以終古公上
> 承天意，立季傳昌之意，周之王業機緣，決于此矣。

長達一百五十三字，〈雄雉〉黛色篇題下批語更長達一百五十七字之多。由於圈點等符號常是配合著評語而施，再評本評語的補充、增改，圈點符號也必須隨之調整，如〈泉水〉「毖彼泉水，亦流于淇」，再評黛色旁批：「亦字悲甚。」經文原無任何符號，再評在「亦」字旁畫上「○」。

四、小 結

以上所述，先介紹所見的三種初評本，並將三本作比較，釐清初評本的問題。再探究復旦所藏的再評三色本，並比較再評本與初評本之異。由於再

〔註84〕鍾惺之論，本自《孟子·告子篇》云：「〈凱風〉，親之過小者也；〈小弁〉，親之過大者也。」

評本補充原評、新添的評語極多，以往的研究者，大都僅據初評本來討論鍾惺的《詩經》學，實僅運用了約三分之一左右的材料，十分可惜。

　　此外，除筆者親見的三種初評本、一種再評本外，筆者參考了關於鍾評《詩經》版本的著錄書志、論述文字後，發現不管是初評、再評本，皆多次被刻版印行，〔註85〕簡列如下：

（一）初評本

1. 日本九州大學藏朱墨本。
2. 臺灣國家圖書館藏朱墨本。
3. 上海復旦大學所藏盧之頤三卷單色刻本。
4. 日本內閣文庫藏《鍾伯敬先生評點詩經》二冊本。

以上四種初評本，確知其不同，而《續修四庫全書總目提要（經部）》著錄的吳興凌氏刊朱墨本「批點詩經不分卷」，不知是否與另二本朱墨本有所異同，姑且保留。

（二）再評本

1. 上海復旦大學所藏不分卷三色本。
2. 日本內閣文庫藏《詩經鍾評》三冊本（非朱墨本）。
3. 美國國會圖書館藏「詩經四卷小序一卷」三色本。
4. 美國國會圖書館藏「詩經四卷」朱墨本（或三色本）。

　　除以上四種再評本，《續修四庫全書總目提要‧經部》著錄的明閔氏刊朱墨套印本「詩經評不分卷」，不知是否與復旦所藏不分卷三色本相同，亦需存疑。如凌濛初《言詩翼》，〔註86〕屢引鍾惺說，筆者細按，所引許多都不見於初評，故所見應爲再評本，然仔細核對筆者所見復旦大學所藏三色本，文字卻常有小異，〔註87〕不知凌氏是引述時大而化之所致，亦或凌氏所據再評本，

〔註85〕詳參筆者：〈鍾惺《詩經》評點的版本問題〉一文中，〈對舊說的檢討〉一節的討論。

〔註86〕〔明〕凌濛初：《言詩翼》（《四庫全書存目叢書》經部第 66 冊，影印明崇禎刻本）。

〔註87〕如〈汝墳〉「魴魚赬尾」句，鍾旁批「文字奧甚」，凌引作：「魴魚赬尾四字，簡甚、奧甚、工甚。」〈鵲巢〉「維鵲有巢，維鳩居之」句，鍾眉批：「悟此二語，省得多少心力，落得多少受用。」凌引作：「首二句，天道物理，悟此省多少心力，落多少受用。」〈采蘋〉「有齊季女」句，鍾旁批「筆法」，凌引作：「季女二字，書法。」

與筆者所見不同。

（三）其 他

1. 《中國古籍善本書目‧經部》著錄了鍾評「詩經四卷」一條，為「明末刻本」，湖北省圖書館收藏。盧之頤初評本雖為單色，但只三卷；此四卷的單色刻本，不知為初評或再評本，然與前述初評、再評的八種版本皆不同。

2. 《中國歷代藝文總志‧經部》〔註88〕有「詩經評不分卷」條，云：「明鍾惺評點（續四庫）。按今又傳有清刊本，四卷。」「詩經評不分卷」條，參前所言《續修四庫全書總目提要‧經部》中倫明所撰「閔氏刊朱墨套印本」之提要。而「清刊本，四卷」語，疑此乃本自《靜嘉堂文庫籍分類目錄》所載：「《詩經鍾評》四卷　明鍾惺撰　清刊」。〔註89〕前引村山先生文中論及內閣文庫藏《詩經鍾評》一書，但言「泰昌元年序刊的三冊本」，不知是否亦為四卷，與此本的異同如何，待考。

綜合以上所述，鍾評《詩經》的初、再評本，至少有八、九種以上。若再全面考察、比較《中國古籍善本書目‧經部》標識為「明凌杜若刻朱墨套印本」的二十三處藏本及標識為「凌杜若刻三色套印本」的十一處藏本，說不定又有出於筆者所論之外者。

而由鍾評《詩經》版本之眾、傳世數量之多，亦可窺知此書當年風靡的情形。並了解到明末清初錢謙益、顧炎武，乃至《四庫全書總目》，在詆斥評經時，總不免以鍾惺為罪魁禍首之故。傳本多、影響大，殆為主要的原因。

第五節　鍾惺評《詩》之緣由與態度

一、學古與評《詩》

清人常貶抑鍾、譚空疏、不學，如《明詩綜》引張文寺云：

> 伯敬入中郎之室，而思別出奇，以其道易天下，多見其不知量也。友夏別出蹊徑，特為雕刻。要其才情不奇，故失之纖；學問不厚，故失之陋；性靈不貴，故失之鬼；風雅不道，故失之鄙；一言以蔽

〔註88〕《中國歷代藝文總志‧經部》（臺北：國立中央圖書館編印，1984年11月）。
〔註89〕日本靜嘉堂文庫編纂：《靜嘉堂文庫籍分類目錄》（臺北：大立出版社，1980年6月），頁52。

　　之，總之，不讀書之病也。

又云：「《詩歸》既出，紙貴一時，正如摩登伽女之淫咒，聞者皆爲所攝，正
聲微茫，蚓竅蠅鳴，鏤肝鉥腎，幾欲走入醋甕，遁入溝絲。充其意不讀一卷
書，便可臻於作者。」〔註90〕馮班也言杜甫「讀書破萬卷，下筆如有神」，是
「鍾、譚之藥石」，豈非言其不讀書？馮班又云：「鍾伯敬創革宏、正、嘉、
隆之體，自以爲得眞性情也。人皆病其不學，余以爲此君天資太俗，雖學亦
無益。」〔註91〕可謂詆毀不遺餘力。

　　說鍾、譚不學、不讀書，自非事實，鍾惺本身之好讀書、重學，《隱秀軒
集》中就有許多文獻可證，嘗云「每用讀書作詩文爲習苦銷閒之具」，〔註92〕
說自己是「書淫詩癖」。〔註93〕譚元春〈退谷先生墓誌銘〉又述鍾惺嘗僦秦淮
一水閣，閉門讀史之狀：「每游人午夜棹回，曲倦酒盡，兩岸寂不聞聲，而猶
有一燈熒熒，守筆墨不收者，窺窗視之，則嗒然退谷也。東南人士以爲眞好
學者，退谷一人耳。」〔註94〕陳允衡言：「伯敬之究心經史《莊》《騷》，以宦
爲隱，以讀書爲宦，其人實不可及。」〔註95〕

　　就文學理論而言，鍾、譚承公安之弊而起，公安末流，「戲謔嘲笑，間雜
俚語，空疏者便之」，〔註96〕竟陵正要以「學」來救公安之失。周伯孔詩作有
袁中郎的影子，伯孔問：「小子不爲明詩，何以遂有是？」鍾惺答曰：「此固
所謂駸駸乎入之者，實子不劌心唐以上之所至也。子從此苦讀唐以上詩，精
思妙悟，自無此失。」又勸周伯孔：「多讀書，厚養氣，暇日以脩其孝弟忠信，
入以事其父兄，出以事其長上，文行君子，其未可量。」〔註97〕且強調：「人
之爲詩，所入不同，而其所成亦異。從名入、才入、興入者，心躁而氣浮。
躁之就平，浮之就實，待年而成者。從學入者，心平而氣實。平之不復躁，
實之不復浮，不待年而成者也。」言孫曇生雖早夭，而其詩之所以佳，乃因

〔註90〕　〔清〕朱彝尊：《明詩綜》（臺北：世界書局，1970年8月），卷60，頁21。
〔註91〕　〔清〕馮班著，〔清〕何焯評：《鈍吟雜錄》（北京：中華書局，1985年，《叢
　　　　　書集成初編》本），卷3，頁45、47。
〔註92〕　〈與蔡敬夫〉，《隱秀軒集》，卷28，頁468。
〔註93〕　〈自題詩後〉，《隱秀軒集》，卷35，頁561。
〔註94〕　〈退谷先生墓誌銘〉，《譚元春集》，卷25，頁682。
〔註95〕　〔清〕陳允衡：〈復愚山先生〉，〔清〕周亮工評選：《賴古堂名賢尺牘新鈔二
　　　　　選》（《四庫禁燬書叢刊》集部第36冊，影印清康熙賴古堂刻本），卷16，頁7。
〔註96〕　《明史》卷288，〈文苑四〉。
〔註97〕　〈周伯孔詩序〉，《隱秀軒集》，卷17，頁254。

能從學入:「然就其意之所之,境之所會,機之所流,無借無強,無離無竭者,從學入也。學之所至,足以持其名、其才、其興;而名與才與興不能自持,故其所成異也。」〔註98〕

〈與高孩之觀察〉中又云:「詩至於厚而無餘事矣。然從古未有無靈心而能爲詩者,厚出於靈,而靈者不即能厚。……然必保此靈心,方可讀書養氣,以求其厚。」〔註99〕可見「靈」與「厚」皆爲鍾惺所重,而「厚」的境界,必以靈心爲起點,以「讀書養氣」爲津筏,方可到達。

綜上所述,鍾、譚之重學固無可疑,而要學什麼呢?以「詩文氣運,不能不代趨而下」,〔註100〕故要學「古」,而古的界定,是以唐爲界的。〔註101〕前述鍾惺要周伯孔「苦讀唐以上詩」,譚元春亦讚美熊伯甘「書無不閱者,惟不愛閱近代文集」是正確的作法,言:「詩之衰也,衰於讀近代之集苦多,而作古體之詩苦少也。近代之集,勢處於必降,而吾以心目受其沐浴,寧有升者?」〔註102〕可見鍾、譚皆以爲詩文氣運代降,故應取法乎上,讀唐以前近古之作,近代之作多讀反而有礙。由是之故,《詩歸》亦只收到晚唐,不取唐以後詩。

《詩》之特質兼具古雅與自然,有〈風〉詩之平易,又有〈雅〉〈頌〉之典則;有蘊藉的風格,亦有怨詈直斥之作……,包羅之豐富,使得後代的作者、批評家可從中擷取自己所要的來發揮,昔人又以爲《詩經》爲孔子刪定之經書,借重聖經的權威,宛似請來孔子背書,自是增強不少說服力。所以在有明一代,不論復古派或新變派,總是能從《三百篇》中取資,總是慣於借重經書來張揚自己的文學主張。《詩序》所言,是儒家詩教觀的源頭,與《詩》、《詩序》相關的「詩言志」、「溫柔敦厚」、「比興」等議題,是自漢以來歷代的文學批評所津津樂道的,尤其是如孫鑛之類的復古提倡者。然又因《詩經》爲先秦古籍,趨近先民自然原始的風貌,尤其〈風〉詩大都出於里巷歌謠,保留了純樸、眞率的特質,又常爲強調新變者所重。如馮夢龍(1574～1646)有感於山歌爲鄉野之音,常爲世所輕,「詩壇不列,薦紳學士不道」,

〔註98〕〈孫曇生詩序〉,《隱秀軒集》,卷17,頁270。
〔註99〕〈與高孩之觀察〉,《隱秀軒集》,卷28,頁474。
〔註100〕〈詩歸序〉,《隱秀軒集》,卷16,頁236。
〔註101〕可參陳萬益:〈竟陵派的文學思想〉,《大地文學》第1期(1978年10月),頁274～337,此文中〈論「學古」——竟陵文學理論的中心〉一節。
〔註102〕〈序操縵草〉,《譚元春集》,卷23,頁625。

〈序山歌〉云：「桑間、濮上，國風刺之，尼父錄焉，以爲情眞而不可廢也。山歌雖俚甚矣，獨非鄭、衛之遺歟？」〔註103〕

　　雖《詩歸》依歷來詩選不錄《詩經》篇章之慣例，〔註104〕但《詩經》是詩選之最古者，亦在「唐以上詩」的學古範疇中。且鍾、譚除了重學古外，亦承繼了公安派「獨抒性靈」的主張，詩論中屢屢強調性情、性靈。鍾惺云：「夫詩，道性情者也。」〔註105〕當時又有「鍾、譚一出，海內始知性靈二字」的說法，〔註106〕且強調「眞」一字，所謂「求古人眞詩所在」，「眞詩者，精神所爲也。」〔註107〕所欣賞的詩作特色，都與《詩經》風格不悖。

　　《文心雕龍・宗經》已云《詩經》「義既極乎性情，辭亦匠於文理」，謝榛又云：「《三百篇》直寫性情，靡不高古。」〔註108〕譚元春云：「《詩》自性情外無餘物」。〔註109〕《三百篇》多爲本乎性情之言，又爲遠古先民樸素的詠唱，故爲出自性靈的眞詩，何景明云：「如十五〈國風〉，出諸里巷婦女之口者，情詞婉曲，有非後世詩人墨客，操觚染翰，刻骨流血所能及者，以其眞也。」〔註110〕以其「情眞」，故爲後世所不及。且鍾、譚都有推重《詩經》之語，鍾惺云：「《詩》之爲教，和平沖澹，使人有一唱三歎，深永不盡之趣。」然如〈秦風・駟驖〉、〈小戎〉又具「奇奧工博之致」。〔註111〕譚元春云《三百

<hr />

〔註103〕〔明〕馮夢龍：〈序山歌〉，《明代文論選》，頁369。

〔註104〕按：古人認爲《詩經》是「經」而非「詩」，故歷來詩選不選《詩經》是慣例。清朝顧大申《詩原》，以詩教起於《三百篇》，故分錄《毛詩》、《楚辭》、《選詩》、《選賦》、《唐詩》五集，其中《唐詩》所錄乃李攀龍之詩選。《總目》評云：「夫《三百篇》列爲《六經》，豈容以後人總集僭續其後。王逸、蕭統已病不倫，乃更益以李攀龍，不亦異乎！」。參見《總目》，卷194，〈總集類存目四〉，〈詩原〉條。

〔註105〕〈陪郎草序〉，《隱秀軒集》，卷17，頁275～276。

〔註106〕〔清〕錢謙益：《列朝詩集小傳》，丁集，頁571～574，〈譚解元元春〉條：「世之論者曰：『鍾、譚一出，海內始知性靈二字。』然則鍾、譚未出，海內之文人才士皆石人木偶乎！」陳萬益先生〈竟陵派的文學思想〉一文曾駁錢說，認爲「性靈」思想固倡始於三袁，但海內眞正重視，視「性靈」爲詩文創作和評賞時不得不考慮的門徑，恐怕眞是要等到鍾、譚出來以後。

〔註107〕〈詩歸序〉，《隱秀軒集》，卷16，頁236。

〔註108〕〔明〕謝榛：《四溟詩話》，卷1，丁福保輯：《歷代詩話續編》（臺北：木鐸出版社，1988年7月），頁1137。

〔註109〕〈匡說序〉，《譚元春集》，卷23，頁621。

〔註110〕〔明〕李開先著，路工輯校：《李開先集・詞謔》（北京：中華書局，1959年12月），頁945，引何景明言。

〔註111〕〈文天瑞詩義序〉，《隱秀軒集》，卷18，頁281。

篇》是「民間眞聲」,〔註112〕說「《六經》無不美之文,無不樸之美」,「《詩》三百六篇,固予所最好」。〔註113〕

在《詩歸》的評點中,鍾、譚,尤其是鍾惺,常引《三百篇》與古詩、唐詩比較,如鍾評韋孟〈諷諫詩〉「致冰匪霜,致墜匪嫚」句云:「二『匪』字峭急,是三百篇字法,近人不能用。」〔註114〕無名氏〈古詩三首〉之二:「十五從軍征,八十始得歸,遙望是君家,松柏冢纍纍。兔從狗竇入,雉從梁上飛。中庭生旅穀,井上生旅葵。烹穀持作飯,采葵持作羹。羹飯一時熟,不知貽阿誰?出門東向望,淚落沾我衣。」譚評:「周公〈東山〉詩法,從庭戶無人生出許多妙語,遂爲此詩鼻祖。」〔註115〕鍾評張翰〈周小史〉:「由容止看出性情,是〈衛風〉『手如柔荑』章法。」〔註116〕鍾評謝惠連〈西陵遇風獻康樂〉「回塘隱艫曳」句云:「『隱』字寫去舟如見,然總讓〈衛風〉『汎汎其景』四字。」〔註117〕張敬忠〈邊詞〉:「五原春色舊來遲,二月垂楊未掛絲。即今河畔冰開日,正是長安花落時。」鍾評:「只敘時物,許多情感。《三百篇》〈草蟲〉等詩之法也。」〔註118〕或比較其字法、章法,或由其寫作技巧的相似而論其承繼。由以上種種的線索看來,都可見鍾、譚對《詩經》的欣賞、推重。

二、鍾惺論「《詩》之爲經」

在本論文第三章〈經書評點風氣興起的背景〉中,筆者言及晚明之際,王學流風遺韻的影響,使時人看待經書由「我注《六經》」轉而趨向「《六經》注我」,讚賞能發揮己意、獨抒心得之作。而回顧歷代經學發展的變遷興廢,也讓某些學者開始質疑是否有一先驗的聖人本意、經書本意等待吾人追求?故較能不執定一說,解經的態度更爲開放。鍾評《詩經》可說是此種學術氛圍下的產品,也是最好的代言。

鍾、譚並非不追求作者本意,鍾惺曾讚譚元春之評岑參詩:「此詩千年來,

〔註112〕〈樸草引〉,《譚元春集》,卷24,頁678。
〔註113〕〈黃葉軒詩義序〉,《譚元春集》,卷23,頁639。
〔註114〕《古詩歸》,卷3,〈漢一〉。
〔註115〕《古詩歸》,卷6,〈漢四〉。
〔註116〕《古詩歸》,卷8,〈晉一〉。
〔註117〕《古詩歸》,卷11,〈宋一〉。按:「汎汎其景」語見〈邶風‧二子乘舟〉,〈小序〉言此詩乃衛人思衛宣公二子伋、壽而作。由於〈邶風〉、〈鄘風〉所詠者,亦皆衛事,或有以〈衛風〉泛稱者,故鍾惺云:「〈衛風〉汎汎其景」。
〔註118〕《唐詩歸》,卷4,〈初唐四〉。

惟作者與譚子知之。因思眞詩傳世，良是危事。反覆注疏，見學究身而爲說法，非惟開示後人，亦以深憫作者。」〔註119〕所謂「惟作者與譚子知之」，即是以能掌握作者之意嘉許譚元春，「非惟開示後人，亦以深憫作者」，則說明《詩歸》之評，有抉發作者本意、不使作者苦心埋沒的企圖。譚元春云：「自出眼光之人，專其力，壹其思，以達於古人，覺古人亦有炯炯雙眸，從紙上還矚人。」〔註120〕指有眼力的讀者，透過閱讀的專注，將可與作者心神相會、契合。後人常奉孟子的讀《詩》方法爲圭臬，譚元春亦不例外：「孟子曰：『固哉！高叟之爲詩。』又曰：『以意逆志。』又曰：誦其詩，知其人，論其世。此三言者，千古選詩者之準矣。春雖不能至，竊以自勖。」〔註121〕凡此種種，皆趨近於傳統以來傾向追求作者本意的解讀方式。

　　然而，鍾惺從自己閱讀的經驗中，體會到作爲一個讀者，在不同時候閱讀同一部作品時，感受的不同。〈夜閱杜詩〉敘述了這種前後新舊、閱讀深淺不同的讀書經驗：

　　　　束髮誦少陵，抄記百相續。閒中一流覽，忽忽如未讀。向所覯面過，
　　　　今焉警心目。雙眸燈燭下，炯炯向我矚。雲波變其前，後先相委屬。
　　　　淺深在所會，新舊各有觸。一語落終古，縱橫散屢足。〔註122〕

由於這次讀杜詩，有不同於以往的深刻體會，故言彷彿從沒讀過，不同時候讀杜詩，悟入不同，故言「淺深在所會，新舊各有觸」。讀《詩經》也有類似的經驗，〈詩論〉云其《詩經》初評本刊刻後，「再取披一過，而趣以境生，情由日徙，已覺有異於前者」，〔註123〕於是用新的眼光、體會再加評點，出版了再評本。沈春澤問：「過此以往，子能更取而新之乎？」鍾惺答曰：「能。」「夫以予一人心目，而前後已不可強同矣。後之視今，猶今之視前，何不能新之有？」鍾惺已意識到讀者的涉入爲文本意義形成的重要關鍵，故肯定自己日後心目與今不同，讀《詩經》當然還會有更新的體會。

　　同一人，在不同時候，閱讀同一部作品，前後的體會已然不同。擴大來看，歷代說《詩》者，人不同、時不同，讀《詩經》的體會、對《詩》義的認知又怎會相同呢？又，說《詩》者不是作者，怎能奢望其能得作者作詩之

〔註119〕《唐詩歸》，卷13，〈盛唐八〉，岑參〈還高冠潭口留別舍弟〉鍾評。
〔註120〕〈詩歸序〉，《譚元春集》，卷22，頁594。
〔註121〕〈奏記蔡清憲公前後箋札〉其四，《譚元春集》，卷27，頁759。
〔註122〕〈夜閱杜詩〉，《隱秀軒集》，卷2，頁10。
〔註123〕本段及以下幾段所引，俱見鍾惺〈詩論〉文中。

意呢？所以鍾惺在〈詩論〉中回顧歷來的解經紛歧，云：「使宋之不異於漢，漢之不異於游、夏，游、夏之說《詩》，不異於作《詩》者，不幾於刻舟而守株乎？」認爲歷代說《詩》者彼此所見不同本是理所當然，也承認追求作者本意、說《詩》求「不異於作《詩》者」爲徒勞。

鍾惺反省歷來說《詩》的主張：「今或是漢儒而非宋，是宋而非漢，非漢與宋而是己說，則是其意以爲《詩》之指歸，盡於漢與宋與己說也，豈不隘且固哉？」認爲《三百篇》之旨歸，非漢儒、宋儒，或任何一人之說可以道盡，也無人可以壟斷。鍾惺又認爲：「《詩》，活物也。游、夏以後，自漢至宋，無不說《詩》者。不必皆有當於《詩》，而皆可以說《詩》。」肯定《左傳》之引《詩》、賦《詩》，與《韓詩外傳》所論，雖斷章取義，「與《詩》之本事、本文、本義，絕不相蒙」，然又「未嘗不合也。其故何也？夫《詩》，取斷章者也。斷之於彼，而無損於此。此無所予，而彼取之。說《詩》者盈天下，達於後世，屢遷數變，而《詩》不知，而《詩》固已明矣，而《詩》固已行矣。然而《詩》之爲《詩》自如也，此《詩》之所以爲經也。」

鍾惺既以爲《詩》之意非漢、宋諸儒所能盡，認爲時異人殊，說《詩》本不可強求其同，宣稱：正是因《詩》爲「活物」，意涵豐富，後世讀者汲取不盡，有無窮無盡的解釋可能，即使斷章取義也無妨，此乃「《詩》之所以爲經」之故。

《詩》何以爲經，以下諸人亦有論說，然與鍾惺截然不同。朱熹〈詩集傳序〉云：「《詩》之爲經，所以人事浹于下，天道備于上，而無一理之不具也。」〔註124〕清初陸次雲（…1678…）云：「故溫厚和平，《詩》之教也。即或變風變雅，不無孤臣孽子思婦勞人以及游女子衿懷思贈答之什。大抵皆怨誹不怒，好色不淫，有美有刺，歸于和平而止。是以聖人刪之爲經，躋于《禮》《樂》《易》《書》《春秋》之列。」〔註125〕陳玉璂（1636～1681…）云：「夫《詩》之所以爲經者何哉？古人立言，皆思有益於天下後世，大而君父之大倫，細至昆蟲草木，莫不旁引曲譬，使人觀感有悟，足以爲戒，足以師。故曰：溫柔敦厚，詩教也。」〔註126〕

〔註124〕〈詩集傳序〉，《詩集傳》（臺北：臺灣中華書局，1991 年 3 月），卷首。

〔註125〕〔清〕陸次雲：〈皇清詩選自序〉，謝正光、佘汝豐編著：《清初人選清初詩彙考》（南京：南京大學出版社，1998 年 12 月），頁 171～172。

〔註126〕〔清〕陳玉璂：〈過日集序〉，《清初人選清初詩彙考》，頁 186。

　　以上三人所言，都偏向詩教、經世之用來闡發《詩》之為經的意義，或言其溫厚和平、溫柔敦厚，或言其兼備人事、天道之理，這也是長久以來士人對《詩經》的認知。清人任丘龐更云：「古詩三千，聖人刪為三百，尊之為經。經者，常也，一常而不可變也。」〔註127〕言簡意賅地指出傳統士人視《詩》為經之故，正是因《三百篇》乃經聖人刪定，蘊含了不變的常道。此「常道」即劉勰《文心雕龍・宗經篇》所謂的「恆久之至道，不刊之鴻教也」，經學家認為孔子透過刪定經書，傳下垂範後世之教，「常」、「不刊」，正點出其不可磨滅、不可改易，永為後世奉守的性質，此不變的常道正是歷來解經者所要闡發的。

　　持之與鍾惺之說比較，可見〈詩論〉所云，大大地背離了傳統解經的態度；對《詩》之所以為經的解釋，也顛覆了歷來對《三百篇》何以貴為「經」的認知。鍾惺的這番說法，無疑是給予他自己及時人，更多自立新說的理由。在反省作者之意不可求之餘，不再用詩教、用聖人之意來束縛說經，轉而肯定讀者自是其說、斷章取義。鍾惺此種說《詩》態度，將《詩經》的解釋，從詩教的緊箍咒中釋放出來，並給自己掙得了自由說《詩》的空間。以往追求作者之意的解讀者是「我注六經」，鍾惺各是其說的主張，在無形中已消解、漠視了作者之意的存在，轉為「六經注我」了。而以往經學家在意的「常道」，從鍾惺評點《詩經》實際操作的情形看來，這已不再是鍾惺凝視的焦點了。

三、評《詩經》與評《詩歸》態度之比較

　　鍾、譚《詩歸》選定於萬曆四十二年左右，〔註128〕初刻約刊於萬曆四十五年之間，〔註129〕其成書與刊印的時間，與鍾評初評本的時間是相近、重疊的。見諸《隱秀軒集》中，可屢屢看到鍾惺與友人蔡復一討論《詩歸》評選之事：

　　　　家居復與譚生元春深覽古人，得其精神，選定古今詩曰《詩歸》。

　　　　稍有評註，發覆指迷。蓋舉古人精神日在人口耳之下，而千百年未

〔註127〕《詩義固說》（上），郭紹虞編選，富壽蓀校點：《清詩話續編》（上海：上海古籍出版社，1999年6月），頁727。

〔註128〕《譚元春集》，卷25，〈退谷先生墓誌銘〉：「萬曆甲寅、乙卯間，取古人詩，與元春商定，分朱藍筆，各以意棄取，……，世所傳《詩歸》是也。」同書，卷23，〈題西陵草〉：「甲寅之歲，予與鍾子選定《詩歸》。」故《詩歸》應選定於萬曆四十二年（1614）。

〔註129〕《國家圖書館善本書志初稿・集部》（三）（臺北：國家圖書館編印，1999年6月），頁391，〈古詩歸十五卷唐詩歸三十六卷〉條署「萬曆四十五年刊本」。

見於世者，一標出之，亦快事也！

兩三月中，乘譚郎共處，與精定《詩歸》一事，計三易稿，最後則惺手鈔之。……此雖選古人詩，實自著一書。

是以不揀鄙拙，拈出古人精神，曰《詩歸》，使其耳目志氣歸於此耳。

其一片老婆心，時下轉語，欲以此手口作聾瞽人燈燭輿杖，實於古人本來面目無當。〔註130〕

給弟弟的家書中，也叮嚀他好好的藉《詩歸》一書，體會古人的詩作、學習作詩：「須細看古人之作。《詩歸》一書，便是師友。」〔註131〕不管是鍾惺或譚元春的詩文書信中，論及《詩歸》之處都相當多，可見此爲兩人念茲在茲的大事，鍾惺更與譚元春言其「平生精力，十九盡於《詩歸》一書，欲身親校刻，且博求約取於中、晚之間，成一家言，死且不朽。」〔註132〕可見二人對《詩歸》之慎重其事，不但視爲示人以學詩之門徑的範本，且視之爲成一家之言、闡揚竟陵派詩觀之作，更欲藉此書之傳世，以使其聲名「不朽」。而相較之下，《詩經》評除留下〈詩論〉——再評本的序外，鍾惺詩文書信中都未有論及《詩經》評點之事，兩者之對待差別顯然。其故爲何？

筆者以爲《詩歸》是鍾、譚有爲而作，而《詩經》評點不過是任性而發、興到之評。其〈詩論〉云：「予家世受《詩》，暇日，取《三百篇》正文流覽之。意有所得，間拈數語。」此態度與戴君恩言其評《詩經》的動機，不過是爲了困於闈場中「銷此清晝」〔註133〕、打發時間頗相似。

「意有所得，間拈數語」，此與「平生精力，十九盡於《詩歸》一書」，兩者的態度有天淵之別。筆者在第二章〈評點概說〉的第四節中，已言有些評點本或近於寫作學的風格，評點的態度是較嚴肅的，較近於學究氣息；有些評點本是近於文學欣賞眼光，態度是輕鬆的，較富閒雅氣息。評點本的性質就在「寫作學／文學欣賞」、「嚴肅／輕鬆」、「學究氣息／閒雅氣息」二端之間擺盪。兩相比較，《詩歸》是屬寫作學的，態度是嚴肅、具學究氣息的，而《詩經》評則近於文學欣賞、態度輕鬆，讀來較覺閒雅的。

曹學佺（1574～1646）曾云：「伯敬《詩歸》，其病在學卓吾評史。評史

〔註130〕以上三條分見於《隱秀軒集》，卷28，頁468、469、470。

〔註131〕〈與弟恰〉，《隱秀軒集》，卷28，頁476。

〔註132〕〈與譚友夏〉，《隱秀軒集》，卷28，頁472。

〔註133〕〔明〕戴君恩：〈讀風臆評自敘〉，《讀風臆評》（《四庫全書存目叢書》經部第61冊，影印明萬曆四十八年〔1620〕閩刻本），卷首。

欲其盡，評詩欲其不盡，卓吾以之評史則可，伯敬以之評詩則不可。」〔註134〕
趙士喆（1610？～1665？）亦云：「伯敬絕世聰明，其所評往往出人意表。《詩
歸》之所以可傳者以此。然評語太繁，未能皆善，吾嘗欲嚴加澄汰，存其十
分之六者以此。」〔註135〕《詩歸》評點之詳細，晚明的曹、趙二人已指出，
或言其太盡，或言其過繁。對於這樣的批評，鍾惺亦不否認，曾自言評點《詩
歸》「反覆注疏，見學究身而爲說法，非惟開示後人，亦以深憫作者」，〔註136〕
「反覆注疏」指評點詳盡、再三下評語之意。對於曹學佺「言《詩歸》一書，
和盤托出，未免有好盡之累」，鍾惺「心服其言」，又解釋：「然和盤托出，亦
一片婆心婆舌，爲此頑冥不靈之人設。」〔註137〕「其一片老婆心，時下轉語，
欲以此手口作聾瞽人燈燭輿杖。」〔註138〕爲「開示後人」，而詳加解釋，故鍾
惺云鍾、譚兩人評《詩歸》「和盤托出」、「時下轉語」，是「見學究身而爲說
法」。

　　相較於《詩歸》之詳、之慎重，《詩》評不過「間拈數語」，或有評語或
無，或繁或簡，尤其是初評本，評語寥落，有時不但顯得點到爲止，自己不
求甚解，似乎也不管評點本的讀者解或不解，較乏爲「頑冥不靈」者說法的
殷勤。若要以刊落一切傳注、評語又簡略的《詩經》評作爲「聾瞽人燈燭輿
杖」，想必對學子而言，讀詩、求知的路途定窒礙難行。

四、《詩》評之信手拈來

　　與《詩經》評點比較起來，《詩歸》之評，顯得語不旁涉、專注多了。目
的就是賞析作品，指出何者佳，何者不佳，爲人說法，以提升讀者對於作詩、
賞詩的水準——雖然在錢謙益、朱彝尊等人的眼中，鍾、譚的主張導致詩壇
沈淪。而《詩經》評顯得較隨興、自由，在〈詩論〉中鍾惺已倡言斷章取義、
各是其說亦無不可了。雖然賞析文辭、指出優劣的評語所在多有，但相較於
《詩歸》，《詩經》評這類寫作指導的評語不但較少，也較簡略模糊。更常有
與文學賞析、寫作不相干的評語穿插其中，爲數不少。這些「閒話」，大都因

〔註134〕〔明〕曹學佺：〈與陳開仲〉，收入於《賴古堂名賢尺牘新鈔》，卷 1，頁 15
　　　　～16。
〔註135〕〔明〕趙士喆：《石室談詩》，卷上，第 17 條。《明詩話全編》（十）（南京：
　　　　江蘇古籍出版社，1997 年 12 月），頁 10554。
〔註136〕《唐詩歸》，卷 13，〈盛唐八〉，岑參〈還高冠潭口留別舍弟〉鍾評。
〔註137〕〈與高孩之觀察〉，《隱秀軒集》，卷 28，頁 474。
〔註138〕〈再報蔡敬夫〉，《隱秀軒集》，卷 28，頁 470～471。

詩而發議、說理，以論史論事爲最常見，論婦女、女德處，也令人印象深刻，以下分別略舉數例，以窺一斑。

（一）因詩而發議、說理者，如：

1. 〈召南・小星〉「夙夜在公，寔命不同。」黛色眉批：「大識語。」
2. 〈邶風・雄雉〉「不忮不求，何用不臧」，黛色句下評：「學問身世之言。」
3. 〈邶風・谷風〉「采葑采菲，無以下體」，朱色旁批：「兩語用人妙訣。」
4. 〈齊風・甫田〉篇題下朱批：「宜書座右。」
5. 〈小雅・賓之初筵〉朱色眉批：「既醉而出，非惟飲之有節，飲酒之趣亦自如此，所謂『飲酒無量不及亂』，飲之聖也。」
6. 〈大雅・板〉「老夫灌灌，小子蹻蹻」，黛色眉批：「二語古今進言、聽言通患。」
7. 〈魯頌・泮水〉「濟濟多士，克廣德心。桓桓于征，狄彼東南。烝烝皇皇，不吳不揚。不告于訩，在泮獻功。」一章黛色眉批：「此章爲千古功臣護身之寶。」〔註139〕

所評與詩義不見得有何相關，有些以詩語爲鑑，用作立身處世之警惕，如〈雄雉〉、〈甫田〉、〈泮水〉之評。或採斷章取義的手法，如評〈谷風〉，《朱傳》解「采葑采菲，無以下體」云：「言采葑菲者，不可以其根之惡，而棄其莖之美。如爲夫婦者，不可以其顏色之衰，而棄其德音之善。」而鍾評則由夫婦進一步引申到用人的訣竅上，言用人莫因小廢大，莫因人有微疵而完全否定其能力、貢獻。有些評語甚至談不上是說理、議論，而只是聊抒感想，如〈谷風〉「行道遲遲，中心有違」句，朱色眉批：「孔子去父母國之道也。」同詩「不遠伊邇，薄送我畿。誰謂荼苦，其甘如薺」句，朱色旁批：「不送也罷，傷心在此一送。」如〈小雅・采綠〉末二章「之子于狩，言韔其弓；之子于釣，言綸之繩。其釣維何？維魴及鱮。維魴及鱮，薄言觀者。」朱色眉評：「此婦可與偕隱。」都非專注在寫作技巧的分析，不過聊記讀詩感想而已。

（二）論史、論事者，如：

1. 〈周南・兔罝〉黛色題下批：「武夫爲周之干城、好仇、腹心，固是周

〔註139〕按：《朱傳》云：「不告于訩，師克而和，不爭功也。」不爭功則可免於「狡兔死，走狗烹」的遭遇，故鍾惺言是功臣護身的座右銘。

之多才，亦是古人看人才特達精細處，具此心眼，有才何患不知，知之何患不用，用之何患不盡。」

2. 〈鄭風・大叔于田〉首章朱色眉批：「看來叔無大志，一馳馬試劍輕肥公子耳，其徒作詩夸美，亦不過媚子狎客從吏游戲者，不然且爲曲沃武公矣。看『將叔無狃，戒其傷女』及『我聞有命，不敢以告人』，氣象大小淺深差多少。」〔註140〕

3. 〈鄭風・大叔于田〉三章末黛色尾批：「讀〈叔于田〉二篇，莊公之必殺叔段也爲甚矣。」

4. 〈唐風・無衣〉題下黛批：「末世天子反爲亂人之資，此曹操所以終身不廢漢獻也。」

5. 〈秦風・車鄰〉朱色眉批：「暴富之家，其僕多狎，創主之國，其臣多野。此天子之尊必假叔孫通也。」

6. 〈秦風・渭陽〉題下朱批：「令狐之役，晉負秦耳。」

7. 〈豳風・破斧〉朱色眉批：「破斧、缺斨，下用『哀』字，古人用兵、用刑念頭如此，不宜草草看之。」〔註141〕

8. 〈大雅・文王〉「保右命爾，燮伐大商」，黛色眉批：「周公東征下一『哀』字，武王伐商下一『燮』字，古人用兵是何念頭！」〔註142〕

9. 〈大雅・縣〉黛色眉批：「不讀此數章，不知周家經制多出古公其才，何必咸周公。」

以〈渭陽〉詩爲例：「我送舅氏，曰至渭陽。何以贈之？路車乘黃。我送舅氏，悠悠我思。何以贈之？瓊瑰玉佩。」《朱傳》云：「舅氏，秦康公之舅，晉公子重耳也。出亡在外，穆公召而納之，時康公爲太子，送之渭陽而作此詩。」朱熹又引廣陽張氏曰：「康公爲太子，送舅氏而念母之不見，是固良心也。而卒不能自克於令狐之役，怨欲害乎良心也。使康公知循是心，養其端而充之，則怨欲可消矣。」按：令狐之役見《左傳》文公七年，鍾惺批「晉負秦」顯然是駁《朱傳》「秦負晉」之說，然而爲何是「晉負秦」？全仗鍾惺自己的認定，鍾惺並不想認眞的交代、費力的說明。不管是「秦負晉」或「晉

〔註140〕「將叔無狃，戒其傷女」語，見〈大叔于田〉：「我聞有命，不敢以告人」語，見〈唐風・揚之水〉。〈揚之水〉，《朱傳》云：「晉昭侯封其叔父成師于曲沃，是爲桓叔。其後沃盛強而晉微弱，國人將叛而歸之，故作此詩。」

〔註141〕按：此詩三章皆有「哀我人斯」句。

〔註142〕此本《朱傳》「燮，和也」之釋。

負秦」皆與詩義無關〔註143〕、與寫作無關，所評其實已遠離〈渭陽〉詩的文本了。

（三）論婦女、女德者，如：

因爲《三百篇》中不少的作品論及兩性、論及女子，所以鍾惺相關的評論也較多，舉例如下：

1. 〈周南・桃夭〉「宜其室家」朱色眉批：「宜字妙，只是個停當相安意思。女子無非無儀，一停當相安便是，求加焉即失之矣。」

2. 〈召南・摽有梅〉黛色眉批：「詩至摽梅而後可與權，此女子是机警人，予嘗謂：女子全節不在貞一，而在機警。」〔註144〕

3. 〈召南・江有汜〉黛色題下批：「悔者，善惡之關而教化之始也，在媵人尤難，在婦人之妒者又難之難。」

4. 〈鄭風・女曰雞鳴〉朱色眉批：「離居則勉以知德，相聚則導以取友，如此婦人良師友也。」

5. 〈小雅・斯干〉：「乃生女子，……無非無儀，唯酒食是議。無父母詒罹。」朱色眉批：「無儀，所謂『好尚不可爲，而況惡乎』，即此意也。」〔註145〕

關於女德這類評論，最爲研究者所不滿的是鍾惺對〈氓〉詩的批評，節錄鍾惺評語如下：

首章朱色眉批：「婦人合不以正，未有不見輕于夫者。」

三章「士之耽兮，猶可說也；女之耽兮，不可說也」，章末黛批：「淫婦人到狼狽時，偏看出許多正理，說出許多正論，與烈女貞婦只爭事前、事後之別耳。」

五章「三歲爲婦，靡室勞矣，夙興夜寐，靡有朝矣」，朱色眉批：「此婦人其始非奔，亦復何減〈谷風〉勤勞也。」「兄弟不知，咥其笑矣」，朱色旁批：「笑得好，正相知得眞。」章末黛批：「〈谷風〉見棄以色，

<hr>

〔註143〕〈大雅・瞻卬〉「哲夫成城，哲婦傾城」一章末，《朱傳》言：「歐陽公常言宦者之禍甚於女寵，其言尤爲深切。有國家者可不戒哉！」姚際恆《詩經通論》評：「此自論後世事，與詩旨無涉，皆題外閒文；且以客爲主，尤無謂。」朱熹、鍾惺所評涉及日後令狐之役的是非，皆姚氏所謂「題外閒文」是也。

〔註144〕按：此則評語，「機」字前後出現二次，分別用「机」、「機」。

〔註145〕鍾評引《世說新語》〈賢媛〉篇：「趙母嫁女，女臨去，敕之曰：『慎勿爲好！』女曰：『不爲好，可爲惡邪？』母曰：『好尚不可爲，其況惡乎！』」

此云『三歲爲婦』，色未衰也，直輕其人耳。」

學者或責鍾惺批評教化意味甚濃，「有歧視婦女之疑」，「甚至達到『冷酷無人性』的地步」，口吻「幸災樂禍」，無悲憫之情，有違「溫柔敦厚」之詩意。〔註146〕用今人對〈氓〉詩的理解、體會來看，鍾評確實對詩中的婦人缺乏憐憫，以上所評委實痛快。然而倘若厚責鍾評，似又有失公平。

考〈氓〉詩，〈小序〉定其詩旨爲：「刺時也，宣公之時，禮義消亡，淫風大行，男女無別，遂相奔誘，華落色衰，復相棄背，或乃困而自悔，喪其妃耦。故序其事以風焉，美反正刺淫佚也。」毛、鄭亦遵此說，《正義》云此詩乃「男子誘之，婦人奔之也」〔註147〕宋代道學昌盛，朱子對淫奔者的指斥更不留情面，《詩集傳》定此詩之旨爲：「此亦淫婦人爲人所棄，而自敘其事以道其悔恨之意也。」其指責的口吻更強，如評「兄弟不知，咥其笑矣」，《詩集傳》：「蓋淫奔從人，不爲兄弟所齒，故其見棄而歸，亦不爲兄弟所恤，理固有必然者，亦何歸咎哉，但自痛悼而已。」

今人解〈氓〉詩，往往和〈谷風〉並觀，對詩中所描述的棄婦同樣垂憐，然而觀古人解〈氓〉詩，很少能自外於漢宋學同遵的「斥淫奔」之解。如成書比鍾評稍早十來年的徐光啓《毛詩六帖》，〔註148〕引述諸家對〈谷風〉女子之議，徐氏又自評曰：「看他前半截，以色媚人，以計籠人，是何等驕倨佻巧。看他後半截，乞哀不獲，追悔不及，是何等蕭索淒涼，眞可謂曲盡人情矣。」「『兄弟不知，咥其笑矣，靜言思之，躬自悼矣』，何等模寫，情狀宛然，反覆再四，眞值一笑。」「眞值一笑」和鍾氏所評「笑得好」之嘲諷情形，如出一轍。

姚舜牧《重訂詩經疑問》成書時間與鍾評差不多，解〈氓〉詩，立論亦與鍾評同：

此「三歲爲婦，靡室勞矣，夙興夜寐，靡有朝矣，言既遂矣，至于暴矣」，與〈谷風〉「昔育恐育鞫，及爾顚覆，既生既育，比予于毒」

〔註146〕楊晉龍：《明代詩經學研究》，頁 296～299。

〔註147〕《毛詩正義》，〈氓〉詩〈小序〉下之疏。

〔註148〕〔明〕徐光啓：《新刻徐玄扈先生纂輯毛詩六帖講意》（《四庫全書存目叢書》經部第 64 冊，影印明萬曆四十五年〔1617〕金陵書林廣慶堂唐振吾刻本）。按：爲求行文簡潔，筆者論文中引此書，概省稱爲「毛詩六帖」。《毛詩六帖》成書時間約在萬曆二十五年（1597 年）至萬曆三十二年（1604 年）間，可參程俊英：〈徐光啓的《詩經》研究〉一文的推論。收入於林慶彰先生編：《中國經學史論文選集》（臺北：文史哲出版社，1993 年 3 月），頁 328～346。

云云，何以異？乃一則讀之令人憐，一則讀之令人唾，何以故？彼

以正合者也，正合而中棄，其夫不良也；此以苟合者也，苟合而中

離，其婦之自取也。自取而其誰憐之？又誰不共唾之？此女子持身

不可不自慎其始也。〔註149〕

認為〈氓〉詩中的女子，不慎其始，苟合而中離，乃自取其咎，誰復憐惜，世人共唾理所當然云云。清范家相《詩瀋》論〈氓〉詩云：「詩人述棄婦之言，以明苟合之無終，其為戒深矣。……昔人謂〈谷風〉節節是哀，〈氓〉詩節節是供牒也。」〔註150〕

有了這些例子，對於〈氓〉詩，我們雖不以鍾惺所評為然，但也稍能寬宥他的嚴苛。處在明代重視女德的氛圍中，鍾惺《詩》評雖不似經學家以詩教為意，但不免對於他所認定的淫奔、有違禮義的描寫，做出批評，其心態就猶如其評史、評事一般，信筆書之而已。見諸《古詩歸》有一首無名氏〈折楊柳歌辭〉：「腹中愁不樂，願作郎馬鞭，出入擐郎臂，蹀座郎膝邊。」鍾評：「此辭若出女兒，則不可誦。婦人有此語，入《三百篇》，猶當為正風。」〔註151〕用此例來對照鍾惺評論〈氓〉詩與〈谷風〉之差異，最恰當不過了。在評詩時，免不了會以所處的禮教標準，來評價詩中人物的言行。

第六節　鍾惺對《朱傳》的取捨

與孫鑛《批評詩經》相同的是：鍾惺的批評也是以《朱傳》為基礎來立論的。鍾惺〈詩論〉云：「考亭注有近滯者、近癡者、近疎者、近累者、近膚者、近迂者。……意有所得，間拈數語，大抵依考亭所注。稍為之導其滯，醒其癡，補其疎，省其累，奧其膚，徑其迂。」自言所評乃據《朱傳》之論說來進行評點，是故，有些評語不參照《朱傳》，常不明所以。如〈小雅·鴛鴦〉第二章：「鴛鴦在梁，戢其左翼，君子萬年，宜其遐福。」鍾惺黛色眉批：「妙於觀物。」《朱傳》：「張子曰：禽鳥並棲，一正一倒，戢其左翼，以相依於內，舒其右翼，以防患於外，蓋左不用而右便故也。」知鍾惺以為「戢其

〔註149〕〔明〕姚舜牧：《重訂詩經疑問》（《景印文淵閣四庫全書》本），卷2，頁21。
　　　　據卷首〈重訂詩經疑問原序〉署萬曆辛亥——三十九年（1611），則成書時間
　　　　與鍾評更近了。
〔註150〕〔清〕范家相：《詩瀋》（《景印文淵閣四庫全書》本），卷6，頁11。
〔註151〕《古詩歸》，卷14，〈梁二〉。

左翼」是對鳥類生態深度觀察後的描寫，故評「妙於觀物」。如參《鄭箋》，其解此章云：「明王之時，人不驚駭，斂其左翼以右翼掩之，自若無恐懼。」強調的是太平之時，萬物各得其所，故無恐懼云云，並不特別在鳥類的棲息生態上著墨，頗難藉此以知鍾惺下此評語的原委。得配合《朱傳》，鍾評方有著落。又如〈齊風‧甫田〉詩：

> 無田甫田，維莠驕驕，無思遠人，勞心忉忉。
>
> 無田甫田，維莠桀桀，無思遠人，勞心怛怛。
>
> 婉兮孌兮，總角丱兮。未幾見兮，突而弁兮。

篇題下朱評：「宜書座右。」毛、鄭並未在〈甫田〉詩的注解中闡發什麼道理，可以讓讀者謹記在心，如僅參毛、鄭，將不明鍾惺何以言「宜書座右」，亦必須輔以朱熹之解，方能了解鍾惺言此詩可書之座右以自箴之故。朱熹第一章註云：「言『無田甫田』也，田甫田而力不給，則草盛矣。『無思遠人』也，思遠人而人不至，則心勞矣。以戒時人厭小而務大、忽近而圖遠，將徒勞而無功也。」第三章註：「言總角之童，見之未久，而忽然戴弁以出者，非其躐等而強求之也，蓋循其序而勢有必至耳。此又以明小之可大，邇之可遠，能循其序而脩之，則可以忽然而至其極。若躐等而欲速，則反有所不達矣。」是鍾惺取朱註中所闡發的欲速則不達，應循序漸進之理，故評以「宜書座右」。

在孫鑛《批評詩經》中，除錄〈小序〉首句外，或取〈小序〉、毛鄭之說，與《朱傳》並觀，加上自己閱讀的體會斟酌於其間。鍾評則只以《朱傳》一家之說為主，不管讚同或反對的評語，都針對《朱傳》而發。

元明雖奉《朱傳》為官學，但鍾惺在〈詩論〉中云：「考亭之意非以為《詩》盡於吾之注，即考亭自為說《詩》，恐亦不盡於考亭之注也。」鍾惺以為《詩》為活物，其意非朱熹所能說盡；因時不同、人不同，讀《詩》的體會也不同，所以《朱傳》所載，不過是淳熙四年（1177）成書之際時的見解，不同時候的朱熹，讀《詩》應有不同的體會，恐日後朱熹自觀其書，亦有所不滿、修正。所以鍾惺強調讀者應進一步「神而明之，引而伸之」，不必為《朱傳》所囿。鍾惺既然如此認為，故反駁、修正朱熹之說，也是情理之中的事了。

然而鍾評與《朱傳》的性質並不同，鍾惺「意有所得，間拈數語」，所論多半是《詩》之文法、修辭技巧，直述自己的閱讀心得，評議詩中涉及的人、事……雖偶或道及《朱傳》，但和經學家的態度又不同。如〈君子偕老〉「象服是宜」朱色眉批：「象服，猶言象德之服也，訓法服不確。」糾正《朱傳》

「象服，法度之服」的解釋。又〈東門之池〉「可與晤歌」、「可與晤語」、「可與晤言」，《朱傳》云：「晤，猶解也。」鍾惺以為「晤」字當作會晤解，朱色眉批：「會晤之晤，解字之義在『可與』二字看出，朱註欠的。」〔註152〕〈商頌‧那〉「於赫湯孫，穆穆厥聲」，《朱傳》：「穆穆，美也。」鍾惺黛色眉批：「功德則言於赫，聲則言穆穆，聲音之道微也。考亭解穆穆字皆訓深遠，此獨作美字，甚無謂，今仍舊訓。」以為仍訓「深遠」為宜。如上述之例，在一字一詞的訓詁上商榷的，是傳統解經之作的重點，而在鍾評中卻極為罕見。

學者或言：「鍾氏與孫鑛、戴君恩等人的評點顯著的不同之處，在於他不是直接進入文本的藝術分析，而是首先領會詩旨，其次才展開對詩之情感、義理、藝術的分析。」〔註153〕所指為鍾評在〈國風〉的一些篇題下，有約括詩旨之言，遍翻鍾評初、再評本，有標出簡單序言於篇題下者，有以下諸篇：

〈衛風〉，二首

　　〈有狐〉，思配也。

　　〈木瓜〉，篤友也。

〈王風〉，七首

　　〈黍離〉，悲故都也。

　　〈君子于役〉，閨思也。

　　〈中谷有蓷〉，悲離也。

　　〈葛藟〉，歎依人也。

　　〈采葛〉，有所思也。

　　〈大車〉，畏也。

　　〈丘中有麻〉，遲所思也。

〈鄭風〉，十七首

　　〈緇衣〉，親其上也。

　　〈將仲子〉，淫始也。

　　〈叔于田〉，夸也。

　　〈大叔于田〉，同前。

〔註152〕姚際恆《詩經通論》亦駁朱子此解，羅列前人諸說，云：「此雖皆非確義，然猶可通。《集傳》云『晤，猶解也』，則無此理矣。」

〔註153〕劉毓慶：《從經學到文學——明代詩經學史論》，頁186。又云：「這些序言，冠於篇首，確能為詩點睛開面。」按：這些序言皆置於篇題下，而鍾評之體例，篇題皆置於詩末，故非「冠於篇首」明矣。

〈清人〉，傷御臣無紀也。

〈羔裘〉，思賢臣也。

〈遵大路〉，錄別也。

〈女曰雞鳴〉，警也。

〈有女同車〉，懷佳人也。

〈蘀兮〉，思友也。

〈狡童〉，謔也。

〈褰裳〉，與〈狡童〉同意。

〈丰〉，失約也。

〈東門之墠〉，思也。

〈子衿〉，思良友也。

〈揚之水〉，畏讒也。

〈野有蔓草〉，晤好友也，即班荊之意。

〈魏風〉，一首

〈葛屨〉，刺褊心也。

〈唐風〉，三首

〈揚之水〉，異謀也。

〈椒聊〉，謀成也。

〈無衣〉，誨篡也。

　　在三百零五篇中，共有三十篇約略點出詩意，只佔十分之一，其餘十分之九都未於篇題下約括詩旨。而孫鑛評本每篇前冠以〈小序〉首句，戴評錄《詩集傳》之詩柄於每篇詩末，相較之下，若要特別強調鍾評比起孫評、戴評其顯著特色為「首先領會詩旨，其次才展開對詩之情感、義理、藝術的分析」，恐怕以偏概全，較缺乏說服力。筆者以為評點本就不似箋註之作嚴謹，在隨興的過程中，充滿了變數，本非意在訓詁的，興到之時，亦聊作解人；本非重在辨正詩旨的，亦或偶而為之，況且在以文學說詩的過程中，詩旨本就關乎文學的表現，所以不論是孫評、鍾評、戴評，偶或言及詩旨的，都應如是看待。

　　而鍾惺興到而下的詩旨，卻可供吾人作為探究其對《朱傳》取捨的素材之一。朱熹《詩集傳》的一大特色，即是將前人附會政治史事、解作有美刺意涵的〈國風〉，轉向男女的關係立論，亦具有美刺作用，不過朱熹已將原本

的刺政教之失轉爲刺風俗之不善、刺淫。〈國風〉中特別是〈鄭風〉被朱熹定位刺淫、淫奔者所作之詩尤其多，鍾評有多處對朱熹淫詩之解提出辨駁。一方面反映《朱傳》雖爲功令所尊，但其書的解說漸受到質疑的現象；再者，也反映時人認爲《詩序》、漢學之說固然過求艱深、流於牽強附會，朱子解《詩》似又太尚平易，常直據詩辭字面的描述來定其詩旨，如陸化熙（…1613～1626…）就曾批評朱子「忽於所謂微言託言」，以致於「變風刺淫之語，概認爲淫」。〔註154〕

　　晚明對朱子這種直據詩辭的解法頗有微詞，認爲詩歌表現多尚比興，以蘊藉爲貴，忌拈皮帶骨，說得太直、太露，故常用託言、寓意等手法，直據本文求之，常得其字面之意，逐將詩辭寫男女者釋爲淫詩，未能領會其寄託、言外之意。徐光啓云：「至于讀《詩》，全要領其不言之旨，……若一切粘皮帶骨，全非詩理。」〔註155〕又云：「古詩亦有不得于君托于棄婦者，詩中假托寓意，無所不至，彼明言夫婦，而意在君臣，讀者尚當求之文字之外。」〔註156〕持此態度讀《詩》，許多朱熹據字面解作淫詩、棄婦詩的，都被視爲用了託言、以客代主的手法，其詩可能是諷刺之作、可能是招隱詩、可能是君子不遇的悲涼……。不僅徐光啓、陸化熙持此論，黃光昇（…1529…）、顧起元（1565～1628）、戴君恩、凌濛初等都有類似的主張。〔註157〕

　　鍾評對朱熹淫詩說的修正，應基於如上述諸人的思維，反對過於執定字面以論詩旨。鍾評對朱熹淫詩之解辨駁之說如下：

1. 〈蘀兮〉，《朱傳》：「此淫女之詞。」
   　鍾評「倡予和女」，黛色眉批：「倡和二字明明朋友，何必說到男女上。」
   　篇題下朱批：「思友也。」鍾評以爲此詩所言是朋友之情，駁朱子說。
2. 〈東門之墠〉，第一章《朱傳》解爲：「門之旁有墠，墠之外有阪，阪之上有草，識其所與淫者之居也。室邇人遠者，思之而未得見之詞也。」
   　鍾惺第一章朱色眉批云：「〈秦風〉『所謂伊人』六句，意象縹緲極矣，此詩以『其室則迩』二句盡之，必欲坐以淫奔，冤甚！冤甚！」認爲

〔註154〕〔明〕陸化熙：〈詩通自序〉，《詩通》（《四庫全書存目叢書》第 65 冊，影印明書林李少泉刻本），卷首。

〔註155〕《毛詩六帖》，卷 3，頁 86，〈召旻〉。

〔註156〕《毛詩六帖》，卷 1，頁 24，〈柏舟〉。

〔註157〕參本論文第六章《《臆評》對《朱傳》的商榷》一節，筆者在此節中，對朱熹直據詩辭的解法，及徐、黃、顧、戴、凌之說，都有詳細的引述和說明。

「其室則邇，其人甚遠」二句，只如〈蒹葭〉詩「所謂伊人，在水一
方。遡洄從之，道阻且長；遡游從之，宛在水中央」，寫一種對於理
想、或對於賢人等的嚮往、追求，不應以淫奔之詩視之。

3. 〈子衿〉，《朱傳》：「此亦淫奔之詩。」

鍾惺篇題下朱批：「坐青衿以淫奔，當加罪一等，甚矣，考亭之故入
也，止以挑達二字作證佐，刻哉！」「〈子衿〉，思良友也。」

以上諸詩的評語皆表達出對朱熹淫詩說的不滿，亦可看出，朱熹從男女
關係解釋的作品，鍾惺常作朋友關係解釋的傾向，以下數例亦是其證：

1. 〈衛風・木瓜〉，《朱傳》：「疑亦男女相贈答之詞，如〈靜女〉之類。」

篇題下朱批：「〈木瓜〉，篤友也。」

2. 〈鄭風・野有蔓草〉，《朱傳》：「男女相遇於野田草露之間，故賦其所
在以起興。」

篇題下朱批：「晤好友也，即班荊之意。」〔註158〕

3. 〈齊風・東方之日〉，《朱傳》：「履，躡；即，就也。言此女躡我之跡
而相就也。」

黛色眉批：「疑亦密友往來過從之詩。」

再者，經常朱熹明白指出淫奔、淫女、淫婦……之作者，鍾惺往往僅以
三言兩語約略點出此詩表達的大意、情感的傾向，而不落實為何人、何事，
如：

1. 〈王風・采葛〉，《朱傳》：「蓋淫奔者託以行也，故因以指其人，而言
思念之深，未久而似久也。」

篇題下朱批：「〈采葛〉，有所思也。」

2. 〈王風・大車〉，《朱傳》：「淫奔者相命之辭也。」

篇題下朱批：「〈大車〉，畏也。」

3. 〈鄭風・遵大路〉，《朱傳》：「淫婦為人所棄。」

篇題下朱批：「〈遵大路〉，錄別也。」

4. 〈鄭風・有女同車〉，《朱傳》：「此疑亦淫奔之詩。」

篇題下朱批：「懷佳人也。」

〔註158〕「班荊」，即班荊道故、班荊故舊，指鋪荊草於地而坐，共話故舊之情，引
　　　　申為朋友客地相逢話舊之意。故知，鍾惺將此詩解作好友偶然相逢話舊之
　　　　意。

5. 〈鄭風·狡童〉,《朱傳》:「此亦淫女見絕而戲其人之詞。」
　　篇題下朱批:「謔也。」

如以上諸例之類,雖非直斥《朱傳》之非,但亦委婉的傳達出鍾惺不認同朱熹將這些作品從淫奔、刺淫的觀點來解說的立場。

以上所述,都是對朱子淫詩說的反駁或修正,其實,就鍾惺所標出的詩旨來看,同於朱子的亦不少。只不過是朱子言之較詳,鍾惺則簡單泛述,如:

1. 〈衛風·有狐〉,《朱傳》:「國亂民散,喪其妃耦,有寡婦見鰥夫而欲嫁之。」
　　篇題下朱批:「〈有狐〉,思配也。」

2. 〈王風·黍離〉,《朱傳》:「周既東遷,大夫行役至于宗周,過故宗廟宮室,盡為禾黍。閔周室之顛覆,徬徨不忍去。」
　　篇題下朱批:「〈黍離〉,悲故都也。」

3. 〈王風·君子于役〉,《朱傳》:「大夫久役于外,其室家思而賦之。」
　　篇題下朱批:「〈君子于役〉,閨思也。」

4. 〈王風·中谷有蓷〉,《朱傳》:「凶年饑饉,室家相棄,婦人覽物起興,而自述其悲歎之詞也。」
　　篇題下朱批:「〈中谷有蓷〉,悲離也。」

5. 〈鄭風·女曰雞鳴〉,《朱傳》:「此詩人述賢夫婦相警戒之詞。」
　　篇題下朱批:「警也。」

6. 〈鄭風·東門之墠〉,《朱傳》:「思之而未得見。」
　　篇題下朱批:「思也。」

對於《詩集傳》詩旨的認定,鍾評或從或否;對於釋義亦同,如:〈殷其雷〉黛色題下批云:「『歸哉歸哉』,朱註:『早畢事而旋歸。』補得甚妙。望其歸,情也;早畢事而歸,義也,從『莫敢』二字看出。」〔註159〕讚美朱註之釋義。〈大雅·桑柔〉「菀彼桑柔,其下侯旬。捋采其劉,瘼此下民。不殄心憂,倉兄填兮;倬彼昊天,寧不我矜。」《朱傳》:「以桑為比者,桑之為物,其葉最盛,然及其采之也,一朝而盡,無黃落之漸。故取以比周之盛時,如葉之茂,其陰無所不遍。至於屬王肆行暴虐,以敗其成業,王室忽焉凋弊,

----

〔註159〕《詩集傳·殷其雷》:「南國被文王之化,婦人以其君子從役在外而思念之,故作此詩。言殷殷然雷聲則在南山之陽矣,何此君子獨去此而不敢少暇乎!於是又美其德,且冀其早畢事而還歸也。」

如桑之既采，民失其蔭而受其病。」鍾惺朱色眉批：「黃落有漸，捋采速盡，見亡國由人也，朱註得之。」讚美朱註對詩義的闡發。而鍾惺亦不客氣的指出朱註解〈丰〉詩之欠妥，〈丰〉詩：

> 子之丰兮，俟我乎巷兮。悔予不送兮。
> 子之昌兮，俟我乎堂兮。悔予不將兮。
> 衣錦褧衣，裳錦褧裳。叔兮伯兮，駕予與行。
> 裳錦褧裳，衣錦褧衣。叔兮伯兮，駕予與歸。

鍾惺朱色眉批：「叔、伯即前人，望其復來申後約也。朱註痴甚。」鍾惺以爲叔、伯所指應爲一、二章之「子」，責朱註解叔、伯爲他人之非。〔註160〕

　　一般經學家，尤其是清代考據學者，論一字一句之解，辨一詩之旨，往往窮源溯流，旁搜引證，再三申論，《總目》曾責沈守正《詩經說通》「所列引用諸書，不過三十六種」，〔註161〕「三十六種」尚且批評引用過少，而鍾惺則僅以《三百篇》的文本爲據，以自己的學養、感受，和《朱傳》相商榷，甚至連孫鑛偶或借重的〈小序〉、毛鄭之解，鍾惺亦擱置一旁。在考據學者、四庫館臣看來，恐要責備鍾惺真是太輕率、太不慎重了，然而鍾惺不過「間拈數語」，本來就沒太嚴肅來看待評《詩》這件事。孫鑛《批評詩經》偏向「寫作學」眼光，慎重其事論文，鍾惺雖也論文，但常旁及其它，論史、論事、論人……，兩相比較，較傾向於「文學欣賞」的眼光，多了一份輕鬆和遊戲的心態，這是筆者在本章第五節中〈評《詩經》與評《詩歸》態度比較〉一小節中已曾交代的了。

第七節　鍾惺《詩》評之好尚

　　雖鍾惺《詩》評乃任性而發，興到之言，故常天馬行空旁及其它，《總目》所云「變聖經爲小品」，〔註162〕正適合用來形容鍾評的性質，猶如小品般輕鬆，

〔註160〕《朱傳》：「人所期之男子已俟乎巷，而婦人以有異志不從，既則悔之，而作是詩也。」「叔、伯，或人之字也。婦人既悔其始之不送而失此人也。則曰我之服飾既盛備矣，豈無駕車以迎我而偕行者乎？」

〔註161〕《總目》，卷17，〈詩類存目一〉，〈詩經說通〉條。按：沈守正《詩經說通》（《四庫全書存目叢書》經部第64冊影印明萬曆四十三年〔1615〕刻本），卷首有〈詩經說通引用書目〉，其中〈正引〉部份引用三十六部書，〈雜引〉部份列了三十部，並有「其它不能悉記」按語，是《總目》僅計〈正引〉部份而已。

〔註162〕《總目》，卷15，〈詩類一〉，〈毛詩陸疏廣要〉條云：「明季說《詩》之家，

雜而不專，無經制大編之慎重、實用，而趨近玩賞的遊戲性質。但綜觀其所
有評語，畢竟是以文學賞鑑爲大宗，向來研究者在討論鍾惺《詩》評時，常
拈出其所評的幾例，用以說明其文學欣賞的傾向，略窺以文學觀點說《詩》
之一斑。至於鍾惺到底在《詩》評中表露了怎樣的偏好，及《詩》評與竟陵
派的文學主張、與《詩歸》評點間的關係，都未嘗詳言、深入探討。筆者在
此節中，試將《詩》評與鍾、譚的文學主張、《詩歸》的評點連結，以探討、
分析鍾惺在《詩》評中表現的好尙。

一、賞蘊藉之作

蘊藉之作，常含意無窮，最堪玩味，故《詩經》中含蓄蘊藉之作，屢爲
後人所讚賞。孫鑛亦賞《詩》之蘊藉風格，因爲孫鑛是復古派的強烈支持者，
重比興輕賦，本爲復古派重要的主張。而鍾惺賞蘊藉的作品，則與其求「厚」
的主張呼應。

譚元春云：「乃與鍾子約爲古學，冥心放懷，期在必厚。」〔註163〕鍾惺
亦自言《詩歸》「反覆於厚之一字」，又言「詩至於厚而無餘事」，〔註164〕「夫
詩，以靜好柔厚爲教者也。……薄不如厚」。〔註165〕可見「厚」之一字，是鍾、
譚所共同推重的，鍾惺把「厚」視之爲詩歌風格一種理想的境界。而所謂「厚
出於靈，而靈者不即能厚。……然必保此靈心，方可讀書養氣，以求其厚。」
〔註166〕點出了追求「厚」的基礎及過程，至於怎樣的風格是「厚」的表現呢？

譚元春云：「匡衡說《詩》可解人頤，而史稱其說《詩》深美。深美云者，
溫柔敦厚，俱赴其中，弟所謂中有深趣者也。」〔註167〕所謂「深美」、「深趣」，
「深」正是「厚」的一種表現。鍾惺又云：「夫所謂有痕與好盡，正不厚之說
也。」〔註168〕太露、太盡，與「厚」背道而馳，而所謂不露、不盡，即是含
蓄蘊藉的風格。譚評李陵〈與蘇武詩〉：「字字厚，所以字字婉。」〔註169〕此
評道出了「厚」與委婉、蘊藉的相關性。賀貽孫《詩筏》亦認爲「鍾、譚《詩

往往簸弄聰明，變聖經爲小品。」

〔註163〕〈詩歸序〉，《譚元春集》，卷22，頁593。

〔註164〕〈與高孩之觀察〉，《隱秀軒集》，卷28，頁474。

〔註165〕〈陪郎草序〉，《隱秀軒集》，卷17，頁276。

〔註166〕〈與高孩之觀察〉，《隱秀軒集》，卷28，頁474。

〔註167〕〈黃葉軒詩義序〉，《譚元春集》，卷23，頁639。

〔註168〕〈與高孩之觀察〉，《隱秀軒集》，卷28，頁474。

〔註169〕《古詩歸》，卷3，〈漢一〉。

歸》，大旨不出『厚』字」，又說：「夫詩中之厚，皆從蘊藉而出。」〔註170〕
這些在在點明，含蓄蘊藉的表現方式，是使詩能「厚」的手法。

　　所謂含蓄蘊藉，即是用比興等手法，形成的委婉、含言外之意的風格。《詩
歸》中諸評，可看出鍾、譚對此種風格的欣賞。鍾批蘇伯玉妻〈盤中詩〉「山
樹高，鳥鳴悲。泉水深，鯉魚肥。空倉鵲，常苦饑」，云：「六語比興之體，
最厚最遠。」比興非直述，委婉的讓讀者體會言外之意，故能「厚」。《詩歸》
中的選詩，亦以蘊藉與否作為重要的標準，如趙壹〈疾邪詩〉原有二首，只
錄第二首，鍾惺言前一首「太露故刪之」。〔註171〕鍾惺又言：「元白淺俚處，
皆不足為病，正惡其太直耳。詩貴言其所欲言，非直之謂也，直則不必為詩
矣。……今取其詞旨蘊藉而能自出者，庶使人知真元白耳。」〔註172〕由此可
知其以蘊藉為貴，而貶抑太直、太露者。〔註173〕

　　鍾、譚更以為《三百篇》的含蓄蘊藉的風格，正是其不同於後代詩作之
處，由以下兩評可知。燕刺王旦〈華容夫人歌〉：「髮紛紛兮置渠，骨籍籍兮
亡居。母求死子兮，妻求死夫。裴回兩渠間兮，君子將安居。」譚元春針對
此詩「母求死子兮，妻求死夫」兩句評云：「極裂腸在此二句，然非此二句，
則《三百篇》哀遠之詩矣。有鑒者察之。」〔註174〕以為詩如此直露的陳述，
雖令人斷腸，然若無此直露的二句，則更近於《三百篇》的風格。焦贛《易
林・履》「弊笱在梁，魴逸不禁」句，鍾評：「《詩》『弊笱在梁，其魚魴鰥』，
更不必說魴逸不盡而意了然矣。《詩》語渾，此語快。此《三百篇》、漢人之
別。」〔註175〕持之與〈齊風・敝笱〉相較，二處措辭雖近，然〈敝笱〉詩但
言笱敝，則不能禁魴鰥等大魚之意已了然，不必再點明，更顯渾厚，指出這
正是《三百篇》與漢詩之別。

　　鍾惺又評白居易〈和微之大觜烏〉：「寫到可笑可哭處，極痛極快，物無
遁情，然風刺深微之體索然矣。」〔註176〕而評杜甫〈麗人行〉：「本是風刺，

〔註170〕〔清〕賀貽孫：《詩筏》，《清詩話續編》，頁 141、158。
〔註171〕《古詩歸》，卷 4，〈漢二〉。
〔註172〕《唐詩歸》，卷 28，〈中唐四〉，總評白居易。
〔註173〕此只是概括而言，亦能賞極露而能妙者，鍾評朱穆〈與劉伯宗絕交詩〉云：「描
　　　　寫千古醜人，形態性情曲盡。罵得快，笑得毒，幾於〈巷伯〉之惡惡矣。詩
　　　　之刺體有極露而妙者，此類是也。」《古詩歸》，卷 4，〈漢二〉。
〔註174〕《古詩歸》，卷 3，〈漢一〉。
〔註175〕《古詩歸》，卷 4，〈漢二〉。
〔註176〕《唐詩歸》，卷 28，〈中唐四〉。

而詩中直敘富麗，若深羨不容口者，妙！妙！」〔註177〕一抑一揚，前者痛快陳述，後者婉轉諷刺，〈麗人行〉的手法，正與〈鄘風‧君子偕老〉相似，〈君子偕老〉朱色眉批：「後二章只反覆歎咏其美，更不補出不淑，古人文章含蓄映帶之妙。」言後二章不明說宣姜不淑，只詠歎其美麗，而服飾、容貌不稱其德的諷意乃更顯明。痛快的直斥，反不如蘊藉的手法更能傳達諷刺之意。

又如〈衛風‧河廣〉朱色眉批：「總是一個不可往，一說『遠莫致之』，一說『誰謂宋遠』，讀者思之。」〔註178〕按：〈衛風‧竹竿〉言「遠莫致之」，《朱傳》以為此詩乃「衛女嫁於諸侯，思歸寧而不得」之作；〈河廣〉兩章皆有「誰謂宋遠」語，《朱傳》云：「非宋遠而不可至也，乃義不可而不得往耳。」故二語皆是不可往之託言。〈鄘風‧牆有茨〉「言之長也」手法類似，《朱傳》說，此乃因宮闈之醜聞，「不欲言而託以語長難竟也」，故鍾惺朱色旁批：「長字有味。」

蘊藉之作，具言外之意可參，如〈小雅‧瓠葉〉詩，但言瓠葉、兔首等酒食，《朱傳》云：「此亦燕飲之詩，……蓋述主人謙詞，言物雖薄，而必與賓客共之。」鍾惺黛色眉評：「此詩意亦在言外。」言主人待客之誠意，透過對酒食之描述，讀者可以想知。

鍾、譚之評《詩歸》、《詩經》，又常用「不說」、「不說出」、「不必說」之詞，指不直接陳述、婉轉暗示，讓讀者自己體會言外之意的作法，亦是含蓄蘊藉的表現，如鍾評無名氏〈捉搦歌〉云：「此首之妙，在不說出。」〔註179〕鍾評杜甫〈除草〉「芟荑不可闕，嫉惡信如仇」句云：「不說正意更深，唐以下詩文病痛在此。」〔註180〕鍾評王昌齡：「龍標七言絕，妙在全不說出，讀未畢，而言外目前，可思可見矣。」〔註181〕譚評岑參〈還高冠潭口留別舍弟〉云：「八句似只將杜陵叟來信，擲與弟看，起身便去，自己歸家與別弟等語，俱未說出，俱說出矣。如此而後謂之詩，如此看詩而後謂之眞詩人。」〔註182〕「俱未說出，俱說出矣」是指雖未明言，而讀者可會其言外之意，反較直說有味，若「直則

〔註177〕《唐詩歸》，卷20，〈盛唐十五〉。
〔註178〕按：〈衛風‧竹竿〉「遠莫致之」，朱色旁批：「只說遠，妙！妙！」可以並參。
〔註179〕《古詩歸》，卷14，〈梁二〉。
〔註180〕《唐詩歸》，卷19，〈盛唐十四〉。
〔註181〕《唐詩歸》，卷11，〈盛唐六〉。
〔註182〕《唐詩歸》，卷13，〈盛唐八〉。鍾惺續批：「此詩千年來，惟作者與譚子知之。」對譚評深表認同。

不必爲詩」，〔註183〕故此云含蓄不直說，「而後謂之詩」。

　　《詩經》評中，如〈召南・野有死麕〉第二章「林有樸樕，野有死鹿，白茅純束。有女如玉。」《朱傳》云：「以樸樕藉死鹿，束以白茅，而誘此如玉之女。」「有女如玉」句鍾惺朱色旁批：「更不說『誘之』，妙，妙！」言此章前述死鹿云云，末但云「有女如玉」，而以物誘之之意已可知，較第一章明言「吉士誘之」爲妙。〈鄭風・緇衣〉黛色題下批：「此詩好德，卻不說出德字。」只言適館、授餐之事，而好德之意已在其中。又，〈鄭風・清人〉朱色眉批「更不必說師潰」，指詩中但道其軍士之翶翔、逍遙，即可知師潰之必然，不必明說。〈檜風・隰有萇楚〉有「樂子之無知」、「樂子之無家」、「樂子之無室」語，鍾惺朱色眉批：「此詩更不必說自家苦，只羨萇楚之樂，而意自深矣。」用比興的手法，不必直說自家之苦，而意反深厚。

二、反模擬、重獨創

　　在本章第一節中論其文學主張時，言鍾、譚爲救七子之失，而反模擬、重獨創，強調孤懷、孤詣，嘉許不與眾爲伍的性靈之言，在《詩歸》的批評中，鍾惺亦貫徹此一主張，如云：「燕公大手筆，奇變精出，不墮作家氣，由其胸中無宿物。今之大家，如都門肆中，通套禮物，事事見成，事事不中用，賃來賃去，終非我有，秪見不情耳。」〔註184〕抄襲古人、模仿今人，都非出自自己的性靈，故言「終非我有」，稱不上是眞詩。鍾、譚頗賞李賀，亦因其人、其作不與人同的獨創性，鍾惺云：「長吉奇人不必言，有一種刻削處，元氣至此，不復可言矣，亦自是不壽不貴之相。寧不留元氣，寧不貴不壽，而必不可同人，不肯不傳者，此其最苦心處。」〔註185〕所謂「奇人」，即是李賀獨具的靈心、個性，故發而爲文「必不可同人」，人奇、文亦奇。鍾惺常用「奇」字來形容有個性的人、或具獨創性的表現。如評仲長統〈述志詩〉「寄愁天上，埋憂地下」，鍾云：「造語、造想皆甚奇。」〔註186〕評蘇伯玉妻〈盤中詩〉，云：「詩奇，盤中事奇，想奇。高文妙技，橫絕千古。」

　　鍾惺重視語言的獨創，云：「寧生而奇，勿熟而庸。」〔註187〕賞「關關雎

〔註183〕《唐詩歸》，卷28，〈中唐四〉，鍾惺總評白居易。
〔註184〕《唐詩歸》，卷4，〈初唐四〉，總評張說。
〔註185〕《唐詩歸》，卷31，〈中唐七〉，總評李賀。
〔註186〕《古詩歸》，卷4，〈漢二〉。
〔註187〕〈跋林和靖秦淮海毛澤民李端叔范文穆姜白石王濟之釋參寥諸帖〉，《隱秀軒

鳩」句，云：「關關二字疊得妙，妙在生而有意，疊字之法熟不得。」〔註188〕「生」是指破除庸腐，生新、奇特的表現。故讚賞杜甫七言絕句，「其長處在用生，往往有別趣」。〔註189〕又評王昌齡〈送狄宗亨〉：「不使俗人容易上口，妙，妙。」〔註190〕稱讚杜甫〈課伐木并序〉：「序奧甚、質甚、古甚、則甚、細甚。使誦者不易上口，正其妙處。」〔註191〕由這些評語中，可看出鍾、譚重獨創，而偏於好新嗜奇的一面。不易上口，固是生、是奇，可是與「纖巧」、「僻澀」亦只是一線之隔，故鍾、譚的求新好奇，不免招來「以清深奧僻爲致」、「以僻澀爲幽峭」之類的批評。〔註192〕甚至因賞生字、奇字，而誤賞錯字，此點屢爲時人及後人所訾議。〔註193〕延君壽曾云：「談詩者每言不可刻意求新，此防其入於纖巧，流於僻澀耳。」〔註194〕此恰是鍾、譚求新之藥石。

正是由於重獨創，在《詩經》評中，最常出現的批評術語，除「妙」以外，便是「奇」了。

所評或因字法、句法之奇，如：〈陳風・防有鵲巢〉「誰侜予美」，「侜」字朱色旁批：「字奇。」〈周南・兔罝〉「公侯好仇」，朱色眉批「君臣著好仇二字奇。」〔註195〕〈齊風・載驅〉「齊子發夕」朱色旁批：「字奇。」〔註196〕

集》，卷35，頁575。此則雖爲論書道，但應與詩論通。
〔註188〕《詩經》評，〈周南・關雎〉黛色眉批。
〔註189〕《唐詩歸》，卷22，〈盛唐十七〉，總評杜甫。
〔註190〕《唐詩歸》，卷11，〈盛唐六〉。
〔註191〕《唐詩歸》，卷19，〈盛唐十四〉。
〔註192〕〔清〕錢謙益：《初學集》（上海：上海古籍出版社，1985年9月），卷30，頁903，〈徐司寇畫溪詩集序〉責竟陵：「以清深奧僻爲致者，如鳴蚓竅，如入鼠穴，淒聲寒魄，此鬼趣也。以尖新割剝爲能者，如戴假面，如作胡語，嗤音促節，此兵象也。」《列朝詩集小傳》，丁集，頁571～574，〈譚解元元春〉條又云：「以俚率爲清眞，以僻澀爲幽峭。」
〔註193〕如同時的許學夷（1563～1633）：《詩源辯體》（北京：人民文學出版社，1998年2月）卷36，頁370～372，對《詩歸》好新、偏奇表示不滿。李重華（1682～1745）：《貞一齋詩説》，《清詩話》（臺北：木鐸出版社，1988年9月），頁937：「鍾、譚矯七子之弊，《詩歸》一選，專取寒瘦生澀，遂至零星不成章法，甚者以誤字爲奇妙。如張曲江〈詠梅詩〉：『馨香今尚爾，飄蕩復誰知？』『馨香』誤作『聲香』，乃云生得妙，豈不可笑！」賀裳：《載酒園詩話》，《清詩話續編》，頁274～275、280，舉例論鍾惺賞誤字，言此乃「不學不思」之過。
〔註194〕〔清〕延君壽：《老生常談》，《清詩話續編》，頁1864。
〔註195〕《朱傳》：「仇，與逑同。」逑者，匹偶也。言「好仇」，本當用於夫婦之間，此用於君臣間，故評奇。
〔註196〕《朱傳》：「夕，猶宿也。發夕，謂離於所宿之舍。」如朱註，何奇之有？鍾

〈鄭風・叔于田〉「巷無飲酒」黛色旁批、「巷無服馬」朱色旁批:「更奇。」
〈小雅・伐木〉:「有酒湑我,無酒酤我。坎坎鼓我,蹲蹲舞我」黛色旁批:「四
『我』字,倒插句法奇甚。」或因章法之奇,如〈衛風・木瓜〉黛色眉批:「發
端便奇。」〈大雅・緜〉詩末以「予曰有疏附,予曰有先後,予曰有奔奏,予
曰有禦侮」作結,朱色眉批:「四語結奇。」

　　或因意奇、想奇、寫作上出人意表的創意構思,如〈小雅・巷伯〉:「取
彼譖人,投畀豺虎,豺虎不食,投畀有北,有北不受,投畀有昊。」「豺虎不
食」旁批:「奇想。」連嗜肉的豺虎都不食其肉,可見譖人之極惡。〈小雅・
苕之華〉「三星在罶」,《朱傳》:「罶中無魚而水靜,但見三星之光而已。」以
「三星在罶」間接的說明無漁獲,用以狀百物之凋弊、維生之困難,故鍾惺
朱色旁批:「奇。」〈大雅・蕩〉二章「文王曰:咨!咨女殷商。曾是強禦,
曾是掊克,曾是在位,曾是在服。天降滔德,女興是力。」朱色眉批:「文王
曰:咨!咨女殷商。立言妙甚。」按:此詩共八章,除第一章外,餘二至八
章,皆用「文王曰」開頭,鍾評並非指「文王曰」三字有何奇特,而是詩人
寫厲王之將亡,「設為文王之言」,「託於文王所以嗟嘆殷紂者」,〔註197〕其構
思別出新意。

　　雖然前面言及鍾、譚反模擬、重獨創,而好新嗜奇,導致「以僻澀為幽
峭」、誤賞錯字等流弊。但鍾、譚此一主張,在反復古派之模擬方面卓有貢獻,
在評詩時,也有見解獨到的看法。尤其難能可貴的是,向來詩人、批評家動
輒曰作詩要法《三百篇》。如許顗云:「季父仲山在揚州時,事東坡先生。聞
其教人作詩曰:『熟讀《毛詩・國風》與《離騷》,曲折盡在是矣。』僕嘗以
謂此語太高,後年齒益長,乃知東坡先生之善誘也。」〔註198〕如呂本中言:「大
概學詩,須以《三百篇》、《楚辭》及漢魏間人詩為主,方見古人妙處,自無
齊梁間綺靡氣味也。」〔註199〕鍾惺則更強調法《三百篇》時,也不能失去自
己的個性、風格,鍾惺為胡宗仁(字彭舉)的四言詩集《韻詩》作序,云:

　　　彭舉古澹閒遠,周覽冥搜,孤往高寄。語有《三百篇》,有郊祀、樂

　　　惺之意應如萬時華《詩經偶箋》所釋:「發夕便有日暮而駕,不及晨裝意。」
　　　　(卷3,頁18)
〔註197〕參《朱傳》,〈蕩〉詩第二章之解。
〔註198〕《彥周詩話》,《歷代詩話》(北京:中華書局,1992年5月),頁386。
〔註199〕〔宋〕呂本中:《童蒙詩訓》,郭紹虞輯:《宋詩話輯佚》(臺北:華正書局,
　　　　1981年12月),頁593。

府，有韋、曹諸家，而要不失爲彭舉。夫〈風〉〈雅〉後，四言法亡矣。然彼法中有兩派。韋孟和，去《三百篇》近，而韋有韋之失；曹公壯，去《三百篇》遠，而曹有曹之得。彭舉幽，在遠近之間。〔註200〕

《詩歸》中鍾惺又云：「韋孟〈諷諫〉，其氣和，去《三百篇》近，而近有近之離；魏武〈短歌〉，其調高，去《三百篇》遠，而遠有遠之合。」〔註201〕韋孟之四言詩近於《三百篇》，鍾惺反評以「失」、「離」；曹操之四言詩去《三百篇》遠，而鍾惺反認爲此正曹操「得」、「合」之處。又評曹操〈短歌行〉：「四言至此，出脫《三百篇》殆盡。此其心手不黏帶處。『青青子衿』二句，『呦呦鹿鳴』四句，全寫《三百篇》，而畢竟一毫不似，其妙難言。」〔註202〕

《詩歸》中再三言及勿學《三百篇》之形貌、字句，欣賞如曹操〈短歌行〉能超脫《三百篇》局限的作品。鍾惺評漢樂府古辭：「郊廟登歌，事鬼之道也。幽感玄通，志氣與鬼神接。膚語、文語，如何用得？漢人不學〈雅〉〈頌〉，自爲幻奧之音，千古特識。魏以下，步步套倣漢人，便失之矣。」〔註203〕又鍾評蕭穎士〈江有楓〉：「不盡像《三百篇》，是他好處，然亦有極像者；不盡像，所以極像。」〔註204〕譚元春亦云：「四言詩，字字欲學《三百篇》，便遠於《三百篇》矣。右丞以自己性情留之，味長而氣永，使人益厭劉琨、陸機諸人之拙。」〔註205〕此皆可見鍾、譚在學古之餘，不忘創新，法《三百篇》之餘，猶防蹈步趨、模擬覆轍的主張。

三、賞情眞、景眞之作

鍾、譚對「眞」的強調，乃承繼了公安派的看法，力矯擬古派從形貌格調學古的流弊。鍾惺認爲「眞者可久，僞者易厭」，〔註206〕又云：「語到極眞

〔註200〕〈韻詩序〉，《隱秀軒集》，卷17，頁251。
〔註201〕《古詩歸》，卷3，〈漢一〉，評韋孟〈諷諫詩〉。
〔註202〕《古詩歸》，卷7，〈魏〉。按：「出脫」一詞，有超越舊作、另闢蹊徑之意，如鍾批評甫〈風雨看舟前落花戲爲新句〉：「他人是詠落花便板，此詩是看落花便靈，此出脫之妙。」（《唐詩歸》，卷20，〈盛唐十五〉）乃讚賞此詩善用擬人手法形容落花與環境間的互動，使得落花有了人情，便顯得靈動，由於寫法別開蹊徑，與一般的落花詩不同，故言「此出脫之妙」。
〔註203〕《古詩歸》，卷5，〈漢三〉，〈練時日〉等九首總批。
〔註204〕《唐詩歸》，卷23，〈盛唐十八〉，〈江有楓〉總評。
〔註205〕《唐詩歸》，卷8，〈盛唐三〉，評王維〈酬諸公見過〉。
〔註206〕〈靜明齋社業序〉，《隱秀軒集》，卷18，頁290。

亦妙，不必責以渾厚」，〔註207〕「情辭到極眞處，雖不深亦妙」，〔註208〕雖「厚」、「深」爲鍾、譚所重，但在「眞」的前提下，「厚」與「深」都可以讓步，只要能「眞」，不深、不厚亦妙。如評劉邦〈大風歌〉：「妙在雜霸氣習，一毫不諱，便是眞帝王，眞英雄。」〔註209〕評無名氏〈地驅樂歌〉：「驅羊入谷，白羊在前，老女不嫁，蹋地喚天。」鍾云：「說老女情狀好笑，然猶妙在眞情不諱。」〔註210〕二詩都因眞實的表現出作者的精神、詩中角色的眞情，而獲得鍾惺見賞。又如評〈豳風‧七月〉「言私其豵，獻豜于公」，鍾惺黛色眉批：「不諱『私』字，尤妙。」特賞「私」字，以爲其眞實的寫出人情。

鍾惺與譚元春選《詩歸》，乃爲求「古人眞詩所在」，「眞詩者，精神所爲也」，〔註211〕鍾、譚屢言詩爲性情之作，〔註212〕而何謂性情之言？譚云：「夫性情，近道之物也。近道者，古人所以寄其微婉之思也。」〔註213〕能表現作者性靈、心志、眞情的，乃爲性情之作。評劉伶〈北芒客舍〉詩：「哀至便哭，喜至便歌，不必中節，不必諧眾，而自有一往至性。」〔註214〕「哀至便哭，喜至便歌」，是作者眞性情、眞精神的呈現，「一往至性」便是「眞詩」的最佳註腳。

鍾惺云：「發而爲言，言其心之所不能不有，非謂其事之所不可無，而必欲有言也。以爲事之所不可無，而必欲有言者，聲譽之言也。不得已而有言，言其心之所不能不有者，性情之言也。」認爲今之言詩者，「不出於性情而出於聲譽，於詩何與哉？」〔註215〕詩既爲性情之作，刻意爲詩、必欲有言以求其聲譽者，乃遠於眞性情，不得已而言、不得不言，如《史記‧太史公自序》所云「發憤之所爲作」，「皆意有所鬱結，不得通其道」的吐露，方是眞詩。

「不得已而有言」，另一種說法是無意而爲。譚元春云：「詩隨人皆現，

〔註207〕　《唐詩歸》，卷13，〈盛唐八〉，評岑參〈江上春歎〉。
〔註208〕　《唐詩歸》，卷33，〈晚唐一〉，評朱慶餘〈與賈島顧非熊無可上人宿萬年姚少府宅〉。
〔註209〕　《古詩歸》，卷3，〈漢一〉。
〔註210〕　《古詩歸》，卷14，〈梁二〉。
〔註211〕　〈詩歸序〉，《隱秀軒集》，卷16，頁236。
〔註212〕　譚元春〈樸草引〉云：「詩者性情之物。」（《譚元春集》，卷24，頁678）鍾惺〈陪郎草序〉：「夫詩，道性情者也。」（《隱秀軒集》，卷17，頁275）
〔註213〕　〈王先生詩序〉，《譚元春集》，卷23，頁614。
〔註214〕　《古詩歸》，卷8，〈晉一〉。
〔註215〕　〈陪郎草序〉，《隱秀軒集》，卷17，頁276。

才觸情自生。……夫作詩者一情獨往，萬象俱開，口忽然吟，手忽然書。」
〔註216〕情之所至，詩由手、口自然而出，「忽然」二字，點出詩之無意而成。
鍾惺〈董崇相詩序〉又云：「古詩人曰風人。風之為言，無意也。性情所至，
作者不自知其工。詩已傳於後，而姓氏或不著焉。」而後代文人為詩，欲有
詩之名，欲有詩之名，則刻意求工，〔註217〕正如譚元春所云：「無意為詩，
而真氣聚焉。」〔註218〕無意而為之「真」，乃刻意而為者所不及。

鍾、譚論詩既重真詩、性情之言，又以為《三百篇》皆是無意為之的「民
間真聲」，「《詩》自性情外無餘物」，〔註219〕而評點既為「引古人之精神以接
後人之心目」、〔註220〕探求古人「精神」所為的真詩，故鍾、譚對於《三百篇》
中能傳神地表達古人真情至性、真面貌者，皆一一標出。所下的評語，有時
是針對作者的性情、詩作的情感而發，有時是對寫作技巧能傳神表達真情的
讚美。

鍾惺常讚美詩作能以寥寥數語，傳達出豐富而真實的感情，如：

〈衛風・氓〉「三歲食貧」，黛色眉評：「四字悲。」

〈衛風・木瓜〉朱色眉批：「千古交情，盡此數語。」

〈鄭風・東門之墠〉「其室則邇，其人甚遠」，黛色旁批：「千古相思
深微，盡此二語。」

〈鄭風・子衿〉「一日不見，如三月兮」，黛色旁批：「亦是相思盡頭
語。」

〈唐風・綢繆〉首章「今夕何夕」，朱色旁批：「四字喜甚。」

〈小雅・角弓〉「民之無良，相怨一方」，朱色眉批：「相怨一句，說
盡千古人情。」

又〈鄭風・緇衣〉朱色眉批：「此詩好德至矣。然要看改衣、適館、將粲，皆
尋常語，反覆周旋，無已之意皆在其中」，「只是個真」。評〈小雅・常棣〉朱
色眉批：「說得委曲深至，要哭要笑，只是一個真。」

所評又常用「實歷」、「非（不）……不知」語，稱讚詩篇能寫出深刻的
情緒，只有親身經歷過的人，方能道出；只有有類似經驗的讀者，方能讀出

〔註216〕〈汪子戊巳詩序〉，《譚元春集》，卷23，頁622。
〔註217〕〈董崇相詩序〉，《隱秀軒集》，卷17，頁263。
〔註218〕〈陳武昌寒溪寺留壁六詩記〉，《譚元春集》，卷20，頁561
〔註219〕〈匡說序〉，《譚元春集》，卷23。
〔註220〕〈詩歸序〉，《隱秀軒集》，卷16，頁235。

其中的滋味。如評〈邶風・柏舟〉「如有隱憂」句，朱色眉批：「『如有隱憂』者，沈憂之人，不知所憂何事，但覺胸中有物耳，故曰耿耿，非實歷不知。」同詩「憂心悄悄，慍於群小。覯閔既多，受侮不少。靜言思之，寤辟有摽。」黛色眉批：「此與上『亦有兄弟』四句，皆失意人實歷之言，難堪在此。」指第二章「亦有兄弟，不可以據。薄言往愬，逢彼之怒」四句，以爲這些敘述，深刻地寫出沈憂、失意之人的處境和情緒。又如〈小雅・小弁〉第二章「踧踧周道，鞠爲茂草。我心憂傷，怒焉如擣。假寐永歎，維憂用老。心之憂矣，疢如疾首。」朱色眉批：「古今說憂，盡此數語，非身歷不知。」〈小雅・小明〉「豈不懷歸？畏此反覆」，章末黛評：「反覆二字，不經亂世不知。」

具有本色，亦是眞的表現。評陶潛〈命子〉詩「既見其生，實欲其可」句，鍾評：「『可』字，逼眞父兄口氣，妙！」譚評：「達人眞話。」〔註221〕以爲很眞實的寫出父親對兒子冀盼的心情，口吻逼眞。在許多描寫婦人，或代婦人立言的詩作中，鍾惺頗留意措辭用語是否符合婦人的角色，如批蘇伯玉妻〈盤中詩〉「羊肉千斤酒百斛，令君馬肥麥與粟」語，鍾云：「婦人廚灶井臼語，……愈俚近，愈深婉。」又云：「〈房中歌〉非婦人語，〈白頭吟〉、〈盤中詩〉眞婦人語。」〔註222〕如評〈邶風・日月〉「父兮母兮，畜我不卒」，黛色旁批：「語痴得妙，婦人口角。」而〈召南・小星〉「寔命不同」句，朱色眉批：「寔命句非婦人語。」以爲不似婦人口吻。又拿〈邶風・雄雉〉「百爾君子，不知德行，不忮不求，何用不臧。」和〈王風・君子于役〉「君子于役，苟無飢渴。」兩段婦人語來比較，初評云：「『百爾君子，不知德行』，非婦人語。『君子於役，苟無飢渴』，眞婦人語。然各有深思，妙在言外。」再評又云：「『不知德行』，深得妙；『苟無飢渴』，淺得妙，然愈淺愈深。」〔註223〕兩相比較，鍾惺似較賞「苟無飢渴」句，以其更酷肖一般婦人的口吻，而從關心夫婿的飲食一事，也自然流露出牽掛的深情，所以鍾惺才會說：「淺得妙，然愈淺愈深。」如同評〈盤中詩〉：「愈俚近，愈深婉。」

或用「畫出……」「寫出……」「寫盡……」等批評句式，來讚美詩篇的鋪敘或遣詞造句對於景象、人物描繪的眞實，用「畫出……」者如：

〔註221〕《古詩歸》，卷9，〈晉二〉。
〔註222〕《古詩歸》，卷4，〈漢二〉。
〔註223〕二條分見〈王風・君子于役〉朱色眉批、黛色尾評。又眉批中「君子于役」本引作「君子於役」。

〈衛風‧氓〉「以爾車來,以我賄遷」朱色眉批:「畫出私奔圖,草草在目。」

〈陳風‧宛丘〉朱色眉批:「畫出浪子。」

〈陳風‧墓門〉「顛倒思予」,朱色旁批:「畫出狼狽。」

〈小雅‧雨無正〉「聽言則答,譖言則退」章末朱批:「畫出苟容畏禍,泄泄光景。」

用「寫出……」者如:

〈魏風‧汾沮洳〉朱色眉批:「寫出泄泄之狀。」

〈秦風‧車鄰〉朱色眉批:「寫出草昧君臣眞率景象在目。」

〈小雅‧甫田〉第三章朱色眉批:「寫出上下眞率光景。」

〈小雅‧賓之初筵〉黛色眉批:「寫出飲中惡道。」

用「寫盡……」者如:

〈檜風‧候人〉「薈兮蔚兮,南山朝隮」,朱色眉批:「薈蔚二句,寫盡山間朝景,一幅元章灰堆畫。」〔註224〕

〈小雅‧小旻〉「潝潝訿訿」,朱旁批:「四字寫盡末世囂詐傾險之象。」

〈小雅‧何人斯〉「始者不如今,云不我可」,黛色旁批:「寫盡小人反覆情狀。」

〈小雅‧何草不黃〉「何草不黃」,黛色眉批:「四字眼前寫盡幽荒。」

綜觀以上諸例,比較「畫出……」「寫出……」「寫盡……」三者的用法似差別不大,〈賓之初筵〉初評本朱批原作:「畫出飲中惡道。」再評本「畫出」改用「寫出」可證其用法的相近。另如:

〈小雅‧無羊〉第二章「或降于阿,或飲于池,或寢或訛。爾牧來思,何蓑何笠,或負其餱。三十維物,爾牲則具。」朱色眉批:「一幅趙子昂、戴文縉畫。」〔註225〕

〔註224〕評語「薈蔚」,應作「薈蔚」。米芾(1051~1107),字元章,宋代畫家,以畫煙雲掩映的山水畫聞名,子米友仁(1086~1165)承繼父親的畫風,後人稱米氏父子所創的以橫點、水墨烘染畫自然山水技法,爲「米點山水」。

〔註225〕元代趙孟頫(1254~1322),字子昂,書畫兼優。戴文縉,疑指明初畫家戴進(1389~1462),字文進,號靜庵。戴進於神像、人物、翎毛、走獸、花果均工,被後世推爲「浙派」倡始人。

〈小雅・節南山〉「方茂爾惡，相爾矛矣；既夷既懌，如相醻矣！」
朱色眉批：「畫千古小人如在目前。」「如相醻矣」黛色句下評：「摹
寫小人，几在此四字。」

〈小雅・谷風〉朱色尾批：「『寘予于懷』，形容小人之交如畫。」

〈小雅・白華〉「英英白雲，露彼菅茅」，朱色旁批：「晨景如畫。」
朱色眉批：「蟲飛薨薨，朝景之有聲者，薈蔚朝隮，白雲菅茅，朝景
之有色者。皆一幅畫圖。然薈蔚二語，景密而濃；白雲二句，景疎
而澹，各自成家。」〔註226〕

以上諸例亦都是在讚賞詩句描繪景象、形容人物的成功。綜觀以上這些評語，
可看出鍾惺擅長發揮他詩人的想像，透過詩句的陳述，在腦海中重塑詩中的
畫面。常常以畫喻詩，如云「畫出私奔圖」、「一幅元章灰堆畫」、「一幅趙子
昂、戴文緝畫」，尤其是〈白華〉一詩之評最爲顯然。

　　在評點的著作中，頗常見到如：「……如畫」、「畫出……圖」之類的批評句
式，但比較之下，鍾惺使用得更頻繁，論說也更深刻、豐富。如在《詩歸》中，
鍾惺使用這類的評語，即遠逾譚元春；以孫、鍾、戴三人的《詩》評比較，鍾
惺亦遠逾孫、戴兩人。鍾惺精於繪畫，惲格對鍾惺的畫作頗爲欣賞，譽爲「畫
宗逸品」，言：「筆致清遠，有雲西天游之風，眞能脫落町畦，超於象外。長蘅、
孟陽微有習氣，皆不及。」又云其畫「蓋得之於詩，從荒寒一境悟入，所以落
筆輒有會心」。〔註227〕如鍾評王昌齡〈風涼原上作〉「遠山無晦明，秋水千里白」
二句云：「『秋水千里白』，非水也，正寫遠山煙雲氣候之妙，實歷始知，難與癡
人說。」〔註228〕鍾惺書畫方面的造詣，加上所評之深刻，讓吾人相信鍾惺在用
「……如畫」、「畫出……圖」之類以畫喻詩的評語，並不如一般人泛泛稱說者
那麼等閒，除憑藉鍾惺詩人的想像外，還外加畫家的素養。

　　《隱秀軒集》中有不少題畫詩，及書畫題跋等，可與其詩論合觀、相參。
如〈題畫〉詩前之引，自述作〈寒河圖〉的經驗，悟簡約勝繁瑣，不經意的
點染反較刻意而爲得之，末言「作文之法亦如此」。〔註229〕如〈跋林和靖秦
淮海毛澤民李端叔范文穆姜白石王濟之釋參寥諸帖〉，強調「求不與人同」、

〔註226〕「蟲飛薨薨」，見〈齊風・雞鳴〉。「薈分蔚分，南山朝隮」，見〈曹風・候人〉。
〔註227〕〔清〕惲格：《甌香館集》（臺北：學海出版社，1972 年 11 月），卷 12，頁
　　　　18。
〔註228〕《唐詩歸》，卷 11，〈盛唐六〉。
〔註229〕《隱秀軒集》，卷 14，頁 217。

「別趣」、「寧生而奇，勿熟而庸」等，雖是論書道，但全與其詩論的主張相通。《詩歸》中，鍾總評劉希夷，言其：「淹秀明約，別腸別趣，⋯⋯看作者胸中似亦止取自娛，『大家』兩字，正其所避而不欲受者，後人正墮其雲霧中耳。此書畫中所謂『逸品』也。」〔註230〕鍾惺又云：「余性不以名取人，其看古人亦然。每於古今詩文，喜拈其不著名而最少者，常有一種別趣奇理，不墮作家氣。豈惟詩文？書畫家亦然。」〔註231〕亦皆是詩文與書畫合論、其理可互通之例。

第八節　鍾評的影響與評價

學者比較孫鑛、戴君恩、鍾惺等人之《詩》評，以為：「數家評點，以戴君恩《讀風臆評》為最著。」〔註232〕其實以三家之《詩》評而論，最常被徵引、最受矚目、最具知名度的應是鍾惺之作。說《臆評》「最著」，恐非事實。在當時，鍾惺為竟陵派之領袖，挾其在文壇的影響及盛名之故，《詩經》評也受到重視，由本章前面所論鍾惺《詩經》評有初、再評本，初、再評本又各有不同的刊本，即可知其流傳之廣、影響之大。就其後續影響而論，鍾評大都是精美的朱墨套印本、三色印本，儘管和清朝考據學風扞格，然而後世藏書家仍珍重護惜，較不致失傳，讓風雅之士仍有涵詠其書的機會。

筆者讀書不多，但所見的資料中屢屢發現引述或評論鍾評的情形。最先受到鍾評影響的是譚元春，在本章〈鍾評《詩經》的作者辨證〉一節中已曾略述，譚元春〈與舍弟五人書〉言其評點《詩經》接近完成，「將同蔡鍾二評刻之，題曰《詩觸》，觸於師友也。」〔註233〕自言所作《詩觸》得之於鍾惺之觸發。〔註234〕凌義渠在為譚元春所作〈詩觸序〉中，除引述鍾惺〈詩論〉的

〔註230〕《唐詩歸》，卷2，〈初唐二〉。

〔註231〕《唐詩歸》，卷16，〈盛唐十一〉，總評王季友。

〔註232〕戴維：《詩經》學文學評點的發展，《詩經研究史》（長沙：湖南教育出版社，2001年9月），頁463。何以主張「戴君恩《讀風臆評》為最著」，作者並未說明其故。

〔註233〕《譚元春集》，卷27，頁747。

〔註234〕《詩觸》未見傳本。萬時華為譚元春好友，萬時華成書於崇禎六年的《詩經偶箋》，屢引鍾惺之說，卻未見引譚元春《詩觸》者；凌義渠所作〈詩觸序〉署崇禎七年（1634），由序末「請得合而梓之」一語，知此書尚未刊行。譚元春崇禎十年去世，不知已成書的《詩觸》是否及時付梓。〔清〕高儕鶴：《詩經圖譜慧解》（臺北：文海出版社影印清康熙四十六年〔1707〕著者第三次手

「活物」說外，亦對鍾評大加讚賞：

> 猶憶昔時，頫首硯北，讀竟陵鍾伯子所評三百六篇，每每挺其惠思
> 縣繹往作，理絕於中古之上者，意求於千載之下，陳其細趣，表其
> 鴻歸，巖巖山高，淵淵水深，於茲籍徵云。〔註235〕

戴君恩《剩言》曾引述鍾評，足見戴氏亦看過鍾評。〔註236〕張元芳（⋯1624⋯）
《毛詩振雅》〔註237〕此書分上中下三欄（三截），最下欄「名公批評文法」部
份及中欄每詩章末之評，錄存了許多的鍾惺批語。凌濛初刊刻了鍾評，所作
《言詩翼》，「以選詞、遣調、造語、鍊字諸法論《三百篇》」，〔註238〕深受鍾
評影響，其書凡例云：「經文圈點俱從鍾伯敬本，諸評語圈點，則不佞竊有取
焉。」〔註239〕據筆者細考，其書引「鍾曰」處，乃出自再評本，經文之圈評、
行批亦從鍾評，但不免有小異，鍾惺再評本約百分之七十、八十的精華盡入
其中，從其徵引之繁，可見對鍾評的重視與肯定。

黃道周（1585～1646）《詩經琅玕》，其書〈例言〉云：「竟陵鍾伯敬先生，
以《詩》爲活物，不事訓詁，崇慎批點，如老泉評《孟》、疊山品《檀弓》，
差爲詩人點睛開面，今白文圈點依之。」〔註240〕亦受鍾評影響。

馮元颺（1586～1644）、馮元飆（？～1645）合著《詩經狐白》，〔註241〕
所引爲鍾惺再評本，每首詩詩末〈總批〉中十之七八皆引「鍾伯敬曰」，據楊
晉龍先生的統計，「此書收錄鍾伯敬『批語』一四六條，幾乎已囊括鍾氏主要
的意見」。〔註242〕

　　　稿本），卷首，〈詩義參詳〉中列有「鍾伯敬《詩觸》」，不知是誤題，或即爲
　　　譚元春彙蔡、鍾二評所成的《詩觸》，亦不明所據爲刊本或抄本。
〔註235〕《凌忠介集》（《景印文淵閣四庫全書》本），卷5。
〔註236〕〔明〕戴君恩：《剩言》（《四庫全書存目叢書》子部第91冊，影印明末刻本），
　　　卷9，頁9。
〔註237〕〔明〕張元芳：《毛詩振雅》（明天啓年間刊本，中央研究院傅斯年圖書館藏），
　　　卷首自序署爲天啓四年。
〔註238〕《總目》，卷17，〈詩類存目一〉，〈言詩翼〉條。
〔註239〕〔明〕凌濛初：《孔門兩弟子言詩翼·凡例》（《四庫全書存目叢書》經部第
　　　66冊，影印明崇禎刻本）。
〔註240〕〔明〕黃道周：《詩經琅玕》（人瑞堂刊本），卷首。此書中央研究院中國文哲
　　　研究所藏有微卷，據日本內閣文庫藏本攝。
〔註241〕〔明〕馮元颺、馮元飆：《詩經狐白》（明天啓三年〔1613〕躍劍山房刊本）。
　　　此書中央研究院中國文哲研究所藏有微卷，據日本內閣文庫藏本攝。
〔註242〕楊晉龍：《明代詩經學研究》，頁325，註103。

　　還有，朱朝瑛（1605～1670）《讀詩略記》〔註243〕亦略有引述。成書於崇禎六年（1633）左右的萬時華《詩經偶箋》，刊於順治八年（1651）的賀貽孫（1605～1688？）《詩觸》，〔註244〕由於兩人深受竟陵派的影響，所作兩書亦屢引鍾惺之說。《總目》評《詩經偶箋》：「以竟陵之門徑，掉弄筆墨，以一知半解訓詁古經。」評《詩觸》：「其所從入，乃在鍾惺《詩》評，故亦往往以後人詩法，詁先聖之經，不免失之恌巧。」〔註245〕皆點出兩書與鍾評的淵源。

　　由於錢謙益、顧炎武的抨擊，說鍾惺評經是「非聖無法」、「侮聖人之言」，「好行小慧，自立新說」，〔註246〕加上學風的轉變，以致入清以後，鍾評不再普遍地受到肯定、徵引，然而我們還是可以找到相關的線索來證明：鍾評在學術主流以外的邊緣地帶仍具影響力。如康熙年間高僑鶴云：「（前明）說《詩》者遂不下數百種。而鍾伯敬、魏仲初二先生之說，尤出意表。」而姚際恆《詩經通論》〔註247〕、牛運震《詩志》〔註248〕、陳繼揆《讀風臆補》〔註249〕等都是《詩經》評點的後繼者，書中或多或少，都徵引了鍾評。

　　以筆者所見有限，而已有上述這麼多學者看過鍾評、有這麼多書徵引、

〔註243〕〔明〕朱朝瑛《讀詩略記》（《景印文淵閣四庫全書》本）。按朱書無自序，然與張次仲在《詩經》研究上似互相切磋，《讀詩略記》或引張氏《待軒詩記》之說，《待軒詩記》（《景印文淵閣四庫全書》本）卷首錄了朱朝瑛的〈讀詩略記總論〉，又云：「予友朱康流說詩簡該雋永，予嘗質難，今錄其〈讀詩略記總論〉。」（卷首，頁60）。〈待軒詩記自序〉作於萬曆四十四年（1616），依此來推，朱朝瑛之作，或當成書於此際，而可能尚未定稿、續有修改，故其中又引了較晚的萬時華《詩經偶箋》〈大雅・民勞〉之釋。

〔註244〕生卒年據羅天祥：《賀貽孫考》（南昌：江西人民出版社，1998年3月），頁21所考。由於賀氏辛於清康熙二十七年戊辰（1688）十二月，而中國農曆與西曆的月日有所出入，此戊辰的十二月初九相當於西元1688年12月31日，因而，若賀貽孫辛於十二月中旬或下旬，則其時已是公元1689年1月。《詩觸》（《續修四庫全書》經部第61冊，影印清咸豐二年〔1852〕敕書樓刻本）。

〔註245〕《總目》，卷17，〈詩類存目一〉，〈詩經偶箋〉條、〈詩觸〉條。

〔註246〕所引見錢謙益：〈萬端調編次諸家文集序〉及顧炎武：《日知錄》，卷20，〈鍾惺〉條。關於錢、顧之論，筆者在本論文第四章第六節〈對《批評詩經》的評價〉中已曾略言，且本論文第七章的第二節〈評經遭到撻伐之故〉有更詳細的析論，故此處僅簡略交代。

〔註247〕〔清〕姚際恆著，顧頡剛點校：《詩經通論》（臺北：中央研究院中國文哲研究所，1994年6月）。

〔註248〕〔清〕牛運震：《詩志》（清嘉慶空山堂刊本）。

〔註249〕〔清〕陳繼揆：《讀風臆補》（《續修四庫全書》經部第58冊，影印清光緒六年〔1880〕拜經館刻本）。

評論，再加上考察《總目》每每論及評經或以文學說《詩》之作，屢將矛頭指向鍾惺，說是受到鍾惺、竟陵之影響云云，〔註250〕此皆可見鍾評影響之大，實爲孫、戴二書所望塵莫及。

鍾惺〈詩論〉的「活物說」，承認今人不可能與古人契合無間，讀者的領會不可能同於作者本意，但並不因此而裁斷讀者爲錯解、爲非，鍾惺認爲歷代說《詩》者彼此所見不同本是理所當然，《詩》之可以爲經，正因它可以讓不同的讀者自其中得到不同的體會。這種思維，扭轉了向來以追求作者本意爲尚的批評傳統，毋寧是更近於閱讀過程中的眞實現象。也因此鍾惺評《詩》更不受束縛，「斷章取義」本就是鍾惺認可的。不論是用在解《詩》或解「詩」上，「活物說」都給予讀者更多解釋的自由空間，也諳合西方接受美學重視讀者的批評觀。〔註251〕

此外，竟陵派興起之際，前人的抨擊已將復古派的流弊揭明，讓鍾惺可以免於重蹈覆轍，故鍾評對平易近人的〈國風〉著墨不少，對〈風〉、〈雅〉、〈頌〉三體的關注較平均，不再有孫鑛獨重〈雅〉〈頌〉，唯尚奇峭之失。如針對〈秦風・小戎〉「五楘梁輈，游環脅驅，陰靷鋈續，文茵暢轂」諸句眉批：「雖是文字艱奧，亦由當時人人曉得車制，雖婦人女子觸目衝口皆能成章。車制不傳，而此語始費解矣。」對這些艱深罕見的文字，能由時代變遷、語言流變解釋，袁宗道曾云：「今人所詫謂奇字奧句，安知非古之街談巷語耶？」〔註252〕兩者相較，思維頗爲類似，不無受到袁宗道影響的可能。

《總目》云：「明季說《詩》之家，往往簸弄聰明，變聖經爲小品。」〔註253〕「變聖經爲小品」用來形容鍾評最爲適合。在孫、鍾、戴三評中，鍾評名聲最著、影響最大，原因很多，如筆者前文所云：因竟陵派盛極一時、鍾惺的知名度非孫、戴可及，以及印刷精美、持論較不偏頗……等，但筆者以爲，不論是「活物說」的主張，或「活物說」的批評思維下展現出的評《詩》風格——隨興而發，類似小品、趨近玩賞的性質，都比「變聖經爲詩選」、

〔註250〕參《總目》，卷16，〈詩類二〉，〈詩經稗疏〉條；卷17，〈詩類存目一〉，〈讀風臆評〉、〈言詩翼〉、〈詩經偶箋〉、〈言詩翼〉諸條；卷18，〈詩類存目二〉，〈復庵詩說〉條。

〔註251〕本論文第八章第一節〈從「以意逆志」到「以臆逆志」〉一節有更深入的介紹，此略過不談。

〔註252〕〔明〕袁宗道：〈論文・上〉，《明代文論選》，頁302。

〔註253〕《總目》，卷15，〈詩類一〉，〈毛詩陸疏廣要〉條。

猶帶些嚴肅性質、學究風格的孫評,更符合晚明風雅之士的脾胃,也是更受
到時人歡迎的原因。

第六章　戴君恩《讀風臆評》析論

第一節　戴君恩的生平與著作

一、生　平

　　朱彝尊（1629～1709）康熙年間所撰的《經義考》，引清初林侗曰：「戴君恩，字忠甫，澧洲人，萬歷癸丑進士，累官右僉都御史，巡撫山西。」〔註1〕乾隆十二年（1747）敕撰的《欽定續文獻通考》，一言：「君恩，字仲甫，長沙人。嘉靖進士，官巴縣知縣。」一言：「君恩，字忠甫，澧州人。萬曆進士，官至四川兵備副使。」〔註2〕兩者之間，頗有衝突。乾隆中葉以後編成的《四庫全書總目》，於《讀風臆評》一書提要云：「君恩，字仲甫，長沙人。嘉靖癸丑進士，官巴縣知縣。」《剩言》一書提要云：「君恩，字忠甫，澧州人。萬曆癸丑進士，官至四川兵備副使。」〔註3〕《總目》所言與《欽定續文獻通考》近似，不過是多加註了「癸丑」二字。

　　《經義考》、《欽定續文獻通考》的文獻記載，學者較少注意。但《總目》

〔註1〕　《點校補正經義考》（七）（臺北：中央研究院中國文哲研究所籌備處，1999年4月），第七冊，卷235，頁211，〈繪孟〉條。

〔註2〕　參《欽定續文獻通考》（《景印文淵閣四庫全書》本），分見卷149，〈讀風臆評〉條、卷176，〈剩言〉條。

〔註3〕　分見《總目》，卷17，〈詩類存目一〉，〈讀風臆評〉條及卷125，〈雜家類存目二〉，〈剩言〉條。比較《總目》所述與《欽定續文獻通考》所言，措辭極相近，《剩言》提要尤爲明顯。《總目》所述，疑參自《欽定續文獻通考》，遂連錯誤亦一併沿襲，詳見後論。

兩條的出入，引起學者的疑惑，楊晉龍、楊武泉先生皆曾加以辨證。〔註4〕考雍正《湖廣通志》之〈選舉志〉〔註5〕及《明清進士題名碑錄索引》，〔註6〕明代進士僅一戴君恩，登第在萬曆四十一年癸丑（1613），為澧州人。而檢乾隆《長沙府志》卷二五選舉志，並無戴君恩其人。乾隆《直隸澧州志》卷一九戴君恩傳云：「字忠甫。……萬曆三十四年丙午舉于鄉，四十一年癸丑登進士第。」可知《總目》之《剩言》提要所述為是，《讀風臆評》提要作「字仲甫，長沙人，嘉靖癸丑進士」，「長沙」與「嘉靖」皆誤。

以上辨證《總目》所得結果，亦與《經義考》林侗所述吻合。要證《總目》兩條提要所述戴君恩為同一人，其實有更好的證據。《讀風臆評》卷首有〈讀風臆評自敘〉，末署「萬曆戊午八月之望巴令荊南戴君恩忠甫敘於蜀闈之西署」；《剩言》中云：「予嘗令於巴渝。」二者皆透露出戴君恩曾任巴縣知縣的經歷。《剩言》又云：「予有評〈風〉一編，點綴風人旨趣，頗為同志鑒賞。」〔註7〕所謂「評〈風〉一編」，所指應為《讀風臆評》。由上述可知兩書作者同一人，皆為萬曆四十一年登進士第的戴君恩。

因《總目》之《讀風臆評》提要誤以為戴君恩是「嘉靖癸丑進士」，其時早於竟陵，故提要續言《讀風臆評》「纖巧佻仄，已漸開竟陵之門徑」。後人一時失察，頗受《總目》此提要之誤導。如丁丙《善本書室藏書志》全沿襲《總目》之誤。〔註8〕如周作人認為自古將《三百篇》當作詩讀的人並不多，愈發覺得戴君的稀有可貴，「不愧為竟陵派的前驅矣」，〔註9〕明顯受《總目》「已漸開竟陵之門徑」的論述影響。如洪湛侯云：「明代最早從事評點《詩經》

〔註4〕　參楊晉龍：〈論《四庫全書總目》對明代《詩經》學的評價〉一文，收入於《第四屆詩經國際學術研討會論文集》（北京：學苑出版社，2000 年 7 月），頁 441～477；以及楊武泉：《四庫全書總目辨誤》（上海：上海古籍出版社，2001年 7 月），頁 23，〈讀風臆評〉條的辨證。本段下文所述，乃參兩位先生所辨。

〔註5〕　〔清〕邁柱等監修：雍正《湖廣通志》（《景印文淵閣四庫全書》本），卷 32，〈選舉志〉。

〔註6〕　朱保炯、謝沛霖編：《明清進士題名碑錄索引》（臺北：文史哲出版社，1982年 7 月）。

〔註7〕　上引兩條分見《剩言》，卷 17，頁 1 及卷 9，頁 5。

〔註8〕　〔清〕丁丙云：「君恩，長沙人，嘉靖癸丑進士。」《善本書室藏書志》（《續修四庫全書》史部第 927 冊，影印清光緒二十七年〔1901〕錢塘丁氏刻本），卷 2，〈讀風臆評〉條。

〔註9〕　周作人：《知堂書話》（下）（臺北：百川書局，1989 年 12 月），頁 1，〈讀風臆補〉條。

的，應是嘉靖時的戴君恩，……戴君恩以後出現的評點家是孫鑛，稍後還有鍾惺。」〔註 10〕以爲戴氏在孫、鍾之前，此亦沿襲了《總目》之誤。如戴維引《臆評》書中〈關雎〉詩的尾評，並云戴君恩「認爲此詩的妙處在於『翻空見奇』，而要達到奇，在於虛實相濟，既有實寫，又有虛描。奇字之論，實在是開竟陵派『深幽孤峭』之先河」。又引〈卷耳〉尾評「詩貴遠不貴近，貴淡不貴濃」等語，評云：「他這種重淡遠意象的觀點，後來也爲竟陵派所繼承。」〔註 11〕亦皆是受《總目》「已漸開竟陵之門徑」一句誤導，而刻意尋求戴君恩與竟陵間的承繼關係，前題既錯，推論當然不可信。

關於戴君恩的生平，因相關文獻少，頗模糊。據湖南《澧縣縣志》所載，戴君恩「官至廣東巡撫」，父爲戴有光，母梁氏，〔註 12〕子戴士仲。〔註 13〕乾隆《欽定大清一統志》云：

> 戴君恩，字紫宸，澧州人，萬歷進士，歷工部主事，督修永陵有功，奢酋之變，監軍討平之。歷官都御史，巡撫山西，計擒賊王綱等三百餘人。〔註 14〕

《明史》無傳，多處述及平亂、剿賊之事，略微提到戴君恩的名字。〔註 15〕雍正《山西通志》，偶或言及，多述其崇禎七年（1634）正月，甫任山西巡撫時，設宴誘殺降賊王剛等，共斬四百二十九人之事。〔註 16〕《山西通志》又有「崇禎十三年，知縣戴君恩築護門甋臺二座」語，〔註 17〕若此「知縣戴君恩」與作《臆評》的戴君恩爲同一人，則藉此以知，戴君恩崇禎十三年（1640）尚在世。

〔註 10〕洪湛侯：《詩經學史》（北京：中華書局，2002 年 5 月），頁 445～446。

〔註 11〕戴維：《詩經研究史》（長沙：湖南教育出版社，2001 年 9 月），頁 464、465。

〔註 12〕張之覺修、孟慶暄纂：《澧縣縣志》（臺北：成文出版社，1975 年影印民國二十八年〔1939〕刊本），卷 6，〈名臣〉，頁 1 及卷 7，〈封蔭〉，頁 1。

〔註 13〕《澧縣縣志》，卷 7，〈蔭襲〉，頁 1，〈戴士仲〉條云：「君恩子，一名鎔，襲懷遠將軍。」

〔註 14〕〔清〕和珅等奉敕撰：《欽定大清一統志》（《景印文淵閣四庫全書》本），卷 287，頁 31。

〔註 15〕參《明史》，卷 239〈張臣傳〉、卷 249〈朱燮元傳〉、卷 252〈吳甡傳〉、卷 257〈張鳳翼傳〉、卷 260〈陳奇瑜傳〉、卷 269〈艾萬年傳〉、卷 269〈猛如虎傳〉。

〔註 16〕誘殺降賊之事，似頗引起爭議，〔清〕覺羅石麟等監修：雍正《山西通志》（《景印文淵閣四庫全書》本），卷 50，云：「有議君恩殺降者，給事中張第元力言諸賊蹂躪之慘，請錄萬年功。」

〔註 17〕《山西通志》，卷 8，〈城池‧廣靈縣〉。

二、著 作

今所知其著作，除前所言及之《讀風臆評》一卷〔註18〕、《剩言》十四卷外，另有《繪孟》一書。《讀風臆評》留待後文詳論，本節僅概略簡介《剩言》與《繪孟》二書。

（一）《剩言》

戴君恩《剩言》一書，《四庫全書存目叢書》、《續修四庫全書》所影印收入的版本相同，皆據明刻本影印，原書版框高 21.7 公分，寬 27.4 公分。〔註19〕「明刻本」，更準確地說，應是「明末刻本」，因《剩言》中既云「予嘗令於巴渝」，又有「予有評〈風〉一編」語，則當作於《臆評》之後。據戴氏《臆評》自序，《臆評》成書於萬曆四十六年（1618），則《剩言》的刊刻當更晚。

此書〈內篇〉十一卷、〈外篇〉三卷，共十四卷，卷首無序。《總目》將《剩言》一書，歸爲雜家類，置之於存目中，言君恩「其學出於姚江」。〔註20〕吾人可從《剩言》一書中，考見陽明之學的影響。在《剩言》中，除屢引陽明之說外，還可看到戴君恩對良知、心體的強調，如云：作文章之小技，作聖作賢之大事，「源頭不清，可乎？源頭者何？一靈眞性是也。」此源頭、一靈眞性，大約近於陽明「良知」之意。又云：「我輩日日讀書，日日會人，都要件件在自己身上檢點，若只一味充拓見聞，周旋世故，徒自疲役一生而已，何益何益！」「吾輩不向身心上理會，而徒向載籍中探討，雖窮五車，繙十二經以說，於學何相干涉？」〔註21〕此皆爲陽明論學強調在心體上用功，勿盲目向外追求知識的主張。陽明曾言：「《六經》者非他，吾心之常道也」，「《四書》《五經》不過說這心體，這心體即是所謂道」，認爲看書「只是在文義上穿求，故不明」，須於心體上用功。「不務去天理上著工夫，徒弊精竭力，從冊子上鑽研，名物上考索，形跡上比擬；知識愈廣而人欲愈滋，才力愈多而天理愈蔽」。強調勿捨本逐

〔註18〕 如《欽定續文獻通考》、《總目》皆註明「無卷數」，而丁丙《善本書室藏書志》、及《四庫全書存目叢書》皆註明「一卷」，因《讀風臆評》並未分卷，故或認定爲一卷。

〔註19〕 〔明〕戴君恩：《剩言》，《四庫全書存目叢書》子部第 91 冊，影印明刻本；又《續修四庫全書》子部第 1132 冊，所據以影印的《剩言》版本與《四庫全書存目叢書》同。

〔註20〕 《總目》，卷 125，〈雜家類存目二〉，〈剩言〉條。

〔註21〕 以上所引，俱見《剩言》，卷 1，頁 2。

末,「習訓詁,傳記誦,沒溺於淺聞小見」之中。〔註22〕戴氏《剩言》所說,與陽明論學的態度相同,可作為「其學出於姚江」之證。

　　《剩言》除可提供吾人對戴君恩學術思想有所了解外,也可藉此認識其文學主張。戴君恩對孔子、孟子、曾子、子思、《史》、《漢》之文,都頗稱道,尤其特賞《孟子》與《史記》,也說過「晉魏六朝所以遠遜秦漢者」云云,然戴氏並非復古之徒,認為「以時代為賞鑑者,耳食之見也」,對於唐宋之文,能予以肯定,反對復古派一味以秦漢為高:「兩漢文字,亦有唐宋人所不肯為者;唐宋文字,亦有兩漢人所不能為者,未可矮人觀場。」「先秦西京而後,若唐之韓柳,宋之歐蘇,皆卓然自立於宇宙之間,超然特出於氣數之外,不得以時代拘之。」強調不能以時代作為詩文優劣的標準,對韓柳、歐蘇之作,也能予以肯定,表現出通達的態度,云:「韓退之文,絕似馬遷;蘇長公文,絕似孟子。」「柳州諸記,皆瑰瑋奇特,超出諸文之上。」「唐文自昌黎、河東而下,其中拔奇領異,凌厲往昔者,亦匪一人。」〔註23〕

　　以往研究《讀風臆評》者只關注《臆評》,實則在戴君恩存世相關文獻非常有限的情形下,《剩言》的資料非常可貴,其中論《詩經》的文字,尤可提供吾人研究《臆評》之參考。本章所論,將酌引《剩言》中的資料作為輔證。

(二)《繪孟》

　　《繪孟》一書,亦是評點本,〔註24〕《經義考》著錄七卷,《總目》未著錄,《中國古籍善本書目・經部》著錄如下:

　　　　《繪孟》七卷　明戴君恩撰　明天啟閔齊伋刻朱墨套印本
　　　　《繪孟》七卷　明戴君恩撰　明天啟刻本〔註25〕

〔註22〕以上引述,見〔明〕王守仁:〈稽山書院尊經閣記〉,吳光等編校:《王陽明全集》(上海:上海古籍出版社,1992年12月),卷7,頁254～256。及《傳習錄》(臺北:金楓出版公司,1987年3月),卷上,頁28、58。

〔註23〕本段所引,俱見《剩言》,卷14,頁8～12。

〔註24〕評點本或以「繪」字命名,戴氏《孟子》評點,名為《繪孟》;又,徐渭《四書》評點,命名為《四書繪》,見徐渭:〈四書繪序〉,《徐渭集》(北京:中華書局,1983年4月),第二冊,頁521。

〔註25〕《中國古籍善本書目・經部》(上海:上海古籍出版社,1989年10月),頁312、313。前一條有天津圖書館、中山大學圖書館二處收藏,後一條有北京故宮博物院圖書館、遼寧省圖書館、東北師範大學圖書館、浙江臨海縣博物館等四處收藏。既分為兩條,則版本應不同,「天啟刻本」疑為單色。

《續修四庫全書總目提要・經部》著錄《繪孟》十四卷條，倫明言「書爲吳
興閔齊伋朱墨套印本，刊於天啓甲子。」〔註26〕皆爲閔齊伋（1575～1656 後）
〔註27〕所刊朱墨本，然何以或言「七卷」、或言「十四卷」？王重民《中國善
本書提要》著錄《繪孟》七卷四冊，明閔氏朱墨印本，版框高 21.2 公分，寬
14.5 公分，半葉 9 行，行 19 字，又云：

> 原題：「澧郡戴君恩忠甫撰，吳興閔齊伋遇五訂。」……又龔惟敬跋
> 云……：「今茲《評孟》十四卷，刻於南都。」按此本字體極似閔氏
> 諸刻，惟朱色稍淡。蓋是時閔氏已在南京刻書，故龔跋謂刻於南都。
> 是書每卷分上下，故龔跋謂爲十四卷也。〔註28〕

藉此以知七卷、十四卷異，乃因每卷分上下，故或有認定上的不同。又，倫
明言朱墨本刊於「天啓甲子」，然而據《中國善本書提要》所述，閔刻朱墨本
龔惟敬跋署天啓四年（1624），然黃汝亨（1558～1626）序署天啓六年（1626），
故此本刊成應非在天啓甲子——四年，應在天啓六年之後。

考其評點《孟子》的動機，應是對於孟子其人及其文章的欣賞。《剩言》
中曾言孟子距楊墨，使後人「復知有吾儒大中至正之道」，「若是而謂之功不
在禹下也，豈溢美也耶」？〔註29〕又盛讚《孟子》一書的文采，爲諸子之冠：
「諸史之文，馬遷爲冠；諸子之文，孟子爲尤。」又云：

> 孔子之文，渾淪含蓄，使人神遠；孟子之文，英爽駿發，使人魄動；
> 曾子之文，切實近裏，使人意斂；子思之文，廣大無際，使人心暢。
>
> 古今文字，安章頓句之妙，轉軸接脈之巧，出沒變化。不法而法，
> 不奇而奇者，前有孟子，後有馬遷而已。〔註30〕

《繪孟》一書的性質及評點風格，似與《臆評》相近。黃汝亨序云：「忠甫所
繪，與蘇老所批點，篇章字句，提轉承接結合等法，大同小異」，「於孟子當
時所爲辨難攻擊、破涕感創之處有微而會心、直而刺骨、要而扼吭，爲老泉
所未及者，一一託之毫端。譬之畫家，老泉則毛髮骨節，眉目衣冠，而忠甫
則於毛豎髮指、眉揚瞬目、容與飄搖之神，躍躍飛動，不特爲子輿寫照，且

〔註26〕《續修四庫全書總目提要・經部》（北京：中華書局，1993 年 7 月），頁 921。
〔註27〕閔氏生卒年參瞿冕良主編：《中國古籍版刻辭典》（濟南：齊魯出版社，1999
年 2 月），頁 271。
〔註28〕王重民：《中國善本書提要》（上海：上海古籍出版社，1982 年），頁 40。
〔註29〕《剩言》，卷 10，頁 4～5。
〔註30〕以上所引，分見《剩言》，卷 14，頁 10、8、12。

爲老泉點睛」。〔註31〕據黃序，可見《繪孟》亦與蘇批《孟子》論文的性質相近，且較蘇批《孟子》生動、詳盡、傳神，非但點出「篇章字句，提轉承接結合等法」而已。

第二節　《讀風臆評》的版本

《中國古籍善本書目‧經部》著錄的《讀風臆評》，皆爲閔齊伋朱墨套印本。〔註32〕《四庫全書存目叢書》經部第 61 冊據閔氏朱墨套印本影印收錄。

筆者曾親見上海復旦大學圖書館所藏閔本《讀風臆評》，朱墨套印，經文墨色，眉批、旁批、尾評及「ヽ」「○」「●」「乚」等評點符號，俱朱色。版框高 25 公分，寬 15.2 公分，半葉 9 行，行 19 字，無界欄，左右單欄，白口，無魚尾。全書不分卷，書前有〈讀風臆評自敘〉，署「萬曆戊午八月之望巴令荊南戴君恩忠甫敘於蜀闈之西署」，卷末有閔齊伋跋──〈書戴忠甫《讀風臆評》後〉。

龔惟敬天啓四年（1624）所作《繪孟》一書跋語云：「初先生令於巴，有《讀風意評》四卷，刻於蜀中，已而烏程閔遇五太學，復加朱黛，爲刻於吳中。」〔註33〕可見《讀風臆評》有兩個刻本，戴氏〈讀風臆評自敘〉所署「萬曆戊午」──萬曆四十六（1618）年，應爲初刻本的時間。而據閔本《讀風臆評》卷末有「皇明萬曆庚申烏程閔齊伋遇五父校」字樣，知閔本刻於庚申──萬曆四十八年。

閔齊伋雖爲明末刊刻朱墨本甚爲有名的出版者，然其生平吾人所能掌握的文獻很少，《碑傳集補》有〈閔齊伋傳〉，云：

> 閔齊伋，字及武，號寓五，烏程人。明諸生，不求進取，耽著述，批校《國語》、《國策》、《檀弓》、《孟子》等書，彙刻十種，士人能讎一字之訛者，即贈書全帙，展轉傳校，悉成善本。著有《六書通》，盛行於世。〔註34〕

〔註31〕兩段文字，分別轉引自《中國善本書提要》，頁 40 及《續修四庫全書總目提要‧經部》，頁 921。〔明〕黃汝亨：《寓林集》（《四庫禁燬書叢刊》集部第 42 冊，影印明天啓吳敬等刻本）未收此序。

〔註32〕《中國古籍善本書目‧經部》，頁 143。

〔註33〕王重民：《中國善本書提要》，頁 40，〈繪孟〉條。本作「讀風意評」，不知是龔文原如此，亦或王重民引述時，誤將「臆」作「意」。

〔註34〕閔爾昌纂錄：《碑傳集補》（臺北：明文書局，《清代傳記叢刊》第 122 冊），

《續修四庫全書》經部第 58 冊所收錄《讀風臆補》，乃據復旦大學圖書館藏清光緒六年刊本影印。此書卷一題「明荊南戴君恩原本　鎮海陳繼揆舜百補輯」，卷首姚燮〈序〉云：「陳子舵巖取戴君所臆者，臆補之，引伸其所未達，廣其所未詳。」《續修四庫全書》將《讀風臆補》與明代《詩經》學典籍同列，前一本為孫鼎（1392～1457）《新編詩義集說》，後接郝敬（1558～1639）《毛詩原解》，其意是要以《讀風臆補》代戴君恩《讀風臆評》原本。

　　考戴氏《讀風臆評》，傳世頗多，《中國古籍善本書目・經部》所著錄的閔齊伋朱墨套印《讀風臆評》，〔註35〕共有首都圖書館等二十七處的圖書館收藏，《四庫全書存目叢書》經部第 61 冊即據閔本影印收錄。顯然《續修四庫全書》之所以影印清光緒《讀風臆補》本以代《讀風臆評》原本，並非是《讀風臆評》取得不易，而是有別的考量。

　　徐發仁〈讀風臆補敘〉云陳繼揆「偶獲前明戴忠甫《臆評》一書，恍若自其意之所出，於教學之暇，加評於戴評之後，或註以經，或取之史，或採漢魏六朝及唐宋以下諸家詩以疏通證明之，……戴君逆詩以意而詩意明，陳子補《臆評》之評，而戴評之意尤明，而風人作詩之志愈益明」。經過陳繼揆的大量補充，《臆補》之評語總字數為原《臆評》的四倍，陳氏曾統計《讀風臆補》一書，「眉批、旁批、總批，統計二萬數千言，出自戴評者五千餘言耳，揆所補不啻四倍焉」。〔註36〕周作人曾云：

> 好幾年前在友人手頭看見一部戴忠甫的《讀風臆評》，明萬曆時閔氏朱墨套印，心甚愛好，但求諸市場則書既不多，價又頗貴，終未能獲得。日前有人送給我幾本舊書，其中有一函兩冊，題曰《讀風臆補》，陳舜百著，清光緒庚辰年刻，凡十五卷，乃即是全錄戴評而增補之者，書雖晚出而內容加多，是很可喜的事。〔註37〕

戴評原僅寥寥數語，陳繼揆大量的補充，讓《臆補》較《臆評》豐富許多，如周作人所說，《臆補》「全錄戴評而增補之者，書雖晚出而內容加多，是很可喜的事」。或許《續修四庫全書》的編輯群想法亦如同周作人，以為《臆補》既全錄戴評，內容又加多，似對讀者更有益，故取《臆補》以代《臆評》。

　　　　　卷 36，頁 1，〈閔齊伋傳〉。

〔註35〕《中國古籍善本書目・經部》，頁 143。

〔註36〕〈風次〉，頁 4。《讀風臆補》，卷首。

〔註37〕周作人：《知堂書話》（下）（臺北：百川書局，1989 年 12 月），頁 1，〈讀風臆補〉條。

不僅是《續修四庫全書》編輯群如此取捨，《明詩話全編》中《戴君恩詩話》部份所錄的《臆評》，亦非取諸閔氏朱墨本，而是擷取自陳繼揆《讀風臆補》中所存戴氏評語。〔註 38〕而陳氏所錄的戴評，是否如實的保存原本的評語呢？

村山吉廣先生曾作〈戴君恩《讀風臆評》與陳繼揆《讀風臆補》比較研究〉一文，〔註 39〕分論《臆評》、《臆補》二書處較多，真正進行兩書比較的只有文中的第十節〈《讀風臆評》與《讀風臆補》比較研究〉，在有限的篇幅中，並未注意到《臆補》是否完整、如實的呈現了戴評的面貌。經筆者比對，發現《臆補》和《臆評》之間，出入不少。

首先，《臆補》卷首依次有咸豐十年（1860）姚燮〈序〉、咸豐三年（1853）徐發仁〈序〉、戴君恩〈讀風臆評原序〉、陳繼揆〈例言〉、〈風次〉等，《臆評》則只有戴君恩〈讀風臆評自敘〉。《臆評》於卷末〈豳風・狼跋〉後，有閔齊伋〈書戴忠甫《讀風臆評》後〉。《臆補》則刪去閔文，補上陳繼揆補輯的〈《讀風臆評》總評〉、陳繼聰〈題後〉。

其次，兩本經文圈、點異者甚多。《臆補》卷首〈例言〉，陳氏云：

原本於別句處用點，兼用圈，文章妙處用密點密圈。今原本所密加圈點者不敢損，其未圈點而別有可賞者，則增圈點之，非敢逞私，資詠歎也。若別句，則用單圈而已。

原本於詩旨所在及字法精妙處俱用「●」，今字法精妙者改用「○○○○○」以別之，大旨所存則仍舊也。分段用「𠃌」，亦照原本，但亦有增無減耳。

尾評、眉批俱照原評低一字，旁批不妄參者，恐貽混珠之誚也。惟〈豳風・七月〉，戴公不贊一詞，故旁批亦為之補綴焉。

依〈例言〉所述，經文的圈點符號的增修，本為陳氏有意調整。以〈邶風・靜女〉詩為例，《臆評》原只在「搔首踟躕」旁加「○」，《臆補》則「愛而不見，搔首踟躕」、「彤管有煒，說懌女美」，四句旁皆畫圈「○」。旁批為避免混淆，陳氏不用，獨〈七月〉之旁批為陳氏所加。為了與戴評區別，陳氏所加

〔註 38〕《戴君恩詩話》收入於《明詩話全編》（六），頁 6804～6817。頁 6804 編者云戴氏「著有《讀風臆評》，……因原著已佚不可得，本書據清人陳繼揆《讀風臆補》所存戴氏《臆評》，全錄其原敘及評語九十二則」。言「原著已佚不可得」，失考。
〔註 39〕此文收入於林慶彰、蔣秋華主編：《明代經學國際研討會論文集》（臺北：中央研究院中國文哲研究所籌備處，1996 年 6 月），頁 347～372。

的尾評、眉批俱比戴評低一格。〈例言〉又云：「評語用圈點取醒目也，其有關詩學源流及開後人作詩法門者，則用△以別之。」原來戴氏評語並未加句讀、圈點符號，《臆補》中所見戴氏評語側邊的密圈密點或標示「△」者，亦皆為陳氏所加。

陳氏雖自言「原本所密加圈點者不敢損」，詩旨所在仍依戴本用「●」云云，但圈點符號很瑣碎，一不小心就走樣，如「寤寐求之」原旁有密圈，陳本卻無（〈周南〉，頁 1 右）；「維葉莫莫，是刈是濩」原旁有密點，陳本卻改作密圈（〈周南〉，頁 3 右），皆與所言「原本所密加圈點者不敢損」相違。又，「嗟我懷人」戴本原旁有「●」，用黑點乃為表詩題所在，陳本改「●」為「○」（〈周南〉，頁 4 右），不僅自違〈例言〉所云，亦使戴評原意因此而失落了。然而，如此之類，瑣碎而不勝枚舉，在本論文附錄的〈陳繼揆《讀風臆補》引戴君恩《讀風臆評》原文的校勘〉中，以文字的校勘為主，並未將圈點的出入一一指出。至於二本之間，用字之微異、簡俗字之不同，如：「愽／博」「于／於」「淡／澹」「托／託」「詞／辭」「游／遊」「箇／個」「間／閒」「飢／饑」「詞／辭」「咏／詠」「迹／跡」等，亦不煩一一例舉。

又，戴評原在每一首詩篇末經文下，以夾行小字排列，節錄朱熹《詩集傳》中釋詩旨的「詩柄」，〔註40〕如〈關雎〉詩下：「文王生有聖德，又有聖女姒氏，以為配，宮中之人於其始至，見其有幽閒貞靜之德，故作是詩。」陳本全刪，所有的〈風〉詩皆同此例。此亦陳本改易《臆評》之一端。

至於批點用色方面，原《臆評》評點各種符號、眉批、旁批、尾評皆用朱色，而陳本則全用墨色。

從本論文附錄的〈陳繼揆《讀風臆補》引戴君恩《讀風臆評》原文的校勘〉中，可看出兩本的出入，有些是陳氏有意地改正戴評的錯誤，如戴評原作「邊豆」，字誤，《臆補》訂正為「籩豆」（〈鄘風〉，頁 5 左）；戴評原作「晨鍾」，字誤，《臆補》訂正為「晨鐘」（〈鄘風〉，頁 6 右）；戴氏於〈氓〉詩「桑之未落，其葉沃若」第三章上眉批：「著此一段，覺境更活，筆更舒。若俗筆便徑接以五章矣。」陳本將「一段」改為「二段」（〈衛風〉，頁 4 左），應是觀戴評有「徑

〔註40〕崔述〈讀風偶識又序〉：「朱子《集傳》略說本篇大意者，俗謂之詩柄。」《讀風偶識》（臺北：學海出版社，1979 年 3 月），卷首。又，張壽林云：「所謂柄也者，即詩人作詩本意，如後世詩文歌賦之有題目也。」見《續修四庫全書總目提要‧經部》，頁 374，〈讀詩知柄〉條。

接以五章」語，知戴氏原意應指第三章「桑之未落，其葉沃若」、第四章「桑之落矣，其黃而隕」二章的鋪寫，使境更活、筆更舒，若俗筆則略過三、四章兩段，而徑接第五章的「三歲爲婦，靡室勞矣」。故陳氏所改爲是。

有些兩本的出入，則是《臆補》因不愼所犯的錯誤，如戴氏評〈燕燕〉「子弑國危」，陳本誤作「身弑國危」〔註41〕（〈邶風〉，頁 4 右）；〈凱風〉戴評「號泣旻天」，陳本「號泣□天」，漏一「旻」字（〈邶風〉，頁 7 右）；〈唐風・鴇羽〉，三章末分別爲：「父母何怙？悠悠蒼天，曷其有所！」「父母何食？悠悠蒼天，曷其有極！」「父母何嘗？悠悠蒼天，曷其有常！」戴評原作：「『有所』、『有極』、『有常』，俱打轉上文看乃妙。」乃取每章末二字，《臆補》疑因「父母何嘗」一句，加上「常」「嘗」音同，故誤將「有常」寫作「有嘗」（〈唐風〉，頁 6 右）。

統觀來看，大部份的出入都只是些細微處用語之異，如「令人飯噴／令人噴飯」、「何等慰安／何等安慰」；或將眉批改成旁批，亦無大礙。但如將「詩故雄偉稱題」改成「詩故雄偉奇崛」（〈周南〉，頁 7 右），「末二句」改作「末句」（〈召南〉，頁 2 左），原「棘心夭夭」旁批「奇語」，誤置於「吹彼棘心」旁（〈邶風〉，頁 7 右）等，不管是有意或無心，和戴評原意已有所出入。還有幾處眉批，因排列之不當，造成戴氏、陳氏批語的混淆，如《臆補》中的〈有杕之杜〉眉批「『豈無它人』句，不堪卒讀」（〈唐風〉，頁 5 右），〈羔裘〉眉批「居居、究究，字法極新」（〈唐風〉，頁 5 左），此皆非戴評，依體例，既是陳氏眉批宜降一格排列。

較嚴重的是，陳本漏失了許多的戴評，據筆者統計，共有約二十四處之多。如《臆評》中〈邶風〉部份，〈燕燕〉眉批「更自成泣矣」，〈終風〉眉批「可謂厚之至」，〈式微〉尾評「英雄之氣，忠藎之謨」，〈泉水〉尾評「趣極奇極，一部《莊子》」等，陳本俱缺。〔註42〕《臆評》的〈王風〉部份，〈黍離〉原有眉批「著此四語，愈覺深情」，〈君子于役〉眉批「情愈篤至矣」，〈兔爰〉二處眉批：「掉尾四字寫迫蹙之意極盡」、「百罹、百憂，都從有爲、有造而生」等，陳本俱缺，〔註43〕詳見本論文附錄的〈陳繼揆《讀風臆補》引戴

─────────────────

〔註41〕《鄭箋》言〈燕燕〉的詩旨、本事爲：「莊姜無子，陳女戴嬀生子名完，莊姜以爲己子。莊公薨，完立而州吁殺之。戴嬀於是大歸，莊姜遠送之于野，作詩見己志。」《朱傳》所言略同，由此可知，「子弑國危」爲是。

〔註42〕分別見諸《讀風臆補》，卷3，〈邶風〉，頁3左、頁5左、頁10左、頁13右。

〔註43〕分別見諸《讀風臆補》，卷6，〈王風〉，頁1右、頁2左、頁4左。

君恩《讀風臆評》原文的校勘〉的標註。

以上的情形，提醒吾人，要正確的了解戴君恩，還是得借重閔刻《讀風臆評》，《臆補》未能完整錄存戴評。再者，也反映了評點本傳世容易失真的情形。如孫鑛《批評詩經》經馮元仲整理，馮元仲〈詩經敘文〉云：

> 公（孫鑛）元本具五色筆，存瑯瑯宛委纂輯及諸複句異韻，余恚刪去，而取公自注手筆，下上其間，使讀《詩》者，得窺見三百五篇奇韻，且讀公評，如見公爾。

除馮氏自己所坦承之外，兩者之間的出入還有多少，已不可考了。

第三節 評《詩》動機及《臆評》成書經過

戴君恩〈讀風臆評自敘〉云：

> 戊午蜀闈，予受事簾以外，多暇，然予性故紛馳，不耐暇。闈中束於禁，既鮮縹緗之攜，可以醒發心眼，而樗蒲六博之務，又所弗習，卒何以銷此清晝？爰檢衣篋，得〈國風〉半部，展而玩之，哦之咏之，楮之翰之，嗟夫，此非天地自然之籟，顏成子游之所不得聞，南郭子綦之所不能喻，而歸之其誰者耶？

由上所述，評點的機緣很偶然，在萬曆四十六（1618）年時，戴君恩擔任四川鄉試的外簾官，[註44] 闈中多暇，戴氏又不從事賭博、下棋等消遣，束於禁令，亦未攜帶可以醒發心眼的書，於是從衣篋中，找到〈國風〉，藉以「銷此清晝」。

除困於闈場「銷此清晝」的原因外，如同讚賞《孟子》的文采，而加以評點成《繪孟》一書，評點《詩經》當然也是出自於對《詩經》文采的肯定，戴君恩在〈自敘〉中自述其吟哦詩篇玩賞之狀，並讚三百篇為「天地自然之籟」，在《剩言》中亦屢對《詩經》之文采，發出由衷的讚嘆，如云：

〔註44〕〔明〕王世貞：《弇山堂別集》（《景印文淵閣四庫全書》本），卷83，〈科試考三〉，嘉靖四十四年（1565）禮科給事中何起鳴奏申飭科場事宜：「今後科場搜檢不嚴、關防不密，責在外簾；舉動不慎，校閱不公，責在內簾。」同書，卷84，〈科試考四〉：「萬曆十七年正月禮部郎中高桂奏：……我朝開科取士之制，簾以外主防檢，簾以內主校閱，何善也！」據此知內簾官負責閱卷，外簾官負責科場搜檢、防檢等監試事宜。《清史稿》（北京：中華書局，1991年1月），卷108，〈選舉志三‧文科〉云：「試官入闈封鑰，內外門隔以簾。在外提調、監試等曰外簾官，在內主考、同考曰內簾官。」可並參。

詩中著不得一句道學語,〈鶴鳴〉一篇,卻說得何等周密,何等圓透。

《詩》本和平,意在言外,然亦有反復悲悼,誦言不諱,如〈正月〉、〈十月〉、〈巧言〉、〈瞻卬〉等篇,只看他處心積慮,足以動天地而泣鬼神,與後世不疾之呻,無端之叫自別。

〈周頌〉三十一篇,意義凝遠,詞旨深厚,歸美之中,不乏兢惕頌禱之內,每寓箴規,王業艱難,民生疾苦,無不纏綿畢具。

不讀漢魏三唐詩,不得《三百篇》之妙;得《三百篇》之妙,又可不讀漢魏三唐詩。〔註45〕

〈自敘〉中還提到,成書後,曾呈給同在闈中的吳公、閔公指正。「閔公」應為閔夢得(1566～1637),〔註46〕由閔齊伋〈書戴忠甫《讀風臆評》後〉可證:

戊午之役,我仲兄翁次氏承乏監試蜀闈,遂得與先生朝夕焉,而讀其所以讀〈風〉者,火齊不夜,枕中可得而秘與?是廣其讀以與《三百篇》同不朽矣。〔註47〕

閔齊伋所云「仲兄翁次氏」即閔夢得,〔註48〕此可證當時戴、閔兩人同在蜀闈,也因此次共事之故,再刻的朱墨本由閔齊伋刊印。

由〈自敘〉末署:「萬曆戊午八月之望巴令荊南戴君恩忠甫敘於蜀闈之西署」,可見從戴君恩藉讀〈國風〉打發時間,到完成《讀風臆評》的評點工作,都是在闈場擔任外簾官期間完成的,故成書後之〈自敘〉署「蜀闈之西署」。而前後為時多久呢?《皇明貢舉考》卷一〈試士之期〉,載洪武三年(1370)詔告

〔註45〕 以上所引,俱見《剩言》,卷9,頁7～9。

〔註46〕 〔明〕劉沂春等撰:崇禎《烏程縣志》(明崇禎十一年〔1638〕年刊本),卷6,〈閔夢得傳〉,言夢得,字翁次,以清幹著名。讚譽其人「肯擔當天下人不肯擔當之事,不吝惜天下人所必吝惜之情,亮節古誼,不媿大臣」。並載其卒在丁丑——崇禎十年(1637),享年七十二。據此,往前推,其生年當為嘉靖四十五年(1566)。

〔註47〕 〔明〕閔齊伋:〈書戴忠甫《讀風臆評》後〉,《讀風臆評》,卷末。

〔註48〕 王重民:《中國善本書提要》,頁23,〈春秋左傳〉條云:「赤如名齊華,即齊伋所稱『家翁次兄』也。」以為「家翁次兄」指閔齊華,誤。趙芹、戴南海:〈淺述明末浙江閔、凌二氏的刻書情況〉(《西北大學學報》1996年第1期,頁80～83)一文云:「閔夢得是閔齊伋的長兄,另外,閔齊伋有個哥哥叫閔齊華。」言夢得為長兄。然正文所引閔齊伋〈書戴忠甫《讀風臆評》後〉有「仲兄翁次氏」語,閔齊華〈文選瀹註凡例〉亦有「仲兄翁次氏」語,文見《孫月峰先生評文選》(《四庫全書存目叢書》集部第287冊,影印明末烏程閔氏朱墨刻本),卷首。由以上線索可更明確得知,閔夢得應為「仲兄」,排行在閔齊華前。

鄉試三場的日期，「鄉試，八月初九日，第一場；十二日，第二場；十五日，第三場」，〔註49〕鄉試日期自洪武三年詔書確定後，「此後相沿不變」，〔註50〕從第一場到第三場，前後費時七日，加上試前的張羅準備、試後的善後，戴君恩擔任外簾之職，束於闈場的時間並不長。觀《臆評》成書後的〈自敘〉，署為「八月之望」，十五日正是第三場考試的時間，足見《臆評》成書之迅速。

〈自敘〉既言「闈中束於禁，既鮮縹緗之攜」，則戴氏之評，全憑既有的學養、當下的體會，而不重引經據典、博稽眾書，亦可想知了。戴氏僅以《朱傳》為本，間引記憶所及的詩文互參、批評，關於《詩序》、毛、鄭及歷代諸家經說皆未言及。《剩言》中雖曾引述鍾惺《詩經》評本之說，〔註51〕足證戴君恩在《剩言》成書前看過鍾評。然而，《臆評》成書雖略晚於鍾惺《詩經》初評本，〔註52〕但很難斷定戴君恩評點《詩經》是受到鍾惺的影響或啟發，一則因為戴君恩看到鍾評是在《臆評》成書前或成書後，缺乏可判定的線索；再則，《臆評》成於闈中，「既鮮縹緗之攜」，書中亦無援引鍾評、或與鍾評近似的評語，看不到鍾評的影響。

儘管《臆評》的成書，是以《朱傳》的認識為基礎，然而，戴氏對《朱傳》並非抱持信從的態度，〈自敘〉強調：

> 凡吾耳目見聞，大率依傍物耳，纔有依傍，即有制縛，譬臧獲受約
> 束主伯，尺尺寸寸，傳習維謹，何暇出乎域中？惟臆也，不受制縛，

〔註49〕〔明〕張朝瑞：《皇明貢舉考》（《續修四庫全書》史部第828冊，影印明萬曆刻本），卷1，頁4。

〔註50〕參王炳照、徐勇主編：《中國科舉制度研究》（石家莊：河北人民出版社，2002年6月），頁188、189〈考試時間的逐漸固定〉一小節。考〔清〕杜受田等修，〔清〕英匯等纂：《欽定科場條例》（《續修四庫全書》第830冊，影印清咸豐二年〔1852〕刻本），卷1，〈鄉會試期〉亦云：「凡鄉試以子午卯酉年八月，……初九日為第一場，十二日為第二場，十五日為第三場，每場皆先一日點入，次一日放出。」可見到清代猶沿此制。依上述資料看來，戴君恩擔任外簾之職，束於闈場的時間，大約十餘天至二十日左右。

〔註51〕《剩言》云：「列〈周頌〉于二〈頌〉之前，尊昭代也。列〈魯頌〉于〈周頌〉之後，魯，周公之後也。鍾伯敬曰：『夫子明以天下之事予魯，殆《春秋》編年之義。』可謂特見。」（卷9，頁9）所引鍾伯敬曰，見鍾惺《詩經》初、再評本皆有的〈魯頌〉第一首〈駉〉之眉批：「孔子刪《詩》，列魯于〈頌〉，即《春秋》編年之意也。非大聖膽力，不能做如是舉止。」

〔註52〕戴君恩《讀風臆評》成於萬曆四十六年，考鍾惺《詩經》初評本約成於萬曆四十一一四十四年之間，參筆者撰：〈鍾惺《詩經》評點成書時間考——辨證《鍾惺年譜》一誤〉一文。

時潛天時潛地，時超象罔，時入冥滓，夫欲破習而遊於天也，則莫
如臆矣。

言吾人之耳目，易受束縛，如向來以《朱傳》爲尊，故解《詩》以述朱爲事，
如奴婢聽命於主人，不敢逾矩。如何突破對舊說依傍、不受《朱傳》的束縛
呢？戴君恩的回答是：「惟臆也。」故其書亦以「臆」命名。

　考陽明三十七歲在貴州龍場驛時，曾作《五經臆說》，自云其書「蓋不必
盡合於先賢，聊寫其胸臆之見，而因以娛情養性焉耳」。〔註53〕此番形容，用
以狀《臆評》的成書亦甚爲妥貼。

　陽明心學強調良知，強調心，張揚主體精神的獨立。而戴君恩「其學出
於姚江」，〔註54〕其讀書態度，亦呈現了王學的精神，曾云：

　　山谷與李幾帖云：「以我觀書，則處處得益；以書博我，則釋卷茫然。」
　　朱晦翁云：「讀書須是優游玩味，徐觀聖賢立言本義，然後隨其淺深
　　緩急輕重而爲之說，如孟子所謂以意逆志，方爲得之，未可便以吾
　　先入之見，橫據胸中也。」予謂山谷其見高，晦翁其心虛，有山谷
　　之見，方不受書瞞；有朱子之心，方不受我瞞。善學者，取途於朱
　　子，造詣於山谷可也。〔註55〕

山谷論讀書之說，陳獻章（1428～1500）亦嘗援引，〔註56〕「以我觀書」，即
強調「我」和「心」爲主體、爲根本，不同於「以書博我」，博覽式的向外探
求，其論與王學的主張諳合，陽明之學強調「吾性自足，不假外求」，「吾心
即物理」，無假於外求，認爲世儒向外求索，皆是支離之學。〔註57〕由戴君恩

〔註53〕〈五經臆說序〉，《王陽明全集》（上海：上海古籍出版社，1992年12月），
　　　　卷22，〈外集四〉。《五經臆說》作於正德三年（1509），時陽明年三十七歲。
〔註54〕參本章第一節〈著作〉一小節，關於《剩言》一書及戴氏與王學淵源的介
　　　　紹。
〔註55〕《剩言》，卷14，頁4。所引山谷之說，黃庭堅集中未見，〔宋〕黎靖德編，
　　　　王星賢點校：《朱子語類》（北京：中華書局，1994年3月），卷10，頁169，
　　　　〈讀書法·上〉有引山谷〈與李幾仲帖〉文。《剩言》所引朱晦翁云，見朱熹：
　　　　〈答胡伯逢〉，《晦庵集》（《景印文淵閣四庫全書》本），卷46。
〔註56〕〔明〕陳獻章：〈道學傳序〉：「學者苟不但求之書而求之吾心，察於動靜有無
　　　　之機，致養其在我者，而勿以聞見亂之，去耳目支離之用，全虛圓不測之神，
　　　　一開卷盡得之矣。非得之書也，得自我者也。蓋『以我而觀書，隨處得益；
　　　　以書博我，則釋卷而茫然』。」《白沙子全集》（臺北：河洛圖書出版社，1974
　　　　年9月影印清乾隆三十六年〔1771〕刊本），卷1，頁18。
〔註57〕參〔清〕黃宗羲：《明儒學案》（杭州：浙江古籍出版社，1992年8月），卷

之評「山谷其見高」、「造詣於山谷可也」，可見山谷「以我觀書，則處處得益；以書博我，則釋卷茫然」的讀書法，是戴君恩所服膺的。

觀戴氏所言，欲以「臆」破「尺尺寸寸，傳習維謹」之習，以達「時潛天時潛地，時超象罔，時入冥滓」自由遨翔的境界，亦深得陽明心學的精神，肯定了「我」的主體性，海闊天空、無所依傍，任憑心爲之主宰。〈讀風臆評自敘〉又釋孟子的「以意逆志」之「意」爲「臆」，〔註58〕指讀者憑自己的感動、胸臆之體會去讀《詩》，以心會心，去領略詩歌的情感。陽明《五經臆說》強調「不必盡合於先賢」，戴君恩評點〈國風〉，亦言「蔑舍紫陽，以臆讀，以臆評，以臆點」。所以，《臆評》不僅常超脫《朱傳》的釋義，所呈現的著述風貌，也大大不同於傳統的解經之作。

第四節　《臆評》對《朱傳》的商榷

前已言，《臆評》節錄《朱傳》言各詩大意、詩旨的部份，於每首詩經文之後。筆者一一比對，所錄與《詩集傳》字句出入不大，節錄大約以二三句、十來字居多。〔註59〕如：〈鄭風・溱洧〉，《臆評》：「淫奔者自敘之詞。」《朱傳》云：「此詩淫奔者自敘之詞。」〈鄭風・東門之墠〉，《臆評》：「此識其所與淫者之居，思之而未得見之詞也。」《朱傳》：「此識其所與淫者之居也。室邇人遠者，思之而未得見之詞也。」或措辭全同，或僅稍節略。

《朱傳》或有未明言詩旨者，《臆評》揣摹《朱傳》、經文之意而定之。如〈鄘風・相鼠〉，《朱傳》但釋字詞之義，未言詩旨，但次首〈干旄〉篇題下，《朱傳》以「淫亂無禮」概括衛國民風。故《臆評》言：「此亦刺淫亂之詩。」〈齊風・東方之日〉，《朱傳》中但云：「此女躡我之跡而相就也」云云，《臆評》定爲：「此相邀以奔之辭。」〈秦風・蒹葭〉，《朱傳》：「然不知其何所指也。」《臆評》云：「蓋亦求賢之詩。」

《朱傳》之詩柄，似爲當時讀《詩》初學、入門者所必讀，凌濛初云：「詩

10，頁 201，〈姚江學案〉及〔明〕王守仁：〈象山文集序〉，《王陽明全集》，卷 7，頁 245～246。

〔註58〕〔明〕王嗣奭（1566～1648）作《杜臆》，釋其命名之故曰：「草成而命名曰臆，臆者，意也。以意逆志，孟子讀詩法也。」（《明詩話全編》第六冊，頁6451）可與戴君恩之釋相印證。

〔註59〕或長至十句左右，如〈邶風・二子乘舟〉、〈鄘風・載馳〉，但罕少。

柄則經生童而習之者。」〔註60〕崔述〈讀風偶識又序〉亦言：「余見世人讀《詩》，當初學時，即取詩柄連經文合讀之。」可見在以《朱傳》為科舉考試定本的明、清兩代，當時初學、應考的讀本中，詩柄為常見的內容。〔註61〕《臆評》所錄，不一定是戴君恩親自從《詩集傳》中擷取，或許其自衣篋中所尋得的〈國風〉，本就附有詩柄，而戴君恩雖存錄了詩柄，但其說《詩》正要以「臆」突破《朱傳》的束縛，故放眼《臆評》中，與《朱傳》商榷之處特別多。如〈漢廣〉評云：「只形容不可求，而女之貞俗之美可想矣。若《註》更添非復前日等語，寧不蛇足！」〔註62〕如〈綢繆〉詩，朱熹將三章分別解作「其婦語夫之詞」、「夫婦相語之詞」、「夫語婦之詞」，戴評云：「原是一時描寫語耳，不必泥定夫婦相語等意。」〈狡童〉詩，戴評云：「〈白頭吟〉〈長門賦〉」，又云：「『維子之故』，勿如《註》看，《註》蓋誤『維』作『微』也。」按：〈狡童〉詩有「維子之故，使我不能餐兮」、「維子之故，使我不能息兮」語，《朱傳》云：「此亦淫女見絕而戲其人之詞，言悅己者眾，子雖見絕，未至於使我不能餐也。」此修正朱熹因誤「維」作「微」，〔註63〕而致將詩中女子定位為「淫女」。戴氏則言此詩如〈白頭吟〉、〈長門賦〉，〔註64〕正寫出女子的深情，被棄絕、失寵的悲悽，以致寢食難安。《臆補》接續發揮，評云：「若忿、若憾、若謔、若真，情之至也。」戴氏自然是不認同《朱傳》將此詩的女主角說成「淫女」。

　　朱子《詩集傳》主淫詩說、反《序》，這與其主張的讀《詩》方法大有關係，在《朱子語類》中，常強調不要據《序》讀《詩》，要直接涵詠、熟讀經

〔註60〕〔明〕凌濛初：〈詩逆凡例〉，《詩逆》（《四庫全書存目叢書》經部第 66 冊，影印明天啓二年〔1622〕刻本），卷首。

〔註61〕如〔明〕陳組綬：《詩經副墨》（《四庫全書存目叢書》經部第 71 冊，影印明末光啓堂刻本），於每篇經文之後，亦節錄《朱傳》之詩柄，如《臆評》之例。

〔註62〕《朱傳》：「文王之化，自近而遠，先及於江漢之間，而有以變其淫亂之俗，故其出游之女，人望見之，其端莊靜一，非復前日之可求矣。」

〔註63〕「維」字，應為關係詞，解作：以、因。朱熹之釋，將「維」作「微」，解作：無、沒有，如《論語·憲問》：「微管仲，吾其被髮左衽矣。」之「微」意。

〔註64〕〈白頭吟〉，漢樂府，以女子口吻寫因丈夫用情不專，故女子與夫決絕之辭。葛洪（283？～363？）：《西京雜記》（臺北：三民書局，1985 年 8 月），卷 3 云：「（司馬）相如將聘茂陵人女為妾，卓文君作〈白頭吟〉以自絕，相如乃止。」〈長門賦〉，司馬相如作，據賦前的序所言，是為武帝陳皇后失寵而作，賦中寫失寵女子的心理，悲悽動人，委婉曲折，是一篇有名的抒情小賦。但以上所論的作者和本事，研究者都曾質疑。

文，如云：「《詩》《書》略看訓詁，解釋文義令通而已，卻只玩味本文。其道理只在本文。」〔註65〕「學者當『興於《詩》』。須先去了〈小序〉，只將本文熟讀玩味，仍不可先看諸家注解。看得久之，自然認得此詩是說箇甚事。謂如拾得箇無題目詩，說此花既白又香，是盛寒開，必是梅花詩也。」〔註66〕皆可見朱子說《詩》，常依詩之本文所述為據，對於《詩序》或牽附政事、史事的解釋，常以「與《詩》辭全不相似」駁之。〔註67〕

然而，凌濛初〈詩逆自序〉云：

> 古今說《詩》之法，有出於「以意逆志」一語之上乎？考亭駁〈小序〉，每言「於詩文未有以見其然」，則是「以文害詞」也。又言「直據詩詞，初不相涉」，則是「以詞害志」也。……眉山不云「言詩即此詩，定知非詩人」乎！〔註68〕

凌氏質疑朱子直據詩辭解詩，是以文害辭、以辭害志的作法，戴君恩亦常針對朱熹此失而駁之，或明責朱註之失當，或但述自己不同於朱子的詮釋，試將朱、戴之說兩相對照，自能看出戴氏修正朱說之處。

歸納戴氏《臆評》中所述，戴氏以為朱子據詩辭解《詩》，其失有二：其一，誤將為表現主題而虛構的描寫，認作實境。其二，對詩旨的認定常失之膚淺，未能體會其寄託、寓意。以下分論之。

一、誤將虛構的描寫，認作實境

誤將虛構的描寫，認作實境的例子，如〈周南·葛覃〉第三章「言告師氏，言告言歸。薄汙我私，薄澣我衣。害澣害否？歸寧父母。」《朱傳》云：「上章既成絺綌之服矣，此章遂告其師氏，使告于君子以將歸寧之意。」正是直據詩辭，以實境解之。《臆評》以此為虛構而非實境：

> 三章忽設歸寧一段，空中攝相，無中生有，奇奇怪怪，極意描寫。從來認歸寧為實境，不但詩趣索然，更於事理可笑。蓋國君夫人無歸寧禮，設有之，亦何至澣洗煩摑，若里嫗村婦為耶？故曰：說詩者，不以辭害意。

〔註65〕〔宋〕黎靖德編，王星賢點校：《朱子語類》，卷67，頁1653。

〔註66〕《朱子語類》，卷80，頁2085。

〔註67〕同前註，頁2072：「『鄭聲淫』，所以〈鄭詩〉多是淫佚之辭，〈狡童〉〈將仲子〉之類是也。今喚做忽與祭仲，與《詩》辭全不相似。」

〔註68〕〔明〕凌濛初：〈詩逆自序〉，《詩逆》，卷首。

「不以辭害意」，本爲孟子所論讀《詩》之法，戴氏引此，意謂不應過份執定詩辭說詩，誤認凡詩辭所言皆爲實事、實境。又如〈邶風・泉水〉有「出宿于沘，飲餞于禰」，「出宿于干，飲餞于言」，「駕言出遊，以寫我憂」等語，《朱傳》云：「楊氏曰：衛女思歸，發乎情也。其卒也不歸，止乎禮義也。聖人著之於經，以示後世，使知適異國者，父母終，無歸寧之義。則能自克者知所處矣。」戴君恩對此解亦不以爲然，認爲二章以下，所寫俱爲「幻境」，不過藉以描寫衛女之思，《臆評》云：

> 「有懷于衛，靡日不思」，詩題也。以下俱藉之以描寫有懷之極思耳。
>
> 蜃樓海氣，出有入無，詩人作怪如此，若認作實與諸姬謀之，謀之不可而出遊以寫憂，則詩爲拙手，作詩者爲癡漢矣。故知宋人「發乎情，止乎義」之說，大可軒渠。

《朱傳》解〈鄘風・載馳〉：「宣姜之女爲許穆公夫人，閔衛之亡，馳驅而歸，將以唁衛侯於漕邑。未至，而許之大夫有奔走跋涉而來者。夫人知其必將以不可歸之義來告，故心以爲憂也。既而終不果歸，乃作此詩以自言其意爾。」皆將詩辭所述作實境解。《臆評》言此詩所述「載馳載驅」、「大夫跋涉」、陟丘行野諸事，「皆無中生有，大奇大奇」，「總是託以寫其悲思迫切之意，非實事也」，言〈載馳〉「大略與〈泉水〉章情緒既同，章法亦似」。

〈齊風・雞鳴〉，設爲夫婦問答之辭，《朱傳》解云：「蓋賢妃當夙興之時，心常恐晚，故聞其似者而以爲眞，非其心存警畏，不留於逸欲，何以能此。故詩人敘其事而美之也。」以爲所有的問答，皆爲實情、實境，《臆評》則以爲詩人故虛設這些問答，以寫賢妃之心存警畏，非眞有實事：

> 雞鳴之與蠅聲，日出之與月光，豈不昭然易辨？臣工朝會，何至俟而且歸。即三告話言，亦不必有之事，直是詩人好奇，設出此段光景，以描寫賢妃不敢即安之意耳。然非有絕人之筆，絕人之膽，必不能作。

〈蒹葭〉詩，《朱傳》釋云：「言秋水方盛之時，所謂彼人者，乃在水之一方，上下求之而皆不可。」戴評則以爲「所謂伊人，在水一方」，皆爲「意中之人，意中之景」，又云：

> 「遡洄」、「遡游」，既無其事，在水一方，亦無其人。詩人蓋感時撫景，忽焉有懷，而託言於一方以寫其牢騷邑鬱之意。宋玉賦「廓落分羈旅而無友生，惆悵分而私自憐」，即此意也。

「所謂伊人，在水一方」，非實有其人、其景，「遡洄」、「遡游」，亦無其事，皆是託言手法。

〈唐風‧蟋蟀〉云：「蟋蟀在堂，歲聿其莫。今我不樂，日月其除。無已大康，職思其居。好樂無荒，良士瞿瞿。」《朱傳》皆視之為實寫，云：「唐俗勤儉，故其民間終歲勞苦，不敢少休。及其歲晚務閒之時，乃敢相與燕飲為樂。而言今蟋蟀在堂，而歲忽已晚矣，當此之時而不為樂，則日月將舍我而去矣。然其憂深而思遠也。故方燕樂而又遽相戒曰：今雖不可以不為樂，然不已過於樂乎。」《臆評》云：

> 正意只「好樂無荒」四字耳，卻從「今我不樂」二句倒翻來，而急以「無已太康」一句喝醒，何等抑揚，何等轉折。《註》乃云：「方宴樂而遽相戒。」癡贅矣。

以為根本無宴樂、無相戒之事，不過是詩人要凸顯詩題「好樂無荒」而虛構的文字。

〈兔爰〉詩，戴評云：

> 「有兔」二語，正意已盡，卻從「有生之初」，翻出一段逼麂無聊之語，何等筆力。《註》乃云「為此詩者，猶及見西周之盛」云云，真令人飯噴。

「有兔」二語，是指「有兔爰爰，雉離于羅」，《朱傳》云：「張羅本以取兔，今兔狡得脫，而雉以耿介，反離于羅。以比小人致亂，以巧計幸免，君子無辜，而以忠直受禍。」戴評以為首二句已將詩意點明，以下「我生之初，尚無為；我生之後，逢此百罹。尚寐無吪！」皆為君子身處亂世，「雉離于羅」的歎息，《朱傳》云：「為此詩者，蓋猶及見西周之盛，故云：方我生之初，天下尚無事。及我生之後，而逢時之多難如此。」認為《朱傳》太執定文辭，把文學的手法，看得太認真、太著實。

解〈豳風‧九罭〉，《朱傳》：「此亦周公居東之時，東人喜得見之，……言周公信處信宿於此，是以東方有此服袞衣之人。又願其且留於此，無遽迎公以歸，歸則將不復來，而使我心悲也。」戴評則認為「信處」、「信宿」、「無以我公歸兮」等描寫，「不作實語看，乃知此語之妙」，「信處、信宿，明知公之必歸，明知公歸之為大義，卻說『無以我公歸兮，無使我心悲兮』，正詩之巧於寫其愛處，真奇，真奇。」不過都是藉以寫東人對周公之敬愛，非實語，而是「詩人言語之妙」的呈現。

二、未能領會詩篇的寄託、寓意

朱子直據詩辭解詩之失，其一是將虛構、爲呈現主題的描寫，認作實境，這是針對詩篇中部份文辭的誤解而言。其二是對詩旨的認定常失之膚淺，未能體會其寄託、寓意，這是對全篇詩旨的體會而言。

漢人解《詩》，固然流於牽強附會、過求艱深，朱子解《詩》似又太尚平易，常直據詩辭字面所述來定其詩旨，晚明不少學者認爲詩文常用託言、寓意等手法，直據本文求之，常得其字面之意，未能領會其寄託、言外之意。

如徐光啓云：「大概風人之致，多是借有爲机，倚無爲用，說處不是詩，詩在不說處。」又云：「至于讀《詩》，全要領其不言之旨，……若一切粘皮帶骨，全非詩理。」〔註69〕以爲詩歌表現貴含蓄，本非粘皮帶骨、明白發露，「說處不是詩，詩不在說處」，要領會詩歌「不言之旨」，方是讀《詩》之道。又云：「唐人多有棄婦之作，亦以君臣之故，而托之夫婦者也。」〔註70〕「古詩亦有不得于君托于棄婦者，詩中假托寓意，無所不至，彼明言夫婦，而意在君臣，讀者尚當求之文字之外。」〔註71〕「求之文字之外」，即是追求言外之意、不言之旨，所以，如〈柏舟〉、〈邶風‧谷風〉字面看似棄婦詩，但徐光啓都以爲是假託之詞。又如〈木瓜〉詩，《朱傳》以爲：「疑亦男女相贈答之詞，如〈靜女〉之類。」朱熹亦僅就其字面所述，而定其詩旨，徐光啓以爲此詩亦是「託言」，又引黃光昇（…1529…）曰：

> 解經固難，解《詩經》尤難，蓋詩發乎人之性情，本乎人之心志。人之性情、心志，固有身相與處，而有未能悉其底裏者，況古今相去，以意迎之，安能一一盡得其旨哉！若此篇《集傳》所云，則朱子之詩耳。愚謂詩人之意，有因事而賦者，而事在詞外；有托物而興者，而興在物外；有因物而比者，而意在言表。今徒揣其辭，以贈答，語類私情，地是鄭衛，一概有心求之，以爲淫詩，失之遠矣。〔註72〕

「因事而賦者，而事在詞外；有托物而興者，而興在物外；有因物而比者，

〔註69〕兩條分見《毛詩六帖》卷1，頁80，〈雞鳴〉：卷3，頁86，〈召旻〉。

〔註70〕同前註，卷1，頁32，〈邶風‧谷風〉。

〔註71〕同前註，卷1，頁24，〈柏舟〉。

〔註72〕《毛詩六帖》，卷1，頁58。按：黃光昇，字明舉，別號葵峰，嘉靖八年（1529）進士，卒年八十一，著有《四書紀聞》、《讀易私記》、《讀詩蠡測》等。傳見〔清〕李清馥：〈恭肅黃葵峰先生光昇〉，《閩中理學淵源考》（《景印文淵閣四庫全書》本），卷61。

而意在言表」，此皆非可直據詩之言辭而求者。因抱持此種讀《詩》態度，故常會由字面進一步去尋思全詩所要表現的寄託、寓意，又有見於古詩、唐詩等文學作品中，不乏以夫婦寓君臣的手法，使得徐光啓看待《詩經》中的棄婦詩，有不同於朱熹的眼光。

顧起元（1565～1628）亦主張讀書要得意於言外，若惟言是求，所得不過糟粕：「夫不得夫古人之不可傳者，而惟言是求，固輪扁之所謂糟粕者也，何必讀書？」〔註73〕「善學經者，得意文字之外，迺見古人徒以腹笥求《五經》，則糟粕之餘，輪扁所笑也。」〔註74〕又云：

> 《詩》之為道也，與四經異，主文而譎諫，比物而托悰，遊夷要眇。
> 其詞惟達者能得其意於言之外，而固者或反失其意於詞之內，故曰：
> 「以意逆志，是謂得之。」

以為朱子誤認「鄭聲淫」一言，「遂謂〈鄭風〉所存，皆為男女期會奔佚之情、謔浪啁哳之語。其失固已不待辯矣。乃若〈周南〉之〈漢廣〉、〈野有死麕〉，〈邶〉之〈谷風〉，〈衛〉之〈氓〉，其語皆為婦人女子，而解之者遂真以為人之道婦人女子，與婦人女子自道也。」此皆以辭害意，認為這些看似描寫婦人、女子的詩，是「古之賢人君子，有所不得志於君臣朋友之間，或思有所諷焉，以匡其失；或思有所諭焉，以白其衷，而其意又未可以頌言而無諱也。於是托悰於閨闈，以寄吾蹇產俳惻之思。」並舉證〈離騷〉、漢賦諸作皆嘗用託言手法，若〈谷風〉、〈氓〉「必拘其詞以為婦人所自作，則亦固滯而不通，淺鄙而亡味矣」，且使「作者之深心」，「沈貍堙鬱于千載之上」。〔註75〕

戴君恩的看法與徐光啓、黃光昇、顧起元的思維頗相似，認為：「《五經》中，惟《詩》與《易》多寓言，其寄旨幽遠，其托象精微，若一一以正言求之，則捫燭叩盤之見耳，豈能有所領會哉！」〔註76〕以為但據字面所述的「正言」釋詩，所見膚淺，無法領會詩篇之寓意。故常常朱熹就淫奔、就男女關係解釋的詩篇，戴君恩都以為詩人施用了「以客代主」的手法，詩篇所述皆為「託言」。如釋〈氓〉詩，《朱傳》云：「此淫婦為人所棄，而自敍其事以道其悔恨之意也。」戴評言：「詩文之妙，多是以客代主，此殆有托而鳴者耳，

〔註73〕〈脞論十二首‧書〉，《嬾真草堂集‧文集》（臺北：文海出版社，《明人文集叢刊》本），卷4，頁6。
〔註74〕〈刻五經古本序〉，《嬾真草堂集‧文集》，卷13，頁3。
〔註75〕〈脞論十二首‧詩〉，《嬾真草堂集‧文集》，卷4，頁7～9。
〔註76〕《剩言》，卷9，頁3～4。

勿作棄婦辭看。」陳繼揆頗賞此解，《讀風臆補》云：「讀此，并可諷失節之士。戴評謂：『勿作棄婦詞看』者，是也。」

又如〈中谷有蓷〉，《朱傳》云：「凶年飢饉，室家相棄，婦人覽物起興，而自述其悲歎之詞也。」戴氏眉批：「作寓言讀，乃知此詩之佳，甚勿捫燭作日也。」尾評又云：「〈黍離〉而後，周無君矣，中谷之嘅，其〈離騷〉美人之悲乎！《註》卻實認凶年飢饉，室家相棄之作，是當與追蠡尚禹聲者，同一姍笑。」〔註77〕戴氏以為看似婦人在荒年被棄的自況，其實是用以影射良臣不遇賢君的時代悲涼，如果只據詩辭而定詩旨，如捫燭作日，所見太淺。《剩言》又云：

> 「氓之蚩蚩」，何必非〈離騷〉之怨？「風雨瀟瀟」，何必非〈隰桑〉
> 之辭？〈東門之墠〉，何必非招隱之作？「喓喓草蟲」，何必非思賢
> 之操？而一概以為淫奔之詩、思夫之咏，恐亦未必爾也。〔註78〕

朱熹釋〈氓〉、〈風雨〉、〈東門之墠〉、〈草蟲〉諸詩，前三首皆作淫奔之詩解，後一首〈草蟲〉，《朱傳》以為是「諸侯大夫行役在外，其妻獨居，感時物之變，而思其君子」之作，戴君恩皆以為字面描述男女、夫妻之間的詩作，皆是以客代主的手法，皆有其寓意，可作招隱詩讀，可作君臣關係解。《剩言》中又云：

> 「隰有萇楚，猗儺其枝，天之沃沃，樂子之無知」，可以為遭亂之詩，
> 亦可以為見道之語。「蜉蝣之語，衣裳楚楚，心之憂矣，于我歸處」，
> 可以為刺時之詩，亦可以為度世之語。〔註79〕

其說與孫鑛強調詩有多義，有作詩之意、用詩之意的分別近似，原是「遭亂之詩」、「刺時之詩」，在讀者以臆讀詩、用詩，隨心會解下，卻不妨將其轉為「見道之語」、「度世之語」。

第五節　《臆評》的評點特色

一、文學美感的追求

戴氏常著意如何讀詩，才能讀出詩的美感。評〈葛覃〉：「從來認歸寧為

〔註77〕追蠡尚禹聲，典故見《孟子‧盡心下》：「高子曰：『禹之聲，尚文王之聲。』孟子曰：『何以言之？』曰：『以追蠡。』曰：『是奚足哉！城門之軌，兩馬之力與？』」意為推論根據錯誤，致所得結論可笑、不足採信之意。
〔註78〕《剩言》，卷9，頁5～6。
〔註79〕同前註，頁6。

實境，不但詩趣索然，更於事理可笑。」評〈汝墳〉云：「詩人特借汝墳婦人以寫其瞻依愛戴之意。未見、既見是丹青家布景處耳。傳神寫照，應在阿堵中。此詩如此讀乃奇絕。」評〈邶風・泉水〉云「若認作實與諸姬謀之，謀之不可而出遊以寫憂，則詩爲拙手，作詩者爲癡漢矣」。反之，若〈泉水〉種種敘述，皆視之爲虛構，用以描寫衛女「有懷于衛」之思，方覺此詩之章法「蜃樓海氣，出有入無」，「波瀾橫生，峰巒疊出，可謂千古奇觀」。又評〈豳風・九罭〉「是以有袞衣兮，無以我公歸兮，無使我心悲兮」，云：「不作實語看，乃知此語之妙。」「信處、信宿，明知公之必歸，明知公歸之爲大義，卻說『無以我公歸兮，無使我心悲兮』，正詩之巧於寫其愛處，眞奇，眞奇。」又評〈中谷有蓷〉「作寓言讀，乃知此詩之佳」，評〈遵大路〉：「《註》乃以爲棄婦之詩，覺直遂無味矣。」評〈芄蘭〉：「詩意殆別有刺也，若直作刺童子看，索然無味矣。」

以上諸例，所謂「此詩如此讀乃奇絕」、「作寓言讀，乃知此詩之佳」、不作實語、實境看，方知其妙云云，所強調的重點不再是詩人之本意如何、聖人傳經之意如何，千載以下，詩人之意本難明；聖人傳經之意，歷代眾說紛紜，亦莫衷一是，此皆非戴氏所在意，戴氏關心的是作爲一個讀者如何讀詩，才能發掘出詩的滋味、詩的美感，不致使詩顯得直遂、笨拙、索然無味，此皆攸關讀者詮釋的問題，而非關經典本義。

戴氏有一些批評，雖責《註》之不是，但亦不關詩旨、不關經義、不關是非，而是關乎趣味，不滿朱子道貌岸然的註解，把詩味給破壞、沖淡了。如〈唐風・有杕之杜〉戴評：「寫得絕妙，卻被《註》子一筆抹摋了。」〔註80〕又評〈檜風・匪風〉：

> 「匪風」二語，即唐詩所謂「繫得王孫歸意切，不關春草綠萋萋。」《註》乃云：「常時風發而車偈。」「顧瞻周道，中心怛兮」，多少含蓄。《註》更補「傷王室之陵遲」，無端續脛添足，致詩人一段別趣盡行抹摋，亦祖龍烈焰後一厄也。〔註81〕

〔註80〕按：《朱傳》云：「此人好賢而恐不足以致之，故言此杕然之杜生于道左，其陰不足以休息，如己之寡弱不足恃賴，則彼君子者亦安肯顧而適我哉。然其中心好之，則不已也。但無自而得飲食之耳。夫以好賢之心如此，則賢者安有不至，而何寡弱之足患哉？」

〔註81〕按：《朱傳》云：「常時風發而車偈，則中心怛然。今非風發也，非車偈也，特顧瞻周道而思王室之陵遲，故中心爲之怛然耳。」

言朱註續脛添足的解釋，破壞了詩的含蓄，抹摋了詩的「別趣」。於此皆可見戴氏對文學美感的重視和追求。

二、形象化的評語與引詩文批評

《臆評》評語的風格，顯得更自由靈活，除用親切的口吻喚起讀者對詩辭的感動外，對評語措辭的精緻性亦較爲講究。如評〈行露〉：「首章如游魚唧鉤出淵，二三如翰鳥披雲而下墜。」評〈溱洧〉：「綺密瓌妍，如百寶流蘇，千絲鐵網，使人玩賞不已。」評〈鴇羽〉：「縮此一句，如流波激石，響玉撒珠。」〔註82〕評〈考槃〉：「細讀此詩一過，居然覺山月窺人，澗芳襲袂，那得不作人外想。」評〈大叔于田〉：「炳烺雄駿，縱之則錦繡齊鋪，按之則金針密度，又如淮陰用兵，雖復多多，紀律不爽。」評〈采苓〉：「各章上四句，如春水池塘，籠煙浣月，汪汪有致。下四句乃如風起浪生，龍驚鳥瀾，莫可控御。」皆用形象化的比喻來批評，不會說定、說死，除使讀者更具玩味的空間外，評語的文采也成爲讀者讚歎、欣賞的對象。

比起孫評、鍾評，戴氏在評點時更常引述後人的詩文。引詩文或爲解釋、說明經文，猶如注腳，此最爲常見。如評〈羔羊〉：「『退食自公，委蛇委蛇』，分明畫出朝廷無事光景，猶唐詩『聖朝無闕事，自覺諫書稀』意。」評〈遵大路〉：「明是有情語耳，孟郊『欲別牽郎衣，郎今到何處，不恨歸來遲，莫向臨邛去』，正此意也。」評〈蒹葭〉，言諸般描寫皆爲虛構，「詩人蓋感時撫景，忽焉有懷，而託言於一方以寫其牢騷邑鬱之意。宋玉賦『廓落兮羈旅而無友生，惆悵兮而私自憐』，即此意也。」評〈匪風〉詩，引唐詩「繫得王孫歸意切，不關春草綠萋萋」，來解釋「匪風發兮，匪車偈兮」之意。

或引詩文用以和〈國風〉的詩篇比較、對照，如引「裊裊城邊柳，青青陌上桑，提籠忘採桑，昨夜夢漁陽」，和〈卷耳〉詩前四句「采采卷耳，不盈頃筐，嗟我懷人，寘彼周行」比較，以爲前者濃、近，不如〈卷耳〉之淡、遠。評〈東山〉云：「『有敦瓜苦』四句，老杜『夜闌更秉燭，相對如夢寐』差堪伯仲。若王建『家人見月望我歸，正是道上思家時』，以視『鸛鳴于垤，婦歎于室』二語，便露傖父面孔。」〔註83〕

〔註82〕「縮此一句」，指縮「父母何怙」一句。

〔註83〕「『有敦瓜苦』四句」，指〈東山〉首章：「有敦瓜苦，烝在栗薪。自我不見，于今三年。」

或只是聊記閱讀時的感慨、聯想，如〈擊鼓〉末章「于嗟闊兮，不我活兮，于嗟洵兮，不我信兮」，眉批：「死別已吞聲，生別常惻惻。」〈王風‧揚之水〉尾評：「安邊自合有長策，何必流離中國人。」〈擊鼓〉、〈揚之水〉都是描寫因戍役、征戰造成生離死別的悲悽，戴氏評詩時，也聯想到了主題、情感相同的詩句，並藉這些詩句聊抒自己的閱讀感受。又如〈風雨〉詩：

　　　風雨淒淒，雞鳴喈喈。既見君子，云胡不夷？

　　　風雨瀟瀟，雞鳴膠膠。既見君子，云胡不瘳？

　　　風雨如晦，雞鳴不已。既見君子，云胡不喜？

三章前二句，都只言風雨、雞鳴，並未述及婦人等待君子歸來的過程，而由三章後二句，寫既見君子之驚喜，而婦人等待之愁苦、漫長亦可想知。戴氏眉批：「空館相思夜，孤燈照雨聲。」將他讀詩時所想像到的婦人等待之苦，藉這二句詩代言。讀者配合戴評來讀詩，自會對〈風雨〉詩有更深刻的感受。

三、重視詩題的表現

在《臆評》中常用「●」的評點符號，除部份標明字法外，大都用在點出詩題上，如以下諸例：

　　　〈關雎〉之「窈窕淑女，君子好逑」句。

　　　〈葛覃〉之「爲絺爲綌，服之無斁」句。

　　　〈卷耳〉之「嗟我懷人」句。

　　　〈采蘋〉之「有齊季女」句。

　　　〈漢廣〉之「不可求思」句。

　　　〈匏有苦葉〉之「深則厲，淺則揭」句。

　　　〈泉水〉之「有懷于衛，靡日不思」句。

　　　〈君子偕老〉之「子之不淑，云如之何」句。

　　　〈伐檀〉之「彼君子兮，不素餐兮」句。

　　　〈蟋蟀〉之「好樂無荒」句。

　　　〈鳲鳩〉之「其儀一兮」句。

　　　〈鴟鴞〉之「無毀我室」句。

點出詩題，此爲《臆評》評點的特色之一。其評語也常圍繞著詩人如何安排、表現詩題來評析。如〈關雎〉、〈卷耳〉、〈泉水〉之評，言詩中許多的描寫都是爲了表現詩題而虛構。〈關雎〉詩只「窈窕淑女，君子好逑」正意便道盡了，

「卻翻出未得時一段，寫個牢騷憂受的光景，又翻出已得時一段，寫個歡欣鼓舞的光景」，這些虛寫，都是用來描寫「君子好逑」的主題。〈卷耳〉眉批云二、三、四章所述登高之事，「總是借以描寫『嗟我懷人』一句」而已，亦非實境。〈泉水〉言出宿、飲餞、駕言出遊諸事，都是藉以描寫「有懷于衛，靡日不思」的詩題而已。

　　詩題常見安排在第一章，開門見山道出，對於部份詩題特殊的安排，戴氏亦常詳爲分析，如〈葛覃〉尾評特別分析此詩詩題的安排及表現，言詩題「爲絺爲綌，服之無斁」故伏第二章，先「用退一步法，描寫中谷始生時景物，點綴如畫」，在第三章中，「忽設歸寧一段，空中搆相，無中生有，奇奇怪怪，極意描寫」。如評〈采蘋〉：「詩本美季女，若俗筆定從季女說起，此卻先敘事，後點季女，是倒法。」〈伐檀〉詩題爲章末之「彼君子兮，不素餐兮」，前面先「摹擬想像」說「坎坎伐檀，……胡瞻爾庭有縣貆」諸事，末再點出詩題，故旁批云：「亦是倒法。」

　　以上所舉，俱是詩題見諸詩句之中的例子，更有一種技巧是意藏篇中者，戴氏亦爲讀者指出，如評〈芣苢〉：「通篇言樂，更不露一樂字。」「看他由采而有、而掇、而捋、而襭，從容閒適之意可想。」評〈甘棠〉：「只說『召伯所茇』，德澤已在言表。」評〈碩人〉：「更不及莊公一語，迺諷刺自在言外。」評〈碩鼠〉：「只粘碩鼠，更不粘著時事。」評〈猗嗟〉：「稱美之也，實歎息之也，若俗筆未免露出矣。」〈陟岵〉詩不言己思家人，但藉父曰、母曰、兄曰寫其思己，三章末戴氏眉批：「如此便了，更不轉到自己身邊，妙絕。」尾評又云：「思父母而曲體其念己之心，眞孝子也，乃其作筆絕奇。」

四、詩法的點明與分析

　　戴君恩的評《詩》動機與鍾惺類似，皆似出於無所爲而爲。然而所呈現的評點的風貌，卻與鍾評略有不同。比較起來，鍾評較常旁涉，戴評則以文學賞鑑、詩法分析爲主，更近於孫鑛評《詩》的風格。觀戴氏評〈關雎〉云：「局陣妙絕，分明指點後人作賦法。」評〈定之方中〉：「章法、句法、字法，錯綜伸縮，各極妙境。細玩之，詩文另長一格。」且常常於評語中言及詩人如何表現詩題、詳加分析詩法，很明顯，「寫作學」的指導成份較濃。

　　關於《臆評》中所言及之詩法，劉毓慶先生〈戴君恩的「格法」說與《讀風臆評》〉有詳細的論述。文中共列舉戴氏所論及之法十種，有：翻空法、退

一步法、鋪陳法、關鎖法、倒法、反振法、以客代主法、轉折法、投胎奪舍法、伸縮法等。〔註84〕這十種大都屬於詩篇之章法，其中戴氏較常提及的是翻空法、倒法，其它較少出現，如鋪陳法、關鎖法、反振法、投胎奪舍法等，《臆評》中不過僅只一見。

所言的「翻空法」，即筆者前面曾論及的，戴氏認為如〈關雎〉、〈葛覃〉、〈泉水〉、〈載馳〉等詩，許多的描寫都是無中生有、翻空見奇，藉以表現其詩題的技巧。「倒法」前亦已曾略言之，如〈采蘋〉、〈燕燕〉、〈伐檀〉、〈下泉〉等詩，不將詩題作開門見山的安排，前面常虛敘，後才實點、道出主題，如評〈采蘋〉詩，「先敘事，後點季女，是倒法」。此皆為詩篇之章法。比起孫、鍾二評，戴氏在章法上的分析，著力較多，分析也更詳盡、精彩。

論詩篇句法者，如〈緇衣〉在一章之中，接連言改衣、適館、授餐諸事，以其「一句一轉，一轉一意」，故眉批：「句法婉折。」評〈采苓〉首章「人之為言，苟亦無信」云：「二語婉而緩」；評接續的「舍旃舍旃，苟亦無然，人之為言，胡得焉」云：「四語直而迅。」〈園有桃〉首章末：「心之憂矣，其誰知之？其誰知之，蓋亦勿思！」戴氏於「心之憂矣」旁批：「複一句，益見其憂。」指前已有「心之憂矣，我歌且謠」句，此重覆「心之憂矣」愈能表達其憂心忡忡。「其誰知之」旁批：「疊一句，又妙。」賞其複疊的句法。〈著〉詩：「俟我於著乎而，充耳以素乎而，尚之以瓊華乎而。」每句末用「乎而」作為語助詞，戴批：「句法奇怪，從所未有。」

論字法者，如評〈螽斯〉：「勿論其他，只細玩詵詵、薨薨字面，自是螽斯寫生手，古人下字之妙如此。」評〈采蘩〉：「連用四『于以』字，分明寫出疾趨不寧之意，僮僮在公，何等竦敬，祁祁還歸，何等閒飭，真傳神手也。」評〈出其東門〉「聊樂我員」云：「聊字下得妙！」評〈王風·揚之水〉：「篇中『戍申』、『戍甫』、『戍許』等字，都下得有精神。」

孫、鍾之評，大都點到為止，有時甚至只簡要的批一「妙」字、一「奇」字，或但註「字法」、「句法」，讓吾人今日讀之，或不知妙在何處，奇在何處，不明字法、句法有何可取。而戴君恩之評較兩人更為詳細，如〈定之方中〉、〈載馳〉、〈鴟鴞〉、〈東山〉、〈九罭〉諸詩的評點，有圈點有批評，旁批、眉批、尾評相濟，章法、句法、字法皆一一道明。雖然這種細部分析，在古人看來，未

〔註84〕劉毓慶：〈戴君恩的「格法」說與《讀風臆評》〉，《中國典籍與文化》2000年第 2 期，頁 74〜78。

免又落入如《詩歸》揭發無餘，所評太盡之譏。然今人看來，正因其詳盡，使《臆評》成爲孫、鍾、戴三人評《詩》之作中，最適合今人閱讀的。

第六節　《臆評》的影響與評價

除《總目》抱持一貫反對評經的立場，評《臆評》此書「纖巧佻仄」、「其於經義，固了不相關也」〔註85〕外，今所見關於《臆評》的評價，大都持正面的肯定。朱墨本的刊者閔齊伋讚戴氏「以臆讀〈風〉也，亦恰中人臆，似無臆外之奇，獨是千古陳言，一朝新徹，乃大奇耳。」〔註86〕凌濛初《言詩翼》的〈國風〉部份，亦屢引《臆評》之說，其書〈凡例〉云：「……中有無名氏，乃在長安所得抄本，不知出何人筆，止有〈國風〉，失去〈雅〉〈頌〉，不忍埋沒，亦採錄之。」〔註87〕書中屢引「無名氏曰」，皆出自《讀風臆評》。〔註88〕

崔述嘉慶十年（1806）所作〈讀風偶識又序〉，提到幼時讀《詩經》的經驗：

余家舊藏有《讀風臆評》一冊，刻本甚楷而精，但有經文，不載傳註，其圈與批則別有硃印套板。余年八九歲時，見而悅之，會先大人有事，不暇授余書（原注：余幼，不記憶爲何事），乃取此冊攜向空屋中讀之，雖不甚解其義，而頗愛其抑揚宛轉，若深有趣味者。久之，遂皆成誦。至十歲後，始閱朱子《詩傳》，亦不知何爲詩柄。又數年後，始見《詩序》，亦不知其可寶貴者何在。以故余於〈國風〉，

〔註85〕《總目》，卷17，〈詩類存目一〉，〈讀風臆評〉條。
〔註86〕閔齊伋：〈書戴忠甫《讀風臆評》後〉。
〔註87〕凌濛初：《孔門兩弟子言詩翼·凡例》（《四庫全書存目叢書》經部第66冊，影印明崇禎刻本），卷首。
〔註88〕萬曆末葉至泰昌、天啓、崇禎年間，套印本大盛，吳興閔、凌二家爲最，學者指出，兩家居同邑、生同時，所刻之書版式、風格趨近，並且推論兩家從事套印的出版事業，有著既競爭、又合作的關係，相兼互採。參趙芹、戴南海：〈淺述明末浙江閔、凌二氏的刻書情況〉，《西北大學學報》（哲學社會科學版），1996年第1期，頁80～83。王重民《中國善本書提要》以爲「閔氏朱墨套印蓋始於萬曆四十四年。」（頁40），則刊於萬曆四十六年的閔刻《臆評》，尚屬較早刊印的套印本，物稀爲貴，應更受矚目。凌氏不僅刊印鍾惺《詩經》評，且撰有《詩逆》、《言詩翼》、《聖門傳詩嫡冢》，既是套印本的刊印者，又是《詩經》學的專家，加上凌、閔居同里，又曾合作過，怎會不知《讀風臆評》此書？何以不明引戴氏《讀風臆評》？是真如〈言詩翼凡例〉所言，或有其它考量而故弄玄虛，待考。

> 惟知體會經文即詞以其求意，如讀唐宋人詩然者，了然絕無新舊漢
> 宋之念存於胸中，惟合於詩意者則從之，不合者則違之。但《朱傳》
> 之合者多，衛《序》之合者少耳。嗟夫，嗟夫，安得世有篤信經文
> 之人而與之暢論斯旨乎！

其實《臆評》亦附有詩柄，不過是接續於經文最末，夾行小字排列，在圈評
硃色燦然的對照下，頗不明顯。崔述在這〈序〉裡，並不特別推重戴評的影
響，主要是取《臆評》版刻悅目吸引他，且無箋注訓詁等，讓他直據經文讀
《詩》，故免於受前人舊說束縛，而橫一詩柄在胸來讀《詩》。〈序〉中所言「雖
不甚解其義，而頗愛其抑揚宛轉，若深有趣味者。久之，遂皆成誦」，「其」
似亦是指〈國風〉詩篇而言，而非戴評。《讀風偶識》仍是經學的、考據的，
不以文學說《詩》見長。然而，自民初古史辨學者的推重以來，崔述《讀風
偶識》以其勇於突破舊說，至今一直受到學界矚目，夏傳才先生的《詩經研
究史概要》，即將《讀風偶識》與姚際恆、方玉潤之作併在一起討論，稱之為
「超出各派之爭的『獨立思考派』」，〔註89〕放寬來看，《臆評》對於催生《讀
風偶識》固不為無功。

　　清光緒陳繼揆很欣賞戴評，才接續補之，完成《臆補》一書。徐發仁云
陳氏「平日讀〈風〉，恆有得於聲音微眇之間，欲於箋疏會其意，而迄不得其
意。偶獲前明戴忠甫《臆評》一書，恍若自其意之所出」。陳繼揆亦自云：「善
哉！《臆評》一書，戴公真先我心也，戴公之於《詩》，以臆讀、以臆評，排
空而不摭實，觀詞不害志，而丹黃點涴，使興觀之旨，瞭然於紙上。揆向有
志於《詩》，引經據典，徒費苦心，得此讀之，風人如詔我也。」〔註90〕欣賞、
讚歎之意，溢於言表。

　　周作人認為《總目》所評「其於經義，固了不相關」，這正是《臆評》的
優點、特色所在，認為讀《詩經》，「一方面固然要查名物訓詁，了解文義，
一方面卻也要注重把他當作文學看，切不可奉為經典，想去在裏邊求教訓」，
以為自古以來，不將《三百篇》當作經而只當作詩讀的人，並不多，所以益
發肯定《臆評》的稀有可貴。〔註91〕另外，朱自清在其《詩名著箋》中也引

〔註89〕夏傳才：《詩經研究史概要》（臺北：萬卷樓圖書公司，1993年7月），頁228
　　　　～233。
〔註90〕徐發仁：〈讀風臆補敘〉，陳繼揆：〈風次〉，俱見《讀風臆補》，卷首。
〔註91〕《知堂書話》（下），頁1，〈讀風臆補〉條。

錄戴君恩對〈國風〉詩歌的一些批評。〔註92〕

　　劉毓慶先生曾指出：「與徐光啓、孫鑛相比，戴君恩在當是最沒有名氣的人，而他的《詩經》研究成果所獲得的好評，卻似乎超過了孫、徐諸人。」〔註93〕其說值得商榷，〔註94〕且比較的立足點似有失公平。

　　與徐光啓、孫鑛之作比較，《臆評》似較獲得後世的重視和好評，然這並非可就諸人評點優劣、識見高低來解釋，更重要的原因是徐光啓、孫鑛之作非如《臆評》為朱墨套印精刻，明末擁有《毛詩六帖》、《批評詩經》的人，不會慎重典藏、流傳。據《中國古籍善本書目‧經部》的統計整理，《毛詩六帖》僅有萬曆四十五年金陵書林廣慶堂唐振吾刻本，只有上海圖書館、遼寧省圖書館兩處收藏。《批評詩經》亦僅有明末天益山刻本，只有北京師範大學圖書館、復旦大學圖書館二處收藏。而閔齊伋朱墨套印的《讀風臆評》，共有首都圖書館等二十七處的圖書館收藏，〔註95〕遠逾前二者。刊印較粗，使徐、孫二書不受珍重，致不易傳於後世，時間愈久，影響也愈不如《臆評》。

　　就性質而言，徐光啓的《毛詩六帖》，只是下帷時在家鄉以教授為業，為了教學而編輯的《詩經》講義，〔註96〕是教材，也是廣義的科舉用書，這類用書為了降低成本，密密麻麻，絕無精美可言，時過境遷，就廢棄不用了。旋生旋滅，是這類書籍的特色，若非徐光啓為名人，今日要見到明刊的《毛詩六帖》機會更小了。而孫鑛則因是明代的評點的大家，在清初學風轉變，評點、評經遭大雅之士攻擊時，孫鑛、鍾惺這些赫赫有名的大家，常成為攻擊的箭靶，故常有負面的評價產生，相較之下，戴君恩較沒名氣，反不會成為攻擊的目標，較不致招來惡評。

　　戴維《詩經研究史》提到孫鑛、戴君恩、鍾惺等人之評點著作，以為：「數家評點，以戴君恩《讀風臆評》為最著。」〔註97〕故其書中《《詩經》學文學

〔註92〕　《詩名著箋》，《朱自清古典文學專集‧續編》（臺北：源流文化事業公司，1982年9月），頁67～214。

〔註93〕　劉毓慶：《從經學到文學──明代詩經學史論》，頁176。

〔註94〕　筆者以為，在明末、清初尚容易見到《毛詩六帖》時，由於《六帖》平價、流傳普遍、內容較豐富，不論是著書時徵引或一般閱讀，應較戴評更有影響力。

〔註95〕　《中國古籍善本書目‧經部》，頁140、142、143。按：此僅為中國大陸一地的統計。

〔註96〕　〔明〕唐國士：〈毛詩六帖序〉云：「《詩六帖》乃徐太史玄扈先生下帷時所輯。」《毛詩六帖》，卷首。

〔註97〕　戴維：《詩經研究史》，頁463。

評點的發展〉一節中，百分之八十左右的篇幅皆論戴書。何以言「戴君恩《讀風臆評》為最著」，並未說明其故。三書之中，其實最常被徵引、最具知名度的應是鍾惺《詩》評，可參本論文第五章第八節〈鍾評的影響與評價〉一節所論，說《臆評》「最著」，恐非事實。一方面鍾評亦是精美的朱墨套印本、三色印本，具有和《臆評》同樣受後世藏書家看重的條件。再者，鍾惺為竟陵派之領袖，因其盛名之故，著作更受矚目，所以《總目》常以鍾惺及其《詩經》評作為攻擊的目標，姚際恆《詩經通論》、方玉潤《詩經原始》的卷首凡例中，也要刻意與鍾惺畫清界線。

戴維對戴君恩〈羔羊〉之評的議論，筆者以為亦值得商榷。〈羔羊〉詩云：

羔羊之皮，素絲五紽。退食自公，委蛇委蛇。

羔羊之革，素絲五緎。委蛇委蛇，自公退食。

羔羊之縫，素絲五總。委蛇委蛇，退食自公。

《朱傳》：「南國化文王之政，在位皆節儉正直，故詩人美其衣服有常，而從容自得如此。」《朱傳》定此詩旨，確實有難自圓其說之處，觀其所註，無法與所釋的詩旨「節儉正直」呼應，駁〈序〉是朱子釋《詩》之一大特色，其解說〈國風〉不同於〈序〉說者尤其多，但〈周南〉、〈召南〉詩，朱熹仍多遵〈序〉說，朱子所定〈羔羊〉詩旨乃本〈小序〉「召南之國化文王之政，在位皆節儉正直，德如羔羊」而來。何以見其節儉正直呢？《鄭箋》云：「退食，謂減膳也。自，從也，從於公，謂正直順於事也。委蛇，委曲自得之貌，節儉而順心志，故可自得也。」由「退食」，見其節儉；由「自公」，見其正直。而《朱傳》不滿意《鄭箋》「退食自公」之釋，改成：「退食，退朝而食於家也。自公，從公門而出也。」如此，「節儉正直」變得沒有著落了。《朱傳》之不足在此。

《臆評》云：

「退食自公，委蛇委蛇」，分明畫出朝廷無事光景，猶唐詩「聖朝無闕事，自覺諫書稀」意。宋人從羔羊、素絲，見他節儉，遂執定節儉正直對看，不知羔羊二句，但指其人耳。真皮相可笑。

戴評以為三章前二句，「羔羊之皮，素絲五紽」，「羔羊之革，素絲五緎」，「羔羊之縫，素絲五總」三處，都是用臣子的衣著，來代稱其人而已，即修辭學上所說的「借代」手法，與節儉無關。如杜甫〈自京赴奉先縣詠懷五百字〉「杜陵有布衣，老大意轉拙」句，即用服飾「布衣」來指詩人自己。戴評之解，

亦甚通活。至於責「宋人從羔羊、素絲，見他節儉」，朱子但解「小曰羔，大曰羊，皮，所以爲裘，大夫燕居之服」云云，並未從羔羊、素絲尋得「節儉」之意，皆緣朱子所定「節儉正直」詩旨沒有著落，致《臆評》有此誤會。

然而戴維對《臆評》這段評語，如此發揮：

> 戴君恩《讀風臆評》，是當時時勢的產物，也反映了當時的政治、文化、思想，如前所引〈羔羊〉的總評，戴氏反對宋人「節儉正直」之說，其實就部分折射出明晚期追求奢侈豪華、醉生夢死、袖手談心的思想。〔註98〕

所言似未能掌握《臆評》之意，斷章取義，發揮太過了。

戴維又言戴君恩「他用以評論《詩經》的文學思想，也深深烙上明晚公安派末期的痕跡。再者，他的評注也染有揣摹科舉時文的特點，闈中所作，正合其宜。」〔註99〕戴君恩評《詩》時爲萬曆四十六年，已是竟陵派領袖文壇之際，不知何以言《臆評》「烙上明晚公安派末期的痕跡」？至於說《臆評》「染有揣摹科舉時文的特點，闈中所作，正合其宜。」疑其乃受《總目》等對於評點本，慣用「批點時文之法」等措辭來批評的影響，故作如是之言，其實《臆評》其性質與科舉全然無關。此書闈中所作，乃因閒暇之餘，銷此清晝之用，戴君恩之〈讀風臆評自敘〉所言甚爲明白。

雖筆者強調《臆評》在當時的影響實遠不及鍾惺，然而比起孫、鍾常點到爲止，或令人不明所以，戴評所言較詳，且評語措辭更具藝術性，所以雖同孫評一樣，重在點明詩法，但戴君恩將對《三百篇》的讚嘆，化爲具有感染力的批評文字，使讀者在讀其評語時，更容易被他說服。以「臆」讀《詩》，不受舊說束縛；商榷《朱傳》，強調詩歌中有虛構的描寫，不過爲凸顯主題之用，勿認作實境；又認爲讀詩不應執定字面，要求言外之意等，皆是頗爲通達之論。在此種認識之下，讓詩義有了別開生面的詮解，也開拓了更寬廣的解釋空間。

〔註98〕同前註，頁 467。
〔註99〕同前註，頁 468。

第七章　晚明《詩經》評點的性質辨證

　　筆者在先前幾章的論述中，直接將孫、鍾、戴三人的《詩經》評點，定位為以文學角度解讀《詩經》、以文學的眼光說《詩》之作，然而，楊晉龍先生卻有不同的看法，因此筆者特設此章辨證其性質。

　　在《明代詩經學研究》中，楊先生節引《續修四庫全書總目提要》張壽林之說，針對張壽林所提到的鍾惺評點「不脫時文之習」一語評曰：「筆者以為此正是鍾氏之重點，其著作之目的，本『欲令於流覽之際，兼習揣摩』，『輔導人們應考』。」而由錢謙益諸人責備鍾惺等人的經書評點為「人心日壞」之禍首，進而推論：「鍾惺等之評點，實與高頭講章之類同意：『便於啟蒙，有助於舉業也』。至今人所艷稱之『以文學觀評詩』，恐非鍾氏所重。」又云：

> 就如同當時對高頭講章的誤解貶抑一樣，評點之書在當時少數自以為是的學者眼中，地位非常低，但在大眾學子中，恐怕要人手一冊，以便在其中學習如何作八股文之法或經義之方了。因此評點的本質，實際上是另一種形式的高頭講章式的科舉參考書。……評點之類的書所以暢銷，所以會成為詬責對象，正因為和科舉的關係密切，與科舉的關係密切，所以觀其書者多，因此纔引發錢、顧一類的嚴厲詬責，從錢、顧的激烈言詞，可以證明鍾氏的評點在當時的風行和影響，而這種風行和影響，其實和科舉有分不開的關係。〔註1〕

〔註1〕　以上所引參見楊晉龍：《明代詩經學研究》（臺北：臺灣大學中國文學研究所博士論文，1997 年 6 月），頁 292～295。按：筆者在論文中，雖不認同楊先生對晚明《詩經》評點性質的詮釋，然《明代詩經學研究》博綜群書，內容豐富，自是筆者望塵莫及。

其主張重點有二：一、鍾評《詩經》等著作，「是另一種形式的高頭講章式的科舉參考書」，〔註2〕用途爲輔導學子應考之用。二、此類書之所以大爲風行，並爲錢謙益、顧炎武所指斥，正因其爲科舉用書之故。

之後，張淑惠作《鍾惺的詩經學》亦採此新說，云：「學者研究以爲評點《詩經》，係伯敬爲士子提供考試經驗之參考書。」「鍾惺《詩經》評點之刊刻套印肇因於『八股取士』，爲輔導士子應試之作。」〔註3〕

將鍾惺《詩經》評點視爲如高頭講章類的科舉用書，其說推翻舊論，令人耳目一新。然而，此新說是否正確？到底如鍾惺《詩經》評點之類的著作，其性質爲何？〔註4〕何以會大爲風行？錢、顧諸人指斥的原因何在？與科舉、時文有何干係？本章以下將針對上述這些問題加以釐析。

第一節　何謂「不脫時文之習」

楊晉龍先生的推論乃自張壽林之論而發，我們不妨亦從張壽林所言著手。在《續修四庫全書總目提要》中，張壽林所撰寫的鍾評提要云：

> 今考其書，大旨欲以意逆志，以破漢儒之拘牽，蓋惺本文士，又爲竟陵一派之宗主，故其說《詩》，意在品題，與經生說《詩》之株守門戶，斤斤於名物訓詁者，固自不同。其於經文之旁，加以卷圈，且各附眉批旁注，以摘發字句，標示語脈。雖不脫時文之習，然其

〔註2〕何謂「高頭講章」？啓功云：高頭講章的形式是「在木版刻的每頁書面上橫分幾層，無論什麼書的正文（連注）占最下一層，甚至有的被壓到版面的三分之一的，上邊無論三層四層，每層各自排列著某方面的資料，從詞句的解釋、典故的原委、故事的背景，哪句話的精神，哪條道理的講法，哪一章的綜合宗旨，哪一節的部份論點等等，各自納入某些橫欄中。因此這種書的版面必然是頭重腳輕，頭長身短，俗稱叫做『高頭講章』。」這種書由於「預先把書中的某字句以至某章節都設想周密、分析細膩」，「詞藻、典故、原話的意旨、所講的道理」等等，都預備好了，所以顧便於「供作文章的人去吸取，甚至去抄襲」參啓功：《說八股》（北京：中華書局，1994年7月），頁31～32。

〔註3〕兩條資料分見張淑惠：《鍾惺的詩經學》（臺北：東吳大學中國文學研究所碩士論文，2000年6月），頁25、164，其自註皆云參自楊氏《明代詩經學研究》一書。

〔註4〕本章所論的晚明《詩經》評點的性質，乃針對本論文所討論的孫、鍾、戴三部《詩經》評點而言。由於孫、鍾知名度較高，晚明之後的批評，常以兩人爲目標，而未及戴君恩。但筆者以爲三部書性質相近──都是趨近文學觀點說《詩》的，故不妨合併討論。

間品題玩味，多出新意，不肯剽襲前人，揆之性情，參之義理，頗
能平心靜氣，以玩索詩人之旨。……凡若此類，大抵著語無多，而
領會要歸，表章性情，深得詩人之本意，雖平心揣度，不無臆斷之
私，然千慮一失，賢者不免，必謂批點之法，非詁經之體，遂併其
書而廢之，是則未免門户之見，非天下之公議矣。〔註5〕

若因上述提要中有「不脱時文之習」語，而遽以此書爲科舉用書，似與提要
其它部份所說：「蓋惺本文士，又爲竟陵一派之宗主，故其說《詩》，意在品
題」及「其間品題玩味，多出新意」，「頗能平心靜氣，以玩索詩人之旨」云
云，強調此書重在「品題」、「玩味」、「玩索」，不太符合。到底「時文之習」
的批評，其意爲何？是否專用在時文選本、科舉講章上呢？

　　考《四庫全書總目》提及「時文」固有屬科舉用書者，如以下三例：

一、明・陳際泰《易經說意》，《總目》云：「際泰本以時文名，故其說經
　　亦即用時文之法，中間或有竟作兩比者，自有訓詁以來，一二千年
　　無此體例也。」〔註6〕

二、明・沈爾嘉《讀易鏡》，《總目》云：「是書悉依今本次序，每一卦一
　　節，列經文於前，列講義於後，而講義高經文一格，全爲繕寫時文
　　之式。其說皆循文敷衍，別無發揮。經文旁加圈點，講義上綴評語，
　　亦全以時文法行之，即其書可知矣。」〔註7〕

三、明・楊鼎熙《禮記敬業》，《總目》云：「是書專爲舉業而作，徑以時
　　文之法詁經。」〔註8〕

由上三例可略窺《總目》中語及「時文」、「時文積習」、「時文之法」字眼者，
常與科舉用書有關的現象。而此種現象，在《續修四庫全書總目提要》中亦
然，如：

一、明・孫鼎《新編詩義集說》，張壽林評云：「惟其所纂輯皆明人說《詩》
　　之書，往往敷衍語氣，爲時文之用，尤多迂腐之論，是不免白璧之
　　微瑕。」〔註9〕

〔註5〕　《續修四庫全書總目提要・經部》（北京：中華書局，1993 年 7 月），頁 321，
　　　　〈批點詩經〉條。
〔註6〕　《總目》，卷 8，〈易經類存目二〉，〈易經說意〉條。
〔註7〕　同前註，卷 8，〈易經類存目二〉，〈讀易鏡〉條。
〔註8〕　同前註，卷 24，〈禮類存目二〉，〈禮記敬業〉條。
〔註9〕　《續修四庫全書總目提要・經部》，頁 318，〈新編詩義集說〉條。

二、明‧楊于庭《詩經主義》，張壽林評云：「是編推闡詩旨，終不脫時
　　文積習，蓋意在爲程式制藝之計，固難免明人空疏之弊矣。」〔註10〕

三、明‧何大掄《詩經主意默雷》，張壽林評云：「統觀其書，蓋所以爲
　　程式制藝之用，……以批點時文之法，推求經義，蓋揣摹弋取之書，
　　本不爲解經而作。」〔註11〕

多數的高頭講章，常不免招來如上述之類的批評，此乃因常用來解說時文的
評點方式，施之於高頭講章亦有便利之處，可以「爲學者指其精華所在」。
〔註12〕但若就此以爲凡言及「時文之習」、「時文之法」者，皆爲高頭講章、
科舉用書，是又不然，在《總目》中，我們也可以發現一些有力的反證，如：

一、清‧馮李驊、陸浩同編的《左繡》，《總目》云：「上格皆載李驊與浩
　　評語，則竟以時文之法商榷經傳矣。」〔註13〕

二、明‧陳仁錫編《蘇文奇賞》，《總目》云：「是編取東坡《七集》分體
　　選錄，一以時文之法批點之。」〔註14〕

三、明‧潘緯撰《潘象安詩集》，《總目》云：「中閒潁陽許國、嶺南區大
　　相二人評語，如批點時文之法，亦非古人體例。」〔註15〕

四、明‧閔齊華編《文選瀹註》，《總目》云：「是書以六臣註本刪削舊文，
　　分繫於各段之下，復採孫鑛評語，列於上格。蓋以批點制藝之法施
　　之於古人著作也。」〔註16〕

五、舊題明‧鍾惺編《周文歸》，《總目》云：「其書刪節《三禮》、《爾雅》、
　　《家語》、《三傳》、《國語》、《楚詞》、《逸周書》共爲一編，以時文
　　之法評點之。」〔註17〕

六、清‧徐文駒編《明文遠》，《總目》云：「是編輯有明一代之文。……

〔註10〕同前註，頁 320，〈詩經主義〉條。

〔註11〕同前註，頁 326，〈詩經主意默雷〉條。

〔註12〕〔清〕戴名世、程逢儀〈四書朱子大全凡例〉：「近日講章皆著圈點，所以爲
　　　　學者指其精華所在也。」〔清〕戴名世撰，〔清〕程逢儀輯：《四書朱子大全》
　　　　（《四庫禁燬書叢刊》經部第 9 冊，影印清康熙四十七年〔1708〕程逢儀刊
　　　　本），卷首。

〔註13〕《總目》，卷 21，〈春秋類存目二〉，〈左繡〉條。

〔註14〕同前註，卷 174，〈別集類存目一〉，〈蘇文奇賞〉條。

〔註15〕同前註，卷 180，〈別集類存目七〉，〈潘象安詩集〉條。

〔註16〕同前註，卷 191，〈總集類存目一〉，〈文選瀹註〉條。

〔註17〕同前註，卷 193，〈總集類存目三〉，〈周文歸〉條。

其圈點批語，皆用八比之法。」〔註18〕

七、《總目》對於清初以評選古文聞名的林雲銘，評云：「所評註選刻，大抵用時藝之法，不能得古文之源本。」又云：「林雲銘輩以八比法詁《莊子》。」〔註19〕

所謂「制藝」、「時藝」、「八比」都是八股文的別稱，所以上述提要中所云「制藝之法」、「時藝之法」、「八比之法」等，皆與「時文之法」同義。然而《蘇文奇賞》、《潘象安詩集》是別集；《文選瀹註》、《周文歸》、《明文遠》、林雲銘所評古文，皆為總集；《莊子》則是子書，既非經書，其性質也不盡然直接關乎科舉，而《總目》仍用「以時文之法批點之」、「以批點制藝之法」、「皆用八比之法」、「用時藝之法」等語來加以評論，可見《總目》使用這些術語，並非專施用於科舉用書上。換言之，提要中出現「以時文之法批點之」、「以批點制藝之法」、「皆用八比之法」、「用時藝之法」等字眼時，不能據此逕自斷定所評的對象即為科舉用書。

章學誠提到周震榮所編的古文選本，「仍似不脫時文習氣，與俗下所選《左》《國》《史》《漢》唐宋八家，以及七種八集之類，究未相遠，恐童幼習慣，專意詞致文采，遂以機心成其機事，而難於入道耳。」〔註20〕周氏所編如何、章學誠所評是否得實，非筆者所關切，而從這段評論可知章氏所謂的「不脫時文習氣」是針對周氏所評選的古文選本「專意詞致文采」的現象所做的批評，可見「不脫時文之習」的評論，不一定要與高頭講章的科舉用書畫上等號。

再如《左繡》一書，雖是以《左傳》經文為本，但卻非論其經義，而是論其文章，朱軾（1665～1736）為此書作序云：「《左氏》文章也，非經傳也。」作者也一再強調「此書單論傳，不論經」、「《左傳》但當論文，不當論事」，編撰目的在於「專論《左氏》篇法、作意」、「要為初學撥其雲霧，指其歸趣」，由此可知，此書重點不在經義、史事，而是專為初學論文而作。例言中又言

〔註18〕同前註，卷194，〈總集類存目四〉，〈明文遠〉條。

〔註19〕同前註，卷182，〈別集類存目九〉，〈把奎樓文集〉條；卷146，〈道家類〉，〈莊子口義〉條。

〔註20〕〔清〕章學誠：〈答周筤谷論課蒙書〉，《章氏遺書》（臺北：漢聲出版社，1972年影印吳興劉承幹刊本），卷9。周筤谷，即周震榮（1730～1792），章學誠：〈周筤谷別傳〉云：「君諱震榮，字青在，一字筤谷，浙江嘉善人……卒於乾隆五十七年，……春秋六十有三。」文見《章氏遺書》，卷18，頁14～19。

此書採評點的方式，「傳文于大段落用▌，小段落用▏，斷而另起者用 Ｌ，略讀者用●，其于線索關鍵、詞意警妙處或△、或◎、或○○○○、或 ＼＼＼＼，各就本篇照應，不拘一律。」並將論文法的評語「另列上方」，避免與杜預註混淆。這樣的論文方式，採解析時文用的評點手法，而將評語列上方，則似士子備考所讀解說經義的高頭講章，作者似已預見他所選擇的作法不免招來部份人士的譏評，自云：「或以高頭講說為嫌，弗惶恤矣！」「或謂：『奈何等《左傳》於時文？』則吾不知之矣！」〔註21〕這兩段話，似乎也在為《總目》「竟以時文之法商榷經傳」的批評，預作回應。

清代顧湄反對評點，以為「彊加評跋」會落入「時文蹊徑」；〔註22〕前面所引《讀易鏡》提要中的「經文旁加圈點，講義上綴評語，亦全以時文法行之」語，亦是一證，原來所謂「時文之法」，不過是加圈點、綴評語的現象而已。倫明論清代周人麒《孟子讀法附記》一書云：「所謂『讀法』，仍用單點單圈密圈等作標識，行間書眉偶著評語，不出批讀時文習套。」〔註23〕亦可作為另一佐證。將圈點、旁批、眉批的手法，名之為「批讀時文習套」，理由無他，蓋因此種圈評方式，在明、清時最常被應用在評析時文上。

所以，概括來說，凡採「評點」方式的，皆可能被戴上「時文之法」、「時文之習」的帽子。而深入來看，因為評點時文，重在分析其寫作技巧，前人用「時文之法」來評論，或帶有批評其書以評點方式論其文辭的意思，如前引章學誠批評周氏古文選本「專意詞致文采」即是一例。

又因時文評選的流行，形成了一套評論、分析時文的眼光和慣用的批評術語，所以有時候「時文之法」之類的批評，亦帶有這一層更深的指涉意義。如張鼐（…1604…）所云看前輩時文佳作要注意的詳略、偏正、開闔、呼應，起伏、實虛、轉摺、關鎖等等的作文法度。〔註24〕章學誠曾言及當時塾師講授時文必言法度，而法度難以空言，則往往藉比喻以曉學子：「擬於房室，則有所謂

〔註21〕 《左繡》（《四庫全書存目叢書》經部第 141 冊，影印清康熙五十九年〔1720〕刻本），卷首，〈刻左例言〉、〈讀左卮言〉。

〔註22〕 〔清〕顧湄：〈吳梅村詩集箋注·凡例〉，《吳梅村詩集箋注》（光緒十年〔1884〕湖北官書處重鋟），卷首。

〔註23〕 《續修四庫全書總目提要·經部》，頁 923，〈孟子讀法附記十四卷〉條。按：《四庫未收書輯刊》第肆輯（北京：北京出版社，2000 年 1 月）影印了周人麒此書，為清乾隆四十九年〔1784〕保積堂刻本。

〔註24〕 〔明〕張鼐：〈論文三則〉，葉慶炳、邵紅輯：《明代文學批評資料彙編》（臺北：成文出版社，1981 年 3 月），頁 277。

間架結構；擬於身體，則有所謂眉目筋節；擬於繪畫，則有所謂點睛添毫；擬於形家，則有所謂來龍結穴。」這些「間架結構」、「眉目筋節」、「點睛添毫」、「來龍結穴」等術語、評析文法的思維，慣用於講說時文上，然「時文結習，深錮腸腑，進窺一切古書古文，皆此時文見解」，〔註25〕用讀時文的眼光和批評手法來評點其他作品，此即筆者所謂「時文之法」更深一層的指涉意義。

第二節　評經遭到撻伐之故

如果孫、鍾、戴等晚明《詩經》評點之作，並非科舉用書，而是採用評點手法論《詩經》文辭、以文學角度說《詩》的作品，那此類著作遭受錢謙益諸人的撻伐，原因何在呢？

明清不少士人，本就對書籍施用評點的批評方式，頗不以為然，〔註26〕時文選本被視為庸陋之最，而評點卻最常施用於時文選本上，逐漸形成一種書籍施用評點，將淪為如時文選本般庸陋的印象。明末陳衎（1608～1671）〈與鄧彰甫〉信中，勸鄧氏去掉書上的批評圈點，因「批評圈點為時套濫觴，似當速去」。〔註27〕清初顧湄反對詩文「彊加評跋，致落時文蹊徑」。〔註28〕二者反對評點，皆因惟恐評點會使原書染上時文庸陋的氣息。章學誠云：「時文可以評選，古文經世之業，不可以評選也。」〔註29〕曾國藩（1811～1872）言「圈點者，科場時文之陋習也，而今反施之古書」，對古書施用評點頗不以為然。〔註30〕晚明以後，小說、戲曲等通俗文學大行其道，李贄、金聖嘆、毛宗崗、張竹坡等人的評點之作，膾炙人口。而不管時文選本、科舉講章、小說、戲曲，都是所謂的「俗書」，這些書籍又都是最常使用評點者，故或譏施用評點的作法為「近俗」。〔註31〕此皆可見評點這種批評形式，在許多人眼中，並不入流，施用於一般的

〔註25〕　〔清〕章學誠撰，葉瑛校注：《文史通義校注》（臺北：漢京文化事業公司，1986 年 9 月），卷 5，〈古文十弊〉之九。

〔註26〕　詳參筆者：〈明清士人對「評點」的批評〉（見本論文〈附錄一〉），文中〈反對評點之故〉一節裡，筆者曾歸納了明清士人反對評點的原因十一種。

〔註27〕　〔清〕周亮工評選：《賴古堂名賢尺牘新鈔》（《四庫禁燬書叢刊》集部第 36 冊，影印清康熙賴古堂刻本），卷 1。

〔註28〕　〔清〕顧湄：〈吳梅村詩集箋注・凡例〉。

〔註29〕　《文史通義校注》，卷 5，〈古文十弊〉之十。

〔註30〕　〈經史百家簡編序〉，《曾文正公集》第八冊《文集》（臺北：世界書局，1952 年 7 月），頁 19。

〔註31〕　如《總目》評《說類》一書：「其上細書評語，體例尤為近俗。」卷 132，〈雜

詩集、古文，尚且遭議，更何況是經書！儒者認爲說經爲嚴肅之事，所謂「註解正經，如繪天地、畫日月」，〔註32〕有一定的方法、體例，故《總目》責林兆珂《檀弓述註》「經文加以評點，非先儒訓詁之法」，並言林書將事關經義的一些考證，「轉與論文剩語列在上方，亦非體例也」。〔註33〕對於經書，用評點方式「論文」固不可（詳後），關乎經義的論述，以評點方式呈現亦不可，總而言之，「批點之法，非詁經之體」。〔註34〕

除了因評點爲時文陋習，不宜施諸聖經之上的原因外，評經將使經書文本改變，貶經爲文，以及評經爲自居高明、非聖無法的表現，都是士人痛斥評經之故，以下分別詳論之。

一、評經將導致文本改變，貶經爲文

大雅之士除了認爲評點形式不入流，施諸於經書，有所不可外，評點將改變經書的文本，尤其令衛道人士譁然。

錢鍾書《管錐編》中，對於評選者常會改易、刪節所選的文本，曾詳爲舉證，自《文選》而下，至明、清的許多出名的選集，皆難脫悍然筆削之習，〔註35〕金聖嘆尤爲其中最著者。〔註36〕改易乃不忠於原著，毋需多言；刪節，亦或爲識者所不取。陳衍云：「古人文字，不取則已，取則勿剪削之。彼作者苦心脈絡關紐，實暗藏字句之中，稍經裁斷，便索然矣。」〔註37〕馮班（1602～1671）亦云：「讀書當讀全書，節抄者不可讀。」〔註38〕陳衍是就作者而言，指出刪節是對作者苦心剪裁的破壞；馮班是就讀者而言，認爲應讀全書。此外，如鍾惺、譚元春所評選之《詩歸》爲後人所譏，除竟陵的詩學主張，不

家類存目九〉，〈說類〉條。

〔註32〕〔宋〕林堯叟：〈春秋正經全文左傳括例始末句解綱目〉，《音註全文春秋括例始末左傳句讀直解》（《續修四庫全書》經部第118冊，影印元刻明修本），卷首。

〔註33〕《總目》，卷24，〈禮類存目二〉，〈檀弓述註〉條。

〔註34〕《續修四庫全書總目提要·經部》，頁321，〈批點詩經〉條。

〔註35〕參錢鍾書：《管錐編》（三）（北京：中華書局，1991年6月），頁1067～1069，〈全三國文〉條。言「古文選本之精審者，亦每削改篇什」，「明、清名選如李攀龍《詩刪》、陳子龍等《皇明詩選》、沈德潛《別裁》三種、劉大櫆《歷朝詩約選》、王闓運《湘綺樓詞選》之類，胥奮筆無所顧忌」。「選文較謹嚴，選詩漸放恣，選詞幾欲攘臂而代庖；一體之中，又斂於古人，而肆於近人」。

〔註36〕按：金聖嘆曾刪去《水滸傳》後半部分，僅存前七十回。

〔註37〕〔明〕陳衍：〈與鄧彰甫〉，《賴古堂名賢尺牘新鈔》，卷1。

〔註38〕〔清〕馮班：《鈍吟雜錄》（北京：中華書局，1985年，《叢書集成初編》本），卷2，頁22。

爲後人認同，其刪節亦被視爲一病，故《總目》評《詩歸》「力排選詩惜群之
說，於連篇之詩隨意割裂，古來詩法於是盡亡」。〔註39〕儘管有些人較寬鬆，
如張之洞可以接受因學文之需，對詩詞文章之類的刪節，然對諸經刪節，張
之洞仍視之爲「割截侮經」、不可原諒之事。〔註40〕

　　刪節、改易，顯然是造成文本的改變，但僅加上眉批、行批、尾評及諸
多圈點符號的評點，仍是改變了文本。清初楊大鶴（…1685…）云：「近代
選刻詩文，往往細加評點，不但使作者面目成不化之妍媸，亦且使讀者胸中
主先入之意見。」〔註41〕所謂「使作者面目成不化之妍媸」，即是指圈評與
文本結合，而改變文本原來的面貌，亦即鍾惺所言「於古人本來面目無當」。
〔註42〕正是由於圈評改變了文本，金聖嘆才會大剌剌地聲明：經他所批的《西
廂記》，「是聖嘆文字，不是《西廂記》文字」。〔註43〕廖燕亦因此主張文章
經己手評點，「此文雖爲他人之文，遂與己之所作無異」。〔註44〕

　　明末沈光裕亦言書籍讓評點寄生後，圈評將改變文本的危機：

　　　凡著書，如小品及教後學，獨得自喜者，不妨略用圈點，以標新意；
　　　若經制大編，以呈君相，質師友，傳之天下萬世者，一用圈點，便
　　　成私書，轉瞬異同蜂起矣。〔註45〕

沈氏之言透露出即使有些人對評點的態度較寬容，也只能接受將評點應用在
教學啓蒙或賞析輕鬆的小品上，可以「獨得自喜」，至於經制大編應有客觀的
公理，不宜用主觀的評點方式，因爲「一用圈點，便成私書」。試問，傳統、

〔註39〕　《總目》，卷193，〈總集類存目三〉，〈詩歸〉條。

〔註40〕　張之洞列舉諸評點的讀本，並云：「此類各書，簡絜醒目，初學諷誦，可以
　　　　開發性靈，其評點處頗於學爲詞章者有益，菁華削繁，雖嫌刪節，但此乃
　　　　爲學文之用，非史學也。若閩本《考工記》、《檀弓》、《公》、《穀》、《蘇批
　　　　孟子》之類，割截侮經，仍不錄。」《書目答問補正》，頁338～339，附一
　　　　〈別錄〉。

〔註41〕　〔清〕楊大鶴：〈箋註劍南詩鈔‧凡例〉。〔宋〕陸游撰，〔清〕雷瑨註釋：《箋
　　　　註劍南詩鈔》（臺北：文史哲出版社，1985年6月影印上海掃葉山房民國十九
　　　　年〔1930〕石印本），卷首。

〔註42〕　〔明〕鍾惺：〈再報蔡敬夫〉，《隱秀軒集》（上海：上海古籍出版社，1992年
　　　　9月），卷28，頁471。

〔註43〕　〔清〕金聖嘆：〈讀第六才子書《西廂記》法〉，第71則，《金聖嘆全集》第
　　　　三冊《貫華堂第六才子書西廂記》（臺北：長安出版社，1986年9月），卷2。

〔註44〕　〔清〕廖燕：〈評文說〉，王鎮遠、鄔國平編選：《清代文論選》（北京：人民
　　　　文學出版社，1999年1月），頁400。

〔註45〕　〔明〕沈光裕：〈與友〉，《賴古堂名賢尺牘新鈔》，卷12。

衛道的儒者，怎能容忍孫、鍾、戴等人，用許多士人視爲不入流的評點手法，圈評經書，改變其文本，使經制大編改其面貌，轉爲一家之文字、一人之「私書」呢？

　　章學誠從圖書分類的角度，指出經、史經過評點後，其原書性質的改變：

> 且如《史記》百三十篇，正史已登於錄矣。明茅坤、歸有光輩，復
> 加點識批評，是所重不在百三十篇，而在點識批評矣，豈可復歸正
> 史類乎？謝枋得之《檀弓》、蘇洵之《孟子》、孫鑛之《毛詩》，豈可
> 復歸經部乎？凡若此者，皆是論文之末流，品藻之下乘，豈復有通
> 經習史之意乎？編書至此，不必更問經史部次，子集偏全，約略篇
> 章，附於文史評之下，庶乎不失論辨流別之義耳。〔註46〕

章氏言書經評點，所重已不在原典，而在評選者所加的點識批評。如歸有光（1506～1571）、茅坤之評《史記》，蘇洵、謝枋得、孫鑛之評經，章氏認爲皆是「論文」、「品藻」之作，其文本已改變，故以爲不當再歸諸正史、經部，而應「附於文史評之下」。吾人可藉章氏所言，來了解詆斥評經者，乃因痛惡經書一經評點，即從神聖殿堂上滑落的心理。

　　類似的想法與議論，在《總目》中也不乏其證。《總目》認爲「說經主於明義理」，〔註47〕對清初王源《或庵評春秋三傳》──採評點的手法對《三傳》「論文」之作，〔註48〕《總目》評曰：

> 經義、文章，雖非兩事，《三傳》要以經義傳，不僅以文章傳也。置
> 經義而論文章，末矣；以文章之法點論而去取之，抑又末矣。……
> 據其全書之例，當歸總集。以其僅成《三傳》，難以集名，姑仍附之
> 《春秋》類焉。〔註49〕

對此書「置經義而論文章」不以爲然，並以爲應將之歸類爲「總集」才是符合其實際性質、名符其實的安排。透露出經書評點的「論文」傾向，將導致

〔註46〕〔清〕章學誠：〈宗劉〉，章學誠撰，葉瑛校注：《校讎通義校注》（與《文史通義校注》合刊），卷1。

〔註47〕《總目》，卷首，〈凡例〉：「劉勰有言：『意翻空而易奇，詞徵實而難巧。』儒者說經論史，其理亦然，故說經主於明義理。」

〔註48〕如所評《三傳》之一的《左傳評》（《四庫全書存目叢書》經部第139冊，影印清康熙居業堂刻本），其〈凡例〉即云：「《左氏》之不合經義者，先儒駁之詳矣，茲皆不論，特論文耳。」又：「評語皆作文窾妙，一篇可旁通千百篇而無窮。」

〔註49〕《總目》，卷31，〈春秋類存目二〉，〈或庵評春秋三傳〉條。

「貶經爲文」的危機，〔註50〕這是四庫館臣所不樂見的，故宣告：「聖經雖文字之祖，而不可以後人篇法、句法求之。」〔註51〕

　　《總目》又云：「明季說《詩》之家，往往簸弄聰明，變聖經爲小品。」〔註52〕「變聖經爲小品」，正是四庫館臣憂心之所在，這也正是此類顛覆經書性質的文學評點書籍，遠較科舉用書更易招來衛道人士強烈指責的原因。高頭講章不過是於經義罕少發明、剿竊庸陋的解經之作，不過是因作爲士子敲門磚、提供捷得之道而爲大雅所詬病，然而孫、鍾、戴等的評點之作，卻是動搖了聖經的地位與形象。孰爲洪水猛獸？不言可喻。

二、評經爲自居高明，非聖無法的表現

　　評點猶如老師評閱學生的文章，亦如考官批閱考生試卷，〔註53〕評者和作者隱然形成尊卑的情勢。自古以來，對批評者就有較高的要求，如曹植（192～232）〈與楊德祖書〉云：「昔丁敬禮嘗作小文，使僕潤飾之。僕自以才不能過若人，辭不爲也。……蓋有南威之容，乃可以論於淑媛；有龍淵之利，乃可以議於割斷。」故以「劉季緒才不逮於作者，而好詆訶文章，掎摭利病」爲非。〔註54〕劉勰《文心雕龍‧知音》亦云：「操千曲而後曉聲，觀千劍而

〔註50〕〔清〕林紓：〈左傳擷華序〉云蘇轍「《春秋集解》之著，雖因王介甫詆毀《春秋》，故有此作，余則私意蘇氏必先醉其文，而後始託爲解經之說以自高其位置。身在尊經之世，斷不敢貶經爲文，使人指目其妄。」《左傳擷華》（高雄：復文圖書出版社，1981 年 10 月），卷首。可作爲傳統文人認爲醉心《左傳》之文，賞其文辭，將導致貶經爲文、爲尊經者所不容之證。

〔註51〕《總目》，卷 37，〈四書類存目〉，〈大學本文、大學古本、中庸本文〉條。

〔註52〕同前註，卷 15，〈詩類一〉，〈毛詩陸疏廣要〉條。

〔註53〕〔元〕劉貞仁編《類編文選詩義》，所錄《詩》義，爲元代科舉考試第一場所試，此書「題後多有載考官批者，會試皆稱考官批，鄉試則稱初考覆考考官批」（參《續修四庫全書總目提要‧經部》，頁 316～317。）似在元代考官閱卷已有批點之習。在明代，考官批點試卷似爲常態，如楊慎《升庵詩話》，卷4，〈邵公批語〉條云：「先太師戊戌試卷，出舉子蹊逕之外，考官邵公名暉批云：『奇寓于純粹之中，巧藏於和易之內。』」《歷代詩話續編》（中）（臺北：木鐸出版社，1988 年 7 月），頁 714。譚元春乙卯年（1615）鄉試落第，在〈奏記蔡清憲公前後箋札‧其三〉感慨：「春又不復第，場卷點抹皆無，如未以手觸者然。」《譚元春集》，卷 27，頁 756～758。由以上所述，可見考官批點考卷，爲科舉制度所習見。曾國藩〈經史百家簡編序〉云：「前明以《四書》經藝取士，我朝因之，科場有勾股點句之例，蓋猶古者章句之遺意。試官評定甲乙，用硃墨旌別其旁，名曰圈點。」亦點出了科舉評文與評點的關係。

〔註54〕〔魏〕曹植：〈與楊德祖書〉，郁沅、張明高編選：《魏晉南北朝文論選》（北

後識器。」皆強調了欣賞者、評者必須和作者有同樣的素養，甚至比作者的水準更高，方有資格對作品評騭短長。〔註55〕然而評點之事，常是大雅不爲，或由二、三流的文人，或由塾師、陋儒操其業，而所評選的對象，又常是歷代一流的文人佳作，遂常產生由平庸者對高明者的作品下裁斷的情況，而且裁斷更直接地加諸文本之上，故評點常被視爲對原著、原作者的「不敬」。章學誠反對評點的批評方式，主張當取法摯虞（？～311）、劉勰等人，批評時「離文而別自爲書」，認爲此種作法代表著「自存謙牧，不敢參越前人之書」，〔註56〕免去評點形式對作者造成不敬。

錢謙益曾指責時人，「摧史則曄、壽、廬陵折抑爲皁隸，評詩則李、杜、長吉鞭撻如群兒。大言不慚，中風狂走，滔滔不返」；〔註57〕「孟堅之史、昭明之《選》，詆訶如蒙僮而揮斥如徒隸」。〔註58〕所抨擊的對象應是晚明之際，評史、評詩文諸家，「折抑爲皁隸」、「鞭撻如群兒」、「詆訶如蒙僮」、「揮斥如徒隸」諸評，一則點出評者與原作者尊卑之勢，一則反映了錢氏不滿時人對前賢一流著作妄肆批評，爲古人叫屈的心情。

張之洞（1837～1909）的看法可作爲錢謙益、章學誠之論的補充。張之洞言讀史時，忌以評點的形式直接書之卷端批評，云：「《史》《漢》之文法、文筆，原當討究效法，然以後生俗士管見俚語，公然標之簡端，大不可也。」認爲「若有討論文法處，可別紙記之」。以評點的形式評馬、班的大作「大不可」，史猶如此，經更慎重了。明人對《周禮》《三傳》《孟子》諸經，「以評點時文之法批之」，張氏認爲：「鄙陋侮經，莫甚於此，切宜痛戒。」〔註59〕

行文至此，我們再來看看顧炎武、錢謙益對孫、鍾及對評經抨擊的言論。考顧炎武在《日知錄》中對鍾惺的指責著重在其生平行誼之不當上，言「其

京：人民文學出版社，1996 年 10 月），頁 25～26。

〔註55〕錢鍾書對評者與作者的高下關係有論：「作者鄙夷評者，以爲無詩文之才，那得具詩文之識，其月旦臧否，模糊影響，即免於生盲之捫象、鑑古，亦隔簾之聽琵琶，隔靴之搔癢疥爾。雖然，必曰身爲作者而後可『掎摭利病』爲評者，此猶非馬牛犬豕則不能爲獸醫也。」《管錐編》（三），頁 1052，〈全三國文〉條。

〔註56〕《校讎通義・外篇・朱子韓文考異原本書後》。

〔註57〕〔清〕錢謙益：〈答徐巨源書〉，《有學集》（上海：上海古籍出版社，1996 年 9 月），卷 38，頁 1313。

〔註58〕〔清〕錢謙益：〈葛端調編次諸家文集序〉，《初學集》（上海：上海古籍出版社，1985 年 9 月），卷 29。

〔註59〕〔清〕張之洞：《輶軒語・讀史忌批評文章》，《張文襄公全集》（北京：中國書店，1990 年 10 月影印民國十四年〔1928〕刊本），卷 304，頁 21。

罪雖不及李贄，然亦敗壞天下之一人」。在評經方面，除在註中節引錢謙益〈葛端調編次諸家文集序〉部分內容外，只云鍾惺：「已而評《左傳》、評《史記》、評《毛詩》。好行小慧，自立新說。天下之士，靡然從之。」〔註60〕顧氏對鍾惺評經不滿的原因，論述未詳，由其引錢氏批評鍾惺之論來看，應是認同錢氏的批評。

　　錢謙益作於崇禎九年（1636）的〈葛端調編次諸家文集序〉，嚴厲指斥孫鑛、鍾惺評經，言九經三史，前人「敬之如神明，尊之如師保，寶之如天球大訓，猶懼有隕越。僭而加評騭焉，其誰敢？……規之矩之，猶恐軼其方員；繩之墨之，猶恐佹其平直。妄而肆論議焉，其誰敢？」而「評騭之滋多也，論議之繁興也，自近代始也。而尤莫甚於越之孫氏，楚之鍾氏。」並接著指責孫氏評《尚書》、評《詩經》，鍾評《左傳》等作法，為「非聖無法」、「侮聖人之言」：

> 孫之評《書》也，於〈大禹謨〉則譏其漸排矣；其評《詩》也，於〈車攻〉則譏其「選徒囂囂」，背於「有聞無聲」矣。尼父之刪述，彼將操金椎以毀之。又何怪乎孟堅之史、昭明之《選》，詆訶如蒙僮而揮斥如徒隸乎？鍾之評《左傳》也，它不具論，以克段一傳言之，公入而賦，姜出而賦，句也，大隧之中凡四言，其所賦之詩也。鍾誤以大隧之中為句斷，而以融融洩洩兩句為敘事之語，遂抹之曰：俗筆。句讀之不析，文理之不通，而儼然丹黃甲乙，衡加於經傳，不已僭乎？是之謂非聖無法，是之謂侮聖人之言。而世方奉為金科玉條，遞相師述。學術日頗，而人心日壞，其禍有不可勝言者，是可視為細故乎？〔註61〕

錢謙益拈出鍾評《左傳》中的一例，以譏鍾惺句讀不析、文理不通，還妄敢評經。而孫氏之評《書》，於〈大禹謨〉「益曰：吁，戒哉！儆戒無虞，罔失法度，罔遊于逸，罔淫于樂，任賢勿貳，去邪勿疑，疑謀勿成，百志惟熙……」一段眉評：「亦漸排」，言其用排比句法。於〈車攻〉詩「之子于苗，選徒囂囂，建旐設旄，搏獸于敖」後評云：「囂囂字，終覺與無聲相礙。大抵此四句，微屬痕迹。」〔註62〕以〈車攻〉中「囂囂」兩字和此詩結尾的「有聞無聲」

〔註60〕《原抄本日知錄》，卷20，〈鍾惺〉條。
〔註61〕〔清〕錢謙益：〈葛端調編次諸家文集序〉。又，文中對鍾評《左傳》不滿的批評，又見於《初學集》，卷83，〈讀左傳隨筆〉，措辭相近，不贅引。
〔註62〕見《孫月峰批評書經》，卷1，頁9及《孫月峰批評詩經》，卷2，頁13。

衝突，「微屬痕迹」透露出他對詩句的貶意，孫氏在此兩處都針對經書的文辭而發。

錢氏在順治十一年（1654）之際所作〈賴古堂文選序〉中，有與〈葛端調編次諸家文集序〉類似的指責，他指出百年以來，經學之繆有三：

> 一曰解經之繆，以臆見考《詩》、《書》，以杜撰竄《三傳》，鑿空瞽說，則會稽季氏本爲之魁；二曰亂經之繆，石經託之賈逵，《詩傳》儗諸子貢，矯誣亂眞，則四明豐氏坊爲之魁；三曰侮經之繆，訶《虞書》爲俳偶，摘《雅》、《頌》爲重複，非聖無法，則餘姚孫氏鑛爲之魁。〔註63〕

所謂「訶《虞書》爲俳偶，摘《雅》、《頌》爲重複」，所言乃指孫鑛對《尚書》、《詩經》文辭的批評，錢氏重申此爲「非聖無法」、「侮經」之舉。此處雖未言及鍾惺，然如鍾評〈邶風・谷風〉「昔育恐育鞠」句，以朱色旁批：「句太拙。」想當然爾，亦是錢氏所深惡痛絕的。

考察錢、顧的批評，他們不滿孫、鍾評經是事實，但卻看不到孫鑛、鍾惺之書近於高頭講章，所以才招來他們指斥的現象。細思錢氏之論，他強調《詩》《書》爲孔子所刪述，應「敬之如神明，尊之如師保」，豈容後人「僭而加評騭」？正如筆者所說，評點形式是對原著、原作者的不敬，孫、鍾自居高明，凌駕孔子之上，聖人所刪述的經書，孫、鍾卻恣意批評經書前後「相礙」、「微屬痕迹」、「俳偶」、「重複」，任意進退聖人、聖經，是可忍孰不可忍？基於尊經的心情，所以，錢謙益憤怒的指斥孫氏「尼父之刪述，彼將操金椎以轂之」、「非聖無法」。

經書只可受尊奉，不可被議論、被批評，這是衛道的儒者長久以來的堅持，不獨錢謙益而已。韓愈〈薦士〉詩云：「周詩三百篇，雅麗理訓誥。曾經聖人手，議論安敢到。」〔註64〕四庫館臣在《總目》卷一〈經部總敘〉中，也開宗明義的宣告：「經稟聖裁，垂型萬世。刪定之旨，如日中天，無所容其贊述。」聖人刪定的經書，不容後人議論，《總目》所能討論的，後代詁經之說而已。或問毛先舒（1620～1688）：「論詩者多尚含蓄，惡訐露，然〈鶉奔〉、〈相鼠〉、〈巧言〉、〈巷伯〉以及〈板〉、〈蕩〉之篇，其指何絞而辭何迫，夫

〔註63〕〔清〕錢謙益：〈賴古堂文選序〉，《有學集》，卷17。
〔註64〕〔唐〕韓愈：〈薦士〉，《韓愈選集》（上海：上海古籍出版社，1996年8月），頁88。〈薦士〉詩爲元和元年（806）作。

非三百之遺音耶？」毛氏答曰：「古經之傳，豈能優劣！」〔註65〕聖經是不容指斥、議論得失的，所謂「古經之傳，豈能優劣」的尊經心態，韓愈、錢謙益、毛先舒都如出一轍。

第三節　《詩經》評本的版刻與評語

「套版」技術盛行於明末，後世所流傳的朱、墨二色的鍾惺《詩經》初評本，及朱、墨、黛三色的《詩經》再評本，以及戴君恩《讀風臆評》，皆爲凌濛初、閔齊伋兩家用「套版」技術印成的「套印本」。〔註66〕以下將透過《詩經》評點本的版刻情形，來考察孫、鍾、戴等《詩經》評本的性質。

所謂套版印刷，「就是將一頁書的不同內容（正文、評注、圈點）分別刻在幾塊版式大小相同的書版上，將每塊書版各塗一種顏色，印刷時，首先固定書版和紙的位置，然後在同一張紙上逐版單獨加印的一種印刷方法。由於在印刷時，必須使各版內容部位密切吻合，故稱之爲『套版』或『套印』」。〔註67〕

閔齊伋於所印《閔氏分次春秋左傳》朱墨套印本〈凡例〉中云：

> 舊刻凡有批評圈點者，俱就原板墨印，藝林厭之。今另刻一板，經
> 傳用墨，批評以朱，校讎不啻三五，而錢刀之靡，非所計矣！置之
> 帳中，當不無心賞。其初學課業，無取批評，則有墨本在。〔註68〕

從閔氏所言，我們可約略得知套印的盛行和評點之間的關係，爲了使批評圈點與原來的文本有所區隔，故另刻一版，施以朱色，觀之賞心悅目，但所費

〔註65〕〔清〕毛先舒：《詩辯坻・自敘》，郭紹虞編選，富壽蓀校點：《清詩話續編》
　　　　（上海：上海古籍出版社，1999年6月），頁96～97。

〔註66〕《讀風臆評》由於卷末有閔齊伋的跋語，可確定爲閔氏所刊。關於鍾評《詩
　　　　經》初、再評本之異及各種版本問題，參筆者：〈鍾惺《詩經》評點的版本問
　　　　題〉（見本論文〈附錄二〉）。初評朱墨套印本有凌濛初、凌杜若之序，應爲凌
　　　　氏所刊；而三色套印本無直接線索可以爲證，或以爲凌氏刊，或以爲閔氏刊。
　　　　晚明套印大盛，吳興閔、凌二家爲最，兩家居同邑、生同時，所刻之書版式、
　　　　風格趨近，且兩家從事套印的出版事業，有著既競爭、又合作的關係，相兼
　　　　互採，若無序跋等充份的證據，要分辨孰爲閔氏所刊，孰爲凌氏所刊，實爲
　　　　不易（參〈鍾惺《詩經》評點的版本問題〉一文註釋28、29所言，文繁不贅
　　　　引）。所以筆者在本節中，將凌、閔二氏的套印本合併討論。

〔註67〕參趙芹、戴南海：〈淺述明末浙江閔、凌二氏的刻書情況〉，《西北大學學報》
　　　　1996年第1期，頁80～83。

〔註68〕《閔氏分次春秋左傳》（明萬曆四十四年〔1616〕吳興閔氏刊朱墨套印本），
　　　　卷首。

不貲。「初學課業，無取批評，則有墨本在」，則點出此書不是一般初學的讀本、兔園策之類。此書韓敬的序署「萬曆丙辰」，時為萬曆四十四年。據王重民推斷，閔氏從事套印的出版，正是開始於四十四年之際。〔註69〕三、四年後閔氏又印成朱墨印本《史記鈔》，陳繼儒為序云：「吳興硃評書錯出，無問貧富好醜，垂涎購之。」〔註70〕可見其書之精美，甫一推出，即令時人為之側目。筆者曾考察鍾惺《詩經》初評本成書、刊印的時間，大約在萬曆四十一至四十四年左右，〔註71〕正是凌、閔剛從事套印時的出版品。

由於套印的印刷過程較費周張，故套印本較單色印本的成本高，套印越多色，所費就愈多，故葉德輝言多色套印本雖「斑斕彩色，娛目怡情，能使讀者精神為之一振。然刻一書而用數書之費，非有巨資大力，不克成功」。〔註72〕

明末的套印出版，以凌、閔二家為最，不僅所出版的套印本的種類、數量可觀，其紙張、印刷尤其精美，傅增湘讚其套印本：「字體方整，朱墨套板，或兼用黃、藍、紫各色，白棉紙精印，行疏幅廣，光采炫爛，書面簽題，率用紬絹，朱書標名，頗為悅目」，「版刻精麗，足娛老眼」。〔註73〕

沈津在討論明代中葉後的書價問題時，以當時的俸祿來作比較，認為當時的書價是昂貴的，「對於買書來說，就是做官人家，也要量力而行。一位七品芝麻官的每月薪俸，僅能買幾部平常之書而已」。〔註74〕而套印本「刻一書而用數書之費」，書價定是一般書籍的數倍，依此來看，恐怕一部套印本，就足以耗盡七品官一個月的月薪。

書價既昂貴，科舉用書只是敲門磚，旋生旋滅，販售的對象又是一般財力有限的莘莘學子，為求暢銷定要把成本壓低，方能普及，人手一冊，是故

〔註69〕王重民：《中國善本書提要》（上海：上海古籍出版社，1982年），頁23，〈春秋左傳〉條，云：「余不知閔氏用朱墨版首刻何書，始在何年？此本似較早。」頁40，〈孟子〉條又云：「閔氏朱墨套印蓋始於萬曆四十四年。」

〔註70〕引自《國立中央圖書館善本序跋集錄‧史部》（一）（臺北：國立中央圖書館編印，1993年1月），頁26。

〔註71〕詳見筆者：〈鍾惺《詩經》評點成書時間考——辨證《鍾惺年譜》一誤〉，《經學研究論叢》第十輯（臺北：臺灣學生書局，2002年3月），頁75～84。

〔註72〕《書林清話》（臺北：文史哲出版社，1978年4月），卷8，〈顏色套印書，始於明季，盛於清道咸以後〉條。

〔註73〕傅增湘：〈涉園陶氏藏明季閔凌二家朱墨本書書後〉，《藏園群書題記》（上海：上海古籍出版社，1989年），〈附錄二〉，頁1102～1103。

〔註74〕沈津：〈明代坊刻圖書之流通與價格〉，《國家圖書館館刊》1996年第1期（1996年6月），頁101～118。

在印刷方面是不可能求精緻的。所以，就流傳的科舉用書看來，大半都是在有限的篇幅中，擠滿了密密麻麻的文字。而凌、閔所印的《讀風臆評》、鍾惺《詩》評是朱墨本或三色套印本，書價之貴可想而知。而且「行疏幅廣」──如朱墨、三色本的鍾評，半葉只有八行，每行十八字；朱墨本的戴評，半葉九行，行十九字，皆只錄經文及圈評，刊落訓詁，﹝註75﹞也未輯錄《詩經大全》等足供學子了解《詩》義的注疏，大大不同於一般的科舉講章。

又，經筆者統計，《孫月峰先生批評詩經》中，《詩經》三百零五首詩中，孫鑛未下任何一句評語的詩篇，共計：〈國風〉四十二首、〈小雅〉八首、〈周頌〉三首。鍾惺《詩經》初評本未下評語的，共計：〈國風〉三十首，〈小雅〉二十八首，〈大雅〉九首，〈頌〉詩二十五首。戴君恩《讀風臆評》僅錄〈國風〉，〈雅〉、〈頌〉全無，且所錄〈國風〉一百六十篇中，亦有六十六篇未下評語。

去除有目無辭的〈南陔〉六首，《詩經》以三百零五篇計，作成三書未下評語的統計表如下：

	國　風	小　雅	大　雅	頌	總　　計	佔全書比率
孫　評	42	8	0	3	53	17%
鍾　評	30	28	9	25	92	30%
戴　評	66	74	31	40	211	69%

觀三人之評，有許多的詩篇皆未下評語，若此為科舉講章類的參考書，豈孫氏未評的百分之十七、鍾惺未評的百分三十，及戴氏未評的〈雅〉、〈頌〉、未評的二百十一首，皆是不考的範圍？﹝註76﹞再以鍾惺《詩經》初評本來考察，其餘百分之七十有評的詩篇，鍾惺僅下一句評語的，亦不勝其數，如〈采蘋〉，只在「有齊季女」旁批「筆法」；如〈甘棠〉，只在「勿翦勿拜」旁批「字法」；如〈邶風·式微〉，只眉批「重言悲甚」。所批鑑賞成份多，多言字法、句法，隨興而發，常是簡短數語，不關經義，所以並不能滿足參加科舉考試、寫作八股文者，要了解詩旨、掌握詩意、熟悉朱注，以便發揮經義的需求。

﹝註75﹞ 戴君恩《讀風臆評》雖節錄朱熹論〈風〉詩全詩大意、詩旨的句子，但從戴君恩自序可知，《臆評》正是要以胸臆之見，突破《朱傳》之舊說為職志。

﹝註76﹞ 〔明〕曹安：《讕言長語》（《景印文淵閣四庫全書》本），頁5，嘗言因科舉出題趨向之故，致使士子讀《詩》，不讀〈變風〉、〈變雅〉。然以鍾惺《詩經》初評本來看，〈風〉詩未下評語的三十首，遍及十五〈國風〉，可見與不讀〈變風〉、〈變雅〉無關。

　　且黃道周（1585～1646）說鍾評「以《詩》爲活物，不事訓詁」，言其書「如老泉評《孟》、疊山品《檀弓》」，〔註77〕《總目》言《讀風臆評》「於經義固了不相關」，章學誠說孫鑛之《詩經》評，爲「論文」、「品藻」之作，〔註78〕在在都指出孫、鍾、戴之作評賞、論文的性質。由此看來，縱使有學子具有財力買得起貴重的套印本，然而，想藉著閱讀孫、鍾、戴的評點本以求金榜高中，恐怕是緣木求魚了。

第四節　《詩經》評點與詩教、詩義

　　在楊晉龍先生的論說中，又述及鍾評中有分析詩旨，論及詩教、詩義者，類似高頭講章的詮解。如〈江有汜〉鍾批：「悔者，善惡之關而教化之始也，在媵人尤難，在婦人之妒者又難之難。」〈氓〉詩批：「婦人合不以正，未有不見輕于夫者。」以爲其對〈氓〉詩的詮解不過爲朱子《詩》解的註腳，實未背離《朱傳》，故言鍾評「未脫離詩教之立場，實不能以純文學釋之」。又指出鍾評也偶或論及訓詁，如〈大雅・公劉〉「何以舟之，維玉及瑤」，鍾批：「『舟』字訓作佩，古字自有此解。《考工記》多有之，蓋周以前語。」云云。故強調吾人看待鍾評，「不能謂其全不重訓詁」。〔註79〕

　　此爲楊先生看書細心之處，能注意到一般人所忽略之處。筆者綜觀孫、鍾、戴三書，確實如其所說，偶或及於詩旨、詩教、訓詁。尤其是詩旨部份，最爲明顯，孫鑛評本每篇前冠以〈小序〉首句；戴評節錄《詩集傳》關乎詩旨者於每篇經文末；鍾評曾對三十篇〈風〉詩，以簡短的語句約略點出詩意。鍾、戴之評，是以《朱傳》爲認識基礎，罕引其它經說，而孫評則除《朱傳》外，也略及《詩序》、《毛傳》、《鄭箋》得失之辨證。若三人之評皆爲以文學觀點說《詩》之作，吾人如何來解釋這種現象呢？

　　在本論文第二章〈評點概說〉中，筆者強調詩話與詩集、詩選的評點近似之處，尤其是傾向賞鑑路線非偏重學文、實用性質的詩集、詩選評點，與詩話最爲相近。我們不妨從詩話的一些現象來比較、類推。

　　許學夷（1563～1633）曾批評：「宋人詩話，種種不能殫述，然率多紀事，

〔註77〕〔明〕黃道周：〈例言〉，《詩經琅玕》（人瑞堂刊本），卷首。
〔註78〕〔清〕章學誠：〈宗劉〉。
〔註79〕《明代詩經學研究》，頁 296～299。

間雜他議論，無益詩道。」〔註80〕梁章鉅亦言：「今《四庫》所錄，自《六一詩話》以下二十餘家，求其實係教人作詩之言，則不可多得。」〔註81〕許學夷、梁章鉅的批評，歷來的許多詩話作者，想必心裡不服，因爲詩話原來就不是純粹爲「教人作詩」而作。《六一詩話》是第一部詩話，歐陽修自言此書是「集以資閒談」。〔註82〕許顗對詩話的內容和作用如此說明：「詩話者，辨句法，備古今，記盛德，錄異事，正訛誤也。」〔註83〕以上兩人所言，只有「辨句法」一端，是較純粹的文學屬性、有助於作詩的。然而在一般人的印象中，詩話的屬性仍是文學的，在圖書分類中，也被歸入「詩文評」裡，此豈非舉其大端而言之？吾人又豈能曉曉爭辯詩話存在著許多與詩評無關的言說？孫、鍾、戴諸評，和多數的詩話比較起來，還算較少旁涉，如此看來，雖鍾惺諸人之作，偶或間及經義等，並非「純粹」以文學角度說《詩》，然其書明顯地以詩法分析、欣賞爲重，就其大端而言，說是以文學角度說《詩》亦無妨。

在以文學角度說《詩》的過程中，詩旨的判斷本就關乎文學的表現。如《朱傳》常將許多〈風〉詩，就男女關係立論、視爲淫奔之作，在朱熹的認定裡，這些都是直述其事、用賦的手法寫成的，故解〈氓〉詩云：「此淫婦爲人所棄，而自敘其事以道其悔恨之意也。」而戴君恩則認爲這類〈風〉詩用「以客代主」的手法，或如寓言，別有寄託，則是以爲全篇皆用比的手法。其解〈氓〉詩言：「詩文之妙，多是以客代主，此殆有托而鳴者耳，勿作棄婦辭看。」認爲「氓之蚩蚩，何必非〈離騷〉之怨？」〔註84〕由上述〈氓〉詩之例，比較朱、戴之說，可見詩旨的陳述、辨正，在以文學說《詩》過程中，有時有不可或缺的必要性。

關於詩教，固爲經學家所著意的，然而並非經學家的專利，文以載道、以詩文輔助教化的觀念，歷來的創作者或批評者，或多或少都存在著、實踐著這樣的信仰。故譚元春評〈悲憤詩〉欣賞蔡琰才情之餘，對蔡琰爲胡騎所獲，在胡中十二年、生二子的遭遇，不免嘆息：「一副經史胸中，一雙古今

〔註80〕〔明〕許學夷著，杜維沫校點：《詩源辯體》（北京：人民文學出版社，1998年2月），卷35，頁335。

〔註81〕〔清〕梁章鉅：《退庵隨筆》，郭紹虞編選、富壽蓀校點：《清詩話續編》（上海：上海古籍出版社，1999年6月），頁1989。

〔註82〕〔宋〕歐陽修：《六一詩話》云：「居士退居汝陰，而集以資閒談。」〔清〕何文煥輯：《歷代詩話》（北京：中華書局，1992年5月），頁264。

〔註83〕〔宋〕許顗：《彥周詩話》，《歷代詩話》，頁378。

〔註84〕《剩言》，卷9，頁5。

明眼，作此辱事。」鍾惺評詩中「薄志節兮念死難」句：「文姬辱於胡，只是畏死。前云『欲死不能得』，猶是飾詞，此句卻露出眞情。」〔註85〕責蔡琰畏死、志節有虧。又評無名氏〈折楊柳歌辭〉：「腹中愁不樂，願作郎馬鞭，出入擐郎臂，躞座郎膝邊。」鍾評：「此辭若出女兒，則不可誦。婦人有此語，入《三百篇》，猶當爲正風。」〔註86〕於此皆可見鍾惺在《詩歸》中，很自然的用所處的禮教標準，來對詩中角色、行爲做道德上的價值批判。有了這些對照的認識，吾人應可了解，儘管鍾評非傳統解經之作，非如經學家解經常以詩教爲念，而當認定〈氓〉詩的女主角淫奔、有違禮義，不免痛加批評之故。

　　評點原就不如箋註嚴謹，較像詩話率意且隨興，也像詩話一樣所論龐雜。故本非重在辨正詩旨的，亦或偶而爲之；本非意在訓詁的，興到之時，亦聊作解人。如鍾、譚合評的《詩歸》，以解析詩法爲重，然蘇伯玉妻〈盤中詩〉「當從中央周四角」，鍾云：「四角，角字當音『鹿』，《漢書注》角里之角，亦此音。今人不得其讀，作『角』字寫者誤矣！」〔註87〕辨其字音，還引及唐顏師古《漢書注》，衡諸全書，可說是罕見之例。對杜甫〈課伐木〉詩「爾曹輕執熱」句，鍾評：「考亭解《詩》『誰能執熱？逝不以濯』，『執』字作執持之執，今人以水濯手，豈便能執持熱物乎？蓋熱曰『執熱』，猶云熱不可解，此古文用字奧處。濯即洗濯之濯，浴可解熱也。杜詩屢用執熱字，皆作實用，是一證據，附記於此焉。」〔註88〕釋義、訓詁本非《詩歸》所重，以這麼長的篇幅，辨正「執熱」二字之意，在《詩歸》中可謂特例。甚至鍾惺《詩經》初、再評本，於〈大雅・桑柔〉「誰能執熱，逝不以濯」句，皆未解「執熱」二字，〔註89〕於此更可見《詩歸》於此釋「執熱」之特別。

〔註85〕《古詩歸》，卷4，〈漢二〉。譚評見第一首〈悲憤詩〉詩末總，鍾評見第二首〈悲憤詩〉句下批。

〔註86〕《古詩歸》，卷14，〈梁二〉。

〔註87〕《古詩歸》，卷4，〈漢二〉。按：《漢書》卷72，〈王貢兩龔鮑傳〉提及「四皓」：「漢興有園公、綺里季、夏黃公、角里先生，此四人者，當秦之世，避而入商雒深山，以待天下之定也。」四皓的稱謂，「角里」之「角」字寫法、讀音，後世皆有爭議。焦竑云角里之「角」，音祿，作「角」寫者誤，其說與鍾惺同。〔明〕焦竑：《俗書刊誤》（《景印文淵閣四庫全書》本），卷5，頁6。

〔註88〕《唐詩歸》，卷19，〈盛唐十四〉。

〔註89〕初評本全章無評，再評本針對全章眉批：「寫出衰世君臣。」皆未就「執熱」二字作解。

　　若連《詩歸》都不乏訓詁之例了，對孫、鍾、戴三評，偶及訓詁者，吾人當更能以平常心等閒視之。同理，見孫評駁《朱傳》釋「執熱」爲「手持熱物」之解，言：「當暑，即是執熱，熱氣盈身，如執之然。解作執熱物，覺拙。」〔註90〕等偶或訓詁、釋義處，也不必因此而疑其爲科舉用書。更何況鍾惺諸人之評，涉及訓詁之處本不多，尤其是戴評，微乎其微。在訓詁方面如此薄弱，又怎能提供士子備考之需呢？

　　晚明許多的解《詩》者，受到陽明心學的影響，看重個體本心的具足，崇尚「以我觀書」的態度，是故看待「以意逆志」時，質疑詩人之志終不可求，更強調作爲讀者的「意」，強調讀者的自主性。所以戴君恩在〈讀風臆評自敘〉中，倡言欲以「臆」破「尺尺寸寸，傳習維謹」之習，又釋孟子的「以意逆志」之「意」爲「臆」，指讀者憑自己的感動、胸臆之體會去讀《詩》，「蔑舍紫陽，以臆讀，以臆評，以臆點」。然而，我們又必須認識到，所有的批評都有所謂的「前理解」存在。鍾惺諸人儘管相較於其它傳統的解經之作，較能突破舊說的束縛，批判《朱傳》，跳脫傳統解經的範疇，用不同的視角讀《詩》，但何嘗又能全然一空依傍，毫無憑據的對《詩經》做出批評？歷史上的解經傳統、漢宋學不同的主張，對比興、寄託的崇尚……等等，都是所謂的前理解，也在孫、鍾、戴三人進行批評時，或明顯或潛在的產生了作用，其中，《朱傳》的影響尤其顯著。

　　《朱傳》是元明以來，官方所定的科舉用書，也是孫、鍾、戴三人所熟悉的，不管贊不贊同朱子「淫詩說」、駁《詩序》的見解，處在晚明漢宋學興替、質疑《朱傳》的氛圍中，都會對當時關切的這些論題加以思考、做出回應、提出自己的看法，所以我們會看到孫鑛常斟酌於〈小序〉、毛、鄭、朱子之間，三人對「淫詩」的論題也有所發揮，或用道德、禮教，對詩中的人物進行批判，或用〈離騷〉香草美人、詩文比興的傳統，來修正「淫詩」的詩旨。從三人針對《朱傳》而發的相關言論中，也印證了《朱傳》的影響。

　　筆者認爲，這些解經的傳統、漢宋學不同的主張，前人在詩文創作及批評上對比興、寄託的崇尚等等，這些歷史積累下來的點滴，都是鍾惺諸人無法全然迴避的「前理解」，更何況雖「專爲論文，然意義不明，則文法之妙，亦不出」，〔註91〕這正是三人的《詩經》評點，偶會涉及詩旨、詩教、詩義之故。

〔註90〕　《孫月峰先生批評詩經》，卷3，〈大雅・桑柔〉。
〔註91〕　〔清〕孫濩孫：〈孫氏家塾檀弓論文十則〉，《檀弓論文》（《四庫全書存目叢書》

第五節　晚明文人的閱讀傾向

　　在前面幾章，我們已從前人的言論中，釐清了所謂的「時文之習」、「時文批點之法」的批評，乃指稱慣用於時文選本上的「評點」形式而言，而不見得是指其爲科舉用書。也介紹了明、清之際對「評點」的批評形式一些負面的看法，更進一步指出，錢謙益、顧炎武、四庫館臣等，所以詆斥鍾惺諸人之作，不是因其爲科舉用書，而是由於鍾惺諸人用一般視爲卑陋的評點形式論文，改變經書的文本，貶經爲文，撼動了經書作爲聖經的性質。在錢謙益諸人看來，評經諸人是自居高明、訾議經書，非聖無法。再藉由書價的昂貴，凌、閔套印本非一般學子所能負擔，且鍾惺諸評行幅疏朗、評語稀落，許多詩篇無評，有評語的大都就賞鑑而發等等現象，來說明其與科舉講章之殊異。並解釋了晚明《詩經》評點諸作中，偶或論及詩旨、詩教、詩義之故，因爲詩旨等或與以文學說《詩》相關，且評點本就常旁涉，率意而無所不談，更何況三人的評點都有所謂的「前理解」存在，故並不能因偶或論及詩旨、詩教、詩義等，而認爲三人的評點之作爲科舉講章之屬。

　　如果是作爲科舉用書，因而大爲暢銷，這是很容易理解的。前文筆者既推翻了孫、鍾、戴之作爲科舉用書的看法，而認定其爲「論文」之作，然而，非科舉用書，何以能廣受讀者的歡迎呢？〔註92〕要先說明的是，雖同是運用評點的手法，同爲評經、論文之作，但依各評選者的動機差異，評經的面貌有別，目的也不一樣。如前所述及的《左繡》，重在教導學子作文，直是把《左傳》當作一本古文選本，對寫作技巧的分析精微、詳細，對學子習文是有所助益的，頗具實用目的。鍾評與之相較，大不相同，評語簡略、隨性，無所不談，近於詩話。雖說古人、特別是復古派的信徒，常以爲《詩經》是詩歌之祖，在評論中對《詩經》的寫作技巧讚賞有佳，常以爲作詩要法《三百篇》云云，如孫鑛即屬強烈復古主張者，所以其評本，就較偏重於解析《詩經》的寫作技巧，字法、句法、篇法等的點明，向《詩經》「求法」的企圖很明顯。然就鍾評《詩經》評點來看，雖詩篇技巧的分析、鑑賞亦是評點主要的重點，但並不似孫評那般刻意地點明詩法。鍾評顯得較隨興而發，意到筆隨，有時

經部第 102 冊，影印清康熙刻本)，卷首。

〔註92〕鍾惺在清初即成爲口誅筆伐的對象，而據筆者：〈鍾惺《詩經》評點的版本問題〉的考察，在明清之際，其傳世版本仍有八、九種之多，可知當時書價雖昂貴，但其銷售量仍可觀。

又如野馬脫韁，旁及其他。且《詩經》多爲四言，四言體非時人創作所常用的體裁，〔註93〕若把鍾評視爲指導學習詩歌創作的入門書，不但過於昂貴，且似遠不及元明以來論詩格、詩法之作及方回《瀛奎律髓》及鍾、譚合評的《詩歸》等詩歌評點的選集，對學習作詩的助益來得直接、來得大。

對經義的闡發罕少，於科舉無益，對作詩的直接幫助也有限，評語寥落，此種不算有用而書價又昂貴的書，何以能暢銷？與當時的學術風氣及孫、鍾的知名度等都不無關係，〔註94〕再者，明中、晚期的社會，對小品文、小說等「閒書」而言，若能等同沃土，自亦能滋養如孫、鍾、戴評點之類的著作。

除了經制大編、科舉用書不得不讀外，明人的閱讀也很重視趣味、自娛，所以類似《快書》、《廣快書》、《清睡閣快書》、《文娛》等書才會紛紛問世，此皆爲明人追求閱讀樂趣的反映。鍾惺說：「每用讀書作詩文爲習苦銷閒之具。」〔註95〕孫鑛曾云：

> 《古文短篇》二卷，清江敖先生所輯，……當夫煩躁未能釋，或倦未得睡，或小惡，撫几讀之，何讓啜苦茗、嚙海錯、摩娑墨竹、玩瓶中花、盆間石也。〔註96〕

將閱讀等同於「啜苦茗、嚙海錯、摩娑墨竹、玩瓶中花、盆間石」，此乃抱著休閒、玩賞的心情閱讀類似小品的短篇古文。孫鑛又言「弄筆期悅心，展卷取適意」，〔註97〕不管是執筆寫作，或閱讀，都暫將「經國之大業」、「不朽之盛事」的包袱暫擱一邊，唯求悅心與適意。

郭紹虞云：「明人於文，確是專攻。任何書籍，都用文學眼光讀之。」

〔註93〕明代復古派有「擬詩經體」的四言詩創作，前七子中，擬《詩經》作品，以李夢陽十五首、王廷相十六首最多。但簡錦松先生據兩人詩集統計，李夢陽共有詩2183首，「詩經體」之作，不過佔0‧6%；王廷相共計1257首，「詩經體」之作，只佔1‧3%，遠遜於其五七古、律、絕，動輒二、三百首之量。「擬詩經體」的數量佔其詩作的總比率，甚爲寥寥。參簡錦松：《明代文學批評研究》（臺北：臺灣學生書局，1989年2月），頁191，〈表四〉及頁219～227〈擬詩經〉一節。即以鍾惺爲例，標校本《隱秀軒集》共收鍾惺詩745首，而四言詩僅17首，僅佔所有詩作的2%左右。

〔註94〕受歡迎之故，筆者在本論文第三章論〈經書評點風氣興起的背景〉，及第五章末節論〈鍾評的影響與評價〉處都略有交代。

〔註95〕〔明〕鍾惺：〈與蔡敬夫〉，《隱秀軒集》，卷28，頁468。

〔註96〕〔明〕孫鑛：〈題古文短篇〉，《月峰先生居業次編》，卷3。

〔註97〕〔明〕孫鑛：〈齊王孫宴坐齋〉，同前註，卷1。

〔註98〕明人常從經制大編中，看出文學的趣味來。如王廷相（1474～1544）
云：「《論語》、《易繫》、《老子》、〈檀弓〉，簡而義盡；〈典〉、〈謨〉、〈雅〉、〈頌〉，
古而不迫；《孟子》、《莊子》、左丘明，可謂弘肆自成，斯文之上也。」〔註
99〕所舉大都是向來視爲義理之作的書籍。如何喬新選錄《左傳》但取其「尤
可愛者」題爲《左傳擷英》，加以批點。〔註100〕陸雲龍則以「披覽令人心目
俱快」、「句調靈雋」、「奇快可喜」爲標準，選輯了《五經提奇》、《公穀提奇》。
〔註101〕皆同鍾惺諸人一樣，在重「趣」的氛圍下，以文學鑑賞的眼光，將
儒家原以義理爲重的經典文學化、小品化。

　　喬衍琯先生在〈套色印本〉一文中指出：「綜觀明清兩代套色印本，在數
量上也許要不下千種，遍及四部，然實以評點詩文佔極大多數。」遺憾未能
發揮「套色的實用功效」，「絕大多數套色印成的書籍，旨在觀賞而已」，文末
的結語又言：

> 套色印刷，在我國印刷史和圖書史上，眞是大放異彩，可惜一直
> 未能充分用套印的特色，去印刷些有俾實用的圖書，如《本草》、
> 《營造法式》等。而祇印些評點本詩文，以供文士把玩，是很可
> 惜的事。不過留下一些看來賞心悅目的書，總不失爲圖書中的藝
> 術品。〔註102〕

實用的定義，每個人的體會有所出入，若說供學文之用的詩文評點本是不實
用的，那行幅疏朗、評語簡短、隨興而發又昂貴的鍾評、戴評更不實用了。
不實用的書，出版者卻費上許多多心力去刊印，讀者卻掏出重金、垂涎購之，
這就是晚明的浪漫。

　　《總目》說鍾惺諸人評經是「變聖經爲小品」，既是「小品」，在把玩之
際，消煩解悶，展卷怡神、滌煩祛倦，賞心悅目……，對晚明許多人而言，
其用足矣。

〔註98〕郭紹虞：《中國文學批評史》（臺北：文史哲出版社，1990年7月），頁729。

〔註99〕《王氏家藏集》，卷27，〈與郭介夫〉。引自《明詩話全編》（二）（南京：江蘇
　　　　古籍出版社，1997年12月），頁2043～2044。

〔註100〕〔明〕何喬新：〈春秋左傳擷英序〉，《何文肅公文集》（臺北：偉文圖書公司，
　　　　1976年5月影印，《明代論著叢刊》本）。

〔註101〕參袁震宇、劉明今：《中國文學批評通史——明代卷》（上海：上海古籍出版
　　　　社，1996年12月），頁542。

〔註102〕喬衍琯：〈套色印本〉，古籍鑑定與維護研習會專集編輯委員會編：《古籍鑑定
　　　　與維護研習會專集》（臺北：中國圖館學會，1985年6月），頁224～241。

第八章　晚明《詩經》評點之學餘論

第一節　從「以意逆志」到「以臆逆志」

　　胡應麟（1551～1602）說孟子的「以意逆志」之論，是「千古談詩之妙詮也」，〔註1〕反映了歷來解《詩》者，對孟子「以意逆志」之說的尊奉。孟子之說見於〈萬章上〉：「說《詩》者，不以文害辭，不以辭害志，以意逆志，是爲得之。如以辭而已矣，〈雲漢〉之詩曰：『周餘黎民，靡有孑遺。』信斯言也，是周無遺民也。」趙岐（？～201）注云：「志，詩人志所欲之事；意，學者之心意也。孟子言說《詩》者當本之，……人情不遠，以己之意逆詩人之志，是爲得其實矣。」〔註2〕朱熹注云：「言說《詩》之法，不可以一字而害一句之義，不可以一句而害設辭之志，當以己意迎取作者之志，乃可得之。」〔註3〕雖或有將「以意逆志」之「意」，視爲「作者之意」者，〔註4〕然學者大都從趙岐、朱熹注解，將「意」視爲讀者之意，將「志」視爲作者之志。言讀者勿爲字句修辭所惑，要以己意去迎取作者之志。

〔註1〕　《詩藪內編》，卷1，《明詩話全編》（五），頁5536。
〔註2〕　《孟子注疏》（臺北：藝文印書館，1989年1月影印清嘉慶二十年〔1815〕江西南昌府學刻本），卷9，〈萬章〉趙岐注。
〔註3〕　〔宋〕朱熹：《四書集注》（臺北：漢京文化事業公司，1987年10月），頁306～307。
〔註4〕　如吳淇以爲「志」是古人之志，「意」是也是古人之意，釋「以意逆志」爲「以古人之意求古人之志」。參〔清〕吳淇：《六朝選詩定論》，卷1，收入於郭紹虞主編：《中國歷代文論選》（一）（上海：上海古籍出版社，2001年10月），頁36～37。

　　而「讀者之意」之所以能等同「作者之志」的基礎在於「古今性情一也」，
〔註5〕趙岐的說法是「人情不遠」，中國傳統哲學中普遍肯定「心的普遍性」，
〔註6〕明楊文彩云：「理統于心，我具千古以上聖人之心，自可揣度千古以上
聖人之理。雖論出胸臆，正有歷歷可語者。」〔註7〕此正說明心同、理同，故
孟子「以意逆志」爲可能。南宋姚勉（1216～1262）又云：

　　古今人殊，而人之所以爲心則同也，心同，志斯同矣。是故以學《詩》
　　者今日之意，逆作詩者昔日之志，吾意如此，則詩之志必如此矣。《詩》
　　雖三百，其志則一也。雖然，不可以私意逆之也。橫渠張先生曰：「置
　　心平易始知詩。」夫惟置心於平易則可以逆志矣，不然鑿吾意以求
　　詩，果詩矣乎！〔註8〕

姚勉亦以爲雖古今人殊，而心同、志同，故讀者自作品中所得之意可等同作
者之志。

　　然而，奉「以意逆志」爲解《詩》準則的人，必須要解決的問題是：讀
者人人所得之意不同，若皆等同作者之志，豈非作者之志本有萬千？姚勉強
調要取法張載的「置心平易」，勿穿鑿，「不可以私意逆之」，以免成爲追求作
者本意的障礙。而後人論「以意逆志」時，也往往將孟子「知人論世」〔註9〕
一併提出，以作爲解釋的規範，認爲藉由知人論世，加上心同、志同，作者
之志是可求的。

　　這套「以意逆志」、「知人論世」的批評思維，與西方闡釋學的批評方法
極爲近似。闡釋學也稱「詮釋學」，此派的批評者認爲闡釋活動的目的是還原
作家的意向，得出作品原來的意義。因爲作者和闡釋者生活在不同的時代，
所以在闡釋的過程中，闡釋者應當把作品置於當時的歷史環境中，透過字面，

〔註5〕〔宋〕嚴粲：〈詩緝序〉：「古今性情一也，人能會孟氏說《詩》之法，涵詠《三
　　　　百篇》之性情，則悠然見詩人言外之趣。」收入於《國立中央圖書館善本序
　　　　跋集錄・經部》（臺北：國立中央圖書館編印，1992年6月），頁171。
〔註6〕參龔鵬程：〈細部批評導論〉，《文學批評的視野》（臺北：大安出版社，1990
　　　　年1月），頁436。
〔註7〕〔明〕楊文彩：〈指略〉，《楊子書繹》（《四庫全書存目叢書》經部第55冊，
　　　　影印清光緒二年〔1876〕文起堂重刻本），卷前。
〔註8〕〔宋〕姚勉：〈詩意序〉，《雪坡集》（《景印文淵閣四庫全書》本），卷37。所
　　　　引張橫渠說，見〈題解詩後〉：「置心平易始通《詩》，逆志從容自解頤，文害
　　　　可嗟高叟固，十年聊用勉經師。」〔宋〕張載：《張子全書》（《景印文淵閣四
　　　　庫全書》本），卷13，頁23。
〔註9〕《孟子・萬章下》：「頌其詩，讀其書，不知其人，可乎？是以論其世。」

探索它所隱藏的意義。應當努力消除先入之見，使自己呈現眞空，只有不帶偏見，不加進半點雜質，才能原原本本地把作者的本意複製出來。既然闡釋的目的是探索作品中所表現的作者自我及其本意，「作者」便成了闡釋的最高權威。文學批評必須力求絕對客觀，而「客觀批評」與否的唯一準繩便是作者本人的意向。〔註10〕

傳統的中國文學批評，大都傾向於這種解讀方式，屢屢強調「以意逆志」——以追求作者之意爲職志，其前題是假設古今人我之心可以相通，途徑是使自己眞空——如姚勉所說的摒除「私意」，並藉「知人論世」——透過對作者生平、思想、時代、環境的了解，來還原作者、作品的原意。所以我們常會看到「如與作者面稽印可」，「殊失作者大旨」、「埋沒古人精神」……之類扣緊「作者」、「古人」以論批評得失的評語，章學誠也曾質疑一些批評的言說，若「起古人而問之，乃曰：『余之所命，不在是矣！』毋乃冤歟？」〔註11〕此皆是將「作者」視爲批評、闡釋的最高權威，將追求作者之意視爲批評、闡釋唯一的目的。

闡釋學批評由於志在還原作品文本的意義，揭示作家的主觀意識，而不對作品加以評價，因此文學批評被視作派生於創作的「二等藝術」，淪爲創作的附庸。後來此派的學者意識到「書不盡言，言不盡意」，作家的意圖本無法完整的貫徹於作品中，即使作家的意圖在作品中得到完整的呈現，它也不一定完全爲讀者所接受，因爲閱讀是一種有意識的審美活動，讀者不可能以眞空的頭腦承受作者的意識，他必然會根據自己對作品的理解和感受來評判它，不同時代、不同身份的讀者，對同一作品往往有不同的反應，因此，有多少讀者，就有多少哈姆雷特。儘管作者依照他的意圖和感受來創作，但是偉大的作品總是包含豐富、深邃的內容，甚至連作家本人也意識不到。所以當代西方闡釋學開始調整，向「接受美學」轉向，否認作者本意的絕對權威，肯定讀者的主觀意識在閱讀活動中參與的重要性。〔註12〕

闡釋學派由奉作者之意爲圭臬，到肯定讀者主觀意識的省思、調整過程，我們也可以看到在中國古代少許的批評者身上體現著。如開自由賞鑒路線的評點先驅劉辰翁曾云：「觀詩各隨所得，別自有用，……同是此語，本無交涉，

〔註10〕 參賴干堅：〈闡釋學派批評方法〉，《西方文學批評方法評介》（廈門：廈門大學出版社，1986 年 7 月），頁 41～78。
〔註11〕 〔清〕章學誠：〈文理〉，《文史通義校注》，頁 289。
〔註12〕 參賴干堅：〈闡釋學派批評方法〉。

而見聞各異，但覺聞者會意更佳。……從古斷章而賦皆然，又未可訾為錯會也。」〔註13〕可見辰翁著重讀者的心解、意會，即使斷章取義、與作者本意不合亦無妨，甚至認為讀者的意會，比作者原意更佳。胡應麟評云：「辰翁解杜，猶郭象注莊，即與作者語意不盡符，而玄言玄理，往往角出，盡拔麗黃牝牡之外。」〔註14〕雖知劉辰翁之解與作者之意不符，卻仍大加讚賞，反映胡應麟不再完全以作者之意為評價批評得失的標準。

回顧歷代解經的傳統，大都是屬於闡釋學的解讀方式，著重追求經書本意、聖人本意。但是到了明代，一方面受到陽明學說的影響，傾向於「《六經》注我」、「以我讀書」，〔註15〕一方面漢、宋學的興替、經義的紛紜，也讓有些解經者體認到古今人我之殊，作者之意殆不可求，進而肯定讀者主觀的閱讀感受、各是其是。

如黃光昇云：「解經固難，解《詩經》尤難，蓋詩發乎人之性情，本乎人之心志。人之性情、心志，固有身相與處，而有未能悉其底裏者，況古今相去，以意迎之，安能一一盡得其旨哉！」〔註16〕如沈徵炌（1554～1631）云：「善稱《詩》莫子輿若，其言曰：以意逆志。作者邈矣，迫而求之，幾百世之下，執我以貌昔之人，昔之人不受，於是合離雙背，屬揭俱非。」〔註17〕萬時華云：「孟子之論，說《詩》以意逆志，夫千載之上，千載之下，何從逆之？」〔註18〕三人不約而同地質疑心同、志同故可「以意逆志」之論，言古今相去遼遠，豈能以今日之我逆千載以上作者之意？鍾惺〈詩論〉亦強調「以

<hr/>

〔註13〕〔宋〕劉辰翁：〈題劉玉田選杜詩〉，《須溪集》（《景印文淵閣四庫全書》本），卷6，頁49～50。

〔註14〕〔明〕胡應麟：《詩藪雜編》，卷5，吳文治主編：《明詩話全編》（五）（南京：江蘇古籍出版社，1997年12月），頁5707。《總目》，卷149，〈別集類二〉，〈集千家註杜詩二十卷〉，館臣曾云王士禛將劉辰翁比之為郭象註《莊》為錯賞，然由前引胡應麟之說及王思任〈世說新語序〉亦曾言辰翁所評之《世說新語》文筆傳神，「亦或以郭解《莊》，而雅韻獨妙」。文見《王季重雜著》（臺北：偉文圖書公司，1977年9月），頁3～4。則以郭象註《莊》喻辰翁，不始於王士禛明矣。

〔註15〕參本論文第三章〈經書評點風氣興起的背景〉所論。

〔註16〕〔明〕徐光啟：《毛詩六帖》，卷1，頁58，〈木瓜〉詩引黃葵峰說。

〔註17〕〔明〕沈徵炌：〈唐詩三集合編·敘〉，《國立中央圖書館善本序跋集錄·集部》（六）（臺北：國立中央圖書館編印，1994年4月），頁412。沈〈敘〉末署天啟甲子──四年（1624）所作。

〔註18〕〔明〕萬時華：〈詩經偶箋自引〉，《詩經偶箋》（《續修四庫全書》經部第61冊，影印明崇禎六年〔1633〕李泰刻本），卷首。

予一人心目，而前後已不可強同」，歷代說《詩》者，人不同、時不同，讀《詩》的體會又怎會相同呢？故〈詩論〉又云：「使宋之不異於漢，漢之不異於游、夏，游、夏之說《詩》，不異於作《詩》者，不幾於刻舟而守株乎？」認爲歷代說《詩》者所見不同是理所當然，讀者之意要不異於作者之志也是不可能的。此種觀點，與接受美學的某些思維，極爲相近。

接受美學興起於二十世紀六〇年代中期，以德國康士坦茨學派爲核心，建立起以讀者的閱讀活動爲中心的接受美學理論，改變了過去以作家、作品爲主要對象的批評傳統。〔註 19〕強調一部偉大的作品其涵義甚至超出作者的意旨，不同的時代、不同的人，會在同一部作品中獲得不同的啓示，這是作者本身無法限制也無法預計的。一部文學作品被接受與解釋的種種不確定性，正是它生生不息的生命力源泉。事實上，「原義」的失落是無力回天的必然，所以閱讀不是去發現作品的「原義」，而是爲了體嘗作品對讀者的作用。而作品的意義是讀者的體驗構成的，因此，真正賦予作品意義的不是作者，而是讀者。〔註 20〕

正是由於一部偉大的作品涵義豐富，不同的時代、不同的人可在其中發掘不同意涵，會從同一部作品中獲得不同的體會、啓示，這些體會、啓示有時是超乎作者原意的，所以劉辰翁才會說聞者的意會更佳，陸雲龍也才會說：「我之意未必爲古人之意，更有出于古人之意，斯其爲善學《詩》。」〔註 21〕鍾惺更宣稱「《詩》，活物也。游、夏以後，自漢至宋，無不說《詩》者。不必皆有當於《詩》，而皆可以說《詩》。」並且認爲《三百篇》之旨歸，非漢儒、宋儒、朱熹，或任何一人之說可以道盡、可以壟斷。〔註 22〕也因此，黃光昇才會認爲《集傳》所釋是「朱子之詩耳」，〔註 23〕不必是作者之意，也不必是任一讀者心中之詩。每一個人讀《詩》都可以有不同於別人的體會。

自孟子倡言「以意逆志」，後人在看待「以意逆志」自是以作者之「志」爲重，己「意」不過是追尋「志」的出發點或過程而已，而從凌濛初〈東坡

〔註 19〕參鄭明娳、林燿德：《當代世界文學理論》（臺北：幼獅文化事業公司，1991年 7 月），頁 57～61，〈接受美學〉。

〔註 20〕參張廷琛、梁永安：〈文學接受理論述評〉，張廷琛編：《接受理論》（成都：四川文藝出版社，1989 年 5 月），頁 25～47。

〔註 21〕〔明〕陸雲龍評：《翠娛閣評選鍾伯敬先生合集》（《四庫全書存目叢書》集部 140 冊，影印明崇禎刻本），卷 5，頁 3，〈詩論〉評語。

〔註 22〕以上所引，俱見鍾惺〈詩論〉。

〔註 23〕《毛詩六帖》，卷 1，頁 58，〈木瓜〉詩引黃葵峰説。

書傳序〉嘉許傳注能「發揮己見，以意逆志」爲上，〔註24〕重發揮己見，即不重在是否能「逆志」，可見凌濛初所說的「以意逆志」，已重在讀者的意了。

戴君恩〈讀風臆評自敘〉更言欲以「臆」破「尺尺寸寸，傳習維謹」之習、「蔑舍紫陽」，又釋孟子的「以意逆志」之「意」爲「臆」，此「臆」即是發揮己見，以我讀書，讀者可者憑自己的感動、胸臆之體會去讀《詩》，去領略詩歌的情感。

將「以意逆志」轉爲「以臆逆志」，其實是正視到「以意逆志」的困境，那怕是能「知人論世」，作者之意仍是遙不可及。王國維曾云：

顧意逆在我，志在古人，果何修而能使我之所意，不失古人之志乎？此其術，孟子亦言之曰：「誦其詩，讀其書，不知其人可乎？是以論其世也。」是故由其世以知其人，由其人以逆其志，則古人之詩雖有不能解者寡矣。〔註25〕

以爲能「知人論世」即能解古人之詩，並言鄭玄正是能藉知人論世以逆古人之志的例子：「（鄭玄）專用孟子之法以治《詩》。其於《詩》也，有《譜》有《箋》。《譜》也者，所以論古人之世也；《箋》也者，所以逆古人之志也。」〔註26〕然而後人平心看來，鄭玄又何嘗能得作者之意呢？

明何萬化云：

作《詩》者，不知何心，而引賦絃歌，借抒所抱，正如牟尼之珠，隨方五色；匡廬面目，橫看成嶺側成峰。……然則讀《詩》者，以正解解可以，傍解解可以，不解解亦可，兩是而俱存之亦可。〔註27〕

這段話正點出解《詩》態度的轉變，由傳統的追求作者之意，到體認到作者「不知何心」，原意永遠是個謎，認識到作者之意的不可求。將《詩經》比喻爲「牟尼之珠」、廬山，意謂不同的觀者站在不同的角度，可以看到不同的景色、得到不同的感受，肯定讀者主觀的閱讀感受、各是其是。

在驚嘆晚明諸人解《詩》的思維與接受美學的理論不謀而合時，更必須

〔註24〕 〔明〕凌濛初：〈東坡書傳序〉，《國立中央圖書館善本序跋集錄‧經部》，頁132。

〔註25〕 〔清〕王國維：〈玉溪生年譜會箋序〉，郭紹虞主編：《中國歷代文論選》（一），頁38～39。

〔註26〕 同前註。

〔註27〕 〔明〕何萬化：〈聖門傳詩嫡冢序〉，《國立中央圖書館善本序跋集錄‧經部》，頁189～190。

了解到這種解經態度給傳統經學家造成的衝擊。不管是評點，或是受王學影響的解經態度，不重客觀考證，而重一己之直覺，自由率意，都是「《六經》皆我註腳」〔註28〕的表現。明楊時喬（1531～1609）云：若「《六經》皆我註腳」，則「我重而經輕」。〔註29〕清初張伯行（1651～1725）亦云：「讀書者，貴乎以我之心，體貼聖賢之理」，象山「《六經》皆我註腳」之說，「則硬使聖賢之書來從我，此其所以爲學者之害也。」〔註30〕這都是傳統的經學家憂心所在，解經不再以聖人之意、經書之意爲重，而人人可各自言說，在苦心追求經書本意作爲教化之助的傳統經學家看來，實爲解經的一大浩劫。這也是清初學者、四庫館臣屢屢抨擊王學、晚明學者師心臆斷的原因。

第二節　「聖經」與「至文」的衝突

一、古文選本選錄《左傳》的考察

　　「聖經」與「至文」間的衝突，筆者在第七章論述清初錢謙益、四庫館臣對評經的批評時，已略曾言及。由於儒者「經本不可以文論」〔註31〕的堅持，是以回顧經書文學性發掘的過程，可以說是在夾縫中求生存，我們可以先從古文選本選錄《左傳》經文的情形，來探討此種現象。

　　古文選本錄《左傳》，自是因其文采不可棄。林紓（1852～1924）曾讚美《左傳》：「《左氏》之文，萬世古文之祖也。……天下文章，能變化陸離不可方物者，只有三家，一左、一馬、一韓而已。《左氏》之文，無所不能，時時變其行陣，使望陣者莫審其陣圖之所出。」〔註32〕然而林紓也指出，儒者「身在尊經之世，斷不敢貶經爲文，使人指目其妄」。〔註33〕點出了儒者面對一部經書時，要視其爲「聖經」或「至文」的掙扎。

〔註28〕〔宋〕陸九淵：「學苟知本，《六經》皆我註腳。」《象山語錄》（《景印文淵閣四庫全書》本），卷1，頁1。

〔註29〕〔明〕楊時喬：〈周易全書古文序〉，《國立中央圖書館善本序跋集錄·經部》，頁1～2。

〔註30〕〔清〕張伯行：《困學錄集粹》（臺北：臺灣商務印書館，1966年6月，《叢書集成簡編》據《正誼堂叢書》本排印），卷8，頁129。

〔註31〕《總目》，卷34，〈五經總義類存目〉，〈孫月峰評經〉條。

〔註32〕〔清〕林紓：〈左傳擷華序〉，《左傳擷華》（高雄：復文圖書出版社，1981年10月），卷首。

〔註33〕同前註。

　　《四庫全書總目》言古文選本選錄《左傳》始自眞德秀（1178～1235）《文章正宗》，並言眞氏爲「道學之儒」，所選以「理」爲宗，與一般「文章之士」不同。〔註34〕作爲一個儒者，眞德秀《文章正宗》選了《左傳》，是否有違宗經尊道的原則呢？眞德秀〈文章正宗綱目・辭命〉云：

> 《書》之諸篇，聖人筆之爲經，不當與後世文辭同錄，獨取《春秋》
> 內、外傳所載周天子諭告諸侯之辭，列國往來之辭，下至兩漢詔冊
> 而止。〔註35〕

〈文章正宗綱目・敘事〉：

> 今於《書》之諸篇，與史之紀傳，皆不復錄。獨取《左氏》《史》《漢》
> 敘事之尤可喜者，與後世記序傳誌之典則簡嚴者，以爲作文之式。

〈文章正宗綱目・議論〉：

> 議論之文，初無定體，……大抵以《六經》《語》《孟》爲祖，而《書》
> 之〈大禹〉、〈皋陶謨〉、〈益稷〉、〈仲虺之誥〉、〈伊訓〉、〈太甲〉、〈咸
> 有一德〉、〈說命〉、〈高宗肜日〉、〈旅獒〉、〈召誥〉、〈無逸〉、〈立政〉，
> 則正告君之體，學者所當取法。然聖賢大訓，不當與之作者同錄，
> 今獨取《春秋》內外傳所載諫爭論說之辭，先漢以後，諸臣所上書
> 疏封事之屬，以爲議論之首。

在以上所引的三段中，眞氏盛讚《尙書》之文字，可爲後世之法，而割愛不錄，乃因《尙書》乃「聖人筆之爲經，不當與後世文辭同錄」，「聖賢大訓，不當與之作者同錄」，恪守著宗經的原則。〈文章正宗綱目・詩賦〉又云：

> 朱文公嘗言：「……故嘗欲抄取經史諸書所載韻語，下及《文選》漢
> 魏古詩，以盡乎郭景純陶淵明之作，自爲一編，而附於《三百篇》、《楚
> 詞》之後，以爲詩之根本準則。……」今惟虞夏二歌，與三百五篇不
> 錄外，自餘皆以文公之言爲準，而拔其尤者，列之此編。〔註36〕

眞德秀欲承朱熹未竟之志，但作爲一個儒者，亦不敢違背宗經之理，所錄雖

〔註34〕 參《總目》，卷31，〈春秋類存目二〉，〈左傳評〉條及卷187，〈總集類二〉，〈文章正宗〉條。〈左傳評〉條云：「《春秋左傳》本以釋經，自眞德秀選入《文章正宗》，亦遂相沿而論文。」考察南宋時期稍早的呂祖謙《古文關鍵》及約略同時的樓昉《崇古文訣》皆未錄經文，《四庫》館臣所言不虛。

〔註35〕 〔宋〕眞德秀：〈文章正宗綱目〉，陶秋英編選：《宋金元文論選》（北京：人民文學出版社，1999年1月），頁378～381。

〔註36〕 「朱文公嘗言」云云，見朱熹〈答鞏仲至第四書〉，文字略有出入。

皆以朱熹所言爲準的，但卻不錄《詩經》。

　　由以上所言看來，眞德秀界定《左傳》爲「傳」而非「經」。因爲尊經，不敢將曾經聖人手的《尙書》、《詩經》與後代作者的詩文同列，但解經的《左傳》則無妨。

　　然而，西漢武帝時以《易》、《詩》、《書》、《禮》、《春秋》爲五經，《左傳》雖未列在其中，但到了唐代科舉取士，明經科以《易》、《詩》、《書》、《周禮》、《儀禮》、《禮記》、《左傳》、《公羊傳》、《穀梁傳》爲九經，《左傳》雖爲「傳」，然至後世，其地位已提升至與經相去不遠，甚至是等同了。所以，眞德秀的作法仍受到某些衛道人士的質疑，古文選本選錄《左傳》，依然是有爭議的。故蔡世遠（1682～1733）在雍正初年編成《古文雅正》，特別說明不選《三傳》及〈檀弓〉之因：「不及《三傳》、〈檀弓〉者，〈檀弓〉，經也；《三傳》雖傳，經也。」〔註37〕

　　諸多古文選本的編選者，對《左傳》之文實難割捨，爲了避免「貶經爲文」的指責，是如何自圓其說的呢？最簡單、也最不負責任的方法是將責任推給眞德秀，如徐乾學（1631～1694）等奉敕編注的《古文淵鑒》，「所錄上起《春秋左傳》，下迄於宋，用眞德秀《文章正宗》例」，〔註38〕大有讓始作俑者承擔毀譽之意。

　　有的編選者，則從溯源的觀點，強調古文之祖，非經文莫屬，若不選錄經文，反倒是數典忘祖，反倒是不尊經。如楊繩武所編古文選本《文章鼻祖》，選錄《尙書》《左》《國》《史》《漢》之文，其故爲：「《尙書》，經之祖；《左》《國》，傳之祖；《史》《漢》，史之祖。」「《六經》《左》《國》《史》《漢》，俱須全本熟讀，無選擇之理，茲所標舉，乃一隅之義，用以推明文章之道千變萬化，皆從此出。」〔註39〕楊繩武（…1736…）並云：「古文之原當溯諸經，尤溯諸經之最先者。經莫古于《尙書》，亦莫高于《尙書》。……今人讀《尙書》知尊之爲經而不敢目之爲文，愚恐數典而忘祖。」〔註40〕曾國藩編纂《經史百家雜鈔》選

〔註37〕　〔清〕蔡世遠：〈古文雅正序〉，王鎭遠、鄔國平編選：《清代文論選》（北京：人民文學出版社，1999年1月），頁462。

〔註38〕　《總目》，卷190，〈總集類五〉，〈御選古文淵鑒〉條。

〔註39〕　〔清〕楊繩武：〈例言〉，《文章鼻祖》（《四庫全書存目叢書》集部第408冊，影印清乾隆二十八〔1763〕年刻本），卷首。

〔註40〕　〔清〕楊繩武：〈鍾山書院規約〉，乾隆二年（1737）作，收入於鄧洪波編：《中國書院學規》（長沙：湖南大學出版社，2000年10月），頁26。

錄了《左傳》等經文，面對將遭有識者所譏的處境，強調其書以《六經》冠其端，重在明文體之源頭，以示不忘本，〈經史百家雜鈔題語〉云：

> 村塾古文有選《左傳》者，識者或譏之。近世一二知文之士，纂錄古文，不復上及《六經》，以云尊經也。然溯古文所以立名之始，乃由屏棄六朝駢儷之文，而返之於三代兩漢，今舍經而降以相求，是猶言孝者敬其父祖，而忘其高曾；言忠者，曰：「我家臣耳，焉敢知國？」將可乎哉？余鈔纂此編，每類必以《六經》冠其端，涓涓之水，以海爲歸，無所於讓也。〔註41〕

以爲各類文體原本經書，若舍經則是忘其本，故每類必以經文冠其端。

由上述諸人所論，可見歷來許多儒者的心態，爲了宗經，不敢坦白承認「聖經」也是「至文」，所以古文選本選錄《左傳》時，總要找很多藉口、下台階，說《左傳》不是經、說不過是依前人之例、說爲了溯其源頭……。同樣的，以賞析經文爲重的評經，也常要找一些冠冕堂皇的藉口，才可以使評者能自圓其說，才能堵住眾人悠悠之口，我們很容易在清初以後的評經之作中，找到這種印證。

二、晚明、清初評經態度之異

雖同樣是賞析經書之文辭、同樣是評經，比較晚明及清初以後，其態度又略有不同。晚明孫鑛、鍾惺、戴君恩諸人評點經書，其自序裡雖侃侃而談，卻從不以追求經義、聖人之道等說辭來爲自己論文之舉「脫罪」。頗受竟陵派影響的萬時華還宣稱：「今之君子知《詩》之爲經，不知《詩》之爲詩，一蔽也。」〔註42〕若說以上諸人不屬於經學家，還夾雜了較濃厚的文人性格，以《毛詩古音考》考證古音的創獲成爲考據學派先驅的陳第（1541～1617），算得上是經學家了，所著《尚書疏衍》也屬經學著作，然書中卻毫不掩飾地對《尚書》之文大加讚嘆，譽之爲「宇宙間至文」，言「詩莫妙于《毛詩》，文莫妙于《尚書》」。〔註43〕作有《九部經解》的郝敬（1558～1639），黃宗羲（1610～1695）謂其「《儀禮》、《周禮》、《論》、《孟》，各著爲解，疏通證明，一洗訓詁之氣。明代窮經之

〔註41〕〈經史百家雜鈔題語〉，《曾文正公集》第八冊《文集》（臺北：世界書局，1952年7月），頁39～40。

〔註42〕〔明〕萬時華：〈詩經偶箋自引〉。

〔註43〕以上所引陳第說，皆見〔明〕陳第：《尚書疏衍》，卷1，〈尚書評〉。

士，先生推為巨擘」，〔註44〕固屬經學家無疑，然郝敬嘗云：

> 嚴儀卿以禪喻詩，以理為詩障。謂「詩有別趣，非關理也。」近世遂
> 以聲華相尚，謂盛唐、漢魏，為詩家最上乘。本意尊盛唐，援漢魏為
> 先導耳。苟真尊漢魏，奈何又上遺《三百篇》乎？既以盛唐、漢魏為
> 最上乘詩，將置《三百》於何地？問之，則曰：「《三百篇》不可與詩
> 等也。」夫謂不可與詩等者，亦陽尊之而陰絀之。其絀之云者，乃所
> 謂理障也。論理，未有過於《三百篇》者矣。又云：「詩者，吟咏性
> 情者也。」吟咏性情，亦未有過於《三百篇》者矣。〔註45〕

向來大多數的儒者心態和四庫館臣近似，對於將《詩經》混同於一般總集、詩
文集的作法大不以為然，也強調不能逕用解後世之詩的態度解《詩》，〔註46〕
刻意畫出《詩經》與後代詩選、詩集的區隔，以維護聖經的地位。這種尊經的
作法，落到郝敬的眼中，他卻認為「《三百篇》不可與詩等」的說法為「陽尊而
陰絀」，言《詩經》不論是「論理」，或就「吟咏性情」而言，皆無過之者。

晚明非無崇經的衛道人士，然而由於時代環境的關係，學術風氣似較活
潑、多元，如嵇文甫所說：

> 晚明時代，是一個動盪時代，是一個斑駁陸離的過渡時代。照耀著
> 這時代的，不是一輪赫然當空的太陽，而是許多道光彩紛披的明霞。
> 你儘可以說它「雜」，卻決不能說它「庸」；儘可以說它「囂張」，卻
> 決不能說它「死板」；儘可以說它是「亂世之音」，卻決不能說它是
> 「衰世之音」。〔註47〕

由於「斑駁陸離」、由於「雜」、由於「囂張」，所以無所不有，也見怪不怪，再
加上，在明代經書的凝重的面孔有了解凍，是故不管是評經者本身或一般社會
大眾，似都較能接受視「《詩》之為詩」，以平常心看待評經之事，評者亦較毋
需為評經的行為多加文飾。〔註48〕既然視《詩》之為詩，「評點」本是美惡並陳、

〔註44〕　《明儒學案》（杭州：浙江古籍出版社，1992 年 8 月），卷 55，〈諸儒學案下
　　　　三〉。

〔註45〕　〔明〕郝敬：《藝圃傖談》，卷 3，《明詩話全編》（六），頁 5928。

〔註46〕　參《總目》，卷 194，〈總集類存目四〉，〈詩原〉條及卷 17，〈詩類存目一〉，〈詩
　　　　觸〉條。

〔註47〕　嵇文甫：〈從王陽明說起〉，《晚明思想史論》（上海：上海書店，影印商務印
　　　　書館 1944 年版，《民國叢書》第二編），頁 1。

〔註48〕　筆者要強調，如前所說，晚明亦不乏衛道之士、厭惡評經者，如錢謙益。正
　　　　文所論只是就整體對待評經的態度、與清初以後的情況比較而言。

瑕瑜不掩的，甚至「如不攻其瑕，將併埋其瑜」，〔註49〕所以孫、鍾之評，亦不諱言指出某字、某句欠佳。〔註50〕王世貞嘗言：「《三百篇》刪自聖手，然旨別淺深，詞有至未。」拈出許多《三百篇》中句法欠佳者。〔註51〕袁宏道也說「《六經》非至文」。〔註52〕李長庚（？～1644）亦云：「《易》言牛掣天劓，載鬼張弧，近於怪也；《詩》言芍藥舒脫，近於戲也；《春秋》之石言鵒退，蜮鬭豕啼，近於誣也；《禮》言吾與爾三焉，近於誕也。」〔註53〕

如果將王、袁、李大膽的言論與孫、鍾之評，比並觀之，孫、鍾指責某字、某句欠佳，在晚明實在也算不上是太「囂張」。錢謙益雖責孫、鍾評經是「非聖無法」、「侮聖人之言」，〔註54〕但觀乎孫鑛對經書文字稱道不已，以爲是作文最該取法的對象；鍾惺不管在《詩歸》、《詩》評或文集中，都可見其對《三百篇》的讚賞；〔註55〕戴君恩〈讀風臆評自敘〉中說〈國風〉是「天地自然之籟」，由此看來，三人並不以「侮經」爲出發點，衡諸郝敬「謂（《三百篇》）不可與詩等者，亦陽尊之而陰絀之」的說法，孫、鍾、戴正是在文學的場域中尊經呢！

相較於晚明諸人毫不掩飾地對經書文辭評點、讚嘆，大刺刺的認爲視《詩》爲經有所不足，要視《詩》爲「詩」，清人往往要再三粉飾評經的行爲。最常見的就是用「以文誘人」、「因文以明道」爲理由。

汪有光云「天下文章莫大乎孔孟」，故《標孟》一書多論《孟子》文章，對於可能招來「《孟子》一書，不可以文章論」的指責，汪有光已經先預作解釋：「當今之世，而不急急焉以文誘人，則孔孟或幾乎息矣。」〔註56〕

〔註49〕 〔明〕著壇：〈湯義仍先生還魂記凡例〉，毛效同編：《湯顯祖研究資料彙編》（上海：上海古籍出版社，1986 年 9 月），頁 858。按：著壇是王思任（1574～1646）的弟子。

〔註50〕 參本論文第七章第三節〈評經遭到撻伐之故〉的第二小節〈評經爲自居高明，非聖無法的表現〉。

〔註51〕 《藝苑卮言》，卷 1，《歷代詩話續編》，頁 964～965。

〔註52〕 〔明〕袁宏道：〈聽朱先生說水滸傳〉，《明代文論選》（北京：人民文學出版社，1999 年 1 月），頁 332。

〔註53〕 〔明〕李長庚：〈太平廣記鈔序〉，〔明〕馮夢龍編：《太平廣記鈔》（上海：上海古籍出版社，1993 年影印明天啓六年〔1626〕沈飛仲刻本，收入於魏同賢主編《馮夢龍全集》第 35 冊，卷首。按：李序作於天啓六年。

〔註54〕 〔清〕錢謙益：〈葛端調編次諸家文集序〉，《初學集》，卷 29。

〔註55〕 參本論文第五章第五節〈鍾惺評《詩》之緣由與態度〉的第一小節〈學古與評《詩》〉。

〔註56〕 〔清〕汪有光：〈自序〉，《標孟》（《續修四庫全書》經部第 157 冊，影印清康熙刻本），卷首。按：汪序作於康熙二十六年（1687）。

曹貞吉（1634～1698）〈標孟序〉亦言汪有光作《標孟》之用心爲：「欲斯世由《孟子》之文而坐進於斯道也。」〔註57〕以上兩人言評經、論其文辭是爲了以文誘人讀經，使世人因讀經而求道、得道。另一種亦是以「得道」爲最終目的說法是：論經書之文辭，乃爲通其意、得其道。

康濬（1741～1809）認爲《孟子》「其書有筆法局陣，而直可以作古文讀」，故作《孟子文說》，又言《孟子》一書「雖小夫孺子皆知爲載道之言，但以文求，鮮不非而笑之曰淺。顧言以足志，文以足言，苟不知其文理之作何承接、作何起訖，一言《孟子》，漫曰是言性善、是言仁義，縱有所見，終涉隔靴搔癢。……今以古文說《孟子》，亦所以說其意之所之而已，得其意則道理不說自在矣。」〔註58〕「以古文說《孟子》」，點出其書論文的性質；「得其意則道理不說自在」，則以爲論文可得意，得意則可知道——以之作爲以文求《孟子》的理由。

清王澍（1668～1743）《大學中庸本義》除說理之外，亦兼論文，王澍自序云：「說書不兼論文，則義不顯，不得古人用意之奧。」〔註59〕孫濩孫（…1730…）亦言論文有助於解經：

> 古人文成而法立，非執法以行文，但讀者不詳其賓主、虛實、離續、順逆諸法，則莫測其神之所注，勢必害辭、害意，謬戾紛錯，此鄭注孔疏舛誤多端也。故讀〈檀弓〉者，以體會神理爲主，次之則當講明乎法。〔註60〕

以上諸人所言論文是爲誘人讀經求道，是希望藉由論文以明辭、以知意、以得道，並非全無道理。尤其是《詩經》，比起其它經書更具藝術手法，論文確實有助於明辭、知意。項安世（？～1208）曾舉樂府詩之興句與《詩經》對照，以證經生說《詩》不明起興之用而附會強解之陋，言：「大抵說文者皆經生，作詩者乃詞人，彼初未嘗作詩，故多不能得作者之意也。」〔註61〕王夫

〔註57〕〔清〕曹貞吉：〈標孟序〉，《標孟》，卷首。按：曹序作於康熙二十五年（1686）。汪有光另一部評經之作：《批檀弓》（清光緒十三年〔1887〕刊本）卷首曹貞吉〈批檀弓序〉，亦有因經書文辭之可喜，而進一步深造得經書之道云云，不贅引。

〔註58〕〔清〕康濬：〈自序〉，《孟子文說》（《續修四庫全書》，影印清嘉慶九年〔1804〕刻本），卷首。

〔註59〕〔清〕王澍：〈大學中庸本義自序〉，《大學中庸本義》（《四庫全書存目叢書》經部第173冊，影印清乾隆二年〔1737〕刻積書巖六種本），卷首。

〔註60〕〔清〕孫濩孫：〈孫氏家塾檀弓論文十則〉，《檀弓論文》（《四庫全書存目叢書》經部第102冊，影印清康熙刻本），卷首。

〔註61〕〔宋〕項安世：《項氏家說》（北京：中華書局，1985年，叢書集成初編），卷

之亦曾責訓詁家不知詩而言《詩》,「不以詩解《詩》,而以學究之陋解《詩》」,遂將詩篇解得「旨趣索然」。〔註62〕論文確實可以明辭,明辭也可以知意,然而,知意是否指向求道、明道的呢?恐怕值得懷疑。若目的是為知意、求道、明道,用傳統的注疏體裁,亦可說清楚,又豈必假評點論文為途徑?

從多數的評經之作實際圈評情況看來,猶如古文選本選評經文,孫鑛孫、汪有光諸人評〈檀弓〉、評《孟子》之類,其實就是將經文當作學文的教材,如同《唐宋八大家文鈔》的古文般,這也是諸人在序中或曾明言的,故評經雖偶及義理,畢竟以論文、示人以文法為主。正是由於論文、點出「賓主、虛實、離續、順逆諸法」之需,〔註63〕故必須藉由圈評的方式,將法清楚的點明;正是因為「論文」的性質不入四庫館臣之眼,許多評經之作才被置於存目,《總目》中也屢屢責難這類著作但以選詞遣調、造語鍊字為事,置經義、聖人之道不談,舍本而逐末,云:「置經義而論文章,末矣;以文章之法點論而去取之,抑又末矣。」〔註64〕若是指向求道、明道的,四庫館臣及一些衛道之士何必窮追猛打?

吾人從上述清人辯解、文飾為何對載道的經書論文的現象,不難窺知將「聖經」視為「至文」來加以賞析、評論,在當時所承受的壓力,所以上述評經者的辯解,總是扣緊為了求道的目的來為自己脫罪,或言以文誘人,或言因文以明道,以求能避免輿論的壓力、獲得衛道人士的寬宥和諒解。

三、姚際恆《詩經通論》「圈評」的目的與性質

清初姚際恆(1647~1715?)《詩經通論》頗受今人重視與肯定,據姚際恆《好古堂書目》所載,姚氏收藏了孫、鍾的《詩經》評點本,在《詩經通論》中亦曾徵引孫、鍾之說,蔣秋華先生作〈從《好古堂書目》看姚際恆的《詩經》研究〉一文以為:姚際恆因為欣賞孫、鍾等人文學性的圈評說《詩》的方式,所以《詩經通論》也沿襲孫、鍾圈評的手法。〔註65〕

考姚際恆《詩經通論》,除用經解常見的箋註解說外,亦採評點——即圈

4,頁 47,〈詩中借辭引起〉條。

〔註62〕 〔清〕王夫之:《薑齋詩話》,卷上,《清詩話》(臺北:木鐸出版社,1988 年9 月),頁 4~5。

〔註63〕 〔清〕孫鑛孫:〈孫氏家塾檀弓論文十則〉。

〔註64〕 《總目》,卷 31,〈春秋類存目二〉,〈或庵評春秋三傳〉條。

〔註65〕 蔣秋華:〈從《好古堂書目》看姚際恆的《詩經》研究〉,《經學研究論叢》第四輯(臺北:聖環圖書公司,1996 年 4 月),頁 223~242。

評手法說《詩》，而使用圈評的性質、目的是否也與孫、鍾一樣是文學性的呢？
姚際恆在〈詩經論旨〉中，對其圈評經書之舉如此說明：

> 《詩》何以必加圈評，得無類月峰、竟陵之見乎？曰：非也，予亦以
> 明詩旨也。知其辭之妙而其義可知；知其義之妙而其旨亦可知。學者
> 于此可以思過半矣。且《詩》之爲用與天地而無窮，《三百篇》固始
> 祖也，苟能別出心眼，無妨標舉。忍使千古佳文遂爾埋沒乎！爰是歎
> 賞感激，不能自已；加以圈評，抑亦好學深思之一助爾。〔註66〕

趙明媛在《姚際恆詩經通論研究》中，本〈詩經論旨〉「《詩》何以必加圈評，
得無類月峰、竟陵之見乎？」之說而推論：「由語氣看來，似乎對孫鑛、鍾
惺無甚好感。」又指出：姚氏雖使用圈評的作法，與孫、鍾相近，然而目的
卻不相同，姚氏「之所以圈評詩文，動機固然是見詩歌之妙而『歎賞感激，
不能自已』，不過最終目的仍爲『明詩旨也』。……文中所謂的『知其辭之妙
而其義可知；知其義之妙而其旨亦可知』，簡單地說，即意謂『對《詩經》
的鑑賞活動將有助於其教化意義的理解。』故強調：「圈評的本質與目的畢
竟是經學的，所以《詩經通論》便不能稱爲純粹的以文學說《詩》。」〔註67〕

趙明媛以上的論說本諸姚際恆〈詩經論旨〉，似乎言之有據。然而，筆者
以爲其推論實未能充份了解、掌握姚際恆的「語境」。所謂「語境」就是使用
語言的環境，可分爲「廣義語境」和「狹義語境」。「狹義語境」指言語內部
環境，又叫「內部語境」，指口頭上的前後語的關係，書面上的前後文的關係。
「廣義的語境」是指言語內部之外的言語環境，又叫「外部語境」。包括社會
歷史背景，包括現實社會環境，包括時代、民族、地區，包括文化傳統、生
活習俗，包括地點、場合、對象，還包括使用語言的人物身份、思想、性格、
職業、經歷、修養、處境、心情等等。〔註68〕

就其內部語境而言，〈詩經論旨〉中「《詩》何以必加圈評，得無類月峰、
竟陵之見乎？」由上下文看來，這一段話其實並非姚氏的看法，而是姚氏所
設想的世人對他評經的質疑。一問一答，後面「曰：非也，予亦以明詩旨」

〔註66〕　〔清〕姚際恆：〈詩經論旨〉，《詩經通論》（臺北：中央研究院中國文哲研究
　　　　　所，1994 年 6 月），卷首。按：姚序作於康熙四十四年（1705）。

〔註67〕　參趙明媛：《姚際恆詩經通論研究》（中壢：國立中央大學中國文學研究所博
　　　　　士論文，2000 年 12 月），頁 136～147 相關的論述。

〔註68〕　參寸鎮東：〈語境是什麼〉，《語境與修辭》（貴陽：貴州人民出版社，1996 年
　　　　　6 月），頁 29。

云云，答語部份才是姚際恆的意見。觀乎著述風格與《詩經通論》相近的姚氏另一部著作《儀禮通論》，〔註69〕其書卷首〈儀禮論旨〉中，姚氏如是云：

> 或問：「如子言，則全屬論文，與經義奚涉？」曰：「孟子之學，首在知言，未有不能知言，而可以解經者。」

不但所述的動機、內容與筆者前文所引的〈詩經論旨〉那段文字近似，其句型亦同，參此乃知「《詩》何以必加圈評，得無類月峰、竟陵之見乎？」乃屬「或問」的內容，而非姚氏的看法。故筆者以為趙明媛據此而言姚氏「似乎對孫鑛、鍾惺無甚好感」，就內部語境來說，似有所誤會。

　　就外部語境來看，自崇禎末年至清初，讀書人對明代的學術文化有深刻的反省批判，認為學術文化影響人心，而人心決定治亂，所以學術文化關係社會政治、國家興亡盛衰，故士人常藉著批判學術以求導正人心、導正社會。如錢謙益批判竟陵即是以詩文風格影響國運著眼：「以淒聲寒魄為致，此鬼趣也。尖新割剝，以噍音促節為能，此兵象也。鬼氣幽，兵氣殺，著見于文章，而國運從之。」〔註70〕呂留良曾云：「道之不明也幾五百年矣。正、嘉以來，邪說橫流，生心害政，至於陸沈。此生民禍亂之原，非僅爭儒林門戶也。」〔註71〕顯然是將明朝滅亡的責任歸到晚明學術頭上，是故晚明頗具影響力的人物、學派常成了批判的焦點，如李贄，如竟陵的鍾、譚。而鍾、譚二人之間，更常將矛頭對準鍾惺，錢謙益痛責孫、鍾評經，顧炎武在《日知錄》中指責鍾惺喪親冶遊，不孝貪污，「其罪雖不及李贄，然亦敗壞天下之一人」。〔註72〕王夫之謂：「李贄、鍾惺之流，導天下於淫邪，以釀中夏衣冠之禍，豈非逾於洪水，烈於猛獸者乎？」〔註73〕由此可見，清初時鍾惺的形象有多差。

　　「經本不可以文論」的觀念由來已久，再加上錢、顧諸人以降，對評經、

〔註69〕〔清〕姚際恆著，陳祖武點校：《儀禮通論》（北京：中國社會科學出版社，1998年10月）。按：此書亦採評點方式論文，據其自序，成書於康熙三十八年（1699）。

〔註70〕〔清〕錢謙益：《列朝詩集小傳》（臺北：世界書局，1981年）丁集，頁570～571，〈鍾提學惺〉。

〔註71〕〔清〕呂留良：〈復高彙旃書〉，《呂晚村文集》（臺北：臺灣商務印書館，1977年3月），卷1，頁9。

〔註72〕〔清〕顧炎武：《原抄本日知錄》（臺北：文史哲出版社，1979年4月），卷20，〈鍾惺〉條。

〔註73〕〔清〕王夫之：《讀通鑑論》，《船山全書》（14）（長沙：嶽麓書社，1996年10月），卷末，〈敘論三‧不敢妄加褒貶〉。

對孫、鍾的強烈抨擊，使孫、鍾成為敗壞人心的罪魁，這樣的「外部語境」，讓清人在評經時，必須更妥善地將論文、賞評的本質，用經義、明道的外衣包裹起來，最好與孫、鍾畫清界線，以免被視為同類，同遭詬罵。所以孫漢孫、汪有光諸人才會說其評經是要以文誘人，明辭、明意進而明道，姚際恆也是置身於同樣的外部語境中。〔註74〕所以雖與孫、鍾一樣，同是施用圈評、同是論文，姚際恆為了避免落人口實，預作解釋，強調其圈評是為了「明詩旨」，「知其辭之妙而其義可知；知其義之妙而其旨亦可知」云云。這種遁辭，在經書文學性發掘的歷史上屢見不鮮，筆者前面也引述了不少。故筆者以為趙明媛對姚氏所處的外部語境可能缺乏了解，以致被其明道、明詩旨、明義之說所惑。

如牛運震（1706～1758）《詩志》亦採圈評說《詩》，〔註75〕其次子牛鈞所作的〈詩志例言〉中，亦為父親的評經辯解，言《詩》「雖有孫月峰、鍾伯敬諸評本，猶非因文見義也」——刻意使《詩志》與孫評、鍾評有所區隔，又云：「讀《詩》者，涵詠於章法、句法、字法之間，會其聲情，識其旨歸，俾詩人溫柔敦厚之旨隱躍言表，庶幾得詩人之志矣。」〔註76〕亦是用論文是為「因文見義」、論文是為求「溫柔敦厚之旨」、求「詩人之志」等以為文飾，情況和姚氏如出一轍。

清末方玉潤（1811～1883）《詩經原始》受到姚氏《詩經通論》明顯的影響，亦採圈評論文，著述風格與《詩經通論》同，可能處在清末，桐城派諸多的評點本已大行於世，其中不乏評經之作，〔註77〕故方玉潤評《詩》時亦較無壓力，其書〈凡例〉就坦白得多了：

> 古經何待圈評？月峰、竟陵久已貽譏於世，然而奇文共欣賞，書生結習，固所難免，即古人精神，亦非借此不能出也。故不惜竭盡心

〔註74〕　按：孫漢孫、汪有光、姚際恆三人的評經之作，都出版於康熙年間。

〔註75〕　〔清〕牛運震：《空山堂全集》（清嘉慶間空山堂刊本），第3～6冊《詩志》、第19～24冊《史記評註》，第15～17冊《孟子論文》，第18冊《考工記論文》，都是用圈評之法、以文學眼光評論經史之文辭。

〔註76〕　按：牛鈞之〈詩志例言〉作於嘉慶五年（1800），牛運震《詩志》之評，始於乾隆二十一年（1756）之際，參蔣致中編：《牛空山先生運震年譜》（臺北：臺灣商務印書館，1978年12月），頁82。

〔註77〕　〔清〕劉聲木：《桐城文學撰述考》（臺北：世界書局，1962年10月），如卷1、卷2所錄桐城三祖：方苞、劉大櫆、姚鼐都有評點之作。卷4所錄的吳汝綸的評點之作，更幾近一百種，其中都雜有評經。雖所列不見得都曾刊刻問世，但可見桐城派在示人義法時施用評點的盛況。

力，悉爲標出。〔註78〕

就是因「月峰、竟陵久已貽譏於世」，姚際恆才要與孫、鍾畫清界限。與姚氏不同的是方玉潤不用明道等冠冕堂皇的藉口，而直接表明圈評的目的是「奇文共欣賞」。把姚氏〈詩經論旨〉所言和方氏玉潤這一段話參照，可更明確得知姚氏後面接續而言的「歎賞感激，不能自已」，不忍「使千古佳文遂爾埋沒」，才是實情，才是姚氏圈評的動機和目的。

筆者以爲，姚、方其書和一般研經之作一樣，有詳明的訓詁、考證，論經義、論詩教等屬於經學屬性的部份作爲全書的主體——這是和孫評、鍾評不一樣的地方，至於「圈評」的目的與性質，則和孫評、鍾評一樣，都是近於文學的。故趙明媛所言《詩經通論》的圈評是爲了「有助於其教化意義的理解」，「圈評的本質與目的畢竟是經學的」，筆者較無法認同。

第三節　民初對晚明《詩》評的評價

清末康有爲以經書作爲變法的根據，把孔子解釋成全知全能的聖人，其思想可以垂範萬世，並從經書中尋求政治、社會問題的解答，強經典以就我後，轉而使經書失去了客觀性，原爲尊孔、尊經，反過卻成爲儒學、經書式微的關鍵之一。〔註79〕致使民初顧頡剛等古史辨派學者繼起，打倒孔教、辨僞經書成爲學術的主流，孔子的神聖形象既已蕩然，「聖經」觀念也跟著瓦解，追求「經書本意」、「聖人本意」，隨著古史辨派的衝擊，已成「今人多不彈」的古調。民初以來，學者大都視《三百篇》爲史料，爲上古的歌謠集。既視之爲歌謠集，當然要以「詩」的角度，以「文藝」的角度來讀，如胡適（1891～1962）〈談談詩經〉云：「《詩經》並不是一部聖經，確實是一部古代歌謠的總集。」〔註80〕顧頡剛（1893～1980）也用了數年來研究歌謠的見解，與《詩經》做比較的研究。〔註81〕聞一多（1899～1946）云《詩經》「明明一部歌謠

〔註78〕〔清〕方玉潤：〈詩經原始凡例〉，〔清〕方玉潤著，李先耕點校：《詩經原始》（北京：中華書局，1986 年 12 月），卷首上。按：此書據方氏自序，成書於同治十年（1871）年。

〔註79〕參王汎森：《古史辨運動的興起》（臺北：允晨文化實業公司，1987 年 4 月），頁 11、165、210。

〔註80〕胡適：〈談談詩經〉，《古史辨》（三）（臺北：藍燈文化事業公司，1987 年 11 月），頁 577。

〔註81〕顧頡剛在《古史辨》第一冊的〈自序〉中云讀《詩》時：「我也敢用了數年來

集，爲什麼沒人認眞的把它當文藝看呢！」強調今日讀《詩》「我們要的恐怕是眞，不是神聖。……我們要了解的是詩人，不是聖人」。〔註82〕

　　以「詩」、以文學的眼光，從民初至今，一直都是大部份學者認可的《詩經》研究態度。既無「聖經」的包袱，所以在看待孫、鍾、戴三評時，自不再以爲「侮經」、「非聖無法」，孫、鍾、戴三人以文學解《詩》的方式，正是民國以來說《詩》主張的同道。

　　周作人在民初對這類以文學眼光說《詩》之作，給予最多的矚目和喝采。《總目》評論亦兼採文學眼光說《詩》的賀貽孫《詩觸》：「蓋迂儒解詩，患其視與後世之詩太遠；貽孫解詩，又患其視與後世之詩太近耳。」〔註83〕周作人言：

> 其實據我看來這正是賀君的好處，能夠把《詩經》當作文藝看，開後世讀《詩》的正當門徑。此風蓋始於鍾伯敬，歷戴仲甫萬茂先賀子翼，清朝有姚首源牛空山郝蘭皋以及陳舜百。此派雖被視旁門外道，究竟還不落寞。〔註84〕

又言：「以詩法讀經這一點總是不錯的，而且有益於學者亦正以此，所可惜者現今紹述無人，新文藝講了二十年，還沒有一部用新眼光解說的《詩經》。」〔註85〕周作人又針對《總目》評戴君恩《臆評》「於經義了不相關」云云，駁云：

> 《四庫提要》的貶詞在我們看來有些都可以照原樣拿過來，當作贊詞去看，如這裏所云「於經義了不相關」，即是一例。我們讀《詩經》，一方面固然要查名物訓詁，了解文義，一方面卻也要注重把他當作文學看，切不可奉爲經典，想去在裏邊求教訓。不將《三百篇》當作經而只當作詩讀的人自古至今大約並不很多，至少這樣講法的書總是不大有，可以爲證，若戴君者眞是稀有可貴。〔註86〕

歌謠中得到的見解作比較的研究」（頁48）

〔註82〕 聞一多：〈匡齋尺牘〉，收入於《聞一多全集》（三）（武漢：湖北人民出版社，1993年12月），頁198～224。

〔註83〕 《總目》，卷17，〈詩類存目一〉，〈詩觸〉條。

〔註84〕 周作人：〈賀貽孫論《詩》〉，《知堂書話》（下）（臺北：百川書局，1989年12月），頁289～296。按：文中所論分別指鍾惺《詩經》評、戴君恩《讀風臆評》、萬時華《詩經偶箋》、賀貽孫《詩觸》、姚際恆《詩經通論》、牛運震《詩志》、郝懿行和王照圓合著的《詩說》、陳繼揆《讀風臆補》等。

〔註85〕 同前註。

〔註86〕 周作人：〈讀風臆補〉，《知堂書話》（下），頁1～4。

又說戴君恩等「談《詩》只以文學論，與經義了不相關，實為絕大特色，打破千餘年來的窠臼。中國古來的經書都是可以一讀的，就只怕的鑽進經義裏去，變成古人的應聲蟲，《臆評》之類乃正是對症的藥。」〔註87〕除周作人外，容肇祖在引述錢謙益、顧炎武對孫、鍾評經的批評後，云：

> 我們姑勿論孫鑛鍾惺的批評是否允當，有無錯誤，但是神聖的經傳，
> 他們竟能出脫崇拜古人的偶像而加以評衡。解經，證經，疑經，必
> 有這一種評衡的心理而後可以進步或發明。雖然是「非聖無法」，亦
> 可說是促進學問的先鋒。〔註88〕

一般傳統士人對於聖人刪述的經書「議論安敢到」，〔註89〕故容肇祖肯定孫、鍾評經的勇氣。張壽林對這類以詩論《詩》的著作也大加讚賞，言鍾評：

> 其間品題玩味，多出新意，不肯剿襲前人，揆之性情，參之義理，
> 頗能平心靜氣，以玩索詩人之旨。……大抵著語無多，而領會要歸，
> 表章性情，深得詩人之本意，雖平心揣度，不無臆斷之私，然千慮
> 一失，賢者不免，必謂批點之法，非詁經之體，遂併其書而廢之，
> 是則未免門戶之見，非天下之公議矣。〔註90〕

張壽林又云：

> 晚明之世，學者治《詩》，喜以公安竟陵之詩派，竄入經義，《四庫
> 全書總目提要》，深斥其貽害於學者，然《詩》之為書，本古昔歌謠
> 之辭，與漢魏樂府，初無以異，而學者知《詩》之為經，不知《詩》
> 之為詩，實詩學之一蔽。晚明學者，以治五七言詩之法治《三百篇》，
> 正足以破腐儒之陋，《四庫全書總目提要》，過而斥之，是門戶之見，
> 非天下之公議也。〔註91〕

以上諸人之說，皆反映了民國以來說《詩》的態度，《詩》已不再是「聖經」，所以可以被批評；是部詩選、歌謠集，所以用五、七言詩之法治《詩》，本是說《詩》的正途，故諸人在讚賞這類著作之餘，也紛紛對錢、顧，對四庫館臣的詆斥，提出反駁。時隔近一甲子，來看上述前賢之論，仍覺甚為通達。

〔註87〕 同前註。
〔註88〕 容肇祖：《明代思想史》（上海：上海書店，據開明書店 1941 年版影印，《民國叢書》第二編），頁 348～349，〈述復社〉一小節。
〔註89〕 韓愈〈薦士詩〉語。
〔註90〕 《續修四庫全書總目提要·經部》，頁 321。
〔註91〕 同前註，頁 323，〈毛詩振雅〉條。

　　民國以來雖然說《詩》態度改變，看重文學說《詩》，但如筆者在第一章
〈導論〉所提及的，孫、鍾、戴三書在民初以來，並未廣受《詩經》研究者
所知、所重視，性質類似的姚際恆、方玉潤之作的高知名度，遠非孫、鍾、
戴三書所及，其中固然有一些歷史的偶然、時空的因素，及著作版刻流傳的
問題，〔註92〕但筆者以為三書刊落訓詁、過於簡略的著述體裁亦是原因之一。
周作人曾指出：「《臆評》對於《國風》只當文章去講，毫不談到訓詁，《臆補》
亦是如此。這於我這樣經書荒疏的人自然也不大方便。」〔註93〕如果周作人
這種生於清末，飽讀不少古書的人，都還覺得不大方便，對今日吾等而言那
就更吃力了，況且《臆評》在三書之中，評語還是最詳盡的，最適合今人閱
讀的。三人之作大都以《朱傳》作為論述的基礎，然吾人試拿《朱傳》與之
參看，仍有許多難解、不可解之處，特別是孫評和鍾評。
　　以鍾評來說，楊晉龍先生曾指出其評「太簡單、太模糊」了：

　　　　鍾惺評點的方式，是以即興式的感覺文字，用來說明詩意、詩法，
　　　　其書中夾註所謂「妙」、「奇」一類單詞綴語，既未說明其故，讀者
　　　　恐怕會有「莫名其妙」的感覺。

如〈甫田〉詩，鍾惺於篇題下評「宜書座右」，輔以朱熹之解：「言無田甫田
也，田甫田而力不給，則草盛矣。無思遠人也，思遠人而人不至，則心勞矣。
以戒時人厭小而務大、忽近而圖遠，將徒勞而無功也。」「言總角之童，見之
未久，而忽然戴弁以出者，非其躐等而強求之也，蓋循其序而勢有必至耳。
此又以明小之可大，邇之可遠，能循其序而脩之，則可以忽然而至其極。若
躐等而欲速，則反有所不達矣。」是鍾惺以《朱傳》所闡發的欲速則不達，
應循序漸進之理可取，故言「宜書座右」以自箴。鍾惺此評，熟悉《朱傳》
的明人馬上可會心，今人卻必須參看《朱傳》方能了悟。又如鍾評偶會用「細」
一字來評，初讀時甚至連此評是正面或負面的評語都不確定，經過對鍾、譚
作品的研讀，見《詩歸》有「豪則泛，細則真」、「極婉極細，只是一真」、「細

〔註92〕方玉潤之作成書於同治十年（1871）年，距民初不遠，胡適、顧頡剛等由
　　　　方書所引，而知有姚書，進而尋覓、推重，這是一種偶然的機緣。姚書雖
　　　　作於康熙四十四年（1705），然道光十七年、同治六年，都有刊本問世，其
　　　　著作可以因這些刊本的傳世，而更普遍地造成影響。上述種種，都是孫、
　　　　鍾、戴三人之作所不具有的條件，三人之作傳世寥寥，也只有少數藏書家
　　　　有幸目睹。
〔註93〕周作人：〈讀風臆補〉，《知堂書話》（下），頁1～4。

極則幽」諸語，〔註94〕才對鍾惺下一「細」字之意，有了大概的認識。相信在晚明竟陵派盛行之際，儘管不是竟陵派的信徒，但對其批評術語不致過於陌生，但時空的相隔，卻使今人解讀上存在著不少障礙。

若參《朱傳》即能了悟者，也算不上「莫名其妙」，然而，處在漢學漸興的晚明，孫、鍾、戴常有反駁、修正《朱傳》的言論，是其所評又不盡然全以《朱傳》為評論基礎。在寥寥簡短的評語中，吾人實難還原孫、鍾、戴三人對詩篇的認識，所以許多評語讀來很沒著落。如〈齊風·南山〉有「齊子由歸」句，鍾批：「齊子二字，筆法可畏。」《朱傳》云：「齊子，襄公之妹，魯桓公夫人文姜，襄公之通焉者也。」對「齊子」的介紹，不可謂不詳細，但對於吾人了解為何評「筆法可畏」的幫助仍有限。〈齊風·載驅〉「齊子發夕」句，鍾又批「字奇」，《朱傳》云：「夕，猶宿也。發夕，謂離於所宿之舍。」依《朱傳》之解，何奇之有？萬時華《詩經偶箋·載驅》云：

> 數詩不曰魯夫人，而曰齊子，皆外之之詞也。齊魯之間，頻來頻往，
> 真覺魯道蒙塵，汶水流穢。詩人極狀其馬僕從，靦顏無恥。「發夕」
> 有「日暮而駕，不及晨裝」意。

萬時華之解「齊子」，可作為鍾評的註腳，因《春秋》之微言大義、美刺褒貶，常表現在稱謂上，鍾惺言「筆法可畏」之意當如《偶箋》所解。《偶箋》解「發夕」顯然與《朱傳》不同，「夕」但作日暮解，言齊子迫不及待地乘車會襄公，若《偶箋》之解得鍾評之意，則鍾惺在評「字奇」時，又非以《朱傳》之釋為據了。回到原點：吾人的困惑正在於不明鍾惺對「齊子發夕」作何解釋，故難以揣摩「字奇」之評。

評語簡略者難解，有些評語不算簡略的其意亦難明，〈曹風·蜉蝣〉：「蜉蝣之羽，衣裳楚楚，心之憂矣，於我歸處。蜉蝣之翼，采采衣服，心之憂矣，於我歸息。蜉蝣掘閱，麻衣如雪，心之憂矣，於我歸說。」鍾評：

> 「歸處」者，猶言這里說不得，到家裡與你說。「歸息」、「歸說」
> 者，猶言急忙說不得，坐一會與你說，皆實話，所謂一片老婆心也。
> 〔註95〕

其說與《詩序》、《鄭箋》、《朱傳》之解風馬牛不相及，執古書及今人的註解

〔註94〕分別引自《唐詩歸》，卷4，〈初唐四〉，譚評賀遂亮〈贈韓思諺〉：卷22，〈盛
　　　　唐十七〉，鍾評杜甫〈遣興〉：卷26，〈中唐二〉，鍾評韋應物〈遊開元精舍〉。
〔註95〕「這里說不得」，鍾評本用「里」字。

參看，仍令人滿頭霧水。〔註96〕

　　明代的士人在解讀孫、鍾、戴三評時，處在同樣的時空、經驗裡，有較趨近的認知，當不致如今人解讀那麼有距離。更何況作為玩賞、文學品評之用，讀者儘管對某些評語一知半解，或另有會心，實亦無妨。然而在民初以後，普遍對經學「荒疏」的情形下，就會有周作人覺得刊落訓詁對理解有所不便的感覺，筆者以為，這或許亦是三人之評，在民初以後不能像姚、方之作獲得廣泛回響的原因之一。

第四節　結語：回顧與前瞻

　　回顧本論文的寫作，筆者自覺較有心得、有創獲的有以下幾點：

　　其一，歸納分析了前人贊成評點及反對評點的原因，贊成評點者，大都取其能抉發作者之意，可作為讀者了解作者與文本的津筏，有畫龍點睛之妙，以及「便於初學」等原因。反對評點除因評點非古制，為時文陋習，是標榜的手段，且批書的態度流於率意主觀，好論字句等諸多原因外，評點導致文本的改變，評者自居高明、蔑視作者，施之於經史上，尤為大雅之士所難以接受。〔註97〕

　　其二，前人評論評點本常用「不脫時文之習」、「以時文之法批點之」等措辭，筆者溯源評點的興起、發展及與科舉的關係等考之，以為所謂的「時文之法」即是指「評點」的方式。深入來看，由於評點時文，重在分析其寫作技巧，逐漸形成了一套評論、分析時文的眼光和慣用的批評術語，前人用「時文之法」來評論時，或帶有責其用評時文的手眼論文的意思。

　　其三，先前的研究者，由於錯解「時文之法」的意涵，以為鍾評等為科

〔註96〕〈蜉蝣〉詩，〈小序〉云：「刺奢也。昭公國小而迫，無法以自守，好奢而任小人，將無所依焉。」《鄭箋》釋「於我歸處」為：「歸，依歸。君當於何依歸乎？言有危亡之難，將無所就往。」釋「歸息」：「息，止也。」釋「歸說」：「說猶舍息也。」《朱傳》釋「歸息」、「歸說」同《鄭箋》。糜文開、裴普賢釋「於」為嘆詞，應讀為「烏」；又言：「歸處、歸息、歸說，均謂死也。」《詩經欣賞與研究（改編版）》（二）（臺北：三民書局，1987年11月），頁664。以上諸解，皆與鍾評扞格。考鍾評，是將「歸處」解為歸家，「歸息」之「息」解為休息，「歸說」之「說」，逕作言說之意（以上對鍾評的詮解，承蒙洪國樑教授指點，謹致謝忱）。由於鍾評未有訓詁，釋義又不同於他人，致使吾人難以會意。

〔註97〕參本論文附錄一：〈明清士人對「評點」的批評〉。

學講章之屬，筆者從其版刻之行幅疏朗、印刷之精美，及歸納分析其實際圈評的情形，並引證前人的評論，多方考察，以爲孫、鍾、戴三評的性質都是偏向文學性的鑑賞。

其四，分析錢謙益、四庫館臣等責備評經的原因，一是對「評點」的批評形式存在著負面的看法，認爲是一種慣用於時文的卑陋形式，施諸經書不可。二是唯恐用評點論文，改變經書的文本，貶經爲文，撼動了經書作爲聖經的性質。三是在錢謙益諸人看來，評經諸人是自居高明、訾議經書，非聖無法的表現。

其五，交代了晚明評經風氣興起的背景，復古風氣的瀰漫，對經義紛紜的反動，慣以文學眼光詮釋古籍，加上王學影響，使學風更自由，對經解抱持開放態度，重視獨抒心得等種種原因，使晚明成爲孕育評經成長的沃土。並指出清初姚際恆等評經者所處的語境與晚明諸人不同，故姚氏等常刻意與孫、鍾畫清界線，用求經義、明道的外衣來包裹評經論文的本質，考其書圈評的性質與目的和鍾惺諸人之評並無不同。

其六，在孫、鍾、戴三人的《詩》評研究方面，所據資料較前人爲多，〔註98〕所論亦較深、較廣。筆者確認「鍾評」的作者是鍾惺，非爲僞作，並重新考察鍾惺《詩經》初評本的成書時間。且據所見的三本初評本、一本再評本分別做了簡介、比較，說明初、再評本之異，並澄清了前人對鍾惺《詩》評版本問題的一些錯誤說法。〔註99〕

然而筆者的論文中，也存在著不足與局限，例如在資料的掌握方面，筆者僅見孫鑛的《月峰先生居業次編》，雖此書中所收孫鑛〈與余君房論文書〉、〈與呂甥玉繩論詩文書〉、〈與李于田論文書〉等大量的書信，已足以用來說明其復古的文學主張，但孫鑛尚有《月峰先生居業編》四卷、《孫月峰先生全集》十二卷存世，〔註100〕筆者未能檢閱，殊爲可惜。又，戴君恩尚有《繪孟》

〔註98〕 如前人對孫鑛其人所知有限，介紹亦簡略，筆者據邵廷采〈姚江孫氏世傳〉、孫兆熙、孫茂孚等編纂《姚江孫氏世乘》中的敘述，將孫鑛的生平勾勒得更清楚些。如鍾評的研究，前人大都僅據一部初評本以論，筆者比較了三部初評本、一部再評本，並融會《詩歸》之評作爲比較、參照之用。戴評的研究，前人僅據《臆評》，筆者則輔以《剩言》的資料。

〔註99〕 參本論文附錄三：〈鍾惺《詩經》評點的版本問題〉。

〔註100〕 參《中國古籍善本書目·集部》（上）（上海：上海古籍出版社，1996 年 12月），頁 751。

一書存世，〔註101〕亦爲評點本，倘得與《臆評》、《剩言》並觀，對戴君恩評點風格的全貌，定會有更深刻的了解。

　　再者，晚明《詩經》評點之學的研究，固然是一個經學的課題，而其本質則是文學的、詩學的批評。由於三人之作刊落訓詁，評語既隨興又簡潔，而筆者在文學批評上的根基甚淺，對這些模糊的評語深感棘手，故對三人之評或有不能會心或體會不深之處。這也是有待筆者努力探索、參悟的。

　　前瞻未來後續的研究，除以上所述本論文的不足處，尚可繼續致力外，明、清還有不少以文學眼光說《詩》的著作，如徐光啓《毛詩六帖》、萬時華《詩經偶箋》、賀貽孫《詩觸》，牛運震《詩志》、陳繼揆《讀風臆補》等，前人雖或有一、二篇短篇論文介紹，但都有再深究的價值和空間。明代詩話、文集中，亦有許多以「詩」論《詩》的資料，等待吾人去整理、考察。此外，評經固不限於《詩經》，《左傳》、《孟子》、〈檀弓〉、《考工》等較具文采者，都是評經者最常評點的對象，明、清這類的評點本傳世不少，而以往的學者卻較少跨足這個研究的領域，皆有待吾人開拓。

〔註101〕參《中國古籍善本書目・經部》（上海：上海古籍出版社，1989 年 10 月），頁 312、313。

附錄一：明清士人對「評點」的批評

一、前　言

關於「評點」這種特殊的批評形式，在明中葉以後，蔚爲流行。但贊成和反對的爭議，伴隨著評點的發展，卻也未曾止歇過。

相較於其他的批評方法，評點乃就原文而加圈點批評，頗便於誦習，所以明代的科舉用書，如時文選本、科舉講章，遂普遍地採用評點的形式，對評點的發展產生了推波助瀾的效果。

由於明中葉後，小說、戲曲等通俗文學逐漸盛行，經徐渭（1521～1593）、李贄（1527～1602）、湯顯祖（1550～1616）和陳繼儒（1558～1639）等人的努力，將評點施用於小說和戲曲上，成爲評點隊伍中後來居上的生力軍。清初，出版商仍視評點爲打開市場的手段，且承李贄、金聖嘆（1608～1661）等人的流風，小說戲曲的評點，繼續蓬勃的發展著。然許多知識份子有鑑於明代之失，提倡實學、經世文風，小說戲曲大都爲大雅君子所罕言、《四庫》所不道，士大夫既鄙視小說戲曲的價值，故對小說戲曲的評點，也不屑多言。

時文、科舉講章既然向來就爲有識之士所不齒，而清代的士人也大多不認同小說戲曲之類的俗書，故這些書籍，雖然是施用評點的最大宗，但當時的大雅之士既已置之不問，故論其施用評點是否妥當，亦屬多餘。是以當時的爭議大都集中在時文、科舉講章、小說戲曲以外的書籍，施用評點是否得宜上。〔註1〕。故本論文所論述的範疇亦以時文、科舉講章、小說戲曲以外的

〔註1〕 如〔清〕章學誠〈清漳書院留別條訓〉斥評點之失，然特別強調此乃專就「詩古文辭」用評點的現象而言，「至於舉業成文，則自有明以來，圈點批評，固

書籍為主，探討明清士人對「評點」此一批評形式的評價，考察時人支持經史、詩文集等施用評點及反對評點的原因何在。

二、評點的起源與發展

評點，或云「批點」、「圈評」，原為一種士子讀書時，隨手於書上筆記，或旁批、或眉批、或尾評，或抹、或圈、或點，以標示書中精義、心得的讀書習慣，師長亦以批點來要求子弟，在元代程端禮（1271～1345）《程氏家塾讀書分年日程》卷一中，也提到士子讀經時，要博觀諸註本，加以比較，「異者，以異色筆批抹」或「其未合者，以異色筆批抹」；卷二則有〈批點經書凡例〉、〈批點韓文凡例〉，論述閱讀時如何句讀、點抹、畫截、施色，介紹甚為詳細，並教人如何使用材料製作圈點用的「點子」。〔註2〕

後來，評點逐漸演變為一種批評形式，《四庫全書總目》簡述了評點的起源與發展：

> 宋人讀書，於切要處率以筆抹。故《朱子語類》論讀書法云：先以某色筆抹出，再以某色筆抹出。呂祖謙《古文關鍵》、樓昉《迂齋評註古文》，亦皆用抹，其明例也。謝枋得《文章軌範》、方回《瀛奎律髓》、羅椅《放翁詩選》始稍稍具圈點，是盛於南宋末矣。〔註3〕

今所流傳的文獻中，南宋呂祖謙（1137～1181）、樓昉（…1193…）、謝枋得（1226～1289）等所編的古文選本，是較早採用評點的形式刊印以教士子作文、備考之作，可見評點興起之初即與科舉有密切的關係。而至明朝評點之風益熾，與八股文取士的科舉制度密切相關。

已襲用詩古文辭陋習。創始之初，先已如是，雖名門大家魁墨選本，亦從未聞出其範圍。」《章學誠遺書》（北京：文物出版社，1985 年 8 月），頁 673。可見時文選本用評點，已是見怪不怪，無庸爭議的課題。按：據《章學誠遺書》頁 688 編輯註，〈清漳書院留別條訓〉乃編者「據北京大學圖書館藏《章氏遺書》章華紱鈔本補」，劉承幹所刻《章氏遺書》（臺北：漢聲出版社，1973 年 1 月影印吳興劉承幹嘉業堂刊本），未收。

〔註2〕 〔元〕程端禮：《程氏家塾讀書分年日程》（臺北：新文豐出版公司，《叢書集成新編》影印《正誼堂全書》本），卷 2，〈所用點子〉：「以果齋史先生法，取黑角牙刷柄，一頭作點，一頭作圈，至妙。凡金竹木及白角，並剛燥不受朱，不可用也。（原註：造法先削成光圓，如所欲點大小，磨平圈子，先以錐子鑽之，而後刮之，如所欲。）」史先生指史蒙卿（1247～1306），號果齋。

〔註3〕 《四庫全書總目》（臺北：藝文印書館，1989 年 1 月），卷 37，〈四書類存目〉，〈蘇評孟子〉條。按：《四庫全書總目》以下簡稱《總目》。

　　八股文，又稱「時文」，又有「八比」、「制藝」、「時藝」、「時義」、「經義」、「舉業」、「舉子業」、「四書文」諸名稱，是以經書為出題範圍，解釋、闡述經書義理的論說文字。自明初，科舉定以八股文取士後，士子備考，往往得背誦許多的八股文，時文選本盛行，〔註4〕乃源於應考士子的大量需求。閱讀這些選本，一方面可藉此習得寫作八股文技巧，一方面掌握時下文風趨向。

　　明張鼐（…1604…）對於如何看先輩的時文佳作，曾說：

> 先輩文惟制科中程者，字無虛設，如高曾規矩，的確不移，其詳略偏正，開闔呼應，有上句自然有下句，有前股自應有後股，非特法度固然，即作者亦不知其然，所謂靈心化工也。文章家每於神清氣定時，將先輩程墨細批細玩，何處是起，何處是伏，何處是實，何處是虛，何處是轉摺，何處是關鎖，何處是提挈，何處是詠嘆，看其一篇是何成局，伏習眾神，後來自然脈脈相接也。〔註5〕

時文中的詳略、偏正、開闔、呼應，起伏、實虛、轉摺、關鎖等等，這些作文法度、技巧，並非一般的士子皆有識見，可看出這些行文的奧妙，並加以學習、模仿的。於是評選者藉評點為手段，將文章的優劣、可取法處，詳細指點出來，使士子在讀這些時文選本時，不致泛泛、不明究裡地輕易讀過。如清初呂留良（1629～1683）所評選的時文，行間有點、圈、抹、旁批，段落處畫截，而文末附以尾評，〔註6〕即是其例。所以，時文選本與評點手法的緊密結合，殆非無因。

　　由於出題的範圍有限，許多讀書人棄經書不讀，多由擬題下手，只背誦範文以應考，往往僥倖中式。故顧炎武（1613～1682）慨然嘆道「八股行而古學

〔註4〕　時文選本盛行之狀況，可參劉祥光：〈時文稿：科舉時代的考生必讀〉，《近代中國史研究通訊》第 22 期（1996 年 9 月），頁 49～68。

〔註5〕　〔明〕張鼐：〈論文三則〉，收入於葉慶炳、邵紅輯：《明代文學批評資料彙編》（臺北：成文出版社，1981 年 3 月），頁 277。

〔註6〕　參〔明〕艾南英撰，〔清〕呂留良輯評：《艾千子先生全稿》（臺北：偉文圖書公司，1977 年 9 月影印清康熙天蓋樓刊本）。因時文選本旋生旋滅的特色，加上清末廢除以八股文取士，時文選本也失去了價值，故昔日充棟的時文選本，傳世並不多。唯呂留良因名氣頗大，傳世時文的評選本亦較可觀，收於《四庫禁燬書叢刊》（北京：北京出版社，2000 年 1 月）經部第 7 冊的有《楊維節先生稿》、《錢吉士先生全稿》、《艾千子先生全稿》、《章大力先生稿》等。傅斯年圖書館又藏有呂氏所評選的《陳大士先生稿》、《章大力先生稿》、《羅文止先生稿》、《十二科程墨觀略》等，皆為康熙天蓋樓刊本，亦皆為結合評點的時文選本。

棄」，「秦以焚書而《五經》亡，本朝以取士而《五經》亡」，「八股之害等於焚書，而敗壞人材，有甚於咸陽之郊，所坑者但四百六十餘人也。」〔註7〕雖稍嫌言過其實，但可藉此得知許多有識之士，對時文選本提供士子揣摹、捷得之道的反感。

除時文外，當時多數的「高頭講章」等科舉用書，亦常見編撰者用圈評來輔助解說，因爲用於解說時文的評點方式，施之於高頭講章亦有便利之處，可以「爲學者指其精華所在」。〔註8〕而這種便於備考的科舉用書，也常爲有識者所鄙棄。《總目》即評云：「蓋自高頭講章一行，非惟孔、曾、思、孟之本旨亡，併朱子之《四書》亦亡矣。」故對這類書「概從刪汰」。〔註9〕又云講章「旋生旋滅，有若浮漚；旋滅旋生，又幾如掃葉」，「其存不足取，其亡不足惜，其剽竊重複不足考辨，其庸陋鄙俚亦不足糾彈。……置之不問可矣。」〔註10〕

明中葉後，通俗文學逐漸抬頭，經李贄、徐渭、湯顯祖和陳繼儒等人大力推展，將評點的方式，擴展到時興的小說和戲曲上。學者指出，從萬曆前期到明末，各種的戲曲評點本有一百五十種左右。〔註11〕小說的評點尤其廣爲後人所知，清初承李贄、金聖嘆等人的流風，毛氏父子之評《三國》，張竹坡（1670～1698）之評《金瓶梅》，脂硯齋之評《紅樓夢》等，都是令人側目的焦點。孫琴安將明末清初定位爲「評點文學的群星璀璨期」，〔註12〕而在這段評點的繁盛時期裡，小說評點可謂其中最燦爛的花朵。

大凡見諸小說、戲曲評點本之序跋、讀法、凡例等，大都肯定評點的作用，如袁宏道（1568～1610）〈東西漢通俗演義序〉引里人云：《水滸傳》一書，「若無卓老揭出一段精神，則作者與讀者千古俱成夢境」；袁宏道也讚嘆

〔註7〕 以上三則，分見於〔清〕顧炎武：《原抄本日知錄》（臺北：明倫出版社，1970年10月），卷20〈書傳會選〉、卷1〈朱子周易本義〉、卷19〈擬題〉。

〔註8〕 〔清〕戴名世、程逢儀同識：〈四書朱子大全凡例〉：「近日講章皆著圈點，所以爲學者指其精華所在也。」〔清〕戴名世撰，程逢儀輯：《四書朱子大全》（《四庫禁燬書叢刊》經部第9冊，影印清康熙四十七年〔1708〕程逢儀刊本），卷首。

〔註9〕 《總目》，卷36，〈四書類二〉，卷末總評。

〔註10〕 《總目》，卷37，〈四書類存目〉，四庫館臣案語。

〔註11〕 朱萬曙：《明代戲曲評點研究》（合肥：安徽教育出版社，2002年8月），頁11。

〔註12〕 孫琴安：《中國評點文學史》（上海：上海社會科學院出版社，1999年6月），頁175。

李贄之評，云：「吾安得起龍湖老子於九原，借彼舌根，通人慧性，假彼手腕，開人心胸。」〔註13〕

由於廣受民眾的歡迎，評點本，特別是名家評本，成為暢銷的保證，書坊常偽稱其出版品為名家所評，藉此以招徠顧客。因應讀者及市場的需要，吸引更多人投入評點的行列，且隨著時文、科舉講章、小說戲曲的普及民間，評點也成為市井小民最習見、最熟悉的批評形式了。

三、贊成評點之故

贊成評點者，大都取其能抉發作者之意，可作為讀者了解作者與文本的津筏，有畫龍點睛之妙，以及「便於初學」。

如嘉靖時王鴻漸（…1523…）讚許樓昉《崇古文訣》「批抹發其關鍵，評點示其肯綮。誠初學之指南，纂文之楷範也」。〔註14〕又如鍾惺（1574～1625）言其與譚元春（1586～1637）共同評選的《詩歸》「拈出古人精神」，「一片老婆心，時下轉語，欲以此手口作聾瞽人燈燭輿杖」。〔註15〕清初洪若皋（1633～1674…）亦云：「圈點為文章杖指。」〔註16〕皆以為初學者目鈍，有如聾瞽之人，圈評有如燈燭輿杖，有助於其學習。戴名世（1653～1713）又以「舟車」喻評點，曾應學徒之請，評點唐宋八大家之文，「執筆為著明其指歸，與夫起伏呼應、聯絡賓主、抑揚離合、伸縮之法，務使覽者一望而得之」，冀望「二三子以是書為文之舟車也」。〔註17〕

姚鼐（1731～1815）認為評點本對學文的啟發很大，云：「震川有《史記》閱本，於學文者最有益，圈點啟發人意，有愈于解說者矣。」〔註18〕張之洞

〔註13〕 〔明〕袁宏道：〈東西漢通俗演義序〉，收入於蔡景康編選：《明代文論選》（北京：人民文學出版社，1999 年 1 月），頁 330～331。

〔註14〕 〔明〕王鴻漸：〈重刻後序〉，《國立中央圖書館善本序跋集錄‧集部》（六）（臺北：國立中央圖書館編印，1994 年 4 月），頁 53，〈迂齋先生標註崇古文訣〉條。

〔註15〕 〔明〕鍾惺：〈再報蔡敬夫〉，《隱秀軒集》（上海：上海古籍出版社，1992 年 9 月），卷 28。

〔註16〕 〔清〕洪若皋：〈文選越裁凡例〉，《梁昭明文選越裁》（臺南：莊嚴文化事業公司，1997 年 6 月，《四庫全書存目叢書》集部第 287 冊，影印清康熙名山聚刻本），卷首。

〔註17〕 〔清〕戴名世：〈唐宋八大家文選序〉，《戴名世集》（北京：中華書局，2000 年 9 月），頁 64。

〔註18〕 〔清〕姚永樸：《文學研究法》（臺北：新文豐出版公司，1979 年 8 月），卷 4，頁 37 處引述姚鼐答徐季雅書。

（1833〜1909）認為評點本，「簡絜豁目，初學諷誦，可以開發性靈，其評點處頗於學為詞章者有益」。故《書目答問》附錄〈群書讀本〉，羅列二十餘種詩文集，皆經評點。〔註19〕

相對於一般的注疏常以夾行小字附於文本之下，圈點抹批在形式上顯得更為突出，所以張之洞才會以「簡絜豁目」狀之，浦起龍（1679〜？）亦云圈點鉤勒，使「行間字裏，觸眼特為爽豁」〔註20〕徐渭將圈評的作用說得更出神入化，〈四書繪序〉中言及他曾看過岳鄂王祠的壁畫，畫岳王征討撫降諸事，「人馬弓旌馳騖伏匿之勢，行營按壘叩首呼歡相問訊之狀」，「比之尋史冊中語，似更明暢，且動人」。而後讀《內經》，氣穴、經絡等雖百註解說不清的，一看〈明堂圖〉，〔註21〕「長縈為脈，圓孔為穴，脈穴名字就記其旁，關鍵貫穿，向所不了，一覽而得焉」。這些經驗讓他認識到點畫的妙處，認為《四書》就像人體的穴脈一樣，用傳註講章說不清的，可以用五色筆施以點抹圈鉤，或隱括數語，將其標識出來：

> 《四書》中語言，聖賢之精意也。全體似人身有脈絡孔穴，隱藏引帶，不出字句，而傳註講章，轉相纏說，未免床上疊床。乃感前事，始用五色筆繪之，即其本文統極章段字句，凡輕重緩急，或相印之處，各有點抹圈鉤，既以色為號，復造形相別，色以應色，形以應形，形色所不能加，乃始隱括數語，脈穴之理，自謂庶幾燦然。〔註22〕

黃汝亨（1558〜1626）言書之有評，「猶廷尉之覆駁，老吏之獄究；其為批點，猶畫家之點眼，堪輿家之點穴」。認為評點本之善者，可以「引人之目而興起其嗜學好古之念」。並且以遊山水為喻，以說明善讀書者，本可於閱讀時自由徜徉、流連，而初學、不善讀者，正有待評點者之指引以識其妙：

> 譬之名山水，善遊者登焉可也，涉焉可也，望而賞之可也，徘徊而

〔註19〕〔清〕張之洞著，范希曾編，瞿鳳起校點：《書目答問補正》（上海：上海古籍出版社，1986年4月），頁338〜339，附一〈別錄‧群書讀本〉。

〔註20〕〔清〕浦起龍：〈發凡〉，《讀杜心解》（臺北：中央興地出版社，1970年12月），卷首。

〔註21〕傳說黃帝坐明堂傳授人體的經絡血脈給雷公，後世醫家稱標明人體經絡針灸穴位之圖，為明堂圖。參〔清〕錢曾：《讀書敏求記》（臺北：臺灣商務印書館，1965年12月，《叢書集成簡編》本），卷3，〈西方子明堂灸經〉條及《總目》，卷103，〈醫家類一〉，〈明堂灸經〉條。

〔註22〕〔明〕徐渭：〈四書繪序〉，《徐渭集》（北京：中華書局，1983年4月），第二冊，頁521。

不能去可也，因而老焉可也，固非必石石而題之，渚渚而記之，刻
雉兔、鐫竹木之爲。乃若增其臺榭、飾其舟車，扶攜其杖屨，其爲
山水之助，又豈微也哉！〔註23〕

廖燕（1644～1705）對舊題蘇洵（1009～1066）所評的《孟子》、謝枋得所評
的《檀弓》，及茅坤（1512～1602）、鍾惺、金聖嘆等評點大家之作，大加讚
美，以爲能闡發作者之精神，發掘作品之深義，所評「無不批窾導窾，鬢眉
畢露，殆無餘蘊矣」。認爲諸選本的價值所在，正是選者之評點論次，否則只
是抄書。且以「師道」、「友道」、「父兄道」喻之，盛讚評點之功效：

選蓋以評而傳也，不然，則亦謂之代抄而已，又何選之足云？故予嘗
謂：評文有師道焉，巧亦能與，何況規矩？有友道焉，以筆代舌，而
即收文會之功。有父兄道焉，句批字釋，不難取古人而生活之，使子
弟有以知其用筆之意，則可以神明而無難。評文之效如此。〔註24〕

正由於評點有如上述所言之作用，許多人在刊印書籍時常不忍捨棄。如舊有
《瀛奎律髓》刊本，將圈點刪除，並將註語、序中語及圈點者，皆加以改竄，
〔註25〕吳瑞草（…1712…）以爲《瀛奎律髓》一書的評點者「皆作家巨子，
各具手眼，其所圈識，如與作者面稽印可，能使其精神眉目，軒豁呈露於行
墨之間，……學者且當從此領會參入而後漸次展拓，即古人全體之妙，不難
盡得。而坊本將圈點削去，且因之竄改註語，不特評者之苦心因之埋沒，即
作者之矩矱畦逕，亦難窺尋矣。」故其重刻時，即將圈評悉行載入。〔註26〕

又如姚鼐《古文辭類纂》一書，康紹鏞（1770～1843）所刻本原有批抹圈
點，吳啓昌（…1825…）道光年間重刻時，姚氏有感於「批抹圈點，近乎時藝」，
命其將康刻本的批點除去。而李承淵（…1901…）光緒年間再刻時，以爲「前
輩批點，可資啓發」，後學可藉前人批點明句讀、「獲知古人精義所在」。故考慮

〔註23〕〔明〕黃汝亨：〈批點前漢書序〉，《寓林集》（《四庫禁燬書叢刊》集部第 42
　　　　冊，影印明天啓吳敬等刻本），卷1，頁12～13。
〔註24〕〔清〕廖燕：〈評文說〉，收入於王鎮遠、鄔國平編選：《清代文論選》（北京：
　　　　人民文學出版社，1999年1月），頁400。
〔註25〕《總目》，卷188，〈瀛奎律髓〉條云：「此書世有二本，一爲石門吳之振所刊，
　　　　註作夾行，而旁有圈點，前載龍遵敍，述傳授源流至詳，一爲蘇州陳士泰所刊，
　　　　刪其圈點，遂併註中『所圈是句中眼』等句刪去，又以龍遵原序屢言圈點，亦
　　　　併刪之以滅蹟，校讎舛駁，尤不勝乙，之振切譏之，殆未可謂之已甚焉。」
〔註26〕〔清〕吳瑞草：〈重刻律髓記言〉，《瀛奎律髓》（上海：上海書店，《叢書集成
　　　　續編》影印《懺花盦叢書》本），卷首。

讀者需求，仍錄圈點，以便讀者。〔註27〕吳德旋（1767～1840）曾盛讚：「《古文辭類纂》其啓發後人，全在圈點。」〔註28〕方東樹（1772～1851）認爲吳氏刻本去掉姚書原本的「圈識評抹」殊爲可惜，圈識評抹是後人學習的途徑、階梯，「後人識卑學淺，不能追古人，而又去其階梯，是絕之也」。〔註29〕李承淵錄存批點以便啓發後學的作法，與吳德旋、方東樹的看法是一致的。

三、反對評點之故

反對評點，有些是源於對評點這特殊批評形式的不滿，有些則針對常見的一些評點流弊而發，這些流弊的產生，當然會影響一般人對評點的評價。相較於贊成評點的原因之單純，反對評點的理由顯得很多樣，以下分論之。

（一）評點爲時文陋習

由於評點常用於時文選本上，而時文選本又被視爲庸陋之最，以致不少「有識之士」，對於書籍施用評點，頗不以爲然，所謂「圈點沿時文俗態」，〔註30〕認爲評點爲時文習氣。明末陳衍（1608～1671）〈與鄧彰甫〉信中，勸鄧氏去掉書上的批評圈點，因「批評圈點爲時套濫觴」，〔註31〕清初顧湄也反對詩文「彊加評跋，致落時文蹊徑」，〔註32〕曾國藩（1811～1872）認爲「圈點者，科場時文之陋習也，而今反施之古書」，〔註33〕有所不可。由於時文選本、科舉講章、小說等「俗書」，常見使用評點，又或譏施用評點的作法爲「近俗」。〔註34〕

〔註27〕〔清〕康紹鏞：〈康刻古文辭類纂後序〉、〔清〕吳啓昌：〈吳刻古文辭類纂序〉、〔清〕李承淵：〈校刊古文辭類纂後序〉，〔清〕姚鼐：《古文辭類纂》（臺北：臺灣中華書局，《四部備要》據滁州李氏求要堂校本校刊），書後附錄。

〔註28〕〔清〕吳德旋：《初月樓古文緒論》（北京：人民文學出版社，1998年5月），頁20。

〔註29〕〔清〕方東樹：〈書歸震川史記圈點評例後〉，《方植之全集》（光緒中刊本），《考槃集文錄》，卷5，頁41。

〔註30〕〔清〕方濬師：〈序〉，〔明〕王志堅編，〔清〕蔣士銓評：《評選四六法海》（臺北：德志出版社，1963年7月），卷首。

〔註31〕〔清〕周亮工評選：《賴古堂名賢尺牘新鈔》（《四庫禁燬書叢刊》集部第36冊，影印清康熙賴古堂刻本），卷1。

〔註32〕〔清〕顧湄：〈吳梅村詩集箋注・凡例〉，《吳梅村詩集箋注》（清光緒十年〔1884〕湖北官書處重鐫本），卷首。

〔註33〕〔清〕曾國藩：〈經史百家簡編序〉，《曾文正公集》（臺北：世界書局，1952年7月），第八冊《文集》，頁19。

〔註34〕如《總目》評《說類》一書：「其上細書評語，體例尤爲近俗。」卷132，〈雜

（二）評點非古制

前已言及，評點漸興於南宋之際，本非古制，故許多編撰者，仍守古制，不施圈評，也以非古制的理由來反對評點。如卓爾堪（1653～1715 左右）輯《遺民詩》，「不加圈點，并不載評語。圈點固不合古，評語尤不敢輕」。〔註35〕盧世㴼（1589～1653）云：「刻詩只以白本為雅，凡加圈點批評，皆是近世惡習，古無是也。」〔註36〕周亮工（1612～1672）反對將王猷定（1598～1662）的遺稿評點傳世，原因之一是：「點而評之，非古也」。〔註37〕曾燦（1626～1698）輯《過日集》，「集中不加圈點評語者，遵古也」。〔註38〕錢大鏞、徐龍驤康熙三十一年（1692）作〈明文在凡例〉云：「古本書籍不加圈點批評，欲覽者自得之。近閱坊本，俱照時文、小說密圈密點，妄批妄評，此其人目未睹宋元明初板耳，先生未敢以之薄待天下士也。」〔註39〕認為宋、元、明初舊板古書不加圈評，不似後來的坊本，沿時文、小說之習氣，密圈密點，妄批妄評。

（三）評點未能得作者之意

顧施禎（…1688…）輯《盛朝詩選初集》，不隨選家施以圈評，乃因：「作詩之人，各有興會，性情所至，形於詠言。而選者意為議論，或泛加褒美，殊失作者大旨。」〔註40〕吳藹（…1710…）輯《名家詩選》，亦不用評點，因為「從來作者固難，識者亦復不易」，〔註41〕懼夫批點未能得作者之意。明末吳應箕（1594～1645）認為評點不僅未能得作者之意，反而會埋沒古人精神，冤古人、誤後生：

　　大抵古人精神不見於世者，皆評選者之過也。弟嘗謂張侗初之評時

家類存目九〉，〈說類〉條。

〔註35〕　〔清〕卓爾堪：《遺民詩・凡例》，謝正光、佘汝豐編著：《清初人選清初詩彙考》（南京：南京大學出版社，1998 年 12 月），頁 264。

〔註36〕　〔明〕盧世㴼：〈燕遊稿序〉，《尊水園集略》（清順治十七年〔1660〕劉經邦、張鴻儒刊本），卷 8，頁 24。

〔註37〕　〔清〕周亮工：〈王于一遺稿序〉，《賴古堂集》（上海：上海古籍出版社，影印清康熙刻本），卷 13。

〔註38〕　〔清〕曾燦：《過日集・凡例》，《清初人選清初詩彙考》，頁 192。

〔註39〕　〔清〕薛熙編：《明文在》（《四庫全書存目叢書》集部第 408 冊，影印清康熙三十二年〔1693〕古漵水園刻本），卷首。

〔註40〕　〔清〕顧施禎：《盛朝詩選初集・凡例》，《清初人選清初詩彙考》，頁 245。

〔註41〕　〔清〕吳藹：《名家詩選・凡例》，《清初人選清初詩彙考》，頁 274。

> 義，鍾伯敬之評詩，茅鹿門之評古文，最能埋沒古人精神。而世反
> 效慕恐後，可嘆也。彼其一字一句皆有釋評，逐段逐節皆為圈點，
> 自謂得古人精髓，開後人之法程，不知所以冤古人、誤後生者正在
> 此。〔註42〕

章學誠（1738～1801）曾具體的指出評選家未睹刪節前的原文，不察其故，而妄加讚評，不僅未符作者原意，還導致好奇而寡識者刻意追摹，形成奇怪的文風：

> 夫古人之書，今不盡傳，其文見於史傳，評選之家，多從史傳采錄；
> 而史傳之例，往往刪節原文，以就隱括，故於文體所具，不盡全也。
> 評選之家，不察其故，誤謂原文如是，又從而為之辭焉，於引端不
> 具，而截中徑起者，詡謂發軔之離奇，於刊削餘文，而遽入正傳者，
> 詫為篇終之斬峭。於是好奇而寡識者，轉相歎賞，刻意追摹，……
> 是之謂誤學邯鄲。〔註43〕

章氏所言正可作為「冤古人、誤後生」的註腳。

（四）評點使作者無限之書，拘於評者有限之心手

另一反對評點的理由是，附加於文本上的圈評，雖說是帶領讀者閱讀，但同時也左右、侷限了讀者對文章的體會，使原本具有更多可能性的文本，在圈評之下，流為評選者的一家之說，且使讀者在閱讀時，直接受到評選者的影響，「使讀者胸中主先入之意見」。〔註44〕

周亮工即因此而反對評點，他認為「文之佳美，讀者自得之」，「章疏節釋，字櫛句比，而使古人之意遂止於此焉，何其視古人之甚小也」。〔註45〕儲欣（1631～1706）評茅坤《唐宋八大家文鈔》雖有「開導後學」之效，但卻不免「錮牖其耳目」。〔註46〕章學誠也指出「文字之佳勝，正貴讀者之自得」，

〔註42〕〔明〕吳應箕：〈答陳定生〉，《樓山堂集》（北京：中華書局，《叢書集成初編》本），卷15。

〔註43〕〔清〕章學誠：〈古文十弊〉第十則，章學誠撰，葉瑛校注：《文史通義校注》（臺北：漢京文化事業公司，1986年9月），卷5，〈內篇五〉。

〔註44〕〔清〕楊大鶴：〈箋註劍南詩鈔·凡例〉，〔南宋〕陸游撰，〔清〕雷瑨註釋：《箋註劍南詩鈔》（臺北：文史哲出版社，1985年6月影印上海掃葉山房民國十九年〔1930〕石印本），卷首。

〔註45〕〔清〕周亮工：〈王于一遺稿序〉。

〔註46〕〔清〕儲欣：〈唐宋十大家全集錄總序〉，《唐宋十大家全集錄》（《四庫全書存目叢書》集部第404冊，影印清康熙刻本），卷首。

〔註47〕「夫書之難以一端盡也，仁者見仁，智者見智」，〔註48〕而讀者過於依賴評點本，「評點興，而學者心思耳目，轉為評點所拘」，〔註49〕將造成讀者「囿於見聞，不能自具心裁，深窺古人全體、作者精微，以致相習成風，幾忘其為尚有本書」的流弊。〔註50〕強勢的評點本取代了原書，評點者也壟斷了解釋權，「恐以古人無窮之書，而拘於一時有限之心手也」，〔註51〕故延君壽為了不受評點者想法的牢籠、能自抒心得，不讀評點本：

> 詩文之有圈點、批語，頗醒人心目，最混人識見。我平生看書不喜
> 有批點者，迨自家實有不明白處，然後看注釋、講解未遲，又當再
> 四審量，參以己見，如此讀書方能受一書之益。〔註52〕

（五）文無定法，反對評點將法揭以示人

　　評點常會點出作品的文法，以作為讀者創作之借鑑。關於「法」的爭論，由來已久，毛先舒（1620～1688）強調：「詩本無定法，亦不可以講法」，因無定法，所以不能講法；若能大量閱讀前賢之作，深思熟慮，日積月累自然

〔註47〕 〔清〕章學誠：〈文理〉，《文史通義校注》，卷3，〈內篇三〉。
〔註48〕 同前註。
〔註49〕 〔清〕章學誠：《校讎通義・外篇・吳澄野太史歷代詩鈔商語》，《章氏遺書》，卷13。
〔註50〕 〔清〕章學誠：〈宗劉〉，章學誠撰，葉瑛校注：《校讎通義校注》（與《文史通義校注》合刊），卷1。
〔註51〕 〔清〕章學誠：〈文理〉。錢穆認同章氏的看法，所著《中國文學論叢》（臺北：東大圖書公司，1983年10月），頁72云：「評點只能當為學文的入門，不能算是學文的歸宿。章氏說：『以古人無窮之文，而拘於一時之心手。』這是對評點的一針見血之論。」而大陸學者常森《二十世紀先秦散文研究反思》（北京：北京大學出版社，2002年8月），頁34，引述錢穆之言後，評曰：「章、錢二氏並未全面、深刻地把握評點的實質。高水平的評點，例如金聖嘆之評點先秦散文，雖常常著眼於有限，而亦常常能夠超越有限。」金聖嘆的評點能別出心裁，超越了文本是一回事，但當其評點與文本結合，限制了讀者的耳目，使讀者被牽著鼻子走，這是另一回事。鍾惺：〈題魯文恪詩選後二則〉云：「刪選之力，能使作者與讀者之精神心目為之潛移而不知。」（《隱秀軒集》，卷35），評點使作者、作品改變，筆者後文將有詳論；評點使讀者精神心目潛移，此「讀者」指的不是評點者，而是讀評點本的讀者，將不自覺的受到評點者圈評的左右，這是閱讀評點本難以迴避的現象。章、錢二人所言，及筆者正文中所論者，乃針對評點本對讀者的作用而言，而非就評點者對文本意涵的抉發而論。常森似誤解了章、錢所言。
〔註52〕 〔清〕延君壽：《老生常談》（臺北：新文豐出版公司，《叢書集成續編》本），頁5。

有得，也無需講法。〔註 53〕雖宗唐、宗宋崇尚有異，但從閱讀前人佳作汲取創作經驗，這是許多通人推舉的學習路徑。反對評點者，也大都持文無定法、需賴讀者自得的觀念，所謂「文之短長抑揚高下，及起伏照應，本無定法」，〔註 54〕「仁者見仁，智者見智，亦何必執一法以例天下之學者乎」？〔註 55〕章學誠亦云文字之佳勝，貴在讀者自得，難以告人，拈出「法」，不但對創作無幫助，而且還形成拘忌，言：

> 文字之佳勝，正貴讀者之自得；如飲食甘旨，衣服輕暖，衣且食者
> 之領受，各自知之，而難以告人。如欲告人衣食之道，當指膾炙而
> 令其自嘗，可得旨甘；指狐貉而令其自被，可得輕暖，則有是道矣。
> 必吐己之所嘗而哺人以授之甘，摟人之身而置懷以授之暖，則無是
> 理也。〔註 56〕

> 詩之音節，文之法度，君子以謂可不學而能，如啼笑之有收縱，歌哭
> 之有抑揚；必欲揭以示人，人反拘而不得歌哭啼笑之至情矣。〔註 57〕

朱庭珍（1841～1903）也認為評點、選本及詩話中所論之詩法，不過是「糟粕」，非學作詩的途徑，不如請教名師鉅手：

> 今人好看前哲批點諸集，及諸家選本評論，各種詩話詩法，以求作
> 詩路徑，而不知虛心請業於名師鉅手。不知自古迄今，所有選家詩
> 家，評語緒論，並詩話中標舉論法程，皆古人糟粕而已……。其著
> 書論詩文法及作詩話者，多非專門名家，非自逞臆說，即附會古人，
> 其佳者亦只略見大意，引而不發，無堪奉為師法者。〔註 58〕

（六）評點好論字句等末節

黃淳耀（1605～1645）曾批評鍾惺將精力浪擲在《詩歸》的評點上：「近鍾伯敬云：『平生精力什九盡於《詩歸》一書。』此僅賢於飽食終日者耳。」〔註 59〕「僅賢於飽食終日」的批評，乃肇因於「評論文字，抑揚工拙」，是「為

〔註 53〕〔清〕毛先舒：《詩辯坻》，郭紹虞編選、富壽蓀校點：《清詩話續編》（上海：上海古籍出版社，1999 年 6 月），頁 78。

〔註 54〕《御選唐宋文醇·凡例》（臺北：臺灣商務印書館，《景印文淵閣四庫全書》本）。

〔註 55〕〔清〕曾燦：《過日集·凡例》，《清初人選清初詩彙考》，頁 193。

〔註 56〕〔清〕章學誠：〈文理〉。

〔註 57〕同前註。

〔註 58〕〔清〕朱庭珍：《筱園詩話》，卷 1，《清詩話續編》，頁 2338。

〔註 59〕〔明〕黃淳耀：〈陶菴自監錄三〉，《陶菴全集》（《景印文淵閣四庫全書》本），

道之末務」，〔註60〕故黃淳耀以爲不值得在此等事上，耗費生命。此種「著述
將以明道，文辭非所急」〔註61〕的看法，是一般士人長久以來共同的觀念。
文辭雖非所急，而若論文，能「多言讀書養氣之功，博古通經之要，親師近
友之益，取材求助之方」〔註62〕猶可，而斤斤於詩文之辭藻等形式，特別是
一字一句之優劣，則被視爲論文之末節〔註63〕──而這些卻常都是評點的重
心。〔註64〕故錢鍾書云：「評點、批改側重成章之詞句，忽略造藝之本原，常
以『小結裹』爲務。」〔註65〕

　　由於評點與文本結合，得以互參，所以今所見的評點本，行批、眉評常
充斥著對遣詞用句細部的批評，故黃子雲（1691～1754）說：「鍾伯敬評詩，
專求片詞隻字之工切而不知大體。」〔註66〕紀昀（1724～1805）也批判方回
（1227～1306）《瀛奎律髓》的評點，置詩歌的興象、寄託、溫柔敦厚之旨、
文外曲致等「本原」不論，而專論字句等「末節」，〔註67〕不管就修道、學文

　　　卷21。所引鍾惺之言，見《隱秀軒集》，卷28，〈與譚友夏〉：「弟僦居金陵，
　　　心自懷歸。蓋平生精力，十九盡於《詩歸》一書，欲身親校刻，且博求約取
　　　於中、晚之間，成一家言，死且不朽。」

〔註60〕〔清〕章學誠：《校讎通義・外篇・朱子韓文考異原本書後》，《章氏遺書》，
　　　卷13。按：因所據版本不同，葉瑛校注本《校讎通義》無此篇。

〔註61〕〔清〕章學誠：〈與朱少白論文〉，《章氏遺書》，卷29。

〔註62〕〔清〕章學誠：〈文理〉。此爲章學誠所稱「古人論文」的大方向。

〔註63〕不談「字句」之末務，而談論詩文該討論些什麼，諸家所說略有出入。〔清〕
　　　方世舉：《蘭叢詩話・序》云：「余少學朱竹垞先生家，見《草堂詩話》之專
　　　言杜者，凡五十家，他可知也。然可取者少，又僅以字句爲言，其於學詩之
　　　大端，體格異同，宗派正變，音韻是非，絕未之及。詩話雖多奚爲乎？」《清
　　　詩話續編》，頁769。方氏以爲應談「學詩之大端，體格異同，宗派正變，音
　　　韻是非」，可與後引紀昀《瀛奎律髓》刊誤序〉之說合觀。

〔註64〕固然亦有避此流弊，而刻意就大局著眼的，如王夫之《唐詩評選》、《明詩評
　　　選》，少就一字、一句而言，通論全詩表現、作家風格比較。如陳允衡輯《國
　　　雅初集》，〈凡例〉云：「然寧簡略，使讀者自得之。章法，是所最重；非如《詩
　　　歸》，好論字句已也。」收入於《清初人選清初詩彙考》，頁90。原作：「然寧
　　　簡略，使讀者自得之章法，是所最重。非如《詩歸》好論字句已也。」標點
　　　有誤。但以評點和其它以文、以詩話批評的形式來做比較，顯然評點有好論
　　　字句的特徵。

〔註65〕錢鍾書：《管錐編》（四）（北京：中華書局，1991年6月），頁1215，〈全晉
　　　文〉條。

〔註66〕〔清〕黃子雲：《野鴻詩的》，丁福保輯：《清詩話》（臺北：木鐸出版社，1988
　　　年9月），頁856。

〔註67〕〔清〕紀昀：《瀛奎律髓》刊誤序〉：「響字之說，古人不廢，暨乎唐代鍛鍊
　　　彌工，然其興象之深微、寄託之高遠，則固別有在也，虛谷置其本原，而拈

而言，皆爲末務。

（七）評點常是標榜的手段

評點原是取古人已傳世之書加以圈評，後來出版商爲了吸引讀者購買，乃請人爲甫剛問世的作品評點，爲了促銷，可想而知，定多溢美之詞。黃汝亨以爲「的有所據」的評點是可取的，然亦或有不該不洽的文士，「求似于形容膚澤之間，或輕爲標榜，句比字櫛，或轉相蹈襲，巧翻隙鬥，如村學童子師之爲，甚至青黃赤碧，以相塗飾，有如兒戲，皆古書之罪人也」。〔註68〕

亦有友朋藉評點，相互標榜，《總目》評曹貞吉（1634～1698）《珂雪詞》：

> 舊本每調之末，必列王士禎、彭孫遹、張潮、李良年、曹勳、陳維崧等評語，實沿明季文社陋習，最可厭憎。今悉刪除，以清耳目。
>
> 且以見文之工與不工，原所共見：傳與不傳，在所自爲。名流之序、跋、批、點，不過木蘭之櫝，日久論定，其妍醜不由於此。庶假借聲譽者，曉然知標榜之無庸焉。〔註69〕

以爲批點等爲明末文社標榜之陋習，最可厭憎，故皆刪去。

亦有作者自爲評點的，如王猷定曾「自刻其文爲之評騭，而別以丹鉛」，〔註70〕沈光裕以爲評點「施于自作詩文尤爲不可，昔言『三分詩，七分讀』，以爲笑謔，若無一分可觀，而加十分圈點，謬亦甚矣」。〔註71〕因爲評點雖是美惡並陳，瑕瑜不掩，但仍以讚譽之詞居多，若自評己作，自我標榜，而無眞才實學，將落人笑柄，乃賢者所不取。

（八）評點者批書常流於率意、主觀

評點者常用自娛的心態、率意的筆調、感性的語言、主觀的態度來批書。如李贄曾再三提及其批書之樂，言：「《水滸傳》批點得甚快活人，《西廂》、《琵

其末節，每篇舉一聯，每句標舉一字，將舉天下之人而致力於是，所謂溫柔敦厚之旨蔑如也，所謂文外曲致，思表纖旨，亦茫如也，後人纖巧之學，非虛谷階之屬耶？」《瀛奎律髓》，卷首。

〔註68〕 〔明〕黃汝亨：〈批點前漢書序〉。

〔註69〕 《總目》，卷199，〈詞曲類二〉，〈珂雪詞〉條。

〔註70〕 〔清〕周亮工：〈王于一遺稿序〉。

〔註71〕 〔明〕沈光裕：〈與友〉，〔清〕周亮工評選：《賴古堂名賢尺牘新鈔》，卷12。引述見〔南宋〕周密：《齊東野語》（北京：中華書局，1997年12月），卷20：「昔有以詩投東坡者，朗誦之，而請曰：『此詩有分數否？』坡曰：『十分。』其人大喜，坡徐曰：『三分詩，七分讀耳。』」

琶》塗抹改竄得更妙。」〔註72〕選輯《坡仙集》，並加批削旁註，「每開看便自歡喜，是我一件快心卻疾之書……大凡我書，皆爲求以快樂自己，非爲人也。」〔註73〕用「快活」、「快心卻疾」、「快樂自己」自況評點的感受。明末馬嘉松亦云評點了事，「不禁手舞足蹈」。〔註74〕

張潮（1659～1707）對於其評點的過程有生動的形容：「觸目賞心，漫附數言于篇末；揮毫拍案，忽加贅語于幅餘。或評其事而慷慨激昂，或賞其文而咨嗟唱嘆。敢謂發明，聊抒興趣；既自怡悅，願共討論。」〔註75〕所謂「漫附數言」、「忽加贅語」，都是不假思索的興來之筆。孫鑛（1543～1613）亦自云評詩是「信手點之，興到即書耳」。〔註76〕

舊題李卓吾所評的《西遊記》其〈凡例〉中自云：「碎評處，謔語什九，正言什一。」〔註77〕馮鎮巒（1760～1818…）云：「作文人要眼明手快，批書人亦要眼明手快。天外飛來，只是眼前拾得。」並自言其評《聊齋誌異》或有遊戲之筆，「至其隨手記注，平常率筆，無關緊要，蓋亦有之」。〔註78〕

蔡潮（1467～1549）〈六戒〉一文，舉六端以自戒，其中「戒批古書」一則云：「汝性好批書，非名讀書，欲令見我書者，譽其精博耳，此是真疾。靜咀百遍，其妙自見，汝首尾未徹，紙隙已盈，批之所盡，意亦竭矣，豈不愧耶！」〔註79〕所謂「首尾未徹，紙隙已盈」，可見不假思索，下筆之快。一部

〔註72〕〔明〕李贄：〈與焦弱侯〉，《續焚書》（臺北：漢京文化事業公司，1984 年 5月），卷 1。

〔註73〕〔明〕李贄：〈寄京友書〉，《焚書》（與《續焚書》合刊），卷 2。又可參《續焚書》，卷 1，〈與袁石浦〉，文字與此略同。

〔註74〕〔明〕馬嘉松：〈十可篇凡例〉：「點畫已陳，自覺眼明口迅，意況悉提，不禁手舞足蹈。」馬嘉松輯：《十可篇》（《四庫全書存目叢書》子部第 143 冊，影印明崇禎刻本），卷首。

〔註75〕〔清〕張潮：〈凡例十則〉，《虞初新志》（《四庫禁燬書叢刊》子部第 38 冊，影印清康熙刻本），卷首。

〔註76〕〔明〕孫鑛：〈與呂甥玉繩論詩文書〉，《月峰先生居業次編》（《四庫禁燬書叢刊》集部第 126 冊，影印明萬曆四十年〔1612〕呂胤筠刻本），卷 3，頁 56。呂胤昌，字玉繩，爲孫鑛同母姊孫鑲之長子，胤昌子天成，作《曲品》。

〔註77〕〔明〕吳承恩著，陳先行、包于飛校點：《西遊記（李卓吾評本）》（上海：上海古籍出版社，1994 年 12 月），〈凡例〉，頁 1。

〔註78〕〔清〕馮鎮巒：〈讀聊齋雜記〉，《聊齋誌異——會校會注會評本》（一）（臺北：里仁書局，1991 年 9 月），卷首。

〔註79〕〔清〕黃宗羲：《明文海》（北京：中華書局，1987 年 2 月影印涵芬樓原藏鈔本），卷 126。

厚重的《金瓶梅》，張竹坡自云其批點非經十年精思、醞釀，而是一時興起，而於十數天內批就。〔註80〕紀昀嘗言：「余少時閱書好評點，每歲恆數十冊。」〔註81〕因評點是興到之言，一年才能有數十冊之量。由以上的引述，可見有些評點者津津樂道於批書速度迅速之一斑。〔註82〕

　　大雅之士認爲文章乃經國之大業，不朽之盛事，著述爲「立言」、爲載道，不應只是自娛，宜愼重其事。而評點者卻坦然宣稱爲了自娛，都是率意之作、是遊戲之筆、是無關緊要之言，「謔語」多過於「正言」，莫怪乎會引起非議。陳衍即對這種評點的態度無法認同，認爲批評應有其確實的功能、目的：「所謂批評者，一則能抉古人胸中欲吐之妙，以剖千古不決之疑，一則援引商略，判然詳盡，以自見其賅博，如論漢魏而下證晉唐，如談詩賦而兼覈子史之類也。倘語意平常，不如無批。輕薄率易，尤爲可厭矣。」〔註83〕解決千古之疑，援引商略以見賅博，評點者罕以這種考證、徵實的態度自任，故以陳衍標準看來，多數的評點皆爲「輕薄率易」，「不如無批」之屬。

（九）評點本常有改易、刪節之舉

　　評選者常會改易、刪節所選的文本，此錢鍾書在《管錐編》中，已詳爲舉證，自《文選》而下，至明、清的許多出名的選集，皆難脫悍然筆削之習，〔註84〕金聖嘆尤爲其中最著者。改易乃不忠於原著，毋需多言；刪節，亦多

〔註80〕〔清〕張竹坡：〈第一奇書凡例〉：「此書非有意刊行，偶因一時文興，借此一試目力，且成于十數天內，又非十年精思。」侯忠義、王汝梅編：《金瓶梅資料彙編》（北京：北京大學出版社，1985 年 12 月），頁 1。

〔註81〕乾隆戊申（1788）八月初五紀昀又記，《瀛奎律髓》，卷首。

〔註82〕雖評點本出版時，評者亦有句斟句酌、愼重其事的一面，所以鍾惺〈與譚友夏〉才會說「平生精力，十九盡於《詩歸》一書」；〈與蔡敬夫〉信中又云：「兩三月中，乘譚郎共處，與精定《詩歸》一事，計三易稿，最後則惺手鈔之。」（《隱秀軒集》，卷 28）「精定」、「三易稿」都顯示《詩歸》並非一揮而就。然此當以特例觀之，袁震宇、劉明今：《中國文學批評通史——明代卷》（上海：上海古籍出版社，1996 年 12 月），頁 529，曾評鍾、譚「如此地重視詩歌評選，實屬少見」。即便《詩歸》非速成之作，然其呈現在讀者面前時，仍不脫輕鬆、率意的色彩，此乃評點的特色、措辭用語風格使然，將之與錢謙益箋注杜詩引經據典的嚴謹的態度相較，其差別顯而易見。

〔註83〕〔明〕陳衍：〈與鄧彰甫〉，《賴古堂名賢尺牘新鈔》，卷 1。

〔註84〕參錢鍾書：《管錐編》（三），頁 1067～1069，〈全三國文〉條。言「古文選本之精審者，亦每削改篇什」，「明、清名選如李攀龍《詩刪》、陳子龍等《皇明詩選》、沈德潛《別裁》三種、劉大櫆《歷朝詩約選》、王闓運《湘綺樓詞選》之類，胥奮筆無所顧忌」。「選文較謹嚴，選詩漸放恣，選詞幾欲攘臂而代庖：

爲有識之士所不取，陳衍云：「古人文字，不取則已，取則勿剪削之。彼作者苦心脈絡關紐，實暗藏字句之中，稍經裁斵，便索然矣。」〔註85〕馮班（1602～1671）亦云：「讀書當讀全書，節抄者不可讀。」〔註86〕陳衍是就作者而言，指出刪節是對作者苦心剪裁的破壞；馮班是就讀者而言，認爲應讀全書。

此外，如鍾惺、譚元春所評選之《詩歸》爲後人所譏，除竟陵的詩學主張，不爲後人認同，其刪節亦是一病，《總目》評《詩歸》「力排選詩惜群之說，於連篇之詩隨意割裂，古來詩法於是盡亡」。〔註87〕舊題鍾惺所編選而實成於陳洖子（…1640…）諸人之手的《周文歸》，〔註88〕所收文章取自《周禮》、《考工》、《儀禮》、《檀弓》、《爾雅》、《孔子家語》、《左傳》、《國語》、《公》、《穀》、《戰國策》、《楚辭》、《逸周書》等十三種古籍中，陳洖子〈周文歸大凡〉云：「割經裂傳，豈後學所安乎！摘句拈辭，亦士林所恥也。」所謂「摘句拈辭」，即筆者前所言好論字句，爲大雅所鄙之類，而爲了選文而「割經裂傳」，雖以「萬卷浩繁，固難周覽」自解，〔註89〕仍難逃後人指摘，如張之洞儘管可以接受對詩詞文章之類的刪節，若對諸經刪節，張之洞仍視之爲「割截侮經」、不可原諒之事。〔註90〕

（十）評點將導致文本改變

刪節、改易，顯然是造成文本的改變，但未加刪節、改易，僅加上眉批、行批、尾評及諸多圈點符號的評點，仍是改變了文本。

一體之中，又斂於古人，而肆於近人」。
〔註85〕〔明〕陳衍：〈與鄧彰甫〉。
〔註86〕〔清〕馮班：《鈍吟雜錄》（北京：中華書局，1985年，《叢書集成初編》本），卷2，頁22。
〔註87〕《總目》，卷193，〈總集類存目三〉，〈詩歸〉條。
〔註88〕《周文歸》（《四庫全書存目叢書》集部第339、340冊，影印明崇禎刻本），據卷首胡搩序云：「陳子爻一，思有以反之，輯自《周禮》以下，訖於屈騷，凡十三種，……余及范子建白、蔣子仲光，獲襄事焉。」以及此書卷端題「武林爻一陳洖子輯，潞西仲衍胡搩參，古虔建白范德建閱」，可見此書之選評應是陳洖子主導，胡、范、蔣諸人共襄其事。
〔註89〕〔明〕陳洖子：〈周文歸大凡〉，《周文歸》，卷首。
〔註90〕張之洞列舉諸評點的讀本，並云：「此類各書，簡絜豁目，初學諷誦，可以開發性靈，其評點處頗於學爲詞章者有益，菁華削繁，雖嫌刪節，但此乃爲學文之用，非史學也。若閱本《考工記》、《檀弓》、《公》、《穀》、《蘇批孟子》之類，割截侮經，仍不錄。」《書目答問補正》，頁338～339，附一〈別錄〉。

　　章學誠主張批評應如鍾嶸（469～518）《詩品》、劉勰（465？～？）《文心雕龍》，「離詩與文，而別自爲書」，〔註91〕反對將圈評與文本合而爲一，因「就文加評，因評而加圈點識別，雖便誦習，而體例乃漸褻矣」。〔註92〕且指出評點將改變原書的性質：

> 且如《史記》百三十篇，正史已登於錄矣。明茅坤、歸有光輩，復加點識批評，是所重不在百三十篇，而在點識批評矣，豈可復歸正史類乎？謝枋得之《檀弓》、蘇洵之《孟子》、孫鑛之《毛詩》，豈可復歸經部乎？凡若此者，皆是論文之末流，品藻之下乘，豈復有通經習史之意乎？編書至此，不必更問經史部次，子集偏全，約略篇章，附於文史評之下，庶乎不失論辨流別之義耳。〔註93〕

章氏此段討論的是圖書分類問題，言一本書經過評點，所重已不在原典，而在評選者所加的點識批評。如歸有光（1506～1571）、茅坤之評《史記》，蘇洵、謝枋得、孫鑛之評經，章氏認爲皆是「論文」、「品藻」之作，其文本已改變，故以爲不當再歸諸正史、經部，而應「附於文史評之下」。又如清初王源（1648～1710）《或庵評春秋三傳》採評點方式「論文」，〔註94〕《總目》對此書深致不滿，以爲經過評點的《春秋三傳》，不當隸屬經部，「當歸總集」。〔註95〕

　　清初楊大鶴（…1685～1715）云：「近代選刻詩文，往往細加評點，不但使作者面目成不化之妍媸，亦且使讀者胸中主先入之意見。」〔註96〕所謂「使作者面目成不化之妍媸」，即是指圈評與文本結合，而改變文本原來的面貌，亦即鍾惺所言：「於古人本來面目無當。」〔註97〕明末沈光裕亦言書籍「一用圈點，便成私書」，〔註98〕指出書籍讓評點寄生後，已與原著不同，強加上評者的意見與文字後，猶如評點者之自著。正是由於圈評改變了文本，所以鍾惺提到與譚元春所共同選的《詩歸》一書，言：「此雖選古人詩，實自著一書。」

〔註91〕〔清〕章學誠：〈宗劉〉。
〔註92〕〔清〕章學誠：《校讎通義・外篇・朱子韓文考異原本書後》。
〔註93〕〔清〕章學誠：〈宗劉〉。
〔註94〕如所評《三傳》之一的《左傳評》（《四庫全書存目叢書》經部第 139 冊，影印清康熙居業堂刻本），其〈凡例〉即云：「《左氏》之不合經義者，先儒駁之詳矣，兹皆不論，特論文耳。」又：「評語皆作文竅妙，一篇可旁通千百篇而無窮。」
〔註95〕《總目》，卷 31，〈春秋類存目二〉，〈或庵評春秋三傳〉條。
〔註96〕〔清〕楊大鶴：〈箋註劍南詩鈔・凡例〉。
〔註97〕〔明〕鍾惺：〈再報蔡敬夫〉，《隱秀軒集》，卷 28，頁 471。
〔註98〕〔明〕沈光裕：〈與友〉。

〔註99〕金聖嘆也才會大剌剌地聲明：經他所批的《西廂記》，「是聖嘆文字，不是《西廂記》文字」。〔註100〕廖燕亦推許評點之功，使文章增色、別開生面，以爲文章經評點，「此文雖爲他人之文，遂與己之所作無異」。〔註101〕

（十一）評者自居高明，蔑視作者

評點猶如老師評閱學生的文章，亦如考官批閱考生試卷，〔註102〕評者和作者隱然形成尊卑的情勢。自古以來，對批評者就有較高的要求，如曹植（192～232）〈與楊德祖書〉：「昔丁敬禮嘗作小文，使僕潤飾之。僕自以才不能過若人，辭不爲也。……蓋有南威之容，乃可以論於淑媛；有龍淵之利，乃可以議於割斷。」故以「劉季緒才不逮於作者，而好詆訶文章，掎摭利病」爲非。〔註103〕劉勰《文心雕龍・知音》亦云：「操千曲而後曉聲，觀千劍而後識器。」皆強調了欣賞者、評者必須和作者有同樣的素養，甚至比作者的水準更高，方有資格對作品評頭論足。〔註104〕然而評點之事，常是大雅不爲，或由二、三流的文人，或由塾師、陋儒操其業，而所評選的對象，又常是歷代

〔註99〕〔明〕鍾惺：〈與蔡敬夫〉，《隱秀軒集》，卷28，頁469。
〔註100〕〔清〕金聖嘆：〈讀第六才子書《西廂記》法〉，第71則，《金聖嘆全集》第三冊《貫華堂第六才子書西廂記》（臺北：長安出版社，1986年9月），卷2。
〔註101〕〔清〕廖燕：〈評文說〉。
〔註102〕〔元〕劉貞仁編《類編文選詩義》，所錄《詩》義，爲元代科舉考試第一場所試，此書「題後多有載考官批者，會試皆稱考官批，鄉試則稱初考覆考考官批」。參《續修四庫全書總目提要・經部》，頁316～317。似在元代考官閱卷已有批點之習。在明代，考官批點試卷似爲常態，如楊愼《升庵詩話》，卷4，〈邵公批語〉條云：「先太師戊戌試卷，出舉子蹊逕之外，考官邵公名暉批云：『奇寓于純粹之中，巧藏於和易之內。』《歷代詩話續編》（中）（臺北：木鐸出版社，1988年7月），頁714。譚元春乙卯年（1615）鄉試落第，在〈奏記蔡清憲公前後箋札・其三〉感慨：「春又不復第，場卷點抹皆無，如未以手觸者然。」《譚元春集》（上海：上海古籍出版社，1998年12月），卷27，頁756～758。由以上所述，可見考官批點考卷，爲科舉制度所習見。曾國藩〈經史百家簡編序〉云：「前明以《四書》經藝取士，我朝因之，科場有勾股點句之例，蓋猶古者章句之遺意。試官評定甲乙，用硃墨旌別其旁，名曰圈點。」亦點出了科舉與評點的關係。
〔註103〕〔魏〕曹植：〈與楊德祖書〉，郁沅、張明高編選：《魏晉南北朝文論選》（北京：人民文學出版社，1996年10月），頁25～26。
〔註104〕錢鍾書對評者與作者的高下關係有論：「作者鄙夷評者，以爲無詩文之才，那得具詩文之識，其月旦臧否，模糊影響，即免於生盲之捫象、鑑古，亦隔簾之聽琵琶，隔靴之搔癢疥爾。雖然，必曰身爲作者而後可『掎摭利病』爲評者，此猶非馬牛犬豕則不能爲獸醫也。」《管錐編》（三），頁1052，〈全三國文〉條。

一流的文人佳作，遂常產生由平庸者對高明者的作品下裁斷的情況，而且裁斷更直接地加諸文本之上，故評點常被視為對原著、原作者的「不敬」。

章學誠讚許摯虞（？～311）、劉勰等批評專著，「離文而別自為書」，認為此種作法代表著「自存謙牧，不敢參越前人之書」，〔註105〕免去評點形式對作者造成不敬。張之洞以為讀史時，忌以評點的形式直接書之卷端批評，云：「《史》《漢》之文法、文筆，原當討究效法，然以後生俗士管見俚語，公然標之簡端，大不可也。」認為「若有討論文法處，可別紙記之」。以後生俗士的管見俚語批評馬、班的大作「大不可」，史猶如此，經更慎重了。對於明人對《周禮》《三傳》《孟子》諸經，「以評點時文之法批之」，張氏認為：「鄙陋侮經，莫甚於此，切宜痛戒。」〔註106〕

錢謙益指責今人：「摧史則曄、壽、廬陵折抑為皂隸，評詩則李、杜、長吉鞭撻如群兒。大言不慚，中風狂走，滔滔不返。」〔註107〕所抨擊的對象應是晚明之際，評史、評詩諸家，「折抑為皂隸」、「鞭撻如群兒」，則點出尊卑之勢，頗為古人叫屈。

錢謙益〈葛端調編次諸家文集序〉又嚴厲指斥孫鑛、鍾惺評經，言九經三史，前人「敬之如神明，尊之如師保，寶之如天球大訓，猶懼有隕越。僭而加評騭焉，其誰敢？……規之矩之，猶恐軼其方員；繩之墨之，猶恐佹其平直。妄而肆論議焉，其誰敢？」而「評騭之滋多也，論議之繁興也，自近代始也。而尤莫甚於越之孫氏，楚之鍾氏」。並接著指責孫氏評《尚書》、評《詩經》，鍾評《左傳》等作法，為「非聖無法」、「侮聖人之言」：

> 孫之評《書》也，於〈大禹謨〉則譏其漸排矣；其評《詩》也，於〈車攻〉則譏其「選徒囂囂」，背於「有聞無聲」矣。尼父之刪述，彼將操金椎以毀之。又何怪乎孟堅之史、昭明之《選》，詆訶如蒙僮而揮斥如徒隸乎？鍾之評《左傳》也，它不具論，以克段一傳言之，公入而賦，姜出而賦，句也，大隧之中凡四言，其所賦之詩也。鍾誤以大隧之中為句斷，而以融融洩洩兩句為敘事之語，遂抹之曰：俗筆。句讀之不析，文理之不通，而儼然丹黃甲乙，衡加於經傳，

〔註105〕《校讎通義‧外篇‧朱子韓文考異原本書後》。

〔註106〕〔清〕張之洞：《輶軒語‧讀史忌批評文章》，《張文襄公全集》（北京：中國書店，1990年10月影印民國十四年〔1928〕刊本），卷304，頁21。

〔註107〕〔清〕錢謙益：〈答徐巨源書〉，《有學集》（上海：上海古籍出版社，1996年9月），卷38，頁1313。

　　不已傎乎？是之謂非聖無法，是之謂侮聖人之言。而世方奉爲金科
　　玉條，遞相師述。學術日頗，而人心日壞，其禍有不可勝言者，是
　　可視爲細故乎？〔註108〕

對班固之史、昭明之《選》，「詆訶如蒙僮而揮斥如徒隸」，錢謙益憤怒之因，
正如筆者所言，評點形式是對原著的不敬。而《詩》《書》等經書，爲孔子所
刪述，應「敬之如神明，尊之如師保」，豈容後人「僭而加評騭」？在錢氏看
來，孫、鍾自居高明，凌駕孔子之上，故敢於任意進退聖人、聖經，是可忍
孰不可忍？基於尊經的心情，所以，錢謙益憤怒的指斥孫氏「尼父之刪述，
彼將操金椎以毃之」、「非聖無法」。

五、評點得失綜論

（一）評點的特色，是其優勢所在，亦是遭受攻擊的箭靶

　　不少詩話訴諸主觀、感性、直覺，評點率意自由的風格，與詩話最相似。
章學誠曾批評詩話的寫作是「挾人盡可能之筆，著惟意所欲之言」，〔註109〕
這批評亦可套用在評點上，如評點大家孫鑛，嘗云批詩「此實人人可爲」之
事，邀其甥呂胤昌（1560～？）各草批一部《杜詩》相印證。〔註110〕雖然高
品質的詩話或評點，亦需仰賴學力爲根基，然而「圈點批評可以全出個人的
愛憎，而箋註則在考訂翔實，須有證據」，圈評「可以就全集中選評若干首，
全首中選評若干句若干字，作爲批評對象，而箋註則務求詳備完整」。〔註111〕
所以相較之下，學力不深、才智不逮的人，可能無力從事需徵引眾書、論述
詳備的箋注工作，而從事詩話、評點的撰述，卻不難，可以取巧，但擇自己
所欲言、所能言者來發揮，不必求詳備。

　　當評點可以「挾人盡可能之筆，著惟意所欲之言」，而評點又成爲書坊出
版獲利的利器時，爲射利而作的評點書籍必然充斥市面，莫怪乎評點之作良
莠不齊，如戴名世云當時所見的吳、會間所行刻本，「句句而圈其旁，語語而
頌其美，其意思之所存與其法度之所在，選者茫然不知也，讀者亦茫然不知

〔註108〕〔清〕錢謙益：〈葛端調編次諸家文集序〉，《初學集》（上海：上海古籍出版
　　　　社，1985 年 9 月），卷 29。又，文中對鍾評《左傳》不滿的批評，又見於同
　　　　書，卷 83，〈讀左傳隨筆〉，措辭相近，不贅引。
〔註109〕〔清〕章學誠：〈詩話〉，《文史通義校注》，卷 5，〈內篇五〉。
〔註110〕〈與呂甥玉繩論詩文書〉，《月峰先生居業次編》，卷 3，頁 55。
〔註111〕黃永武：《中國詩學——考據篇》（臺北：巨流圖書公司，1977 年 4 月），頁 76。

也」。〔註112〕評點常被拈出錯誤，被批評識見不高、率意主觀的情況，尤逾其它的批評形式，遂影響世人對評點的總體評價，而遭到有識之士所鄙，所以上一節中，反對評點的陣容，顯得那麼壯觀；批評的聲浪，那麼理直氣壯。

　　本文關於贊成、反對評點的討論，大都取材於士人、知識份子之議論，一般文化水準不高的販夫走卒、略能識字讀書的市井小民，或在學習上剛起步的童蒙，對評點的態度，想必是支持、歡迎的居多，正是由於程度不高，才需仰賴評點者領航，所以書坊評點的書籍與日俱增。清初朱觀（…1715…）指出：「前代詩選，大約無評點者多，近選俱尚評點。」所以他選《國朝詩正》時，只好「從眾」，使用評點。〔註113〕藉朱觀「近選俱尚評點」一語，可略窺明清之際，詩文評點逐漸盛行的狀況。

　　而由以上關於贊成、反對評點的討論看來，知識份子中，似乎反對評點的聲音，遠比贊成的多。然而評點的出版市場卻不見萎縮，蓋因大雅之士在整個人口結構來說，畢竟是少數。廣大的一般下層民眾的需求，促使出版商以評點來招徠顧客，偽稱名家評本的書籍也充斥市面。評點流行的風潮，並不是大雅之士的反對所能扭轉的，更何況其所持的反對意見，亦有可商榷之處。

　　譬如以評點非古制為理由而反對評點，楊倫（1747～1803）就相當不以為然，他認為評點是「畫龍點睛，正使精神愈出，不必以前人所無而廢之」。〔註114〕廖燕的批駁更直接，對時人或執《昭明文選》之古例，只選不評，認為是「借《文選》之例，以藏其拙」，「使尚執《文選》之例以律今時，評點概置不用，是猶欲今人草衣木食，以與太古比德也，可乎哉！」〔註115〕方東樹亦反對時人以為去掉圈評方為大雅之說，云：「夫圈點評抹，古人所無，宋明以來始有之，去之以為大雅，明以前所無，國朝諸公始為此論。吾以為宇宙亦日新之物也。後起之義，為古人所無而不可蔑棄者，亦多矣。」〔註116〕反駁有力，若因古所無故今不可有，則當廢者多矣。

　　至於所謂批點沿時文俗態、科場陋習，是受當時科舉用書普遍使用評點的株連，因此而否定這種批評方式，似乎也略欠妥當。又如未能掌握作者之意的指責，不獨使用評點方有此流弊。評點者學養之高下及領略文本能力之

〔註112〕〔清〕戴名世：〈唐宋八大家文選序〉。
〔註113〕〔清〕朱觀：《國朝詩正·凡例》，《清初人選清初詩彙考》，頁287。
〔註114〕〔清〕楊倫：〈凡例〉，《杜詩鏡銓》（臺北：里仁書局，1981年10月），卷首。
〔註115〕〔清〕廖燕：〈評文說〉。
〔註116〕〔清〕方東樹：〈書歸震川史記圈點評例後〉。

優劣，讀者與評點者理念是否相近，在在都左右了評者是否掌握作者之意的評價。如《瀛奎律髓》一書的評點，紀昀曾致不滿，略有微辭。吳瑞草卻以為評者「其所圈識，如與作者面稽印可，能使其精神眉目，軒豁呈露於行墨之間」。〔註117〕「如與作者面稽印可」，即讚揚其能掌握、闡發作者原意。同一部書的評點，評價卻殊異，於此可見一斑。

而將法揭以示人，雖有拘忌之弊，「但初學文理，必使之有法可循」。〔註118〕反對評點者常倡言使讀者「自得之」，仁者見仁、智者見智云云，今人吳宏一教授認為這類的高論：「可與上智證道，難與下愚明言，初學者及鈍根的讀者仍然有待他人解說，才能了解這些作品的好處。」〔註119〕姚鼐又云：「文家之事，大似禪悟，觀人評論圈點，皆是借徑，一旦豁然有得，呵佛罵祖，無不可者。」〔註120〕認為閱讀評點本，對許多人來說是學習寫作有效的方法，只是作為學習過程中的「借徑」，而非以法來縛人手腳，形成拘忌。

而評點會改變文本、主觀、率意、好論字句之優劣，使作者的原意受到評者的侷限……，某個角度看來，這些也正是不同於其它批評形式的所在。就文圈評，有便於誦習的好處，就無法避免改變文本、印定後人耳目的流弊。評點便於標舉文法、點出字句優劣，以迎合童蒙的需要，就難免招來通人捨本逐末之譏。章學誠讚賞摯虞〈文章流別論〉、鍾嶸《詩品》、劉勰《文心雕龍》，能離詩文，而別自成書，故能成一家言，反對真德秀（1178～1235）、謝枋得，因文圈評的作法。〔註121〕而若真德秀、謝枋得，將論文評語集結另成一書，即不再謂之評點本了，也失去了評點本既有的一些優勢，必定也會減少許多讀者。

（二）評點得失互見，應就評點本的優劣分別論之

方東樹反對自詡名流者，矜其大雅，「謂圈點抹識批評沿於時文儈氣，醜而非之」，甚至責真德秀、茅坤、艾南英（1583～1646）、何焯（1661～1722）諸評點大家為陋、為批尾之學，認為：「古人箸書為文，精神識議固在於語言文字，而其所以成文義用或在於語言文字之外，則又有識精者為之圈點抹識

〔註117〕〔清〕吳瑞草：〈重刻律髓記言〉。
〔註118〕〔清〕林傳甲：《中國文學史》（臺北：學海出版社，1999 年 2 月），頁 122。
〔註119〕吳宏一：《清代詩學初探》（臺北：學生書局，1986 年 1 月），頁 148。
〔註120〕〔清〕姚永樸：《文學研究法》，卷 4，頁 40 處引述姚鼐與陳碩士書語。
〔註121〕〔清〕章學誠：〈宗劉〉、《校讎通義・外篇・朱子韓文考異原本書後》。

批評，此所謂荃蹄也。能解於意表而得古人已亡不傳之心，所以可貴也。」
強調要以評點的品質論定，不能全盤否定所有的評點本，「圈點抹識批評亦顧
其是非得真與否耳，豈可竝其真解意表能得古人已亡不傳之妙者而去之哉！」
〔註 122〕

　　陳允衡（1622～1672）編《國雅初集》，其〈凡例〉云：

　　古人選詩，原無圈點。然欲嘉惠來學，稍致點睛畫煩之意，亦不可
　　廢。須溪閱杜，滄浪閱李，不無遺議。但當其相説，以解獨得肯綮
　　處，亦可以益讀書之智。顧東橋《批點唐音》，不靳深切著明者，惟
　　恐後學趨向悠謬，必矩于正，則圈點不爲無功。若近人滿紙皆圈，
　　逐句作贊，究不知其風旨所在，反令目眩心駭，將爲蛇足乎。〔註123〕

對優劣的評點本分別評價，既點出有些評點本獨得肯綮，有益讀書之智，則
「圈點不爲無功」，也抨擊「滿紙皆圈，逐句作贊」，不知風旨所在的評點爲
「蛇足」，就不同的評點本給予評價，是對評點較客觀的態度。

　　綜觀上節反對評點的引述看來，章學誠可謂批判評點的大將，反對、指責
評點的議論特多。儘管如章氏對評點這麼有意見的人，也非百分之百的反對評
點，也不認爲評點的書籍一無可取。他指出評點用於啓蒙的教材上無可厚非，
〔註 124〕說真德秀評選的《文章正宗》「就文而爲評論，旁識而出圈點」，「指示
蒙學，良亦有功」。又言一些大家的選本，「其藻鑒之審，評論之工，圈點標識
之醒豁精切，未嘗不可資人神智」。〔註 125〕在〈文理〉篇中，他譏貶歸有光的
《史記》評點，不遺餘力，云：「歸震川氏取《史記》之文，五色標識，以示義
法；今之通人，如聞其事必竊笑之。」但又言：「然爲不知法度之人言，未嘗不
可資其領會。」坦承「大雅所鄙」的評點，對於啓蒙、對於不知法度之人，亦
有資人神智、領會的助益。由此可見，章氏雖對評點這種批評形式，有許多的
不滿，但仍以爲好的評點本，是學習詩文過程中，有益的教材。

　　前曾引述朱庭珍《筱園詩話》反對藉批點書籍及諸家選本評論，作爲學
詩路徑，以爲此類書籍「多非專門名家，非自逞臆說，即附會古人，其佳者
亦只略見大意，引而不發，無堪奉爲師法者」，皆古人糟粕，而非精華所在。

〔註 122〕〔清〕方東樹：〈書歸震川史記圈點評例後〉。
〔註 123〕《清初人選清初詩彙考》，頁 90。
〔註 124〕《校讎通義·外篇·吳澄野太史歷代詩鈔商語》：「評點始於宋人，原爲啓牖
　　　　蒙學設法，固不可以厚非。」《章氏遺書》，卷 13。
〔註 125〕〈清漳書院留別條訓〉，《章學誠遺書》，頁 673。

讀書至此，會認為朱氏是評點的反對者，但朱庭珍又曾稱讚紀昀所批評的五家詩集及諸選評本：「剖晰毫芒，洞鑒古人得失，精語名論，觸筆紛披，大有功於詩教，尤大有益於初學。有志學詩者，案頭日置一編，反覆玩味，可啟發聰明，銷除客氣，自無迷途之患。蓋公論詩最細，自古大才槃槃，未有不由細入而能得力者。但須看公批點全本，觀其圈點之佳作以為法，觀其抹勒之不佳作以為戒，方易獲益。」〔註 126〕對紀昀批點的著作讚譽有加，以為有功於詩教，有益於初學，有志學詩者，可由此入門云云。前一筆資料勸誡讀者不可藉評點本作為學詩的路徑，後一筆又說紀昀評本大有益於初學，可免於迷途，乍看似乎矛盾，其實不然。朱庭珍雖對評點有所不滿，但那是針對許多不佳的評點本及流弊而發，如紀昀所批能「洞鑒古人得失」的優良評點本，仍予以肯定。

六、結　論

　　本文先略述評點的起源，以及至明代評點蓬勃發展的狀況。第三、四節透過明、清士人的言論，整理出士人贊成及反對評點的原因。贊成評點者，大都因為評點本可使讀者獲得啟發，幫助讀者了解作者與文本，且評點可與文本互參，頗便於初學。反對評點的原因很多，或以為其非古制，為時文陋習，是標榜的手段，或質疑其批書的態度流於率意主觀，未能掌握作者原意，置大體而好論字句等末節。又，評選常有刪節、改易之舉，且評點與文本結合將導致文本的改變，將原為無限可能的文本，牢籠為評者的一家之說。評者自居高明、蔑視作者，施之於經史上，尤為大雅之士所難以接受。

　　在第五節綜論評點的得失中，筆者指出，一來，由於從事評點，如同寫作詩話一樣，「挾人盡可能之筆，著惟意所欲之言」；再者，為了射利，出版商常以評點為手段以招顧客之青睞，所以也造成評點本良莠不齊的現象，易形成種種落人口實的流弊。通人之譏貶，殆非無因。然而也進一步辨證前人所持的反對理由，亦有可商榷之處，以及評點本既要迎合便於初學的需要、保有評點與文本互參的特色，就難以避免因此而衍生的流弊和遭受批評的際遇。

　　再透過陳允衡、章學誠、朱庭珍等對評點有肯定、有批評的言論，強調今人在討論評點時，不應受到當時許多強烈反對評點言論的左右，而蔑視了此一批評形式。事實上，儘管是一些反對評點的大雅之士，也會因評點本的

〔註 126〕《筱園詩話》，卷 1，《清詩話續編》，頁 2338、2347。

精良及作爲啓蒙教材之需，而肯定評點本的價值。而從明、清兩代的書籍競尚評點的情況，也證明了評點本迎合了市井小民的需求，其價值和影響自是不可輕估。

　　按：本文原載：《中國文哲研究通訊》，第 14 卷第 3 期（2004 年 9 月），頁 223～248。

附錄二：鍾惺《詩經》評點的版本問題

一、前　言

　　鍾惺（1574～1625）是明末竟陵派的代表人物，其詩論與詩作，風靡一時，也頗受後人爭議。而在經學方面，評點《詩經》之作，則成爲後來研究者矚目的焦點。

　　關於鍾惺《詩經》評點的版本問題，以往的研究者大都略而不談，或簡單交代，未能深究。筆者僅見李先耕〈鍾惺《詩》學著書考〉〔註1〕及張淑惠《鍾惺的詩經學》論文中，〔註2〕有較多的討論，然因鍾惺的評點本大都是明代刊印的古書，散於各地，要寓目、比較，煞費工夫，如李文之立論，主要憑藉前人所作的書目提要，似未親見鍾惺評點之作；張淑惠之論文雖參見了日本九州大學藏本及臺灣的國家圖書館藏本，可惜兩種版本近似，皆源出於初評本（詳後），未能將鍾惺《詩經》初評本、再評本的差異指出來。且所據資料有限，未能參考搜羅大陸古籍最爲詳備的《中國古籍善本書目・經部》一書的著錄，〔註3〕尤爲可惜。是以文中所言，或語焉不詳或推論錯誤，也就在所難免了。

　　要全面探討《詩經》評點的版本問題，委實不易，筆者僅就所見所知，論述於後，期能對前人關於此課題的論述，有所補充、修正和突破。

〔註1〕　此文載於日本《詩經研究》第 21 號（1997 年 2 月），頁 1～4。
〔註2〕　《鍾惺的詩經學》（臺北：東吳大學中國文學研究所碩士論文，2000 年 6 月），頁 107～111。
〔註3〕　見《中國古籍善本書目・經部》（上海：上海古籍出版社，1989 年 10 月），頁 142。

二、鍾惺《詩經》評點的版本

鍾惺評點《詩經》，據其自述，初次評本刊於吳興凌氏後，續有所得，又再重新批閱一過，〈詩論〉云：

> 予家世受《詩》，暇日，取《三百篇》正文流覽之。意有所得，間拈數語，大抵依考亭所注。稍爲之導其滯，醒其癡，補其疎，省其累，奧其膚，徑其迂。業已刻之吳興。再取披一過，而趣以境生，情由日徙，已覺有異於前者。友人沈雨若，今之敦《詩》者也，難予曰：「過此以往，子能更取而新之乎？」予曰：「能。」夫以予一人心目，而前後已不可強同矣。後之視今，猶今之視前，何不能新之有？

按：《隱秀軒集》收錄此文未署作時，〔註 4〕復旦大學藏鍾評《詩經》三色套印本卷首所附〈詩論〉後署「明泰昌紀元歲庚申冬十一月竟陵鍾惺書」，庚申爲泰昌元年（1620）。據此，上述引文所謂「業已刻之吳興」者，即爲初評本，所謂「再取披一過，而趣以境生，情由日徙，已覺有異於前者」，所指當爲泰昌元年之際成書的再評本。而到底「異於前者」何在？先前的研究者由於未能目睹再評本，或未刻意做比較，是以對此問題未曾探究。

筆者在比較初評本、再評本差異時，先對初評本的問題加以梳理。

三、鍾惺《詩經》評點初評本

在初評本卷首所附凌濛初（1580～1644）〈鍾伯敬批點《詩經》序〉云：「吾友鍾伯敬，以《詩》起家，在長安邸中，示余以所評本。……」卷首凌杜若的識語又云：

> 仲父初成自燕中歸，示余以鍾伯敬先生所評點《詩經》本，受而卒業，玩其微言精義，皆于文字外別闡玄機，足爲詞壇示法門，非僅僅有禪經生家已也。因壽諸梨棗，以公之知《詩》者。

初成，爲凌濛初字。可知初評本爲鍾惺評畢交給凌濛初，凌濛初再轉交姪子凌杜若刊印而成。

以下就筆者目前所見的三種初評本，簡介如下。

〔註 4〕 不管是明刊《隱秀軒集》（北京：北京出版社，2000 年 1 月，《四庫禁燬書叢刊》集部第 48 冊，影印明天啓二年〔1622〕沈春澤刊），或今人李先耕、崔重慶標校：《隱秀軒集》（上海：上海古籍出版社，1992 年 9 月），所收〈詩論〉皆未署年月。

（一）日本九州大學藏本（以下簡稱「九大本」）

周彥文先生《日本九州大學文學部書庫明版圖錄》一書著錄九大本不分卷，「20.9×14.8，半葉 8 行，行 18 字。左右雙欄，白口，無魚尾。」卷首題「竟陵鍾惺伯敬父批點」；〔註 5〕筆者要補充的是：此書的經文爲宋體字（硬體）墨色，而眉批、旁批爲楷體（軟體）朱色，且無界欄。卷首有凌濛初〈鍾伯敬批點詩經序〉、凌杜若識語、〈詩大序〉，並經文共四冊；而〈小序〉單獨二冊，但錄序文，並無鍾惺批語。

（二）臺北國家圖書館藏本（以下簡稱「國圖本」）

據《國家圖書館善本書志初稿》著錄，國圖本分成四卷六冊，版框高 20.8 公分，寬 14.5 公分，左右雙邊，每半葉 8 行，行 18 字。左右雙欄，白口，卷首題「竟陵鍾惺伯敬父批點」。〔註 6〕

又國圖本的經文亦爲宋體字墨色，而眉批、旁批爲楷體朱色，且無界欄。卷首有凌濛初〈鍾伯敬批點詩經序〉、凌杜若識語、〈詩大序〉，皆與九大本同。經筆者仔細核對，兩書之字體、批語位置、圈點情況皆極近似。

此本與九大本最爲相近，依上述資料看來，大都一致，版框高、寬差距甚微，最大差別在此本未附〈小序〉及分冊不同。根據前引書志所述，九大本未分卷，而國圖本分成四卷似有不同，然經筆者仔細核對，國圖本不管是卷首、版心皆未明標卷數，而何以被定爲四卷呢？蓋因該書版心下方標頁次，〈國風〉、〈小雅〉、〈大雅〉、〈頌〉四部份的頁數自爲起迄，〔註 7〕故定爲四卷。而九大本版心標識頁次的情況，完全與國圖本相同。也就是說，書志言九大本未分卷而國圖本分成四卷，並非二書分卷眞的有別，實爲著錄者認定差異所致，若依周彥文先生著錄九大本的標準來看，國圖本亦可云「不分卷」而非「四卷」；若依《國家圖書館善本書志初稿》著錄的標準，則九大本應云：「詩經四卷，小序一卷」。〔註 8〕

〔註 5〕 周彥文：《日本九州大學文學部書庫明版圖錄》（臺北：文史哲出版社，1996年 6 月），頁 12。

〔註 6〕 國家圖書館特藏組編：《國家圖書館善本書志初稿・經部》（臺北：國家圖書館，1996 年 4 月），頁 83。

〔註 7〕 該書頁次標識如下：〈國風〉自〈周南・關雎〉頁 1 至〈豳風・狼跋〉頁 59；〈小雅〉自〈鹿鳴〉頁 1 至〈何草不黃〉頁 47；〈大雅〉自〈文王〉頁 1 至〈召旻〉頁 31；〈頌〉自〈周頌・清廟〉頁 1 至〈商頌・殷武〉頁 15。

〔註 8〕 九大本的〈小序〉，頁數亦自爲起迄，自〈周南・關雎〉頁 1，至〈商頌・殷

（三）上海復旦大學藏本（以下簡稱「盧本」）

　　復旦大學所藏鍾惺《詩經》評點共有二本，一為再評的三色本（詳後），一為初評本。雖同為初評本，但復旦所藏初評本，與前二本在版刻上差異較大，此書分成上、中、下三卷，上卷為〈國風〉，中卷為〈小雅〉，下卷為〈大雅〉、〈三頌〉，版框高 22 公分，寬 14.5 公分，半葉 9 行，行 20 字，白口，有單魚尾。卷首題「竟陵鍾惺伯敬評點　錢塘盧之頤訂正」，經文、序、批語皆為墨色宋體字，且有烏絲欄。卷首有凌濛初〈鍾伯敬批點詩經序〉、〈詩大序〉，此本未附〈小序〉，不同於前二本初評本的還有此本無凌杜若識語。

　　按：《中國古籍善本書目・經部》「詩經四卷小序一卷　明鍾惺評點 明凌杜若刻朱墨套印本」一條，注明共有復旦大學等二十三處有藏本，似有誤，復旦並無此朱墨套印本，似誤將盧本歸類於凌氏朱墨套印本，然其所云卷數與墨色均與盧本不符合。

　　考盧本卷首有「高氏吹萬所得善本書」章，村山吉廣先生作有〈高吹萬《詩經》蒐書軼事〉一文，介紹高吹萬其人及其《詩經》藏書，復旦大學所藏的兩本鍾惺《詩經》評點本，均為高氏所捐贈。村山先生文中引及高氏寄贈《詩經》書目，著錄此本為：

　　　詩經三卷　　〔明〕鍾惺評點　明刻本朱墨批點三冊〔註9〕

觀其言「朱墨批點」，易使人誤以為此本同於常見的「凌氏朱墨套印本」，經筆者考察，此乃後來持有此書的收藏者，用朱墨註記密密麻麻的批語，故云「朱墨批點」，其書印行時初為單色，與九大本、國圖本印行時即為朱墨二色不同。〔註10〕

　　《中國叢書綜錄》著錄鍾惺評點「詩經三卷」，〔註11〕並註此本為《合刻周秦經書十種》之一。李先耕〈鍾惺《詩》學著書考〉云：

　　　鍾惺評點《詩經》另有一個《合刻周秦經書十種》中之三卷本。《中
　　　國叢書綜錄》言此為錢唐（塘）盧之頤溪香書屋所刻。據《錢唐縣
　　　志》及杭世駿《道古堂集》所載盧傳，知盧字繇，號晉公，自稱蘆

　　　武〉頁 52。

〔註9〕《詩經研究》第 21 號（1997 年 2 月），頁 5～11。

〔註10〕《中國古籍善本書目・經部》又著錄了「詩經四卷　明鍾惺評點　明末刻本」
　　　　一條，雖亦是單色刻本，但卷數四卷，此本與盧本亦不同。

〔註11〕見上海圖書館編：《中國叢書綜錄》（二）（上海：上海古籍出版社，1986 年 2
　　　　月），〈經部・詩類〉。

中人。其父盧復隱于醫，他益精其術，博覽群書。其《合刻周秦經
書十種》中有《廣成子校》、《黃石公素書》、《譚子化書》三種也被
收入天啓中杭州印行的《合名家批點諸子全書》中。由此似可推論
溪香書屋本鍾評《詩經》或亦刻于天啓中。〔註12〕

據李文之推論，則復旦所藏的盧本，當爲盧之頤溪香書屋所刻，時間則約在
天啓中。

四、三種初評本評語差異的考察

前一節所論，乃專對版式差異、卷數、墨色等做了大略的介紹和比較，
以下將針對鍾惺評語的部份，來比較三本之差異。

在字體方面，三本之間常有簡俗字等用字的差異。如：「個」用「箇」、「个」；
「體」用「体」、「骵」；「懼」用「惧」；「靈」用「灵」；「聽」用「听」；「辭」
用「辝」；「妙」用「玅」；「憐」用「怜」；「厲」用「厉」；「禍」用「衬」；「幾」
用「几」；「婦」用「娬」；「機」用「机」；「邇」用「迩」；「觀」用「覠」；「難」
用「难」等。雖字形不同，而於文義無礙。

相較之下，九大本、國圖本批語爲手寫軟體字，書寫較隨意，多用簡俗
字，其中尤以國圖本所用簡俗字較多。張淑惠指出國圖本「多有行草簡體」，
而九大本「則爲標準楷體」，〔註13〕有待商榷。以筆畫、字形而言，九大本較
流動，趨於行草，國圖本反顯得較工整，但差別甚微；至於用簡俗字方面，
國圖本雖稍多，但兩本相去不遠。而盧本批語用宋體（硬體字），較少用簡俗
字的特徵則十分顯然。茲舉以下數例以明之。

〔註12〕 關於盧本刻印時間，李先生之推論可採，然語有小誤。其言乃參《中國叢
書綜錄》第一冊，頁 51〈合刻周秦經書十種〉、頁 693〈合諸名家批點諸子
全書〉二條立論，細核後，李文所言「《合刻周秦經書十種》中有《廣成子
校》、《黃石公素書》、《譚子化書》三種也被收入天啓中杭州印行的《合名
家批點諸子全書》中」一段有三處待斟酌：一《廣成子校》，原作《廣成子》
或《廣成子註》；二、《合名家批點諸子全書》脫一「諸」字，應作《合諸
名家批點諸子全書》；三、除所述三種書外，《合諸名家批點諸子全書》中
又輯有《黃帝陰符經》一卷，云：唐李筌等注，明虞淳熙評點，「溪香館刊」。
故盧之頤所刻《合刻周秦經書十種》收入《合諸名家批點諸子全書》中者，
應有四種。

〔註13〕 參《鍾惺的詩經學》，頁 109。

九 大 本	國 圖 本	盧 本
〈碩人〉眉批「不在形骸」	「不在形体」	「不在形體」
〈緇衣〉眉批「只是个眞」	同左	「只是個眞」
〈無羊〉眉批「几於相忘矣」	同左	「幾於相忘矣」
〈魯頌〉題下批「盡脫風体」	同左	「盡脫風體」
〈那〉眉批「先祖是听」	同左	「先祖是聽」

除版式、墨色、簡俗字之差異外，在批語的內容上，因三本皆爲初評本，差異並不大。茲就以下數端分別言之。

（一）批語安放的位置不同

如〈摽有梅〉詩，九大本、國圖本篇題下批「三箇求字，急忙中甚有分寸」；盧本此段批語置於書眉。〈小星〉第一章批語「寔命句，非婦人語」，九大本、國圖本置於第一章末；盧本則置於書眉。

（二）因刻本錯字而相異

1. 九大本字誤

（1）〈碩人〉眉批「洛神賦」，誤作「洛神試」。

（2）〈緇衣〉眉批「適館授粲」，誤作「適館將粲」。

（3）〈大叔于田〉眉批「不過媚子狎客從吏游戲者」，「吏」誤作「更」。

（4）〈匪風〉眉批「好音，動之以名也，清議存而主權亡矣」；誤作「主權正」。〔註14〕

（5）〈巷伯〉眉批「身罹其害，代爲之謀，似譖似呆，妙甚妙甚」，「譖」誤作「調」。

（6）〈巷伯〉「視彼驕人」眉批「視字妙，即俗所云：看他不過也，禍福意且後一步」，誤作「……衬福意日後一步」。

（7）〈采菽〉眉批「亦是戾矣」，誤作「亦是淚矣」。

〔註14〕 明末清初之士人，對於「清議」有不同的評價，「主權正」、「主權亡」褒貶之意懸殊，一字之差攸關極大。此斷九大本作「主權正」爲誤字，乃因：一、其他版本作「亡」。二、萬時華與譚元春友善，所作《詩經偶箋》成書距鍾惺《詩經》評點成書之時不遠，《詩經偶箋》卷5引作「清議存而主權亡矣」。三、鍾惺〈邸報〉詩云：「……片字犯鱗甲，萬里禦魑魅。目前禍堪怵，身後名難計。邇者增諫員，韜鐸略已備。襃誅兩不聞，人人爭慕義。……耳目化齒牙，世界成罵詈。嘵嘵自嘵嘵，憒憒自憒憒。……杞人彌憂畏。」（《隱秀軒集》，卷2）對萬曆年間諸多諫爭現象，深感憂慮。

（8）〈魯頌〉題下批「舂容大章」，誤作「舂容六章」。

2. 國圖本字誤

（1）〈大叔于田〉眉批「不過媚子狎客從吏游戲者」，國圖本與九大本同，「吏」誤作「更」。

（2）〈有客〉眉批「讀『有客有客』，周之待士何其特達懇至也」；國圖本「有客有客」誤作「有客有要」，「周之待士」誤作「用之待士」。

（3）〈小弁〉眉批，「創鉅痛深，傷弓之鳥」，國圖本「鳥」誤作「鳴」。

3. 盧本字誤

（1）〈簡兮〉眉批「不可作忿怨看」，盧本空一格，脫「忿」字。

（2）〈唐風·揚之水〉眉批「蓄百叔段」，盧本誤作「蓄伯叔段」。

（3）〈白華〉眉批「景疏而澹」，盧本空一格，脫「澹」字。

（4）〈板〉眉批「『夸毗』二字分開成不得小人」；盧本「開」誤作「聞」。

（5）〈有客〉眉批「讀『有客有客』，周之待士何其特達懇至也」；盧本與國圖本同，「有客有客」誤作「有客有要」，「周之待士」誤作「用之待士」。

（6）〈小弁〉眉批，「創鉅痛深，傷弓之鳥」，盧本與國圖本同，「鳥」誤作「鳴」。

（三）其 它

1. 措辭雖略有差異，但難斷是非。如〈小雅·常棣〉「和樂且孺」句下評「孺字甚妙」；盧本作「孺字妙甚」。〈宛丘〉「畫出蕩子」，九大本作「畫出浪子」。此種差異難定是非，亦較無關緊要。

2. 九大本漏刻批語：〈大東〉眉批「糾糾二語，似亦古語，凡詩中重用者，類皆古語。如『立我蒸民』、『不識不知』、『毋逝我梁』等句是也」；九大本漏刻「糾糾二語，似亦古語，凡詩」兩行眉批，遂使語意不明。

3. 〈狡童〉第一章，只有國圖本有眉批「酷肖」二字，另二本則無。

4. 〈大明〉「俔天之妹」句，只有國圖本有旁批「奇語」二字，另二本則無。

以上三類，（一）、（三）之例少之又少，（二）例較多，多出於校對不謹嚴。綜合以上所論，可知此三種版本雖出自不同的版刻，但皆以初評本爲藍本，故無太大的差異。

五、初評本與再評本的比較

筆者所見的再評本乃復旦大學所藏三色套印本（以下簡稱「三色本」或「再評本」），「三色」指朱、黛、墨三色，經文用墨，以朱、黛二色施之於圈評上。以九州大學所藏朱墨套印初評本與此三色本比對，發現三色本乃據九大本加以剜刻、補充而成。

三色本的版式，如：版框高 20.9 公分，寬 14.8 公分，半葉 8 行，行 18 字。左右雙欄，白口，無魚尾、無界欄、卷首題「竟陵鍾惺伯敬父批點」等，全與九大本同。墨色經文、朱色批語和圈點，不論就字體、批語位置來看，大致是完全一樣的，可看出乃源於相同的刻版所印，朱評不同處多為再評增補時所作的取捨。其大致情況如下：

（一）裁換書前的序

九大本等初評本卷首原有的凌濛初序、凌杜若識，乃針對初評本而發，三色本為再評本，刪去不適用的舊序，改冠以鍾惺自作署為泰昌元年的〈詩論〉，觀此論之內容，應是以論代序，乃針對此次再評本刊行而作。序的不同，是辨別初、再評本的重要依據。

（二）評語的修正及補充

所謂「再取披一過，而趣以境生，情由日徙，已覺有異於前者」（〈詩論〉），「異於前者」的心得，反映在再評本評語的修正、補充、新增上。茲將初評本、再評本評語異同比較、介紹如下。

在對初評本原有評點的處置方面，再評本大多將初評本原有的評語原式保留。其例頗多，所見三色本中，凡作朱色的評語、圈點者，皆為初評本所有，三色本襲用。如以下四例，皆是初評本原式保存在再評本中之例。

1. 〈關雎〉朱色眉批：「看他『窈窕淑女』三章說四遍。」「左右流之」朱色旁批：「句法。」
2. 〈柏舟〉朱色眉批：「『如匪澣衣』，形容工妙，後人累言不盡，此只四字了了，古人文字簡奧如此。」
3. 〈車攻〉「蕭蕭馬鳴，悠悠旆旌，徒御不驚，大庖不盈」，朱色眉批：「『蕭蕭馬鳴』四語，粧點太平光景殆盡。」
4. 〈沔水〉朱色眉批：「『誰無父母』四字，詞微意苦，可思可涕。」

或有刪去朱色評語的情形，但大都不是出於對初評的否定，而是再評時

因有新意要補入，覺原評意有未盡，而以黛色新評加以修正、補充。修正幅度之大小，補充字數之多寡，則各有不同。如以下所舉〈葛覃〉、〈苤苢〉兩例，新評所增不多，而〈君子偕老〉、〈氓〉二詩，新評則補入了較多的評語。

1. 〈葛覃〉朱色眉批：「家常話乃爾風雅。」再評本刪去此條，改黛色題下批：「不外家常恭勤語，說來風雅。」
2. 〈苤苢〉朱色題下批：「不添一語。」再評本刪去，改黛色題下批：「此篇作者不添一事，讀者亦不添一言，斯得之矣。」
3. 〈卷耳〉朱色眉批：「篇法甚妙。」「不盈頃筐」朱色旁批：「虛象實境」。再評本刪去此二條，而仍採其意加以綜合，改用黛色在題下批：「此詩妙在誦全篇，章章不斷；誦一章，句句不斷；虛象實境，章法甚妙。」
4. 〈君子偕老〉朱色眉批：「後二章只反覆歎咏其美，更不補出不淑，古人文章含蓄映帶之妙。」再評本刪去，用黛色眉批擴充如下：

   後二章只反覆詠歎其美，更不補出不淑字義，固是古人文章含蓄映帶之妙。而一種傷心不忍言之事，作者自不欲說明，看「云如之何」四字，多少感歎在內，「猗嗟昌兮」一篇，立言之法亦如此。
5. 〈氓〉詩「匪我愆期，子無良媒，將子無怒，秋以爲期」句下，朱色初評：「子無良媒，謔之也。」評語簡略，再評本刪去，依然在句下以黛色再評：

   奔豈有媒乎？「子無良媒」，謔之也。非惟此句，并「將子無怒，秋以爲期」，亦是謔之之詞。蓋「抱布貿絲」此春時事也，此時已身許之矣，故又以此戲之，古今男女狎昵情詞，不甚相遠，但口齒醞藉，後人不解，遂認眞耳。

有時候對於初評的補充，並不以刪去舊評爲手段，而是另立一條黛色新評，仍保留原有的朱色評語，以新評來爲原評作註解、補充。如：

1. 〈凱風〉朱色題下批「立言最難，用心獨苦」。再評本另補黛色眉批以明何以「立言最難，用心獨苦」，云：「〈小弁〉，親之過大者也，然說得出；〈凱風〉，親之過小者，然說不出，所以立言蓋苦。」〔註15〕
2. 〈燕燕〉「下上其音」朱色旁批：「句法。」再評本另補黛色旁批：「音字從飛字看出，故曰下上，妙手。」據原評只知句法佳，卻不知鍾惺

〔註15〕鍾惺之論，本自《孟子‧告子篇》云：「〈凱風〉，親之過小者也；〈小弁〉，親之過大者也。」

何以賞此句。由於再評本點明，方知因上句言「燕燕于飛」，下句用
「下上」點出鳥鳴因飛翔時忽上忽下而不定，甚為貼切，此乃妙處所
在，讀者藉由再評的補充而知鍾惺嘉許此句之故。

又有一種情形是，原評只有朱色圈點符號，而無評語，讀者但知圈點之
處常意味著此詩之關鍵、主旨所在，或是意涵佳，或是描寫出色、句法字法
可取……，但在未有評語的情況之下，鍾惺所下圈點符號的用意、所指為何，
常使讀者難以掌握，再評本在這方面也做了部份的補充。如：

1. 〈日月〉「畜我不卒」句旁原只有朱色圈。再評本加上黛色評語：「語
　　痴得妙，婦人口角。」可明其畫圈之因，乃因此句詩的口吻，和詩中
　　婦人角色、情感契合無間。
2. 〈君子于役〉詩第一章初評作：

　　　　　　　　丶丶丶　　　○○○○　　　○○○○　　　○○○○
　　君子于役，不知其期曷至哉！雞棲于塒，日之夕矣，羊牛下來，
　　君子于役，如之何勿思。

初評只在「曷至哉」旁加「丶」及在「雞棲于塒」三句旁畫「○」，代表讚賞，
而其佳處為何，則未有評語說明。再評黛色眉批云：「著此一語，節奏妙哉○
無聊之極，物物相關。」藉此而知鍾惺賞此詩在四字句中，插入「曷至哉」
三字句，句子的長短參差，使節奏有了變化。而畫圈三句，則寫出了一個思
婦的心情，觸目所見諸物，皆能引發了思念遠人的情緒。

以上所引的再評，皆與初評略有相關，或修正、或加以補充，或予以點
明，將初、再兩評本對照，有助於對原評的理解，對於詩篇的賞析也大有裨
益。另外，再評本中有許多新增的評語，數量相當可觀，不亞於原評。

新增的評語，或短至一、二字，如以下數例：

1. 〈小星〉「三五在東」句，黛色旁批「像」。
2. 〈出車〉「僕夫況瘁」句，黛色旁批「妙」。
3. 〈碩鼠〉「三歲貫女」句，黛色旁批「妙語」。
4. 〈伐木〉「神之聽之」句，黛色旁批「怕人」。

亦有長篇大論者，如〈皇矣〉詩，再評不管是眉批、行批，皆增加了許
多的評語，其中一條黛色眉批云：

　　古公傳季歷以及文王，經史中無如此詩說得明備婉至，而立言甚妙，
　　不露嫌疑形迹，大要歸之天意，開口便言上帝、求民莫，作一篇主

> 意。〔中略〕……「帝謂文王」以後四章，詳言文王，以終古公上承天意，立季傳昌之意，周之王業機緣，決于此矣。

長達一百五十三字。又〈雄雉〉篇黛色題下批語云：

> 此不是夫婦泛常離別之詩，蓋其君子在外，而又或履憂患，其室家非惟思之，且憂之，〔中略〕……大抵古人作者所處時地不同，胸中各有緣故，雖不可穿鑿強解，然玩文察義，亦自可想見其一二，無千篇一律之理，讀漢魏人亦然。

此條更長達一百五十七字之多。由於圈點等符號常是配合著評語而施，再評本評語的補充、增改，圈點符號也必須隨之調整，僅舉以下數例，以窺一斑。

1. 〈泉水〉「毖彼泉水，亦流于淇」，黛色旁批：「亦字悲甚。」經文原無任何符號，再評在「亦」字旁畫上「○」。
2. 〈靜女〉「說懌女美」，黛色眉批：「四字簡妙，可該篇末二語之義。」篇末二語，指「匪女之為美，美人之貽」二句，原經文「說懌女美」句旁無任何符號，再評在旁畫上「○」。
3. 〈頍弁〉「庶幾說懌」，黛色眉批：「庶幾二字，最得情。」再評在此詩句旁加上「○」。同詩「樂酒今夕」黛色眉批：「四字悲。」經文在此句旁加上「丶」。

六、對舊說的檢討

以上幾節，對初評本間的出入，及初評、再評本間的不同做了討論、比較，本節主要在對以往關於鍾惺《詩經》評點版本的著錄和論述，加以檢討和商榷。

（一）關於初評本

除筆者前述九大本、國圖本、盧本等親見三種版本外，《續修四庫全書總目提要・經部》著錄了「批點詩經不分卷　明鍾惺　吳興凌氏刊朱墨本」一條，〔註 16〕因張壽林所撰提要中引及凌序，應為初評本，以其「不分卷」及朱墨二色套印，似與九大本、國圖本相近。

又，村山吉廣先生〈鍾伯敬《詩經鍾評》及其相關問題〉文中云：「筆者所見者有《鍾伯敬先生評點詩經》明刊二冊本（內閣文庫藏），但這書不載〈詩

〔註 16〕中國科學院圖書館整理：《續修四庫全書總目提要・經部》（北京：中華書局，1993 年 7 月），頁 321，下欄。

論〉，圈評也簡略。」〔註17〕村山先生所論是和再評本相較而言，此亦應是初評本。觀此內閣文庫藏本題作「鍾伯敬先生評點詩經」、分二冊，與筆者所見三種版本皆不同，因未曾寓目，其間的異同，暫且存而不論。但至此，最少已知初評本有四種版本了。

《中國古籍善本書目‧經部》「詩經四卷小序一卷　明鍾惺評點　明凌杜若刻朱墨套印本」一條，注明共有復旦大學等二十三處有藏本，雖歸爲一條，依本文前面所論盧本的情況，這二十三處歸爲一類的藏本疑不完全一致，至於是否有出於以上所論版本以外的，尚待考察。

（二）關於再評本

關於再評本，除筆者所見復旦三色本外，另有若干線索，以下一一討論。

1. 內閣文庫藏《詩經鍾評》三冊本

在村山先生〈鍾伯敬《詩經鍾評》及其相關問題〉一文中又提到有「稱鍾惺選的《詩經鍾評》一書」，是「內閣文庫所藏，有杞堂藏版，明泰昌元年序刊的三冊本」，卷首載有〈詩論〉，「它的特色是在詩的本文施加圈評」云云。對此書版本說明不甚清楚，但由其言「泰昌元年序刊」，又有〈詩論〉的特徵，且以村山先生文中所引的五條評語與初、再評本核對，或有不見於初評本者，然皆可見於復旦大學所藏的三色本中，〔註18〕可見《詩經鍾評》當爲再評本。

文中村山先生強調「《詩經鍾評》不是硃評」；在村山先生另一大作：〈竟陵派的詩經學——以鍾惺的評價爲中心〉中，亦註明了「《詩經鍾評》不是朱墨印本」，〔註19〕不是硃評、朱墨印本，那是否爲三色套印本呢？疑此本爲墨色單印，故未特別提及其用色。而此本與復旦三色本同爲再評本，但略有差異，卻是可確定的。

〔註17〕此文原載日本《詩經研究》第 6 號（1981 年 6 月），頁 1〜7。本文中所引參林慶彰先生譯文，載《中國文哲研究通訊》第 6 卷第 1 期（1996 年 3 月），頁 127〜134。

〔註18〕舉村山先生所引〈芣苢〉一條爲例：「此篇作者不添一事，讀者不添一言得之。」初評本無此條，但作：「不添一語。」復旦三色本作：「此篇作者不添一事，讀者亦不添一言，斯得之矣。」略有小異，原因除可能是徵引筆誤，亦有可能如不同的初評本彼此互有小異一樣，再評本間也略有出入，待考。

〔註19〕村山吉廣著，林慶彰譯：〈竟陵派的詩經學——以鍾惺的評價爲中心〉，《中國文哲研究通訊》第 5 卷第 1 期（1995 年 3 月），頁 79〜92。

2. 美國國會圖書館藏本

據王重民《中國善本書提要》著錄，美國國會圖書館藏有二本鍾惺《詩經》評點本，以二本卷首皆有署爲泰昌元年所作的〈詩論〉，故應同爲再評本。《提要》所云如下：〔註20〕

【詩經四卷小序一卷】　五冊（國會）

明凌氏朱墨印本〔八行十八字（20.8×13.6）〕

原題：「竟陵鍾惺伯敬父批點。」卷端有〈詩論〉，蓋即其自序，有云：「予世家受詩，暇日取《三百篇》正文流覽之，意有所得，間拈數語，〔中略〕……何不能新之有？」評語有硃黛兩色，殆以分別前後兩次評語之不同歟？美國有一本，卷內有「櫻倉氏藏書」，「武因之印」兩印記，武因日本人，卷內日讀，蓋即武因手加者。余見另一本，有凌濛初序及凌杜若跋，並言評本從燕中得之陳氏。杜若因壽諸棗梨，以公之知《詩》者。

自序〔泰昌元年（1620）〕

【詩經四卷】　四冊（國會）

明朱墨印本〔八行十八字（20.8×13.6）〕

原題：「竟陵鍾惺伯敬父批點。」按此本後印，且缺《小序》一卷。

自序〔泰昌元年（1620）〕

據以上引述，有幾點可以討論。

其一，「余見另一本，有凌濛初序及凌杜若跋，並言評本從燕中得之陳氏。杜若因壽諸棗梨，以公之知《詩》者。」此「另一本」有凌氏序、跋，當爲初評本，然「言評本從燕中得之陳氏」一語甚爲可疑，據筆者所見初評諸本前凌濛初〈序〉、凌杜若識所云，初評本爲凌濛初在燕中時鍾惺親授。〔註21〕不知王重民所見「另一本」是何種版本，亦不知是該序原爲如此，亦或是王氏筆誤。

其二，此本與復旦三色本雖同爲再評本，半葉八行，行十八字亦同，但一爲框高 20.9 公分，寬 14.8 公分；一爲框高 20.8 公分，寬 13.6 公分，除非

〔註20〕引自《中國善本書提要》（上海：上海古籍出版社，1982 年），頁 10。

〔註21〕凌濛初〈鍾伯敬批點《詩經》序〉云：「吾友鍾伯敬，以《詩》起家，在長安邸中，示余以所評本。」凌杜若識語云：「仲父初成自燕中歸，示余以鍾伯敬先生所評點《詩經》本，……因壽諸梨棗，以公之知《詩》者。」據此，則初評本爲鍾惺評畢交給凌濛初，凌濛初再轉交姪子凌杜若刊印而成。

是丈量、著錄有誤，否則應為不同的版刻。

其三，「詩經四卷小序一卷」條，王氏《提要》言：「評語有硃黛兩色，殆以分別前後兩次評語之不同歟？」硃、黛兩色乃是為了分別前後兩次的評語，在本文前面的論述中，已可肯定。此條王氏雖標識為「明凌氏朱墨印本」，但據「評語有硃黛兩色」一語，確實一點應說：此本為朱、黛、墨三色本。經筆者考察，王氏在《中國善本書提要》中，或有以朱墨本概言三色本的現象，〔註22〕因此所著錄的兩本再評本，除「詩經四卷小序一卷」確定為三色本外，「詩經四卷」亦有可能是以朱墨本概言三色本。

3. 明閔氏刊朱墨套印本「詩經評不分卷」

《續修四庫全書總目提要·經部》著錄了兩本鍾惺《詩經》評點本，一為前面已論述過的卷首附有凌氏序、識語的初評本，一本則為以下所討論的再評本。在倫明為此本所撰提要中，云：「首有〈詩論〉，謂詩活物也，說詩者不必皆有當於詩，而皆可以說詩。又謂解經者從極愚立想，而明者聽之，不可以其立想之處，遂認為究極之地云云。」〔註23〕引及〈詩論〉，故此應為再評本。

倫明所撰提要甚簡，對版本的介紹著墨亦少，以其「不分卷」，似近於復旦的三色本。然可尋思者有二：

其一，其為朱墨本或三色本？是否如同王重民般，或以朱墨本概言三色本？其二，再評本為閔氏刊或凌氏刊？凌、閔二氏皆以套印聞名，由於初評本有凌序，刊者明確，較無爭議。王重民《中國善本書提要》「詩經四卷小序一卷」條，定所見再評本為凌氏所刻，亦未詳論其故，見前所引王氏語云：「余見另一本，有凌濛初序及凌杜若跋」云云，恐亦因初評本為凌氏所刻推論而得。〔註24〕《中國古籍善本書目·經部》將中國社會科學院文學研究所、北

〔註22〕《中國善本書提要》對於以朱黛墨三色印刷者，或明白標識為「三色印本」，如該書頁 20〈春秋公羊傳〉條及頁 114〈戰國策〉條，皆著錄為「明閔氏三色印本」。然亦有雖三色印刷，但標識卻為「朱墨印本」之例，如：頁 40〈孟子〉條，提要中有「此本加黛為三色」語；頁 114〈國語〉條，有「用朱黛墨三色刷印」語，但皆著錄為「明朱墨印本」。〈詩經四卷小序一卷〉條，亦是其例，雖實為三色，但卻著錄為「朱墨印本」。又考頁 439「古詩歸十五卷唐詩歸」一條，著錄為「閔氏三色印本」，提要中亦言及硃色、黛色之分，但在考訂刊印年代時，卻有「非朱墨印書之年」語，似可據以上所述推論，王氏用「朱墨」的廣義定義，似涵蓋了「三色」在其中。

〔註23〕此條提要見《續修四庫全書總目提要·經部》，頁 321、322。

〔註24〕筆者的推論並非無據，王重民輯錄，袁同禮重校：《美國國會圖書館藏中國善

京故宮博物院圖書館、復旦大學圖書館等十一處收藏的三色本，歸爲「凌杜若刻三色套印本」。但筆者所見復旦再評三色本，卻未有明顯的證據足以說明何人所刻；鍾惺〈詩論〉但云初評本已刻於吳興，亦不言再評本囑託何人。而倫明以此爲閔氏刊，引發吾人思考另一種可能。

考閔氏曾以三色刊印了鍾、譚合選的《詩歸》，閔振業〈小引〉云：「去歲校讎《史抄》，習心未已，取鍾譚兩先生所評《詩歸》而讀之。」〔註25〕王重民以爲《史鈔》指刻成於泰昌元年的《史記鈔》，則《詩歸》印成，當又略晚於泰昌元年。〔註26〕

泰昌元年之際，鍾惺與閔氏的合作還不僅於以三色印《詩歸》而已，《中

本書目》（臺北：文海出版社，1972年6月），成書較早，著錄大抵與前引《中國善本書提要》相同。最大差異在於「詩經四卷小序一卷」條，《美國國會圖書館藏中國善本書目》原標識爲「明朱墨印本」，且無「余見另一本，有凌濛初序及凌杜若跋，並言評本從燕中得之陳氏。杜若因壽諸棗梨，以公之知《詩》者」一段，此段應爲續有發現後加。《中國善本書提要》補入此段後，並且據所得的新線索，將原「明朱墨印本」改爲「明凌氏朱墨印本」。

〔註25〕《國立中央圖書館善本序跋集錄‧集部》（六）（臺北：國立中央圖書館編印，1994年4月），頁198。

〔註26〕見《中國善本書提要》，頁439。又可參同書頁72〈史記鈔〉條，《史記鈔》爲明閔氏朱墨印本，茅坤選評，閔振業補輯。《史記鈔》卷首陳繼儒序，署泰昌元年，佐以正文所引閔振業之言，故王氏據以認爲《詩歸》卷首鍾、譚二序，所署萬曆四十五年爲選定之年，非印書之年。《詩歸》成書當在《史記鈔》成書——泰昌元年之後。陳廣宏：《鍾惺年譜》（上海：復旦大學出版社，1993年12月）亦採錄王氏說，云：「王重民《中國善本書提要》據閔振業序，以爲《詩歸》刻成當在泰昌元年之後。」（頁155）

按：王說有誤。《詩歸》閔氏三色本刻成於泰昌元年之後是可信的，但說《詩歸》至泰昌元年後才刻成則誤。其實在閔氏三色本前已另有初刻本流通，略舉數證：

一、《國家圖書館善本書志初稿‧集部》（三）（臺北：國家圖書館編印，1999年6月），頁391，有「古詩歸十五卷唐詩歸三十六卷二十四冊」條，署「萬曆四十五年刊本」。

二、《詩歸》閔氏三色套印本書前吳德興序云：「《古詩歸》凡十五卷，《唐詩歸》凡三十六卷，余友閔士隆所重校也。」〈凡例〉云：「鍾、譚原評舊本，不拘前後，俱用鍾云譚云。今鍾悉置前，用硃色；譚悉置後，用黛色，以觀覽，非敢有低昂也。」（引自《中國善本書提要》，頁439）「重校」、「原評舊本」云云，皆說明在閔本前已有其他刊本。

三、鍾惺萬曆四十五、四十六年左右所作〈與弟怤〉、〈與高孩之觀察〉、〈與井陘道朱無易兵備〉（參《鍾惺年譜》159、160、165）皆言及《詩歸》，〈與井陘道朱無易兵備〉信中更有「不肖以《詩歸》招尤」語，可見在此時《詩歸》已流傳於世。

國善本書提要》頁 520 又著錄了「東坡文選二十卷」一條，署「明閔氏朱墨印本」，姓氏頁題：「鍾惺伯敬評選，徐亮元亮、閔振業士隆、閔振聲襄子參閱。」又有署爲萬曆庚申（1620）的鍾惺序。〔註27〕

而據鍾惺〈詩論〉末署時爲「泰昌元年」，可知《詩經》再評本的刊印亦在泰昌元年或稍後，與《詩歸》三色本之刊印、《東坡文選》的出版時間重疊，則鍾惺《詩經》再評三色本與閔氏合作、由閔氏刊印也是非常有可能的。

在諸多三色本中，互有出入，或許亦有可能是由不同出版者刻印。在此僅提出以上的思考作爲線索，要下定論則有待更多的證據來判斷。在萬曆末葉至泰昌、天啓、崇禎年間，套印本大盛，吳興閔、凌二家族，尤爲最致力於套印者，版本學家指出，兩家居同邑、生同時，所刻之書版式、風格趨近，〔註28〕並且推論兩家從事套印的出版事業，有著既競爭、又合作的關係，相兼互探，〔註29〕如此一來，若無序跋、識語等充份的證據，要分辨孰爲閔氏所刊，孰爲凌氏所刊，實爲不易。然經以上的辨析，對於王重民、《中國古籍善本書目·經部》等的著錄，逕以三色本爲凌氏所刊，宜略持保留的態度。

（三）初、再評本綜合討論

在討論鍾惺《詩經》評點版本問題時，宜掌握初評、再評的特徵來談，

〔註27〕 鍾惺：〈東坡文選序〉，見上海古籍版《隱秀軒集》，頁 240～241。萬曆庚申——四十八年後，緊接著爲泰昌元年，二者皆爲西元 1620 年。

〔註28〕 傅增湘：〈涉園陶氏藏明季閔凌二家朱墨本書書後〉云凌氏與閔氏「居同邑，生同時，所刻之書格式亦相仿，第卷帙爲略儉」，《藏園群書題記》（上海：上海古籍出版社，1989 年），〈附錄二〉。頁 1102～1103。潘承弼、顧廷龍同纂：《明代版本圖錄初編》（臺北：文海出版社，1971 年 5 月），卷 10，言朱墨套印：「吳興望族閔氏、凌氏，其最著者也。……兩家居同里閈，風趣自近，所刻遂似。」戴南海：《版本學概論》（成都：巴蜀書社，1989 年 6 月），頁 107 處，稍論及閔、凌二家套印本的特色及版本的小異，但仍云：「閔、凌兩家的雕印，不僅版式一樣，紙墨顏色也大致相同，正文一律用仿宋印刷體，規格工整；評語、旁注用手寫體，也很悅目。如無序跋、識語，很難把凌刻、閔刻區分清楚。」

〔註29〕 屈萬里、昌彼得：《圖書板本學要略》（臺北：華岡出版公司，1976 年 4 月），頁 66 云：「蓋編纂之事，出於凌氏者爲多，而雕板之事，則皆屬閔氏也。」趙芹、戴南海：〈淺述明末浙江閔、凌二氏的刻書情況〉（《西北大學學報》1996 年第 1 期，頁 80～83）文中云：「閔、凌二家在 20 多年的共同事業中，相兼互采，風氣習染。……閔、凌二家不僅相互影響，互相競爭，而且合作甚密。閔家與凌家就曾合刻過套印本書，如朱、墨本《湘煙錄》16 卷，就是由閔元京與凌義渠共同刻印的。閔、凌二家處同時，居同邑，他們既互相獨立，又合作密切的關係由此可見一斑。」

方是入手處。李先耕〈鍾惺《詩》學著書考〉一文，據鍾惺〈詩論〉及王重民《中國善本書提要》著錄的二筆資料，做了以下的論述：

> 鍾惺評點至少有四個刻本：一、吳興初刻本。二、增刻新評本。三、凌氏朱墨五卷本。四、稍後之四卷本。不過前兩種他書似未著錄。

所論似未能切中問題重點、不夠確切。其文中所言第三、四兩種版本，乃指王重民書中著錄的美國國會圖書館藏「詩經四卷小序一卷」及「詩經四卷」二本，筆者前已論述兩本因卷端有〈詩論〉，皆為再評本，和李文中第二種「增刻新評本」原為一類，來源相同，都是再評本。李文言一、二種「他書似未著錄」，亦不符合事實，《續修四庫全書總目提要・經部》、《中國古籍善本書目・經部》等皆有著錄，即筆者前文再三提到的初評本、再評本之別。

張淑惠《鍾惺的詩經學》頁 107～109 論及鍾惺《詩經》評點版本，部份推論亦有待商榷。張淑惠分列以下四種版本，並簡稱為甲、乙、丙、丁本以便論述：

一、臺灣國家圖書館藏本：甲本
二、日本九州大學藏本：乙本
三、美國國會圖書館藏「詩經四卷」本：丙本
四、美國國會圖書館藏「詩經四卷小序一卷」本：丁本

甲、乙二本為其所親見，丙、丁本則本自王重民所著錄。有待商榷者如下：

1. 張文云：「丁本是四者當中唯一評語有硃、黛兩色者，甲、乙、丙在評語上僅見硃色，故不同於其他三種套印本。」（頁 109）

   按：丙本王重民雖標朱墨印本，但因有〈詩論〉為再評本，本文在先前已道及王氏有以朱墨本概言三色本的現象，故丙本疑與丁本一樣，雖言朱墨本，但有可能是三色本，須存疑。

2. 張文云：「丁本是唯收錄〈詩論〉一文者，餘皆不見鍾惺自序。」〔註30〕又接續言「丙本有〈詩論〉，無《小序》」（頁 109），所言前後矛盾，實則王氏所著錄的二本美國國會圖書館藏本（即丙、丁本），卷端皆有〈詩論〉（即鍾惺自序）。

3. 張文云：「丁本有《詩經・大序》、凌濛初〈序〉、凌杜若〈刊序〉，無《小序》，亦未有〈詩論〉。」（頁 109）

   按：「丁本」為再評本，有〈詩論〉而無凌〈序〉等，張文所述與丁本

〔註30〕引文「唯收錄」應作「唯一收錄」，張文原脫漏「一」字。

不合，「丁本」應爲「甲本」（即國圖本）之誤。〔註31〕

4. 張文云：「又甲本乙本，在批評語句略有出入，然差異不大，當非如丁本爲前、後兩次評。」（頁109）

按：凡再評本，皆有前後兩次評語者，故不獨丁本，丙本亦有前後兩次評語。

七、結　語

本文以上論述，先介紹所見的三種初評本，並將三本作比較，釐清初評本的問題。再探究復旦所藏的再評三色本，並比較再評本與初評本之異。由於再評本補充原評、新添的評語極多，以往的研究者，大都僅據初評本來討論鍾惺的《詩經》學，實僅運用了約三分之一左右的材料，十分可惜。

此外，在本論文中，對於以往關於鍾評《詩經》版本的著錄、論述文字，也做了些說明、補充、澄清或修正。雖因所見有限、學力不足等緣故，有時僅止於提出問題，無法解答；有時亦只能在有限的證據中下推測之詞，但希望在版本問題的探討上，略有棉薄之助益。

據本文所論，鍾惺《詩經》評點的版本決非僅止於李文、張文所列的四種，不管是初評、再評本，皆多次被刻版印行，簡列如下：

（一）初評本

1. 日本九州大學藏朱墨本
2. 臺灣國家圖書館藏朱墨本
3. 上海復旦大學所藏盧之頤三卷單色刻本
4. 日本內閣文庫藏《鍾伯敬先生評點詩經》二冊本

以上四種初評本，確知其不同，而《續修四庫全書總目提要・經部》著錄的吳興凌氏刊朱墨本「批點詩經不分卷」，不知是否與另二本朱墨本有否異同，姑且保留。

（二）再評本

1. 上海復旦大學所藏不分卷三色本
2. 日本內閣文庫藏《詩經鍾評》三冊本（非朱墨本）
3. 美國國會圖書館藏「詩經四卷小序一卷」三色本

〔註31〕按：除此之外，該書頁111論及版本時，亦有甲乙丙丁諸本嚴重混亂的情形，使讀者閱讀時，淆亂不已。

4. 美國國會圖書館藏「詩經四卷」朱墨本（或三色本）

除以上四種再評本，《續修四庫全書總目提要・經部》著錄的明閔氏刊朱墨套印本「詩經評不分卷」，不知是否與復旦所藏不分卷三色本相同，亦姑且保留。

（三）其　它

1. 《中國古籍善本書目・經部》著錄了鍾評「詩經四卷」一條，為「明末刻本」，湖北省圖書館收藏。盧之頤初評本雖為單色，但只三卷；此四卷的單色刻本，不知為初評或再評本，然與前述初評、再評的八種版本皆不同。

2. 《中國歷代藝文總志・經部》〔註32〕有「詩經評不分卷」條，云：「明鍾惺評點（續四庫）。按今又傳有清刊本，四卷。」「詩經評不分卷」條，參前所言《續修四庫全書總目提要・經部》中倫明所撰「閔氏刊朱墨套印本」之提要。而「清刊本，四卷」語，疑此乃本自《靜嘉堂文庫籍分類目錄》所載：「《詩經鍾評》四卷　明鍾惺撰　清刊」。〔註33〕前引村山先生文中論及內閣文庫藏《詩經鍾評》一書，但言「泰昌元年序刊的三冊本」，不知是否亦為四卷，與此本的異同如何，待考。

綜合以上所述，鍾評《詩經》的初、再評本，至少有八、九種以上。若再全面考察、比較《中國古籍善本書目・經部》標識為「明凌杜若刻朱墨套印本」的二十三處藏本及標識為「凌杜若刻三色套印本」的十一處藏本，說不定又有出於筆者所論之外者。

而由鍾評《詩經》版本之眾、傳世數量之多，亦可窺知此書當年風靡的情形。並了解到明末清初錢謙益、顧炎武，乃至《四庫全書總目》，在詆斥評經時，總不免以鍾惺為罪魁禍首之故。傳本多、影響大，殆為主要的原因之一。

後記：筆者為探究鍾惺《詩經》評點的版本問題，曾於 1999 年 8 月赴上海查閱古籍，承蒙復旦大學中文系王水照教授及復旦大學圖書館吳格教授、王秀蘭小姐給予筆者許多的協助，謹致謝忱。

按：本文原載：《經學研究論叢》第十一輯（臺北：臺灣學生書局，2003年 6 月），頁 173～194。

〔註32〕《中國歷代藝文總志・經部》（臺北：國立中央圖書館編印，1984 年 11 月）。

〔註33〕靜嘉堂文庫編纂：《靜嘉堂文庫籍分類目錄》（臺北：大立出版社，1980 年 6 月），頁 52。

附錄三：陳繼揆《讀風臆補》引戴君恩《讀風臆評》原文的校勘

〈校勘說明〉

一、本校勘是爲了考察《讀風臆補》是否如實地保存了《讀風臆評》的批評，故以陳繼揆輯補《讀風臆補》（清光緒六年刊本）爲底本，對校戴君恩《讀風臆評》（明萬曆四十八年閔齊伋朱墨套印本）。

二、圈評符號瑣碎，且或爲陳氏有意改易，故以下校勘以文字爲主。

三、簡俗字兩本皆經常使用，如「于／於」「淡／澹」「托／託」「詞／辭」「游／遊」「箇／個」「間／閒」「飢／饑」「詞／辭」……等，古書中本可互通，不煩一一交代。

四、《讀風臆補》、《讀風臆評》，雖《續修四庫全書》第 58 冊、《四庫全書存目叢書》第 61 冊，皆有影印收錄。然原本眉批、旁批處，字體本小，加上縮印，或已模糊難辨。因此，筆者曾於 1999 年 8 月赴上海復旦大學圖書館查核原本，感謝中文系王水照教授、圖書館吳格教授和王秀蘭小姐給予筆者許多的協助，謹致謝忱。

〈讀風臆評原敘〉

頁　碼	《臆補》改作	《臆評》原作
頁 1 右	讀風臆評原敘	讀風臆評自敘
頁 1 右	消此清畫	銷此清畫
頁 1 右	哦之唫之	哦之咏之

頁1右	此非天地自然之籟	此非夫天地自然之籟
頁1右	醞涵鬱勃而謌歈形焉	醞涵鬱浡而歈歌形焉
頁1左	何乎哉	何哉乎
頁1左	譬如臧獲	譬臧獲
頁1左	傳習維謹	傳習惟謹
頁1左	時入溟涬	時入冥涬
頁1左	而語之曰	而語曰
頁2右	泠然善也	冷然善也
頁2右	萬歷戊午	萬曆戊午

卷一　周南

頁　碼	《臆補》改作	《臆評》原作
頁1左	局陣絕妙	局陣妙絕
頁3右	「害澣害否」原有旁批「又奇」二字，陳本缺。	
頁3右	空中搆想	空中搆相
頁3左	浣洗煩撋	澣洗煩撋
頁4右	裊裊城邊柳	如裊裊城邊柳
頁4右	提籠忘采葉	提籠忘采桑
頁4右	亦猶是〈卷耳〉四句意耳	亦猶〈卷耳〉四句意耳
頁4左	「孰當擅場」後，原有一段批語：「無端轉入登高，不必有其事，不必有其理，奇極妙極，是三唐人所不敢道。」陳本缺。	
頁6右	自是螽斯寫生妙手	自是螽斯寫生手，古人下字之妙如此。
頁7右	亦自有眼	亦自具眼
頁7右	詩故雄偉奇崛	詩故雄偉稱題
頁7左	通體言樂	通篇言樂
頁9右	四句來	四句
頁10右	作詩精神全在此	作詩精神卻全在此
頁10左	愛戴瞻依之思	瞻依愛戴之意

卷二 召南

頁　碼	《臆補》改作	《臆評》原作
頁 2 左	末句	末二句
頁 2 左	此恰先敘事	此卻先敘事
頁 3 右	佛頭著糞矣	著糞佛頭矣
頁 3 左	四語	四句
頁 4 右	銜鉤而出	唧鉤而出
頁 5 右	「自覺諫書稀」也	「自覺諫書稀」意也
頁 5 右	見佗節儉	見他節儉
頁 6 左	三句起一句耳	三句引起語耳

卷三 邶風

頁　碼	《臆補》改作	《臆評》原作
頁 3 左	〈燕燕〉末行上原有眉批「更自成泣矣」，陳本缺。	
頁 4 右	身弒國危	子弒國危
頁 5 左	〈終風〉倒二行上原有眉批「可謂厚之至」，陳本缺。	
頁 6 右	心慵意懶之態	心慵意嬾之象
頁 7 右	「棘心夭夭」原有旁點、及旁批「奇語」；陳本無點，「奇語」誤置於上句「吹彼棘心」處。	
頁 7 右	通體	通篇
頁 7 右	號泣□天	號泣旻天
頁 8 右	藻麗繽紛	麗藻繽紛
頁 10 左	眉批「慷慨激昂中，有中夜起舞之意」，爲戴氏原評，陳本誤降一格排列；「慷慨激昂中」原作「慷慨激昂」。	
頁 10 左	〈式微〉後原有戴氏尾評：「英雄之氣，忠藎之謨。」陳本缺。	
頁 11 左	旁若無人	傍若無人
頁 12 左	幻境中又生一幻境	幻境中又復生一幻境
頁 12 左	認做	認作
頁 13 右	〈泉水〉原有尾評：「趣極奇極，一部莊子。」陳本缺。	

卷四　鄘風

頁　　碼	《臆補》改作	《臆評》原作
頁2右	承此描寫也	承此描寫之也
頁4右	想像	想象
頁5右	籩豆	邊豆
頁5右	「卜云其吉」原有旁批「總上二段」，陳本缺。	
頁5右	忽掉入馬政，大奇	末掉一語，忽入馬政，大奇
頁5右	計量之遠	計畫之遠
頁5左	「各極妙境」下原接「細玩之，詩文另長一格」，陳本缺。	
頁5左	〈蝃蝀〉首行上原有眉評：「說個遠父母兄弟，便有信與命在。」陳本缺。	
頁5左	此恰怒罵	此卻怒罵
頁6右	晨鐘	晨鍾
頁8右	涉邱行野	蹗丘行野
頁8右	「以英邁勝」下原有「各自擅場」，陳本缺。	

卷五　衛風

頁　　碼	《臆補》改作	《臆評》原作
頁2右	下兩句	下二句
頁2右	細讀一過	細讀此詩一過
頁2左	并其性情畫出	并其情態畫出
頁3左	〈碩人〉原有戴氏尾評「藻麗」，陳本缺。	
頁4左	文勢來得極遠	文埶來得極遠
頁4左	著此二段，境更活	著此一段，覺境更活
頁4左	此景大是凄楚	此景大自凄楚
頁5右	「反是不思」旁批原作「悔極、恨極」，陳本缺「悔極」。	
頁7右	「容兮遂兮」原有旁批「全在言表」，陳本缺。	
頁7右	若直作刺童子	若直作刺童子看

卷六　王風

頁　碼	《臆補》改作	《臆評》原作
頁1右	〈黍離〉第二行上原有眉批「著此四語，愈覺深情」，陳本缺。	
頁1右	須會無限深情	須會他無限深情
頁2左	〈君子于役〉末行上原有眉批「情愈篤至矣」，陳本缺。	
頁3左	俱下得有精神	都下得有精神
頁4右	實意	實應
頁4左	〈兔爰〉原有二段眉批：「掉尾四字寫迫蹙之意極盡」、「百羅、百憂，都從有為、有造而生」，陳本俱缺。	
頁5右	令人噴飯	令人飯噴

卷七　鄭風

頁　碼	《臆補》改作	《臆評》原作
頁1右	還字轉折極妙	還字轉接極妙
頁1左	「跌一句妙」原為戴氏眉批，陳本移為旁批。	
頁2右	複說二句	復說二語
頁3左	金鍼密度	金針密度
頁3左	淮陰將兵	淮陰用兵
頁4右	駟介句	駟介二句
頁4右	兵，凶器也	兵，凶事也。
頁5左	全在起四句	全在此四句
頁7右	〈狡童〉原有眉評「黯然銷魂」，陳本缺。	
頁7左	勿如註看	勿如註解
頁11右	「女曰觀乎」原有旁批「妙絕」，陳本缺。	
頁11左	使人賞玩不已	使人玩賞不已
頁11左	巧奪天孫	巧織天孫

卷八　齊風

頁　碼	《臆補》改作	《臆評》原作
頁1右	「會且歸矣」原有旁批「大奇」，陳本缺。	
頁1左	奕奕有神	爽爽神動
頁4左	亦是不同	亦自不同
頁5左	兩相呼應	兩相呼吸

卷九　魏風

頁　碼	《臆補》改作	《臆評》原作
頁2右	〈園有桃〉第二行「心之憂矣」，原有旁批「複一句，益見其憂」，陳本缺。	
頁2右	〈園有桃〉第三行「其誰知之」，原有旁批「疊一句，又妙」，陳本缺。	
頁4左	摹擬想像，設此二段	摹擬想像，說此二段
頁4左	著此句更便泠然	著此句更泠然
頁5右	無迹可尋	無跡可求
頁5左	即反上無食黍之害	只反上無食黍之害

卷十　唐風

頁　碼	《臆補》改作	《臆評》原作
頁1右	倒翻絕妙	倒翻絕佳
頁1右	突一句覺精神震動	突一句精神振動
頁1左	景象大是迫促	境象大是迫蹙
頁2右	兩「且以」	兩「且以」字
頁3左	深心哉	深心哉深心哉
頁3左	眉批「則已告人矣」後有「妙絕」二字，陳本缺。	
頁4左	淡淡語卻無限情境	淡淡語卻自無限情境
頁5右	眉批「豈無它人句，不堪卒讀」，非戴評，宜低一格。	
頁5左	眉批「居居、究究，字法極新」，非戴評，宜低一格。	
頁6右	有所、有極、有嘗	有所、有極、有常

卷十一　秦風

頁　碼	《臆補》改作	《臆評》原作
頁3左	詩人感時撫景	詩人蓋感時撫景
頁4右	牢騷抑鬱	牢騷邑鬱
頁4右	宛轉數言	婉轉數言
頁5左	「非獨惜三良也正責康公也」，應另起一行。陳本誤接於「千古遺恨」後。	
頁7右	語自慷慨	語故慷慨
頁7左	寥寥數言	寥落數言

卷十二　陳風

頁　碼	《臆補》改作	《臆評》原作
頁1右	〈宛丘〉第二行「無冬無夏」原有旁批「怪之之辭」，陳本缺。	
頁4左	豈無終夕會	豈無終日會
頁5右	又一變調	又變一調
頁5右	容人著議	容人著擬

卷十三　檜風

頁　碼	《臆補》改作	《臆評》原作
頁2右	「夭之沃沃」四字可想	「夭之沃沃」四字亦可思

卷十四曹風

頁　碼	《臆補》改作	《臆評》原作
頁2右	均承上章而詠歎之	俱承上章而咏歎之
頁2左	曹之不競	曹之不兢

卷十五　豳風

頁　碼	《臆補》改作	《臆評》原作
頁3右	文格極妙	文格妙甚
頁3右	眉批「『恩斯』二語根『既取我子』來，以下皆『無毀我室』意也」，陳本改為旁批，「根」作「跟」。	
頁3右	正是「徹彼桑土」事	正「徹彼桑土」事
頁3左	有操縱有頓挫	有操縱頓挫
頁4右	情景無窮矣	情境無窮矣
頁4左	轉接恰無痕迹	轉接卻無痕跡
頁4左	眉批「此人情最繫戀者，故摩寫獨至」，陳本改為旁批。	
頁4左	〈東山〉原有眉批「點綴如畫」，陳本缺。	
頁5右	脈理恰分兩枝	脈理卻分兩枝
頁5右	是「我征聿至」光景	是「我征聿至」後光景
頁5右	更露傖父面孔	便露傖父面孔
頁7左	何等安慰	何等慰安

參考書目

說　明

一、論文寫作過程所參考的書籍甚多，本書目所錄以徵引書目為主，其它相關參考資料，但撮其要。

二、本書目依經、史、子、集四部法分類，每大類之下，再斟酌情形分類。

三、民國以前的古籍，大都依作者年代先後為次。民國以後的著作，依出版時間先後為次，出版年統一用西元紀年。

壹、經　部

一、《詩經》類

（一）古人專著（民國以前）

1. 〔漢〕毛亨傳，〔漢〕鄭玄箋，〔唐〕孔穎達等注疏：《毛詩注疏》（臺北：藝文印書館，1989年1月影印清嘉慶二十年〔1815〕江西南昌府學刻本）。

2. 〔唐〕成伯璵：《毛詩指說》（《景印文淵閣四庫全書》本）。

3. 〔宋〕朱熹：《詩集傳》（臺北：臺灣中華書局，1991年3月）。

4. 〔明〕李先芳：《讀詩私記》（《景印文淵閣四庫全書》本）。

5. 〔明〕孫鑛：《孫月峰批評詩經》（《四庫全書存目叢書》經部第150冊，影印明末天益山刻本）。

6. 〔明〕姚舜牧：《重訂詩經疑問》（《景印文淵閣四庫全書》本）。

7. 〔明〕徐光啟：《新刻徐玄扈先生纂輯毛詩六帖講意》（《四庫全書存目叢書》經部第64冊，影印明萬曆四十五年〔1617〕金陵書林廣慶堂唐振吾

刻本）。

8. 〔明〕沈守正：《詩經說通》（《四庫全書存目叢書》經部第 64 冊，影印明萬曆四十三年〔1615〕刻本）。

9. 〔明〕鍾惺評點：《詩經》（明萬曆末年凌杜若刻朱墨本、明泰昌元年〔1620〕刻三色本、明天啟年間盧之頤谿香書屋刻本）。

10. 〔明〕戴君恩：《讀風臆評》（《四庫全書存目叢書》經部第 61 冊，影印明萬曆四十八年〔1612〕閔齊伋刻本）。

11. 〔明〕凌濛初：《詩逆》（《四庫全書存目叢書》經部第 66 冊，影印明天啟二年〔1622〕刻本）。

12. 〔明〕凌濛初：《言詩翼》（《四庫全書存目叢書》經部第 66 冊，影印明崇禎刻本）。

13. 〔明〕張元芳：《毛詩振雅》（明天啟年間刊本）。

14. 〔明〕黃道周：《詩經琅玕》（明末人瑞堂刊本）。

15. 〔明〕馮元颺、馮元飆：《詩經狐白》（明天啟三年〔1613〕躍劍山房刊本）。

16. 〔明〕陸化熙：《詩通》（《四庫全書存目叢書》第 65 冊，影印明書林李少泉刻本）。

17. 〔明〕張次仲：《待軒詩記》（《景印文淵閣四庫全書》本）。

18. 〔明〕萬時華：《詩經偶箋》（《續修四庫全書》經部第 61 冊，影印明崇禎六年〔1633〕李泰刻本）。

19. 〔明〕陳組綬：《詩經副墨》（《四庫全書存目叢書》經部第 71 冊，影印明末光啟堂刻本）。

20. 〔明〕韋調鼎：《詩經備考》（《四庫全書存目叢書》經部第 67 冊，影印明崇禎十四年〔1641〕刻本）。

21. 〔明〕朱朝瑛：《讀詩略記》（《景印文淵閣四庫全書》本）。

22. 〔明〕賀貽孫：《詩觸》（《續修四庫全書》經部第 61 冊，影印清咸豐二年〔1852〕敇書樓刻本）。

23. 〔清〕姚際恆著，顧頡剛點校：《詩經通論》（臺北：中央研究院中國文哲研究所，1994 年 6 月）。

24. 〔清〕高儕鶴：《詩經圖譜慧解》（臺北：文海出版社影印清康熙四十六年〔1707〕著者第三次手稿本）。

25. 〔清〕崔述：《讀風偶識》（臺北：學海出版社，1979 年 3 月）。

26. 〔清〕郝懿行、王照圓：《詩說》（清光緒八年〔1882〕東路廳署刊本）。

27. 〔清〕方玉潤著，李先耕點校：《詩經原始》（北京：中華書局，1986 年 12 月）。

28. 〔清〕魏源著，何慎怡點校：《詩古微》（長沙：嶽麓書社，1989 年 12 月）。

29. 〔清〕陳僅：《詩誦》（臺北：國防研究院、中華大典編印會，1966 年 10 月影印張壽鏞約園刻《四明叢書》第一集）。

30. 〔清〕陳繼揆：《讀風臆補》（《續修四庫全書》經部第 58 冊，影印清光緒六年〔1880〕拜經館刻本）。

31. 〔清〕龔橙：《詩本誼》（臺北：新文豐出版公司，1989 年《叢書集成續編》第 108 冊，影印《半厂叢書》本）。

（二）今人編著（民國以後）

1. 專 著

1. 朱自清：《詩名著箋》，收入於《朱自清古典文學專集・續編》（臺北：源流文化事業公司，1982 年 9 月），頁 67～214。

2. 林慶彰編：《詩經研究論集》（一）（臺北：臺灣學生書局，1987 年 7 月）。

3. 林慶彰編：《詩經研究論集》（二）（臺北：臺灣學生書局，1987 年 9 月）。

4. 糜文開、裴普賢：《詩經欣賞與研究（改編版）》（臺北：三民書局，1987 年 11 月）。

5. 李家樹：《詩經的歷史公案》（臺北：大安出版社，1990 年 11 月）。

6. 蔡守湘、江風主編：《歷代詩話論詩經楚辭》（武漢：武漢出版社，1991 年 6 月）。

7. 林葉連：《中國歷代詩經學》（臺北：臺灣學生書局，1993 年 3 月）。

8. 夏傳才：《詩經研究史概要》（臺北：萬卷樓圖書有限公司，1993 年 7 月）。

9. 傅麗英：《明代詩經學》（北京：語文出版社，1996 年 8 月）。

10. 楊晉龍：《明代詩經學研究》（臺北：臺灣大學中國文學研究所博士論文，1997 年 6 月）。

11. 中國詩經學會編：《第三屆詩經國際學術研討會論文集》（香港：天馬圖書有限公司，1998 年 6 月）。

12. 劉毓慶：《從經學到文學——明代詩經學史論》（北京：北京大學中國文學研究所博士論文，1999 年 4 月）。

13. 張淑惠：《鍾惺的詩經學》（臺北：東吳大學中國文學研究所碩士論文，2000 年 6 月）。

14. 蕭開元：《晚明學者的詩序觀》（臺北：東吳大學中國文學研究所碩士論文，2000 年 6 月）。

15. 中國詩經學會編：《第四屆詩經國際學術研討會論文集》（北京：學苑出版社，2000 年 7 月）。

16. 趙明媛：《姚際恆詩經通論研究》（中壢：中央大學中國文學研究所博士論

文，2000 年 12 月）。

17. 戴維：《詩經研究史》（長沙：湖南教育出版社，2001 年 9 月）。

18. 洪湛侯：《詩經學史》（北京：中華書局，2002 年 5 月）。

19. 劉毓慶：《歷代詩經著述考（先秦——元代）》（北京：中華書局，2002 年 5 月）。

2. 單篇論文

1. 加藤實：〈鍾惺「詩論」譯解〉，《詩經研究》第 6 號（1981 年 6 月），頁 8 ～12。

2. 李先耕：〈談方玉潤的《詩經》研究〉，《求是學刊》1987 年第 1 期，頁 62 ～72 轉頁 53。

3. 蕭華榮：〈補詩，刪詩，評詩——《詩經》接受史上的三個異端〉，《華東師範大學學報》1988 年第 6 期，頁 47～52。

4. 江口尚純：〈唐代《詩經》學史考略〉，《中國古典研究》（日本）第 35 號（1990 年 12 月），頁 22～34。

5. 村山吉廣著，林慶彰譯：〈崔述《讀風偶識》的側面——和戴君恩《讀風臆評》的關係〉，《中國文哲研究通訊》第 5 卷第 2 期（1995 年 6 月），頁 134～144。

6. 游適宏：〈就「詩」論《詩》：晚明《詩經》評點的興起及其性質〉，《道南文學》第 12 輯（臺北：國立政治大學中文系，1993 年 12 月），頁 321～347。

7. 侯美珍：〈成伯璵《毛詩指說》研究〉，《經學研究論叢》第一輯（桃園：聖環圖書公司，1994 年 4 月），頁 43～66。

8. 申潔玲：〈《詩經》經學闡釋體系的形成〉，《東方叢刊》1994 年第 1 輯，頁 1～16。

9. 申潔玲：〈《詩經》闡釋從經學向文學的轉型〉，《東方叢刊》1994 年第 2 輯，頁 79～94。

10. 村山吉廣著，林慶彰譯：〈竟陵派的《詩經》學——以鍾惺的評價為中心〉，《中國文哲研究通訊》第 5 卷第 1 期（1995 年 3 月），頁 79～92。

11. 村山吉廣著，林慶彰譯：〈崔述《讀風偶識》的側面——和戴君恩《讀風臆評》的關係〉，《中國文哲研究通訊》第 5 卷第 2 期（1995 年 6 月），頁 134～144。

12. 村山吉廣著，傅麗英譯：〈竟陵派的《詩經》學——兼談對鍾惺的評價〉，《河北學刊》1996 年第 1 期，頁 54～59。

13. 村山吉廣著、林慶彰譯：〈鍾伯敬《詩經鍾評》及其相關問題〉，《中國文哲研究通訊》第 6 卷第 1 期（1996 年 3 月），頁 127～134。

14. 蔣秋華：〈從《好古堂書目》看姚際恆的《詩經》研究〉，《經學研究論叢》第四輯（臺北：聖環圖書公司，1996 年 4 月），頁 223～242。

15. 村山吉廣：〈戴君恩《讀風臆評》與陳繼揆《讀風臆補》比較研究〉，收入於林慶彰、蔣秋華主編：《明代經學國際研討會論文集》（臺北：中央研究院中國文哲研究所籌備處，1996 年 6 月），頁 347～372。

16. 村山吉廣：〈戴君恩《讀風臆評》初探〉，收入於中國詩經學會編：《第二屆詩經國際學術研討會論文集》（北京：語文出版社，1996 年 8 月），頁 469～483。

17. 費振剛、葉愛民：〈賀貽孫《詩觸》研究〉，收入於《第二屆詩經國際學術研討會論文集》，頁 453～468。

18. 李先耕：〈鍾惺《詩》學著書考〉，《詩經研究》第 21 號（1997 年 2 月），頁 1～4。

19. 陳文采：〈鍾惺《批點詩經》析論〉，《臺南女子技術學院學報》第 17 期（1998 年 6 月），頁 15～25。

20. 劉毓慶：〈論詩文評點及詩話發展對明代《詩》學轉向的影響〉，《經學研究論叢》第七輯（臺北：臺灣學生書局，1999 年 9 月），頁 175～186。

21. 楊晉龍：〈論《四庫全書總目》對明代《詩經》學的評價〉，收入於中國詩經學會編：《第四屆詩經國際學術研討會論文集》（北京：學苑出版社，2000 年 7 月），頁 441～477。

22. 劉毓慶：〈陽明心學與明代《詩經》研究〉，《齊魯學刊》2000 年第 5 期，頁 52～57。。

23. 劉毓慶：〈論徐光啟《詩》學及其貢獻〉，《北方論叢》2001 年第 2 期，頁 71～77。

24. 劉毓慶：〈從朱熹到徐常吉：《詩經》文學研究軌跡探尋〉，《西北師大學報》2001 年第 2 期，頁 1～5。

25. 劉毓慶：〈鍾惺《詩》學略論〉，《山西大學學報》2001 年第 5 期，頁 43～48。

26. 龍向洋：〈簡論孫鑛的《詩經》評點〉，《江西社會科學》2002 年第 2 期，頁 11～13。

27. 侯美珍：〈鍾惺《詩經》評點性質析論〉，《中國古典文學研究》第 7 期（2002 年 6 月），頁 67～94。

28. 侯美珍：〈鍾惺《詩經》評點成書時間考——辨證《鍾惺年譜》一誤〉，《經學研究論叢》第十輯（臺北：臺灣學生書局，2002 年 3 月），頁 75～84。

29. 侯美珍：〈鍾惺《詩經》評點的版本問題〉，《經學研究論叢》第十一輯（臺北：臺灣學生書局，2002 年 6 月），頁 173～194。

二、其他經學類

（一）古人專著（民國以前）

1. 〔唐〕孔穎達等：《十三經注疏》（臺北：藝文印書館，1989 年 1 月影印清嘉慶二十年〔1815〕江西南昌府學刻本）。

2. 〔宋〕朱熹：《四書集注》（臺北：漢京文化事業公司，1987 年 10 月）。

3. 〔宋〕林堯叟：《音註全文春秋括例始末左傳句讀直解》（《續修四庫全書》經部第 118 冊，影印元刻明修本）。

4. 〔明〕孫鑛：《孫月峰批評書經》、《批評禮記》（《四庫全書存目叢書》經部第 150 冊，影印明末天益山刻本）。

5. 〔明〕陳第：《尚書疏衍》（《景印文淵閣四庫全書》本）。

6. 〔明〕鍾惺評：《鍾伯敬評公羊穀梁二傳》（明崇禎九年〔1636〕陶珽刻本）。

7. 〔明〕楊文彩：《楊子書繹》（《四庫全書存目叢書》經部第 55 冊，影印清光緒二年〔1876〕文起堂重刻本）。

8. 〔清〕汪有光：《標孟》（《續修四庫全書》經部第 157 冊，影印清康熙刻本）。

9. 〔清〕汪有光：《批檀弓》（清光緒十三年〔1887〕刊本）。

10. 〔清〕姚際恆著，陳祖武點校：《儀禮通論》（北京：中國社會科學出版社，1998 年 10 月）。

11. 〔清〕戴名世著，〔清〕程逢儀輯：《四書朱子大全》（《四庫禁燬書叢刊》經部第 9 冊，影印清康熙四十七年〔1708〕程逢儀刊本）。

12. 〔清〕王源：《左傳評》（《四庫全書存目叢書》經部第 139 冊，影印清康熙居業堂刻本）。

13. 〔清〕馮李驊、陸浩：《左繡》（《四庫全書存目叢書》經部第 141 冊，影印清康熙五十九年〔1720〕刻本）。

14. 〔清〕孫濩孫：《檀弓論文》（《四庫全書存目叢書》經部第 102 冊，影印清康熙刻本）。

15. 〔清〕王澍：《大學中庸本義》（《四庫全書存目叢書》經部第 173 冊，影印清乾隆二年〔1737〕刻積書巖六種本）。

16. 〔清〕周人麒：《孟子讀法附記》（北京：北京出版社，2000 年 1 月，《四庫未收書輯刊》第肆輯影印清乾隆四十九年〔1784〕保積堂刻本）。

17. 〔清〕康濬：《孟子文說》（《續修四庫全書》經部第 158 冊，影印清嘉慶九年〔1804〕刻本）。

18. 〔清〕皮錫瑞：《經學歷史》（臺北：藝文印書館，1987 年 10 月）。

19. 〔清〕林紓:《左傳擷華》(高雄:復文圖書出版社,1981 年 10 月)。

(二) **今人編著**(民國以後)

1. 程元敏:《王柏之生平與學術》(自印本,1975 年 12 月)。

2. 張高評:《左傳之文學價值》(臺北:文史哲出版社,1990 年 8 月)。

3. 國立中央圖書館編:《國立中央圖書館善本序跋集錄‧經部》(臺北:國立中央圖書館編印,1992 年 6 月)。

4. 林慶彰編:《中國經學史論文選集》(臺北:文史哲出版社,1993 年 3 月)。

5. 林慶彰:《明代經學研究論集》(臺北:文史哲出版社,1994 年 5 月)。

6. 林慶彰、蔣秋華主編:《明代經學國際研討會文集》(臺北:中央研究院中國文哲研究所,1996 年 6 月)。

7. 陳恆嵩:《五經大全纂修研究》(臺北:東吳大學中國文學研究所博士論文,1998 年 6 月)。

8. 張高評:《左傳文章義法撢微》(臺北:文史哲出版社,1999 年 10 月)。

9. 蔡妙真:《左繡研究》(臺北:政治大學中國文學研究所博士論文,2000 年 6 月)。

貳、史 部

一、**古人專著**(民國以前)

1. 〔漢〕班固:《漢書》(臺北:鼎文書局,1986 年 10 月)。

2. 〔唐〕劉知幾著,〔清〕浦起龍釋:《史通通釋》(臺北:文海出版社,1964 年 11 月)。

3. 〔宋〕陳振孫:《直齋書錄解題》(臺北:臺灣商務印書館,1978 年 5 月)。

4. 〔元〕脫脫等纂:《宋史》(臺北:鼎文書局,1983 年 11 月)。

5. 〔明〕張朝瑞:《皇明貢舉考》(《續修四庫全書》史部第 828 冊,影印明萬曆刻本)。

6. 〔明〕李長春撰:《明實錄附錄‧明熹宗七年都察院實錄》(臺北:中央研究院歷史語言研究所,1967 年 3 月)。

7. 〔明〕溫體仁等撰:《明熹宗實錄》(臺北:中央研究院歷史語言研究所校印,1966 年 4 月)。

8. 〔明〕劉沂春等撰:崇禎《烏程縣志》(明崇禎十一年〔1638〕年刊本)。

9. 〔明〕孫奇逢:《中州人物考》(《景印文淵閣四庫全書》本)。

10. 〔清〕黃宗羲:《宋元學案》(臺北:華世出版社,1987 年 9 月)。

11. 〔清〕黃宗羲:《明儒學案》(杭州:浙江古籍出版社,1992 年 8 月)。

12. 〔清〕王夫之:《讀通鑑論》,《船山全書》(10)(長沙:嶽麓書社,1996年10月)。

13. 〔清〕谷應泰編:《明史紀事本末》(《景印文淵閣四庫全書》本)。

14. 〔清〕錢曾:《讀書敏求記》(臺北:臺灣商務印書館,1965年12月,《叢書集成簡編》本)。

15. 〔清〕朱彝尊原著:《點校補正經義考》(臺北:中央研究院中國文哲研究所籌備處,1999年4月)。

16. 〔清〕王鴻緒等纂:《明史稿》(臺北:明文書局,1991年,《明代傳記叢刊》本)。

17. 〔清〕姚際恆:《好古堂書目》,《姚際恆著作集》(六)(臺北:中央研究院中國文哲研究所,1994年6月)。

18. 〔清〕張廷玉等纂:《明史》(臺北:鼎文書局,1975年6月)。

19. 〔清〕王志俊等著:雍正《河南通志》(《景印文淵閣四庫全書》本)。

20. 〔清〕嵇曾筠監修:雍正《浙江通志》(《景印文淵閣四庫全書》本)。

21. 〔清〕邁柱等監修:雍正《湖廣通志》(《景印文淵閣四庫全書》本)。

22. 〔清〕覺羅石麟等監修:雍正《山西通志》(《景印文淵閣四庫全書》本)。

23. 〔清〕郝玉麟等監修:雍正《福建通志》(《景印文淵閣四庫全書》本)。

24. 〔清〕牛運震:《史記評注》(《空山堂全集》第19~24冊,清嘉慶間空山堂刊本)。

25. 〔清〕和珅等奉敕撰:《欽定大清一統志》(《景印文淵閣四庫全書》本)。

26. 〔清〕乾隆敕撰:《欽定續文獻通考》((《景印文淵閣四庫全書》本)。

27. 〔清〕乾隆敕撰:《四庫全書總目》(臺北:藝文印書館,1989年1月)。

28. 〔清〕李清馥:《閩中理學淵源考》(《景印文淵閣四庫全書》本)。

29. 〔清〕章學誠著,葉瑛校注:《文史通義校注》、《校讎通義校注》合刊(臺北:漢京文化事業公司,1986年9月)。

30. 〔清〕杜受田等修,〔清〕英匯等纂:《欽定科場條例》(《續修四庫全書》第830冊,影印清咸豐二年〔1852〕刻本)。

31. 〔清〕李桓輯:《國朝耆獻類徵初編》(臺北:明文書局,1985年,《清代傳記叢刊》第189冊)。

32. 〔清〕邵友濂、孫德祖纂:《餘姚縣志》(臺北:成文出版社,1983年影印清光緒二十五年〔1899〕重修本)。

33. 〔清〕張之洞著,范希曾編,瞿鳳起校點:《書目答問補正》(上海:上海古籍出版社,1986年4月)。

34. 〔清〕丁丙:《善本書室藏書志》(《續修四庫全書》史部第927冊,影印清光緒二十七年〔1901〕錢塘丁氏刻本)。

35. 〔清〕葉德輝：《書林清話》（北京：中華書局，1999 年 9 月）。

二、今人編著 (民國以後)

（一）專　著

1. 閔爾昌纂錄：《碑傳集補》（臺北：明文書局，《清代傳記叢刊》第 122 冊）。

2. 林學增等修，吳錫璜纂：《同安縣志》（臺北：成文出版社影印民國十八年〔1929〕鉛印本）。

3. 張之覺修、孟慶暄纂：《澧縣縣志》（臺北：成文出版社，1975 年影印民國二十八年〔1939〕刊本）。

4. 日本內閣文庫編：《內閣文庫漢籍分類目錄》（東京：內閣文庫，1956 年 3 月）。

5. 國立中央圖書館編：《明人傳記資料索引》（臺北：國立中央圖書館，1965 年 1 月）。

6. 潘承弼、顧廷龍同纂：《明代版本圖錄初編》（臺北：文海出版社，1971 年 5 月）。

7. 王重民輯錄，袁同禮重校：《美國國會圖書館藏中國善本書目》（臺北：文海出版社，1972 年 6 月）。

8. 國立中央圖書館主編：《中國近代人物傳記資料索引》（臺北：中華叢書編審委員會出版，1973 年）。

9. 昌彼得等編：《宋人傳記資料索引》（臺北：鼎文書局，1974 年 4 月）。

10. 屈萬里、昌彼得：《圖書板本學要略》（臺北：華岡出版公司，1976 年 4 月）。

11. 蔣致中編：《牛空山先生運震年譜》（臺北：臺灣商務印書館，1978 年 12 月）。

12. 日本靜嘉堂文庫編纂：《靜嘉堂文庫籍分類目錄》（臺北：大立出版社，1980 年 6 月）。

13. 王重民：《中國善本書提要》（上海：上海古籍出版社，1982 年）。

14. 朱保炯、謝沛霖編：《明清進士題名碑錄索引》（臺北：文史哲出版社，1982 年 7 月）。

15. 國立中央圖書館編：《中國歷代藝文總志‧經部》（臺北：國立中央圖書館編印，1984 年 11 月）。

16. 周駿富：《清代傳記叢刊索引》（臺北：明文書局，1985 年）。

17. 姜亮夫：《歷代人物年里碑傳綜表》（臺北：文史哲出版社，1985 年 2 月）。

18. 上海圖書館編：《中國叢書綜錄》（上海：上海古籍出版社，1986 年 2 月）。

19. 梁啟超：《中國近三百年學術史》（臺北：臺灣中華書局，1987 年 2 月）。

20. 王汎森：《古史辨運動的興起》（臺北：允晨文化實業公司，1987 年 4 月）。

21. 顧頡剛等：《古史辨》（臺北：藍燈文化事業公司，1987 年 11 月）。

22. 傅增湘：《藏園群書題記》（上海：上海古籍出版社，1989 年）。

23. 戴南海：《版本學概論》（成都：巴蜀書社，1989 年 6 月）。

24. 中國古籍善本書目編輯委員會主編：《中國古籍善本書目·經部》（上海：上海古籍出版社，1989 年 10 月）。

25. 周作人：《知堂書話》（臺北：百川書局，1989 年 12 月）。

26. 林慶彰主編：《經學研究論著目錄（1912～1987）》（臺北：漢學研究中心，1989 年 12 月）。

27. 謝正光編著：《明遺民傳記資料索引》（臺北：新文豐出版公司，1990 年）。

28. 復旦大學歷史系資料室編著：《辛亥以來人物傳記資料索引》（上海：上海辭書出版社，1990 年 12 月）。

29. 周駿富編：《明代傳記叢刊索引》（臺北：明文書局，1991 年）。

30. 趙爾巽、柯劭忞：《清史稿》（北京：中華書局，1991 年 1 月）。

31. 國立中央圖書館編：《國立中央圖書館善本序跋集錄·史部》（臺北：國立中央圖書館，1993 年 1 月）。

32. 中國科學院圖書館整理：《續修四庫全書總目提要·經部》（北京：中華書局，1993 年 7 月）。

33. 林慶彰主編：《日本研究經學論著目錄（1900～1992）》（臺北：中央研究院中國文哲研究所，1993 年 10 月）。

34. 陳廣宏：《鍾惺年譜》（上海：復旦大學出版社，1993 年 12 月）。

35. 陳玉堂編著：《中國近現代人物名號大辭典》（杭州：浙江古籍出版社，1993 年 5 月）。

36. 曹之：《中國印刷術的起源》（武漢：武漢大學出版社，1994 年 7 月）。

37. 李國玲編纂：《宋人傳記資料索引補編》（成都：四川大學出版社，1994 年 8 月）。

38. 林慶彰主編：《經學研究論著目錄（1988～1992）》（臺北：漢學研究中心，1995 年 6 月）。

39. 趙子富：《明代學校與科舉制度研究》（北京：北京燕山出版社，1995 年 2 月）。

40. 國家圖書館特藏組編：《國家圖書館善本書志初稿·經部》（臺北：國家圖書館，1996 年 4 月）。

41. 周彥文：《日本九州大學文學部書庫明版圖錄》（臺北：文史哲出版社，1996 年 6 月）。

42. 昌彼得：《增訂蟫菴群書題識》（臺北：臺灣商務印書館，1997 年 10 月）。

43. 瞿冕良主編：《中國古籍版刻辭典》（濟南：齊魯出版社，1999 年 2 月）。

44. 國家圖書館編：《國家圖書館善本書志初稿・集部》（臺北：國家圖書館，1999 年 6 月）。

45. 鄧洪波編：《中國書院學規》（長沙：湖南大學出版社，2000 年 10 月）。

46. 繆咏禾：《明代出版史稿》（南京：江蘇人民出版社，2000 年 10 月）。

47. 楊武泉：《四庫全書總目辨誤》（上海：上海古籍出版社，2001 年 7 月）。

48. 楊廷福、楊同甫編：《清人室名別稱字號索引（增補本）》（臺北：上海古籍出版社，2001 年 12 月）。

49. 林慶彰、陳恆嵩主編：《經學研究論著目錄（1993～1997)》（臺北：漢學研究中心，2002 年 4 月）。

50. 王炳照、徐勇主編：《中國科舉制度研究》（石家莊：河北人民出版社，2002 年 6 月）。

51. 楊廷福、楊同甫編：《明人室名別稱字號索引》（臺北：上海古籍出版社，2002 年 12 月）。

（二）單篇論文

1. 王重民：〈套版印刷法起源於徽州說〉，原載《安徽歷史學報》第 1 卷第 1 期（1957 年 10 月），收入於《冷廬文藪》（上海：上海古籍出版社，1992 年 12 月），頁 69～92。

2. 喬衍琯：〈我國套色印刷簡說〉，《國立中央圖書館館刊》新第 4 卷第 1 期（1971 年 3 月），頁 17～23。

3. 喬衍琯：〈套色印本〉，收入於《古籍鑑定與維護研習會專集》編輯委員會編：《古籍鑑定與維護研習會專集》（臺北：中國圖館學會，1985 年 6 月），頁 224～241。

4. 祝誠：〈鍾惺生卒年考辨〉，《鎮江師專學報》1986 年第 3 期，頁 72～75。

5. 張業茂：〈鍾惺生卒年及譚元春卒年考辨〉，《華中師範大學學報》1986 年第 5 期，頁 101～104。

6. 葉德均：〈凌濛初事跡繫年〉，《戲曲小說叢考》（臺北：文史哲出版社，1989 年 3 月），頁 577～590。

7. 趙芹、戴南海：〈淺述明末浙江閔、凌二氏的刻書情況〉，《西北大學學報》（哲學社會科學版）1996 年第 1 期，頁 80～83。

8. 沈津：〈明代坊刻圖書之流通與價格〉，《國家圖書館館刊》1996 年第 1 期，頁 101～118。

9. 陳杏珍：〈譚元春及其著作〉，《文獻》1998 年第 4 期，頁 231～235。

10. 周心慧主編：《明代版刻圖釋》（北京：學苑出版社，1998 年 12 月）。

參、子　部

一、古人專著（民國以前）

1. 〔宋〕張載：《張子全書》（《景印文淵閣四庫全書》本）。

2. 〔宋〕黎靖德編，王星賢點校：《朱子語類》（北京：中華書局，1994 年 3 月）。

3. 〔宋〕陸九淵：《象山語錄》（《景印文淵閣四庫全書》本）。

4. 〔宋〕項安世：《項氏家說》（北京：中華書局，1985 年，《叢書集成初編》本）。

5. 〔宋〕周密：《齊東野語》（北京：中華書局，1997 年 12 月）。

6. 〔元〕程端禮：《程氏家塾讀書分年日程》（臺北：新文豐出版公司，《叢書集成新編》影印《正誼堂全書》本）。

7. 〔明〕曹安：《讕言長語》（《景印文淵閣四庫全書》本）。

8. 〔明〕陳獻章：《白沙子全集》（臺北：河洛圖書出版社，1974 年 9 月影印清乾隆三十六年〔1771〕刊本）。

9. 〔明〕王鏊：《震澤長語》（《景印文淵閣四庫全書》本）。

10. 〔明〕王守仁：《傳習錄》（臺北：金楓出版公司，1987 年 3 月）。

11. 〔明〕趙撝謙：《學范》（《四庫全書存目叢書》子部第 121 冊，影印明嘉靖二十五年〔1546〕陳堦重刻本）。

12. 〔明〕門無子：《韓子迂評》（《四庫全書存目叢書》子部第 36 冊，影印明萬曆六年〔1578〕自刻十一年〔1583〕重修本）。

13. 〔明〕李贄：《焚書》、《續焚書》合刊（臺北：漢京文化事業公司，1984 年 5 月）。

14. 〔明〕孫鑛：《書畫跋跋》（臺北：漢華文化事業公司，1971 年 5 月影印民國八年〔1919〕上海大東書局刊本）。

15. 〔明〕朱長春：《管子榷》（《四庫全書存目叢書》子部第 36 冊，影印明萬曆四十年〔1612〕張維樞刻本）。

16. 〔明〕戴君恩：《剩言》（《四庫全書存目叢書》子部第 91 冊，影印明末刻本）。

17. 〔明〕王思任：《王季重雜著》（臺北：偉文圖書公司，1977 年 9 月）。

18. 〔清〕馮班著，〔清〕何焯評：《鈍吟雜錄》（北京：中華書局，1985 年，《叢書集成初編》本）。

19. 〔清〕顧炎武：《原抄本日知錄》（臺北：明倫出版社，1970 年 10 月）。

20. 〔清〕閻若璩：《潛邱箚記》（《景印文淵閣四庫全書》本）。

21. 〔清〕李光地：《榕村語錄》（北京：中華書局，1995 年 6 月）。

22. 〔清〕唐彪輯著，趙伯英、萬恆德選注：《家塾教學法》（上海：華東師範大學出版社，1992 年 6 月）。

23. 〔清〕張伯行：《困學錄集粹》（臺北：臺灣商務印書館，1966 年 6 月，《叢書集成簡編》據《正誼堂叢書》本排印）。

24. 〔清〕李塨：《平書訂》（北京：中華書局，1985 年，《叢書集成初編》本）。

25. 〔清〕王應奎：《柳南續筆》（石家莊：河北教育出版社，1996 年）。

26. 〔清〕章學誠：《章氏遺書》（臺北：漢聲出版社，1973 年 1 月影印清吳興劉承幹嘉業堂刊本）。

27. 〔清〕章學誠：《章學誠遺書》（北京：文物出版社，1985 年 8 月）。

28. 〔清〕錢泰吉：《曝書雜記》（臺北：臺灣商務印書館，1966 年 3 月，據《式訓堂叢書》本排印）。

二、今人編著（民國以後）

1. 容肇祖：《明代思想史》（上海：上海書店，影印開明書店 1941 年版）。

2. 嵇文甫：《晚明思想史論》（上海：上海書店，影印商務印書館 1944 年版）。

3. 侯外廬等：《宋明理學史》（北京：人民出版社，1987 年 6 月）。

4. 嵇文甫：《左派王學》（臺北：國文天地雜誌社，1990 年 4 月）。

5. 龔鵬程：《晚明思潮》（臺北里仁書局，1994 年 11 月）。

6. 周志文：《晚明學術與知識份子論叢》（臺北：大安出版社，1999 年 3 月）。

7. 左東嶺：《王學與晚明士人心態》（北京：人民文學出版社，2000 年 4 月）。

8. 毛文芳：《晚明閒賞美學》（臺北：臺灣學生書局，2000 年 4 月）。

肆、集 部

一、古人專著（民國以前）

1. 〔唐〕韓愈：《韓愈選集》（上海：上海古籍出版社，1996 年 8 月）。

2. 〔宋〕陸游著，〔清〕雷瑨註釋：《箋註劍南詩鈔》（臺北：文史哲出版社，1985 年 6 月影印上海掃葉山房民國十九年〔1930〕石印本）。

3. 〔宋〕朱熹：《晦庵集》（《景印文淵閣四庫全書》本）。

4. 〔宋〕呂祖謙選評：《古文關鍵》（臺北：鴻學出版公司，1989 年 9 月）。

5. 〔宋〕陳傅良：《止齋集》（《景印文淵閣四庫全書》本）。

6. 〔宋〕樓昉：《崇古文訣》（《景印文淵閣四庫全書》本）。

7. 〔宋〕眞德秀：《文章正宗》（《景印文淵閣四庫全書》本）。

8. 〔宋〕姚勉：《雪坡集》（《景印文淵閣四庫全書》本）。

9. 〔宋〕朱熹：《晦庵集》（《景印文淵閣四庫全書》本）。

10. 〔宋〕謝枋得：《文章軌範》（《景印文淵閣四庫全書》本）。

11. 〔宋〕魏天應編，〔宋〕林子長注：《論學繩尺》（《景印文淵閣四庫全書》本）。

12. 〔元〕方回：《瀛奎律髓》（上海：上海書店，《叢書集成續編》影印《懺花盦叢書》本）。

13. 〔元〕劉辰翁：《須溪集》（《景印文淵閣四庫全書》本）。

14. 〔元〕吳師道：《禮部集》（《景印文淵閣四庫全書》本）。

15. 〔明〕何喬新：《何文肅公文集》（臺北：偉文圖書公司，1976 年 5 月，《明代論著叢刊》本）。

16. 〔明〕王守仁著，吳光等編校：《王陽明全集》（上海：上海古籍出版社，1992 年 12 月）。

17. 〔明〕何景明著，李淑毅等點校：《何大復集》（鄭州：中州古籍出版社，1989 年 7 月）。

18. 〔明〕楊慎著，王仲鏞箋證：《升庵詩話箋證》（上海：上海古籍出版社，1987 年 12 月）。

19. 〔明〕孫陞：《孫文恪公集》（《四庫全書存目叢書》集部第 99 冊，影印明嘉靖袁洪愈徐栻刻本）。

20. 〔明〕吳承恩著，陳先行、包于飛校點：《西遊記（李卓吾評本）》（上海：上海古籍出版社，1994 年 12 月）。

21. 〔明〕李開先著，路工輯校：《李開先集》（北京：中華書局，1959 年 12 月）。

22. 〔明〕王維楨評：《杜律頗解》（臺北：大通書局影印明嘉靖三十七年〔1558〕江陽朱茹刊本）。

23. 〔明〕王維楨：《槐野先生存笥稿》（臺北：文海出版社影印明萬曆三十四年〔1606〕渭南王氏刊本）。

24. 〔明〕李攀龍著，李伯齊點校：《李攀龍集》（濟南：齊魯書社，1993 年 12 月）。

25. 〔明〕徐渭：《徐渭集》（北京：中華書局，1983 年 4 月）。

26. 〔明〕汪道昆：《太函集》（《續修四庫全書》集部第 1346～1348 冊，影印明萬曆刻本）。

27. 〔明〕徐師曾：《文體明辨序說》（北京：人民文學出版社，1998 年 5 月）。

28. 〔明〕王世貞：《弇山堂別集》（《景印文淵閣四庫全書》本）。

29. 〔明〕孫鑛等編：《今文選》（《四庫全書存目叢書》集部第 322 冊，影印明萬曆三十一年〔1603〕刻本）。

30. 〔明〕孫鑛：《月峰先生居業次編》（《四庫禁燬書叢刊》集部第 126 冊影

印明萬曆四十年〔1612〕呂胤筠刻本）。

31. 〔明〕孫鑛評：《孫月峰先生評文選》（《四庫全書存目叢書》集部第 287 冊，影印明末烏程閔氏朱墨刻本）。

32. 〔明〕李化龍：《李于田詩集》（《四庫全書存目叢書》集部第 163 冊，影印明萬曆刻本）。

33. 〔明〕馮夢龍編：《太平廣記鈔》（上海：上海古籍出版社，1993 年影印明天啓六年〔1626〕沈飛仲刻本）。

34. 〔明〕趙南星：《味檗齋文集》（臺北：新文豐出版公司，《叢書集成新編》第 75 冊，據《畿輔叢書》排印）。

35. 〔明〕陳繼儒：《晚香堂集》（臺北：新文豐出版公司影印，《叢書集成三編》第 51 冊，影印明崇禎九年〔1636〕刊本）。

36. 〔明〕黃汝亨：《寓林集》（《四庫禁燬書叢刊》集部第 42 冊，影印明天啓吳敬等刻本）。

37. 〔明〕許學夷著，杜維沫校點：《詩源辯體》（北京：人民文學出版社，1998 年 2 月）。

38. 〔明〕顧起元：《嬾眞草堂集》（臺北：文海出版社，《明人文集叢刊》本）。

39. 〔明〕鍾惺：《隱秀軒集》（《四庫禁燬書叢刊》集部第 48 冊，影印明天啓二年〔1622〕沈春澤刊本）。

40. 〔明〕鍾惺著，李先耕、崔重慶標校：《隱秀軒集》（上海：上海古籍出版社，1992 年 9 月）。

41. 〔明〕鍾惺、譚元春評選：《詩歸》（《四庫全書存目叢書》集部第 337、338 冊影印明萬曆四十五年〔1617〕刻本）。

42. 〔明〕鍾惺著，〔明〕陸雲龍評選：《翠娛閣評選鍾伯敬先生合集》（《四庫禁燬書叢刊》集部第 140～141 冊，影印明崇禎刻本）。

43. 舊題〔明〕鍾惺編：《周文歸》（《四庫全書存目叢書》集部第 339、340 冊，影印明崇禎刻本）。

44. 〔明〕何偉然、丁允和選，〔明〕陸雲龍評：《皇明十六名家小品——翠娛閣評選鍾伯敬先生小品》（《四庫全書存目叢書》集部第 378 冊，影印明崇禎六年〔1633〕陸雲龍刻本）。

45. 〔明〕王志堅編，〔清〕蔣士銓評：《評選四六法海》（臺北：德志出版社，1963 年 7 月）。

46. 〔明〕艾南英著，〔清〕呂留良輯評：《艾千子先生全稿》（臺北：偉文圖書公司，1977 年 9 月影印清康熙天蓋樓刊本）。

47. 〔明〕陳衎：《大江集》（揚州：江蘇廣陵古籍刻印社，1996 年 4 月）。

48. 〔明〕譚元春著，陳杏珍標校：《譚元春集》（上海：上海古籍出版社，1998

年 12 月）。

49. 〔明〕盧世㴶：《尊水園集略》（清順治十七年〔1660〕劉經邦、張鴻儒刊本）。

50. 〔明〕凌義渠：《凌忠介公集》（《景印文淵閣四庫全書》本）。

51. 〔明〕吳應箕：《樓山堂集》（北京：中華書局，1985 年，《叢書集成初編》本）。

52. 〔明〕黃淳耀：《陶菴全集》（《景印文淵閣四庫全書》本）。

53. 〔明〕馬嘉松輯：《十可篇》（《四庫全書存目叢書》子部第 143 冊，影印明崇禎刻本）。

54. 〔清〕錢謙益：《初學集》（上海：上海古籍出版社，1985 年 9 月）。

55. 〔清〕錢謙益：《有學集》（上海：上海古籍出版社，1996 年 9 月）。

56. 〔清〕錢謙益：《列朝詩集小傳》（臺北：世界書局，1981 年）。

57. 〔清〕金聖嘆：《金聖嘆全集》（臺北：長安出版社，1986 年 9 月）。

58. 〔清〕吳偉業著，〔清〕顧湄箋注：《吳梅村詩集箋注》（光緒十年〔1884〕湖北官書處重鋟）。

59. 〔清〕黃宗羲：《南雷文案》（臺北：臺灣商務印書，《四部叢刊》本）。

60. 〔清〕黃宗羲：《姚江逸詩》（《四庫全書存目叢書》集部第 400 冊，影印清康熙南雷懷謝堂刻五十年〔1711〕倪繼宗重修本）。

61. 〔清〕周亮工評選：《賴古堂名賢尺牘新鈔》（《四庫禁燬書叢刊》集部第 36 冊，影印清康熙賴古堂刻本）。

62. 〔清〕周亮工：《賴古堂集》（上海：上海古籍出版社，影印清康熙刻本）。

63. 〔清〕王夫之：《夕堂永日緒論外編》，《船山全書》（15）（長沙：嶽麓書社，1995 年 6 月）。

64. 〔清〕王夫之：《古詩評選》、《唐詩評選》、《明詩評選》，《船山全書》（14）。

65. （長沙：嶽麓書社，1996 年 10 月）。

66. 〔清〕呂留良：《呂晚村文集》（臺北：臺灣商務印書館，1977 年 3 月）。

67. 〔清〕朱彝尊：《明詩綜》（臺北：世界書局，1970 年 8 月）。

68. 〔清〕朱彝尊：《靜志居詩話》（北京：人民文學出版社，1998 年 2 月）。

69. 〔清〕儲欣選評：《唐宋十大家全集錄》（《四庫全書存目叢書》集部第 404 冊，影印清康熙刻本）。

70. 〔清〕洪若皋：《梁昭明文選越裁》（《四庫全書存目叢書》集部第 287 冊，影印清康熙名山聚刻本）。

71. 〔清〕惲格：《甌香館集》（臺北：學海出版社，1972 年 11 月）。

72. 〔清〕田雯：《古歡堂集》（《景印文淵閣四庫全書》本）。

73. 〔清〕蒲松齡著，張友鶴輯校：《聊齋誌異（會校會注會評本）》（臺北：里仁書局，1991 年 9 月）。

74. 〔清〕邵廷采：《思復堂文集》（臺北：華世出版社，1977 年 6 月影印清光緒十九年〔1893〕會稽徐友蘭鑄學齋刊本）。

75. 〔清〕張潮輯：《虞初新志》（《四庫禁燬書叢刊》子部第 38 冊，影印清康熙刻本）。

76. 〔清〕戴名世著，王樹民編：《戴名世集》（北京：中華書局，2000 年 9 月）。

77. 〔清〕薛熙編：《明文在》（《四庫全書存目叢書》集部第 408 冊，影印清康熙三十二年〔1693〕古淥水園刻本）。

78. 〔清〕浦起龍：《讀杜心解》（臺北：中央輿地出版社，1970 年 12 月）。

79. 〔清〕厲鶚輯：《宋詩紀事》（臺北：臺灣中華書局，1971 年 4 月）。

80. 〔清〕楊繩武編：《文章鼻祖》（《四庫全書存目叢書》集部第 408 冊，影印清乾隆二十八年〔1763〕刻本）。

81. 〔清〕全祖望：《鮚埼亭集》（臺北：華世出版社，1977 年 3 月）。

82. 〔清〕袁枚：《小倉山房詩文集》（上海：上海古籍出版社，1988 年 8 月）。

83. 〔清〕何文煥輯：《歷代詩話》（北京：中華書局，1992 年 5 月）。

84. 〔清〕乾隆敕撰：《御選唐宋文醇》（《景印文淵閣四庫全書》本）。

85. 〔清〕姚鼐編：《古文辭類纂》（臺北：臺灣中華書局，《四部備要》據滁州李氏求要堂校本校刊）。

86. 〔清〕洪亮吉：《北江詩話》（臺北：新文豐出版公司，《叢書集成新編》第 79 冊，據清咸豐《粵雅堂叢書》排印）。

87. 〔清〕楊倫箋注：《杜詩鏡銓》（臺北：里仁書局，1981 年 10 月）。

88. 〔清〕吳德旋：《初月樓古文緒論》（北京：人民文學出版社，1998 年 5 月）。

89. 〔清〕方東樹：《方植之全集》（清光緒中刊本）。

90. 〔清〕梁章鉅：《制義叢話》（臺北：廣文書局，1976 年 3 月）。

91. 〔清〕曾國藩：《曾文正公集》（臺北：世界書局，1952 年 7 月）。

92. 〔清〕張之洞：《張文襄公全集》（北京：中國書店，1990 年 10 月影印民國十四年〔1928〕刊本）。

93. 〔清〕姚永樸：《文學研究法》（臺北：新文豐出版公司，1979 年 8 月）。

94. 〔清〕林傳甲：《中國文學史》（臺北：學海出版社，1999 年 2 月）。

95. 〔清〕劉聲木：《桐城文學撰述考》（臺北：世界書局，1962 年 10 月）。

二、今人編著（民國以後）

（一）古代文學批評資料彙編

1. 郭紹虞輯：《宋詩話輯佚》（臺北：華正書局，1981 年 12 月）。

2. 葉慶炳、邵紅輯：《明代文學批評資料彙編》（臺北：成文出版社，1981 年 3 月）。

3. 侯忠義、王汝梅編：《金瓶梅資料彙編》（北京：北京大學出版社，1985 年 12 月）。

4. 丁福保輯：《歷代詩話續編》（臺北：木鐸出版社，1988 年 7 月）。

5. 丁福保輯：《清詩話》（臺北：木鐸出版社，1988 年 9 月）。

6. 郁沅、張明高編選：《魏晉南北朝文論選》（北京：人民文學出版社，1996 年 10 月）。

7. 吳文治主編：《明詩話全編》（南京：江蘇古籍出版社，1997 年 12 月）。

8. 陶秋英編選：《宋金元文論選》（北京：人民文學出版社，1999 年 1 月）。

9. 蔡景康編選：《明代文論選》（北京：人民文學出版社，1999 年 1 月）。

10. 王鎮遠、鄔國平編選：《清代文論選》（北京：人民文學出版社，1999 年 1 月）。

11. 郭紹虞編選，富壽蓀校點：《清詩話續編》（上海：上海古籍出版社，1999 年 6 月）。

12. 郭紹虞主編：《中國歷代文論選》（上海：上海古籍出版社，2001 年 10 月）。

（二）評點研究

1. 中村加代子：《劉辰翁文學批評研究》（臺北：臺灣大學中國文學研究所碩士論文，1983 年 6 月）。

2. 吳承學：〈儒學與評點之學〉，《華學》第 1 期（1995 年 8 月），頁 41～49。

3. 周興陸：〈劉辰翁詩歌評點的理論和實踐〉，《華中師範大學學報》（哲學社會科學版）1996 年第 2 期，頁 110～113。

4. 蔡娉婷：《劉辰翁評杜研究》（桃園：中央大學中國文學研究所碩士論文，1996 年 6 月）。

5. 蔣星煜：〈明容與堂刊本李卓吾《西廂記》對孫月峰本、魏仲雪本之影響〉，《西廂記的文獻學研究》（上海：上海古籍出版社，1997 年 11 月），頁 101～113。

6. 于立君、王安節：〈詩文評點源流初探〉，《松遼學刊》1998 年第 1 期，頁 50～55。

7. 孫琴安：〈試論中國評點文學的兩個來源〉，《遼寧大學學報》1998 年第 5 期，頁 67～71。

8. 孫琴安：《評點文學史》（上海：上海社會科學院出版社，1999 年 6 月）。

9. 林崗：《明清之際小說評點學之研究》（北京：北京大學出版社，1999 年 11 月）。

10. 于立君、王安節：〈「評點」的涵義和性質〉，《語言文字應用》2000 年第 4 期，頁 34～36。

11. 譚帆：《中國小說評點研究》（上海：華東師範大學出版社，2001 年 4 月）。

12. 白嵐玲：〈小說評點與晚明出版業〉，收入於陳平原等編：《晚明與晚清：歷史傳承與文化創新》（武漢：湖北教育出版社，2002 年 3 月），頁 392～408。

13. 陳廣宏：〈竟陵派詩歌評點之學的傳釋論〉，《中國學研究》第五輯（濟南：濟南出版社，2002 年 6 月），頁 12～20。

14. 朱萬曙：《明代戲曲評點研究》（合肥：安徽教育出版社，2002 年 8 月）。

15. 章培恒、王靖宇主編：《中國文學評點研究論集》（上海：上海古籍出版社，2002 年 12 月）。

（三）明代文學、文學批評研究

1. 邵紅：〈竟陵派文學理論的研究〉，《臺灣大學文史哲學報》第 24 期（1975 年 10 月），頁 1～50。

2. 陳萬益：〈竟陵派的文學思想〉，《大地文學》第 1 期（1978 年 10 月），頁 274～337。

3. 張瑞華：《鍾惺及其文學批評研究》（臺北：東吳大學中國文學研究所碩士論文，1982 年）。

4. 李四珍：《明清文話敍錄》（臺北：文化大學中國文學研究所碩士論文，1983 年 6 月）。

5. 毛效同編：《湯顯祖研究資料彙編》（上海：上海古籍出版社，1986 年 9 月）。

6. 竟陵派文學研究會編：《竟陵派與晚明文學革新思潮》（武昌：武漢大學出版社，1987 年 5 月）。

7. 陳萬益：《晚明小品與明季文人生活》（臺北：大安出版社，1988 年 5 月）。

8. 曹淑娟：《晚明性靈小品研究》（臺北：文津出版社，1988 年 7 月）。

9. 簡錦松：《明代文學批評研究》（臺北：臺灣學生書局，1989 年 2 月）。

10. 林保淳：《經世思想與文學經世——明末清初經世文論研究》（臺北：文津出版社，1991 年 12 月）。

11. 廖可斌：《明代文學復古運動研究》（上海：上海古籍出版社，1994 年 12 月）。

12. 袁震宇、劉明今：《中國文學批評通史——明代卷》（上海：上海古籍出版

社，1996 年 12 月）。

13. 李先耕：〈簡論鍾惺——兼竟陵派在文學史上的地位〉，《複印報刊資料（中國古代、近代文學研究)》1996 年第 4 期，頁 157～166。

14. 王愷：《公安與竟陵——晚明兩個「新潮」文學流派》（杭州：江蘇古籍出版社，1996 年 12 月）。

15. 左東嶺：《李贄與晚明文學思想》（天津：天津人民出版社，1997 年 3 月）。

16. 羅天祥：《賀貽孫考》（南昌：江西人民出版社，1998 年 3 月）。

17. 吳承學：《晚明小品研究》（南京：江蘇古籍出版社，1998 年 7 月）。

18. 徐定寶：《凌濛初研究》（合肥：黃山書社，1999 年 1 月）。

19. 孫立：《明末清初詩論研究》（廣州：廣東高等教育出版社，1999 年 3 月）。

20. 陳廣宏：〈論「鍾伯敬體」的形成〉，《中國文學研究》1999 年第 4 期，頁 56～62。

21. 陳國球：〈引古人精神，接後人心目——《唐詩歸》初探〉，《嶺南學報》新第 1 期（1999 年 10 月），頁 375～415。

22. 陳文新：《明代詩學》（長沙：湖南人民出版社，2000 年 11 月）。

23. 夏咸淳：《情與理的碰撞：明代士林心史》（保定：河北大學出版社，2001 年 11 月）。

24. 吳承學、李光摩編：《晚明文學思潮研究》（武漢：湖北教育出版社，2002 年 10 月）。

25. 鄭利華：《王世貞研究》（上海：學林出版社，2002 年 10 月）。

26. 李聖華：《晚明詩歌研究》（北京：人民出版社，2002 年 11 月）。

（四）其 它

1. 黃永武：《中國詩學——設計篇》（臺北：巨流圖書公司，1976 年 6 月）。

2. 黃永武：《中國詩學——考據篇》（臺北：巨流圖書公司，1977 年 4 月）。

3. 馮書耕：《古文辭類纂研讀法》（增訂本）（自印本，1981 年 11 月）。

4. 郭紹虞：《照隅室古典文學論集》（上海：上海古籍出版社，1983 年 9 月）

5. 吳宏一：《清代詩學初探》（臺北：臺灣學生書局，1986 年 1 月）。

6. 賴干堅：《西方文學批評方法評介》（廈門：廈門大學出版社，1986 年 7 月）。

7. 鄭慶篤：《杜集書目提要》（濟南：齊魯書社，1986 年 9 月）。

8. 張廷琛編：《接受理論》（成都：四川文藝出版社，1989 年 5 月）。

9. 龔鵬程：《文學批評的視野》（臺北：大安出版社，1990 年 1 月）。

10. 羅根澤：《中國文學批評史》（臺北：學海出版社，1990 年 2 月）。

11. 郭紹虞：《中國文學批評史》（臺北：文史哲出版社，1990 年 7 月）。

12. 賴力行：《中國古代文學批評學》（武昌：華中師範大學出版社，1991 年 3 月）。

13. 沃爾夫岡·伊瑟爾（Wolfgang Iser）著，金惠敏等譯：《閱讀行為》（長沙：湖南文藝出版社，1991 年 4 月）。

14. 錢鍾書：《管錐編》（北京：中華書局，1991 年 6 月）。

15. 鄭明娳、林燿德：《當代世界文學理論》（臺北：幼獅文化事業公司，1991 年 7 月）。

16. 簡恩定：《中國文學復古風氣探究》（臺北：文史哲出版社，1992 年 3 月）。

17. 聞一多：《聞一多全集》（武漢：湖北人民出版社，1993 年 12 月）。

18. 鄧雲鄉：《清代八股文》（北京：中國人民大學出版社，1994 年 3 月）。

19. 國立中央圖書館編：《國立中央圖書館善本序跋集錄·集部》（臺北：國立中央圖書館印，1994 年 4 月）。

20. 啟功、張中行、金克木：《說八股》（北京：中華書局，1994 年 7 月）。

21. 譚家健：《先秦散文藝術新探》（北京：首都師範大學出版社，1995 年 10 月）。

22. 寸鎮東：《語境與修辭》（貴陽：貴州人民出版社，1996 年 6 月）。

23. 劉祥光：〈時文稿：科舉時代的考生必讀〉，《近代中國史研究通訊》第 22 期（1996 年 9 月），頁 49～68。

24. 金元浦：《接受反應文論》（濟南：山東教育出版社，1998 年 10 月）。

25. 謝正光、佘汝豐編著：《清初人選清初詩彙考》（南京：南京大學出版社，1998 年 12 月）。

26. 錢鍾書：《談藝錄》（增訂本）（臺北：書林出版公司，1999 年 2 月）。

27. 蔡鎮楚：《中國古代文學批評史》（長沙：嶽麓書社，1999 年 4 月）。

28. 張健：《清代詩學研究》（北京：北京大學出版社，1999 年 11 月）。

29. 劉明今：《中國古代文學理論體系：方法論》（上海：復旦大學出版社，2000 年 2 月）。

30. 李修生主編：《全元文》（南京：江蘇古籍出版社，2000 年 12 月）。

31. 張健：《元代詩法校考》（北京：北京大學出版社，2001 年 9 月）。

32. 鄔雲湖：《中國選本批評》（上海：上海三聯書店，2002 年 6 月）。

33. 常森：《二十世紀先秦散文研究反思》（北京：北京大學出版社，2002 年 8 月）。